Indiana's RIVALS

LINA DÉRANOR

Un Blood ne pleure pas, ne fuit pas, n'abandonne pas...
On ne quitte pas les Bloods... Blood jusqu'à la mort !

ÉDITIONS Élixyria

Indiana's RIVALS

LINA DÉRANOR

Mentions légales
Éditions Élixyria
http://www.editionselixyria.com
https://www.facebook.com/Editions.Elixyria/
ISBN : 978-2-37961-414-9
Photographie de couverture : Georgijevic

À toutes celles qui aiment les vilains garçons... et le grand frisson.

PROLOGUE

J'entendis un hurlement strident. C'était le mien, mais j'en eus à peine conscience. Je courais, encore et encore. Mon cerveau ne me commandait qu'une chose : courir. Plus vite. Plus longtemps. Quitte à tomber, quitte à en mourir. Mes poumons étaient en feu, les larmes roulaient sur mes joues. Je poussai violemment les personnes qui se trouvaient sur mon chemin. L'envie de les frapper me submergea, car elles ne bougeaient pas assez vite à mon goût. Mon cœur cognait dans ma poitrine, contre mes côtes. Une douleur aiguë me vrillait le ventre, mon esprit n'assimilait pas encore ce à quoi mes yeux venaient d'assister.

La fumée épaisse montait dans le ciel déjà bien assombri par le crépuscule. La chaleur me percuta alors que je tentais de me rapprocher du véhicule en feu. Elle était en flammes. Sa voiture était en flammes. Mon Dieu ! Et personne ne réagissait pour le sortir de là.

— Matt ! Matt ! hurlai-je.

Des bras m'agrippèrent afin de m'empêcher d'atteindre la carcasse qui noircissait.

— Lâchez-moi, c'est mon frère là-dedans. Faites quelque chose, il faut aller l'aider, le sortir de là.

— Reste ici, ma belle. On ne peut plus rien faire pour lui.

Je me débattis pendant quelques minutes, criant contre les personnes qui me maintenaient au sol. Les gyrophares des ambulances, des véhicules de police et des pompiers m'éblouissaient, me faisant cligner des yeux. Les soldats du feu sortirent leurs lances et arrosèrent la Mustang de Matt. On ne distinguait plus le rouge écarlate de la carrosserie, des milliers de débris jonchaient l'asphalte. Sa portière n'était même plus à sa place. Une sueur glacée descendit le long de mon épine dorsale lorsque je compris que c'était son corps que je voyais brûler dans une position assise, devant le volant.

Un infirmier se dirigea au pas de course vers moi, j'entendis à peine qu'il ordonnait aux personnes autour de moi de me maintenir pendant qu'il m'injectait je ne sais quel produit pour me calmer. La foule était regroupée alentour, des gens pleuraient, certains dissimulaient leur effroi derrière leurs mains. Déjà, je sentais mes mouvements ralentir, je n'arrivais plus à parler. Mes bras et mes jambes pesaient des tonnes alors que mon cœur me criait toujours d'aller sauver mon frère de ce brasier infernal.

— Comment vous vous appelez ? C'était votre frère dans cette voiture ?

— Charly… Charly Wittman. C'est mon frère Matt.

Pourquoi le policier parlait-il de lui au passé ? Je le connaissais. Il allait se pointer au moment où personne ne l'attendrait, avec son sourire ravageur de beau gosse, et toutes les filles rappliqueraient dans la seconde. C'était encore une de ses farces à la con.

— Wittman ? Comme Wesley et James Wittman ?

Je ne répondis pas. Eux, je ne les connaissais plus depuis longtemps. Je n'avais que lui désormais.

— Ça fait longtemps que votre frère participe à des courses illégales ? Avait-il des ennemis ? reprit-il.

— Laissez tomber, avec la dose que je viens de lui injecter, elle est shootée ! Elle ne répondra plus à vos questions ce soir, intervint l'infirmier.

Je ne les voyais pas. Mes yeux étaient toujours rivés sur ce corps calciné qui ne pouvait pas être Matt.

— Ouais, mais il me faut un nom pour mon rapport, et puis, je dois prévenir la famille. Enfin, si ce sont les Wittman auxquels je pense, ils m'enverront paître.

— Elle a peut-être une pièce d'identité sur elle ? suggéra l'ambulancier.

Une main s'approcha de moi et, malgré la forte dose de produit, je me remis à me débattre. Personne ne me touchait. J'étais une Wittman.

— Bon sang, c'est quoi cette furie ? s'écria le gars qui devait être un policier.

— Laissez-la ! Pauvre gosse, elle vient de voir son frère brûler devant ses yeux, intervint un badaud.

De qui parlaient-ils ? Mes paupières étaient de plus en plus lourdes. Puis j'entendis quelqu'un hurler mon prénom, c'était une voix que je connaissais, mais mon cerveau fonctionnait à deux à l'heure avec la foutue saloperie qu'ils m'avaient injectée.

— Charly ? Bon sang, tu vas bien ? Mais qu'est-ce qui s'est passé ?

— Aden ? tentai-je d'articuler.

— Vous la connaissez ? Vous êtes de la famille ? reprit le policier, en quête d'informations.

— Je m'appelle Aden Prescott. Je suis un ami de son frère.

— Vous avez vos papiers ? enchaîna l'agent des forces de l'ordre.

Aden m'entoura de ses bras, agenouillé à mes côtés. Je l'entendis fouiller dans ses poches.

— Ça va aller, ma belle, murmura-t-il en passant la main dans mes cheveux.

— OK. Qui est cette jeune fille ? demanda l'officier en lui rendant ses papiers.

— C'est Charly Wittman, et là-bas… c'est son frère Matt, répondit-il d'une voix meurtrie.

— Est-ce que ce sont les Wittman auxquels je pense ?

Mon ami souffla.

— Oui, ce sont eux, mais ils n'ont plus aucun contact avec les Wittman que vous connaissez. Matt et Charly vivaient ensemble. Il prenait soin de sa sœur, elle doit aller à l'université privée de Chicago à l'automne prochain.

— Très bien. Il y en aura au moins une qui sortira de ce bordel !

Je posai la tête contre le torse d'Aden. Il avait chaud, mais moi, je ne sentais plus rien. Mes paupières se fermaient toutes seules.

— Qu'est-ce qui va se passer pour elle, maintenant ? s'inquiéta mon ami.

— Pour l'instant, elle va rester en observation, cette nuit, à l'hôpital. Demain, il lui faudra répondre à d'autres questions, s'occuper des papiers et préparer les funérailles. Elle est toute seule pour gérer ça ?

— Oui… mais je vais rester avec elle.

— Vous la connaissez bien ? le questionna le policier, suspicieux.

— Ça fait trois ans que je les côtoie. Je vais m'occuper d'elle.

— Vous pouvez l'accompagner dans l'ambulance. De toute façon, ici, c'est terminé ! Vaut mieux qu'elle se repose pour affronter tout ça demain matin.

Je me sentis ballottée. On m'étendit sur quelque chose de moelleux. Les sirènes se mirent en route puis on m'emmena loin de mon frère.

— T'inquiète, ma belle ! Je ne te laisserai pas tomber, me murmura la voix d'Aden alors qu'il serrait ma main dans la sienne.

C'est à ce moment-là que mon cerveau décida de se déconnecter, de me plonger dans un sommeil profond et sans douleur… Je n'étais alors pas sûre d'avoir entendu et reconnu le vrombissement reconnaissable de ces engins de malheur.

CHAPITRE 1
CHARLY
INDIANA

Une sonnerie stridente me ramena brusquement dans la réalité de ma chambre. J'abattis la main sur mon portable. Cinq heures trente. Je grognai puis ouvris lentement les yeux pour observer le plafond blanc. Ça faisait bien longtemps que je n'avais plus rêvé de cette nuit-là, qui avait eu lieu six ans plus tôt. Je secouai la tête pour chasser les dernières images de la voiture en feu de mon frère.

J'étais en sueur. Ma couette avait dû perdre la bagarre que j'avais entamée avec elle durant la nuit, car elle gisait au sol. Je roulai sur moi-même pour balancer les jambes sur le côté du lit. Les premières lueurs de l'aube filtraient par les persiennes et se répandaient sur les murs de la pièce. Quelques vrombissements de moteurs appartenant à ceux qui partaient au boulot me rappelèrent que je devais aussi me bouger pour me rendre au mien. Je sortis de ma chambre dans mon petit short blanc et mon t-shirt trop grand des Chicago Bulls. Je devais arborer la même tête que le buffle qui se trouvait sur le vêtement.

Mon appart en périphérie d'Indianapolis n'était pas hyper luxueux, mais il était propre, salubre et, surtout, il comptait une chambre, un salon-kitchenette et une salle de bains. C'était bien assez pour moi seule. Qui plus est, j'avais eu l'accord du proprio pour repeindre les murs dans les couleurs que j'aimais : bleu et gris.

D'un pas lent, je me rendis jusqu'au comptoir de ma petite cuisine ouverte et saisis la cafetière. Un bon café allait forcément me réveiller. Je sus au moment où mon orteil cogna lourdement le pied du tabouret haut que j'allais être d'une humeur exécrable aujourd'hui. Je n'aurais certainement pas dû assister à cette course, hier soir, mais on ne se refait pas. Tout en avalant une gorgée, je lorgnai la liasse de billets qui trônait sur le comptoir. Cela avait été une bonne soirée, ce qui me redonna le sourire. Peu de choses le pouvaient, mais ça, c'était un remontant express !

Automatiquement, mon esprit s'envola de nouveau vers cette chaude nuit de juin. La fameuse nuit où j'avais assisté à l'explosion de la voiture de mon frère. À cette époque, je vivais heureuse et presque insouciante dans son petit appartement. C'était un défilé permanent de filles quasiment chaque matin, c'est vrai, mais au moins, j'avais encore une famille et des projets d'avenir, comme faire mon droit à la prestigieuse université privée de Chicago. Ambitieuse, j'avais à l'époque travaillé comme une forcenée pour décrocher une bourse et j'en étais fière, Matt aussi. Il voulait autant que moi que je sorte de la bulle malfaisante de notre famille. Malheureusement, après cet événement, ma vie avait pris un virage à quatre-vingt-dix degrés. J'avais plaqué la fac avant même d'y avoir mis un pied. Il m'avait fallu débloquer le peu d'argent que j'avais réussi à mettre de côté grâce à de petits jobs d'étudiant pour régler les funérailles de mon frère. Et, après tout ça, trouver un vrai travail… juste pour survivre !

Accro aux voitures et à la vitesse, comme l'était Matt, je m'étais servie de quelques compétences de base en mécanique, qu'il m'avait apprises, et de mon opiniâtreté pour intégrer, en tant qu'apprentie, un petit garage tenu par un vieux papy fan de la première heure des courses d'Indianapolis. Il avait été le seul à donner sa chance à cette pauvre gamine de dix-huit ans, esseulée et paumée. Le côté fille rebelle qui aime les sports mécaniques l'avait séduit. Une opportunité qui m'avait permis de débuter une nouvelle vie, de me reconstruire. C'est avec lui que j'avais d'ailleurs retapé ma première Camaro.

Ces trois années à me barbouiller les mains et les vêtements de cambouis avaient fait de moi un ponte dans mon métier. Je ne craignais pas la concurrence des hommes. J'en avais d'ailleurs trois dans mon équipe et sous mes ordres.

À la mort du vieux Kit, l'envie et l'ambition m'avaient poussée à racheter le vieux garage. Après trois années de plus à galérer pour m'imposer et me faire un nom, je commençais aujourd'hui à récolter les fruits de mon dur labeur. Le Angel's road était aujourd'hui l'un des garages spécialisés en relooking et lifting de voitures les plus en vue de l'État d'Indiana. D'où mon surnom, « Indiana ». Dans le milieu, Charly Witt était synonyme de boulot sérieux et appliqué.

De nombreux automobilistes et pilotes me faisaient assez confiance pour laisser entre mes mains et celles de mon équipe leur petit bijou de mécanique. Bien loin de l'image de l'avocate que je m'étais faite à l'époque, j'avais abandonné les tailleurs luxueux pour les bleus de travail maculés de graisse. Étais-je déçue ? Non. Le destin m'avait mis une claque et envoyée à terre ; comme à mon habitude, j'avais ravalé ma rage, serré les poings et je m'étais relevée pour me battre. Aujourd'hui, je m'éclatais dans ce que je faisais.

Je finis d'avaler ma dernière gorgée de café, tout en admirant la magnifique affiche des 500 miles d'Indianapolis. C'est sans doute un peu étrange qu'une fille aime autant les sports mécaniques et les voitures, mais ça, je le devais à mon frère. Et cette passion ne s'était pas éteinte avec lui, bien au contraire. Je jetai un œil à l'horloge puis me précipitai vers la salle de bains pour prendre une douche. Le miroir me renvoya l'image de ma tête du matin. Je défis mon élastique pour relâcher ma longue tignasse, et fixai mes prunelles bleues, quasiment turquoise. C'était la seule chose reçue de mon père que j'aimais. Matt, lui, avait plutôt hérité du côté latino de notre mère. Cette femme très sympa qui nous avait abandonnés tout petits, nous laissant à la garde de notre père, pour un mec qui lui procurait plus facilement sa came. Forcément, j'avais un peu manqué de présence féminine, quoique j'avais souvent assisté aux séances très suggestives de certaines danseuses qui bossaient pour mon oncle. J'envoyai mes vêtements dans le bac à linge puis filai sous la douche. Une fois sortie, je remontai rapidement mes cheveux en un chignon grossier, je n'aurais pas le temps de les sécher et, de toute façon, vu leur longueur, ils seraient mieux attachés. J'enfilai mon bleu, un t-shirt blanc à l'effigie d'un groupe de rock, pris mon sac à dos, ma veste en cuir et descendis avec mon vélo les escaliers pour rejoindre la rue. Je sais qu'il devait être étonnant de voir quelqu'un qui bosse dans un garage et qui affectionne les automobiles se balader à bicyclette, mais je gardais mon bijou pour des choses bien particulières.

En voiture, le trajet m'aurait pris dix minutes. J'avoue qu'avec un deux-roues, il m'en fallait dix, voire quinze de plus, mais c'était mon sport quotidien. Qu'il pleuve, qu'il vente, je conservais cette habitude depuis que j'avais quinze ans.

Je refermai la lourde porte métallique de la bâtisse puis relevai le col de mon blouson. Les matinées étaient encore un peu fraîches pour un mois de mai.

— Hey, salut Indiana !

Je reconnus cette voix éraillée et souris tout en grimpant sur ma monture. Jack était un SDF d'une cinquantaine d'années bien tassées. Il avait trouvé refuge quelques années auparavant sur le trottoir de mon immeuble, mais sa présence gênait certains jeunes locataires huppés. Ces pauvres fils à papa en mal d'autonomie et de liberté ne pouvaient pas savoir que ce même Jack avait été cadre supérieur dans une grande entreprise et qu'il était également père de deux enfants. Lorsque son patron l'avait remercié pour mettre à sa place un jeune loup aux dents longues, il avait tout perdu : boulot, famille, amis et maison.

Je lui avais donc proposé de s'installer dans le local réservé à mon vélo qui, de toute façon, dormait à l'appart avec moi. Cela lui permettait de ne pas choquer tous ces prétentieux et de stocker ses affaires afin qu'on ne les lui vole pas. Il s'arrangeait pour aller prendre une douche tous les jours dans des associations réservées aux sans-abri et veillait à garder une certaine dignité dans son apparence. Le plan était qu'il se montre discret, tandis que moi, je gardais le secret.

Souvent, il me montrait la photo de ses deux filles et se demandait, les yeux embués, ce qu'elles devenaient. Depuis que mon frère et moi nous étions sauvés de Chicago, nous avions cherché à tout prix à fuir notre famille. Pourtant, je m'interrogeais parfois si mon père, lui aussi, s'inquiétait de ce qui pouvait nous être arrivé.

— Salut Jack !

— T'es déjà debout ? Tu pars au boulot ?

— C'est l'heure ! Il faut bien gagner sa vie.

— T'as raison. Parfois, tout ça ne tient qu'à un équilibre bien précaire, m'expliqua-t-il d'une voix morne. Alors, hier soir ?

— Impeccable ! Je te remercie, d'ailleurs. Tiens, voilà ta part, annonçai-je en lui offrant quelques billets.

— C'est trop ! Tu exagères toujours ! répondit-il en les inspectant.

— Tu plaisantes ? Tu sais très bien que je te dois bien plus ! C'est en partie grâce à toi que les flics ne mettent pas leur nez dans mes affaires, répliqué-je en lui adressant un clin d'œil.

— Ça me fait plaisir de t'aider, ma jolie. Fais attention à toi et bonne journée, reprit-il en me saluant.

— Toi aussi, Jack. À ce soir.

Je donnai mon premier coup de pédale puis dévalai la rue pour rejoindre l'avenue principale.

Je longeai la longue voie puis aperçus le local aux parois tôlées blanches et au logo ailé. J'avisai rapidement une Corvette Stingray bleue, une petite Ford grise et une moto rutilante, une japonaise typique des courses sur circuit.

Aden, Luis et Rosie étaient là. *Pas Hope ni Joshua, comme d'habitude*, ricanai-je intérieurement. Telle était mon équipe, les Angel's road. Je posai mon vélo contre le mur, passai doucement la main sur la Corvette. C'était celle d'Aden. Je la connaissais bien. Il l'avait achetée en même temps que mon frère s'était procuré sa Mustang. Ils étaient jeunes et fous de leur bagnole. Après l'accident de Matt, Aden n'avait plus jamais participé à une course.

Il avait été là, à l'époque, et l'était toujours aujourd'hui. C'était mon second, je lui accordais une confiance aveugle. Mécano au sein de mon équipe, il possédait des doigts en or. Lorsqu'il mettait les mains dans un moteur, il arrivait toujours à trouver le problème et la solution. C'était un mec sûr, adroit. J'avais beaucoup de chance de l'avoir dans ma *team*.

De deux ans mon aîné, il était mon meilleur ami, mon soutien, mais aussi mon *sexfriend*, parfois. Nous n'avions pas réellement de règles, nous ne nous étions rien promis, n'attendions rien de l'autre. Ça s'était passé quelques mois après la mort de Matt, il avait été le premier. La bonne expérience que cela avait été nous avait poussés à remettre ça, de temps en temps. Il faut dire que son physique californien ne lui posait aucun souci pour séduire.

Avec ses épaules carrées, ses cheveux blonds coiffés en arrière, ses yeux bleu foncé et sa barbe négligée, il faisait craquer bon nombre de filles. À l'époque, lui et Matt organisaient des concours stupides. C'était à celui qui parviendrait à conquérir le plus de filles. Mon frère possédait un physique de latino, comme Luis, mon mécano, spécialiste des bécanes, ou sa petite sœur Rosita, dite Rosie, notre secrétaire. Mais, alors que mon frère avait des cheveux bouclés plutôt longs, lui arrivant dans le cou, et de grands yeux noirs charmeurs, Luis les avait courts et arborait de magnifiques yeux verts sur une peau caramel. Rosie, elle, séduisait par sa longue chevelure raide et ses yeux noisette. Elle était le petit rayon de soleil de notre équipe. C'était aussi la plus jeune, à peine vingt-deux ans. Ses minijupes lui attiraient souvent des regards gourmands auxquels le grand frère très protecteur mettait souvent un terme, comme l'avait fait mon propre grand frère avec moi.

J'entrai par la petite porte, sur le côté. Il était encore assez tôt, aussi, ils n'avaient pas ouvert l'accès principal au garage. L'atelier était plongé dans la pénombre. Mon équipe devait se trouver autour de la cafetière, dans le petit bureau de Rosie. Je me déplaçai rapidement vers le fond de l'entrepôt et déverrouillai la porte qui donnait sur un autre local privé : le mien. J'appuyai sur l'interrupteur, les néons s'allumèrent par à-coups, pour dévoiler mon bébé. Une Toyota GR Supra GT4 spécialement modifiée pour les courses de drift. Elle était magnifique, noire avec quelques lignes et des jantes orangées. C'était mon trésor et c'était avec elle que je devenais Indiana, pilote aux côtés des meilleurs dans les chevauchées illégales d'Indianapolis.

Pas de circuit pour nous. Notre terrain de jeu, c'était la route de Monsieur Tout-le-Monde. Les courses dites « de drift » mettaient en avant le pilotage par la vitesse, les trajectoires, les angles d'attaque et le style. Il existait une fédération et des compétitions officielles sur circuit, mais je devais être réaliste, qui aurait voulu d'une fille dans sa *team* ? Tout comme les *drag races*[1], qui consistaient à faire la course en départ arrêté et à être le plus rapide possible sur une distance donnée, tout cela m'était officiellement fermé et inaccessible. Alors je préférais jouer l'illégalité que de rester sagement devant ma télé, à baver devant ce que faisaient les autres.

Personne n'entrait comme ça dans le cercle fermé des *races*[2]. Tout était contrôlé et vous n'étiez admis que sur recommandation. La mienne, je la devais à Aden et à mon lien de parenté avec mon frère, mais j'avais dû faire mes preuves. J'avais même poussé la folie jusqu'à me payer quelques stages de pilotage sur circuit pour le fun et dans le but d'améliorer mon style. Ça m'avait pris du temps, mais maintenant, j'avais ma place parmi les pilotes réguliers. C'était d'ailleurs pour ça que mon garage fonctionnait bien depuis presque deux ans. Et puis, gagner des courses me rapportait un joli pactole et une belle publicité.

Lors des duels, en soirée, tout était très réglementé. Rien ne pouvait se faire sans les « veilleurs » : ceux qui passaient au crible les radios de la police, mais qui sécurisaient aussi nos passages en barrant la route aux autres automobilistes. Risquer notre vie, oui. Celle des autres, non.

J'avais donc repris le flambeau de mon frère, Matt Wittman. Sauf que moi, je me faisais appeler *Indiana Witt*. L'explosion de sa Mustang aurait dû, tout comme Aden, me garder éloignée de ces engins et de ces courses… Au

---

[1] « courses de dragsters », traduit de l'anglais.

[2] « courses », traduit de l'anglais.

contraire, cela m'avait poussée à y participer et à m'y faire un nom. Et puis, en mon for intérieur, je savais que l'accident de mon frère n'en était pas un.

— Tu es déjà en train de câliner ta voiture ?

Je sursautai. Je ne l'avais pas entendu entrer.

— Salut Aden, répondis-je, sans répondre à sa question.

— Selon les rumeurs de ce matin, Indiana a encore fait des ravages, cette nuit… Tu aurais pu me prévenir que tu y participais, me réprimanda-t-il gentiment de sa voix de velours.

— Désolée, c'est Wyatt qui m'a envoyé un SMS hier soir, et tu me connais…

— Je sais que tu fonces dès que Wyatt Wayne te lance un défi.

— C'est normal, c'est un connard arrogant ! Il faut bien que quelqu'un se sacrifie pour lui rabattre son caquet… et je sais que tu n'aimes pas les départs arrêtés.

— Je trouve ça dangereux, soupira-t-il.

— Plus que le drift ? me moquai-je, interrompant enfin l'inspection de la carrosserie pour l'observer.

Son bleu de travail était ouvert, noué sur les hanches, et il portait un t-shirt blanc arborant le logo du garage. Ses bras croisés laissaient voir la forme rebondie de ses biceps ainsi que le tatouage tribal qui glissait le long de son bras. Ses deux prunelles bleu foncé étaient fixées sur moi.

— Le drift te permet au moins de contrôler ta trajectoire ! Charly, tu aurais pu m'appeler, nous nous serions retrouvés après…

— Pour t'assurer que j'allais bien ? continuai-je, mutine. C'est fini avec Georgie ?

— Georgia ! me reprit-il. Non, ce n'est pas fini, mais…

— Tu connais la règle. Pas deux à la fois.

— Je la connais et je ne pensais pas à ça. Je ne suis pas rassuré de te savoir seule au milieu de tous ces mecs, fous du volant et de la vitesse.

— Je te rappelle que tu en étais un également, il n'y a pas si longtemps que ça. Et même l'un des meilleurs. J'aurais aimé mesurer mon bolide au tien, déclarai-je avec un clin d'œil.

— C'est derrière moi, tout ça ! Et l'idée qu'il pourrait t'arriver la même chose qu'à Matt ne...

— Stop ! J'ai compris. Et sinon, avec cette fille, ça devient sérieux, non ? enchaînai-je pour tenter de dévier la conversation.

— Ça fait un petit moment qu'on se voit, c'est vrai. Après, de là à dire que c'est sérieux, je n'irai pas jusque-là et si tu veux vraiment...

— C'est bon, Aden, je te fais enrager. Je suis contente que ça marche avec cette fille. Je sais bien que tu ne resteras pas mon *sexfriend* toute la vie.

— Arrête avec ce terme-là ! Je n'aime pas ça. Tu devrais peut-être te trouver quelqu'un aussi. Un régulier qui…

Mon cerveau avait automatiquement bloqué et déraillé sur ce mot, me replongeant dans un passé que je cherchais absolument à fuir.

— Hey ! Vous êtes là ? nous apostropha une voix à l'accent mexicain, me sortant de ma torpeur soudaine.

— Hey, Rosita ! Comment tu vas ce matin, *bella* ? lançai-je, comme si de rien n'était.

Néanmoins, du coin de l'œil je savais pertinemment qu'Aden avait remarqué mon bug. Lui savait. Il connaissait tout de notre passé, à Matt et moi. Il savait ce que représentait le nom Wittman, ayant souvent assisté aux manifestations de mes peurs et de ma rage.

— Je vais bien, même si mon idiot de frère m'agace déjà, de bon matin, râla-t-elle avec un grand sourire qui détonnait avec ses paroles.

— Ah, les frères ! Bon, tu as du café ? Parce que je n'ai pas beaucoup dormi et je t'avoue que j'ai besoin d'une bonne dose de caféine, ce matin.

— Aaah ! Un pauvre petit pilote a été subjugué par ton regard couleur des mers du Sud ?

— Même pas ! J'ai juste piqué son pognon et je suis allée me coucher seule dans mon grand lit. Je suis une fille sage, moi, déclarai-je avec emphase.

— Tu préfères juste leur faire mordre la poussière, en réalité, commenta Aden.

— Juste leur faire respirer la fumée de mes pneus, répondis-je en lui adressant un clin d'œil. Allons boire ce café salvateur.

Ils me dépassèrent, je jetai un dernier coup d'œil à ma protégée, avant d'éteindre les lumières et de refermer la porte.

Une fois rassemblés dans le petit bureau qui servait d'accueil pour les clients, je consultai le planning de la journée pour la distribution des tâches avant l'ouverture. Luis était affalé dans l'un des fauteuils, Rosie, sagement assise derrière son bureau et déjà en train de consulter les e-mails, et Aden et moi étions appuyés, l'un contre la porte, l'autre près du meuble où trônait notre cafetière.

— Alors, tu as remis la pâtée à Wyatt ? me questionna Luis d'une voix enjôleuse.

— Oui, répondis-je avec un clin d'œil.

— Personne n'a repris le flambeau pour te lancer un défi, après ça ? reprit-il.

— Il manquait pas mal de monde hier soir, et puis, les veilleurs nous ont avertis d'une patrouille proche. On a préféré rentrer plutôt que de risquer une course-poursuite dans tout Indianapolis.

— J'imagine la tête de Wayne lorsque tu as récupéré son argent, s'esclaffa Rosie.

— Il était vert ! me moquai-je.

— Il a toujours du mal à accepter qu'une fille lui fasse mordre la poussière, se moqua Luis.

— Surtout la sœur de Matt, renchérit doucement Aden.

J'échangeai un regard empli de nostalgie avec lui. Matt courait déjà à l'époque contre Wyatt, ce gosse de riche qui se faisait offrir toutes ses voitures, même lorsqu'il les ramenait en piteux état. Wayne ne devait pas être trop rancunier, car dorénavant, il passait faire ses réparations dans notre garage.

— Un jour, on se fera une course, *chica.* Toi et moi. Ma bécane contre ta bagnole, déclara Luis d'un air de défi.

— Je ne cours pas contre les motos ! affirmai-je en avalant une gorgée de café.

— *Por qué* ? Tu as peur ? s'enquit-il d'un faux air offensé.

— Elle n'aime pas trop les bikers, s'empressa de répondre à ma place Aden.

Je lui offris un petit sourire de connivence.

— Tu n'aimes pas les bikers ? répéta, presque choqué, le latino. Mais toutes les filles aiment les motos et les gars qui grimpent dessus.

— Pour l'adrénaline, la vitesse et le danger, renchérit Rosie, tout excitée, à la place de son frère.

— Je pilote une voiture de course, alors adrénaline, danger et vitesse, je connais. Pas besoin d'un mec qui se croit Dieu le Père pour le faire à ma place, répondis-je implacablement.

— Arrête, Indy, tu les as vus, ces mecs. Leur côté *bad boy*, avec leurs tatouages et leur physique de beau gosse, rétorqua la petite Mexicaine.

Je la dévisageai en souriant, consciente que, du haut de ses vingt-deux ans, elle fantasmait sur ces motards qui trempaient dans la criminalité.

— Alors tout dépend de quel genre de biker tu parles, parce qu'ils n'ont pas seulement l'air de *bad boys*… ils le sont ! Beaux gosses..., commentai-je, avec une moue dubitative. Oui, avec une barbe, des cheveux longs crados et une bedaine proéminente grâce à toute la bière qu'ils ingurgitent ! Et puis, ma belle, crois-moi, vu la manière dont l'un de ces mecs te traiterait, tu vaux mieux que ça, lui expliquai-je avec fermeté.

J'avais conscience que tous les regards étaient fixés sur moi, mais si je pouvais éviter à Rosie la désillusion d'une nuit avec ce genre de connard, cela m'importait peu.

— Ça sent le vécu, ça. T'es sortie avec un biker, toi ? intervint la voix rauque de Hope, qui se tenait, bras croisés, sur le seuil de la porte.

— Ton lit t'a encore retenue en otage ? me moquai-je.

Elle s'avança en traînant presque les pieds. Hope, du haut de son mètre soixante-quinze, les cheveux blonds mi-longs, de grands yeux bleus, possédait cette beauté naturelle qui n'avait rien à envier aux mannequins des magazines. Tout ça, sans artifices. C'était la meilleure dans sa branche : design et peinture. Comme quoi, les études d'art menaient à tout. Elle s'affala dans le divan, aux côtés de Luis, et lui rendit son check.

— Alors, qui est ce gros connard de motard qui a brisé ton petit cœur et a fait de toi cette dure à cuire ? reprit-elle.

— Je ne suis jamais sortie avec l'un d'entre eux. Je ne les aime pas, c'est tout, expliquai-je tout en m'avançant vers le bureau de Rosie pour reposer le planning.

— Comment tu peux détester, alors que tu n'as jamais essayé, *chica* ? Je veux bien te donner quelques leçons, plaisanta le latino en affichant un air séducteur.

— Ce n'est pas pareil. Tu ne fais pas partie de ce genre-là. Et je ne mélange pas boulot et plaisir.

Hormis avec Aden, me fis-je la réflexion, mais cette histoire ne concernait personne d'autre que nous. Notre aventure n'était pas assez sérieuse pour avoir une incidence sur notre boulot. Je ne relevai pas la tête vers ce dernier, même si je savais son regard rivé sur moi.

— Bon, maintenant, on va peut-être se mettre au boulot parce que…

— J'suis là ! Présent, chef ! intervint un gars d'un mètre quatre-vingt-cinq, les cheveux châtains relevés par du gel, des yeux noisette pétillants de malice.

Joshua. Il pénétra au pas de course dans la petite salle et nous éclatâmes de rire. Josh était comme Hope, très souvent limite concernant les horaires. C'était comme ça. Ils n'étaient pas du matin. Elle, parce que c'était une artiste flemmarde, lui, parce qu'il était un oiseau de nuit.

Il ne possédait pas le magnétisme d'un Matt ou d'un Luis ni le physique séduisant d'un Aden, mais son côté charmeur et craquant couplé à son humour attirait systématiquement ces demoiselles. Il ne prenait jamais rien au sérieux, c'était lui qui détendait l'atmosphère par ses répliques et ses plaisanteries qui tombaient toujours à pic. C'était notre troisième mécano, sa spécialité était la carrosserie. Je n'aurais laissé aucune autre main toucher ma voiture. Hope et lui formaient une équipe qui fonctionnait du feu de Dieu.

Je me raclai la gorge puis repris le programme des tâches de la journée. Aden et Luis partirent vers l'atelier pour aller ouvrir le volet de l'entrée principale. Josh s'occupa de sortir les véhicules des propriétaires qui devaient venir les récupérer dans la journée. Hope, quant à elle, était toujours sur le divan, le bras sur l'appui-tête. Elle me dévisageait avec un petit sourire. Je donnai les dernières recommandations à Rosie puis attendis que cette dernière sorte chercher de l'eau pour la cafetière afin de m'adresser à mon artiste préférée :

— Quoi ? m'écriai-je en souriant.

— Rien.

— OK alors…

— Mais je me disais tout de même…

Je levai les yeux au ciel.

— Tu ne m'as jamais parlé de ce biker qui fait que maintenant, tu détestes tout leur milieu. À moi, ta copine de papotage et de beuverie ! m'apostropha-t-elle en levant un doigt accusateur.

— Je ne t'en ai pas parlé parce qu'il n'y en a pas, Hope, soufflai-je.

— Alors ta réaction est bizarre ! Je suis même au courant de tes petites incartades avec ce beau gosse d'Aden.

— Chut ! m'écriai-je en me retournant pour m'assurer que Rosie n'était pas dans le coin. Je te rappelle que tu devais garder ça pour toi. Plus jamais je ne te laisserai me saouler au rhum !

Elle éclata de rire.

— J'ai eu du mal à te tirer les vers du nez, ce soir-là ! Tu tiens plutôt bien l'alcool.

— Je dois tenir ça de mon père, je pense, répondis-je, blasée.

— Tu m'expliqueras ? insista-t-elle.

— Il n'y a rien à expliquer ! Va bosser, Hope.

Elle se leva enfin, résignée, puis se dirigea vers la porte qui menait à son atelier. Finalement, elle s'arrêta avant de se retourner vers moi.

— Ce n'est pas grave, je connais ton point faible… C'est le rhum ! déclara-t-elle avant de s'enfuir en riant.

Quelle chipie ! Hope était, avec Aden, l'une des personnes que je fréquentais le plus dans mon cercle d'amis. Mais je ne lui avais jamais parlé de mon passé. Je voulais vraiment le laisser derrière moi, ne plus avoir affaire à lui.

CHAPITRE 2
MILES
NOUVEAU PROJET

Assis dans mon fauteuil en cuir, les jambes allongées sur le bureau, pieds nus, je jetai un œil sur ce qui se passait dans le bar, par le biais de l'écran d'ordi qui affichait les images des caméras de vidéosurveillance postées un peu partout dans la salle. Il était bien trop tôt pour que l'endroit soit bondé et tous mes « frères » n'étaient pas encore arrivés. Il faut dire que certains, comme Angel, se pointeraient encore sur le coup de midi. Un de ces quatre, je le retrouverais endormi sur une des banquettes de cuir vert, le nez entre les seins d'une fille. En revanche, Sullivan, Slash et Scott étaient déjà en train de taquiner le tapis vert du billard. Je me décidai enfin à me lever pour aller enfiler un t-shirt noir. J'étais resté tard, la veille au soir, avec Slash et Sullivan pour discuter de notre affaire et, encore une fois, j'avais délaissé le confort solitaire de mon appart pour rester dormir dans la chambre qui jouxtait le bureau. J'entrai dans la petite salle de bains pour appliquer du gel dans mes cheveux. Tout en m'observant rapidement dans le miroir, je passai la main sur ma barbe de quelques jours. Je n'aimais pas me raser, mais ne désirais pas non plus porter une barbe à la *ZZ Top*[3]. Je veillais toujours à la tailler de telle sorte qu'elle paraisse dater de quelques jours. Je retournai dans le bureau et entendis frapper.

---

[3] Groupe de rock originaire de Houston, Texas, aux E.-U. Ils étaient célèbres dans les années 1970 et 1980 et avaient pour particularité de porter de longues barbes avec des blousons de cuir.

J'appuyai sur le bouton d'ouverture sécurisée de la porte après avoir aperçu la tête de Slash sur la caméra d'entrée. Ses cheveux châtains plutôt longs dissimulaient une partie de son visage. Il s'approcha de moi alors que je rassemblais des papiers sur le bureau et me tendit son poing que je cognai du mien dans un check typique.

— Salut, mec ! T'es resté dormir ici, finalement ?

— J'avais pas envie de repartir, je voulais finaliser ce projet, lui répondis-je en portant ma tasse de café à mes lèvres.

— Tout est prêt ? T'es sûr de toi ?

— On en a discuté hier. Je pense que tout est clair et que ça peut être une sacrée opportunité pour nous.

— C'est sûr qu'il y a du blé à se faire. *Ils* aimeront ça, dit-il en s'asseyant sur le bord du bureau.

— Que disent les prospects ?

— Ils sont six. Trois mecs et trois gonzesses apparemment. Le proprio est un dénommé Indiana, mécano. Joey s'est renseigné, ils ont bonne réputation, l'affaire fonctionne bien, surtout grâce à la clientèle rapportée par les courses. Cet Indiana est un sacré bon pilote apparemment, ça serait dommage de lui briser les jambes.

— On va essayer de discuter avec lui, d'abord. Qui sait ? Un mec qui pratique les courses illégales n'a pas forcément des amis dans la police et ne rechignera peut-être pas à passer un marché avec nous, répliquai-je, plus modéré, en constatant l'aspect grosse brute de Slash.

— Tu veux que je gère ça ? Après tout, ce ne sont que de petits mécanos. Je leur fais peur, ils pissent dans leur froc et le tour est joué. T'as même pas besoin d'intervenir, ajouta-t-il en passant la main sur son bouc.

— Je veux bien, ça me permettra de régler l'histoire de cette danseuse avec Joey. En revanche, ne leur fais pas trop peur… Je veux qu'ils signent cet accord, pas qu'ils me fassent un malaise dans le bar, déclarai-je.

— Tu me connais.

— Justement, repris-je en le fixant dans les yeux, dans un avertissement silencieux.

Il leva les bras en un geste de défense.

— OK. C'est toi, le « prés' ». Pas de problème, je ne frapperai pas… ou, du moins, je discuterai avant.

— Jayden est arrivé ?

— Il ne devrait plus tarder.

— Dis-lui de prendre Joey et trois autres prospects et d'aller me les chercher.

— Tu vas les faire venir ici ?

— Oui, comme ça, je pourrai garder un œil sur ce qui se passe, tout en recevant Tina et Joey dans le bureau.

— Ben ils vont flipper à mort ! T'es plus salaud que moi, finalement, se moqua-t-il.

— Au moins, ils sauront tout de suite à qui ils ont affaire. Tu sais très bien que je n'aime pas tourner autour du pot.

— S'ils ne connaissent pas les Blood Skulls, c'est qu'ils ne sont jamais sortis de chez eux, ironisa-t-il.

— Justement, ils comprendront à l'instant où ils verront la devanture du bar. Je n'ai pas envie de perdre mon temps. Au cas où, tu t'es renseigné sur les autres pilotes du circuit illégal pour les approcher ?

— Indiana est le meilleur, vraisemblablement. Ensuite, il y a un certain Wyatt Wayne, mais Angel le connaît de nom, c'est un fils à papa. Il va nous vendre aux flics.

— C'est pas les flics qui nous font peur, répondis-je en haussant les sourcils d'un air entendu.

— C'est sûr, mais les gars ont entendu parler des Angel's road, ils disent que ce serait pas mal d'avoir des mécanos et tout un garage dans notre poche pour les bécanes.

— J'y ai pensé aussi, figure-toi ! C'est pour ça que je ne veux pas que tu me les abîmes tout de suite, réaffirmai-je pour bien me faire comprendre.

— On se connaît depuis toujours, tu sais que je suivrai tes directives, comme toujours. Si t'avais pas confiance, je ne serais pas ton second.

— C'est vrai !

— Angel's road. Quand même, avec un nom pareil, ils pourraient monter leur propre club, se moqua-t-il.

— Ne parle pas de malheur. Je dois déjà gérer ces connards de Savage Souls, j'ai pas envie de me retrouver avec d'autres culs à botter ! affirmai-je durement en posant ma tasse sur le bureau. Bien, allons voir les gars pour leur expliquer le plan et donner les directives afin de relever les caisses aujourd'hui.

J'enfilai mon cuir puis suivis Slash dans le bar.

Nous rejoignîmes les gars sur les banquettes en cuir vert. Angel avait finalement survécu à sa nuit de chevauchée sauvage, il était installé aux côtés de Jayden. Ces deux-là étaient les plus jeunes de la bande, ils avaient intégré le club officiellement trois ans plus tôt. Angelo, avec sa petite gueule d'ange, justement, tombait toutes les midinettes qui se pointaient ici. Jayden était plus solitaire et introverti, mais c'étaient de bons gars. Slash leur en avait bien fait baver avant de les intégrer officiellement. Depuis, ils faisaient partie de mon cercle restreint, l'équipe sur laquelle tout reposait.

— T'as réussi à te décrocher de ta conquête, finalement ? m'adressai-je à l'ange de service dont le nez était surmonté de verres noirs.

— Ah, si tu savais ! Cette fille, elle a une bouche et…

Tout le monde se mit à rire.

— C'est bon ! Épargne-nous les détails de ta partie de jambes en l'air. On a bien compris que t'as pas dû dormir beaucoup, vu ta tête ce matin. Et puis, les lunettes de soleil à l'intérieur, c'est un peu *too much*, non ? intervint Slash.

— J'pourrais peut-être te la présenter ? tenta de le dérider Angel.

— C'est bon, p'tit mec, j'ai pas besoin de toi pour me lever une fille. En revanche, tu peux sans doute filer le numéro à Miles, se moqua mon second.

Je levai un sourcil en le fixant.

— Ah bon ? Parce que moi, j'ai besoin de vous pour me trouver une fille, peut-être ? déclarai-je en reprenant mon sérieux.

— Le prends pas comme ça, Miles. Mais, depuis Paula, t'as pas vu passer beaucoup de petites fesses rebondies, reprit Slash.

— Je vais te rassurer tout de suite, j'en vois passer suffisamment, sauf que j'en fais pas forcément étalage devant vous, bande de pochtrons ! affirmai-je avec aplomb. J'vous laisse les faciles et j'me garde les vraies femmes ! Maintenant que je vous ai rassurés sur mes plans cul, on va peut-être pouvoir commencer,

— Tu vois, t'es susceptible… Tu ne baises pas assez, Miles ! renchérit Angel.

Je lui retournai une œillade noire et il la ferma directement.

— Bon, hier soir, avec Slash et Sullivan, nous avons finalisé notre dernier projet concernant les paris sur les courses illégales de voitures. C'est un nouveau terrain que j'aimerais bien qu'on s'approprie avant que les Souls n'y mettent leur grain de sel.

— C'est le garage des Angels que tu as en ligne de mire ? se renseigna Scott.

Il me semblait bien qu'il était fan de belles bagnoles.

— Oui, celui-là. Tu connais ?

— J'en ai entendu parler il y a un petit moment, comme tout le monde.

— D'après Slash et Joey, le garage sert de couverture pour que le proprio, un certain Indiana, puisse s'éclater et empocher le pactole lors de courses en nocturne.

— C'est ce que j'ai entendu aussi. C'est un sacré pilote, d'après les rumeurs, et ses mécanos sont vraiment doués. Ça pourrait être sympa pour nous aussi, suggéra Scott.

— Par contre, qu'est-ce que trois gonzesses font dans le garage ? Trois secrétaires ? intervint Slash.

— Pas forcément. Faut vivre avec ton temps, Slash. Les filles aussi font de la mécanique maintenant, rétorqua Sullivan.

— Des filles, mécanos ? Je passe mon tour, répondit l'homme des cavernes à côté de moi.

— Comment t'arrives à te faire des filles, toi ? C'est un mystère ! reprit Sullivan.

J'allais devoir intervenir, je le sentais. Sullivan était mon *Road Captain*, un super motard et un frère intègre, mais parfois, ça passait mal avec Slash qui, n'ayons pas peur des mots, était un sale misogyne. Pour lui, une fille devait ouvrir les cuisses et dire oui à ce qu'il proposait, c'est tout ce qu'il lui demandait. On était tous d'accord sur le fait que nos conquêtes n'avaient pas besoin d'un diplôme universitaire, mais on ne les considérait pas toutes comme des bouts de viande, surtout Sullivan. Son côté brun ténébreux aux yeux sombres et son air sérieux faisaient de lui un biker difficile à approcher ; je pense qu'il recherchait autre chose parfois qu'une simple baise d'un soir. Lui et Scott bichonnaient leurs bécanes et sortaient souvent en duo. Scott arborait le même look, c'était aussi un brun aux yeux marron, mais sans barbe, et plus petit que Sullivan. Ils partageaient les mêmes délires.

— T'insinues quoi, là, mec ? s'énerva Slash.

— C'est bon, les gars ! tonnai-je une seule fois.

Un de ces quatre, ces deux-là se mettraient sur la tronche.

— Jayden, tu vas prendre Joey et trois autres prospects et tu vas aller me chercher cet Indiana. Tu me l'installes ici, Slash s'en occupera. Vous m'enverrez Joey dans le bureau ensuite. Faut que je règle cette affaire, ce petit merdeux tourne un peu trop autour des danseuses. Il n'a rien compris celui-là.

— Tina est venue se plaindre ? s'informa Sullivan.

— C'est la deuxième fois ! Va falloir lui trouver un truc à faire à cet abruti. Vous en pensez quoi, d'ailleurs ?

— C'est un réel abruti ! Mais bon, il est loyal et obéit, affirma Scott. T'es sûr que tu veux pas que je les accompagne au garage ?

— Selon Joey, ils n'ont pas la réputation d'être des emmerdeurs, hormis le proprio qui est un dur à cuire, mais on le matera, et peut-être qu'ils se feront dessus en vous voyant arriver. Jayden, préviens Joey, tout le monde arbore sa tête des mauvais jours, aujourd'hui. Il faut leur en mettre plein la vue.

— Pas de problème, je gérerai, répondit Jayden.

Malgré ses vingt-trois ans – tout comme Angel – on lui donnait moins. Même s'il avait déjà essayé de se faire pousser un bouc, c'était sans succès. Il avait une tête de jeune premier, la faute à ses yeux verts et à ses traits encore juvéniles, pourtant, il était carrément plus mature qu'Angel et sa petite gueule de charmeur. Il ne fallait pas lui mettre une minijupe sous le nez, à celui-là, sa braguette s'ouvrait plus vite que l'éclair. C'était un vrai biker dans l'âme.

— Tu fais reposer tout le plan sur les infos de Joey ? intervint Sullivan, sceptique.

— Ça fait plus de trois mois que je lui ai demandé d'aller à la pêche aux infos et de surveiller le garage. S'il y avait eu des armes ou des gros bras, il nous l'aurait dit. Non, je pense juste qu'il va falloir en imposer tout de suite et, comme je le disais à Slash, peut-être même qu'ils marcheront de bon cœur avec nous.

— On aurait porte ouverte chez les Angels. Trop la classe ! s'écria Angelo.

— Du coup, nous, on fait quoi ? demanda Sullivan.

— Tu prends Angel et tu files récupérer les caisses chez les filles et chez nos revendeurs, comme d'habitude, répondis-je.

— C'est jour de paye, aujourd'hui ! plaisanta Angel en se frottant les mains.

— Slash, tu fais rappliquer les autres gars ici, histoire que ce soit noir de Bloods quand ils arriveront.

Mon second hocha la tête.

— Scott, tu restes ici au cas où, mais je pense que c'est une histoire qui roule.

— C'est les gars de Chicago qui vont être contents si on arrive à s'infiltrer dans le milieu des courses, déclara Slash.

— Et pour les Souls ? Vous les avez à l'œil ? m'assurai-je.

— J'ai mis des gars sur le coup, j'attends de voir ce qu'ils me ramènent comme infos, répliqua Sullivan.

— Si leurs nénettes sont pas mal, on pourra aussi aller à la pêche ? lança Angel.

— Ça, tu verras avec elles et avec leurs mecs… mais t'étonne pas si tu t'en prends une. On est là pour bosser, pas pour récupérer des filles, rétorquai-je en souriant.

— Des filles mécanos ! T'imagine pas non plus tomber sur des mannequins, mon gars, s'esclaffa Slash.

Je me tournai vers le bar et fis un signe à Bonie pour qu'elle nous apporte des bières. C'était la seule fille acceptée dans le club. Elle avait toute ma confiance… chose que je n'accordais pas à grand monde, surtout pas à une femme. Les gars savaient qu'ils ne devaient pas poser la main sur elle. La belle brune ne touchait pas à la came ni aux barres des danseuses. Elle savait tout, entendait tout, mais ne disait rien. Bonie s'approcha, faisant rouler son postérieur dans son pantalon de cuir noir et balancer ses longs cheveux noir corbeau. Elle déposa les bouteilles sur notre table.

— Bonie, on va recevoir du monde cet aprèm. Tu t'assureras de leur apporter des consommations et tu mettras ça sur le compte du club. Si ça tourne mal, tu restes derrière ton comptoir. Compris ?

— Pas de soucis, boss !

— Alors, tigresse, t'as sorti le cuir aujourd'hui ? s'excita Angel.

— Calme-toi, bébé ! T'es pas assez expérimenté pour moi, le calma-t-elle avec un sourire.

Nous éclatâmes tous de rire. Il l'avait bien cherché ! Angel tomberait un jour sur la fille insensible à son physique de play-boy et celle-là ferait de lui ce qu'elle voudrait.

CHAPITRE 3
CHARLY
PROBLÈME

La journée s'était plutôt bien déroulée. Les clients venaient récupérer leur véhicule ou le déposer. J'étais assez contente, le bouche-à-oreille et les coups de pouce des pilotes apportaient chaque jour plus de monde au garage. Il faut dire que l'équipe assurait derrière. On ne prenait qu'une pause d'une heure, le midi, puis on se remettait au plus vite au boulot.

Rosie renseignait au mieux les personnes se présentant à l'accueil et sortait les factures plus rapidement que son ombre.

Après avoir mangé sur le pouce, nous nous étions remis à l'ouvrage. J'avais travaillé avec Aden, ce jour-là. Nous bossions sur le moteur d'une Chevrolet Impala de 1968, un petit bijou à retaper. Il prenait son pied rien qu'en la rafistolant. C'était un connaisseur et un grand amateur de vieilles bagnoles. J'étais placée sous la voiture, essayant de décrocher le vieux pot d'échappement, alors que lui avait les mains dans le moteur.

— Alors ? T'arrives à le démonter ? demanda-t-il.

— Purée, c'est pas mal grippé. Je suis obligée de forcer pour dévisser les boulons.

— Tu veux un coup de main ?

— Ça devrait aller, je pense. Faudra donner les références à Rosie pour commander les pièces.

— Laisse tomber, je vais le faire moi-même. Ça fait un moment que je n'ai pas retapé une de ces vieilles bagnoles, je préfère les chercher moi-même. Ça me rappellera le temps où Matt et moi écumions les casses pour restaurer sa Mustang.

Je ne répondis pas tout de suite, un léger pincement au cœur m'en empêchait.

— Comme tu veux. C'est toi le meilleur pour les voitures anciennes.

— Tu fais quoi ce soir ? demanda-t-il d'un ton qu'il essayait de rendre indifférent.

— Rien. À moins que Hope s'invite chez moi avec une bouteille de rhum, puisqu'elle est persuadée que je lui cache un ancien amant motard. Et toi ? Tu vois Georgie… euh, Georgia, pardon, me repris-je aussitôt.

— Je pense.

— Dis donc, ça devient vraiment sérieux votre histoire, me moquai-je gentiment.

— Elle est gentille et douce. Elle veut me préparer un souper.

— Ah oui. Elle est carrément le contraire de moi, en fait. Nous, en général, après, on commande une pizza ou chinois. Une vraie petite femme d'intérieur. Elle te passera bientôt la bague au doigt, si ça continue, plaisantai-je, avec tout de même une pointe d'amertume.

— La bague au doigt ? On n'en est pas là, et puis, elle n'aime pas les voitures…

J'avais compris le sous-entendu.

— Mais moi, je ne sais pas trop cuisiner, sur ce coup-là, tu gagnes au change.

— Et toi, personne en vue ?

— Pas vraiment. Tu me connais, je n'ai pas le temps, et je suis pire qu'un mec avec sa bagnole.

Des bruits lointains de moteur me firent tendre l'oreille puis froncer les sourcils. Je reconnaissais ce vrombissement typique des deux-roues. Le genre Harley Davidson. Je n'écoutais plus Aden, me concentrant sur ce bruit.

Il fallait que j'arrête de trembler à chaque fois que j'entendais une moto. Je raffermis ma poigne sur mon outil et me remis à desserrer les boulons. Pourtant, je me raidis tout à coup ; Aden interrompit ses palabres. Je ne rêvais pas, cette fois. Elles se rapprochaient. Leur destination, c'était... ici. Je m'immobilisai, la respiration tout à coup saccadée. Aden se déplaça pour s'installer entre mes jambes qui dépassaient de sous la voiture, dans un geste protecteur. Ces bécanes étaient sur le parking, cette fois, j'en étais sûre. Ils m'avaient retrouvée ! Impossible. Ils stoppèrent leurs moteurs. Ils devaient être quatre ou cinq, pas plus. J'entendis des bruits de pas se rapprocher.

— Salut ! prononça une voix assez jeune.

— Salut ! répondit Aden de sa voix grave.

Il en imposait, quand même.

— On cherche le proprio, un certain Indiana. C'est toi ?

— Ça dépend ! Vous lui voulez quoi ? reprit mon ami, froidement.

— On veut juste lui parler.

Je ne reconnaissais pas cette voix. Il fallait que je sois sûre, que je voie de mes yeux qui ils étaient. Je donnai un léger coup contre la jambe d'Aden et il bougea, lentement. Je fis rouler ma planche afin de sortir de dessous la voiture. Mon ami me tendit la main et je me relevai. Ils étaient bien cinq bikers.

Mon regard se porta directement sur leur écusson avec le logo du club, un crâne avec un impact de balle dans l'os frontal, le tout ensanglanté. *Les Blood Skulls*. C'étaient bien eux. Mon cœur rata un battement, mes mains devinrent moites. J'inspectai leur « grade », c'est ainsi que l'on savait quel rang ils occupaient dans la hiérarchie. Le gars plutôt jeune, qui avait adressé la parole à Aden, était un membre du club. Je penchai la tête pour observer les autres, des prospects. En somme, des gars qui voulaient être membres, mais qui n'avaient pas encore fait leurs preuves. Les malheureux larbins, en gros. On m'avait envoyé un bébé membre et des prospects. C'était quoi cette blague ?

Le leader du groupe posa le regard sur moi, de bas en haut, l'air appréciateur.

— C'est qui, elle ? demanda-t-il en s'adressant à Aden, sans me lâcher des yeux.

— Elle, c'est Charly, mécano chez les Angels, répondis-je à la place de mon ami.

Je me tournai vers Aden. Appuyé contre la voiture, les bras croisés dans un air de défi, il haussa un sourcil à mon intention. Qu'est-ce que je faisais ? Je ne savais pas ce qu'ils voulaient à *Indiana*, ces mecs, et je n'avais pas l'intention de leur dire qui j'étais tant que je n'en saurais pas plus. J'avais imaginé quand même que mon oncle m'aurait envoyé son second, c'est-à-dire mon père, ou alors son *Road Captain*. Même pas. Je ne méritais même pas ça.

— Ils sont tous sexy comme ça, vos mécanos ? demanda le biker en face de moi.

— Vous voulez quoi ? lui répondis-je.

— On vient chercher Indiana, le proprio. On voudrait discuter avec lui. Il est là ?

Je frissonnai au mot « chercher ». Légèrement angoissée et curieuse, je n'avais pas entendu Luis et Josh approcher dans mon dos, outils à la main.

— Y'a un problème, boss ? s'inquiéta Josh.

Le biker tourna instinctivement la tête vers Aden.

— Donc c'est toi, le proprio ? On ne veut pas d'ennuis. On vient juste te proposer une discussion devant un verre dans notre bar.

— Hé, mais c'est....

— Oui, c'est lui, le boss, coupai-je Josh tout en indiquant d'un signe de tête Aden.

Ce dernier ne broncha pas, mais je le sentis se crisper.

— Vous me voulez quoi, au juste ? reprit-il.

— Juste discuter affaires, répondit le gars.

— T'as besoin d'aide ? reprit Luis.

Je tournai la tête vers les deux mécanos en faisant de gros yeux pour ne pas attirer l'attention sur moi.

— Ça devrait aller, les gars ! Vous pouvez retourner au boulot. Veillez sur Rosie et Hope, ordonnai-je.

Je me mordis l'intérieur de la joue. Mince, ce n'était pas à moi de donner les ordres. Au plissement d'yeux du motard, j'avais bien compris qu'il avait bloqué sur mon intervention.

— On doit vous suivre où ? le questionna Aden.

— On ? s'inquiéta le jeune biker.

— C'est mon bras droit. Elle vient avec moi.

Il se mit à sourire en baissant la tête, railleur.

— Mon gars, tu veux emmener ta petite copine dans notre bar ? Ben t'as pas peur, toi ! se moqua-t-il.

— Non, il n'a pas peur, et moi non plus ! rétorquai-je fermement en fixant le gars dans les yeux.

J'avais quitté ce monde de testostérone et de violence une dizaine d'années plus tôt, pourtant, mon insolence et mon côté rebelle revenaient déjà à la charge, comme si j'étais partie hier, comme si j'avais encore besoin de prouver quelque chose à ces types. Ils me voulaient. OK. Mais je ne tomberais pas sans me battre.

— C'est à prendre ou à laisser, insista Aden.

— OK. Pas de problème. C'est ta nénette, pas la mienne, ironisa-t-il.

— J'suis pas sa… nénette ! répliquai-je du tac au tac.

— Intéressant. Alors tu montes derrière moi ! m'imposa-t-il en me défiant du regard.

— Tu rêves, mon gars ! Moi, je monte dans un vrai véhicule. Aden, on prend ta voiture, ordonnai-je.

— Tu lui reproches quoi, à mon… véhicule ? protesta le gars en question, un peu moins souriant.

— Je ne monte pas sur une moto que je n'ai pas préalablement révisée. Et puis, je préfère les quatre-roues, désolée, minaudai-je.

Il me dévisagea un petit moment, puis se retourna pour monter sur son engin et discuter avec les autres. Mes yeux s'arrêtèrent sur l'immense crâne qui trônait dans son dos. Un soupir de soulagement franchit mes lèvres quand j'y lus « Blood Skulls, Indianapolis »... puis cessa net quand je vis le patch « 1 % ».

Ils ne venaient pas de Chicago, c'était le club local. Même si, à mon avis, cette ville devait possédait au moins un « chapitre » aussi important que celui de ma ville natale. Mais peut-être qu'ils ne savaient pas réellement qui j'étais et que toute cette histoire n'avait rien à voir avec ma famille. Ils mirent leur bécane en route et nous attendirent. J'adressai un dernier signe de tête à Luis.

— Si on n'est pas rentrés, tu fermes le garage, lui ordonnai-je rapidement.

— OK. Et on vient vous chercher ou on appelle les flics ? s'inquiéta Josh.

— Surtout pas. Ils ne nous ont pas envoyé leurs gros bras. Ce sont leurs prospects, ça ne doit pas être une histoire dangereuse. On va écouter ce qu'ils ont à dire et on rentre.

— Dis donc, pour quelqu'un qui n'aime pas les motards, *chica*, je trouve que tu les connais très bien et que tu sembles bien trop calme, déclara Luis en m'inspectant avec sévérité.

— C'est compliqué. Je t'expliquerai un jour. Seulement, ne crois pas que je suis détendue. J'ai la trouille. Ces mecs sont des connards, mais des connards avec des armes ! Le tout est de ne pas leur montrer qu'on a peur, sinon on est foutu ! À demain, les gars.

Aden m'attendait déjà dans sa voiture, le moteur ronronnait. Je grimpai rapidement à ses côtés puis il suivit les membres des Bloods.

— C'est quoi cette histoire de boss ? m'interrogea-t-il sans quitter la route des yeux.

— Ils ne savent pas qui je suis, et je préfère qu'ils ne comprennent pas tout de suite. Le temps que j'appréhende ce qu'ils me veulent. Donc, à aucun moment tu ne m'appelles Indy ou Indiana. C'est Charly.

— OK, comme tu veux. Mais j'aurais pu y aller tout seul, plutôt que tu coures le risque avec moi. Je n'aime pas la façon dont ces gars te regardent, gronda-t-il.

— Je sais. C'est juste leur manière à eux de te défier. Il ne faut pas qu'ils pensent que je suis avec toi, sinon ils s'en serviront contre nous. Rassure-toi, ça va aller. J'ai l'habitude de leurs manières. N'oublie pas que j'ai grandi parmi eux, à Chicago. Ne leur montre pas que tu as peur, surtout.

— Je n'ai pas peur pour moi… Et si ton père ou ton oncle t'attendaient là-bas ?

Je pinçai les lèvres puis déglutis.

— S'ils sont présents… trouve un moyen de t'enfuir et ne te retourne pas ! C'est qu'il sera temps de solder les comptes, comme dirait mon oncle.

Je gardai les yeux rivés sur le crâne qui ornait le cuir devant nous, serrai les poings sur mes cuisses. Cette fois, je n'avais pas mon grand frère pour me défendre ou prendre les coups à ma place. Le temps de l'innocence était bien révolu.

Nous suivîmes les motards dans les rues d'Indianapolis. Ils nous emmenèrent à la frontière du centre et des quartiers plus modestes de la ville. Les regards se tournaient vers les bikers et c'est exactement ce qu'ils recherchaient. Je m'étonnais de ne jamais les avoir aperçus auparavant. Comment avaient-ils fait pour venir zoner dans le coin et récupérer des infos sur nous sans que je m'en aperçoive ? J'étais sûrement devenue trop confiante au fil des années. Pourtant, je pensais qu'en changeant de nom et en utilisant un sobriquet, il serait moins simple de remonter jusqu'à moi.

Nous descendîmes une rue plutôt populaire, assez fréquentée. J'aperçus de loin le bâtiment tout en briques rouges, aux larges fenêtres teintées et aux boiseries foncées, arborant sur sa façade une immense pancarte sur laquelle on retrouvait le même crâne que sur les blousons des motards, avec pour légende « Blood Skulls Motorcycle ».

Ben voyons, juste un petit bar tenu par des potes qui roulent à moto le dimanche. Y avait-il des gens assez stupides pour croire à tout ça ? Une large allée en béton, claire et couverte d'une tonnelle noire et argentée, menait à de grandes portes aux vitres fumées. Un nombre incalculable de motos s'étalaient sur les côtés du bâtiment. Ils avaient réuni du monde, certainement pour nous en mettre plein la vue.

Vu l'ampleur du bâtiment et le nombre de deux-roues étalés au grand jour, le MC d'Indianapolis n'était pas un petit groupe d'amateurs.

Aden gara la voiture sur le parking à côté du bar et nous descendîmes pour aller rejoindre notre escorte devant l'entrée.

— T'es prête, chérie ? T'as pas peur d'être choquée ? me demanda le biker, la cigarette au coin des lèvres.

Je le dévisageai durant quelques secondes, puis m'avançai vers lui doucement. Je saisis sa cigarette, la jetai au sol et l'écrasai du bout de ma chaussure.

— Ce n'est certainement pas toi et tes potes qui allez m'effrayer ! répliquai-je avec hargne.

Je poussai les portes du bar pour y pénétrer. Il y faisait assez sombre. J'avais d'abord pensé que des odeurs d'alcool, de transpiration et de cigarette froide allaient m'agresser le nez, comme dans mes souvenirs de Chicago, mais non. Un léger effluve de fumée, mais rien qui aurait donné envie de prendre ses jambes à son cou… hormis le nombre de visages et de paires d'yeux qui se retournèrent à notre entrée. Le motard qui nous avait amenés passa devant moi et me frôla.

— On va voir si t'es toujours pas effrayée, bébé ! murmura-t-il à mon oreille, avant d'avancer.

Aden et moi le suivîmes entre les tables et les banquettes en cuir vert foncé. La salle était immense, profonde. Les murs intérieurs étaient également en brique, plusieurs photos ou plaques à l'effigie de marques de motos y étaient épinglées. Je frissonnai tout en essayant de garder une démarche assurée, tout cela me rappelait trop mon enfance.

Quelques motards s'étaient attroupés autour de tables de billard et de jeux de fléchettes, tous immobiles pour assister à notre entrée. Un immense comptoir en bois foncé, aux moulures argentées, occupait toute une partie de la salle. D'énormes néons et une quantité astronomique d'alcools de toute sorte pendaient au-dessus de la serveuse brune qui semblait toute petite, derrière.

D'habitude, on ne distinguait pas la musique de fond dans ce genre d'endroits, mais là, c'était tellement silencieux en raison de notre arrivée que j'aurais pu prendre un micro et monter sur la petite scène pour me lancer dans un karaoké.

Je cherchai des yeux l'espace des strip-teaseuses ou des danseuses de pole dance, mais rien. Il y avait des portes qui devaient certainement ouvrir sur d'autres choses… Une table de taille moyenne entourée de fauteuils et d'une énorme banquette trônait sur une plate-forme à laquelle on accédait par deux marches. Deux motards y étaient installés, le visage fermé et les yeux rivés sur nous. Ils devaient nous attendre.

Le gars qui était venu nous chercher s'avança vers eux pour leur adresser un salut typique des bikers. L'un d'eux possédait une assez large carrure, de longs cheveux châtains et, à ma grande stupéfaction, ils avaient l'air propres. Il passait sans cesse la main, complètement recouverte de tatouages, sur son bouc.

Le type à côté de lui avait des cheveux bruns, courts, ses yeux étaient sombres. Il n'était pas du genre à porter de barbe, apparemment. Il était plutôt pas mal pour un biker. Je me demandais lequel des deux était le président, parce que, dans ce genre de regroupement, il y avait une tête pensante, si l'on pouvait appeler ça comme ça. Disons le plus vilain de la bande, le mâle alpha quoi. À Chicago, ce rôle revenait à mon oncle, j'avais donc une assez bonne représentation de ce qui se faisait en la matière. Venait ensuite son second, un bras droit, un lieutenant, puis, en troisième position arrivait le *Road Captain*, le plus doué derrière un guidon, qui emmenait la troupe en sortie.

Le gars aux cheveux longs nous indiqua d'un signe de tête la banquette. Aden, sûrement le seul homme bien élevé dans la salle, me laissa prendre place puis vint s'asseoir à mes côtés. Côté carrure et musculature, il n'avait rien à envier à ces mecs. Je l'avais assez vu nu pour le savoir.

— Jayden, c'est qui cette gonzesse ? commença le chevelu.

Ça faisait longtemps que je n'avais pas entendu ce genre de qualificatif… Et ça ne m'avait pas manqué.

— C'est le lieutenant, le bras droit d'Indiana ! C'est une mécano… Et regarde un peu le genre de mécanos qu'ils embauchent ! Je vais y faire réparer ma bécane toutes les semaines, plaisanta celui qui nous avait amenés ici, le dénommé Jayden.

— Mon gars, t'aurais pu laisser ta poulette à la maison ! On n'a pas besoin d'elle pour parler affaires, reprit le chevelu.

Je ne bronchai pas, Aden non plus. Pour ça, je le connaissais, il respecterait mes directives. Je dévisageai les deux hommes en face de moi, me demandant qui pouvait bien être le président. L'un était quasi invisible, pas assez de prestance, et l'autre avait l'air d'un abruti lobotomisé. Impossible qu'un de ces deux-là dirige ce chapitre.

Je me détendis soudain. On ne nous avait même pas envoyé le boss.

Il fallait que je sache qui était le grand patron de ce club. Est-ce que je le connaissais ? Et, surtout, est-ce que lui pouvait me reconnaître ? Peut-être était-il déjà en train d'appeler mon oncle, à Chicago, pour lui dire qu'il avait retrouvé la brebis galeuse de la famille. Je me mordis la joue. Pour faire sortir le mâle alpha, il fallait le provoquer. Pour cela, je devais retourner dans la peau de Charly Wittman, fille de biker. Celle qui n'avait pas froid aux yeux !

— J'suis pas sa poulette ! On boit quoi dans ce taudis ? débitai-je avec un sourire narquois.

Le mec brun se raidit, l'autre ouvrit des yeux grands comme des soucoupes.

— Quoi ? répliqua-t-il. Hé, mec, attache ta nana, sinon ça va mal finir !

Trop facile. Il m'avait envoyé le cogneur.

— Elle vient de te le dire… C'est pas ma nana, répondit Aden nonchalamment.

Bon, si tout ce cinéma ne fonctionnait pas, on allait certainement se prendre une méchante déconvenue.

Le malabar tenta un mouvement pour se lever, mais son pote le retint silencieusement d'un bras sur son épaule. Il me dévisagea, je lui rendis son regard, le sourire toujours accroché aux lèvres, feignant l'indifférence, même si, en moi-même, je tremblais de peur. J'avais fui cette ambiance et je me retrouvais de nouveau à montrer les dents pour prouver qui j'étais.

— Qu'est-ce que tu nous veux ? intervint Aden.

— On est obligés de parler devant elle ? reprit le mec nerveux.

— Si t'as rien à nous dire, on s'en va, répliqua mon ami qui entreprit de se lever.

— C'est bon !

J'avais bien compris, ces mecs n'étaient pas là pour Charly Wittman, mais véritablement pour Indiana. Que me voulaient-ils ?

— C'est toi, le proprio du garage des Angels ? se renseigna le plus grand des deux.

— Ouais, répondit laconiquement Aden.

— Et c'est toi aussi qui pilotes lors de courses illégales en nocturne et qui se fait appeler Indiana ?

J'étais sûre que mes yeux luisaient de curiosité.

— Et alors ? Tu veux un autographe ?

Je baissai la tête pour m'empêcher de rire. Je savais que je jouais la provoc, mais ces types-là n'hésiteraient pas à cogner Aden. À cinquante contre un, ça n'allait pas le faire.

À mon grand étonnement, ils gardèrent leur sang-froid. Leur démarche visait réellement à obtenir des informations sur Indiana et son garage.

— Nous sommes les Bloods, je suppose que tu as déjà entendu parler de nous ?

— Non. Mon truc, c'est les bagnoles, pas les motos, se justifia Aden.

— Mouais. On a une affaire à te proposer.

— J'suis pas intéressé.

— Tu devrais écouter, intervint soudainement d'une voix rocailleuse le mec brun.

Aden tourna légèrement la tête vers moi, je tentai de lui faire comprendre d'un regard que je voulais en savoir plus.

— OK. Vas-y, je t'écoute.

— Mes potes et moi, on aimerait se faire une place dans votre business de paris sur les courses.

— C'est-à-dire ? demandai-je brusquement.

— C'est pas à toi que je parle ! reprit l'abruti chevelu.

Bon, cette fois, j'en avais ma claque ! Ces deux-là m'avaient assez amusée. Je voulais savoir quel était ce deal et je voulais en parler avec le chef de ces demeurés. Je m'enfonçai un peu plus dans la banquette puis posai les pieds sur la table.

— Écoute, mec, toi et moi, on sait très bien que ni toi, ni ton pote, vous n'êtes le boss ici ! Alors arrête de te la raconter et va chercher ton prés' !

Le mec brun se leva aussi rapidement que Monsieur Muscles pour l'empêcher de s'approcher de moi.

— Tu devrais la fermer ! m'ordonna-t-il.

— Ah ouais, et sinon tu vas faire quoi ? Aller chercher ton papa ? le provoquai-je un peu plus.

L'adrénaline coulait dans mes veines, mon cœur battait à tout rompre. Matt n'était plus là pour me faire taire et m'éviter les coups, cette fois-ci. Je les quittai des yeux deux secondes pour chercher les caméras. Il y en avait toujours. Ces mecs-là ne rigolaient pas avec la sécurité, c'était même de la paranoïa. J'en repérai une et la fixai, histoire de faire passer le message au type qui se trouvait derrière.

— Putain, mais c'est qui cette poule ? Tu sais pas dresser tes employés, mec ! s'énerva le chevelu.

Je me levai subitement et m'approchai dangereusement du gars. Bien sûr, mon cœur cognait contre mes côtes et j'étais proche de la crise cardiaque, mais mon père m'avait toujours répété : « cache ta peur ». Et s'il y avait une chose que j'avais retenue de ses leçons, c'était bien ça ! Des coups, j'en avais pris et, grâce à lui, je savais les rendre ! Ce colosse me mettrait certainement une raclée, mais avant d'être ramassée sur moi-même, en sang et au sol, je lui aurais cassé le nez.

— Maintenant, arrête de jouer et va chercher ton boss ! Tu me fais perdre mon temps, murmurai-je, à quelques centimètres de son visage.

Le dénommé Jayden, jusque-là silencieux derrière nous, bondit pour venir prêter main-forte au mec brun afin de retenir leur pote. Du coin de l'œil, je vis Aden se tortiller sur la banquette. Pourtant, il connaissait Matt, nous étions des provocateurs, des suicidaires !

— Alors ? On attend, les piquai-je encore un peu.

— Indy ! me prévint la voix grave d'Aden.

Je soufflai et fermai les yeux. Bon sang, il l'avait fait ! Il avait prononcé mon surnom devant ces types.

— Quoi ? releva le mec brun, les sourcils froncés.

— Je m'en doutais, s'amusa Jayden.

Je sentis soudain une présence derrière moi. Apparemment, le loup était sorti du bois et j'allais me faire croquer.

— Mademoiselle Indiana ? C'est bien ça ? Je vous demanderai d'arrêter de provoquer mes frères et de vous asseoir. C'est moi que vous vouliez voir, je suis là, intervint une voix chaude dans mon dos.

Je lançai une œillade peu amène à Aden, et envoyai tout de même un petit baiser volant au chevelu, avant de me retourner pour observer le vilain méchant de l'histoire.

J'avoue que mes yeux furent directement attirés par les siens. Deux prunelles gris-bleu me fixaient. Je n'aurais su dire si c'était le bleu ou l'argenté qui prédominait. Il fallait l'avouer, ce mec-là était carrément plus charismatique que ces deux rigolos. Les biceps gonflés à bloc dans son t-shirt noir, il croisait les bras sur sa poitrine d'un air résolu. De nombreux tatouages ornaient ses bras et devaient certainement continuer sous son t-shirt, car l'un d'eux grimpait sur le côté de son cou. Ses cheveux coiffés en arrière avec du gel hésitaient à être blond foncé ou châtain clair. Sa mâchoire carrée, son nez droit et ses pommettes hautes laissaient apparaître une barbe soignée de quelques jours. Il n'avait rien à envier à la carrure du chevelu, même si, chez lui, ça ne paraissait pas de la gonflette. OK, j'étais tombée sur un os, et un fameux.

CHAPITRE 4
MILES
DEAL

J'avais assisté à l'arrivée de ce mec et de cette petite rebelle. Quelque chose dans sa démarche m'avait troublé. Les traits de son visage paraissaient crispés, pourtant son pas assuré, presque conquérant, montrait sa détermination. Elle était là pour conquérir.

Son petit cinéma m'avait fait sourire. J'avais assisté à la perte de contrôle de Slash alors qu'elle lui faisait ravaler ses paroles. Lui avait frôlé la crise cardiaque face à son insolence. On était loin des filles qui se pâmaient devant nos biceps tatoués.

Durant quelques secondes, j'avais lâché l'affaire Joey-Tina. Ce prospect avait bien besoin d'être recadré, on ne touchait pas aux filles qui bossaient pour nous. Le savon que je lui avais passé parce qu'il les serrait d'un peu trop près avait suffi à remettre les pendules à l'heure. Puis mon regard était retourné du côté de ce qui se passait dans le bar. Comme devant une bonne série, j'étais resté scotché sur mon écran en suivant le spectacle offert par cette fille.

Elle avait posé les yeux partout dans le but de repérer les caméras. *Elle savait*. Ce n'était pas la première fois qu'elle entrait dans un bar à bikers. Son coéquipier cherchait souvent l'approbation dans son regard. Le sien était fort protecteur, malgré leur jeu du « on n'est pas ensemble ». Cette fille était plus que ce qu'elle voulait faire croire. J'étais intrigué.

Ses yeux couleur des mers du Sud m'avaient harponné, provoquant des frissons le long de ma colonne vertébrale. Pourtant, ce regard était dur et résolu. Ce n'était pas une de ces poules qui traînaient dans nos bars, à la recherche d'une nuit ou d'une bonne chevauchée torride. Je l'avais compris en observant la caméra, lorsqu'elle l'avait fixée pour défier le boss, pour me chercher, moi. Et puis, comme les autres, j'avais tout compris lorsque son compagnon avait prononcé son nom, *Indy*. C'était elle que nous cherchions, pas un mec ! Notre pilote de course folle, c'était ce brin de fille enragée qui tenait la dragée haute à mon second. La vision de Jayden quittant son poste pour rejoindre Scott, en peine de maintenir Slash, m'avait fait me lever de mon siège. Ni une, ni deux, j'étais donc sorti du bureau pour intervenir.

Lorsqu'elle s'était retournée, j'avais immédiatement plongé dans l'océan turquoise de ses grands yeux. Ils étaient encore plus incroyables de près. Vêtue de son bleu de travail très masculin noué sur ses hanches et de son t-shirt à l'effigie d'un de ces groupes de rock à la mode, elle n'avait vraiment rien à voir avec le genre de filles qu'on accueillait ici, d'habitude. Son côté mécano et ses vêtements ne mettaient pas ses atouts féminins en valeur, contrairement aux shortys très courts et aux décolletés aussi profonds que le grand canyon des filles qui défilaient ici.

Elle m'avait longuement étudié, comme on jauge un ennemi, à la recherche de mes éventuels points faibles. Cette Indiana n'était pas là pour séduire, mais pour se battre. Ses cheveux remontés en un chignon flou, elle croisait les bras dans un air de défi permanent. J'avais bien compris le message. Tout président des Blood Skulls que j'étais, elle n'avait pas peur de moi et rien à foutre de ce que je pouvais lui dire.

— Le loup est enfin sorti de sa tanière ? m'apostropha-t-elle.

— Ma belle, tu vas baisser d'un ton et t'asseoir. Tu as voulu me voir, je suis là, mais tu as affaire au boss, comme tu l'as si bien dit, et je peux parfaitement faire preuve de savoir-vivre, comme être un vrai con ! À toi de voir, rétorquai-je très calmement, mais sur un ton ferme.

Elle continua de me fixer durant quelques secondes, puis finalement, retourna s'asseoir auprès de son ami. Je glissai quelques mots à Jayden pour qu'il fasse sortir Joey et Tina de mon bureau, avant de m'asseoir sur une chaise, en face des deux mécanos. Je me retournai, adressai un signe de tête à Bonie derrière son bar. Elle hocha la tête et nous rejoignit.

— Salut Miles, déclara cette dernière. Qu'est-ce que je peux vous servir ?

— Trois bières pour nous, lui répondis-je en observant mes deux acolytes, et…

— Deux pour nous aussi, répliqua notre invitée.

— Mon taudis et moi-même sommes heureux de vous offrir vos consommations, l'informai-je, sardonique.

— J'ai égratigné le héros ? s'enquit-elle avec sarcasme.

— Bon sang, mais cette nana est suicidaire ! commenta Slash à mes côtés.

J'offris à cette furie mon plus beau sourire suffisant. J'aimais les défis. Elle en était clairement un.

— Très bien, nous allons faire les vraies présentations. Voici Scott et Slash, mon second.

Elle le dévisagea étrangement, elle savait ce qu'il représentait.

— Scott ? Le *Captain*, je suppose ? demanda-t-elle en le fixant.

Je me raidis, elle en savait vraiment beaucoup sur le système.

— Non, mon *Captain*, c'est Sullivan, mais il n'est pas présent, l'informai-je. Quant à moi, c'est Miles, le président des Bloods d'Indianapolis. Je suppose donc que ton blondinet n'est pas le proprio ?

Ce dernier se redressa, Bonie revint au même moment pour déposer nos bières sur la table. Je la remerciai, ce qui eut l'air d'étonner la jeune femme en face de moi.

— Je suis… Indiana Witt, la propriétaire d'Angel's road, et voici mon bras droit dans l'affaire, Aden, m'expliqua-t-elle.

— Donc c'est toi qui participes aux courses en nocturne ? s'écria Slash, étonné.

Si Sullivan avait été présent, il lui aurait ri au nez en lui rappelant que les femmes n'étaient pas que des danseuses ou des prostituées.

— C'est bien moi ! lâcha-t-elle finalement, comme si ça lui pesait de nous l'avouer.

— Tu cours avec quelle voiture ? demanda Scott, fan de sport automobile.

— Une Toyota GR Supra.

— Beau joujou. Tu dois t'éclater, avec ses cinq cylindres, ses 240 chevaux et sa boîte manuelle, déclara-t-il, admiratif.

Elle porta la bouteille de bière à ses lèvres, en avala une gorgée, la reposa et se mit à sourire.

— C'est une six cylindres. Tu peux rajouter cent chevaux, et c'est une boîte semi-automatique, sept rapports… Ah ! Et, au fait, arrête de me tester et de te foutre de moi ! Si vous n'arrivez pas à croire que c'est moi qui roule pour ma *team*, je vous remercie pour la bière et je rentre chez moi. J'ai vraiment d'autres choses à faire. Qu'est-ce que vous voulez ? Arrêtons de tourner autour du pot !

Je tournai le visage vers Scott, j'avais compris son petit jeu. Elle avait flairé le piège à dix kilomètres. Il hocha la tête pour me dire que c'était bon, elle ne jouait pas avec sa réputation. J'aimais son franc-jeu.

— OK. Excuse mon frère. Tu as relevé le test du mécano. Nous verrons ce que tu vaux sur une course, déclarai-je froidement.

— Pas de problème.

— Nous voulions te rencontrer pour te proposer un deal, poursuivis-je. On voudrait s'associer avec toi et ton équipe pour participer aux paris sur les courses de voitures.

— La drogue et les filles ne vous rapportent plus assez ?

Je tiquai et plissai les yeux tout en portant la bière à ma bouche.

— Si, bien sûr, mais on aimerait… élargir notre panel de revenus.

— Les bikers impliqués dans les courses de voitures, j'aurais tout entendu ! Pourquoi partagerais-je avec vous ? J'y gagne quoi ? Hormis des emmerdes avec la police.

— Parce qu'en roulant comme une cinglée dans les rues d'Indianapolis, ça ne fait pas de toi une criminelle ? intervint durement Slash.

— Sans doute, mais nous faisons très attention à la sécurité des autres. C'est ma vie que j'engage, pas celle des gens. Je ne me promène pas avec une arme !

— C'est pas ce qu'on te demande de faire, répliquai-je avec raideur.

— Tu me demandes juste de courir, de te laisser organiser et gérer des paris à grande échelle et de récupérer les gains, en gros ? Et moi, je gagne quoi dans l'histoire, hormis vous avoir sur le dos pour toujours ?

— Tu connais les Souls ? lui demanda Scott.

— Les Savage Souls ? s'enquit-elle.

— C'est ça, affirma-t-il, étonné.

— Il n'y en a pas à Indianapolis, leur chapitre est basé à Chicago, comme le vôtre.

J'échangeai un bref regard avec Scott.

— Notre chapitre mère est à Chicago, en effet, et celui des Souls aussi. Ce sont nos adversaires depuis la nuit des temps. Ils sont venus s'installer à Indianapolis, il y a six ou sept ans, et depuis, ils ne font que s'agrandir, au point que, maintenant, ils ont pignon sur rue, lui expliqua mon frère.

— OK, mais en quoi les Souls sont-ils mon problème ? l'interrogea-t-elle, indifférente.

— C'est ton problème parce que, selon nos gars qui les surveillent en permanence, ton garage et ton business florissant les intéressent depuis peu, rétorquai-je.

— Il me semble que c'est aussi ce qui t'attire ! répliqua-t-elle en haussant les sourcils.

— En effet, mais comme tu vois, tu es là de ton plein gré, sans ecchymoses, ni chaînes aux poignets, ni même un canon sur la tempe, repris-je froidement. Dis-toi bien que les Souls seront moins cool que moi, ils vont investir ton garage, tabasser tes mécanos, violenter tes copines, et faire main basse sur ton affaire. Que tu le veuilles ou pas !

Le dénommé Aden se redressa sur son siège, ses doigts se contractèrent autour de sa bouteille de bière. Lui avait bien compris de quoi on parlait. Elle plongea son regard dans le mien, pour me sonder.

— Alors je suis perdante des deux côtés ! cracha-t-elle. Penses-tu que mon business, comme tu l'appelles, s'est monté tout seul ? Tout ce que j'ai aujourd'hui, j'ai bossé dur pour l'obtenir. Pourquoi j'offrirais le fruit de mon labeur à des mecs qui jouent les gros durs et accaparent le bien d'autrui sans rien foutre de leurs journées !

Slash souffla doucement par la bouche pour se calmer ! Si elle avait été un mec, je lui aurais volontiers envoyé une manchette dans le nez. Pourtant, je la fixai à mon tour calmement, et discernai une fille qui s'était battue durement pour en arriver là où elle en était. Je pouvais comprendre qu'elle soit amère.

— Je te propose de partager les bénéfices des paris et j'offre la protection des Bloods à toi, tes amis mécanos et ton garage, déclarai-je finalement.

Un rire nerveux agita ses épaules.

— La protection des Bloods ? répéta-t-elle, ironique.

— Indy, intervint doucement son ami blondinet.

— Quoi ? gronda-t-elle.

— Il faut y réfléchir… à tête reposée. Tu ne peux pas prendre une telle décision maintenant, à chaud. Il faut qu'on en discute tous ensemble, lui proposa-t-il.

— Parce que tu trouves que c'est une chouette opportunité pour nous ? Tu te rends compte ? Les *Bloods,* Aden !

Elle insista sur notre nom et je sus que je passais à côté de quelque chose.

— On s'est déjà rencontrés par le passé ? Mes frères et moi t'avons causé des torts, auparavant ? demandai-je, piqué par la curiosité.

— Vous existez ! cracha-t-elle.

Ça avait le mérite d'être clair. Les bikers, ce n'était pas son truc, apparemment. Je ne savais pas quel était son problème avec nous, mais cette histoire m'intriguait au point que j'aurais vraiment voulu en savoir plus. Étonnant ! D'habitude, j'aurais laissé courir, mais cette fille avait quelque chose, hormis son tempérament à chercher les ennuis et à braver l'autorité.

Elle se tut subitement, avala le reste de sa bouteille, puis se leva, imitée par son blondinet de service. Elle dirigea une dernière fois son regard vers moi.

— Très bien, j'en parlerai avec ma *team*, puisque je n'ai pas d'autre option. Est-ce qu'on est libres de partir ? demanda-t-elle froidement.

— Je te l'ai dit, tu es venue ici de ton plein gré, et sans chaînes pour te contraindre. La sortie, c'est par là ! lui indiquai-je d'un mouvement du bras en feignant l'indifférence.

— De toute façon, je suppose qu'on se reverra bientôt ? reprit-elle.

— C'est ça, me contentai-je d'acquiescer.

Elle fit volte-face et entreprit de s'éloigner, mais fut interrompue par Scott.

— Tu cours ce soir ? se renseigna-t-il, intéressé.

— Je ne sais pas. Je ne le sais jamais à l'avance, nous sommes souvent prévenus par SMS à la dernière minute, lui expliqua-t-elle.

— Comment on fait pour savoir ? reprit ce dernier.

— Faut entrer dans le cercle téléphonique des amateurs et des parieurs, répondit à sa place Blondinet.

Pas moyen de retenir son nom, à celui-là. Scott haussa un sourcil à son intention, d'un air de dire que c'était peut-être le moment de nous y faire entrer. Il jeta une œillade à la fameuse Indy qui hocha brièvement la tête pour consentir, puis balança sur la table une de ses cartes de visite avec un numéro de portable. Le sien, bien sûr, pas celui de la demoiselle. Je laissai Scott ramasser la carte et suivis du regard la sortie de ce petit bout de femme qui m'avait autant défié qu'un prés' de club rival. Elle me laissait un peu perplexe.

Une fois seuls entre nous, Slash s'étira la nuque pour la faire craquer et souffla exagérément.

— Bon sang, c'est quoi cette furie ? T'as vu comment elle tient tête ? Même à toi, Miles. On dirait qu'on ne lui fait même pas peur ! grogna-t-il.

— C'est ça, on ne lui fait pas peur, répondit laconiquement Scott.

— Si. Mais elle a appris à bien le cacher, leur expliquai-je en buvant une gorgée de ma bière. Et puis, elle se bat pour ce qui est à elle.

— Mais c'est le jeu ! Faut qu'elle s'y fasse. Elle devrait être contente de ne pas être tombée entre les mains de Darius, rétorqua Slash.

— On réagirait tous pareil si un mec venait nous expliquer qu'il veut la moitié de notre business, repris-je.

— Ouais, mais nous, on lui péterait les dents, se moqua mon second.

— Sans doute. Seulement, elle ne peut pas le faire. Elle aboie, lance des regards meurtriers, mais n'a pas vraiment les moyens de mordre, même si elle a deux ou trois mecs avec elle, commentai-je, les yeux fixés sur la porte qu'elle venait d'emprunter pour quitter les lieux.

— À t'écouter, on pourrait croire que tu la respectes pour ça, répliqua un Slash blasé.

— Ben moi, je la respecte. Elle se bat pour garder ce qui est à elle. Elle affronte une bande de bikers, elle te tient tête à toi, et même à Miles, et ne gémit même pas quand on la menace insidieusement. Et en plus, je la trouve carrément canon ! avoua Scott.

— Ben, c'est vrai que c'est plutôt une jolie nénette, et en plus, elle n'était même pas à son avantage dans ce bleu de travail, en convint Slash, mais bon, les mauvais caractères, c'est pas mon truc.

— Elle était sexy ! Une fille mécano, j'adore. T'en penses quoi, Miles ? se renseigna le fan de voitures.

Je laissai quelques secondes s'écouler, l'esprit encore concentré sur l'épisode qui venait de se dérouler.

— J'ai eu bien du mal à quitter ses yeux…, lui révélai-je presque malgré moi.

Les deux pauvres idiots se regardèrent avec un sourire débile.

— Tu vas te la faire, vieux ? s'enquit mon bras droit.

— Arrêtez vos conneries ! Elle est maquée avec Blondinet, leur signalai-je au passage.

Ce gros nul de Slash éclata de rire.

— Comme si ça t'avait déjà dérangé ! se moqua-t-il encore.

— La ferme, Slash ! grondai-je.

— J'ai remarqué qu'il avait l'air plutôt protecteur. En même temps, si j'avais une fille comme ça pour moi, je ne laisserais personne l'approcher, insista Scott, séduit. Mais il ne m'a pas semblé qu'elle éprouvait la même chose pour lui. Il lui faut un vrai mec à cette fille.

— Et tu te proposes, toi ? s'informa Slash.

— Pourquoi pas ? J'aime les filles avec du caractère et qui, en plus, pilotent des bagnoles de course. À moins que…, ajouta-t-il en me jetant un regard en coin.

J'écoutais distraitement ces deux-là discourir sur notre petite furie, tout en réfléchissant à des choses bien plus sérieuses.

— Qui est de surveillance auprès des Souls ? me renseignai-je soudain.

— Quelques gars de l'équipe de Sullivan, il me semble, mais il est parti avec Angel relever les caisses, m'informa mon second.

— Scott, je voudrais que tu prennes des mecs à toi et que tu gardes un œil sur le garage. Les Souls vont vite savoir qu'on a pris contact avec eux. Et quand ils sauront que le propriétaire est une fille… ils ne tireront pas à la courte paille pour connaître lequel d'entre eux va la faire plier.

— Tu veux protéger tes futurs investissements ? s'inquiéta Slash.

— On va dire ça ! répondis-je en me levant pour les laisser seuls.

J'avais occupé ma fin d'après-midi et mon début de soirée en passant des coups de téléphone à certains de mes « fournisseurs », mais aussi en relançant mes débiteurs, dans le bureau. Je ne me déplaçais pas moi-même pour récupérer ce qu'on me devait, mais si j'étais amené à le faire, alors je ne le faisais pas pour rien. En général, tout se réglait avant que j'aie besoin d'intervenir. Appelez ça le charisme... ou la peur de se faire casser les deux bras et les deux jambes.

J'avais eu du mal à me concentrer. À plusieurs reprises, un regard bleu atypique était venu s'immiscer dans mon esprit. Je savais que Scott avait fait le nécessaire pour déployer ses gars autour du garage, mais je me disais que j'aurais peut-être dû envoyer directement quelqu'un en planque là-bas. Néanmoins, tant qu'aucun accord n'avait réellement était entériné, je ne pouvais positionner mes frères sur place, comme si le lieu était déjà sous notre coupe. Et puis, j'avais la forte présomption que le jour où cette Indy nous verrait un peu trop traîner dans les parages, j'en entendrais parler. Je la voyais déjà débouler ici pour forcer ma porte sécurisée et me remonter les bretelles, devant tous mes hommes réunis. Un vrai cataclysme à elle seule. J'avais vraiment envie de savoir si l'un d'entre nous avait fait quoi que ce soit à son équipe, ou même à elle.

Après ça, Slash vint frapper à ma porte pour m'annoncer le retour d'Angel et Sullivan. Je me rendis donc à notre table habituelle pour savoir comment s'était passée leur tournée. Je les trouvai déjà assis sur les banquettes, à siroter une bière. Slash se mit à la tequila.

— Salut les gars ! Alors, cette tournée, pas de problème ? demandai-je en cherchant Bonie ou l'une de nos serveuses des yeux.

— Aucun souci. Même Pedro s'est bien tenu et a géré ses comptes cette semaine. Je pense que ta dernière intervention a porté ses fruits, plaisanta Angel.

— J'ai tout déposé à l'endroit habituel, ajouta Sullivan.

Je hochai la tête, alors que Bonie s'avançait vers nous avec une nouvelle petite serveuse à ses côtés.

— Qu'est-ce qu'on te sert, Miles ? m'interrogea la barmaid en chef.

— Donne-moi une bière, répondis-je. C'est qui la nouvelle ?

La fille en question, une jolie blonde à la jupe très courte et au t-shirt moulant en dentelle noire, se pencha au-dessus de la table pour récupérer les premiers cadavres. Elle me jeta un regard langoureux qui ne dissimulait rien de ces intentions à mon égard. J'étais le prés'.

— C'est Jenny. Je l'ai prise à l'essai cette semaine pour voir si elle tient la route. Elle pourrait venir renforcer notre équipe le week-end.

— Ça marche. Elle connaît les règles ?

La dénommée Jenny continua son petit jeu de séduction pas très discret autour de la table.

— Je lui ai expliqué, répondit-elle en remarquant le manège de la nouvelle venue.

— Ben, je pense que tu devrais recommencer, affirmai-je durement en lançant un regard peu amène à la fille.

Celle-ci comprit tout de suite le message. Je n'étais pas intéressé. Depuis cinq ans, j'étais président, et même avant, alors que je n'étais que le *Road Captain* de mon cousin Jimmy, j'en avais vu passer, des poulettes qui n'attendaient que ça : s'envoyer en l'air avec un biker. Elles cherchaient l'adrénaline, le côté sauvage et dangereux de notre compagnie. Tout comme Angel, je ne rechignais pas à leur donner ce qu'elles voulaient. Et puis, après l'assassinat de Jimmy, le club m'avait préféré à son frère et second, Mike. Une longue lutte de pouvoir s'était ensuivie, durant une année, mettant à mal le club. Le nez dans la came et dans les seins des filles toute la journée, il n'était clairement pas un président fiable. Banni, il s'était retiré de notre vie et du groupe. Un lourd poids avait alors chargé mes jeunes épaules de vingt-trois ans, mais j'avais eu à cœur de prendre ces responsabilités au sérieux, et avec l'aide de mes gars les plus proches, j'avais remonté et développé notre chapitre. Je nous avais imposés comme le MC[4] le plus réputé et le plus dangereux d'Indianapolis, après Chicago. J'avais gagné en autorité ce que j'avais perdu en frivolité. L'expérience m'avait fait imposer certaines règles que je ne voulais pas voir bafouer par le premier venu, même si c'était une petite nana qui ne demandait qu'à passer du bon temps.

— Pas de problème, boss, je m'en occupe tout de suite et je t'envoie Gina pour vous servir, m'informa Bonie.

Du haut de ses vingt-six ans, elle gérait les filles du bar et le stock. La barmaid était là depuis le début. Je la connaissais depuis qu'elle était gosse et, quand je l'avais revue, cinq ans plus tôt, dans la rue, à travailler pour les Bloods, je l'avais sortie de là pour la placer derrière le comptoir. Elle ne m'avait jamais fait regretter ce choix.

Elles regagnèrent le bar toutes les deux. Du coin de l'œil, je vis très bien Bonie lui passer un savon. Ici, les filles, qu'elles soient danseuses ou serveuses, n'avaient pas de contact avec les bikers. Y'avait assez de nanas

[4] *Motorcycle* : « club de bikers » (traduit de l'anglais). Ils sont appelés MC ou chapitre. Le club d'origine est appelé chapitre mère.

qui se pointaient le week-end, à la recherche d'un motard, pour ne pas avoir à fricoter avec nos propres employées.

— Purée, t'es un rabat-joie, Miles ! râla Slash. Elle était mignonne, celle-là.

— Dis plutôt que c'était le genre à tout accepter pour devenir une potentielle régulière[5], intervint Sullivan, la tête sur les épaules.

— Pas de régulière avec moi, rétorqua Slash, je préfère être cash tout de suite. On a assez de brebis[6] consentantes.

— Pas de serveuse dans le lit des gars ! énonçai-je fermement.

— Tu ne ferais pas une petite entorse au règlement pour la petite furie de tout à l'heure ? se moqua mon second.

Je soufflai et récupérai ma bière que Gina venait de déposer sur notre table.

— T'as levé une poulette, Miles ? plaisanta Angel.

— C'est vrai que vous n'êtes pas au courant, vous, déclara Slash, hilare.

— Tout ne s'est pas passé comme prévu ? s'inquiéta Sullivan en fronçant les sourcils.

— Ben Joey a encore merdé ! Ce n'était pas un propriétaire, mais *une*…, annonça Scott.

— Quoi ? s'écria Angel.

Jayden était mort de rire.

— Et encore, t'as pas vu la fille ! Slash a failli s'étouffer devant son franc-parler. Elle n'arrêtait pas de le remettre à sa place. Scott et moi, on a eu bien du mal à le calmer.

— Une fille ? Qui pilote ? Et qui tient un garage ? demanda Angel.

— Un petit canon qui n'a pas craint de nous tenir tête, même à Miles ! Comment a-t-elle dit ? « Arrête de jouer et va chercher ton boss. » C'était excellent, ajouta Jayden qui, semble-t-il, avait vraiment passé un bon moment.

---

5 Terme utilisé pour désigner la compagne officielle d'un biker. Prendre une régulière est un engagement officiel et à vie. La régulière porte alors le cuir du club, où il est indiqué qu'elle est la propriété du biker en question.

6 Terme utilisé par les bikers pour désigner les filles peu farouches, prêtes à coucher avec n'importe quel membre du club.

— C'est quoi l'embrouille, boss ? reprit Sullivan.

— Y'a pas de problème. C'est juste que, lorsqu'on a vu arriver un blondinet et sa copine carrément canon, mais un brin rebelle, qui tenait tête à Slash, on s'est demandé ce qu'il se passait. En réalité, le mec est simple mécano et la fille, Indy, c'est la boss ! Sauf que partager, c'est pas son truc, et elle est prête à mordre tout ce qui porte un cuir de biker.

— Elle t'a tenu tête à toi aussi ? T'es sorti du bureau, finalement ? se renseigna encore mon *Captain*, un peu étonné.

— Obligé ! Elle se tenait devant la caméra et réclamait carrément de parler au prés', et à personne d'autre que lui ! répondit Jayden à ma place.

— Du coup, c'est foutu ? Mince, moi qui pensais aller faire réviser ma bécane chez eux, déclara Angel.

— Rien n'est fait ! Même si elle n'a pas l'air super ravie de l'engagement, je ne vais pas vous le cacher, elle ne nous a pas non plus envoyés balader tout de suite, précisai-je en allongeant mes jambes sous la petite table.

— Faut dire qu'on n'a pas joué les mecs cool en lui parlant des Souls. Ça pèsera certainement dans la balance, ajouta Scott.

— On ne lui a pas menti, non plus ! rétorquai-je abruptement. On sait très bien qu'ils courent les mêmes lièvres que nous, et quasiment en même temps pour nous prendre de vitesse et nous infliger la honte. D'après tes gars, Sullivan, ils surveillaient aussi le garage. D'ici peu, ils se pointeront impunément sur notre territoire pour nous défier… Et ça commence avec ce garage qui se trouve à la frontière de nos zones d'influence. Alors, elle n'a pas le choix, c'est nous ou eux !

— Vaudrait mieux pour elle que ce soit nous, intervint Angel avec une grimace.

— On est bien d'accord. En revanche, dans sa petite tête de rebelle, pour l'instant, c'est tout le monde, sauf les bikers ! affirmai-je amèrement.

— C'est pour ça que les gars tournent autour du garage ? me demanda Sullivan.

— C'est pour ça.

— Tu crois que Darius va essayer d'aller lui proposer un deal… à sa manière ? me questionna Slash.

— J'y crois pas… j'en suis sûr ! soufflai-je durement en le dévisageant.

CHAPITRE 5
CHARLY
DÉFI

Assise dans la voiture aux côtés d'Aden, je demeurais songeuse. J'aurais pu crier, hurler ou m'esclaffer contre ce qui venait de m'être proposé, pourtant je m'enveloppai dans un silence absolu, observant sans le voir le paysage défiler sous mes yeux. Inlassablement, le visage de mon frère martelait mon esprit. J'avais l'impression de l'entendre.

« Tu n'as pas été assez prudente, Charly, tu t'es fait avoir. Tu paies le prix de ta vanité, ils vont te prendre ce que tu as... Et eux finiront par te retrouver ! »

Mes mains agrippèrent avec force le bord du fauteuil, mes mâchoires se crispèrent et des larmes me piquèrent le coin des yeux. Je les écrasai avec rage. Je ne me laisserais pas faire, il était hors de question qu'ils contrôlent encore ma vie.

— Charly ? Tu vas bien ? Tu n'as pas ouvert la bouche depuis qu'on a quitté le bar, déclara Aden.

Depuis le début, il n'avait cessé de me jeter des coups d'œil furtifs, inquiet.

— Qu'est-ce que tu veux que je te dise ? Mon oncle ne m'a pas retrouvée, mais encore une fois, mon chemin croise celui des bikers et, de nouveau, ces connards cherchent à diriger ma vie.

— Il faut essayer d'en discuter ensemble. Ce Miles n'est pas ton oncle, on n'est pas à Chicago, ici.

— Parce que tu penses que ça va changer quelque chose, qu'on soit à Chicago ou Indianapolis ? J'aurais dû être plus discrète. L'arrogance des Wittman coule dans mes veines et j'en paie le prix.

— On va trouver une solution. Je suis là, je ne te laisserai pas tomber, m'assura-t-il en attrapant ma main.

Sa voix de velours me tira un sourire, même si mes pensées restaient focalisées sur le problème « Blood Skulls ».

Arrivés devant mon immeuble, Aden gara sa Corvette sur ma place de parking. Lui seul s'en servait lorsqu'il venait ici. Il coupa le moteur et se tourna vers moi. Je lâchai des yeux le mur de briques devant moi pour l'observer à mon tour.

— Tu sais que tu n'es pas la même personne quand tu es immergée dans ce monde ? Tu ressembles à Matt, frondeuse et agressive. J'ai bien eu l'impression que tu allais grimper sur le dos de ce mec aux longs cheveux.

— Je sais. Matt et moi réagissions étrangement en présence de ces types, comme si nous endossions une panoplie différente, une de celles faites de cuir. À leur contact, il fallait toujours être sur le qui-vive, aux aguets, il fallait mordre avant de se faire dévorer. Montrer de quoi on était capable, si on ne voulait pas passer pour faible. Je suis désolée, Aden, si j'ai pu te décevoir.

Il s'approcha doucement et prit mon visage entre ses mains, je plongeai littéralement dans ses prunelles bleu saphir.

— Arrête, Indy, tu ne me décevras jamais. Je sais par quoi tu es passée et pourquoi tu te bats. Il y a longtemps, j'ai promis à mon meilleur ami de protéger sa petite sœur, s'il devait lui arriver quelque chose.

Je fronçai les sourcils à ces mots. Quelle promesse...

— Et je compte bien la respecter, murmura-t-il en se rapprochant encore.

Ses lèvres se posèrent délicatement sur les miennes, comme une caresse. Son baiser était doux, tendre. C'est moi qui, en quête de passion, cherchai à mêler nos souffles plus intimement.

Ses mains descendirent plus bas sur mes épaules et dans mon dos, nos corps se répondirent dans un chaos de désir.

J'avais envie d'Aden, mais finalement, je mis fin la première à cette étreinte. Ce n'était pas juste, après tout. Il essayait de construire quelque chose avec cette fille, Georgia. Je ne voulais pas profiter de sa gentillesse et de mon instant de dépit. Je retournai sagement au fond de mon fauteuil, reprenant ma respiration. Mes lèvres étaient gonflées par l'assaut des siennes, les yeux d'Aden étincelaient de désir.

— Ce n'est pas une bonne idée. Tu sais que ton amie t'attend peut-être... et puis, tu connais la règle, pas deux en même temps. Je ne veux pas que tu gâches tes chances d'avoir une vie normale à cause de moi, lui expliquai-je en douceur.

— Charly..., souffla-t-il en passant la main dans ses cheveux.

— Je te remercie d'être venu avec moi, mais je préfère que tu ne montes pas ce soir. Toi et moi, on sait comment ça va se terminer, avouai-je dans un sourire.

— J'en ai terriblement... envie, susurra-t-il d'un ton érotique qui mit à mal mes certitudes.

— Moi aussi, mais ce n'est pas une bonne idée ! Pense à Georgia, ajoutai-je pour nous doucher tous les deux.

Son prénom eut l'effet escompté, il me lâcha du regard pour observer le mur devant nous. Frustration, quand tu nous tiens !

— Très bien, si c'est ce que tu veux. Ça va aller ?

— Oui, ne t'inquiète pas. On se voit demain.

Je déposai un baiser sur sa joue puis quittai la voiture pour pénétrer dans mon immeuble. J'attendis quelques secondes afin de me calmer et de retrouver une certaine sérénité. J'entendis un bruit de pot d'échappement et observai la Corvette sortir du parking par les immenses baies vitrées de l'entrée. Je soupirai d'insatisfaction. *Quelle conne tu es, ma pauvre Charly* ! J'espérais bien qu'un jour, une fille me renverrait la pareille en ne couchant pas avec mon mec... Mon mec, quelle idée saugrenue ! Hormis avec Aden, et un ou deux gars en boîte, je n'avais jamais saisi l'opportunité d'entretenir une relation sérieuse. *Merci, papa et Matt, pour vos innombrables poulettes décolorées et peinturlurées, en minijupe.*

J'entrai dans l'ascenseur, appuyai sur le bouton du troisième étage. Adossée à la paroi, je ressassai les images de la journée : ce connard chevelu, ce brun qui avait l'air de s'y connaître en voitures, et ce Jayden qui, en dehors de son club, m'aurait paru bien sympathique. Puis, finalement, des yeux gris-bleu transcendants me revinrent à l'esprit. À première vue, ce prés' n'avait pas l'air aussi con que mon oncle. Mais l'Éventreur n'avait pas une tête d'éventreur, n'est-ce pas ? La sonnerie d'arrivée à mon étage retentit, je pivotai pour ouvrir la lourde grille et accédai au couloir. Fouillant dans mon sac à dos pour trouver mes clés, je butai sur quelque chose, ou plutôt quelqu'un.

— Aïe ! Les gens normaux regardent où ils mettent les pieds avant d'entrer chez eux, râla une voix féminine.

— Hope ? Mais qu'est-ce que tu fais là ?

Elle était assise sur mon paillasson, un roman entre les mains, une bouteille de rhum posée à côté d'elle. Je haussai un sourcil en découvrant le tableau.

— Ouf ! Tu es toute seule. J'avais peur de te voir débarquer à moitié dénudée, en pleins préliminaires avec ce beau gosse d'Aden.

— Il m'a déposée...

— Et ?

— Je lui ai dit qu'il ferait mieux d'aller retrouver Georgia et le souper qu'elle a dû lui préparer, déclarai-je en tournant la clé dans la serrure.

— Quelle gentille fille tu fais. Idiote, mais gentille ! railla-t-elle.

— Mouais. Et toi, qu'est-ce que tu fais là, assise devant ma porte ?

— Je t'ai ramené ta super bécane. Ne me dis pas merci surtout ! Comment tu aurais fait demain matin ?

J'observai mon vélo posé contre le mur, lâchai un merci et ouvris la porte en grand pour laisser passer mon invitée. J'entrai à sa suite avec mon cyclo que je déposai un peu plus loin.

Je lâchai mon sac dans un coin puis vins me jeter sur le canapé, à côté d'elle. Nous restâmes quelques secondes dans le silence complet, puis finalement, Hope se leva pour aller chercher deux verres dans l'un de mes placards.

— Alors ? Sympa ta journée ? Ce matin, on parlait de bikers et, quelques heures plus tard, il en arrive toute une troupe devant les portes du garage... Tu m'expliques ou je te saoule avant ? me demanda-t-elle avec un petit clin d'œil.

Je me levai à mon tour pour aller nous faire du pop-corn. En attendant que le maïs finisse d'éclater dans le micro-ondes, j'observai de loin la statue qui trônait tout en haut du Soldiers' and Sailors' Monument. Je n'habitais pas, à proprement parler, à côté de Monument Circle mais, du troisième étage, j'avais une belle vue sur le centre d'Indianapolis. Le soleil se couchait à l'horizon, offrant de magnifiques couleurs orangées et roses.

Le bip du micro-ondes me tira de mon observation. J'attrapai un saladier, y renversai le pop-corn puis rejoignis Hope, sagement installée dans le canapé. Elle sirotait déjà sa boisson. Je m'affalai de nouveau entre les coussins, ôtai la pince qui retenait mon chignon pour laisser glisser mes longs cheveux dans mon dos.

— Apparemment, vu ton empressement à me parler, c'est une sale histoire. C'est ça ?

— Que t'ont raconté Josh et Luis ? m'enquis-je en attrapant mon verre sur la table.

— Pas grand-chose. Des mecs, des motards en blouson noir, ont déboulé au garage, et ils voulaient parler au patron. Aden s'est fait passer pour toi, car selon eux, tu ne voulais pas qu'ils pensent que c'était toi. Et puis, vous êtes partis avec eux pour vous rendre à leur bar, ou un truc comme ça, expliqua-t-elle en repliant les genoux contre elle.

— C'est ça, des bikers sont arrivés pour parler à Indiana.

— Aux dernières nouvelles, ce n'est pas toi, Indiana, le boss des Angels ?

— C'est compliqué ! répondis-je en avalant une gorgée de rhum.

— C'est pour ça que je suis là, avec ma vieille copine… La bouteille, hein, pas toi, plaisanta-t-elle.

Je ne relevai pas, ne voulant pas mêler mes amis du garage à mon ancienne vie. Je m'étais toujours dit qu'en leur en disant le moins possible, je les protégerais. Hope était comme... non, *c'était* ma meilleure amie, et j'avais peur de ce qui pouvait lui arriver.

— C'est si horrible que ça ? Pire que de coucher avec Aden, mais de refuser de voir qu'il est en réalité raide dingue de toi ?

Je fronçai les sourcils en pivotant vers elle.

— Quoi ? m'exclamai-je.

— Oh, allez, ma belle ! T'as toujours pas compris que sa Georgia, c'est pour te faire bouger un peu ? Genre que tu te rendes compte que toi aussi, tu l'as dans la peau ? m'annonça-t-elle en éclatant de rire.

— Arrête de boire tout de suite ! Tu racontes n'importe quoi. Aden et moi, nous sommes des… *sexfriends*, rien d'autre, affirmai-je.

— Ah ouais ? Ben je pense qu'on n'a pas la même définition du terme. Bon, passons. Soit on décortique et on analyse ta relation avec lui, soit tu m'expliques cette embrouille avec ces bikers.

— Hope, si je ne parle pas de ça, c'est parce que je veux te protéger, toi et aussi les autres, déclarai-je en la regardant dans les yeux.

— Tu ne penses pas qu'on est assez grands pour savoir si on veut être mêlés ou pas à tes conneries ? Allez, raconte.

— Très bien. Les bikers de cet après-midi font partie du MC – ou club, peu importe – appelé « Blood Skulls ».

— Sympa comme petit nom, railla-t-elle.

— Ils sont loin de l'être. Apparemment, ils ont eu vent de la notoriété de notre entreprise et de celle d'Indiana derrière un volant. Ils veulent s'approprier le marché des paris sur les courses, et certainement jouir de nos services de mécanos pour leurs bécanes.

— Ben, les mecs, ils ne doutent de rien. Et c'est ça qui te fait flipper ? Appelle les flics et le tour sera joué.

— Ça ne marche pas comme ça dans ce milieu. En général, soit les flics sont à leur botte, soit ils ont peur et ne mettent pas le nez dans leurs affaires. Ils ne nous aideront pas dans cette histoire.

— OK, mais on a quand même des mecs dans notre *team*, et pas n'importe lesquels.

— Ils sont trois. Les Bloods sont plus de quatre-vingts. Je n'ai pas envie qu'on retrouve le corps de Josh, Luis ou même Aden dans un fossé.

— Tu es en train de me dire qu'ils n'hésiteraient pas... à tuer pour obtenir ce qu'ils veulent ?

— Aux États-Unis, seul 1 % des clubs est reconnu comme versant dans la criminalité : drogue, prostitution, trafic d'armes, extorsion de fonds, commerce illégal. Les Blood Skulls en font partie. Tu comprends mieux ?

— Alors on ne peut rien faire ? s'indigna-t-elle, incrédule.

— Je ne sais pas trop. Seul un autre MC pourrait les tenir à distance, mais je ne vais pas sympathiser avec l'un pour me débarrasser de l'autre. La finalité serait la même, ils auraient la mainmise sur le garage et tout le reste.

— Pourquoi ? Il en existe d'autres ? demanda Hope, de plus en plus perplexe.

— Les Savage Souls, rivaux des Bloods, d'après ce que m'a dit le président de ces derniers.

— Le président ? Je débloque ou tu as l'air de vachement t'y connaître là-dedans ? Ce matin, les allusions aux blousons noirs que tu détestais, ce n'était pas anodin ?

Je vidai le fond de mon verre pour me donner du courage.

— J'ai vécu dans ce milieu jusqu'à environ quinze ans. Je m'appelle Charly Wittman, je suis la nièce de Wesley Wittman, le président des Blood Skulls de Chicago, et mon père, James, est son second, lâchai-je finalement avec un déchirement.

Elle me détailla pendant un moment en silence, se demandant sûrement dans quoi elle venait de mettre les pieds.

— C'est une blague ? Tu veux dire que ta famille fait partie de l'un de ces clubs de motards de Chicago ?

— Le premier de Chicago, le troisième du continent américain, aux dernières nouvelles.

Elle siffla tout en ouvrant d'énormes yeux.

— Je comprends mieux pourquoi tu t'y connais aussi bien, et aussi pourquoi t'es une dure à cuire. Aden le sait ?

— Bien sûr. Je l'ai rencontré quand mon frère et moi nous sommes enfuis du chapitre de notre oncle. Il sait tout et, depuis la mort de Matt, il a toujours été là, lui avouai-je dans un sourire.

— Tout s'explique ! Et tu veux encore des preuves que ce mec t'a dans la peau ?

Je ne répondis pas, je savais très bien qu'Aden était un type génial.

— Tu les as rencontrés ? Comment ça s'est passé ?

— Bof. Un biker restera toujours un biker. Les filles pour la baise et la prostitution, la drogue et les armes pour le commerce.

— Ils ne t'ont rien fait ? Parce que tout athlète qu'est notre ami, il n'aurait pas pu faire grand-chose contre quatre-vingts types.

— J'ai fait sortir leur prés' pour savoir à qui j'avais affaire. C'est là qu'il m'a parlé de son deal : la moitié des profits sur les paris, la réparation de leurs engins, contre leur protection, expliquai-je en me reversant un verre.

Hope me prit la bouteille des mains pour m'imiter.

— Leur protection ?

— Contre l'autre club qui aurait également des vues sur nous.

— Formidable ! Je ne savais pas qu'on était autant convoités, lâcha-t-elle, dépitée.

Je passai la main sur mon visage, et observai l'écran noir de mon téléviseur.

— Tu... On va faire quoi ?

— Je ne sais pas encore. Matt m'aurait déjà conseillé de tout plaquer et de déménager à l'autre bout du pays.

— Pourquoi ?

— Parce que lorsque ce mec, ce Miles, aura compris qui je suis, il avertira mon oncle. Et lui se déplacera en personne pour venir me chercher. On ne quitte pas un club de bikers comme ça, encore moins les Bloods. C'est censé être une grande famille, les membres sont tous frères et régis par des lois strictes. Entraide, respect, amour des motos et obéissance aveugle aux règles et au président. J'ai assisté à pas mal de choses, je connais bon nombre de leurs secrets, et ma place est au sein de ma famille... malheureuse, mais avec eux. Morte ou vive.

Hope se déplaça doucement sur le divan pour venir se coller à moi. Son bras entoura mes épaules.

— On va trouver une solution. Tu n'es pas toute seule. En attendant, noyons notre désillusion dans l'alcool !

Nous entrechoquâmes nos verres avant d'avaler leur contenu cul sec. Déjà, la sensation de chaleur et de torpeur s'insinuait dans tout mon être. Je me laissai aller dans les vapeurs sucrées du rhum, sachant très bien que demain, je devrais à nouveau faire face à mes problèmes.

Le réveil avait été plus que difficile. Hope s'était emparée de la couette toute la nuit. À la fin de la bouteille de rhum, on s'était sauvagement mises à danser sur la table du salon, en mode Pussycat Dolls. Qui disait que ça ne servait à rien de côtoyer des danseuses de pole dance ?

Cette soirée entre filles, après le côté dépressif des révélations, s'était finalement transformée en un très bon moment, où j'avais pu chasser pendant quelques heures mes appréhensions.

Pour être honnête, je l'avais amèrement regretté plus tard, sous la douche. J'avais prêté une tenue à Hope, partagé mon café et mes petits pains, et, pour une fois, j'avais pris le bus en sa compagnie. Vu son état, je la voyais mal courir derrière mon vélo.

La tête complétement dans le brouillard toutes les deux, nous étions arrivées dans une ambiance tendue. Luis s'était carrément moqué en nous traitant d'alcooliques, quant à Aden, il m'avait clairement fait comprendre que si lui était resté, je n'aurais pas eu la même tête au réveil. La matinée s'était déroulée sans que personne ose réellement poser de questions à propos de l'entrevue avec les motards, ou alors Aden avait pris les devants pour prévenir tout le monde qu'il fallait attendre mes directives. Quoi qu'il en soit, chacun était en mode boulot et rien ne pouvait laisser imaginer que nous étions sous la coupe de criminels en puissance. Rien, hormis mon esprit. Les bruits de motos me faisaient de nouveau sursauter et j'avais bien du mal à me concentrer sur ce que je faisais. Non pas que je sois effrayée de voir débarquer les Bloods – après tout, maintenant, je savais à qui j'avais affaire – , néanmoins, la menace voilée de ce Miles concernant les Souls me revenait à l'esprit. Est-ce qu'il avait été sincère ou m'avait-il intentionnellement mis la pression pour nous faire craquer plus rapidement ? Je n'avais pas envie qu'ils mettent la pagaille dans mon garage et qu'ils menacent mes amis.

— Boss ?

Je tressaillis et laissai tomber ma clé à molette sur le sol dans un claquement vif. Je soupirai puis ramassai l'outil à mes pieds.

— Ça va, Indy ? reprit Josh.

Je me tournai vers mon interlocuteur, tentai d'accrocher un petit sourire sur mes lèvres.

— Oui, je te remercie. Je suis fatiguée donc un peu sur les nerfs. Tu voulais quelque chose ?

— Une info pour un client, mais, dis-moi, t'as l'air carrément prête à sauter à la gorge du premier venu, déclara ce dernier en me retirant la clé des mains. Ils t'ont menacée, ces salauds ?

— Non, pas vraiment. Ils m'ont proposé un deal et il faut d'ailleurs que je vous en fasse part, lui avouai-je en resserrant mon bleu de travail autour de ma taille.

— Aden nous en a parlé rapidement, il se doutait que tu voudrais qu'on en discute tous ensemble. Tu veux qu'on se retrouve ce soir ?

— C'est une bonne idée. Plus tôt je vous aurai mis au courant, plus vite vous pourrez prendre conscience de ce qui nous tombe sur les épaules, expliquai-je avec dépit.

— Tu veux qu'on se retrouve au Howl ? Ça te changera les idées.

— Et puis, ça te permettra de chasser sur tes terres, raillai-je.

Le Howl at the Moon était un night-club. On y trouvait un bon son, des groupes qui venaient se produire sur scène, une ambiance de folie, des seaux à cocktail à partager à plusieurs et on pouvait même y danser. Josh y passait régulièrement ses soirées, il connaissait les barmen, les serveuses et les videurs. C'était plutôt une bonne idée.

Il se passa la main dans les cheveux, un peu décontenancé.

— Je te fais marcher, Josh, c'est OK pour le Howl. Préviens les autres qu'on s'y rejoint ce soir.

— Ça marche, boss, je vais nous réserver une table.

Ces quelques minutes avec lui m'avaient permis de souffler un peu, mais rapidement, l'étau qui me comprimait la tête revint à la charge.

J'étais restée plus longtemps que prévu avec Rosie pour faire la caisse du jour, programmer les prochains rendez-vous et organiser les différents plannings de chacun pour la semaine à venir. Aden, en bon samaritain, et parce que lui connaissait la menace qui planait sur nous, était resté pour ranger et nettoyer son atelier. Luis, Josh et Hope étaient rentrés plus tôt. Josh, pour nous réserver une place au Howl ; Luis, pour se préparer ; et Hope, pour se faire une nouvelle tête sous la douche. J'étais crevée, un mal de tête lancinant me faisait souffrir depuis la fin d'après-midi et j'étais beaucoup moins réjouie que les autres à l'idée de cette soirée. Je laissai partir Rosie puis rejoignis Aden.

— C'est bon pour toi ? s'enquit-il.

— On va pouvoir fermer.

— Tu as l'air exténuée. Ce n'était pas une si bonne idée que ça de se voir ce soir. Tu as été à cran toute la journée.

Je m'assis sur l'un des tabourets de l'atelier et me massai les tempes pour tenter d'atténuer les coups qui martelaient mon crâne.

— Il faut leur en parler, c'est mieux qu'ils soient au courant des risques qu'ils encourent à venir travailler en ce moment, et puis ce Miles va bientôt revenir à la charge. Il ne nous laissera pas de répit alors que les Souls tournent dans le coin.

— Qu'est-ce que tu comptes faire ? me demanda-t-il tout en s'essuyant les mains dans son chiffon.

— Je te rappelle que tu as des parts dans cette affaire, Aden. Je ne suis pas seule à décider, déclarai-je en haussant un sourcil.

— Sans doute, mais tu restes la propriétaire, et puis tu sais que je te suivrai dans ta décision. Même si, dans l'idéal, éviter les problèmes devrait rester notre priorité.

— Éviter les problèmes ? Ce serait revendre le garage et se tirer très loin d'ici.

Il s'immobilisa.

— Tu serais capable de faire ça ? s'étonna-t-il.

— Je le pourrais, oui. Je n'ai plus de famille. Je n'ai que le garage et toi. Il me faudrait repartir de zéro, changer de nom, comme me l'avait proposé Matt, à l'époque. Néanmoins, si je fais ça, ils gagneront ! Et ça me rend dingue, m'énervai-je.

— Si tu pars... je te suivrai ! affirma-t-il.

— Qu'est-ce que tu racontes ? Et Georgia ? Et le fait qu'elle représente pour toi une porte de sortie, une vraie vie loin des emmerdes des Wittman ?

Il soupira.

— Je ne te laisserai jamais tomber.

— Je le sais bien. Mais moi, je ne te demanderai jamais de te sacrifier pour moi. Allons-y, il est plus que l'heure.

— Je te ramène ?

— Je veux bien, je n'ai pas ma super bécane ce soir, raillai-je.

Aden me déposa chez moi. Je lui promis de prendre un taxi pour me rendre au bar. Pas question de traîner dans les rues en ce moment. J'avais l'impression d'être ressortie de chez les Bloods avec une cible dans le dos.

La douche me fit du bien, l'aspirine encore plus. Plantée dans un jean slim noir, j'agrémentai ce dernier d'un top turquoise, laissai mes cheveux longs retomber dans mon dos et soulignai mes yeux d'un trait de khôl et de mascara. Je ne pouvais pas prétendre entrer dans ce bar avec mes bleus de travail et mes t-shirts rock. J'attrapai ma veste en jean puis hélai un taxi en bas de mon immeuble.

Il y avait déjà la queue lorsque j'arrivai devant le Howl. Heureusement, Josh m'attendait à côté du videur pour me faire entrer rapidement, sous les regards agacés de ceux qui demeuraient dehors.

— Ça va, Indy ?

— Merci, Josh. Ça va aller. Les autres sont déjà arrivés ?

— Tout le monde t'attend à l'intérieur.

Je hochai la tête et me faufilai dans la foule derrière lui qui s'arrêtait toutes les deux minutes pour saluer des personnes à droite et à gauche. Je me demandai si, finalement, il ne lui appartenait pas, ce club. Nous rejoignîmes les autres qui étaient assis autour d'une table pas trop près de la scène, histoire qu'on puisse se parler sans avoir à hurler. Les seaux à cocktail étaient légion sur les tables avoisinantes. Personnellement, vu ma cuite de la veille, je me contenterais d'une bière et j'irais finir de cuver dans mon lit... seule.

Je saluai mes amis et collègues, Hope avait l'air d'avoir repris du poil de la bête, car elle se dandinait au son de la musique, un cocktail à la main. Je rencontrai le regard d'Aden, rivé sur moi. Il était seul. Un jour ou l'autre, il faudrait bien qu'il nous la présente, cette Georgia. Je n'avais vu d'elle que sa chevelure brune et bouclée. C'était la fois où elle attendait notre ami sagement dans la Corvette, lorsqu'il avait dû repasser chercher son portable. Cette fois-là, Luis et Josh n'avaient pas arrêté de le mettre en boîte en essayant de lorgner la jeune femme dans la voiture.

— Alors, *chica*, ça va mieux la tête ? m'apostropha Luis, tout joyeux. Tu bois quoi ce soir ?

— Je remercie le gars qui a inventé l'aspirine, soufflai-je. Je vais prendre une bière.

— Petite joueuse, ricana Hope.

Je lui renvoyai un regard noir. Josh et Luis revinrent quelques instants plus tard avec ma bière et d'autres consommations. J'observai de loin la chanteuse, au piano, qui avait une formidable voix et réussissait toute seule à mettre l'ambiance, ce soir. Les jeux de lumière bleus et violets me firent plisser les yeux. J'allai m'installer sur un tabouret autour de la table lorsqu'une main glissa au creux de mes reins. Je me raidis.

— Salut, chérie, je peux t'offrir quelque chose ? susurra une voix dans mon oreille.

Je me retournai brutalement pour dévisager le gars dont le nez allait bientôt pisser le sang.

— Je n'ai besoin de rien. J'ai ce qu'il me faut, tu peux retourner d'où tu viens, lançai-je, sans effort pour être aimable.

Ce dernier revint à la charge en m'attrapant par la taille. Je n'eus pas vraiment le temps de le repousser, car Aden s'était levé. Une tête de plus que le mec en question, la carrure d'un nageur, il lui lança un regard de tueur. Il m'attrapa par le bras pour me coller à lui.

— T'as pas entendu ? Tire-toi ! gronda-t-il.

Le type leva les mains en l'air en signe d'excuse et promit de ne plus s'approcher de sa copine. Aden tira mon tabouret à ses côtés. Heureusement que Georgia n'était pas là. Finalement, elle n'aurait pas trop apprécié cette scène.

— Bon, on est là pour vous parler d'un truc sérieux, alors accordez-nous un moment, déclara mon protecteur.

« Merci », mimai-je avec les lèvres.

Il avait, comme moi, remarqué que nos amis étaient dans un état d'esprit de samedi soir. Je ne pouvais pas leur en vouloir, j'aurais préféré venir ici avec pour seul objectif de m'amuser.

Je leur expliquai alors ce qu'il s'était passé lorsque nous étions arrivés dans le bar des Bloods et la teneur du deal. J'avais passé sous silence le lien avec mon propre passé, avait de temps en temps rencontré les regards d'Hope et Aden qui comprenaient tout ce que cette histoire représentait pour moi.

— Des clubs de bikers ? Des vrais ? demanda Rosie, abasourdie.

— Les vrais, ceux dont je te mettais en garde justement, avec leurs armes et leurs sales manigances.

— Ils veulent la mainmise sur le garage ? s'inquiéta Josh.

— Ils voudraient récupérer la moitié des paris sur les courses, avoir entrée libre dans nos ateliers pour leurs motos... En échange de leur protection, expliquai-je.

À voir leurs têtes, je compris que l'ambiance festive s'était fait la malle. Ils s'échangeaient des regards en coin. Au moins, ils prenaient conscience de ce qui nous tombait dessus.

— Vous allez faire quoi ? s'enquit Josh en s'adressant à Aden et à moi.

Nous nous lançâmes une brève œillade.

— Il faut prévenir la police, déclara Rosie, en colère.

— Impossible. Soit ils sont de mèche avec eux, soit ils en ont peur, intervint Hope qui avait bien retenu la leçon de la veille.

— Quoi ? Mais c'est incroyable, ça ! s'énerva la petite Mexicaine.

— Et puis, il vaut mieux que les flics ne mettent pas le nez dans tes affaires, hein, *chica* ? releva Luis.

— Effectivement. Disons que ces gars se sont bien renseignés avant de me proposer ce deal. Ils savent que je suis coincée, que ce soit par les Souls ou par les flics.

— Et toi ? Tu veux quoi ? me demanda Aden.

— J'aimerais ne pas avoir à partager avec ces connards ! lâchai-je avec véhémence.

— Et si on engageait des agents de sécurité, des gros bras pour nous protéger, au moins au garage ? proposa Josh.

— Je ne sais pas trop, intervint Aden. Il nous en faudrait pas mal et des bons. Et puis, ça va nous coûter combien ?

— Indy ?

— Oui ? répondis-je à Rosie en relevant la tête vers elle.

— Il y a trois gars là-bas, assis au bar, qui nous font des signes depuis cinq bonnes minutes, m'expliqua-t-elle en ne les lâchant pas des yeux.

Je pivotai sur mon tabouret, imitée par le reste de la *team*. Mes yeux se posèrent sur trois types attablés au comptoir, bière à la main. Je pinçai les lèvres et accentuai ma prise sur ma bouteille. Je reconnus le plus jeune, le fameux Jayden. À ses côtés se trouvait le motard fan de courses et de voitures. Quant au troisième, il était également brun, mais je ne le connaissais pas. Maintenant que je les avais vus, ils se levèrent pour nous rejoindre. Les bikers avaient laissé leur cuir au vestiaire et arboraient fièrement de nombreux tatouages sur leurs biceps gonflés.

— C'est qui ? Tu les connais, Josh ? s'enquit Hope.

— Ce ne sont pas des habitués, répondit mon carrossier.

— Ce sont eux... Ce sont les Bloods.

Ils s'approchèrent de notre table, le sourire aux lèvres. Je les défiai carrément de mon regard le plus noir. Que faisaient-ils ici ?

— Bonsoir tout le monde, bonsoir Indiana. Dis donc, t'étais déjà pas mal dans ton bleu, mais là, en vraie fille... tu casses la baraque, intervint Jayden. Alors, qui fait les présentations ?

Personne ne répondit.

— Bon, ben, je vais commencer alors. Moi, c'est Jayden, voici Scott et Sullivan.

Je fronçai les sourcils. Sullivan...

— Tu es le *Road Captain* ? demandai-je en m'adressant à ce dernier.

Plus grand que les deux autres, il était du genre ténébreux. Brun aux yeux noirs, un mince voile de barbe couvrait ses mâchoires carrées. Les traits de son visage étaient très virils par rapport aux deux autres. Des trois, c'était lui le boss.

— En effet, je suis Sullivan. Et tu es la petite furie qui se prénomme Indiana ?

Je me renfrognai direct. « Petite furie » ?

— Je peux savoir ce que vous faites ici ? Si vous êtes là pour me surveiller, vous pouvez aller dire au molosse qui vous sert de prés' qu'il peut aller se faire voir !

Un large sourire étira ses lèvres.

— OK, c'est donc toi. Miles aime avoir un œil sur ce qui lui appartient.

Je me levai instantanément, ma bière à la main, prête à la fracasser sur son crâne. Luis et Aden me rattrapèrent illico.

— Je ne suis et ne serai jamais la propriété de connards tels que vous ! tonnai-je en le défiant du regard.

— OK, bon. Puisque mademoiselle Indiana ne veut pas faire les présentations, je vais essayer de deviner. Luis et Rosie, les frère et sœur mexicains, Josh, l'habitué des bars du coin, Aden, le protecteur, Indy, la furie qui tient tête à mon boss et... Hope, l'artiste du groupe ? J'ai bon ?

Bon sang, ils avaient effectué des recherches sur chacun d'entre nous... C'était clairement pour nous en mettre plein la vue. Apparemment, ils n'étaient pas remontés jusqu'à mon oncle.

— Bravo, bien joué. Cependant, on n'a pas besoin de nounou attifée en motard pour nous garder, déclara dans le plus grand calme Hope.

Sullivan fixa cette dernière avec intérêt.

— Nous ne sommes pas ici pour vous causer des ennuis, au contraire. Notre rôle, c'est plutôt de vous protéger, déclara le *Road Captain* avec calme.

— Nous protéger de quoi ? s'enquit Rosie.

— Des Souls, intervint le dénommé Scott.

Je soupirai.

— Je ne vois pas de Souls, ici, ripostai-je.

— Pas à l'intérieur, reprit Sullivan.

Je ne répondis rien, mes pensées fusèrent dans mon esprit comme un feu d'artifice. Est-ce qu'il essayait encore de jouer sur notre peur ou était-ce vrai ? Étions-nous déjà surveillés à ce point ?

— Miles sait très bien que tu n'as pas donné ta réponse, mais il connaît Darius, le président des Souls. Celui-ci ne tardera pas à intervenir. Il sait que vous avez été reçus au bar.

— On sait se défendre, intervint Luis.

— Toi, peut-être, mais pas elle, rétorqua Scott en me désignant d'un signe de tête.

— Crois-moi, tu n'aimerais pas passer une entrevue en solitaire avec lui, déclara Jayden en grimaçant.

— J'ai des amis, je n'ai pas besoin que vous me suiviez comme mon ombre, déclarai-je.

Au même moment, mon portable, celui de Luis, d'Aden et de Scott se mirent à biper. J'échangeai un regard avec mon meilleur ami en prenant mon téléphone sur la table afin de lire le message. Je relevai rapidement les yeux de l'écran pour observer Hope et les autres.

— Il y a un rush ce soir, leur appris-je.

— Ça tombe bien, toi qui voulais prouver à notre prés' ce dont tu es capable au volant…, s'amusa Scott.

La main d'Aden se posa sur la mienne, je pivotai dans sa direction, je lus clairement la désapprobation sur son visage. Il avait raison. J'étais crevée, ma gueule de bois demeurait persistante et, surtout, je n'avais rien à prouver à ces crétins.

— Si je participe et que je perds la course... vous allez nous foutre la paix ? m'enquis-je avec intérêt.

— Certainement pas ! Depuis le temps qu'on veut rencontrer Indiana et ses Angels, mais on sera véritablement déçus, plaisanta Jayden.

Je soupirai.

— OK, rendez-vous dans une heure, déclarai-je finalement.

CHAPITRE 6
MILES
RACES

J'avais laissé le bar aux mains de Slash, enfourché ma Harley et roulé vers le lieu de rendez-vous que m'avait indiqué Sullivan.

En pleine partie de billard avec mon second et Angelo, j'avais reçu un appel de mon *Road Captain.* Ce dernier avait embarqué Scott et un Jayden excité pour garder un œil sur les Angels, mais surtout, sur la proprio du garage.

Darius avait dû apprendre que les Bloods et, en particulier, moi avions pris contact avec Indiana Witt.

J'avais cassé les pieds aux gars toute la journée pour qu'ils tournent chacun leur tour autour du garage et de cette fameuse Indy. Je ne pouvais en faire plus pour l'instant, néanmoins, j'étais étonné que le prés' des Souls ne se soit pas déjà montré pour se lancer dans le deal. Il en viendrait vite aux menaces, surtout si la petite lui faisait le même cinéma qu'ici.

J'avais pensé, comme un crétin, qu'elle nous aurait contactés dès le lendemain matin, surtout avec la pression qu'on lui avait mise au sujet de Darius. Mais c'était sous-estimer la demoiselle ! Non seulement elle aboyait fort, mais en plus, elle ne pliait pas aussi facilement.

C'est pour ça que l'appel de Sullivan ne me fit hésiter que deux secondes. Je n'étais pas particulièrement fan de courses automobiles ; moi, tout ce qui m'intéressait là-dedans, c'était le fric à se faire et, surtout, l'opportunité pour le club et moi-même de monter en grade. Cependant, mon esprit retors comprit rapidement que notre présence à cette course ce soir lui mettrait encore un petit coup de pression.

J'avais traversé notre zone d'influence et tout le centre d'Indianapolis pour rejoindre finalement un petit terrain vague, juste à côté de l'USS Indianapolis Memorial Highway, l'énorme huit-voies qui encerclait la ville. Vu l'heure, il y avait beaucoup moins de circulation qu'aux heures de pointe, mais je me fis la réflexion qu'ils seraient vraiment azimutés de faire leur course ici, au milieu des automobilistes.

J'empruntai le seul petit chemin de terre rouge parmi toute cette masse verte, roulant au pas pour repérer mes frères. Jayden m'adressa un signe, j'immobilisai mon engin à côté des leurs. Il y avait pas mal de monde, même si ce n'était pas non plus la foule que j'espérais. Je restai assis sur ma bécane, allumant une clope au passage, et fixai les gars devant moi.

— Alors ? commençai-je en soufflant la fumée.

— Ben on attend, répondit Jayden.

— Qui ? repris-je nonchalamment en jetant un œil aux alentours.

Il y avait plusieurs bagnoles dans cet espace réduit, mais seules trois ressemblaient à des voitures de course. Quelques mecs discutaient ensemble, fumant leur clope également, dans l'attente de quelque chose. Tout était calme. J'étais vraiment déçu, on était loin des films du genre *La Fureur de vivre*[7] ou *Fast and Furious*[8]. Finalement, les paris sur les courses sauvages, ce n'était peut-être pas le coup du siècle.

— On attend tous de voir si Indiana va se pointer, déclara Scott.

— La demoiselle se fait-elle désirer ou alors c'est la pression qui lui fait perdre tous ses moyens ? raillai-je. Après tout, il est plus facile de se vanter que de prouver ce qu'on est capable de faire. Le mythe tombe, les gars.

— Je ne sais pas. Elle m'a fait une forte impression ce soir. C'est vrai qu'elle a hésité un moment quand elle a reçu le message, mais il faut dire qu'elle n'avait pas l'air au mieux de sa forme, expliqua Sullivan.

Je dévisageai mon *Road Captain* avec incrédulité. Il était difficile d'impressionner ce mec et elle l'avait fait en une soirée. Mais qui était cette fille ?

---

[7] Film réalisé par Nicholas Ray, sorti aux États-Unis en 1955.

[8] Série de films dont le premier opus est sorti aux États-Unis en 2001 et a été réalisé par Rob Cohen.

— Pourquoi, elle avait quoi ? C'est pas le bon jour du mois ? Arrêtez, les gars, cette fille, c'est du vent ! Je n'aime pas les gens qui se font passer pour ce qu'ils ne sont pas ! affirmai-je avec aplomb. Elle ne viendra pas, votre pilote des bacs à sable.

Je ne l'avouerais pas devant mes gars, mais j'étais déçu, moi aussi. Après tout le cinéma qu'elle avait fait, le charisme qu'elle avait déployé dans mon bar, j'étais frustré de me dire que ce n'était finalement qu'une petite nénette comme les autres qui se faisait mousser. D'ailleurs, des minettes en minijupe posées sur le capot des voitures, y'en avait à la pelle, ce soir, et elles n'étaient pas différentes de celles qu'on pouvait rencontrer dans notre bar.

Jayden fit la grimace avant d'écraser son mégot au sol. Des phares de voitures illuminèrent le chemin. Deux autos banales se garèrent un peu plus loin. Les occupants venaient certainement eux aussi assister au spectacle.

Ils sortirent ensemble, munis de cartes, de lampes-torches, de thermos et de talkies-walkies. Automatiquement, la foule, semblable à une ruche, s'agita. Les téléphones portables jaillirent en masse des sacs et des poches ; chacun pianotait ou passait un appel dans son coin. Je fronçai les sourcils devant ce remue-ménage.

— Qu'est-ce qui se passe ? m'enquis-je en revenant à mes frères.

Jayden poussa un cri de joie en serrant son poing et s'avança vers les nouveaux venus. Je lançai un regard perplexe à Sullivan et Scott qui avaient, semble-t-il, retrouvé le sourire.

— C'est la *team* Angel ! Indiana va participer, déclara Scott, comme pour fermer mon caquet.

Jayden était déjà en train de discuter avec le groupe. Deux filles et deux mecs.

— Ce sont tous des mécanos ? demandai-je en les observant de loin.

— Apparemment, d'après ce que Jayden a appris. Ils ont tous une spécialité, hormis la petite latino qui est la sœur d'un des mecs et qui gère l'administratif du garage, m'informa Sullivan.

— La blonde aussi ? repris-je.

— Elle s'appelle Hope. Elle a étudié l'art et dirige l'atelier carrosserie et peinture avec l'autre type, Josh, continua mon *Road Captain*.

Je le dévisageai avec étonnement.

— Hope ? répétai-je en levant un sourcil dans sa direction.

Il n'eut pas vraiment le temps de me répondre. Déjà, de nouvelles bagnoles arrivaient en masse. De la plus ordinaire à la plus équipée. Deux énormes 4 × 4 s'installèrent à chaque coin et allumèrent leurs énormes barres de spot. Maintenant, on voyait très bien à qui on parlait. J'hallucinais de voir tout ce monde rappliquer maintenant. Cette fois, l'excitation saturait l'atmosphère. Il s'était passé quoi entre-temps ?

Jayden revint vers nous alors que la *team* Angel s'avançait vers les trois mecs du départ. Ils posèrent leurs cartes sur les capots des voitures.

— Indiana participera bien, même si, apparemment, Aden aurait tenté de l'en empêcher, m'expliqua mon jeune frère.

Ben voyons, Blondinet le super protecteur, ris-je en moi-même.

— Tu sais pourquoi tout le monde rapplique... maintenant ? demanda Scott.

— Tant que les Angels ne se pointent pas, ou Indiana en personne, les gros parieurs ne sortent pas. En les voyant arriver, ils ont déclenché la chaîne des appels.

— Waouh ! s'extasia Scott. Tout ça pour elle ?

— Hé ouais. On dirait bien qu'elle ne fait pas que se vanter, ajouta Jayden en rigolant.

— On verra ça... Pour l'instant, elle n'est pas encore là et puis, qui te dit qu'elle se débrouille...

Je n'eus pas le temps de finir ma phrase qu'un énorme bruit de moteur nous interrompit. On entendit le ronronnement avant même d'apercevoir la voiture à qui il appartenait. Puis finalement, une superbe bagnole racée noire avec des touches orange fluo pénétra dans le terrain vague.

Le conducteur ne fit pas d'effets en dérapant ou en faisant vrombir son moteur, non, il se gara juste aux côtés des autres. À ce moment-là, je me serais cru dans un stade de foot, en pleine finale du Super Bowl. Ça sifflait et criait de partout pour accueillir le nouveau coureur. Les mecs se saluèrent par différents checks et le pognon commença à passer entre chaque main. J'hallucinais complètement ! La différence était de taille, et tout ça parce que cette belle bagnole venait d'arriver ?

— C'est Indiana, lâcha un Jayden admiratif.

Il ne lui fallait pas grand-chose à celui-là, juste une belle carrosserie brillante, un ronronnement distinctif et il aurait parié sa mère et sa sœur sur cette fille.

Blondinet sortit en premier, ce qui me confirma que cette caisse appartenait bien à notre furie. Ce n'était pas une petite voiture de fifille, c'est clair. Maintenant, il fallait voir si elle savait s'en servir.

Son associé rejoignit les autres mecs, ce fut un défilé de types qui vinrent le saluer. OK, ce gars était connu dans le milieu et, apparemment, respecté. Puis les troupes se réunirent autour de la portière du conducteur. Si je n'avais pas su à l'avance que c'était une fille qui conduisait, je ne l'aurais jamais cru.

Petite Furie finit par ouvrir sa portière pour sortir à son tour. Je devais certainement avoir l'air d'un con, à la fixer intensément comme ça, parce que, purée, c'était pas la même nénette avec son bleu rempli de cambouis, ses cheveux attachés dans tous les sens et qui m'avait montré les dents !

Une superbe fille aux longs cheveux cascadant pratiquement jusqu'à la cambrure de ses reins, moulée dans un jean noir et vêtue d'une minuscule veste, apparut devant nos yeux.

— Bordel ! soufflai-je.

J'entendis les mecs rire derrière moi.

— Je me suis dit ça aussi quand je l'ai vue entrer dans le club, ce soir, déclara Scott.

— Pareil pour moi, reprit Jayden, et encore, tu ne l'as pas vue de près, avec ses putains d'yeux turquoise qui te défient. Purée, c'est une invitation à la luxure !

Je passai la main sur ma mâchoire, je comprenais mieux pourquoi Blondinet était accroché à ses basques. Lui et les trois mecs vinrent la saluer alors qu'elle était déjà entourée de ses fans et de sa *team*. J'aurais pu m'imaginer devant la télé, à observer toute l'équipe de l'écurie d'une grande marque de course automobile.

Elle traversa la foule pour se rendre vers le capot où se trouvaient les cartes et les thermos. Comme tous les chacals qui la reluquaient avec des envies pas très catholiques, j'avais remarqué qu'elle était perchée sur des talons qui mettaient encore plus en valeur le galbe de ses jambes. Le silence était à son comble, tous les yeux étaient rivés sur elle, la pression semblait à son summum. Qu'attendaient-ils, tous ?

Elle observa la carte, écouta les deux mecs de son équipe, échangea un regard avec Blondinet, qui n'avait pas l'air heureux, puis finalement, hocha la tête. Alors différents cris et mouvements de satisfaction explosèrent dans le terrain vague. Sa participation était officielle. Elle releva les yeux du plan et rencontra mon regard. Forcément, vu comment je la fixais avec insistance depuis qu'elle était sortie de voiture, elle avait dû se sentir observée. Ses yeux s'étrécirent en un regard mauvais, elle lâcha tout le monde pour se diriger vers moi.

Je sortis une nouvelle clope et l'allumai d'un air dégagé, le sourire aux lèvres parce qu'il faut dire que ma fierté toute masculine avait adoré la voir lâcher tout le monde pour se diriger vers moi. Nous étions désormais le point de mire de tout ce petit peuple. P'tite Furie se campa devant moi, les mains sur les hanches. Bon sang, Jayden avait raison, de près, c'était la tentation du diable. Ses yeux turquoise mis en avant par son léger trait d'eye-liner et sa bouche brillante de gloss me firent l'effet d'un coup dans l'estomac. Cependant, elle ne s'adressa pas à moi tout de suite. Déception.

— Pourquoi vous l'avez amené, celui-là ?

Mon ego de mâle en prit un coup.

— C'est notre boss, beauté. Il est là pour se rendre compte de ce que tu vaux, lui expliqua Scott.

Sincèrement, j'aurais aimé savoir ce qu'elle valait dans différents domaines en cet instant, et dans différentes positions – la faute à son foutu jean slim. Ses yeux revinrent sur moi. Durant quelques secondes, nous nous toisâmes, puis elle me prit par le bras pour m'éloigner de mes frères et de la foule.

— Écoute....

Elle s'interrompit, cherchant mon prénom. Deuxième blessure à mon ego.

— Miles ! grognai-je.

— Miles, c'est ça. J'aimerais savoir quelque chose... Si je perds ce soir, parce que je suis un pilote lamentable, tu nous ficheras la paix, à mon équipe et moi ? demanda-t-elle, les yeux pétillants d'espoir.

Je soufflai la fumée de ma cigarette et l'observai avec ironie.

— Désolé, bébé, mais même si tu te plantes, je serai toujours intéressé par toi. Enfin, je veux dire par tes courses et ton garage. Vu le pognon que tu fais pleuvoir rien qu'en te pointant avec ta bagnole ce soir, je suis carrément... subjugué. Et si, en plus, tu mets leur raclée à tous ces mecs..., conclus-je d'un ton léger.

Elle soupira, dépitée.

— Toi et ton engeance de démons, vous n'êtes que des sales cons ! Rentre-toi ça dans la tête, Charly Witt n'appartient à personne, affirma-t-elle en tournant les talons.

Quelque chose en moi fut mécontent qu'elle me claque ça, mon sourire s'effaça aussitôt. Ce n'étaient pas les termes « engeance de démons », ça, je m'en foutais, j'avais entendu bien pire sur les bikers. Non, elle avait réussi à atteindre quelque chose dans mon ego, là, derrière la carapace. Des petites nénettes canon et bien foutues, ça pullulait autour de nous. Le cuir, la moto, le danger, l'interdit... tout ça les attirait. Mais cette fille-là, c'était un putain de canon qui en avait rien à foutre de nous, de nos bécanes ou du danger qu'on pouvait représenter. Justement, le péril, elle l'avait bien cerné, et étrangement, elle ne voulait pas pénétrer dans notre cercle de feu, de peur de se brûler. Elle, c'était une indépendante qui jouait toute seule avec le risque, au volant de son bolide.

Il fallait que j'en apprenne plus sur cette fille. C'était quoi son problème avec les gens de mon espèce ? Les gars me rejoignirent alors que j'étais toujours plongé dans mes réflexions.

— Alors ? Toujours aussi charmante ? Je suppose qu'elle ne t'a pas proposé d'aller boire un petit verre après la course ? s'amusa Sullivan.

— Elle ne postulera pas pour le rôle de première groupie de mon fan-club, c'est sûr ! répliquai-je.

— Cool ! Ça veut dire que, si elle est insensible à ton charme et à ton regard métal... j'ai toutes mes chances, plaisanta Scott.

— En plus, boire un petit verre, ça m'étonnerait, railla Jayden.

Scott, Sullivan et moi-même échangeâmes un regard.

— On peut savoir pourquoi tu dis ça, toi ? intervint Sullivan.

— Ben, selon ses potes, elle est encore sous le coup de sa gueule de bois d'hier. J'ai entendu Hope raconter que ça tombait mal d'avoir passé leur soirée, la veille, à boire du rhum, expliqua-t-il.

— Pourquoi elles ont bu du rhum ? Elles ont fêté quelque chose ? reprit Scott.

— Ça serait plutôt le contraire, à ce que j'ai cru comprendre. Elle voulait oublier quelque chose...

— Quelle chose ? l'interrogeai-je, suspicieux.

— Aucune idée. Quand Hope a vu que je les écoutais, elle n'a plus rien ajouté.

— Elles étaient seules ? reprit Scott, intéressé.

Jayden se mit à rire.

— Il se pourrait. Même si Aden est toujours dans l'ombre d'Indy.

Nous fûmes interrompus par de nouveaux cris d'exaltation. Les conducteurs regagnèrent leurs véhicules. Indiana releva ses cheveux en une masse floue, elle ôta sa petite veste et je remarquai un large pansement de la taille d'une main sur son omoplate. S'était-elle blessée ?

Elle s'assit sur le siège conducteur et enleva ses bottines à talons pour les remplacer par des tennis, puis les autres s'écartèrent pour laisser passer Blondinet. Étrangement, ses interventions m'agaçaient prodigieusement. Il s'accroupit devant elle et lui tendit une large tasse de café... L'histoire du rhum me revint à l'esprit.

Elle allait courir avec une gueule de bois ? Elle était complètement folle. Blondinet lui parla un moment alors qu'elle, les yeux dans le vide, ne répondait pas. Elle hocha juste la tête pour consentir à quelque chose. Il s'approcha, déposa un baiser sur son front puis s'écarta. Elle s'installa derrière le volant et referma la portière.

Un vrombissement de fou retentit en écho quand ils mirent leurs véhicules en marche, les cris redoublèrent alors qu'ils allumaient leurs feux et que des rampes de lumière fluorescente illuminaient le sol en dessous de leurs monstres cylindrés. Voilà, *Fast and Furious*, on y était !

Les voitures étaient côte à côte sur une ligne de départ imaginaire, les 4 × 4 de tout à l'heure éteignirent leurs néons. Seuls les rampes fluorescentes et les phares éclairaient l'espace sombre. Les yeux fixés sur la voiture noir et orange, je n'avais pas vu s'approcher le latino du groupe des Angels.

Il se posta à nos côtés.

— Salut, je m'appelle Luis, je fais partie de la *team* d'Indiana, se présenta-t-il avec son accent mexicain.

Je ne répondis pas, le regard rivé sur le quatuor de bagnoles.

— Lui, c'est Miles, notre prés', répondit Jayden.

— C'est celui qui fait crisser les dents d'Indy, ricana le Mexicain.

Je lançai un regard en coin au fameux Luis.

— Crisser les dents ? répéta Scott.

— La *chica* n'aime pas les mecs qui lui dictent ce qu'elle doit faire, et encore moins les bikers. Ne me demandez pas pourquoi, je n'en sais rien, nous révéla-t-il, un sourire moqueur aux lèvres.

— Elle préfère les gentils petits minets comme son blondinet, lâchai-je, amer.

Il éclata de rire.

— Je ne pense pas. Avec le caractère qu'elle a, il lui faudrait un mec avec du répondant, mais elle ne l'avouera jamais, plaisanta-t-il.

— Pourquoi ? T'as essayé ? répliqua Scott.

— Tu l'as bien regardée ? On a tous essayé ! Et on s'est tous cassé les dents, railla-t-il.

Pourquoi ce mec venait-il nous parler comme ça ? On n'était pas censés être les méchants bikers ?

— Tu viens souvent la supporter quand elle court ? demanda Jayden.

— Non, pas vraiment. Celui qui est le plus souvent là, c'est Aden. Il la conseille, il pilotait aussi, avant. Maintenant, Indy préfère participer aux *runs* seule, au cas où.

— Au cas où quoi ? intervint Sullivan.

— Si ça tourne mal... police ou accident ! nous révéla-t-il.

— C'est déjà arrivé ? demanda Scott.

Luis reporta son attention sur la voiture d'Indiana.

— Le frère d'Indy est mort dans l'explosion de sa Mustang quand il participait à des courses de ce genre.

— Son frère ? intervins-je.

— Ouais, il y a six ans de ça. Depuis, Aden a arrêté ces conneries-là, mais Indy a repris le flambeau et elle est plutôt douée, la *chica*.

Le silence s'installa. J'enregistrai toutes ces informations. Comment cette fille pouvait-elle participer à ce genre de courses alors qu'elle y avait perdu son frère. Une bimbo se déplaça au milieu du chemin, sous les acclamations de la foule.

— Ah ! ça y est, le départ va être donné !

Il sortit son talkie de sa poche et chercha la bonne onde.

« Veilleur 4 en place, rien à signaler, c'est OK. »

« Veilleur 8, rien à signaler... »

J'écoutai les différentes voix indiquer leur poste et leur fonction.

— C'est quoi, ça ? demandai-je.

— Ce sont les veilleurs. Des mecs et des filles postés à différentes places stratégiques pour surveiller et écouter la radio des flics, le trafic. Bref, ce sont nos yeux et nos oreilles en cas d'alerte. La voiture 0 va partir la première, histoire de balayer le trajet avant qu'ils ne partent.

— Putain, mais vous êtes hyper organisés, intervint Scott, sidéré.

— Vu la vitesse où ils roulent, on a plutôt intérêt à parer toute éventualité. Restez à côté de vos bécanes, au cas où ça tournerait court... Je suppose que vous ne voudriez pas tomber nez à nez avec les flics.

— Rien à foutre des flics, déclarai-je laconiquement.

— Mais au fait, tu fais quoi, toi, dans la *team* ? se renseigna Scott.

Le sourire du latino s'élargit.

— Je suis mécano spécialisé en motos, avoua-t-il avec fierté.

Les lèvres de mes compères s'étirèrent, tandis que Sullivan croisait les bras sur son torse d'un air confiant.

— Tu roules en bécane, mec ? ajouta Scott.

— Je suis plus « japonaises » et vitesse sur piste que Harley et chopper, mais j'admire toutes les grosses cylindrées.

Il venait de se faire trois potes – allez, quatre, s'il savait encaisser la tequila, mais vu ses origines, j'en étais certain. Scott et Sullivan échangèrent une brève œillade avec moi.

— Faudra que tu passes un jour boire une bière ou un shot au bar, mon pote. On parlera bécanes et gonzesses, lui proposa Scott.

— Pourquoi pas... mais je ne suis pas certain que ça plaise à Indy. Son but est de se débarrasser de vous, pas que je m'incruste dans votre bar, nous avoua-t-il, un peu plus nerveux.

— Ben, on ne lui dira pas, mec, t'inquiète, riposta Jayden.

— Tu obéis toujours à ta boss ? le taquina Sullivan

— De toute façon, elle est pas près de se débarrasser de nous ! Moi, je ne suis pas son blondinet. Le leader ici, c'est moi ! affirmai-je froidement en jetant ma clope.

Personne ne releva, surtout pas le latino. La bimbo leva le bras, les moteurs rugirent, tels des fauves prêts à bondir, puis, après quelques secondes qui firent carrément monter la tension parmi les spectateurs, elle le baissa dans un geste bref.

Les quatre bolides s'élancèrent dans un tonnerre grondant, alors que celui d'Indy et un autre, bleu pétant, prenaient directement la tête des opérations. Un énorme nuage de poussière flotta dans l'air longtemps après qu'ils eurent disparu de notre vue.

Un mouvement de foule se créa alors que chacun se jetait sur son portable. Certains sortirent même des tablettes. Le latino à nos côtés fit de même. On plongea sur l'écran de son smartphone pour comprendre ce que faisaient tous ces geeks.

— Pourquoi vous sortez tous vos téléphones, demanda Scott, intrigué.

— Les veilleurs ont des cam sur eux. Du coup, ils filment les voitures à chacun de leurs passages, ça nous permet de suivre un peu le déroulement de la course et les positions des coureurs avant de les voir revenir ici. Nous, perso, la *team* d'Indy, on peut tout suivre grâce à la caméra embarquée dans l'habitacle de sa caisse, nous expliqua-t-il.

Il se connecta à un portail, puis à une page internet privée.

— Vraiment super organisé, souffla Scott.

Je fixai, par-dessus l'épaule de Sullivan, l'écran grâce auquel on assistait à la course, directement dans la voiture d'Indiana. Elle était calme, ses gestes étaient précis, ses mains virevoltaient rapidement entre le volant et la boîte semi-automatique. Aucun cri, aucun gémissement de crainte, comme on aurait pu s'y attendre dans la voiture d'une fille. Elle poussait ses rapports à fond, prenait les cordes et gardait des trajectoires propres et précises.

— Putain, elle conduit comme un mec ! s'écria Scott, admiratif.

— Elle sait ce qu'elle fait, ajouta Sullivan.

— Vaut mieux, quand on sait la vitesse à laquelle elle roule, déclara Luis.

Mon regard obliqua vers le tableau de bord, le compteur oscillait entre 150 et 200 km/h, selon ses trajectoires et le tracé de la route ; quant au compte-tours, il avait sans cesse la bougeotte.

— Elle a une boîte semi-automatique ? Pourquoi elle utilise les rapports de la boîte manuelle ? Ce ne serait pas plus simple d'utiliser les vitesses au volant ? demandai-je, les yeux rivés sur l'écran.

Luis et Scott se tournèrent vers moi pour me fixer, comme si j'étais un crétin fini.

— Les vrais pilotes préfèrent gérer leur vitesse avec la boîte manuelle, m'informa Luis.

Quelle susceptibilité, ces fans de bagnole !

— Regarde son visage, impassible et concentré, alors qu'elle roule à plus de deux cents et qu'elle pourrait…, commenta Scott.

— S'éclater contre un mur ou une autre bagnole, c'est clair ! termina Luis.

— Putain, j'crois que j'suis amoureux ! intervint Jayden.

— Ta gueule, Jay, rétorqua Sullivan.

— Quoi ? T'as déjà rencontré pareille nénette, Sul' ?

— Avec un putain de mauvais caractère qui va avec le tout, commentai-je froidement.

Luis se tourna dans ma direction avec un sourire de connivence.

— Purée, ils ne vont pas rejoindre l'USS Highway ? Ils sont frappadingues ! s'écria Jayden.

Indy déboula brusquement de derrière la bagnole bleue et s'inséra directement dans la circulation de la huit-voies. Heureusement, à cette heure-ci, il n'y avait plus grand monde, mais quand même, s'ils se plantaient là-dessus, c'était le carambolage et le massacre d'innocents assuré !

— Qui conduit la Honda Civic bleue ? s'informa Scott.

— C'est Wyatt Wayne ! Un fils à papa qui casse toutes ses bagnoles et s'en fait payer une toute neuve tous les mois, expliqua Luis.

— Ben, il se débrouille bien, pourtant, constata Jay.

— Oui, mais sa conduite est impulsive. C'est un bourrin, ses trajectoires sont grossières, il ne calcule rien. Il veut tellement battre Indy qu'il prend souvent de gros risques. Aden n'aime pas qu'elle coure contre lui, mais elle, elle s'éclate à lui rafler tout son pognon, s'amusa le latino.

— Où est-ce qu'elle a appris à piloter comme ça ? me renseignai-je, le regard toujours fixé sur ses gestes sûrs et précis.

— Un don du ciel ! plaisanta Luis. Non, plus sérieusement, elle a été à bonne école avec son frère. Matthew Witt était un sacré pilote, *amigo* ! Il a transmis son amour des belles voitures et de la vitesse à sa petite sœur. Et puis, Indy ne dépense rien en fanfreluches, comme les autres filles, elle se paie des stages de conduite sur circuit, observe beaucoup de vidéos de courses. Elle décortique les trajectoires, les gestes, connaît la mécanique de sa bagnole et sait jusqu'où pousser son petit bolide ! me raconta-t-il, un brin admiratif quand même.

Je relevai un bref instant la tête pour observer, autour de moi, les visages illuminés par les petites lueurs bleutées des écrans. Le silence régnait, certains commentaient dans un murmure les techniques des quatre pilotes.

— Et si les flics interviennent ? demanda Sullivan.

— Ben, de toute façon, ils interviendront, mais en général, ils arrivent quand tout est terminé, se moqua Luis. Dans tous les cas, quand ça arrive, on abandonne ! Tout le monde se disperse et une autre course est organisée dans les jours qui suivent avec les mêmes, pour que les parieurs s'y retrouvent.

— Qui gère les paris ? me renseignai-je.

— Ça dépend. Généralement, ce sont des gars proches des équipes quand même, mais personne en particulier.

— Ouais, pas encore..., répliquai-je.

Je retournai à l'écran du téléphone. Les deux bagnoles, la noire et la bleue, jouaient à cache à cache entre les véhicules. C'était impressionnant de les voir doubler à droite ou à gauche, comme si les autres conducteurs n'étaient que de vulgaires obstacles sur leur route. On avait même l'impression, vu la vitesse des deux coureurs, que tous étaient à l'arrêt. Indiana menait toujours, mais le fameux Wyatt déboîta d'un seul coup dans une trajectoire brouillonne. Il lui fit carrément une belle queue de poisson. *Putain, quel malade !*

— Espèce d'enfoiré de fils de..., intervint la voix d'Indy dans l'habitacle.

J'esquissai un sourire et rigolai intérieurement en entendant ce langage fleuri.

— Quand je vous disais que c'était un connard, ce mec ! Il roule comme un *gringo*.

Le chauffard menait la course, cette fois, roulant comme un cinglé à une allure folle, frôlant les autres véhicules. Il creusa un peu l'écart avec Indy, doublant de tous les côtés.

Celle-ci poussa le rapport jusqu'à faire rugir son moteur. Elle le rattrapa finalement, se plaça juste derrière lui pour profiter de son effet d'aspiration et atteindre la pointe de vitesse nécessaire pour le dépasser. Alors, elle se maintint à sa hauteur pendant quelques secondes et, sans tourner la tête, elle releva sa main droite et leva un majestueux doigt d'honneur en direction de ce connard... Le coin de ma bouche se releva en un petit sourire appréciateur.

Elle appuya sur l'accélérateur pour reprendre la tête, puis, tout à coup, en jetant tout de même un coup d'œil dans son rétro, elle donna un coup de patin et prit la sortie de la highway. On aperçut la silhouette bleue la dépasser à toute allure.

— Mais qu'est-ce qu'elle fout ? s'inquiéta Scott.

— Ben, elle prend la sortie pour revenir ici, expliqua Luis, comme une évidence.

Scott arqua les sourcils avec perplexité.

— Et l'autre mec ? Wyatt ? s'enquit Jay.

— C'est un gros naze tellement obnubilé par le fait d'être devant Indy qu'il n'a pas fait attention à la sortie qu'il fallait prendre, se marra le latino. Elle va encore lui mettre la pâtée.

— Et les deux autres ? demandai-je.

— Il n'y avait que Wyatt de vraiment inquiétant ce soir. Les paris se jouent souvent entre eux deux. Wayne est un bon pilote, mais quand Indy est là, il repart la mine basse... et la queue entre les jambes.

Le mécano éclata de rire. Jayden lui tapa dans le dos, comme pour consentir à ce qu'il venait de dire. Le vent se leva subitement, je levai les yeux vers le ciel. Un peu plus loin, on apercevait déjà des éclairs zébrer l'horizon, à la périphérie de la ville.

— Fait chier, un orage ! s'écria Jay.

« Veilleur 6, les coyotes sont de sortie ! Je répète, secteur 6, les coyotes sont de sortie ! » crachota une voix dans le talkie.

— *Mierda* ! Ça fait carrément plus chier que l'orage, ça.

Luis mit ses mains autour de sa bouche.

— Coyotes, secteur 6 ! Préparez-vous, les gars.

La plupart des personnes présentes se ruèrent vers leurs bagnoles, y grimpèrent pour faire tourner les moteurs, puis gagnèrent différentes parties du terrain vague, alors que d'autres continuaient de visionner la fin de la course.

— Qu'est-ce qu'ils font ? demanda Sullivan.

— Ils se préparent à se disperser pour semer le trouble parmi les flics. Il faut que les pilotes puissent rentrer tranquilles, alors on protège leur fuite, surtout après la course. Ils seront les plus reconnaissables, avec leurs peintures et leurs néons. Vous devriez aussi démarrer vos bécanes, si vous ne voulez pas risquer d'être pris, dans l'affolement, nous expliqua-t-il.

Les gars filèrent chercher les motos. Le tonnerre grondait un peu plus loin et les bourrasques annonçaient la pluie imminente.

— Ils vont débouler ici et repartir aussitôt ? Qui va les prévenir qu'il y a les flics dans le coin ? me renseignai-je.

— On ne peut pas les avertir. En général, ils entendent les sirènes, déboulent ici dans un dérapage, sortent de leur bagnole pour laisser la main à un gars de leur *team*, et eux grimpent dans une autre bagnole, juste à temps pour que tout le monde dégage dans un chrono précis.

— Quoi ? répliquai-je, abasourdi. Elle va descendre de sa caisse ? C'est n'importe quoi, elle aura plus de chances si elle s'enfuit seule.

— Je sais, mais on fait ça pour s'assurer qu'ils s'en sortent. Si la voiture se fait arrêter, ce n'est jamais le vrai conducteur qui est au volant. Dans notre équipe, on a toujours quelqu'un pour la ramener à la place d'Indy... Enfin, quand il y a les flics, sinon elle rentre toute seule.

— Et qui est censé s'en occuper ce soir ?

Mon regard fut attiré par Blondinet qui avait déjà rejoint le centre du terrain, prêt à grimper dans la bagnole à la place d'Indy.

— C'est Aden, ce soir. Donc aucun souci, les flics ne le rattraperont pas, déclara-t-il avec un sourire plein d'assurance.

Cette fois, les éclairs illuminèrent le ciel au-dessus de nous, la pluie commença à tomber en fine bruine. On entendait déjà au loin le ronronnement des moteurs.

Est-ce que ce Wyatt l'avait finalement rattrapée ? On ne pouvait pas le savoir. Les portables étaient éteints, nous étions tous dans le noir, à peine éclairés par les zébrures de l'orage. Je fis un signe de tête aux gars, ils grimpèrent sur leur engin et démarrèrent. Tout le monde était prêt à déguerpir, la main sur une portière, mais le visage rivé sur l'entrée du terrain. Cette fois, la pluie dégringola sur nous en torrent. Bientôt, l'endroit serait une pataugeoire pleine de boue.

Le bruit des puissants moteurs se fit tout proche, les sirènes les accompagnaient, un poil plus loin. Bon sang, ça allait faire juste. Luis courut vers ses potes, il grimpa dans la bagnole de sa sœur alors que les deux autres étaient déjà prêts dans la seconde. Je me dirigeai à mon tour vers ma Harley, avec quelques regards vers cette foutue entrée. Je démarrai ma bécane tout en m'installant dessus. Cette fois, des phares éclairèrent la petite ruelle derrière le terrain et le bolide noir d'Indy arriva en premier. Elle avait réussi, cette petite furie l'avait fait. Elle dérapa en plein milieu de l'espace, entourée des autres caisses. Des cris de joie fusèrent alors que, déjà, elle sortait de l'habitacle, vêtue de son petit top.

La pluie la noya instantanément. Blondinet sauta dans la caisse et démarra en trombe, les autres voitures de course défilèrent derrière, Wyatt en bon avant-dernier.

Les flics déboulèrent aux abords de la ruelle. Dans un bordel de tous les diables, chacun appuya sur l'accélérateur. Les pilotes sortaient et entraient dans les voitures aux portières ouvertes, tout le monde désertait la place dans un raffut terrible. J'adressai un dernier signe de tête à mes frères pour lever le camp.

J'embrayai à mon tour, mais un dernier regard en arrière m'apprit que Petite Furie était coincée au milieu de tout ce merdier et cherchait le véhicule de ses potes.

Trempé, je soufflai puis opérai un demi-tour. Je pris de la vitesse et me dirigeai dans sa direction. Immobilisant ma Harley à ses côtés tandis qu'elle tournait la tête dans tous les sens, mouillée jusqu'aux os et passablement désorientée parmi les coups de klaxon, les vrombissements et les sirènes de police.

Elle essuya rapidement les gouttes de pluie qui l'aveuglaient, puis reconnut mon visage.

— Grimpe... je t'emmène ! m'écriai-je pour qu'elle m'entende par-dessus le vacarme assourdissant.

Elle hésita quelques secondes, me jetant un regard mauvais. Elle m'aurait certainement envoyé balader, mais les flics débarquèrent à leur tour sur le terrain.

— T'as pas le temps d'hésiter... Je suis ta meilleure option ! lâchai-je avec fermeté.

Elle m'observa juste un instant puis grimpa derrière moi. J'accélérai dans un dérapage, elle s'accrocha à la poignée arrière. Je slalomai entre les différentes caisses et fonçai à toute allure pour nous sortir de ce merdier.

CHAPITRE 7
CHARLY
PROVOCATION

Accrochée à l'arrière de la moto, je tentai tant bien que mal de me recroqueviller derrière la silhouette puissante du biker afin d'éviter au maximum le vent et la pluie. Cette chevauchée improvisée me rappelait les fois où, enfant, mon père m'emmenait en balade. À l'époque, il était à mes yeux comme tous les pères pour leur petite fille, un héros. En grandissant, j'avais vite déchanté, même si mon géniteur n'était pas l'enfoiré que pouvait être mon oncle. Là aussi, il existait différents degrés, chez les bikers.

J'observai les rues défiler, le prés' s'amusait à tourner en rond, revenant sur ses pas pour repartir de plus belle... Il s'assurait que nous n'étions pas pourchassés par les voitures de police. Le système de dispersion que nous avions mis en place fonctionnait bien, j'aurais dû me sentir soulagée, sauf que je sortais d'une gueule de bois, d'une course difficile et tout ça sous un orage grondant. J'avais eu peine à reconnaître dans le noir la voiture de Hope, Aden m'était passé devant comme un feu follet, me murmurant de me dépêcher et qu'on se retrouverait plus tard. Oui, mais impossible de monter dans la bonne voiture dans un tel capharnaüm.

Bien que tombé à pic, j'étais mécontente d'avoir dû me fier à ce mec, Miles. Un sourire narquois s'étira sur mes lèvres en repensant à sa tête lorsque je lui avais fait répéter son prénom. Pourtant, il m'avait sortie d'une potentielle embrouille avec les flics. Je n'aimais pas être redevable, surtout pas à ce genre de type. Il serait sûrement satisfait de lui-même, mais j'allais vite refroidir ses ardeurs. Nous avions traversé le centre-ville. À mon grand étonnement, il nous emmenait vers la zone industrielle désaffectée. Les vieux entrepôts y étaient légion, même si, au fur et à mesure, des immeubles les remplaçaient. Ce n'était clairement pas mon quartier.

Il slaloma entre divers bâtiments puis ralentit au niveau d'un hangar. Construit en tôles ondulées, il arborait sur l'un des côtés un vieux logo dont la peinture était écaillée. La moto s'immobilisa devant une énorme porte de garage, cette dernière s'ouvrit automatiquement et le biker engagea sa cylindrée à l'intérieur. Je n'aimais pas du tout ça. Le prés' gara sa Harley dans un large espace où divers outils et accessoires de motos étaient accrochés aux murs. Dans le fond, on distinguait nettement une silhouette de voiture sous une housse. Ma curiosité de pilote, et encore plus de mécano, fut titillée. J'avais peine à me retenir d'aller soulever le tissu pour voir quel genre de bolide pouvait posséder un motard.

Celui-ci se leva lestement, secoua la tête comme un chien après un bon bain et finit par passer la main dans ses cheveux pour les remettre en place. Toujours assise à l'arrière, j'attendais. Il devait être venu ici pour récupérer quelque chose et allait me ramener tout de suite après. Mon passé chez les bikers m'avait appris à rester à ma place lors d'un deal ou d'un échange ; pour une fois, j'étais trop fatiguée pour faire ma rebelle et l'emmerder jusqu'au bout. Je décidai donc d'attendre ici, bien sagement, jusqu'à ce qu'il revienne. Miles avança de quelques pas jusqu'à une porte et se retourna subitement lorsqu'il s'aperçut que je ne le suivais pas. Il m'observa en haussant son arcade sourcilière, comme pour me dire « T'attends quoi ? ».

— Il te faut une invitation ou un ordre spécial pour bouger, ou comment ça se passe ? prononça-t-il d'un air placide.

— Quoi ? Bouger ? Pour aller où ? répondis-je abruptement.

— Pour te mettre au chaud, mais si tu préfères passer la nuit ici pour garder ma Harley, ça me convient aussi, répliqua-t-il en ouvrant la porte pour s'engager dans une autre pièce.

Je soupirai et ne bougeai pas. S'il pensait que j'allais le suivre dans ce vieux bâtiment poussiéreux, infesté de rats, il se trompait lourdement. La porte se referma derrière lui. Je restai là, comme… une idiote, trempée et seule dans ce garage. Il allait revenir, c'était sûr !

Finalement, au bout de cinq bonnes minutes, qui m'en parurent plus de dix, je finis par grimacer et bouger mon postérieur collé par la pluie sur la selle. Je n'avais pas mon sac avec moi, donc pas de portable pour contacter Aden ou Hope.

Les bras serrés autour de moi, j'essayais de garder le peu de chaleur que m'offrait mon corps. Avant de m'engager à mon tour vers la porte, j'osai un coup d'œil en dessous de la housse de protection. La curiosité était un vilain défaut, mais là, tout de suite, je n'en avais rien à foutre.

Bouche bée, j'admirai une véritable Mustang Shelby GT500 de 1967 ou 68. Noire, rutilante et chromée, elle était magnifique, un véritable chef-d'œuvre qui dormait ici, sous ce bout de tissu. Si Aden ou même Matt s'étaient retrouvés devant une telle splendeur, ils n'auraient pu s'empêcher de vouloir l'essayer... et j'avoue que ça me titillait également. Qu'est-ce qu'une voiture de collection en aussi bon état faisait chez un... motard ? Quel gâchis !

Je passai une dernière fois la main sur les rondeurs de cette voiture de légende et finis avec beaucoup de mal par me décrocher de sa contemplation. Je pivotai puis m'engageai finalement vers la porte.

Ce fut avec stupéfaction que je pénétrai dans un vaste loft au parquet ciré, aux plafonds hauts garnis de poutres métalliques. Différents aménagements avaient été réalisés pour transformer ce vieil entrepôt en espace habitable, et quel espace !

L'endroit était divisé en plusieurs zones modulées de telle sorte qu'on y trouvait une cuisine, un immense salon moderne, un bureau. Un escalier d'acier menait à une passerelle qui débouchait sur un étage. Tout était moderne, épuré, dans des tons gris et violines. Plantée comme une potiche, ce fut la seconde fois que je restai muette en pénétrant chez ce type. Je le cherchai du regard, il avait laissé son cuir sur le dossier d'un tabouret haut et s'affairait déjà dans la cuisine. Cette dernière, ouverte et placée de façon à être le point central de l'habitation, offrait tous les équipements modernes dont aurait pu rêver un cordon-bleu. Mon hôte contourna le comptoir métallisé et se dirigea vers moi, une bouteille de bière à la main.

— Tu t'es décidée à te mettre au chaud, finalement ? m'apostropha-t-il en me tendant la boisson.

Ses yeux gris-bleu me transperçaient. J'observai rapidement sa mâchoire carrée, ses pommettes hautes et ses sourcils bien dessinés.

Je pris la bière, Miles m'invita à le suivre jusqu'à l'immense canapé d'angle qui ornait le salon, cependant, méfiante, je n'obtempérai pas et continuai mon inspection visuelle du loft. Il se retourna pour voir qu'encore une fois, je ne l'avais pas pris au mot. Le biker souffla, ses épaules s'abaissèrent dans un geste d'agacement.

— Tu comptes rester dans ton coin toute la soirée sans m'adresser un mot ? me lança-t-il en décapsulant sa bière d'un geste précis et habile.

— Je ne vais pas venir m'installer sur ton canapé en tissu alors que je suis trempée. Je vais le tacher, répliquai-je, hargneuse.

Il me fixa un moment, puis avala une longue gorgée.

— Très bien, tu peux aller prendre une douche maintenant, si tu veux. Au moins, tu n'attraperas pas froid, mais je n'ai pas vraiment de fringues féminines à te prêter. Du moins, celles que j'ai ne te conviendraient pas. En revanche, j'ai des t-shirts à foison... et même de groupes de rock, m'annonça-t-il sur un ton léger.

Il avait remarqué mon t-shirt quand j'avais pénétré dans son bar, bizarre. Néanmoins, il était hors de question que je prenne une douche dans sa salle de bains ou que j'enfile un de ses t-shirts. Je n'allais sûrement pas me déshabiller chez un biker.

— Comment ça « prendre une douche » ? Parce qu'on ne repart pas ? J'aimerais rentrer chez moi pour prendre une douche dans *ma* salle de bains, déclarai-je avec emphase.

Il posa sa bouteille sur la table de salon et croisa les bras en m'observant d'un air amusé.

— Premièrement, il est hors de question que je ressorte sous l'orage, avec cette pluie. Deuxièmement, je ne sais même pas où tu vis. Alors je ne vais pas me casser la tête à retraverser toute la ville à cette heure-ci. Maintenant, si l'envie t'en prend, tu peux rentrer à pied, il y a de l'argent dans la poche de mon cuir pour prendre un bus ou un taxi, si t'arrives à en choper un par ici. Claque la porte derrière toi en sortant.

Le propriétaire des lieux reprit sa bière, en but une gorgée sans plus s'occuper de moi, puis, finalement, se dirigea vers l'escalier de fer pour y grimper d'un pas rapide. Encore une fois, il me laissait là, en plan dans son loft. Je frissonnai, les bras toujours autour de moi, la bière en plus.

C'était quoi son objectif ? Me mettre dans son lit ? Ce type pouvait toujours rêver ! J'avançai jusqu'au salon et tournai la tête vers l'immense horloge accrochée au mur de tôle : deux heures du mat'.

Il était clair que je ne trouverais pas de bus ni même un taxi par ici. Toute à mon dépit, je m'approchai du canapé, y pressai la main. Il avait l'air moelleux et me ferait sûrement un bon matelas. Si j'avais su que grimper sur sa moto engendrerait de telles conséquences, j'y aurais réfléchi à deux fois.

Je gardai ma bière à la main, je n'avais pas sa dextérité pour décapsuler les canettes. Toujours occupé à l'étage, je n'attendis pas qu'il redescende pour m'aider. D'un pas sûr, je me dirigeai vers la splendide cuisine chromée, à la recherche d'un décapsuleur. Je tirai plusieurs tiroirs sous l'îlot central et trouvai enfin mon bonheur. Je m'assis sur l'un des tabourets du comptoir, ne voulant vraiment pas laisser l'empreinte de mes fesses trempées sur son divan. La chair de poule recouvrait mes bras, j'avais carrément froid maintenant. C'est un bon chocolat chaud ou une soupe que j'aurais dû boire. Je m'imaginai emmitouflée dans l'un de mes gros pulls, affalée sur mon petit canapé (comparé à celui-ci), sous mon plaid, à visionner un vieux film à la télé. Je soupirai et avalai une longue gorgée de ma bière.

— Ça y est, tu t'es enfin décidée à te poser ? Je suppose que tu n'es donc pas assez stupide pour retourner chez toi, seule, la nuit, sous la pluie.

Je levai la tête vers lui alors qu'il descendait l'escalier... torse nu et en jean ! Je recrachai directement ma gorgée avant de m'étrangler avec. Mes yeux glissèrent sur ses biceps gonflés qui n'avaient rien à envier à ses pectoraux et ses tablettes de chocolat. Ça, n'importe quelle fille normalement constituée l'aurait remarqué, mais c'étaient surtout les tatouages qu'il arborait qui captèrent mon regard. Des motifs tribaux ornaient ses bras, grimpaient jusqu'à ses épaules et son cou. J'admirai le magnifique tigre blanc et noir qui bondissait sur la partie supérieure de son torse. À chaque mouvement qu'il faisait, ce dernier semblait prendre vie. C'était la seule chose que j'aimais chez les bikers. Surtout quand ils étaient bien dessinés sur un corps sculpté, alors là, ça devenait de l'art.

Il croisa finalement mon regard et s'en amusa. *Merde !* Je venais d'ajouter des pièces dans sa machine à ego masculin.

— Finalement, je vais accepter ton invitation pour la salle de bains. Une douche bien chaude me fera du bien. Et si, en plus, tu veux bien me prêter ton canapé, ça sera parfait. Je ne t'embêterai pas plus que ça, je te remercie.

Il descendit les dernières marches pour se planter devant moi. Les effluves de son gel douche masculin me chatouillèrent les narines. Pieds nus, le jean porté bas sur les hanches, il sourit de toutes ses dents.

— La salle de bains se trouve en haut, tout au bout de la passerelle. En revanche, pour le canapé, ce sera non ! affirma-t-il avec aplomb.

Ben voyons, je m'en doutais ! Je l'avais vu arriver de loin, son numéro de beau gosse sorti de la douche.

— Ben écoute, on va en rester là, mon gars ! Parce qu'il est hors de question que je partage ton lit pour te remercier de m'avoir aidée ce soir, rétorquai-je avec la même assurance.

Très calmement, il attrapa son cuir sur le tabouret juste à côté du mien et en sortit son paquet de cigarettes. Il en saisit une, la glissa à ses lèvres et l'alluma avec un briquet qui trônait sur le comptoir. Les yeux plissés, il en tira une bouffée pour finalement m'observer d'un air amusé.

— Écoute, *baby doll*, je ne vais pas te mentir, je te trouve hyper sexy et bandante, mais les gamines, c'est pas mon truc ! J'aime posséder une vraie femme dans mon lit ! Alors tu peux garder tes airs effarouchés pour toi et ton petit blondinet de service !

Dire que j'étais vexée aurait été un euphémisme, il venait carrément d'envoyer un coup de poing dans mon ego.

— Alors ça tombe bien pour tous les deux, car j'aime les vrais mecs. Ceux qui agissent, pas ceux qui se vantent ! répliquai-je, piquée au vif. Donc tu gardes tes vraies femmes, et moi, je continue de prendre mon pied avec des vrais mecs. Et pour ton information, tu ne dois pas être beaucoup plus âgé que moi, mon pote ! Alors, remballe tes airs de grand seigneur, ça ne marche pas avec moi !

Il se marrait carrément, on peut dire que mes réparties avaient le don de l'amuser.

— Ah oui ! Alors, ça te fait quel âge, chérie ? Vingt ans ? Vingt et un ?

Bon sang, je détestais ce terme dévalorisant.

— J'en ai vingt-quatre. Et toi, sous combien de siècles tu dissimules tes rides ?

— J'ai quatre ans de plus que toi, répondit-il en tirant une nouvelle fois sur sa cigarette.

— Tu as raison, ça fait de toi un véritable vieillard ! lâchai-je, placide.

— Bon, le vieillard que je suis te proposait en réalité de dormir dans la chambre d'ami. Tu y seras mieux que sur le canapé. Mais c'est toi qui vois, après tout, tu es une femme d'expérience, railla-t-il.

— La salle de bains au bout de la passerelle, donc ! repris-je, acide.

Je descendis de mon perchoir, le contournai pour m'engager dans l'escalier.

— Je t'ai laissé un t-shirt près de la panière. Tu veux manger quelque chose ? Tu dois avoir faim après tes prouesses de ce soir, m'interpella-t-il depuis la cuisine.

— Oui, j'ai faim, mais... Non, rien, finalement, je prendrai bien quelque chose, merci, lui criai-je d'en haut.

Quitte à l'emmerder, autant le faire jusqu'au bout.

J'atteignis la passerelle qui desservait tout l'étage, avec vue sur la cuisine et le salon. Je repérai différentes portes. Un peu plus loin, sous un dôme de verre, se trouvait un espace détente avec quelques fauteuils et une petite bibliothèque... Une bibliothèque ? On était vraiment chez lui, ici ?

Je trouvais ce loft carrément génial et bien décoré. Si j'en avais eu les moyens, j'aurais aimé me payer un appart de ce genre.

Dépassant les diverses portes, je fis coulisser la dernière pour pénétrer dans la pièce. Les tons gris, bleu et blanc de la mosaïque m'apaisèrent. Ce n'était pas une salle de bains de fille, où traînaient différents tubes et bouteilles de cosmétiques, mais elle était propre et, étonnamment, les serviettes ne gisaient pas au sol !

Avec un grand sourire, je me dirigeai vers l'énorme douche à l'italienne. On aurait pu y mettre largement trois ou quatre personnes. Mes pieds glissèrent sur des galets blancs et gris quand j'avançai le long de l'immense paroi transparente. Rapidement, l'eau chaude glissa sur ma peau, m'arrachant un frisson de plaisir. Je laissai retomber mes cheveux pour profiter de ce moment de bien-être. Si on m'avait indiqué, le matin même, le lieu où je prendrais ma douche, le soir venu, j'aurais volontiers traité la personne de démente. Ouvrant un œil pour attraper la bouteille de savon, je dus me satisfaire du produit qui traînait là.

Je profitai honteusement de cette somptueuse salle de bains et de cette douche en particulier, traînant encore un peu sous l'eau. Au bout d'un moment, je me résignai à sortir. Un drap de bain était plié avec un long t-shirt à côté. Surprise par sa prévenance, je m'enroulai dans la serviette pour me sécher rapidement, attrapai un peigne sur le bord de la vasque et finis de me démêler les cheveux avant d'enfiler le t-shirt. Dubitative devant le miroir, je jetai un œil sur mon slip qui traînait avec mon jean trempé au sol. C'était soit la culotte humide, soit pas de culotte du tout. Je préférais encore me promener les fesses mouillées, mais couvertes ! Je sortis de la pièce, une délicieuse odeur montait de la cuisine. Avant de descendre affronter mon hôte, je décidai d'aller jeter un œil à sa bibliothèque. La rumeur dit qu'on en apprend beaucoup sur une personne en découvrant ses lectures. Je ne me faisais pas trop d'illusions sur ce que j'allais y trouver.

La pluie tombait encore dru sur le dôme de verre, les éclairs apportaient une touche fantastique à ce décor. Sur la pointe des pieds, je traversai la zone en observant le ciel au-dessus de ma tête. Je me mis à passer en revue les différents titres. J'y trouvai énormément de livres ou de traités sur l'architecture, ce qui me laissa perplexe, puis quelques romans.

— Serais-tu à la recherche d'un livre expliquant comment se débarrasser des clubs de bikers ?

Je sursautai, prise en flagrant délit de curiosité, puis me retournai. La foudre déchira le ciel au même moment. Nous levâmes la tête dans un mouvement identique vers la verrière, avant que son regard ne dérive sur moi, mon t-shirt et mes jambes. Je tirai machinalement dessus.

— Je suis désolée, j'aimais beaucoup lire avant et... je voulais jeter un coup d'œil à ta bibliothèque. Quant à se débarrasser des bikers dans ton genre, s'il existait un mode d'emploi, j'en aurais sûrement été l'auteure.

— Tu n'es donc pas près de l'écrire... Le repas est prêt, si tu as faim, embraya-t-il rapidement en descendant l'escalier.

Je le suivis en levant les yeux au ciel. J'étais prodigieusement agacée par son côté arrogant et suffisant, mais ça, c'était typique des motards. Sûrs d'eux, de ce qu'ils offraient en apparence.

Attablé au comptoir, il m'attendait devant une assiette chaude. Là encore, je fus étonnée, pensant trouver une vulgaire pizza ou un chinois... parce que, franchement, c'est ce que moi, j'aurais fait. Grâce à mon téléphone, j'étais la reine de la bouffe livrée à domicile. Je m'assis sur le tabouret et respirai avec bonheur le fumet délicat qui s'échappait devant moi.

— C'est quoi ? demandai-je.

— Un poulet au curry, se contenta-t-il de répondre en prenant sa fourchette.

— T'as eu le temps de préparer ça... maintenant ? relevai-je, perplexe.

— Maintenant ? T'as une idée de combien de temps tu es restée sous la douche ? rétorqua-t-il, les sourcils relevés dans une attitude moqueuse.

C'est vrai que j'avais exagéré. Prise en faute, je ne répondis pas et plongeai le visage vers mon assiette pour profiter de ce repas chaud. La première cuillère fut un plaisir pour mes papilles. Depuis combien de temps n'avais-je pas mangé de vraie cuisine ? Probablement jamais. J'avais été élevée par des hommes, des motards, puis par mon frère, donc pas vraiment les meilleurs représentants de l'art culinaire.

— Bon sang, c'est super bon ! lâchai-je sans le vouloir.

— On dirait que ça t'étonne ! répliqua-t-il, faussement offusqué.

— C'est à qui ce loft ? poursuivis-je, sans relever sa réplique et en continuant de manger.

Je ne voulais pas le complimenter.

— C'est chez moi, ici, répondit-il du tac au tac. Ça aussi, ça a l'air de t'étonner !

— Finalement, pas trop. Il faut bien que l'argent de la drogue et du sexe serve à quelqu'un ! Je suppose qu'il a également servi à payer cette fabuleuse Mustang qui se trouve dans ton garage.

Par-dessous mes cils, je le vis poser sa fourchette calmement sur le revêtement du comptoir. Je relevai le visage. Son air narquois et amusé avait disparu. Il me fixait franchement.

— Je vois que tu as déjà fouiné un peu partout, remarqua-t-il d'une voix plutôt sérieuse.

— Je n'ai pas fouillé, c'est juste que je suis mécano et forcément, si tu me montres une voiture dissimulée sous un drap, ça va être compliqué pour moi de ne pas aller y jeter un œil. Un peu comme un enfant devant le sapin de Noël ! Dans tous les cas, ce petit bijou est une merveille ! Et elle a l'air carrément en bon état, m'excitai-je.

— Elle l'est...

Il fit une pause.

— C'est un cadeau de mon père, il était dingue de vieilles bagnoles. Je l'avais aidé à en retaper une quand j'étais encore gamin et, plus tard, il m'en a offert une, déclara-t-il en reprenant sa fourchette et en évitant mon regard.

— Tu retapes des voitures ? m'enquis-je, étonnée et intéressée.

— Plus maintenant, affirma-t-il d'un ton sans appel. Quant à la drogue et au... sexe, comme tu le dis si bien, ils ne m'ont pas aidé à payer ce loft. Je l'ai financé tout seul et l'ai retapé avec l'aide de mes potes et de mon cousin. Donc désolé, Mademoiselle J'ai-une-dent-contre-tous-les-bikers-de-la-terre, mais tu peux profiter de ta douche et de ton repas, ils ne te sont pas offerts par un camé ou une prostituée !

J'avalai difficilement la bouchée suivante. Forcément, à l'attaquer sur son terrain, il fallait se douter qu'il n'apprécierait pas et me cacherait la vérité.

Il prit son assiette pour la placer dans le lave-vaisselle. Je descendis du tabouret, silencieuse, et l'imitai. Adossé un peu plus loin contre le frigo, il m'observait avec curiosité.

— Pourquoi tu dis que tu lisais... avant ? Tu ne sais plus le faire ? m'interrogea-t-il avec ironie.

Je finis de ranger le reste de mes couverts dans l'appareil, en me raclant la gorge. Je n'aimais pas parler de moi, mais apparemment, lui non plus. On avait au moins ça en commun.

— Je lisais beaucoup quand j'étais au lycée et avant d'entrer à la fac, répondis-je sans m'épancher.

— Et ?

— Quand mon frère est mort, j'ai utilisé l'argent que j'avais mis de côté pour payer ses funérailles. J'ai donc jeté à la poubelle mes projets d'université et tout ce qui allait avec pour me trouver un boulot dans un petit garage. C'est comme ça que j'ai débuté, et depuis, je n'ai plus vraiment le temps de lire, expliquai-je sans jamais oser croiser son regard.

— Ton pote, Luis, il nous a raconté que ton frère s'était tué dans un accident lors d'une de ces courses que tu pratiques... Pourquoi avoir continué là-dedans ? Même si, j'avoue, je n'ai jamais rencontré de fille aussi douée que toi au volant d'une bagnole. C'était... génial ce que tu as fait ce soir.

— Merci, soufflai-je.

C'était bien la première fois qu'on me complimentait là-dessus. J'avais déjà entendu des éloges sur ma manière de conduire, mais en général, ça venait de ma *team* ou de types qui s'en mettaient plein les poches grâce à moi... Un peu comme lui voulait le faire, songeai-je.

— J'adore les voitures, la vitesse et les courses, comme mon frère. Si j'avais été un mec, j'aurais tenté ma chance dans le sport automobile, mais comme je ne suis qu'une fille, je fais ça en amateur, jusqu'à ce que j'en aie marre, ou que quelque chose m'en empêche, comme pour Matt.

— Matt, c'était ton frère ? s'enquit-il.

Je hochai la tête pour seule réponse. Une boule se glissa insidieusement dans ma gorge, il eut la décence de ne pas poursuivre sur le sujet.

— Et si t'étais pas Indiana le pilote, tu serais devenue qui finalement ?

Je plongeai mon regard dans l'orage magnétique de ses yeux qui me sondaient.

— Je serais devenue Charly Witt, avocate, et j'aurais certainement envoyé des connards comme toi derrière les barreaux, affirmai-je avec aplomb.

Il parut désarçonné par le ton que j'avais employé subitement et passa une main sur sa barbe naissante.

— Que t'ont fait les bikers ? On ne violente pas les femmes, on se contente de celles qui viennent s'offrir à nous, et tu n'es clairement pas de celles-là. Je me pose donc la question.

— Parce que venir me menacer pour prendre le fruit de tous mes efforts, ce n'est rien à tes yeux, peut-être ?

— Je ne vais pas te prendre les revenus de ton garage, j'ai même prévu de te payer pour les réparations que tu feras sur les bécanes de mes frères. Je veux juste participer au pourcentage que tu te fais sur les paris et, en échange, je te propose ma protection, m'expliqua-t-il avec ferveur.

— C'est moi qui cours et qui risque ma vie. Tu l'as vu ce soir, je peux me planter avec ma voiture, à plus de 200 km/h, je ne me relèverai pas. Pourquoi tu devrais profiter de ce fric ? Et puis, ta protection contre d'autres connards dans ton genre ? Non, merci, m'écriai-je en me retournant brusquement.

Il me rattrapa, la main sur mon épaule.

— Tu ne devrais pas prendre la menace de Darius à la légère, crois-moi. Je veux juste une participation sur le fric des paris et je te laisserai tranquille. S'il le faut, tu ne verras même jamais ma tête, je t'enverrai Jayden. Apparemment, il a bien sympathisé avec ta *team*, reprit-il plus doucement.

— À quoi te servira ce nouvel afflux d'argent ? Est-ce que ton club rencontre des difficultés financières ? demandai-je, cherchant à comprendre ses motivations.

— Je veux écraser les Souls et faire grimper le chapitre d'Indianapolis. Et puis, qui sait, je pourrais même intégrer le chapitre de Chicago. Là, tu serais carrément débarrassée de moi, railla-t-il.

Je sentis mes traits se crisper à l'évocation de Chicago, et par conséquent, de mon oncle. Il dut lire l'horreur sur mon visage, car il fronça les sourcils en me dévisageant bizarrement. Il cherchait ce qu'il avait pu dire de si terrible. Un grondement infernal déchira le silence de la nuit, la lumière se coupa, nous plongeant dans l'obscurité. Seuls les éclairs zébrant le ciel illuminaient le loft par le biais du dôme. Immobile, j'avalai difficilement ma salive. Il aurait pu me convaincre, après tout, le garage fonctionnait bien. Si je gardais la moitié des revenus des paris, je m'en sortirais, et puis, j'en serais finalement débarrassée. Mais il avait fallu qu'il parle de Chicago. Si son club attirait trop l'attention, mon oncle ou mon père ferait sans aucun doute une descente par ici ! Tout ça pour devenir un nouveau connard au service de mon oncle... Et dire que j'avais failli y croire, à son charabia, son loft moderne, sa Mustang de légende et ses yeux si...

La lueur d'une flamme me tira de mes réflexions. Posté devant moi, il éclaira le faible espace entre nous avec son briquet.

— Charly ? Ça va ? me demanda-t-il en inspectant mes traits.

Je tressaillis. Personne... hormis mon frère, ne m'appelait par mon prénom. Pour tous les autres, je n'étais qu'Indy la mécano, la pilote de courses, la boss, mais personne n'était jamais allé chercher ce qu'il y avait sous le prénom Charly.

— Ça va. Je n'ai pas beaucoup dormi hier, et en plus, avec la course de ce soir, je suis crevée. Je voudrais juste aller dormir, maintenant.

Il m'inspecta un moment, cherchant sur mon visage une émotion quelconque, mais ça faisait longtemps que j'avais appris à me cacher derrière ma carapace.

— OK, pas de problème. Je vais te montrer ta chambre. Tu veux que je te réveille demain ou je te laisse dormir ? Tu peux rester ici, si tu veux, et...

— Non. Je te remercie de m'avoir aidée, ce soir. Mais il faut que je passe au garage demain matin.

— Si c'est ce que tu souhaites, je te déposerai là-bas et te ramènerai chez toi après.

— Pas la peine. Aden me raccompagnera.

— Ah oui, Blondinet...

Il pivota, je le suivis dans l'escalier jusqu'à la porte de ma chambre.

— Bonne nuit, Charly.

Je frissonnai.

— Bonne nuit.

— Miles, reprit-il.

Je ne répondis pas et pénétrai dans la pièce sans me retourner. Je fermai la porte derrière moi, m'adossai contre elle. J'avais vraiment du mal à avaler ma salive, désorientée par cette soirée.

Et dire que, pendant une seconde, j'avais failli passer un deal avec ce type. Il avait presque réussi à m'avoir avec ses belles paroles. Reprends-toi, Charly ! Ce n'est qu'un connard comme les autres qui, en plus, veut profiter de toi pour grimper dans la hiérarchie des enfoirés dans son genre !

Sans prêter attention à la chambre, j'avançai, comme un zombie, et me couchai dans les draps qui sentaient bon le frais. La tête sur l'oreiller, j'observai la pluie glisser lentement sur les vitres de la chambre, jusqu'à ce que la fatigue me rattrape.

Le lendemain matin, je fus réveillée par quelques coups contre ma porte. M'étirant comme un chat, je demeurai quelques minutes à observer par la vitre le paysage lointain des buildings et le soleil chassant les nuages de la nuit.

Mon regard dévia vers les murs blancs de la chambre. Un écran de télé était accroché en face de moi, un fauteuil en rotin était placé à côté de l'énorme fenêtre. Je m'enroulai dans la couette moelleuse alors que, de l'autre côté de la cloison, l'eau coulait dans la douche. Je soupirai puis repensai à ce que m'avait dit Miles, hier soir. Son objectif était clair : grimper dans l'organisation des bikers de Chicago et faire fructifier le club d'Indianapolis... En gros, tout ce que l'on attend d'un bon président de chapitre.

Pourtant, mon esprit s'échappa, bien malgré moi, durant quelques instants, de l'autre côté du mur, vers les rayures d'un tigre tatoué sur une peau lisse et mordorée. Je fronçai les sourcils et secouai la tête pour repousser tout ça le plus loin possible. Qu'est-ce que c'était encore que cette lubie ? Il y avait trop longtemps que je n'avais pas accueilli Aden dans mon lit, vraisemblablement, car un tas de muscles et des tattoos bien placés me faisaient carrément perdre la tête.

Je me levai rapidement, repoussant avec brusquerie la couette. J'ouvris la porte, humai le parfum délicat d'un café déjà prêt. Je jetai un œil de l'autre côté du couloir, il était toujours dans la salle de bains. Je descendis, à la recherche du breuvage bien chaud qui me remettrait les idées au clair. Sur la pointe des pieds, je me hissai pour tenter d'attraper une tasse dans l'armoire bien trop haute pour moi, quand une main appartenant à un bras musclé apparut au-dessus de moi pour en saisir une à ma place. Je me figeai, perturbée par la présence toute proche de mon hôte et l'effluve musqué de son parfum. Immobile, j'attendis qu'il ait terminé pour me tourner vers lui. Il s'était reculé et me tendait l'objet tant convoité. Je lissai machinalement mes cheveux, tombai irrémédiablement dans le bleu ardoise de ses yeux qui me fixaient avec curiosité. Miles avait toujours l'air de m'observer comme s'il cherchait des réponses sur mon visage.

Vêtu d'un t-shirt gris chiné et d'un jean noir, il s'était coiffé de gel, s'était taillé la barbe pour qu'elle n'ait l'air d'avoir que quelques jours. Forcément, l'idiote que j'étais plongea, de nouveau, sans demi-mesure, dans ses prunelles irréelles. Purée, il fallait que j'aille me faire vacciner contre ce regard métallique.

— Bonjour, bien dormi ? lâcha-t-il finalement devant mon manque de réaction.

— Bonjour, oui, merci. Le matelas est de bonne qualité, réussis-je à répondre.

Le biker dissimula un semblant de sourire, je ne voulus pas imaginer ce qui s'était déroulé dans son esprit. Il s'avança vers moi et, encore une fois, je me raidis à son approche, aux aguets. Il attrapa la cafetière derrière moi pour me verser un café fumant.

— D'habitude, je me lève plus tôt, ou alors je dors carrément au bar, mais comme je devais te déposer au garage, je nous ai accordé une petite grasse mat', déclara-t-il.

— Pourquoi ? Quelle heure est-il ? demandai-je avidement.

— Il est presque huit heures trente.

Je me brûlai la langue alors que je tentais de boire plus rapidement le contenu de ma tasse. Mince, ils avaient dû faire l'ouverture sans moi.

— Tu as le temps, ne te presse pas. Il y a des beignets et des viennoiseries en tout genre sur le comptoir... Je ne savais pas si tu prenais un petit déjeuner et si tu avais une préférence pour quelque chose, alors j'ai pris un peu de tout, m'apprit-il sans me regarder.

— Pourquoi tu fais ça ? lâchai-je subitement.

Il tourna son visage vers moi, étonné, un sourcil relevé dans une totale incompréhension.

— Pourquoi je fais quoi au juste ? répliqua-t-il, perplexe.

— Hier, tu me sauves *in extremis* des flics, tu m'accueilles ici, me prépares à manger, me prêtes un lit ; aujourd'hui, tu m'apportes un petit-déj, t'essayes même de te comporter comme un gars qui pourrait être sympa... Je ne comprends pas trop ! Tu veux t'assurer que j'accepterai bien ton deal ? C'est nouveau de remplacer les menaces et les coups par les bonnes manières ?

Il plissa les yeux en m'observant de son regard insidieux puis s'adossa au comptoir en croisant les bras.

— Remplacer les menaces et les coups par les bonnes manières ? Donc t'as déjà eu affaire à des gars comme nous, affirma-t-il, cette fois. C'était qui ?

— Laisse tomber ! Mais je préférerais que tu joues franc-jeu plutôt que de me faire croire que t'as des manières et de l'éducation, rétorquai-je avec agacement.

— Darius est déjà passé te voir ? gronda-t-il en se redressant.

C'était quoi son problème avec ce Darius ? Qui que soit ce mec, je l'enverrais bouler comme lui. Était-il tellement effrayé que je puisse préférer le deal des Souls ? C'était peut-être un coup à jouer.

— Merci pour les pâtisseries, répondis-je en le dépassant pour rejoindre l'escalier.

Il me rattrapa par le bras, me faisant virevolter au plus près de lui sans me faire mal. Nous nous retrouvâmes yeux dans les yeux, bien trop proches à mon goût. Je notai la fossette sur son menton, la barbe presque blonde sur ses joues.

— Ma belle, je n'aime pas qu'on me laisse sans réponse et qu'on m'ignore, de surcroît, surtout sur un sujet aussi sérieux que les Souls. Maintenant, j'ai bien compris que tu as un passé avec les MC et j'aimerais que tu me dises ce qu'il s'est passé pour toi. Sache que je suis peut-être un biker, mais ce n'est pas pour ça que je n'ai pas de manières ou d'éducation, comme tu dis. Je ne violente pas ni ne frappe les femmes. Je n'en ai pas besoin d'ailleurs.

Nous nous toisâmes, aucun des deux ne céderait un pouce de terrain à l'autre. Je me mordis la joue pour repousser cette furieuse envie de lui rétorquer que, si c'était vrai, alors il n'avait rien à faire avec les Bloods de Chicago. Ses yeux glissèrent finalement jusqu'à mes lèvres, mais au même moment, la porte s'ouvrit bruyamment sur deux autres bikers.

— Hé, mec ! T'as oublié de te réveiller ce matin ou quoi ? intervint le chevelu dont je ne me souvenais plus du nom.

Il était suivi par un autre membre, beaucoup plus jeune, que je n'avais pas encore rencontré. D'apparence charmante, celui-ci était très mignon et, visiblement, il le savait. Le chevelu s'immobilisa en nous apercevant et le gamin se cogna dans son pote avant de rager et de le dépasser pour voir ce qui se passait. Automatiquement, je fis un bond en arrière, comme un chat sauvage acculé, le cœur battant la chamade. Un large sourire se dessina sur les lèvres du benjamin.

— Oh, mais dis donc ! Qui avons-nous ici ? Miles a repris la chevauche, on dirait bien... Purée, Paula peut aller se rhabiller, plaisanta-t-il, grivois.

— Oh non, pas elle, mec ! Ne me dis pas que tu t'es tapé la furie du garage ? s'écria d'un air malheureux le chevelu.

Miles m'observa encore durant quelques secondes avant de se tourner finalement vers ses comparses.

— Vos gueules, les mecs ! J'ai raccompagné Charly jusque chez moi hier, car il y a eu des complications après la course.

— C'est qui « la furie du garage » ? intervint le plus jeune.

— Charly ? releva le chevelu.

Je n'étais clairement pas dans mon élément avec ces trois motards. Si j'avais pu, j'aurais craché et feulé comme un chat furieux. Encore une fois, il utilisait mon prénom et mon estomac se tordit violemment dans mon abdomen. Je posai délicatement le mug dans l'évier, prête à courir s'il le fallait.

— Charly, je te présente Angelo, dit Angel, un autre membre des Bloods. Je suppose que tu reconnais Slash, mon second. Les gars, c'est Charly Witt, dite Indiana, pilote et proprio des Angel's road.

Ah oui, Slash, le second, c'était ça ! Quel abruti, celui-là. Angelo marcha rapidement jusqu'à nous, je lui lançai un regard noir pour le dissuader d'approcher plus, ce qui ne l'impressionna pas du tout.

— Ravi de faire enfin ta rencontre, Indiana. Je ne suis pas comme Slash, je ne traiterai pas une beauté comme toi de furie, promis. En revanche, je suis un meilleur coup que Miles, même si c'est le prés', railla-t-il.

Celui-ci se rembrunit direct. Les mecs et leur ego démesuré sur le sujet !

— Angel, tu peux garder deux secondes ta queue bien rangée dans ton jean, s'te plaît !

Il n'utilisait clairement pas le même ton avec eux qu'avec moi. Je fis un pas en avant pour me sortir de cette embuscade. Inévitablement, il se tourna vers moi.

— Je voudrais aller prendre une douche et m'habiller. Mon équipe doit déjà m'attendre. Moi non plus, je n'ai pas l'habitude des grasses mat', avouai-je en le dépassant.

Je passai devant Angel qui m'adressa son plus beau sourire charmeur, un de ceux qu'il devait garder en magasin. Le pire, c'est qu'avec son faciès de jeune premier, il devait sûrement en mettre des tas dans son lit, des filles. Je grimpai rapidement l'escalier pour me diriger vers la salle de bains, leur regard m'accompagna jusqu'en haut. Une fois à l'intérieur, j'attendis quelques secondes avant de faire coulisser la porte. Je voulais entendre le sujet de leur discussion. Curiosité, quand tu nous tiens...

— T'as du café ? Putain, t'as même des beignets ! s'écria Slash.

— Elle avait une culotte sous son t-shirt ? intervint Angelo. Purée, c'était ton t-shirt, au fait ? Allez, dis-nous, tu t'es lâché avec la proprio des Angels ? Mon salaud, t'as pas dû t'ennuyer, c'est une petite bombe ! Tu prêtes ou pas ?

— Putain, Angelo, ferme-la ! répondit Miles avec fermeté.

— OK, donc tu prêtes pas ! Je comprends, moi, ce serait chasse gardée aussi, surtout un petit lot comme celui-là.

— Arrête, c'est une gamine ! Et puis, je ne couche pas avec les filles avec qui on bosse, tu le sais. Et toi non plus, d'ailleurs ! Tu connais la règle ! affirma-t-il d'un ton qui n'acceptait pas de protestations.

— Mouais, mais d'habitude, t'invites pas les danseuses ou les serveuses chez toi pour leur proposer un petit-déj en copain-copine, railla Slash.

— Je vous rappelle que je suis en train de jouer serré pour obtenir ce deal, alors je vais pas mêler le cul à toute cette affaire ! tonna leur chef.

Les deux autres ne répondirent rien, mais moi, j'avais la gorge serrée. Bien sûr, j'avais raison, son numéro, c'était pour m'embobiner plus facilement. Quel vicieux, celui-là ! Il ressemblait à mon père, tout en finesse, une poigne d'acier dans un gant de velours.

— En définitive, hier ? intervint de nouveau Slash. La course ? Jay, Sullivan et Scott étaient aux anges ce matin. Elle a réussi à les mettre dans sa poche. Jay va l'épouser, Scott est amoureux, et Sullivan la respecte... Et toi, tu l'invites chez toi ? C'est quoi ce bordel avec cette fille ?

— Elle n'a pas menti ! C'est un sacré bon pilote et les parieurs le savent bien. Hier, personne ne s'est déplacé tant qu'ils n'étaient pas sûrs qu'elle arriverait avec sa bagnole de feu. Elle conduit comme une pro ! On a raflé la mise, c'est un truc de fou comment elle gère !

Le silence se prolongea. J'aurais bien aimé voir leurs têtes et ce qui se passait à ce moment-là. Bien sûr que je savais ce que je faisais, j'engageais ma vie là-dedans ! Pourtant, je compris pourquoi, malgré tout, Miles était le boss, il avait bien cerné la situation. Les gros parieurs ne se déplaçaient qu'avec la certitude que je courrais, et ça, il l'avait bien compris.

Je fermai finalement la porte. Mes affaires étaient sèches et pliées à côté de la vasque. Je soupirai en me jetant un coup d'œil dans le miroir puis passai les mains sur mon visage. *Une gamine ! Je vais t'en foutre, moi. Une petite fille, tant que tu y es, connard ! Une gamine comme moi te mettrait la pâtée en ligne droite contre ta Harley !* Les mecs du circuit me respectaient, même ce fils à papa de Wyatt m'avait finalement acceptée. Je plongeai sous la douche, le jet d'eau me fit du bien.

Je savais qu'il serait compliqué de lutter contre tout un chapitre de Bloods, mais j'allais lui en faire baver ! Il allait bientôt savoir qui était Indiana Witt !

Embarquée de nouveau sur la moto du prés', nous regagnâmes le garage, escortés par Angelo et Slash. Super ! J'aurais aussi bien pu rappliquer dans une bagnole rouge avec des sirènes hurlantes. Nous étions le point de mire des passants et je détestais ça ! Je devais certainement passer pour une.... Je détestais ce terme et c'est pour ça que j'avais fui Chicago, parce que je ne voulais pas devenir une « pute à bikers » !

Arrivés devant le garage, ils garèrent leurs bécanes. Aden sortit de l'atelier, accompagné de Luis. Lorsqu'il m'aperçut, perchée derrière Miles, j'eus droit à sa mine réprobatrice. J'avais l'impression de me trouver devant mon grand frère, prise en faute. Il s'essuya les mains sur son chiffon et s'avança vers moi. Je me dépêchai de descendre sans un regard pour le biker qui m'avait accompagnée, et me dirigeai vers mon ami.

— Tu fais quoi avec ce mec ? m'interrogea Aden, passablement de mauvaise humeur. Depuis hier, on essaye de te joindre, tu ne réponds pas. Hope, Rosie, Luis, toute l'équipe t'a cherchée, on se demandait où tu étais passée, si les flics ne t'avaient finalement pas embarquée.

Je n'eus pas le temps de répondre.

— Elle était avec moi, intervint Miles, juste derrière mon dos. Pourquoi, c'est un problème ?

Aden se redressa instinctivement, les deux coqs se toisèrent. Ce furent les regards noirs les plus mémorables de l'humanité.

— Tu peux pas la laisser deux secondes tranquille ? Ce n'est pas parce que tu vas la coller au train qu'elle va se rendre plus facilement. On voit que tu ne la connais pas, elle n'aime pas les mecs dans ton genre ! gronda Aden.

— J'ai appris à mieux la cerner hier soir... Et, dans mon genre, c'est quoi ? Tu parles des mecs qui savent baiser ? le provoqua Miles.

Bon sang ! Je plaçai mon bras devant le torse d'Aden, Luis vint le retenir par les épaules. Les poings serrés, la mâchoire contractée, Aden avait automatiquement redressé ses larges épaules dans une position agressive. Il n'avait qu'une envie, mettre son poing dans la figure de Miles. Je ne reconnaissais pas l'attitude du motard, il avait l'air d'un vrai con, agressif et bagarreur, alors qu'hier... Je ne comprenais pas.

— Luis, rentre dans l'atelier avec Aden, s'il te plaît. Je vous rejoins tout de suite, déclarai-je avec fermeté.

Mon associé ne bougea pas, son regard mauvais toujours fixé sur Miles.

— S'il te plaît, Aden, murmurai-je à son oreille.

Ce dernier attendit encore quelques instants, puis pivota pour rentrer dans l'atelier. Je me tournai vers les bikers. Le sourire aux lèvres, la scène les avait amusés. Aden avait joué à leur jeu en se montrant possessif avec moi, la provocation avait fonctionné et, à mon grand étonnement, c'était Miles qui avait endossé le rôle de celui qui pisse le plus loin.

— Tu peux rentrer chez toi ! Je te ferai savoir ma décision quand je l'aurai prise, lui lançai-je avec froideur et supériorité. Oh, et puis, tant que j'y suis, tu peux te garder tes insinuations et tes désirs pour tes soirées picole avec tes gars ! Je te l'ai dit, tu me laisses froide.

Angelo éclata de rire, Slash lui donna un grand coup d'épaule pour le faire taire. Quant à Miles... j'avais tapé là où ça faisait mal ! L'ego ! Il ravala son petit sourire.

— T'as raison, gamine, on ne joue pas sur le même circuit.

Je tournai les talons et m'éloignai alors qu'ils démarraient leurs motos. Je ne me retournai pas pour les regarder partir, et entrai directement dans l'atelier.

CHAPITRE 8
MILES
QUI EST CHARLY WITT ?

Je roulai vers le bar en compagnie de Slash et Angel, même si, intérieurement, j'avais plutôt envie de vagabonder seul pendant des heures pour me calmer. Encore une fois, j'avais laissé cette petite furie m'atteindre. Mais pour qui se prenait-elle ? Et son minet blond commençait vraiment à me taper sur les nerfs ! J'avais besoin de faire passer mon humeur. Pourtant, cette journée avait plutôt bien commencé. Quel genre de mec n'aimerait pas voir déambuler de bon matin, dans sa cuisine, une petite nénette sexy vêtue de son propre t-shirt ? L'image de ses fesses rebondies et de ses longs cheveux aux reflets camel cascadant dans son dos m'avait carrément fait entrevoir un bout de paradis. Une panthère dans le corps d'une déesse, voilà ce qu'elle était. Cela dit, je n'aurais rien tenté, les affaires étaient les affaires ! Néanmoins, je dois dire que je n'avais jamais rencontré de fille avec un caractère aussi indomptable. Mon but, la veille au soir, avait été de la cerner, d'en apprendre un peu plus sur elle, mais j'avais bien remarqué que nous jouions au même jeu, qui consistait à ne rien laisser filtrer de notre passé ou de notre famille. Et ce problème avec les bikers, il y avait un truc pas net. C'était plus fort que moi, je voulais en savoir plus. Cette Charly m'intriguait, m'agaçait, me poussait à bout, et elle me fascinait aussi. Ce qui, en soi, était étrange et dérangeant, car je n'avais jamais été intéressé par les caractères fougueux, celles qui cherchent à tenir tête à leur mec, à démontrer qu'elles valent autant, voire mieux, à prouver qu'elles savent se battre. Je secouai la tête en soufflant. Une femelle alpha, quoi !

Paula avait été spéciale pour moi, mais elle n'appartenait pas à ce genre. Elle, comme toutes les autres qui venaient se dandiner à notre table, était de nature à se soumettre à nos quatre volontés. Jusqu'à présent, il m'avait semblé avoir aimé ça... En tout cas, c'était ce que je pensais.

Arrivé sur le parking du Blood, je garai ma bécane et, sans attendre mes frères, pénétrai dans l'établissement. Ôtant mes lunettes de soleil, je cherchai des yeux les gars. Sullivan et Scott étaient à notre table, penchés sur des documents et du fric, Jayden s'amusait à balancer des fléchettes sur une cible, non loin. Je me dirigeai d'un pas affirmé vers eux, saluant au passage d'autres de mes frères installés à divers endroits du bar, dans l'attente d'une affaire à régler. Scott releva la tête vers moi. Intrigué par mon allure agressive, il donna un coup de coude à Sullivan, celui-ci se retourna. Ils me dévisagèrent tous les deux, Sul' fronça les sourcils. D'un signe de la main, je commandai un café noir à Bonie, derrière son comptoir. Jayden nous rejoignit, ainsi qu'Angelo et Slash, sur mes talons. Les gars s'échangeaient des regards interrogateurs, mais personne n'osait encore l'ouvrir. Je devais sûrement avoir ma tête des mauvais jours et ça me gonflait !

— Il s'est passé un truc ou tu t'es levé du mauvais pied ? se lança mon *Road Captain*.

Silence total. Bonie déposa le café devant moi et tourna les talons, elle aussi connaissait mes coups de gueule.

— C'est la faute à P'tite Furie, comme d'hab ! intervint Slash. En même temps, quelle idée de se taper ce petit monstre !

Scott et Jay eurent un hoquet de stupeur, Sullivan ouvrit grand les yeux.

— T'as couché avec Indy ? s'écria Jay. Quand ?

— Ben certainement hier soir, vu qu'elle était là ce matin, à se balader en petite culotte dans son appart, railla Angelo.

— C'est vrai, Miles ? s'enquit Scott, calmement.

J'avalai une gorgée de mon café, sans réellement les écouter. J'étais noyé dans des images mentales de panthère aux griffes acérées.

— Quoi ? relevai-je, abruptement.

— Il voudrait savoir si tu t'es tapé Indy, me répondit Sullivan avec nonchalance.

— J'me suis tapé personne, hier soir ! lâchai-je avec fermeté.

J'eus l'impression que tout le monde respirait mieux. En même temps, je couchais avec qui j'avais envie. Ils ne me demandaient pas mon autorisation eux, à ce que je sache.

— Elle faisait quoi alors chez toi en... petite culotte ? revint à la charge Jay.

— Je l'y ai amenée après la course. Vu le foutoir que c'était, avec l'orage, elle était perdue et ne trouvait pas la bagnole dans laquelle elle devait monter. Je suis allé l'aider, sinon les flics l'auraient embarquée ! Forcément, vu le temps, les voitures de police à nos trousses et le fait qu'on ne connaît rien d'elle, pas même son adresse, je l'ai emmenée chez moi... Mais je lui ai juste prêté un t-shirt et ma chambre d'ami. Ces deux nazes ont déboulé ce matin et, comme deux obsédés, ils se sont imaginé des trucs. Remarquez que, si j'avais envie de me la taper, elle ou miss America, je n'aurais pas à vous demander la permission, les gars ! ajoutai-je, de mauvaise humeur.

— Non, tu as raison ! C'est juste qu'en prenant en compte le caractère du petit brin de fille, on aurait tous été hyper étonnés qu'elle te cède aussi facilement... à toi ou à un autre, se justifia Sullivan.

— Elle ne me cédera pas, puisque je ne vais pas tenter ma chance ! Comme je l'ai expliqué ce matin à ces deux guignols, elle représente un gros coup et je ne voudrais pas que tout ça tourne au vinaigre à cause d'un plan fesses, expliquai-je.

— Ta bouche dit ça, mais pas tes yeux quand tu la regardes, railla Slash.

— Ah ouais ? Et vos yeux à vous, ils disent quoi ? On est tous d'accord sur le fait que c'est une petite bombe qui, en plus, conduit comme un pilote de circuit pro et n'a pas peur de nous tenir tête. Inévitablement, on la trouve tous méga excitante. C'est du miel, cette fille, mais avec les abeilles prêtes à te piquer à la moindre approche. Alors, ne me faites pas la morale !

J'avais réussi à imposer le silence par mon ton ferme et autoritaire. Les yeux rivés au sol ou ailleurs, nul n'osait broncher.

— Luis aussi a essayé. Il n'y a qu'Aden qui y trouve son compte, enfin, à ce que j'ai cru comprendre. Elle a été cash dès le début, pas de bikers ! intervint Scott d'un ton blasé.

— Lui aussi se casse les dents ! ajouta Jay, placide.

Les têtes se tournèrent dans sa direction.

— Mais t'en sais des choses, toi ! lança Angelo.

— Ben non, pas plus que vous. C'est juste que j'ai passé du temps avec sa *team*, et que j'ai laissé traîner mes oreilles, rétorqua-t-il.

Sullivan échangea un regard avec moi alors que je restais impassible, silencieux, à l'écoute.

— Et ? reprit Angelo.

— Ben, j'ai entendu Hope discuter avec Aden. Elle lui expliquait qu'Indy le considérait comme un *sexfriend* et rien d'autre. Lui voit une autre nénette depuis un moment, mais il ne dirait pas non à notre mécano sexy pour quelque chose de plus sérieux, relata-t-il avec indifférence.

— On comprend mieux son numéro du copain possessif de ce matin, lâcha Slash. Et comme il ne nous porte pas non plus dans son cœur, il ne va pas nous aider à la convaincre.

— C'est lui qu'on aurait dû inviter à prendre une bière, reprit Scott.

— Ça ne nous aurait rien apporté. C'est pas un motard et, s'il est amoureux d'Indy, tu penses bien qu'il va nous éviter, surtout Miles, exposa Sullivan.

— Pourquoi Miles en particulier ? demanda Angelo.

— Parce qu'il a bien compris que, dans l'histoire, c'était lui le rival. C'est souvent avec Miles qu'elle se prend la tête. Distante avec nous, elle ne refuse pourtant pas de nous parler ou de passer du temps à nos côtés, comme dans la discothèque ou sur le terrain vague, mais dès qu'elle l'a aperçu... elle a vu rouge et a viré tigresse ! Elle l'observe, l'analyse et ne cesse de se confronter à lui... comme si elle devait prouver quelque chose. Je pense même que ça doit l'agacer de réagir de cette manière quand il est là, surtout avec tout le bien qu'elle pense des bikers. Je ne sais pas trop ce qui s'est passé ce matin, mais Aden a bien compris qu'il devait se méfier. Ce qui explique son côté agressif et possessif, analysa-t-il finement.

Je passai la main sur mon visage.

— Je me fous de savoir avec qui elle couche. En revanche, j'aimerais qu'on se renseigne un peu sur elle : sa famille, ses écoles, son frère, ses hobbies...

— Son adresse et son numéro de téléphone..., ironisa Slash.

Je relevai le visage pour le toiser, sans un mot. Son sourire s'effaça direct, et il la ferma.

— Vous travailliez sur quoi quand on est arrivés ? demandai-je à Scott et Sullivan.

— Sur les infos qu'on a réussi à récupérer hier. À savoir, les noms des Angels, leurs fonctions, le plan de course, le rôle des veilleurs, le cercle des gros parieurs, les noms des coureurs leurs voitures, et puis Scott a fait un rapide calcul de ce qu'on a gagné hier en pariant sur Indy.

— Ça donne quoi ?

— Ben, pour une soirée... pas loin de huit mille, m'informa Scott.

— Dollars ? s'écria mon second.

— Non, roubles ! Ben oui, dollars, tu vis où, toi ? railla Angelo.

Tout le monde scruta la pile de billets verts devant nous. C'était carrément plus que ce que nous ramenaient les danseuses et même certains dealers en une semaine.

— Et encore ! Hier, il n'y avait que quatre concurrents. Quand Indy annonce à l'avance qu'elle disputera une course, il y a plus de mecs qui s'inscrivent et donc plus de gros parieurs qui viennent voir le spectacle, reprit Sul'.

— Une vraie poulette aux œufs d'or, plaisanta Angel.

— Et au niveau du garage ? Ça tourne, son truc ? Elle engrange des bénéfices ? m'enquis-je.

— D'après le p'tit génie, elle fait des bénéfices depuis deux ans. Avant ça, il fallait qu'elle s'installe, se fasse connaître... Bref, des débuts difficiles, comme pour tous ceux qui se lancent dans les affaires. Luis et Josh ont expliqué que les premiers temps, elle ne se prenait aucun salaire pour pouvoir les payer. Mais grâce aux courses et à sa renommée, elle attire pas mal de nouveaux clients qui veulent faire soigner leur petit joujou par la *team* d'Indiana, nous expliqua encore Sullivan.

Je commençais à cerner le personnage, et pourquoi elle se battait comme une lionne pour son affaire et sa réputation.

— Et toi, Jay la fouine, t'as entendu quelque chose par rapport à son aversion pour les bikers ? Bagarre avec son frère, violence, viol ? demandai-je à mon jeune frère, toujours debout.

— Non, rien. Eux non plus ne comprennent pas pourquoi elle réagit aussi vivement, mais ça ne daterait pas de notre rencontre. Elle déteste les mecs dans notre genre. Je pense pourtant qu'Aden et Hope en savent plus que les autres. Indiana partage son temps entre ces deux-là. Elle a monté l'affaire avec Aden, qui était apparemment le meilleur pote de son frère.

— Sympa, le pote qui se tape la petite sœur de son meilleur ami décédé, releva Angelo.

Je posai les coudes sur mes cuisses et joignis les mains sous mon menton, pour mieux réfléchir à tout ce qu'on avait appris hier et ce matin.

— Alors, on fait quoi, boss ? Tu penses qu'elle va marcher avec nous ? me questionna Angelo.

Je terminai mon café tout en fixant les billets sur la table.

— OK. Vous allez y passer chacun votre tour pour faire régler vos bécanes, en leur disant à chaque fois qu'ils m'envoient la facture. Histoire de montrer qu'on est toujours dans les parages et qu'on prend nos marques. Jay, et pourquoi pas les autres, tentez de laisser traîner vos oreilles ou de faire ami-ami avec certains membres de la team.

— Je sens qu'elle va être contente de nous voir tous les jours dans son garage, intervint Slash.

— C'est le but ! On est les Bloods, pas des enfants de chœur. Après tout, elle nous considère comme les pires rebuts de la société...

— Oh ! Du coup, on doit jouer les potes ou les méchants ? s'inquiéta Jay.

— Continue de jouer au pote, toi, ça te va mieux, railla Scott.

— Sullivan et Scott, on part rendre une petite visite à P'tit Génie. J'aimerais bien qu'il se penche un peu plus sur le dossier Charly Witt, continuai-je.

— C'est qui, Charly ? intervint Angelo.

— Charly et Indy sont la même personne, mais personne ne l'appelle Charly, lui expliqua Scott.

Je ne relevai pas. En ce qui me concernait, c'était Charly qui m'intriguait. J'avais bien compris qu'Indy, c'était le côté spectacle, pour maintenir les gens hors de sa vie.

— On va laisser passer quelques jours, puis vous commencerez à débouler dans le garage. Il faut aussi mettre un de nos frères en surveillance avec un prospect. Slash, tu peux même en envoyer quelques-uns faire réviser leurs motos également.

— La connaissant, ça va te coûter un max en factures ! répliqua mon second.

— Jay, tu te rappelles ce qu'a dit Luis ? Qu'elle ne verrait pas d'un bon œil qu'il vienne zoner dans notre bar. Bien. Invite-le à passer boire une bière ou une tequila, et pourquoi pas son pote qui aime traîner dans les clubs, aussi.

— Josh, intervint Sul'.

— Ce qui me préoccupe, c'est que Darius ne s'est toujours pas pointé là-bas. Je suis pourtant sûr qu'il sait qu'on a pris contact avec elle. Sullivan, Slash, vous n'avez pas eu de retour des gars qui traînaient par là ? Au cas où les Souls auraient tenté une descente et qu'on serait passés à côté ?

— Rien pour moi, répondit Sullivan.

— Pareil. De toute façon, s'ils s'y étaient rendus, on l'aurait su. Y'a au moins une des filles qui s'en serait souvenue, affirma mon second avec une grimace.

Je serrai les dents, c'était bien ce qui m'inquiétait.

— Si j'ai bien compris, les Bloods déclarent la guerre aux Angels ? lâcha Angelo.

— C'est pas une guerre ! Je ne t'ai pas demandé de sortir ton flingue. On va juste accélérer un peu les choses, affirmai-je en me levant. Chacun sait ce qu'il a à faire ?

Tous hochèrent la tête.

— Scott et Sullivan, je vous retrouve dehors. Angelo, tu restes ici avec Brad et ses potes pour surveiller la maison. Si besoin, t'appelles du renfort.

— Pas de problème, boss, répondit-il.

Je me levai pour me diriger d'un bon pas vers le bureau, adressant au passage un signe de tête à Brad et Sloane, des anciens, assis un peu plus loin dans le bar. Je composai le code d'accès puis entrai, posai négligemment mon cuir sur la chaise et m'avançai vers le coffre pour y déposer le fric des paris.

C'était carrément un super plan, même si je comprenais bien qu'en mettant la pression à Charly, je perdrais ma crédibilité et le peu de confiance qu'elle m'accordait. Je n'allais pas me mentir, ça me faisait chier, mais le boulot, c'était le boulot. Les gars m'avaient élu président et ce n'était pas pour ma petite gueule. De toute façon, les nanas, dans la vie d'un biker, ça allait, ça venait. Paula en était le parfait exemple ! Les filles qui s'intéressaient aux mecs comme nous ne cherchaient pas quelque chose de sérieux, et si certaines d'entre elles briguaient la place de régulière, c'était parce qu'elles désiraient atteindre un certain statut. J'étais le président du club, rien que pour ça, je devais me méfier de celles qui me tournaient autour. Jimmy nous l'avait assez répété, à l'époque, à Mike et à moi. « Le prés', le second et le *Road Captain* sont les premières cibles de celles qui sont attirées par le fric, la puissance et le pouvoir. Et après, elles se mêlent de tout et foutent le bordel dans les affaires et parmi les frères ! »

Toutefois, il fallait l'avouer, Charly n'avait carrément pas le profil de ces putes à biker ou « brebis », comme les appelaient certains. Bien au contraire. Elle, son truc, c'était de nous fuir comme la peste. Étrange comme celles qui nous repoussent le plus nous attirent comme un aimant.

J'entendis quelqu'un taper le code d'entrée. C'était soit Slash, soit Sullivan, il n'y avait qu'eux qui connaissaient la combinaison.

— Miles ? Ça va ?

C'était Sullivan.

— Ça va. J'arrive, le temps de ranger le fric et les papiers dans le coffre.

— Pas de problème, on n'est pas pressés. Scott fume sa clope dehors. Il s'est passé quoi ce matin pour que tu arrives avec ta tête de tueur et que tu décides de monter d'un cran toute l'opération ?

Je ne répondis pas tout de suite, tournant encore un peu dans la pièce, rangeant une connerie, en déplaçant une autre.

— Miles ? reprit-il.

Je soupirai et finis par me poser sur le fauteuil.

— Rien. C'est complètement idiot comme réaction quand j'y pense maintenant.

— C'est-à-dire ? Slash m'a dit qu'Aden t'avait cherché des emmerdes ?

— Oh, lui, c'est rien. Un de ces quatre, je vais lui mettre une bonne raclée et il comprendra qui pisse le plus loin. Il m'a juste un peu gavé avec son côté protecteur et possessif, surtout que je sais maintenant qu'il n'est qu'un... Un quoi déjà ? Ah ouais, un *sexfriend* sur la fin. Il doit le sentir et ça le fait chier qu'on tourne autour de Charly.

— Donc c'est elle qui t'a mis dans cet état ?

— C'est juste que ça m'a saoulé qu'elle défende son petit blondinet, lâchai-je, acide.

— Elle l'a défendu ? Pourquoi ? T'as fait quoi ?

Un sourire arrogant s'afficha sur mes lèvres.

— J'ai fait croire à ce connard que j'avais appris à la connaître cette nuit et que je baisais mieux que lui...

Sullivan se marra.

— Alors ? Tu pisses plus loin ? railla-t-il.

On en rigola cinq minutes, c'était débile.

— Donc elle n'a pas aimé que tu laisses entendre que vous aviez couché ensemble cette nuit ?

— Forcément, vu qu'elle porte tous les bikers dans son cœur... T'imagines ? Je débarque, et je crie bien fort que je la baise mieux que son minet de service.

— Elle a répondu quoi ?

— En gros, que je ne lui faisais pas d'effet. En même temps, je l'ai traitée de gamine sans expérience, hier.

— Tu la cherches, mec !

— J'aime qu'elle réplique à tous les coups à ce que je vais lui dire. Elle mordrait !

— Mais... elle t'intéresse ou pas ? me demanda Sullivan, sans passer par quatre chemins.

— C'est une gamine !

— Ouais, alors ces trucs-là, tu les sors devant Jay ou Angelo, mais pas à moi. Elle a, quoi, vingt-trois ans ?

— Vingt-quatre ! rectifiai-je du tac au tac.

Il secoua la tête en souriant de plus belle.

— Tu t'en es tapé des plus jeunes, tu veux que je te rappelle lesquelles ?

Je me levai finalement de mon siège.

— Laisse tomber, Sul' ! lâchai-je.

— C'est à cause de Paula ?

— J'veux même pas parler d'elle et, en réalité, je ne veux pas parler non plus de Charly ! Allez, viens, on doit aller trouver le p'tit génie, déclarai-je en reprenant mon cuir et en remettant mon masque de président des Bloods.

Le soleil était au rendez-vous, la circulation s'avérait plutôt fluide. On avait traversé plusieurs quartiers chauds, sans pour autant quitter notre zone d'influence. P'tit Génie, alias Antony Mascarelli, vingt-deux ans, membre des Bloods, était surnommé comme ça parce qu'il touchait sa bille en informatique et que ce petit con arrivait à s'infiltrer partout. Il vivait dans un immeuble pas terrible, dans un secteur pas terrible non plus, mais sous notre surveillance. Antony ne venait que très rarement au bar, pour sa protection. On n'aurait pas aimé que les secrets et les codes qu'il détenait soient récupérés par les autres. Dans son appart miteux, il possédait toutefois un matos impressionnant, financé pour beaucoup par nous... mais pas que. P'tit Génie était un pur produit de la nouvelle génération, à la pointe de la technologie, un geek ! Malgré tout, c'était un bon motard, et il se défendait bien quand on partait faire un road trip entre frères.

De petits immeubles tristes, ou même carrément délabrés, se dressaient de chaque côté de la rue. C'était le royaume des dealers, camés et sans-abri. Les petits loubards qui travailleraient pour moi demain traînaient dans les ruelles et les cages d'escalier. Ici, on était connus, c'était notre territoire. Pas de filles sur les trottoirs. Chez moi, elles servaient et dansaient autour de barres.

Je possédais un seul bordel, tenu par Angela, mais il existait déjà du temps de mon cousin et cette dernière m'avait presque supplié de leur laisser leur boulot. C'étaient donc les seules prostituées qu'on pouvait trouver chez les Bloods d'Indianapolis, et encore, elles étaient au chaud, dans un bâtiment confortable qui leur était réservé. Pourquoi ne pas prendre l'argent du sexe, comme l'aurait si bien dit Charly ? Vraisemblablement parce que j'avais eu une mère, et qu'elle m'avait appris à respecter les femmes. J'étais sans doute un salaud de biker, mais je ne rigolais pas avec le statut et le respect des filles.

Le point fort de ma présidence ? C'était la gestion. Tout était carré chez moi. Le temps passé sur les bancs de l'école m'avait appris à réfléchir et à manager. Je m'entourais de peu de gens, mais j'avais une immense confiance en eux. Ils savaient tous qu'il ne fallait pas se foutre de la gueule de Miles Rivera, le cousin de Jimmy. Je pouvais être un vrai con, quand il le fallait.

On gara les bécanes en bas de l'immeuble, et certains gosses de la rue vinrent nous saluer.

— Hey, salut Miles !

— Hey, Tonio, p'tit mec ! Comment tu vas ?

— Ça va. Bientôt, je pourrai me payer une moto, et je viendrai prendre ma place chez les Bloods, annonça de but en blanc le gamin d'à peine quatorze ans.

— Tu sais que ce n'est pas si facile que ça d'entrer chez nous. T'es prêt à supporter tout ce que Slash et Sullivan te feront endurer ?

Le petit latino se redressa en lançant un regard de défi à mon *Road Captain.*

— Tu verras, Miles, je serai le meilleur de tes prospects, même Slash n'en reviendra pas.

— OK, alors on t'attend quand tu veux, déclarai-je en l'observant, assis sur la selle de ma moto.

— Ça marche ! Ne vous inquiétez pas pour vos bécanes, on veille dessus, avec les potes, reprit-il.

— Tu sais ce qui arrive à celui qui touche à ma Harley ? lui rappelai-je d'un air entendu.

Il leva ses doigts dans une parfaite imitation d'un flingue et mima le bruit d'une déflagration d'arme à feu.

— C'est ça, p'tit gars ! confirmai-je en me levant pour rejoindre Scott et Sullivan devant les portes de l'immeuble.

— Hey, Miles, m'apostropha-t-il encore en traversant la rue. Ma cousine cherche à te voir...

Je me raidis en jetant un œil à Sullivan. Que pouvait bien me vouloir Paula ?

Arrivés au troisième étage, on trouva la porte entrouverte. Il nous attendait.

— Tu l'avais prévenu ? m'enquis-je en jetant un coup d'œil à Sul'.

Il hocha la tête.

— P'tit Génie ? T'es là ? lançai-je en entrant, suivi par mes frères.

— Ouais, boss. Venez, j'suis devant l'ordi ! cria-t-il du fond de l'appart.

— Comme c'est étonnant, railla Scott.

On traversa un couloir qui donnait, à droite, sur une petite cuisine, à gauche, sur un salon. L'appart ne payait pas de mine, pourtant Antony l'entretenait et il était propre. On déboucha enfin sur la chambre de l'artiste. Elle était nécessairement immense, parce qu'il lui fallait entreposer tout son matériel.

Un p'tit mec brun assis dans un super fauteuil de compétition faisait face à au moins quatre écrans, dont un central qui aurait pu remplacer la télé de mon salon. Il possédait plusieurs claviers sans fil ainsi que diverses boîtes et machines, toutes reliées à ses joujoux. Je n'étais pas mauvais en informatique, mais c'est clair qu'à côté de lui, je passais pour un minable. Antony avait installé trois chaises, des bières fraîches nous attendaient déjà sur le côté le moins encombré du bureau.

— Salut, mon gars ! Comment tu vas ? lui demandai-je.

Il me rendit mon check, ainsi qu'à Sullivan et Scott.

— Ça roule, boss. Mais si tu te déplaces en personne, c'est qu'il se passe un truc.

Je regardai mes frères en face de moi, on échangea un sourire de connivence.

— T'as pas tort, mais après, je peux aussi juste venir te rendre visite.

— Ouais, mais pas quand Sul' m'appelle à onze heures trente pour me dire : on arrive. Là, je sais qu'il y a un bug ! répliqua-t-il.

Je l'aimais bien, ce p'tit con. Courageux, débrouillard et il avait de l'intuition. Ça, tout le monde ne pouvait pas se vanter d'en posséder. Je pris l'un des fauteuils et m'installai près de lui. On trinqua tous ensemble tout en discutant de choses et d'autres. Antony nous expliqua qu'il tentait de s'infiltrer dans un truc hyper secret, mais que pour l'instant, il ne pouvait rien nous dire. Le connaissant, je me doutais bien qu'il y parviendrait.

— Écoute, P'tit Génie, j'ai besoin de tes talents pour m'obtenir des infos sur une fille, lâchai-je finalement au bout d'un quart d'heure.

Il resta interdit durant quelques secondes, nous dévisageant tour à tour pour vérifier si c'était une blague ou pas.

— OK. T'as son nom ? me questionna-t-il en s'installant déjà devant son écran.

— C'est Charly Witt, l'informai-je.

Le p'tit brun entra dans le fichier national d'identité, se focalisa sur ses autres écrans. Il tapait et surfait à la vitesse de la lumière.

— Alors, après avoir effectué une recherche rapide sur Internet, je peux vous dire que c'est une fille de vingt-quatre ans, de nationalité américaine, propriétaire majoritaire d'un garage appelé Angel's road, avec un associé, Aden Prescott. Le nom Indiana revient souvent quand il est question de cette nana, sur des sites de bagnoles ou de paris sur des courses de voitures. D'après ce que j'ai trouvé, elle piloterait une Toyota Supra. Je le sais parce que je reconnais le nom du garage et que Sullivan m'a déjà demandé de dénicher des trucs sur son business. Elle se débrouille bien, son travail est bien noté. Elle dépense son argent dans... des stages de conduite sur circuit. C'est possible ça ?

Scott sourit en hochant la tête.

— OK, mais tout ça, on connaît déjà, mon pote. On voudrait savoir d'où elle vient, où elle est née, qui sont ses parents, avoir des infos sur son frère Matthew, son adresse, enfin, tu vois.

— Pas de problème, boss.

On assista de nouveau au spectacle de ses doigts qui virevoltaient sur les claviers, de ses yeux qui balayaient toutes les fenêtres en même temps. Mais cette fois-ci, ça dura bien cinq longues minutes.

Finalement, il s'enfonça dans son fauteuil, se passa la main sur son menton tout en fixant les écrans, comme si un mec allait en sortir pour nous filer les infos.

— Charly Witt habite au 3B du 43, boulevard Harrison, à Indianapolis. Chouette quartier. Elle avait un frère qui s'appelait Matthew Witt, décédé il y a six ans dans un accident de voiture. Il avait vingt ans à l'époque. C'est sa petite sœur qui a assumé les dépenses de ses funérailles.

— C'est bon, j'ai noté l'adresse, intervint Sullivan.

— Quoi d'autre ? repris-je.

Cette fois, il passa la main dans ses cheveux, comme gêné, et c'était bien la première fois que je le voyais dans cet état.

— C'est ça, le problème... il n'y a rien d'autre.

— Comment ça, rien d'autre ? Un père, une mère ? Une date de naissance ? Une école ? rétorquai-je.

Antony se dandina sur son siège.

— J'ai vérifié trois fois sur le fichier national d'identité, sur les registres des services de santé. J'ai la trace d'un diplôme dans un lycée d'Indianapolis, et une inscription à l'université privée de Chicago en section droit, mais à part ça, plus rien, ni avant le lycée, ni après la fac de droit. En réalité, Charly Witt n'existait pas avant... Il y a environ neuf ans.

Un silence de plomb s'abattit sur nous alors qu'on fixait tous les écrans et le petit curseur clignotant devant lequel était inscrit quelques mots. Je me penchai pour les lire. « CHARLY WITT, INCONNU »

— C'est quoi ce bordel ? Un flic infiltré, tu crois ? s'inquiéta Scott.

— Tu mates trop de films de bagnoles à la con, toi, répondit Sullivan.

— Non. J'ai vérifié, vous vous doutez bien. Son frère non plus n'existait pas avant.

Je demeurai comme un con sur mon fauteuil, à fixer inlassablement ces trois mots. Je savais qu'elle avait des choses à cacher, mais alors là, ça devait être plus gros que je ne le pensais.

Les gars avaient le visage tourné vers moi, attendant mes directives, ou au moins une réaction.

— Sullivan, donne-lui tous les noms des membres de la *team* Angels. Antony, j'ai besoin que tu recherches si ces mecs et ces filles existent bien, et s'ils ont un passé. Mais surtout, je compte sur tes talents. Je veux que tu me trouves qui est Charly Witt, lui intimai-je.

— Je me doutais que t'allais me demander de retrouver l'identité de la femme invisible. Sinon, t'as rien d'autre à me donner sur elle ? Parce qu'un nom inexistant, pas de date, ni de lieu de naissance, je n'ai même pas une photo pour m'aider.

— Pour la photo, on peut s'arranger. On doit tous passer à son garage, d'ici quelques jours. Il y en a bien un qui va pouvoir choper un portrait en toute discrétion, déclara Sullivan, pragmatique.

— Dès que vous avez la photo de la fille, vous me l'envoyez. Histoire que j'ai tout de même des choses à recouper. Parce qu'elle est discrète, il n'y a aucune image d'elle sur le Net, ni sur les réseaux sociaux, comme si....

Il ne finit pas sa phrase, perdu dans ses réflexions.

— Comme si quoi ? répétai-je, un brin agacé.

Il tourna son visage dans ma direction, ses yeux me renvoyaient l'évidence.

— Comme si elle ne voulait pas qu'on puisse la reconnaître ! déclara-t-il, soucieux.

Scott souffla. Sullivan étira les bras derrière sa nuque. On savait tous ce que ça voulait dire. Les gens qui ne désiraient pas être reconnus ou retrouvés avaient des choses à dissimuler. En général, c'était soit parce qu'ils avaient fait un truc pas catholique, soit parce qu'ils avaient assisté à une scène du même genre. Mais qui pouvait bien être cette fille ?

On finit nos bières pendant que Sullivan donnait des infos sur la prochaine sortie, qui devait avoir lieu dans les environs du Brown County State Park, dans le sud de l'État. Sullivan avait calculé et planifié le tout, ça nous faisait une bonne heure de route. Antony était déjà aux anges. Accro aux écrans, il sortait peu, alors quand on lui proposait une virée de ce genre, il sautait sur l'occasion pour nous accompagner.

On quitta P'tit Génie, qui s'était déjà mis en quête de notre pilote, pour redescendre récupérer nos motos. Tonio n'avait pas menti. La cigarette aux lèvres, il veillait sur nos engins depuis l'autre trottoir. Je lui adressai un signe et il s'empressa de traverser la route. Mon esprit était embrouillé de questions en tout genre, mais malgré tout, il fallait que je trouve la réponse à l'une d'entre elles.

— T'as vu, Miles ? On a bien surveillé ta bécane, avec les potes, déclara-t-il avec fierté.

Je sortis quelques billets de ma poche, que je lui tendis, même si je savais pertinemment que, dans ce quartier, ils n'étaient pas assez fous pour tenter quelque chose contre nous.

— Tiens, Tonio, c'est pour ta moto.

— Merci, Miles, répondit-il, heureux.

— Hey ! Attends. Qu'est-ce qu'elle me veut, ta cousine ? demandai-je, suspicieux.

Il haussa les épaules, mais son visage se fendit d'un grand sourire. Il devait certainement penser que j'étais intéressé par ce qu'elle me voulait, seulement c'était le contraire.

— Elle s'est sans doute rendu compte qu'elle était passée à côté de la chance d'être la régulière du président des Blood Skulls, cette idiote ! ricana-t-il en s'éloignant.

Je sortis à mon tour mon paquet de cigarettes de mon cuir pour en attraper une, puis l'allumai. Je soufflai la fumée en le regardant s'éloigner, dubitatif. Il ne manquait plus que ça. Je démarrai ma Harley, remis mes lunettes de soleil et donnai le signal pour partir.

CHAPITRE 9
CHARLY
RÉVÉLATION

Le vrombissement de sa Harley m'accompagna alors que je rentrais dans l'atelier. J'avais bien remarqué que ses traits s'étaient crispés et que mes paroles ne lui avaient pas plu. Il s'attendait à quoi, sérieusement ? Il m'avait aidée, je le concédais, mais je n'appréciais pas son petit jeu avec Aden, même si lui aussi avait joué les blaireaux en montrant les dents. Ne lui avais-je pas déjà expliqué que ces types-là joueraient la carte de la provocation s'ils sentaient qu'il se montrait possessif ? En plus, j'aimais beaucoup Aden, mais nous n'étions que des amis.

J'orientai mon regard vers le bureau tout en verre de Rosie. Il y avait un client avec elle et un autre en pleine discussion avec Josh et Hope. Luis était, quant à lui, resté avec Aden pour le calmer. Je m'approchai d'eux. Mon ami m'adressa un regard furieux que je relevai avec indifférence. Le client de Hope et Josh vint vers nous pour me saluer et m'expliquer qu'il était présent à la course, la veille. Après quelques minutes de discussion orientée voitures et moteurs, il sortit de l'atelier. Je n'eus pas le temps de me retourner.

— Je peux savoir à quoi tu joues avec ce mec ? commença Aden sur un ton agressif.

— Je vais aller voir si Rosie a besoin d'aide, intervint Luis, gêné.

— Tu peux rester, Luis, déclarai-je avec calme. Il n'y a rien que tu ne puisses entendre.

J'attendis que Rosie termine avec le dernier client présent dans le garage. Pressentant que le vent était en train de tourner, elle lançait des regards inquiets dans notre direction.

— Premièrement, je n'ai rien fait avec ce mec, comme tu me le reproches si bien. Hier, dans le chaos et avec l'orage, je n'ai pas retrouvé la voiture de Hope. Les flics sont arrivés, et heureusement pour moi, ce type a été là pour m'aider. Il m'a conduite chez lui et...

— Quoi ? s'énerva mon associé.

— Oh, calme-toi ! le prévins-je. Il m'a emmenée chez lui et j'ai dormi dans la chambre d'ami. Tu me prends pour qui ? Tu crois que je vais coucher avec le premier mec qui passe ? Et deuxièmement, monsieur Aden Prescott, je n'ai pas de comptes à te rendre, à personne d'ailleurs ! Je suis une grande fille, majeure, je couche avec qui je veux. Et toi, t'es qu'un pauvre naze. Ne t'avais-je pas prévenu ? Si tu joues au malin, au petit copain avec eux, ils te provoqueront. Et toi, tu es tombé dans le panneau.

— Bien sûr, il a juste dit ça pour me faire chier ! s'écria-t-il, condescendant.

— C'est exactement ce qu'il s'est passé... et ça a bien fonctionné, regarde-toi ! Limite tu me hurles dessus devant mes employés en déballant ma vie privée.

— Après tout ce que tu as vécu ? Ça ne te dérange pas de les fréquenter ? releva-t-il, incrédule.

Je lui lançai une œillade noire. Il semblait oublier qu'il ne devait pas faire référence à mon passé devant les autres membres de la *team*. Luis, qui jusque-là avait les yeux rivés au sol, car embarrassé, releva les yeux vers moi.

— Je ne les fréquente pas... Ce sont eux qui s'imposent à moi, on dirait que tu as tendance à l'oublier. Et forcément, avec la course d'hier, ils ne sont pas près de me lâcher.

Il ne répondit rien, j'espérais qu'il comprenait enfin qu'il dépassait les limites. Je voulais bien comprendre et admettre qu'Aden avait un côté surprotecteur avec moi. Après tout, il me connaissait depuis que j'avais quinze ans et avait été présent quand Matt s'était tué, mais maintenant, avec le recul, je me disais qu'on n'aurait jamais dû aller plus loin ensemble.

— Aden, tu sais très bien que je t'aime énormément, tu es plus qu'un ami pour moi... Tu es la seule famille qui me reste. Cependant, reprends-toi, tu as quelqu'un dans ta vie et je pense qu'elle ne serait pas d'accord que tu me fasses une telle scène.

Le coup était difficile à digérer, je le voyais à la manière dont ses mâchoires se contractaient.

— C'est ce Miles qui...

— Non, si ce n'était pas lui, ça serait un autre... Rappelle-toi, c'est toi qui m'as dit d'essayer de me trouver quelqu'un, déclarai-je avec douceur.

Le silence s'étendit quelques instants entre nous. Je remarquai que tous les membres de l'équipe assistaient à cette entrevue. Il soupira bruyamment, enfonça ses mains dans les poches de son bleu de travail et tourna les talons.

— Pas avec lui ! lâcha-t-il avant de retourner dans le fond de l'atelier en claquant brutalement la porte derrière lui.

Luis se racla la gorge.

— *Chica*, ton bébé est dans l'atelier, derrière. Josh et Aden en ont déjà fait le tour, pas de problème à signaler. J'ai récupéré ta part, l'enveloppe est dans mon vestiaire.

— Merci, Luis, c'est sympa, lui répondis-je en fixant la porte par où Aden était sorti.

— Il va se calmer. Tu peux dire ce que tu veux, mais Aden est jaloux. On le sait tous ici.

— Peut-être. C'est bien le problème, il ne devrait pas. Il va falloir que je mette un point final à cette histoire. Il ne me reste plus que lui, je n'ai pas envie de le perdre ! avouai-je, mélancolique.

Rosie, Josh et Hope s'étaient rapprochés.

— Ça va, ma belle ? s'inquiéta Hope. Je suis désolée, j'ai été coincée hier derrière deux autres bagnoles, j'ai klaxonné pour attirer ton attention, mais avec le tohu-bohu, j'ai bien vu que tu étais désorientée.

— Ce n'est pas grave. Miles a été rapide et c'est vrai qu'il m'a bien aidée sur ce coup-là, même s'il a noté également le fric qu'il pourrait se faire grâce à Indiana, soufflai-je, ennuyée.

— Ça a été une course géniale ! Encore une fois, tu as fait mordre la poussière à ce *gringo* de Wyatt ! déclara un Luis excité. Je peux te dire que Sullivan, Scott et même Miles ont été carrément impressionnés.

J'écoutais mon ami latino avec attention, il les avait tous appelés par leurs prénoms. À quel moment ces trois-là s'étaient-ils rapprochés de mon mécano ?

— Je sais que tu as dit que c'étaient des connards, mais j'avoue qu'ils sont plutôt pas mal pour des bikers barbus et bedonnants, railla Rosie en m'adressant un clin d'œil.

— J'ai remarqué qu'ils n'étaient pas... comme je l'avais imaginé. Il faut croire que les motards de maintenant font aussi attention à leur physique, enfin… certains.

— Mon œil a particulièrement été attiré par ce Miles, et puis Sullivan aussi, ajouta la sœur de Luis.

— Forcément, ce sont les plus dangereux ! lâcha Hope avec simplicité.

Je tournai la tête dans sa direction, surprise qu'elle ait noté ça.

— Pourquoi tu dis ça ? lui demanda Rosie.

— Ben quoi ? Ces deux-là projettent une aura carrément impressionnante, ils en imposent ! En général, les filles aiment bien les vilains garçons. J'ai pas raison, Indy ?

— Si. Rosie, ces deux-là sont certainement les plus intelligents et dangereux de la bande. Miles est le président des Bloods, Sullivan son *Road Captain*, le troisième membre le plus influent du club. D'ailleurs, ça se voit, ils ne palabrent pas pour ne rien dire, ils observent, écoutent, inspectent... et remarquent tout. Méfions-nous !

— Dommage ! soupira la petite latino.

— On fait quoi alors ? intervint Josh. On fait appel à un service d'ordre ?

— Ça va les énerver, non ? s'inquiéta ma petite secrétaire.

— C'est un peu le but, Rosie, plaisanta Josh.

— Non, ma priorité c'est votre sécurité ! répliquai-je avec empressement. Rosie, pourrais-tu me préparer les livres de comptes du garage, s'il te plaît ? Je vais les embarquer chez moi, il faut que je vérifie certaines choses.

— Bien sûr, si tu as besoin d'aide, n'hésite pas, *bella*.

— Je te remercie, lui répondis-je avec un petit sourire.

Deux nouveaux clients pénétrèrent dans le garage. Aussitôt, Rosie et Luis s'avancèrent vers eux pour les renseigner alors que Josh retournait dans son atelier carrosserie.

— C'est ma pause. Je te paie un petit café dans le local ? me proposa Hope.

— Je veux bien. Je vais passer mon bleu et je te rejoins.

Hope était déjà installée sur l'un des deux canapés qui se faisaient face dans notre petite salle de pause. Deux mugs de café étaient posés sur la petite table, à côté des revues féminines de Rosie, de celles d'art de Hope et du nombre incalculable de magazines consacrés aux motos et aux voitures.

Mon amie avait ramené la cafetière du bureau de Rosie, mais aussi un carton avec des beignets. Automatiquement, ce dernier me fit penser à toutes les viennoiseries que j'avais laissées ce matin sur le comptoir, chez Miles, et qui m'avaient réellement fait envie. Je soupirai en m'asseyant sur l'autre fauteuil. Elle s'avança pour prendre un mug et une pâtisserie au chocolat qu'elle me tendit par-dessus la table.

— Il me semble que tu voues une passion au chocolat.

Ce qui eut au moins le mérite de m'arracher un sourire, le premier de cette foutue journée. J'attrapai le beignet et y croquai à pleines dents. Instant de plaisir. Elle me laissa le temps d'avaler quelques gorgées de café.

— Ça va mieux ? s'enquit-elle.

— Un peu, mentis-je.

— Allez, tu ne me la feras pas, à moi. J'ai vu et entendu ce qui s'est passé avec notre Aden, tout à l'heure. Laisse-le digérer la pilule.

— Mais justement, y'a rien à digérer ! m'écriai-je, agacée.

— Indy, tu ne peux pas coucher avec ce mec et prétendre après qu'il n'y a rien entre vous.

— Ben, c'est un peu le principe du *sexfriend*, vois-tu ?

— Ouais, et c'est pour ça que c'est une vaste connerie, ce truc ! Y'en a toujours un qui sera plus accroché que l'autre dans l'histoire. T'as pas vu les films du genre ? Merde, ma grande, Aden c'est pas un mec que tu te lèves dans une soirée, que tu baises et que tu vires au petit matin. T'as pas remarqué que c'est le genre bien propre sur lui, qu'on présente à sa mère le dimanche, et avec qui on fait des projets d'avenir ?

Je soupirai avec force.

— Il a Georgia, maintenant, répliquai-je.

— Je sais. C'est le moment de réfléchir à ce que tu désires vraiment... Parce qu'à mon avis, cette fille a bien repéré que c'était un premier choix. Et si tu lèves ton option, elle s'installera pour ne plus le lâcher. Réfléchis bien !

Je me penchai en avant avec une moue contrite et repris exactement la même pâtisserie. Il me faudrait pédaler plus vite, le lendemain matin, pour perdre toutes ces calories.

— Bon, et ce... Miles ?

— Quoi Miles ? aboyai-je.

— Ben oui, Miles. J'ai entendu que t'étais chez lui, hier, et qu'il t'avait enlevée sur son destrier mécanique, se marra-t-elle.

— Ben rien. Il m'a emmenée chez lui, m'a préparé à manger, m'a prêté un t-shirt et un lit.

— Il t'a fait à manger ? Dans certaines sociétés primaires, ça veut dire beaucoup de choses..., déclara-t-elle en levant un sourcil.

— Sûrement, mais dans la tribu d'Indianapolis, un poulet au curry, ça ne veut rien dire !

— Un poulet au curry ? En plus, il sait cuisiner ! s'écria-t-elle en rigolant.

— En plus de quoi ?

— Je ne sais pas, il t'a prêté quel lit ? Parce que je ne l'ai qu'entraperçu, mais... il avait l'air plutôt canon, avec des épaules larges et tatouées, comme tu les aimes, et ce charisme de fou de mâle dominant, railla-t-elle.

— Tu veux son numéro ? lui proposai-je, encore plus agacée.

— Pourquoi ? Il te l'a donné ? s'empressa-t-elle de répondre, moqueuse.

— Il m'a prêté le lit de la chambre d'ami. Cela dit, il a un loft de dingue, super équipé. Je devrais arrêter d'être mécano et me lancer dans les trafics en tout genre, ça rapporte plus. Mon appart a l'air minable et minuscule à côté... Et après, c'est tout !

— Arrête deux secondes ton baratin. Tu le trouves comment ? Et me racontes pas des trucs du genre « je n'ai pas regardé ». C'est bon, t'es une fille. Tu l'as vu chez lui et j'imagine que....

— Je l'ai vu torse nu, il sortait de la douche, déclarai-je, placide.

Hope ouvrit des yeux ronds.

— Alors ? demanda-t-elle avec avidité.

— Alors quoi ? repris-je en haussant les épaules.

— Arrête de jouer les blasées... Raconte-moi, sois sympa, me supplia-t-elle.

Je passai machinalement la main dans mes cheveux, replongeant dans cet instant où je l'avais découvert... Ses biceps, ses pectoraux, son tigre... Ses magnifiques iris d'acier.

— OK, c'est vrai qu'il est plutôt pas mal du tout. Il est bien bâti et, forcément, ça met en avant ses tatouages. Il a des fesses d'enfer dans son jean. J'avoue aussi que ses yeux sont...

Hope se mordit les lèvres, suspendue aux miennes.

— Sont ? répéta-t-elle.

Je réfléchis un moment au meilleur qualificatif pour les décrire, fermant les paupières pour mieux revivre l'instant où je m'étais laissé carrément submerger par eux.

— Ils sont... insondables, impérieux, subversifs et dangereusement dévastateurs pour celui ou celle qui a l'audace d'y plonger, débitai-je, toujours les yeux fermés.

Je les rouvris pour découvrir une Hope aux arcades sourcilières au garde-à-vous.

— Hé ben dis donc ! Pour quelqu'un qui n'a pas vraiment regardé et qui est indifférente au mec en question... je trouve que tu es plutôt généreuse en adjectifs, souffla-t-elle.

— Tu m'as demandé, je t'ai répondu.

— T'as quand même carrément eu le temps de les analyser, ces yeux-là, releva-t-elle, taquine.

— Ils m'avaient déjà perturbée lorsque je m'étais rendue dans le bar, la première fois.

— Mouais, ça donne carrément envie d'aller voir ça de plus près... Même si on sait très bien que c'est un connard de *bad boy*.

— Allez, Hope, ne me dis pas que tu vas faire comme Rosie ! la blâmai-je.

Elle posa calmement sa tasse sur la table et se pencha vers moi.

— Oh, mais moi, je n'ai pas de problèmes avec les bikers. Contrairement à toi, je sais faire la différence entre un mec qui n'est là que pour une bonne partie de jambes en l'air et un mec qu'on épouse pour en faire un père de famille, lâcha-t-elle avec un clin d'œil tout en sortant de la pièce.

Quelle emmerdeuse, cette fille !

J'étais censée bosser avec Aden sur la vieille Chevrolet Impala qu'on avait déjà commencé à démonter, mais il me fit clairement comprendre, avec mauvaise humeur, qu'il voulait s'en charger seul dorénavant.

Je n'avais pas insisté, saisissant que ce serait une de ces journées où il ne m'adresserait pas la parole. J'avais donc entrepris de me charger d'une autre voiture. Je bossai seule dans mon coin, conseillant de temps en temps Josh sur certaines modifications à apporter à une carrosserie en cours.

Lors de la pause déjeuner, Aden se plaça le plus loin possible de moi pour discuter en paix avec ses comparses masculins. Je détestais qu'il réagisse comme ça. Blasée et agacée, je ne participai pas à la discussion des filles, remballai ma salade et me remis plus tôt au boulot. Rageuse, je bossai tête baissée et à fond sur la voiture qu'on m'avait confiée.

J'avais bien avancé, j'étais ravie. Josh et Luis rangeaient leur espace de travail et leurs outils, car la fin de journée s'annonçait déjà. Rosie finissait d'enregistrer les factures du jour. Aden passa comme une flèche devant nous pour rejoindre le vestiaire. Josh et Luis haussèrent les épaules devant mon air interrogateur. Je repris donc mon tournevis pour revisser quelques écrous lorsque, plusieurs minutes après, des bruits de talons et une voix féminine se firent entendre à l'entrée de l'atelier. Je me retournai pour apercevoir la nouvelle venue. C'était une très belle brune arborant un carré bouclé, de grands yeux verts, un sourire timide et un superbe tailleur qui lui allait comme un gant.

— Bonjour. Excusez-moi, je suis venue chercher Aden. Il m'a dit que je pouvais entrer et attendre ici plutôt que dans la voiture, déclara-t-elle, visiblement gênée.

Je sentis Josh et Luis dans mon dos. Comme moi, ils avaient sans doute deviné que l'on se trouvait devant la fameuse Georgia. Elle était vraiment très jolie, semblait douce et gentille... un peu comme Aden, d'ailleurs. Je n'eus pas le temps de la renseigner puisque ce dernier surgit comme une comète dans mon dos.

— Georgia ! Tu es déjà là ?

Il s'approcha et l'enlaça pour l'embrasser. Je ne jouerais pas les pauvres filles en affirmant que cela ne me provoqua pas un pincement au cœur, mais, après mon discours de tout à l'heure, je n'allais pas faire ma garce. Les deux hommes dans mon dos n'osaient pas s'approcher. Je savais pertinemment que Hope les avait rejoints. Le trio restait immobile, attendant patiemment ma réaction avant de faire quoi que ce soit. Est-ce que si je la virais maintenant, ils m'aideraient à le faire, comme les bons amis d'Indiana qu'ils étaient ? Tout le monde retenait son souffle, jusqu'à ce qu'Aden daigne la laisser respirer et se tourne dans notre direction. Il arborait un air serein et assuré, mais je savais bien qu'il n'en menait pas large.

— Euh, Georgia, je te présente... Indiana, la boss.

Mon cœur se brisa. Au bout du compte, devant son amie, je n'étais qu'Indiana, la boss, la pilote. Je n'étais même plus Charly, la sœur de Matt, l'amie... Tout en reprenant ma respiration, je me composai un visage avenant de circonstance et m'avançai, main tendue, vers la jeune femme.

— Enchantée, je suis... Indiana. Bienvenue chez les Angel's road, m'entendis-je lui annoncer d'une voix très agréable.

— Indiana ? J'ai tellement entendu parler de toi. Aden ne tarit pas d'éloges sur toi et tes talents de pilote, déclara-t-elle avec un grand sourire.

Il lui avait parlé d'Indiana... Pas de Charly, mais d'Indy la pilote. Mon cœur battait contre mes côtes, j'avais un peu de mal à respirer, cette fois. Pourtant, je lui rendis son grand sourire et finis par croiser le regard d'Aden, inquiet. Que croyait-il ? Que la fille de James Wittman n'avait pas d'éducation ? Que je me roulerais au sol avec sa petite amie, comme une sauvage ?

Hope, Luis et Josh nous rejoignirent. Pour mon plus grand soulagement, ils se présentèrent et monopolisèrent la conversation. J'assistai, comme un automate, le sourire figé, à ce qui se déroulait sous mes yeux. Puis, finalement, Aden et Georgia prirent congé. Mon ami me lança une dernière œillade, mais je tournai la tête. Je repris mon tournevis pour me pencher de nouveau sur le moteur de la voiture.

Hope s'approcha doucement, en prédatrice.

— Tu sais que c'est l'heure ? Je connais le patron, tu peux rentrer chez toi, il ne dira rien, plaisanta-t-elle.

— Hilarant ! répondis-je, plus abruptement que je l'aurais voulu. J'ai un ou deux trucs à finir, du fait que j'étais en retard ce matin. Vous pouvez y aller, je vais fermer.

— Indy ? Ça va aller ? Me demanda-t-elle doucement.

— Bien sûr ! Pourquoi ça n'irait pas ? mentis-je pour faire bonne figure.

Après tout, c'était ce qu'Indiana faisait toujours. Elle n'était jamais seule, était constamment entourée d'admirateurs.

— Allez, souris, il a pris la décision à ta place. T'as plus qu'à te trouver un nouveau plan cul. Ah, non, pardon, un nouveau *sexfriend*, railla-t-elle.

Je ne répondis pas, car je n'avais pas le cœur à en rire, en tout cas pas maintenant.

— À demain, Hope, bonne soirée.

— À demain, Indy, soupira-t-elle.

Luis et Rosie passèrent dans l'atelier pour me proposer de me raccompagner, mais je refusai, prétextant, avec une fausse bonne humeur, que j'allais rentrer avec ma Harley à pédales. Ma petite comptable m'indiqua avoir laissé le livre de comptes sur le bureau, puis ils quittèrent le garage.

Au bout de quelques minutes, je me résignai à arrêter de serrer ces satanés écrous. Refermant le capot de la voiture, je passai un coup de chiffon sur la carrosserie puis allai ranger mes outils. Forcément, l'armoire à rideaux décida que c'était le bon soir pour me résister et m'empêcher de la refermer. Au bout de la deuxième fois, je m'énervai contre elle, l'insultai et lui balançai coups de poing et de pied. Des larmes de rage me piquèrent les yeux.

— Arrête de frapper cette pauvre étagère, elle est sans défense et risque de porter plainte contre toi, plaisanta une voix derrière moi.

J'essuyai en vitesse mes yeux avant de me tourner vers Josh. Noyée dans mon mélo, j'avais complètement zappé qu'il était toujours là.

— Si tu crois que je vais te payer des heures sup, mon vieux, tu te plantes lourdement, plaisantai-je sans sourire.

Il s'avança doucement, hésita un moment, puis finalement, me prit dans ses bras. Josh n'était pas celui avec qui j'avais le plus d'atomes crochus. Il bossait bien, était sérieux, et je savais que je pouvais compter sur lui, mais on ne savait rien l'un de l'autre. Il avait sa vie privée, j'avais la mienne. Pourtant, en cet instant pénible, il fut le seul avec lequel je me laissai aller. Il était étranger à ma vie, à mon passé, à Charly, mais il était là, car il avait senti que j'avais juste besoin d'une présence, d'un ami qui puisse me consoler, en silence.

— Allez, balance ton vélo dans mon coffre, je te ramène, murmura-t-il à mon oreille.

Je me dégageai de son étreinte et hochai juste la tête. Il s'approcha de l'armoire, la ferma en une seule fois. *Maudite garce.* Je me dirigeais vers les vestiaires lorsque j'entendis des bruits de moteur provenant du parking, devant le garage. J'échangeai un regard perplexe avec Josh, puis, avec détermination, me dirigeai vers l'extérieur. Ils allaient m'entendre, ceux-là, et encore plus ce Miles. Venir me casser les pieds à la fermeture ! Il ne pouvait pas me foutre la paix ? Je sortis comme une furie sur le parking, talonnée par mon carrossier, et m'immobilisai en observant les bikers devant moi. Assurément, ce n'étaient pas les Bloods.

Une dizaine de motos étaient en train de se garer, les phares allumés alors qu'il ne faisait pas encore sombre dehors. Trois gars descendirent de leur engin pour s'avancer vers nous. Les autres restèrent en selle. Ils avaient le même air sinistre que lorsque j'avais rencontré les Bloods dans leur bar.

Le premier fit un pas en avant afin de se démarquer des deux autres, je cherchai rapidement son statut. Au-dessus de la poche supérieure de son cuir, on pouvait voir une paire d'ailes avec une moto en son centre, où il était inscrit « Savage Souls, président »... et « 1 % ».

Super ! Ça faisait beaucoup de présidents de clubs de bikers en peu de temps, alors que je n'en avais pas vu depuis neuf ans. Mais au moins, chez les Souls, on m'amenait carrément le boss, pas comme chez les Bloods.

De haute stature, le crâne rasé, il portait un piercing dans l'arcade sourcilière, mais pas de barbe. L'air sévère, ses yeux noirs trahissaient un penchant que je n'aimais pas du tout : la cruauté. Un petit sourire arrogant s'afficha sur ses lèvres. Autant celui de Miles m'agaçait, autant celui-ci me donnait la chair de poule. Il me faisait penser à.... mon oncle, et ce n'était pas bon signe.

— Indiana Witt ! annonça-t-il d'une voix ferme.

Ce n'était clairement pas une question. Au contraire des Bloods, eux savaient qui j'étais... enfin, presque.

— À qui ai-je affaire ? répondis-je sans me démonter.

Il baissa la tête en rigolant, et la releva illico pour me toiser.

— Nous savons parfaitement, toi et moi, que tu connais mon identité. Miles Rivera t'a certainement prévenue que Darius passerait te voir.

C'était bien lui. Merde. Miles m'avait également alertée sur la nécessité de ne pas rigoler avec ce mec-là.

— OK, donc on ne va pas tourner autour du pot. J'ai fini ma journée et je voudrais rentrer chez moi. Qu'est-ce que tu veux ? lâchai-je avec arrogance.

— T'es comme lui, t'as pas froid aux yeux ! déclara-t-il en me fixant.

— Comme qui ? demandai-je de but en blanc.

— En revanche, il s'est bien gardé de nous dire que t'étais un joli petit lot, murmura-t-il, presque pour lui-même, en passant son pouce sur sa lèvre inférieure.

Je n'aimais pas la tournure que prenaient les choses. Josh non plus, car il se rapprocha de moi.

— Écoute, mon gars, t'es bien gentil, mais je n'ai pas de temps à perdre. Soit tu parles clairement, soit tu reprends tes potes et tu rentres chez toi.

— Indy, chuchota mon mécano, comme pour me mettre en garde.

Mes paroles eurent le mérite de faire marrer les quelques nazes sur leurs selles.

— Il t'a pas parlé de nous ? L'enfoiré, siffla-t-il entre ses dents.

— Bon sang, mais de qui tu parles ! grondai-je, exaspérée.

— De ton frère, ma belle. De Matt Witt.

Je me raidis. J'avais l'impression que mon cerveau s'était déconnecté durant quelques secondes et qu'il opérait un redémarrage d'urgence. Surtout ne rien montrer. *Reprends-toi.*

— Mon frère ? répétai-je, perplexe.

— Matt bossait pour nous. Enfin, je devrais dire, il courait pour les Souls, lâcha-t-il comme une bombe.

— Mensonge ! crachai-je à son visage. Mon frère n'aurait jamais travaillé pour des bikers. C'était un mec bien et un fantastique pilote.

— On est d'accord sur ce point, il nous a fait gagner un max de blé. Je pense que la petite fille que tu étais ne savait pas à quel point son grand frère avait besoin de pognon pour élever et subvenir aux besoins de sa petite sœur. Et, soyons honnêtes, il avait une belle petite gueule, mais hormis conduire des bagnoles, il ne savait pas faire grand-chose. Je remarque que toi, tu as eu plus de chance. Non seulement, t'es carrément sexy comme poulette, mais en plus, t'as été assez intelligente pour monter ton propre business.

Ce mec parlait ma langue, pourtant, j'avais l'impression de ne rien comprendre à ce qu'il me racontait. Mais qu'est-ce que c'était que ce bordel ? Matt n'aurait pas bossé pour eux, il m'avait prévenue, mise en garde contre ces connards : « Charly, éloigne-toi le plus possible des bikers, cache-toi, reste dans l'ombre. Il ne faut jamais faire confiance à ce genre de types. »

D'un autre côté, je ne m'étais jamais posé la question de savoir comment il faisait pour payer les factures ou pour garnir le frigo. Mais, Aden ? Il me l'aurait dit quand même... Est-ce qu'il le savait ?

— Écoute, chérie, je ne vais pas faire traîner tout ça en longueur. Je sais que tu es le digne successeur de ton frère, par conséquent, le meilleur pilote sur le circuit en ce moment. J'en ai rien à foutre de ce que les Bloods t'ont proposé. Je t'annonce simplement que tu vas reprendre le contrat de ton frère et courir pour nous, les Souls. Tu vas honorer l'accord qu'il a passé avec nous.

— Quoi ? Mais tu rêves ! Si je n'ai rien concédé aux Bloods, ce n'est pas pour marcher avec vous. Je ne crois pas que mon frère bossait pour vous, alors n'imaginez même pas que je reprenne un contrat factice ou qui aurait été passé au nom de Matt. Je ne suis pas lui, affirmai-je avec assurance.

— Mais, tout comme ton frère, tu as des choses et des personnes auxquelles tu tiens... et tu n'aimerais pas qu'on vienne mettre notre grain de sel dans ta vie ou dans celle de tes potes. Mes frères et moi, on aime bien les filles dans ton genre ou celui de tes copines, de celles qui savent y faire avec leurs mains, me menaça-t-il.

Josh croisa les bras sur sa poitrine et se planta carrément à mes côtés, d'un air belliqueux.

— Tire-toi d'ici avec ta bande de demeurés. Et si tu touches à un cheveu de ma *team*, t'auras affaire à moi ! l'avisai-je froidement.

— C'est censé me faire peur ? railla Darius, en face de moi.

— Prends-le comme tu veux, mais tire-toi de chez moi ! répétai-je sur le même ton.

Il observa pendant un petit moment Josh, à mes côtés, et je craignis carrément qu'ils s'en prennent à lui, ici et maintenant. C'est clair qu'on était carrément foutus.

— Réfléchis à mon offre. On se reverra bientôt, et je serai beaucoup moins gentil et patient... ma belle !

Il me fixa encore quelques instants, le sourire toujours aux lèvres, puis remonta sur sa bécane. Il démarra et, d'un signe de la main, entraîna sa horde avec lui.

Josh m'avait déposée en bas de chez moi. Il me dévisageait avec inquiétude et me posait mille et une questions. Mais comme à mon habitude, je n'avais répondu que très vaguement, ou même pas du tout. Fidèle à moi-même et aux Wittman, je gardais tout à l'intérieur.

— Indy, qu'est-ce que tu vas faire ? Tu veux que je prévienne Aden ? s'enquit mon ami alors que je me tenais à côté de sa voiture.

Je me penchais en vitesse par la vitre de la portière.

— Non ! Surtout pas. Ne dis rien à personne, j'ai besoin de faire le point et de réfléchir à tout ça. Rentre chez toi, Josh, je te remercie d'être resté ce soir.

Il hocha la tête en me fixant quelques secondes, puis attendit que je contourne la voiture et sorte mon vélo de son coffre. Je lui adressai un dernier signe afin qu'il démarre. La nuit avait fini par tomber, j'observai les phares arrière de sa sportive tourner au coin de la rue et me retournai pour m'approcher de la porte de l'immeuble. J'avais l'impression de porter le poids du monde sur mes épaules, ce soir. Les yeux dans le vide, je me repassais les images des moments de joie et de bonheur que j'avais partagés durant trois ans avec mon frère. Il me manquait tellement. Je n'arrivais pas à croire qu'il avait passé un contrat avec les bikers, avec les Souls, alors que quand nous nous étions enfuis de Chicago, il m'avait toujours expressément mise en garde contre les personnes que je pouvais fréquenter. Je n'y comprenais rien.

La chaleur était étouffante, j'avais l'impression d'avoir la poitrine comprimée.

— C'est toi, Indiana ? hoqueta une voix derrière moi.

Je sursautai.

— Oh, Jack, salut, soupirai-je de soulagement.

— Ça va, ma belle ? Je t'ai vue arriver, tu me semblais si... abattue. Tu n'as pas couru ce soir ? Je n'ai pas reçu de signal de la part des veilleurs.

— Pas de courses, non. C'était hier, d'ailleurs...

Je fouillai dans mon sac à dos pour y chercher mon enveloppe au milieu du livre de comptes. Je pris les billets dont j'avais besoin et les tendis à Jack.

— Voilà ta part, comme d'habitude.

— Merci, Indy. Ce n'était pas pressé. Tout s'est bien passé hier ?

— J'ai remporté la victoire, avouai-je dans un sourire sans joie.

— Je suis bien content pour toi. Cependant, si tu me le permets, et si j'étais ton père, je te dirais d'en finir avec ces courses. Pense à toi et à ton avenir.

— Je sais... Merci, Jack. Je vais rentrer, je suis épuisée. Passe une bonne nuit.

— Toi aussi, ma belle.

J'avançai pour taper le digicode quand Jack me héla encore une fois.

— Indy ? Tu devrais faire attention à toi, il y a des bikers qui tournent dans le coin depuis deux jours et qui demandent où habite Indiana Witt. Heureusement, ils sont tombés sur moi et je leur ai répondu que je ne connaissais pas une telle personne, m'avertit-il avec un clin d'œil.

Mon cœur s'accéléra dans ma poitrine.

— Dis-moi, Jack, sur leur cuir, il y avait un crâne ? me renseignai-je avec espoir.

Il réfléchit quelques secondes.

— Non, je ne me souviens plus très bien... Il me semble qu'il y avait des ailes.

— OK, merci, bonne nuit.

C'était vraiment une journée merdique.

Ça faisait déjà plusieurs nuits que je demeurais éveillée, à boire du café, à analyser mon livre de comptes et à me creuser l'esprit pour me sortir de cette impasse. Le garage s'en sortait bien depuis deux ans, nous faisions vraiment de bons bénéfices et les clients affluaient encore grâce à la réputation d'Indiana.

Néanmoins, quand le réveil sonna, ce matin-là, je me demandai à quoi me servait d'étudier ces chiffres. La douleur chevillée au crâne, j'étais carrément déboussolée.

Il était hors de question que je bosse pour les Souls, mais je voulais également rester indépendante par rapport aux Bloods. Cependant, ces derniers auraient pu m'apporter la protection dont, tout compte fait, j'avais besoin. Seulement, si je passais cet accord avec eux, je risquais bien de me trouver un beau matin nez à nez avec mon père... ou, pire, avec mon oncle. Entre la peste et le choléra, le choix était difficile.

Depuis quelques jours, les choses allaient de mal en pis. Tout d'abord, j'avais décliné toutes les invitations à participer aux courses, de peur de voir les Souls débarquer au garage pour réclamer leur dû. Il faut dire que j'avais fait promettre à Josh de ne parler de cette histoire à personne, pour l'instant.

Et puis, je n'avais plus du tout de nouvelles des Bloods ou... de ce Miles. Étrangement, cela m'inquiéta encore plus. Avais-je fini par blesser l'ego du président, au point qu'il avait préféré nous laisser entre les mains de ses rivaux ? Après tout, c'était bien ce que je voulais, non ?

Je me renfermais sur moi-même, refusant les sorties avec Hope, déjeunant seule, repoussant l'aide que l'on me proposait. J'étais persuadée qu'Aden s'imaginait que mon récent état était dû à ma rencontre avec Georgia, alors qu'elle était bien le cadet de mes soucis.

Je tremblais d'autant plus quand j'entendais des bruits de moto, et j'avais insisté durement auprès de mon équipe pour que chacun reparte accompagné d'une personne, le soir. Surtout Rosie et Hope. Luis s'occupait donc de sa sœur, et Josh, qui s'était d'abord proposé de me raccompagner, fit équipe avec mon amie. J'en fus rassurée.

Quant à moi, je rentrais seule, car ma fierté m'avait amenée à repousser l'offre d'Aden. Je préférais qu'il veille sur Georgia. Par nécessité, les Souls ne me feraient rien. Je représentais l'argent qu'ils désiraient tant récupérer. Enfin, c'est ce que j'espérais.

À force de refuser les courses, j'avais de plus en plus de clients et de parieurs dans mon garage, venant prendre des nouvelles d'Indiana, pas de Charly. Mais ce n'était pas Indiana qui était au plus mal, c'était bien Charly.

Je laissais Aden et Luis répondre, prétextant une tonne de boulot. Mon meilleur ami commençait à se poser des questions, mais je refusais de le mêler à toute cette histoire. Les protéger était ma priorité. Cependant, ce qui devait arriver arriva. Un beau matin, la magnifique Porsche bleue de Wyatt Wayne se gara devant l'atelier.

Luis vint me chercher dans l'arrière-cour. Isolée, j'avais repris la sale habitude que mon père m'avait passée dès que j'avais eu quatorze ans : la cigarette.

— Indy ?

Luis passa la tête par la porte tôlée. Je crachai ma fumée avant de lui répondre.

— Je suis là, mais je suis en pause, Luis.

— Je sais, le truc, c'est que Wyatt Wayne est là, et il ne veut avoir affaire qu'à toi.

Je fis la grimace. Que me voulait cet arrogant fils à papa ? J'écrasai mon mégot au sol, allai passer mes mains sous l'eau et suivis mon mécano dans l'atelier principal.

Il discutait avec Aden dans sa tenue de golf. Quel crâneur ! Son sourire s'élargit en me voyant arriver dans mon bleu de travail barbouillé de cambouis.

— Wyatt ! Que me vaut le plaisir de ta visite ? Besoin d'une révision ? lançai-je d'un ton agréable.

— Indy ! Tu te fais rare en ce moment. Je suis venu vérifier par moi-même que tu n'avais pas de problèmes.

— Je te remercie de tant de prévenance. Comme tu peux le voir, je me porte bien. J'ai juste beaucoup de boulot. Mais, que cela ne t'empêche pas de t'entraîner... sans moi ! rétorquai-je, narquoise.

— Pas de soucis pour ça, je suis annoncé comme favori des paris depuis une semaine, répliqua-t-il sur le même ton.

— Alors, profites-en bien, déclarai-je, feignant l'indifférence. Ce n'est pas tous les jours qu'une telle opportunité se présente à toi.

— Je ne sais pas si tu comptes prendre ta retraite du circuit amateur, mais j'aimerais que tu viennes courir une dernière fois pour que je puisse te battre à la loyale et prouver à tout le monde que je mérite ma place de numéro un. Les gros parieurs se font rares, ils attendent tous ton retour, m'informa-t-il.

Je souris malgré moi. Quelque part, j'étais heureuse de savoir que, même si c'était pour gagner de l'argent sur mon dos, certaines personnes m'accordaient autant d'importance. Indy avait mieux réussi sa vie que Charly, c'était clair.

— Je suis désolée. Je ne peux t'offrir cette course, pour l'instant. Mais si tu es aussi doué que ça, tu n'as pas besoin de moi pour prouver aux parieurs que tu vaux la peine qu'on te suive, lançai-je avec un sourire arrogant.

— Oh, mais je le suis ! Sinon, pourquoi l'une des plus grandes écuries du circuit professionnel m'aurait proposé de faire un essai pour intégrer leur équipe ?

Mon sourire s'effaça aussi rapidement qu'il était apparu. Comment ce gros nul de Wyatt avait-il décroché un essai chez les professionnels ? C'était un fou furieux qui ne calculait aucune trajectoire et qui se servait de la puissance des voitures que lui payait son papa. Une désillusion de plus. Wyatt prit plaisir à voir mon désarroi et il en profita au maximum.

— Tu as été repéré... ou papa a graissé la patte de la soi-disant écurie pour que tu puisses faire un tour dans une de leurs voitures ? intervint brusquement Aden, qui était demeuré non loin de nous.

Wyatt se raidit, lança une œillade peu amène à mon ami. Celui-ci se posta à mes côtés, un marteau en main.

— Si vraiment les professionnels ont des vues sur toi, Wyatt, tu n'as pas besoin d'Indy pour rassurer tes parieurs. Ils te suivront dès lors que tu auras réussi ton essai... À moins que tu ne saches pertinemment que ça ne changera rien pour toi et que tu veuilles juste virer Indy du circuit, poursuivit-il.

— Prescott ! tonna Wyatt. Toujours là où on n'a pas besoin de toi.

— J'étais là pour Matt, tout comme je le serai toujours pour sa sœur, affirma-t-il en me fixant.

— On se reverra... Indy ! cracha mon rival avant de tourner les talons.

— Pas de soucis, Wyatt. Je serai ta première fan quand tu courras en professionnel, déclarai-je, amusée.

— Tout va bien ? s'enquit Aden.

— Ça va, c'est Wyatt ! Toujours prêt à me provoquer. J'espère sincèrement que les pros des circuits ont de meilleures cartes à jouer que ce type.

— Je pense qu'au bout d'un tour, ils auront vite compris à qui ils ont affaire. Mais ça n'explique pas pourquoi toi, tu as décidé du jour au lendemain de ne plus courir. Que se passe-t-il ? me demanda-t-il, visiblement inquiet.

J'avais réellement envie de me confier à Aden, il avait toujours été là pour moi. C'était la personne en qui j'avais le plus confiance. Pourtant, je me demandais s'il était au courant de cette histoire avec les Souls. Et s'il m'avait toujours menti ?

— J'ai juste besoin d'une pause, pour l'instant. Je suis fatiguée, répondis-je à la place.

Je me doutais qu'il ne me croyait pas. Lui seul savait que de laisser ma voiture au repos forcé dans l'arrière-boutique me désolait. J'avais besoin de sentir le volant sous mes mains, d'entendre le moteur gronder.

Je le laissai là et repartis dans le fond de l'atelier.

Un peu plus tard, alors que j'aidais Rosie à préparer les prochains plannings, je sursautai en entendant le ronronnement de motos sur le parking. Ma petite secrétaire remarqua mon malaise et s'en inquiéta.

— Tout va bien, Indy ?

— Reste dans le bureau... quoi qu'il arrive, répondis-je dans un souffle alors que je me dirigeais courageusement vers l'entrée du garage.

Je cherchai Josh des yeux, mais il était enfermé dans son atelier avec Hope pour mettre les dernières touches à une carrosserie en cours. Je n'eus pas le temps d'atteindre les portes que deux bikers débarquèrent, un sourire joyeux aux lèvres. *Jayden et Angelo.*

Je soupirai de soulagement. J'aurais presque pu me jeter à leur cou tellement j'étais contente et apaisée de les voir ici. Qui aurait cru que de voir arriver les Bloods chez moi m'apporterait un tel sentiment ?

— Hey, Indy, ma belle ! S'exclama Jayden.

Angelo suivit, affichant son air de joli cœur.

— Jayden, Angelo, que puis-je faire pour vous ?

— Ah, si tu savais, répliqua Angelo, enjôleur.

Il se prit directement un coup de coude dans l'estomac de la part de son acolyte. Je souris, on aurait dit deux gamins dans la cour du collège.

— On est venus faire réviser nos bécanes. Y'a moyen que tu t'occupes de ça ? reprit le plus jeune des deux.

Je me retournai pour voir où en était Luis, il adressa un signe aux deux hommes et s'approcha.

— Luis, est-ce que tu peux faire l'entretien d'une des deux motos de ces messieurs ? Je vais gérer la seconde !

— Pas de soucis, boss.

— Parce que tu répares les motos aussi ? releva Angelo, surpris.

— Je suis la plus polyvalente des mécanos, ici. Pas aussi spécialisée que Luis, c'est sûr, mais ne t'inquiète pas, je ferai attention à ton bébé, rétorquai-je d'un air amusé.

— Génial ! s'écria-t-il.

— Alors, Indy, Sullivan et Scott s'inquiètent. Ils ont reçu des messages pour les dernières courses, mais apparemment, tu n'y as pas participé depuis plus d'une semaine.

Je passai les mains sur mon bleu pour les essuyer, sans croiser son regard. Il avait fait référence à Scott et Sullivan, pas à son prés'.

— J'ai beaucoup de boulot en ce moment, me contentai-je de répondre. Angelo, tu peux amener ta moto dans l'atelier du fond, je vais y jeter un coup d'œil.

Ce dernier ne se fit pas prier, tandis que son pote continuait de me fixer étrangement. J'accompagnais le biker quand Jayden me héla :

— Au fait, Miles a bien insisté sur le fait que tu dois lui envoyer les factures.

— T'inquiète, je n'y manquerai pas, murmurai-je pour moi-même.

Le soulagement fut de courte durée, comme toujours avec les Bloods. Toute la semaine, ce fut un défilé en règle des membres du club, pour retaper ou réviser leurs motos. Deux par deux, ils débarquaient tous les jours pour squatter le garage. Et à chaque fois, il fallait mettre ça sur la note du prés'. Sauf que les factures s'accumulaient et qu'ils me devaient une sacrée somme. Étaient-ils riches à ce point ?

Rosie ne savait pas si elle devait prendre contact directement avec le club ou s'ils possédaient un comptable.

Le paroxysme fut atteint avec l'arrivée de Slash. Je me fis alors le plaisir de m'occuper moi-même de sa moto. J'avais cerné le caractère misogyne du personnage dès notre première rencontre. Il demeura étrangement calme, ce qui ne lui ressemblait pas, prenant plaisir à s'installer et fouiner dans l'atelier. Jay, quant à lui, se déplaçait tous les jours, nous offrant parfois les muffins et beignets du matin. Mais lorsque je lui demandais de régler les factures, il me répondait inlassablement qu'il fallait les envoyer à son prés'. Cette histoire commençait à m'agacer. Le seul côté positif de tout cela, c'est que je ne pensais plus à la menace des Souls, et qu'avec les Bloods dans les parages, la tension sur mes épaules s'allégea un peu.

Le vendredi, je fis le point avec Rosie. Nous avions une dizaine de factures impayées, et pas de nouvelles du président des bikers. À l'heure de la fermeture, les membres de ma *team* s'étaient installés dans le fauteuil alors que je m'énervais sur la paperasse.

— Ils sont encore beaucoup dans leur club ? Parce qu'on va les voir arriver également la semaine prochaine, intervint Josh.

— S'ils paient, c'est tout bénéf. On va devenir prestataire officiel des Bloods, répliqua Hope.

— Ouais... s'ils paient, souffla Aden.

Je n'avais vraiment pas besoin de ça en ce moment. Ils cherchaient quoi ? À faire couler mon affaire ?

— T'as demandé à Jay ? Il ne peut pas intervenir auprès de son prés' ? suggéra Luis.

— Ils te répondent tous la même chose quand c'est comme ça. « Il faut que tu envoies les factures à Miles, c'est lui qui paiera », rétorquai-je, énervée.

— Ben tu n'as plus qu'à les lui faire parvenir, ou… tu te déplaces en personne pour aller récupérer ton fric, déclara Hope, placide.

— Je ne suis pas sûre que ce soit une bonne idée de débarquer dans leur QG pour réclamer de l'argent, releva Rosie.

— Pourquoi pas ? Après tout, eux ne se gênent pas, reprit Josh. Donc t'as plus qu'à aller trouver ce prés', ce machin truc !

— Miles Rivera, soufflai-je.

— Rivera ? répéta Hope.

— Ouais, répondis-je sans lever la tête des factures.

— Comme cet architecte réputé qui a un cabinet dans le centre d'Indianapolis et qui est à l'origine des plus grands bâtiments de la cité ?

Je relevai la tête vers elle, perplexe.

— Quoi ?

— Il n'a pas la tête d'un architecte, le gars, c'est un biker, railla Aden.

— C'est clair, se marra Josh en tapant dans la main d'Aden.

Je n'avais jamais fait le rapprochement. Il faut dire que c'était Hope, la fana d'art en tout genre, pas moi. Et puis, les garçons avaient raison, il n'avait rien d'un architecte de renom.

— Bon, allez, arrête de te prendre la tête. C'est vendredi soir, soit tu lui envoies les factures et t'attends que ce mec daigne te payer, soit tu prends les choses en main, tu débarques là-bas et tu repars avec les billets en poche, affirma Hope avec aplomb. Et si tu décides d'y aller, je t'accompagne !

La tête entre les mains, je soupirai en fixant le montant total qu'il me devait. Je pris l'agrafeuse dans le tiroir pour attacher les feuillets entre eux, puis me levai, décidée.

— Allez, Hope, prépare-toi, on va rendre une petite visite à ce type.

Tout sourire, cette dernière se frotta les mains, sous le regard noir d'Aden.

CHAPITRE 10
MILES
LA CHEVAUCHÉE

En pleine discussion avec Brad, l'un des tout premiers frères de notre club, je fumais ma clope devant le bar. Il me donnait des nouvelles de sa famille, je le connaissais depuis mes débuts de jeune prospect. Ce gars m'en avait fait voir de toutes les couleurs et, en même temps, m'avait pris sous son aile lorsque Jimmy était encore le président du club. À l'époque, il avait voté contre l'arrivée de Mike parmi nous, mais mon cousin avait fait le forcing pour faire accepter son frère. Maintenant, Brad était l'un des membres les plus anciens, en qui j'avais toute confiance.

— Alors, Miles, comment s'annonce ton affaire de paris sur les courses de voitures ?

— C'est plus compliqué que je ne l'avais pensé, mais bon, ça devrait le faire normalement.

Il tira sur sa cigarette en plissant les yeux et afficha un air moqueur.

— C'est en rapport avec cette petite nénette en bleu de travail qu'on a vue dans le bar, la fois dernière ?

— C'est ça ! Je pense que ça serait moins compliqué si notre pilote était un gars. Cette fille, c'est une teigne qui n'a pas peur de nous tenir tête.

— Une fille qui n'a pas froid aux yeux ? Ça te change de celles qui te font les yeux doux pour aller directement dans ton plumard, rigola-t-il.

— Ouais, c'est sûr, mais je ne sais pas, elle cache quelque chose, et quand j'aurai trouvé quoi, tu peux être sûr que l'affaire sera dans le sac, affirmai-je avec arrogance.

Nous fûmes interrompus par le vrombissement des engins de Sul', Scott et Jay. Ils se garèrent un peu plus loin et vinrent à notre rencontre.

— Salut Brad, lança Sullivan en lui serrant la main.

— Salut, p'tit gars. Alors, tout est prêt pour notre rodéo ?

— Tout est prêt. Tu seras de la partie ?

— Pour sûr ! Une bonne chevauchée entre frères nous fera du bien.

Scott et Jay saluèrent à leur tour notre ancien, puis celui-ci nous laissa pour aller chercher sa moto.

— Alors ? Cette révision ? m'enquis-je en rigolant d'avance.

— Impeccable. C'est Luis qui s'est occupé de la mienne, répondit Scott.

J'observai Sullivan pour avoir son opinion, mais il avait le visage fermé et détaillait la pancarte de notre club, contre le mur.

— Sul' ? demandai-je.

— Nickel ! C'est Indy qui a géré la mienne. Rien à redire, elle est pro, que ce soit derrière un volant, sous un capot de voiture... ou, dans le cas présent, derrière un guidon.

— Et la mienne ? T'as vu comment elle brille ? intervint Jay.

— Ouais, mais toi, je ne te comprends pas. Limite, tu passes tes journées là-bas, le rabrouai-je.

— Ben quoi ? T'as bien dit qu'il fallait fouiner. Je ne peux pas le faire en étant ici ou en mission ailleurs, se défendit-il.

— Ouais, ouais, c'est bon. Sul', il y a un problème ? Elle t'a envoyé sur les roses. Elle a réclamé son fric ?

— Réclamer ? Mais carrément ! rétorqua à sa place Jayden. Ça commence un peu à l'échauffer qu'on lui réponde de régler ça avec toi ou de t'envoyer les factures.

— C'est le but ! répliquai-je. Mais expliquez-moi vos têtes, lâchai-je enfin, exaspéré.

— Ça fait plus de dix jours qu'elle n'a participé à aucune course. Avec Sullivan, on s'est déplacés pour assister à deux d'entre elles, mais hormis ce Wyatt Wayne qui fait son malin, on n'a pas vu l'ombre d'une Toyota noir et orange. Tout le monde se pose des questions et déboule au garage pour demander ce qui se passe ou pour s'entretenir directement avec Indy.

— Et ? le pressai-je.

— Elle ne répond rien et ne reçoit personne, intervint Sullivan, sérieux comme un pape. Elle envoie ses mécanos dire qu'elle a trop de boulot.

— C'est un peu le cas, non ? Vu le nombre de gars qu'on lui a envoyé cette semaine.

— Tu parles ! Personne n'y croit parmi les parieurs. Elle court le soir habituellement, donc après le boulot, déclara Scott.

Le silence se fit, alors que j'observais les têtes d'enterrement de mes frères.

— C'est sans doute le moyen qu'elle a trouvé pour tenter de se débarrasser de nous. Elle veut faire croire qu'elle arrête tout pour qu'on lui fiche la paix ! Eh, les gars, reprenez-vous, c'est une fille. Elle va chercher à nous entourlouper, m'écriai-je.

— Y'a un truc ! lâcha dans un souffle Sullivan.

— Comment ça ? relevai-je.

— Ouais, elle est trop bizarre en ce moment, et je ne pense pas que ce soit à cause de sa dispute avec Aden, expliqua Jay.

— Quelle dispute ? Bon sang, les gars, vous allez continuer longtemps à m'obliger à vous tirer les vers du nez ? m'énervai-je, agacé.

— Après sa petite virée avec toi, vraisemblablement, Aden lui a fait un mélo. Elle l'a remis à sa place en disant qu'elle couchait avec qui elle voulait, et qu'il avait déjà quelqu'un de toute façon, reprit Jayden.

— Pour une fois, je suis d'accord avec elle, lâchai-je.

— T'excite pas ! D'après Luis, elle a dit que t'étais pas son genre, t'es un connard arrogant de biker, c'était juste pour faire taire Aden. Mais, dans tous les cas, elle est sur les nerfs, se renferme sur elle-même, sursaute au moindre bruit suspect... Et puis, elle court plus. Déjà, ça, c'est un gros problème, toujours d'après notre latino de service. Elle n'a jamais fait ça auparavant. Elle leur a même ordonné de quitter le boulot en binôme.

— En binôme ? répétai-je, suspicieux. On n'a pas eu de nouvelles des gars qui tournent autour du garage ?

— Aucun. Mais l'endroit ne fait pas encore partie de notre territoire, ils ne peuvent être là-bas tout le temps, expliqua Sullivan.

— Espérons qu'elle craque bientôt et qu'elle accepte notre deal. On pourra clairement s'imposer là-bas et s'occuper du moindre membre des Souls qui y mettra un orteil, affirmai-je, un peu soucieux.

— Hé, Miles ?

Je me retournai pour voir la tête de Slash passer par l'entrebâillement de la porte.

— Ouais ?

— Un coup de téléphone pour toi ! C'est James, cria-t-il depuis la porte.

— OK, j'arrive. Bon, allez, les gars, faites pas cette tête. S'il le faut, j'irai moi-même faire réviser ma moto, la semaine prochaine. Slash est revenu tout content et dit que la sienne ronronne comme un chat sauvage. Même si le plan, ce n'était pas que je me déplace...

— Non, t'as raison. Elle doit être bonne comédienne, comme toutes celles qu'on voit rouler des fesses ici pour obtenir ce qu'elles veulent, commenta Jayden, peu convaincu.

— Mais elle n'est pas comme les autres, c'est ça le truc ! intervint Sullivan.

Je soupirai et rentrai. Je n'aimais pas la tête qu'arboraient mes frères. Scott et Sullivan n'étaient pas du genre à s'apitoyer sur n'importe qui. C'était malin, j'allais me poser mille et une questions, maintenant.

Slash me tint la porte du bureau et sortit. Tout en m'installant dans le fauteuil, je saisis le combiné du téléphone.

— Hey, James, lançai-je.

— Miles ! Salut, mon pote. Comment va ? répondit mon interlocuteur.

— Ça va, désolé de t'avoir fait attendre, j'étais occupé avec les gars. Comment ça va chez toi ?

— Impec. Ça roule pour nous. J'ai entendu dire par mon frère que ça marche du tonnerre pour vous, à Indiana. Il était vachement épaté en voyant les chiffres et les données que t'as fait remonter. Votre chapitre est carrément en deuxième position, devant celui de *L.A.* Bravo, mec ! Et tout ça, sans marchander le sexe et les filles, railla-t-il.

— Les filles bossent mieux avec une barre ou un plateau. J'ai juste gardé Angela parce que c'était Jimmy qui l'avait engagée et qui avait ouvert le Blue, expliquai-je.

— Pas de problème, mon gars. Vu comment tu gères ton business, on te laisse faire. Tu voulais me parler d'un nouveau projet ? Je suis désolé, je n'ai pas pu te rappeler avant, j'étais à la frontière avec mes frères, on a eu des soucis avec nos passeurs de came. Wesley m'a envoyé régler le souci.

— Y'a rien qui presse. Pour l'instant, j'ai juste commencé à me renseigner, mais effectivement, ça pourrait ramener un sacré pactole, je pense.

— C'est quoi exactement comme affaire ? s'intéressa James.

— Les paris... sur les courses de bagnoles, lâchai-je avec fierté.

— Les courses de bagnoles ? répéta-t-il.

— Hé ouais, on est à Indianapolis, ici. On a les pros sur les circuits et les amateurs dans les rues, qui se débrouillent plutôt bien, raillai-je.

Il ne reprit pas la parole tout de suite.

— James ?

— Ouais, mon gars, désolé. C'est une sacrée bonne idée. Faut foncer, c'est sûr !

— Je savais que tu serais d'accord avec moi.

— Dès que tu as des nouvelles, tu passes par moi directement. On va gérer ce truc ensemble, avant d'en parler à Wesley, histoire que ton affaire casse la baraque et de lui en mettre plein la vue, expliqua-t-il.

— Pas de soucis. De toute façon, rien n'est fait pour l'instant.

— Super ! Au fait, pas de problème avec les Souls ?

— Rien qu'on ne puisse gérer ! Darius tente d'étendre son territoire. Il est plus agressif qu'au début, mais tu me connais, et lui aussi d'ailleurs... S'il empiète un peu trop sur nos plates-bandes ou qu'il me cherche un peu trop, il me trouvera sur sa route ! affirmai-je d'un ton sans réplique.

— J'en doute pas une seconde ! Mais si tu as besoin de renfort, tu nous appelles… Chicago n'est pas si loin que ça d'Indianapolis.

— Ça marche.

— Je te laisse, on se rappelle bientôt.

— OK, à plus.

J'allongeai les jambes sur le bureau, confortablement calé dans mon fauteuil. C'était une putain de bonne journée. Le club d'Indianapolis ne faisait que s'enrichir et s'étendre, le fric rentrait dans les caisses, notre zone d'influence était au max, plus d'un mec faisait la queue pour rentrer chez nous ! Et en plus, notre chapitre mère nous soutenait à fond dans nos projets. Il n'y avait plus que ce petit problème de pilote à régler. Vraiment, tout roulait pour nous en ce moment.

Trois jours plus tard, nous étions quasiment tous en virée, sous la férule de notre *Road Captain*. Cela faisait un bon moment que Sullivan la planifiait. Nous étions en route pour le sud de l'État, un peu plus d'une heure de chevauchée sur la route 65, en direction du Brown County State Park, les *Little Smokies*, comme on les appelait par ici.

Les sorties que nous organisait Sul' étaient toujours un plaisir, tant parce que nous roulions entre frères que parce que nous profitions d'un bon moment dans des endroits magnifiques. Je connaissais ce parc, j'y avais déjà fait des randonnées en famille, quand j'étais gamin... C'était il y a tellement longtemps.

Je ne participais pas à chaque voyage, on s'arrangeait avec Slash pour y aller chacun notre tour. Ce qui fait qu'il y avait toujours un groupe de réserve au bar, au cas où une emmerde serait survenue. En plus, je gardais mon portable sur moi, histoire qu'on puisse me joindre à tout moment. Dans le groupe de tête, derrière Sullivan, je roulais en compagnie de Jay, Angel, Scott et P'tit Génie. Je n'avais pas eu l'occasion de demander à ce dernier s'il avait réussi à obtenir des infos sur notre mystérieuse Charly, et je devais avouer que j'étais assez pressé de m'entretenir avec lui. Certains gars devaient se rendre au garage encore aujourd'hui. C'était le dernier jour d'ouverture, avant le week-end, et j'imaginais la tête de P'tite Furie après avoir vu un défilé pareil de bikers dans son garage.

Les flics nous avaient déjà croisés deux ou trois fois, ils avaient dû faire remonter l'info que les Bloods étaient de sortie... en horde. À chaque fois qu'on les apercevait, on leur souriait de toutes nos dents, même si, au bout d'un moment, on finit par leur montrer nos doigts plutôt que nos dents. Ils se pissaient dessus et pensaient sérieusement que le fait de nous suivre nous inciterait à faire demi-tour. Quelle bande de nazes !

C'était un moment comme je les adorais. Avant de devenir biker parmi les 1 %, j'étais juste un gars qui possédait une Harley et adorait parcourir de longues distances avec. Sentir le vent sur mon visage, mes lunettes de soleil sur le nez, c'était la liberté !

Malgré tout ça, j'avais bien remarqué que mes comparses étaient toujours préoccupés à propos de Charly, et j'espérais que cette chevauchée leur changerait les idées... à moi aussi d'ailleurs.

Je pensais qu'elle aurait débarqué cette semaine, qu'au bout de deux jours, elle aurait pété un câble et serait venue me menacer dans mon bar. Décidément, je l'avais vraiment sous-estimée.

Arrivés à notre point de chute, nous suivîmes Sullivan sur un petit chemin que l'on pouvait emprunter avec nos motos pour parvenir enfin au lac dont il m'avait parlé.

La vision fut splendide. L'étendue d'eau qui s'étalait devant nous, sous couvert des arbres tout autour, offrait un point de ralliement parfait et une vue exceptionnelle. Forcément, notre apparition fit fuir certains randonneurs. La mauvaise image que nous traînions apportait toujours son lot de regards méfiants et suspicieux.

Tout le monde se gara et s'installa dans le coin. Les femmes qui nous avaient accompagnés, rien que des régulières, sortirent les bières et le pique-nique pour toute la troupe.

La règle était claire en sortie, seules les femmes « officielles » des frères nous accompagnaient. On n'était pas là pour faire des orgies dans les bois. Certaines avaient suivi en voiture, accompagnées de leurs enfants. On était peut-être des connards de bikers, mais certains d'entre nous avaient réussi à construire une vie de famille plutôt réglo et je respectais ça. Après m'être approché du lac pour graver la vision d'un tel paysage, je finis de saluer les gars et, pour certains, leurs familles. Ces femmes et ces enfants étaient sous la protection du club, j'y mettais un point d'honneur.

Je repérai vite Antony, aux côtés de Scott et des autres.

— Hé, P'tit Génie ! Alors, cette chevauchée, ça t'a plu ? lui lançai-je en le saluant d'un check.

— C'était génial ! Et puis, quelle vue ! Encore une fois, Sul', tu nous as gâtés !

Mon *Road Captain* hocha la tête et trinqua avec les autres. Bon nombre de nos frères venaient le féliciter pour cette sortie réussie.

— Alors, mon gars, t'as des nouvelles pour moi, j'espère ? repris-je en l'observant.

— Non, désolé, boss. Pour l'instant, je ne trouve rien de rien. Elle ne veut vraiment pas qu'on découvre son identité, m'expliqua-t-il, chagriné.

Tout en soupirant, je portai mon regard encore une fois vers la surface du lac et les arbres qui le jalonnaient.

— Je ne lâche rien, tu me connais. Je finirai bien par savoir qui est cette fille. Dès que j'aurai déniché un truc, je t'appelle, affirma-t-il pour me tranquilliser.

— OK, je te fais confiance. De toute façon, s'il y a bien quelqu'un qui peut mettre la main sur quelque chose, c'est toi, lâchai-je dans un soupir.

— Hé, P'tit Génie, t'as pas encore déboulé au garage, toi ? s'écria Angelo.

— Non, j'attends le feu vert de Slash ou Sullivan.

— Tu peux y aller cette semaine, intervins-je subitement. Et tu demandes que ce soit Indiana qui s'occupe de ta bécane. Au moins, tu la verras directement et tu pourras obtenir la photo que tu voulais, continuai-je avec autorité. Sul', tu vois ça avec Slash, tu lui dis que je suis au courant.

— Pas de problème, boss, répondit ce dernier.

— Excuse-moi d'être aussi... intéressé, mais elle a fait quoi, cette fille, pour que tu sois à ses trousses comme ça ? s'enquit le pro de l'informatique.

Tous éclatèrent de rire, je les toisai de mon œil noir.

— Mais il s'en fout de cette fille ! railla Angel, c'est bien pour ça qu'il est obsédé par elle.

— La ferme, Angelo ! Tout ça, c'est en rapport avec notre affaire de paris. Maintenant, je voudrais bien savoir qui elle est, conclus-je avant d'avaler une gorgée de bière.

— Miles ?

Je me raidis et faillis recracher le liquide dans ma bouche. Je levai les yeux vers mes frères, eux aussi semblaient figés. J'avais reconnu cette voix à l'accent latino, aux inflexions suaves, mais aussi sa manière de prononcer mon prénom. Je lançai un regard noir à mes compagnons, un de ceux qui disaient clairement : « Quel est le sale con qui l'a fait venir ici ? » Ils secouèrent discrètement la tête, un par un, toujours figés. Je pivotai finalement pour lui faire face. *Paula.*

Elle s'avança pour nous rejoindre, dans son jean extra moulant et son t-shirt très court. Ses longs cheveux noirs bouclés se répandaient sur ses épaules et tressautaient à chacun de ses pas. Je me fis la réflexion qu'elle les avait moins longs que Charly.

— Salut les gars ! lança-t-elle.

— Salut Paula, répondirent-ils presque en chœur.

— Ça fait un bail, reprit-elle.

— Pas tant que ça, soupira Sullivan à mes côtés.

Il m'adressa une œillade explicite et quitta notre petit groupe. Sul' ne pouvait pas encadrer Paula. Elle représentait tout ce qu'il n'aimait pas chez une femme : aguicheuse, trop confiante en son physique, curieuse et infidèle. Il avait été l'un des premiers à me dire que je sortais gagnant, quand elle avait rompu avec moi... pour se retrouver une semaine plus tard dans les bras d'un autre type.

— Salut Paula, dis-je. Qu'est-ce que tu fais ici ? Tu sais bien qu'il n'y a que les régulières qui ont le droit de nous suivre lors de nos rodéos.

— Mais moi, j'ai un statut spécial, minauda-t-elle.

— Non, tu l'as plus, répondit du tac au tac Jayden.

Il se prit un violent coup de coude de la part de Scott et, tout en râlant, il alla rejoindre Sullivan, plus loin, suivi de près par Scott, Angel et P'tit Génie.

— Excuse-moi, bébé, mais il fallait à tout prix que je te parle, et je ne voulais pas débarquer comme ça au bar... ou à ton appart.

Je tressaillis en l'entendant m'appeler ainsi. Plus de six mois étaient passés, et cela sonnait tellement faux maintenant à mes oreilles. D'un coup d'œil circulaire, je remarquai que nous étions le point de mire de tous. Beaucoup devaient se demander si l'ancienne conquête infidèle du président rentrait au bercail... et s'il allait l'accepter à nouveau.

— Allons un peu plus loin, tu veux bien ? Je n'ai pas envie de discuter de tout ça, ici.

Elle hocha la tête et me suivit. J'empruntai un chemin de randonnée. Après quelques minutes, nous débouchâmes sur une petite plage de rochers. J'observai les ridules à la surface du lac, tournant le dos à mon ex.

— Qu'est-ce que tu veux, Paula ? demandai-je abruptement.

Elle laissa le silence s'étirer entre nous, et je finis par me demander si, tout compte fait, elle n'avait pas fait demi-tour. Puis je sentis ses bras s'enrouler autour de ma taille, elle se plaqua contre mon dos.

— Oh, Miles, bébé ! Comme j'ai été sotte de partir. Si tu savais comme je regrette. Je me suis rendu compte que j'avais fait une grosse bêtise en te laissant. Je t'aime toujours. Je n'aime que toi, d'ailleurs.

Je ne bougeai pas et la laissai me débiter son baratin.

— Miles ? insista-t-elle.

— Quoi ? répondis-je avec froideur.

— Pardonne-moi, s'il te plaît. Laisse-moi revenir auprès de toi. Je n'avais pas conscience de la chance que j'avais d'être la compagne du président d'Indianapolis. Donne-moi une autre chance, je te prouverai que tu peux de nouveau me faire confiance, que je suis digne de devenir ta régulière.

— Parce que tu crois que tu n'as qu'à te ramener, avec tes talons, tes fringues moulantes, en me disant que tu t'es trompée et que je vais te reprendre comme ça ? Aussi facilement ? Tu me prends pour qui ? Justement, je suis le président du club de bikers d'Indianapolis. Je ne donne qu'une chance, et t'as foiré la tienne... bébé !

Je me dégageai de son étreinte pour faire quelques pas, passant rageusement la main dans mes cheveux.

— Je n'ai jamais pensé que ce serait aussi facile, crois-moi. Il m'a fallu une sacrée dose de courage et d'abnégation pour venir me mettre à nu devant toi. Je sais bien que personne ne m'a remplacée dans ton lit. Tu me manques, bébé.

— Qu'est-ce que t'en sais ? T'as été voir sous mon lit ? rétorquai-je avec humeur.

L'image insidieuse d'une petite furie au shorty en dentelle noire apparut devant mes yeux. Je m'empressai de la chasser.

— Laisse-moi au moins passer cette journée avec vous. Je pourrai te prouver que j'ai changé, que je mérite ton pardon. Je connais les codes et le système mieux que personne, tu sais bien que j'ai le caractère qu'il faut pour être l'officielle du prés'. Je saurai te seconder au mieux et mériter ma place à tes côtés.

C'était bien ça, le problème. Dorénavant, je n'étais plus sûr de vouloir qu'elle partage cette place à mes côtés. Il y a six mois de ça, j'avais envisagé de m'engager sérieusement et de la prendre comme régulière, de lui offrir ce fameux cuir... Heureusement ou pas, toute cette histoire m'avait ouvert les yeux. Devais-je juste profiter de ce qu'elle m'offrait et la considérer comme une de ces brebis qui courent après les nôtres ?

Au début de notre histoire, c'était tout feu tout flammes entre nous. Paula était chaude comme la braise, elle ne refusait pas grand-chose et avait toujours été là pour moi, me soutenant dans les pires situations. C'est vrai qu'elle avait grandi dans le milieu, elle connaissait bien les affaires et les manigances qui nous étaient familières. J'avais longtemps imaginé qu'elle deviendrait l'officielle du président d'Indianapolis, ma femme. Mais tout avait été remis en question après son départ, en raison de sa duplicité.

— Très bien. Reste avec nous pour la journée ; je réfléchirai à tout ce que tu m'as dit.

Un large sourire étira ses lèvres pulpeuses et rouges. Elle battit des cils puis, avec lenteur, s'avança vers moi pour m'enlacer.

Le reste de la journée se déroula à merveille. Tout le monde profitait du moment et du paysage. Paula se rendait utile, allait prêter main-forte aux autres régulières qui étaient présentes. Elle faisait le service, offrait son sourire et son côté le plus affable à tout le monde. Bon nombre de filles et certains de mes frères étaient ravis de la voir de retour parmi nous. Il faut dire qu'elle connaissait tout le monde, ici. Ce côté-là de Paula me donnait vraiment envie de lui redonner une chance. Elle se déplaça jusqu'à notre petit groupe et proposa des boissons aux gars tout en agrippant mes épaules pour me déposer un baiser sur la joue. Sullivan tressaillit en me fixant, d'un air dégoûté. Jayden fit semblant de vomir une fois qu'elle eut tourné les talons.

— Alors, tu vas remettre le couvert avec Paula ? se renseigna Angel, placide.

Les autres étaient accrochés à mes lèvres.

— Je n'ai jamais dit une chose pareille, affirmai-je en avalant une bouchée.

— Ben, elle n'a pas l'air au courant, releva Sullivan en la désignant de la tête. T'as la mémoire courte ? Tu veux qu'on te rappelle comment tu étais quand elle est partie et que tu t'es rendu compte qu'elle avait sûrement connu ce mec avant votre rupture ?

— C'est bon, Sul', tu crois vraiment que j'oublierais une chose pareille ?

— Excuse-nous de te le dire, mais vu son petit cinéma, on a l'impression qu'elle a récupéré sa place, commenta Scott.

— OK, donc aucun de vous ne l'apprécie ? les interrogeai-je.

— NON ! répondirent en chœur Jay, Sullivan, P'tit Génie et Scott.

J'observai Angelo, étonné.

— Moi, je m'en tape, en fait, déclara celui-ci en haussant les épaules. Qui sait ? Je pourrai peut-être me la taper un jour. Maintenant qu'on est au courant qu'elle n'est pas exclusive.

— C'est encore pire de le dire comme ça, Angel, répliquai-je.

— Ben, quoi ? Au moins, tu sais ce que je pense d'elle : bonne baiseuse, chaude au lit. Passe à autre chose !

Jayden et P'tit Génie se marrèrent et échangèrent un check, comme les sales gamins qu'ils étaient.

— Miles, t'as pas besoin de cette poule ! Tu peux avoir qui tu veux, ne la laisse pas te retourner le cerveau et... autre chose, me recommanda Sullivan.

— Donc ce n'est pas vous qui lui avez conseillé de se pointer ici ? lâchai-je avec nonchalance.

— Certainement pas, répondirent-ils.

— Alors, tu vas faire quoi ? se renseigna Jayden.

— Je ne sais pas trop. Je lui ai juste annoncé qu'elle pouvait rester avec nous aujourd'hui, et que j'aviserais ensuite.

— Sinon, tu te tapes une bonne nuit de chaleur intense, et tu passes à autre chose demain matin, intervint Angelo.

— Heureusement que je ne règle pas tous les problèmes comme toi. On serait vite submergés par des nanas enragées, répondis-je en rigolant.

La journée touchait à sa fin. Paula était restée collée à moi pratiquement toute l'après-midi. Son attitude s'était révélée emplie d'une détermination non feinte – frôlements intempestifs et œillades explicites. Je n'aurais pas pu dire que sentir son corps contre moi ne me faisait pas d'effet, j'avais une nette idée de ce qu'il y avait sous ces vêtements et, à l'époque, j'en avais adoré chaque centimètre. Au moment de reprendre la route, elle s'avança vers moi, d'un air accablé.

— Je suis venue jusqu'ici en bus. Tu pourrais m'accompagner jusqu'à l'arrêt le plus proche ? me demanda-t-elle d'une petite voix.

Cette fille était vraiment très douée. Comme si j'allais la laisser repartir seule en bus jusqu'à Indianapolis. Je serrai le poing sur ma cuisse, car je savais très bien où elle voulait en venir, et tous les regards étaient tournés dans ma direction, surtout ceux de mes gars.

Le geste était clair et symbolique, la laisser monter derrière moi sur ma moto pour la ramener lors de cette longue chevauchée équivalait à lui rendre sa place. On ne faisait pas grimper n'importe qui sur nos bécanes ; chez les bikers, ça voulait dire beaucoup de choses. Au grand dam de mes frères, je lui permis de s'accrocher à moi. Autant dire que les regards désapprobateurs et les soupirs d'agacement furent légion autour de moi. Sullivan replaça ses lunettes de soleil sur son nez puis démarra sa moto pour ouvrir la route. J'imaginais le sourire vainqueur qui devait s'afficher sur les lèvres de Paula, elle était finalement parvenue là où elle le voulait.

En début de soirée, arrivés au bar, Slash nous accueillit à notre table. Il n'était vraisemblablement pas du tout étonné par la présence de Paula. Cette dernière lui donna une accolade. Mon second était le seul parmi mes frères les plus proches à être ravi de son pseudo-retour parmi nous.

Sur ma chaise, je me retrouvai vite avec Paula sur les genoux, comme si rien n'avait changé. Pourtant, je devais bien l'avouer, sa présence me pesait. Elle n'avait même pas le triomphe modeste et se pavanait dans l'établissement pour aller à la rencontre de chacun.

— Je dois aller me repoudrer le nez, bébé. Tu sauras te passer de moi un petit moment ? minauda-t-elle.

— Arrête ton cinéma, Paula. Va où tu veux et n'en rajoute pas des tonnes, la rabrouai-je, agacé par son manège.

Elle se leva sans répondre puis se dirigea vers les toilettes en exagérant le balancement de ses fesses.

— Alors ? J'en connais un qui va baiser, ce soir, déclara Slash.

Quatre paires d'yeux furieux se tournèrent instinctivement vers lui.

— Putain, Slash, c'est toi qui me l'as recollée entre les pattes ? répliquai-je d'un ton abrupt.

— Ben quoi ? Qu'est-ce qu'il y a, les gars ? s'étonna mon second.

— Tu rigoles ! Qu'est-ce que t'as eu besoin de lui dire où on était aujourd'hui ? s'énerva Sullivan.

— Elle m'a appelé, il y a quelques jours, pour me dire qu'elle n'était pas bien, qu'elle regrettait ce qu'elle avait fait. Elle est toujours amoureuse de toi, Miles ! Et puis, toi aussi tu l'aimes, je me souviens dans quel état tu étais quand elle est partie. Un vrai tueur, toujours de mauvaise humeur.

— Elle m'avait trompé ! Bordel, Slash, tu l'aurais pris comment ? m'écriai-je.

— Ouais, mais c'est du passé. Elle regrette et souhaite vraiment se faire pardonner.

— Foutaises ! lança Jayden.

— Miles, mec, j'ai vraiment voulu faire ça pour t'aider, mon pote. Je sais que tu l'avais dans la peau cette nana, se justifia mon second d'un air abattu.

— Écoute, je sais que ça partait d'un bon sentiment, mais ne t'avise plus de t'occuper de mes histoires. OK ? insistai-je.

— Ça marche ! Du coup, tu vas quand même lui redonner une chance ?

— Arrête de lui mettre des idées à la con dans la tête ! gronda Jayden.

— Sinon, j'ai quand même deux nouvelles pour toi. Premièrement, ta sœur est en ville et elle ne devrait pas tarder à rappliquer, m'apprit Slash.

— La petite Cassidy est de retour ? chantonna Angelo.

Je ne relevai pas sa remarque.

— Elle a appelé ? m'enquis-je.

— Ouais, comme t'étais pas là, elle a décidé d'aller voir une copine et devrait repasser ici après.

— OK, c'est cool. Elle doit certainement avoir quelques jours de vacances. Et la seconde nouvelle ?

— Selon les rumeurs, ton cousin aussi serait dans le coin.

— Mike ? intervint Jay.

Je fronçai les sourcils. Autant l'arrivée de ma sœur était un réel bonheur, autant celle de Mike ne l'était pas. Je savais bien qu'il ne représentait plus aucun danger pour le club, mais je n'aimais pas savoir qu'il zonait de nouveau par ici.

— T'en connais d'autres ? lui répondit Scott.

— Miles ? C'est un problème, tu penses ? intervint Sullivan.

— Je ne sais pas trop. Ça ne veut peut-être rien dire, mais je préférerais qu'on le garde à l'œil. Au cas où, admis-je.

— Je m'en charge, mec. Sullivan est déjà sur l'affaire de P'tite Furie et des Souls, rétorqua Slash.

— OK, c'est donc toi qui t'en occupes, pas de problème, affirmai-je pour régler la question.

Quelques bruits de fond attirèrent notre attention. C'est alors que je vis entrer ma sœur. Une petite blonde avec une queue-de-cheval pénétra dans le bar, elle parcourut l'espace du regard et, quand elle m'aperçut enfin, sourit en m'adressant un signe de la main.

— Ça faisait un moment qu'on ne l'avait pas vue, la petite Cassidy. Elle a bien grandi dis donc, déclara Jay.

— J'dirais même plus, grand frère Miles a intérêt à surveiller les gros vilains connards qui doivent tourner autour d'elle, ajouta Sullivan.

— Calmez-vous, les gars. Ma sœur a vingt-deux ans maintenant, elle est en seconde année à l'université de Chicago pour devenir infirmière. C'est plus une petite fille.

Ma petite blonde préférée bondit jusqu'à moi pour me sauter dans les bras.

— Salut Miles ! chantonna-t-elle.

Elle avait beau être majeure, quand je la regardais, je voyais toujours cette gamine de treize ans qui pleurait pour me suivre partout.

— Cassidy ! Comment tu vas, ma belle ? lui demandai-je en la serrant dans mes bras.

— Ça va très bien. Mon grand frère me manquait, ça fait un moment qu'on ne s'est pas vus.

— Je suis occupé. Et toi, avec tes cours à la fac, c'est plus compliqué de se voir. Comment ça se passe à Chicago ? la questionnai-je en la faisant asseoir à mes côtés.

— C'est super intéressant, j'adore ça. En même temps, il vaut mieux, car je suis partie pour trois ans d'études, plaisanta-t-elle. L'année prochaine, je pourrai commencer à travailler lors de stages à l'hôpital.

Ma sœur et moi avions été marqués par la disparition de notre mère. Chacun avait choisi une voie différente. J'étais fier de celle dans laquelle elle s'était lancée.

— Ben c'est cool, ça, tu vas pouvoir panser nos bobos alors, intervint joyeusement Angelo. J'aimerais beaucoup que tu joues les infirmières avec moi.

Je me redressai sur mon fauteuil, prêt à lui mettre une droite, mais Cassidy fut plus rapide. Elle posa une main sur mon torse.

— Angelo, je me souviens quand tu étais prospect, il y a plusieurs années, et que Sullivan t'en faisait baver. Je te trouvais courageux à l'époque. À présent, tu es membre du club de mon frère, et moi, je suis en passe de devenir infirmière. Mais aujourd'hui, je cherche plus que du courage chez un mec, j'aimerais qu'il soit mature... Alors, dès que tu auras grandi, fais-moi signe et je verrai si je peux faire quelque chose pour toi, déclara-t-elle avec assurance.

Jayden mima le crash d'un avion, Scott siffla pour se moquer, et Sullivan et moi échangeâmes un regard de connivence. Angelo ravala son petit sourire et se renfrogna. Lui et ma sœur étaient du même âge, il la collait toujours quand elle venait au bar, alors âgée de quinze ans, et c'était la seule qui pouvait le remettre à sa place sans qu'il monte sur ses grands chevaux.

— Une vraie Rivera, une dure à cuire ! On devrait la présenter à P'tite Furie, railla Slash.

— Cassie ? s'écria Paula.

Ma sœur se retourna vers l'intéressée en ouvrant de grands yeux, perplexe.

— Paula ?

Cassidy me lança un bref coup d'œil.

— Ton frère a décidé de me redonner une chance, lui raconta la brune.

— Je n'ai rien dit de tel. Tu m'as demandé de te laisser la journée pour que je puisse y réfléchir.

Mon ex revint s'installer sur mes genoux et passa les bras autour de mon cou. Je remarquai le visage dubitatif de ma sœur, ses sourcils arqués.

— Paula, t'es sûre que tu n'as rien oublié aux toilettes ? Genre y rester jusqu'à la fin de la soirée ? murmura Jay.

— Oh, ma chérie, je suis tellement contente que tu sois en ville. On va pouvoir s'organiser une sortie entre filles, déclara Paula.

— Euh... je ne sais pas. Je ne reste pas longtemps. Je voulais juste passer un peu de temps avec mon frère.

— On trouvera bien un moment, ne t'inquiète pas, *bella*.

— Si, inquiète-toi, intervint Jayden en faisant le pitre dans le dos de Paula.

Sullivan, Scott et Angel se marraient sur leur banquette, et moi, je m'efforçai de dissimuler mon hilarité face aux grimaces de ce gros naze.

— Mais tu ne bois rien, chérie ? Bonie n'est pas venue te servir ? Décidément, depuis que je suis partie, plus rien ne fonctionne ici, poursuivit la latino en se levant pour se rendre au bar.

— Je n'ai même pas eu le temps de lui expliquer que je venais d'arriver, constata ma sœur, perplexe. Pauvre Bonie.

— T'inquiète, Bonie ne se laissera pas faire, railla Scott.

— Et donc Paula. Tu m'expliques ? m'interpella Cassie.

— Y'a rien à expliquer. Slash me l'a gentiment envoyée ce matin, lors de notre sortie. Soi-disant qu'elle regrette et voudrait se faire pardonner pour revenir ici.

— À voir son comportement, on dirait qu'elle est déjà en place. Je pensais qu'elle et toi, c'était terminé... pour de bon ? s'inquiéta ma petite sœur.

Je n'eus pas le temps de lui répondre. Des sifflements et quelques cris retentirent du côté de la porte d'entrée. Une grande blonde et une petite furie aux reflets camel déboulèrent dans la pièce. Moulée dans son jean slim noir et vêtue d'une courte veste en jean, Charly m'avait repéré illico. Elle et son amie s'avancèrent dans notre direction.

Ce fut le branle-bas de combat autour de la table, tous se redressèrent, les yeux pétillants.

— Indy est dans la place ! Que le spectacle commence ! railla Scott.

— Qui est Indy ? s'étonna Cassidy.

— C'est celle qui fait que, dans deux secondes, Miles trouvera Paula bien fade et qu'elle pourra rentrer chez elle avec ses excuses bidon, intervint Jay.

Je sentis le regard de ma sœur sur moi, mais le mien était rivé sur la petite furie qui était venue chercher son second round.

CHAPITRE 11
CHARLY
FUREUR ET SANG

D'un pas résolu, je pénétrai dans le bar des Bloods avec Hope. Mon amie était remontée à bloc et sautillait déjà sur place à l'idée d'affronter toute une bande de bikers. Une vraie suicidaire, cette fille ! Elle se serait tellement entendue avec Matt. Quoiqu'une belle blonde comme ça, il aurait voulu à tout prix la mettre dans son lit.

À peine entrées dans l'établissement, nous fûmes accueillies par des sifflements et des regards typiquement masculins. Hope m'avait cassé les pieds pour que je porte une robe ou un décolleté. *Mais bien sûr ! Et quand je vais me baigner, je balance un seau de sang dans l'eau pour attirer les requins.* J'étais venue récupérer mon fric, pas vendre mon âme aux bikers.

Je balayai la pièce des yeux et l'aperçus, à la même table que la fois dernière, dans l'arrière-salle près du bar. Lui m'avait déjà repérée, ses yeux étaient rivés sur moi. Je donnai un coup de coude à Hope, et avançai. Je grimpai les deux marches qui donnaient accès à cet espace restreint pour me planter devant la tablée des Bloods... enfin, des membres que je commençais à connaître : Slash, Sullivan, Jayden, Angelo, Scott et Miles.

Une fille jeune, très jeune par rapport à lui, se trouvait avec eux. Je voyais encore ce gros con me dire : « Je ne sors pas avec des gamines. » Et elle, c'était qui ?

Une petite blonde aux yeux bleus qui devait avoir à peine la vingtaine. Elle me scrutait d'un air aussi perplexe que devait l'être le mien. Elle et moi n'avions rien à faire dans un endroit pareil. Quoique, moi, j'avais certainement plus l'habitude qu'elle des bars à bikers. J'avais envie de la prendre par le bras et de lui conseiller de se barrer d'ici au plus vite.

Je chassai de ma tête toutes ces pensées. Après tout, elle comme lui faisaient ce qu'ils voulaient avec... *Ouais, ne pas trop insister sur cette image quand même.*

— Bonsoir, monsieur Rivera. Je suis ici pour le règlement de mes factures, déclarai-je d'un ton sec en levant les feuillets que j'avais à la main.

Il haussa les sourcils en m'entendant prononcer son nom de famille. La petite blonde à côté l'imita.

— Salut Indy, salut Hope, lancèrent en chœur les gars à nos côtés.

— Salut les gars, répondit mon amie en rigolant.

— Ouais, salut les gars, répétai-je.

— Mais bien sûr, mademoiselle Witt. Je vous invite à passer dans mon bureau pour que je puisse vous signer le chèque, répondit-il avec la même inflexion, tout en allumant nonchalamment une clope.

Le vocabulaire solennel employé et notre attitude flegmatique détonnaient complètement avec l'endroit. Je le dévisageai. Il me prenait pour une cruche ou quoi ?

— Un chèque ? C'est une blague ? Vu la somme que vous me devez, je n'accepte pas ce moyen de paiement, affirmai-je d'un ton sans réplique.

— Vous voulez donc de l'espèce, mademoiselle Witt ? L'argent qui provient de la came et du sexe ? rétorqua-t-il avec assurance.

Je détestais qu'on me balance mes propres principes à la figure, néanmoins, il était clair que je n'allais pas prendre son chèque.

— Putain, Miles, arrête tes conneries ! Donne-lui son fric, qu'elle se tire, intervint Slash.

Mon tout premier fan chez les bikers, celui-là.

— Je n'ai jamais rechigné à payer ce que je devais. Surtout que les gars sont très contents du travail réalisé sur leurs bécanes. Faudra que je t'apporte la mienne, reprit-il, bon joueur.

Entre-temps, alors qu'on se toisait dans un duel silencieux pour faire plier l'autre, une brunette de type latino nous passa devant pour venir se lover sur ses genoux.

Elle nous dévisagea de haut en bas, Hope et moi, comme si nous étions de vulgaires prostituées. Vu comment elle était attifée et son comportement lascif, ce n'était certainement pas moi, la fille de joie, dans l'histoire. Mais j'avais clairement compris, du fait de son attitude possessive, que c'était cette pouffe-là, la copine en titre du prés' ! J'étais trop déçue, j'aurais carrément préféré la petite blonde qui savait se tenir, elle.

— C'est qui, ces deux-là ? Des nouvelles danseuses pour la salle de pole dance ? Pas terrible, si tu veux mon avis. Trop fades, elles ne feront pas l'affaire, nous dénigra-t-elle.

— Hé, mais tu t'es..., commença Hope en montant sur ses grands chevaux.

Je l'interrompis en agrippant son bras. On n'allait quand même pas s'abaisser à jouer le jeu de cette fille. On valait mieux qu'elle.

— Tu nous as bien regardées ? Je ne danse pas pour les bikers ! Je suis mécano et je veux juste être payée. Range tes griffes !

— Comment elle me parle, celle-là ? Tu vas voir où je vais te les planter, mes griffes, espèce de petite conne ! Miles, tu ne vas quand même pas la laisser me parler comme ça. Jette-la dehors, cette morue, s'écria-t-elle d'un ton agressif.

Sullivan se leva illico pour empêcher Hope d'intervenir, alors que, limite, les autres gars allaient sortir le pop-corn pour assister au spectacle.

J'avais voulu jouer les filles calmes et sans histoires, mais fallait pas pousser non plus. J'avais du sang de biker dans les veines, quand même.

— Hé ! Quand je viens discuter fric avec le prés', c'est pas pour que sa chienne me réponde à la place ! Il me semble qu'il est assez grand pour régler ses affaires tout seul. D'où tu viens, toi, pour vouloir gérer les affaires du président ? On ne t'a jamais appris à la garder fermée, ta grande gueule ? la mouchai-je froidement.

— Allez, c'est reparti pour un tour, souffla Slash.

Miles se raidit en entendant mon monologue. Illico, la latino quitta ses genoux pour se lancer sur moi. Il la retint par le bras et lui adressa un regard noir.

— Paula ! Ça ne te concerne pas. Tu me laisses régler mes affaires, OK ?

Elle m'avait chauffée. Maintenant, j'étais en mode provocation, on allait bien s'amuser. J'allais rendre la monnaie de sa pièce à cette pauvre fille et à ce connard arrogant. Après tout, œil pour œil, dent pour dent. *Tu m'as bien cherchée avec Aden... À mon tour de jouer.*

Je m'avançai vers lui, les yeux rivés sur ses prunelles acier, d'un air de défi, un sourire aguicheur aux lèvres. Il fronça les sourcils en voyant mon manège. À quelques centimètres de lui, je me penchai vers ses lèvres... pour prendre sa cigarette et la glisser à ma bouche. J'aspirai une profonde bouffée puis la recrachai devant le visage de la latino.

— Paula ? répétai-je, comme si j'essayais de me souvenir de ce prénom. Bizarre, tu m'as pas parlé d'elle hier soir quand on baisait comme des fous dans ton loft.

La bouche des gars à côté de nous s'ouvrit tellement que leur mâchoire n'était pas loin de toucher le sol. Sullivan, blême, lâcha Hope, morte de rire.

Les prunelles du président des Bloods étaient rivées aux miennes.

— Quoi ? Mais je pensais qu'il n'avait pas tourné la page et qu'il n'était avec personne, reprit la dénommée Paula en se tournant vers Slash.

La lumière se fit dans mon esprit. Elle n'était pas sa régulière. Même plus sa copine du moment, en tout cas. Et vu comment il me dévorait du regard en cet instant, il n'en avait rien à foutre d'elle. Je pris un malin plaisir à me coller à lui pour lui remettre la cigarette en bouche.

— Dès qu'on aura réglé notre affaire... c'est quand tu veux pour une nouvelle chevauchée ensemble, chéri ! en rajoutai-je d'un ton léger.

— Espèce de salope ! Je vais te crever les yeux et..., me menaça la brune.

Tous les visages étaient tournés vers nous.

— Tu me menaces ? Prends un ticket, ma belle, t'es pas la seule sur la liste, la rabrouai-je.

Cette fois, Miles se leva pour interrompre la scène. Il me lança un regard de tueur, puis se tourna vers Paula.

— Calme-toi ! Ça fait six mois que tu t'es barrée avec un autre mec. Tu croyais quoi ? Que j'allais rester seul ? J'suis pas un moine, je ne t'ai pas attendue pour passer à autre chose, et il me semble que je ne t'ai rien promis, ce matin ! Tu n'as plus l'exclusivité, faudra t'y faire et accepter de partager, ou alors tu peux rentrer chez toi ! gronda le président des Bloods.

Même moi, j'étais impressionnée. Néanmoins, je me gardai bien de le lui montrer. En plus de ça, il jouait le jeu, comme si nous avions véritablement couché ensemble. J'étais ébahie par son toupet.

— Partager ? Tu m'as pourtant dit que je baisais mieux qu'elle, ajoutai-je.

— Charly ! m'avertit Miles.

— Quoi ? répondis-je d'un air innocent.

La latino récupéra son sac et tourna les talons d'un air mauvais.

— Paula, tu pars déjà ? On a à peine fait connaissance, minaudai-je.

Aussitôt, Jay et Angel se levèrent pour me taper dans la main, ce que je fis avec joie, limite comme si on était potes. Hope était assise à côté de la blonde, elle se marrait encore comme une baleine.

Je me retournai pour observer mon fan-club, quand tout à coup, je rencontrai l'orage gris métallique dans les yeux du prés'. Il s'approcha carrément de moi, menaçant. J'en perdis mon assurance. Le mélange de son parfum et de son odeur corporelle enivrait mes sens. Il était trop près. J'aurais pu aisément entendre les battements de son cœur, s'il avait fait un pas de plus. Il me surplomba pour me toiser avec irritation.

— C'était quoi ce petit jeu ?

— Ça s'appelle un prêté pour un rendu. Tu ne te souviens pas d'avoir joué à « qui pisse le plus loin » devant mon garage, avec Aden ? Ben apparemment, les gars, c'est moi qui pisse le plus loin ! déclarai-je avec un sourire frondeur.

— Miles, fous-la dehors ! T'as vu comment elle a parlé à Paula ? intervint un Slash énervé.

— La ferme, Slash ! tonna Miles d'un ton autoritaire qui me fit quand même perdre mon sourire. Ici, c'est mon bar et je fais ce que je veux. Si tu t'inquiètes tant pour Paula, tu la rattrapes et tu te la fais, affirma-t-il.

Son bras droit se tut aussitôt, et ne la ramena pas pendant un moment. J'avais l'air détendue, mais derrière mon masque, je n'en menais pas large. Le Miles en mode président des Bloods était carrément impressionnant et... flippant.

— Tu t'inquiètes pour ta régulière ? repris-je, suicidaire.

— C'est pas ma régulière, me répondit fermement Miles, agacé.

— Le prés' a pas de copine officielle en ce moment. Pourquoi, t'es intéressée, Indy ? lança Jay en rigolant.

— Je ne serai jamais une pute à bikers, affirmai-je à mon tour en toisant effrontément le boss.

— On n'a pas parlé de pute, on a dit « officielle », reprit Angelo, amusé.

— Qui était ton mec chez les bikers ? m'interrogea brusquement Miles.

C'était clair que lui ne rigolait pas. Son ton était impérieux et sa question me prit un peu au dépourvu.

— Je ne suis jamais sortie avec l'un d'entre vous, répondis-je du tac au tac.

— Je te trouve vachement au courant des usages, des codes et du parler des bikers, pourtant, reprit-il. Qu'est-ce que tu caches, Charly ?

Je me raidis. Mince, j'en avais trop fait, ce soir. Mon orgueil me perdrait. Hope s'aperçut de mon malaise, elle se leva aussitôt.

— Désolée pour le bordel. On était juste venues chercher le fric. Tu nous le donnes, et on vous fout la paix, intervint-elle pour tourner court.

Mais Miles ne l'écoutait pas. Il avait flairé quelque chose, ses yeux étaient accrochés aux miens. On aurait dit qu'il cherchait dans mon âme ce que je pouvais bien lui dissimuler. Ma poitrine se soulevait avec difficulté. Il n'avait qu'un pas à faire pour fondre sur moi, et l'expression de son regard oscillait entre l'envie de me mettre une bonne raclée ou de me proposer un autre genre de défi.

— Je déposerai le fric au garage quand je viendrai faire régler ma Harley, finit-il par répondre en me toisant toujours.

— Ça marche. Allez, viens, Indy, on rentre.

Elle me prit par le bras, brisant cet échange. Nous nous retournâmes pour faire le chemin inverse. Finalement, je me ravisai... Je devais savoir ! C'était plus fort que moi.

— Tu as quel âge ? demandai-je doucement à la petite blonde demeurée discrète jusqu'au bout du spectacle.

— Euh... J'ai vingt-deux ans, bredouilla-t-elle d'une petite voix, sans comprendre où je voulais en venir.

J'échangeai un dernier regard avec le président des Bloods. Je savais très bien que lui avait compris où je voulais en venir. Je tournai les talons et rejoignis Hope à la porte du bar.

Assise dans la voiture, je triturai le bouton de l'autoradio pour trouver une station qui aurait pu me plaire, mais c'était peine perdue. J'étais tendue et énervée... contre ce sale con et contre moi-même.

Lui, pour s'être entouré de telles pétasses qui me mettaient hors de moi, et moi, pour m'être mise en danger. Avec mes conneries, je finirais un beau jour par me trahir, et ce serait terminé pour Charly Witt. Ce mec avait vraiment le don de me pousser à bout.

— Ça va, Indy ? s'inquiéta Hope.

— Bien sûr que ça va ! répondis-je vivement.

— Oookay. Non, je dis ça, car ça fait trois fois que tu fais le tour des stations, et tu persistes à malmener mon autoradio, reprit-elle d'un air moqueur.

Je soufflai bruyamment avant de m'adosser au fauteuil pour observer le paysage de nuit.

— Qu'est-ce qui te met en rogne à ce point ? De ne pas avoir récupéré ton fric... ou de t'être rendu compte que trop de filles tournent autour de ce connard de président ? Qui est, soit dit en passant, un sacré beau gosse, avec un regard bleu acier à damner tous les anges du paradis, déclara-t-elle vivement.

Ah, merde, mon fric ! Fichue soirée.

— Mon argent, bien sûr ! T'imagines la somme que c'est ? Et ce gros naze me fait languir, genre « je suis le maître et c'est moi qui décide quand je te le donne » ! Mais, au fait, t'as remarqué ses yeux ? Toi, perdue entre les bras puissants de Sullivan ?

— Je ne les ai pas vus arriver, ceux-là ! Il les a… plutôt forts et musclés, d'ailleurs. Mais revenons-en à ce Miles. C'est la première fois que je peux l'observer d'aussi près. C'est carrément une bombe atomique : une carrure d'armoire à glace, un sourire arrogant qui te défie, et des mirettes qui te promettent des heures de plaisir, déclama-t-elle, visiblement tout émoustillée.

— Ben écoute, tente ta chance. Apparemment, il lui faut une nouvelle copine. Quoique, entre la petite blonde et la sauvageonne latino, va falloir te faire une place ! Remarque, les bikers peuvent gérer deux ou trois filles au lit, d'après leurs dires, lâchai-je, vipérine.

— Tu crois qu'il serait capable de nous contenter toutes les trois ? Donc je peux tenter ma chance ? surenchérit-elle avec envie.

Je tournai le visage vers elle pour lui balancer mon plus beau regard noir.

— Arrête, Indy, je déconne. Tu devrais voir ta tête ! Pour une fille qui n'en a rien à foutre des bikers, ce gars te fait réagir au quart de tour, comme avec ta bagnole ! Je te connais depuis un petit moment, et tu as toujours été sage dans ton coin, même si je sais très bien qu'il ne faut pas te chercher, mais quand il est dans les parages… tu fonds direct sur lui pour le défier et quémander un combat. Ce mec te fait carrément de l'effet. Le voilà ton prochain sexfriend !

— Quoi ? Ça va pas la tête ! m'écriai-je.

Je me sentais carrément mal qu'elle puisse s'imaginer de telles choses. Je détestais tous ces types.

— Écoute, Hope, je t'aime beaucoup, mais sincèrement, tu ne me connais pas ! Ce que tu prends pour de l'attirance, ce n'est qu'une aversion extrême. Encore une fois, ce soir, nous avons juste prouvé qu'il nous était impossible de rester bien longtemps dans la même pièce, affirmai-je, véhémente.

— Ouais, bien sûr ! Dans la même pièce sans pouvoir vous sauter dessus... C'est ce qui risque de vous arriver. T'as vu comment il te dévore des yeux ? Je peux te le dire, la blondinette et la latino peuvent aller se rhabiller toutes les deux. Ce mec, il ne désire qu'une personne... toi ! Tu le défies, et tu lui tiens tête, tu l'amuses, et en même temps, il aimerait tellement te prouver qui il est...

— J'en ai rien à foutre, je ne veux pas le savoir !

— OK. Je me suis fait des films alors, lâcha-t-elle, placide, mais laisse-moi quand même te mettre en garde, ma belle, car tu as mis Aden, le gendre idéal, de côté, et là, tu te refuses à succomber à ce genre de mec. Si tu continues, tu finiras toute seule avec tes problèmes et ce serait vraiment une situation plus que merdique !

Je passai la main sur mon visage d'un air las, puis me tournai finalement vers elle pour la regarder droit dans les yeux.

— Je préfère être seule qu'accompagnée par ce genre de type !

Hope secoua la tête et reporta son attention sur la route.

J'avais écourté ma soirée avec Hope. Mon humeur était aussi noire que les gros nuages qui s'étaient étalés subitement au-dessus d'Indianapolis.

De retour à l'appart, j'avais passé un short et mon t-shirt indiquant qu'il valait mieux me laisser tranquille si je n'avais pas eu ma dose de caféine, et j'étais restée debout, à observer les lumières de la ville à travers ma baie vitrée. C'était un vrai capharnaüm dans ma tête.

L'envie d'un orage m'accompagnait depuis une bonne heure, comme celui qui avait éclaté la nuit où je m'étais retrouvée dans un immense loft bien plus grand que mon chez-moi. J'imaginais que ce soir, l'immense appartement, la douche et le lit seraient dévolus à une petite blondinette plutôt craquante. Je fronçai les sourcils et balayai tout ça hors de ma tête. Que m'importait avec qui ce mec s'envoyait en l'air. Après tout, j'étais plutôt fière d'être passée par la case « garçonnière du prés' des Bloods » sans avoir eu à tester ses draps.

Mais les paroles de Hope me hantaient. *Finir seule*... Ça m'avait plutôt bien réussi jusqu'à présent, hormis qu'effectivement, plus personne ne réchauffait mes draps, de temps à autre. Oui, mais ma vie était bien trop compliquée.

Un bip provenant de mon portable me fit bouger de la fenêtre. Je le pris sur la table de salon. Une grimace s'étala sur mon visage lorsque j'en lus le contenu.

On invitait Indiana à participer à la course du soir même, et là, c'était le coup de trop, celui qui m'achevait ! J'en avais envie, j'en avais besoin. Le désir de vitesse et d'adrénaline courait dans mes veines. Comme une junkie, j'étais mise à mal par le manque de ma drogue préférée. Je ressentis jusque dans mes tripes la soif de caresser le volant de ma bagnole, d'empoigner le levier de vitesse et d'écraser la pédale d'accélérateur.

Mais si je faisais ça, à coup sûr, les Souls me tomberaient dessus. Finalement, je n'étais qu'une pauvre fille... En réalité, Charly était une pauvre fille, Indiana était trop cool, elle. Pilote, elle était toujours entourée de personnes géniales, de mecs qui lui faisaient les yeux doux, elle était carrément top, cette fille. Sexy, parce qu'elle conduisait des bagnoles aux côtés de mecs rapides. Indiana était plus fun que la latino, et plus attirante que la petite blondinette... Elle était mieux que Charly, sa vie compliquée et son passé merdique !

Animée d'une rage intense, je décidai que personne ne m'empêcherait de rouler toute la nuit dans ma voiture, même si je devais courir contre moi-même. Je partis comme une folle furieuse dans ma chambre pour enfiler un jean et un t-shirt, puis, arrachant mes clés du petit clou pendu à côté de la porte d'entrée, je décidai de succomber à l'appel de l'asphalte.

Vingt minutes plus tard, je me trouvais devant mon garage. Je déverrouillai la porte avant de m'engouffrer dans l'atelier et de traverser le bâtiment pour aller réveiller mon bébé. J'appuyai sur l'interrupteur, les néons clignotèrent avant de m'offrir la vision de mon petit trésor rutilant. Face à elle, j'avais l'impression que ma merveille me criait : « Qu'est-ce que tu attends ? Je suis prête, partons à l'aventure, fais crisser mes pneus et rugir mon moteur ! »

Bon sang, j'en crevais d'envie ! Ma poitrine se soulevait au rythme de mon pouls frénétique parce que j'avais pédalé comme une furie pour parvenir jusqu'ici. Je serrais les clés dans ma main. C'était ça, mon kiff ! Transportée par mon désir, je déverrouillai la portière et m'engouffrai dans l'habitacle. Assise sur mon siège baquet noir et orange, je posai les mains sur le volant. Déjà, l'adrénaline affluait dans mes veines comme un torrent enragé ! Je mis le contact et le ronronnement du moteur finit de me convaincre. J'attrapai la télécommande électrique de la porte de derrière et enclenchai la marche arrière. C'était parti. À moi les routes d'Indianapolis !

Forcément, pas de veilleur pour me prévenir ou empêcher les autres voitures de me gêner, mais je m'en foutais. Je m'imaginais faisant partie des seize derniers pilotes de la NASCAR Cup Series, ceux qui courent les *playoffs*[9] pour remporter la *Chase*, la coupe. Les meilleurs. Je me serais bien vue au volant d'une Mustang Shelby GT ou, comme Danica Patrick, remporter la pole position, et même être la première femme à aller beaucoup plus loin que les courses de séries.

J'entendais mon moteur gronder. Il avait besoin de plus, et moi aussi. J'amenai ma voiture sur l'USS Indianapolis, m'insérai dans la circulation plutôt calme et lâchai la bride à mon côté sauvage, passant les vitesses, une à une. Je ne faisais qu'un avec mon destrier des temps modernes. Profitant de l'effet d'aspiration des voitures devant moi, je déboîtai à la dernière minute pour gagner de la vitesse et écrasai la pédale d'accélérateur. C'était le nirvana ! Jouissif à plus d'un titre. Il me manquait juste un adversaire à écraser. Les lumières de la ville glissaient dans le paysage, la vitesse les faisait ressembler à des traits continus. C'était impossible pour moi de laisser tout ça de côté, il fallait que je trouve un moyen de me débarrasser des Souls, car je ne pouvais faire une croix sur les courses.

[9] « Éliminatoires », traduit de l'anglais.

Au bout d'un petit moment, je décélérai, emplie d'une fougue et d'une force nouvelles... C'était ça qui me manquait depuis des jours. Des voitures klaxonnèrent en me dépassant. Les conducteurs avaient baissé leur vitre et me faisaient signe ou me montraient un poing vainqueur. Certains fans ou parieurs avaient reconnu la voiture ! Bientôt, un concert de klaxons se relaya partout sur la highway, la rumeur courait aussi vite que moi. *Indy était de retour*.

Le sourire aux lèvres, je regagnai le garage avec dix kilos de pensées négatives en moins, en une seule chevauchée. Je tournai dans la petite rue pour accéder à l'arrière du bâtiment, attrapai la télécommande d'ouverture de la porte, et bloquai sur la Harley qui se trouvait là. Mon cœur fit un bond dans ma poitrine, provoqué par un espoir minable. J'avançai doucement pour passer à côté du motard assis sur son siège, la clope aux lèvres. Je ne savais plus si j'avais envie ou pas de voir une certaine carrure se dévoiler dans l'obscurité. Finalement, en le frôlant avec ma voiture, je réalisai qu'il s'agissait de Jayden. *Quelle conne tu fais, ma pauvre fille ! Le prés' est occupé à chevaucher autre chose que sa moto.* J'avais envie de me mettre des claques !

Je rentrai mon bébé rutilant dans son écrin, ouvris la portière et le biker s'avança vers moi.

— Jayden ? lançai-je avec étonnement.

— Salut Indy ! Alors, t'étais de sortie ce soir ?

J'entrepris, comme à mon habitude, de faire le tour de la Toyota pour examiner minutieusement la carrosserie. Le moteur était trop chaud ce soir, je passerais la tête sous la jupe d'acier de la demoiselle le lendemain pour voir si tout allait bien.

— On dirait bien, dis-je simplement.

— Ça te manquait, hein ? répliqua-t-il avec un petit air rusé.

Je ne répondis pas tout de suite. Finalement, je relevai la tête vers lui et ne pus empêcher un petit sourire victorieux de s'épanouir sur mes lèvres. J'avais l'impression d'avoir quinze ans et d'avoir été surprise à embrasser mon petit copain. Idiot, mais simple comme émotion.

— Carrément, soufflai-je, apaisée, comme si j'avais fait la paix avec moi-même.

— Pourquoi t'es restée loin du circuit alors, si c'est ta came ? s'enquit-il.

Je m'approchai de lui, sortis son paquet de cigarettes qui dépassait de sa poche et lui en pris une. Je la portai à mes lèvres, Jayden l'alluma avec son briquet. Je laissai échapper une longue bouffée.

— C'est compliqué ! me contentai-je de répondre.

— Ça n'aurait pas un rapport avec les Souls qui tournent et se planquent près de chez toi, par hasard ? s'enquit-il en haussant les sourcils.

— Ils rôdent près de mon appart ? m'inquiétai-je.

— Ouais, ma belle.

— Merde.

— Pourquoi tu ne l'as pas dit à Miles ?

— T'as raison, Jay. En voilà une excellente idée ! Déjà, je tape sur les nerfs du prés' des Bloods, et le prés' des Souls voudrait m'avoir à sa solde. Et si je foutais un beau merdier en déclenchant une guerre entre les deux clubs rivaux d'Indianapolis ? suggérai-je avec un air innocent.

— Avec ou sans toi, ça risque d'arriver ! Mais tu t'inquiéterais pas pour nos sales tronches de bikers quand même ? railla ce petit con.

— Juste la tienne, répondis-je avec un clin d'œil.

Il se marra.

— Allez, un peu aussi pour la tronche d'un blond qui se trouve être mon boss ?

— Rien à foutre de ce connard ! Il peut bien se prendre une bastos, je le laisserai crever sur le trottoir ! répondis-je, trop amère pour être convaincante.

— Ouais, t'as conscience que tout ça sonne faux, hein ? Surtout après ton petit jeu de ce soir.

— J'ai rien fait ce soir. Je suis venue chercher l'argent qu'il me devait et sa... poule s'en est prise à moi et ma copine. J'allais pas la laisser faire, c'est pas dans ma nature.

Adossée contre la voiture, et lui contre l'armoire en face de moi, il m'observait d'un œil amusé.

— T'inquiète, on a bien compris qu'il ne fallait pas te chercher. Si t'étais un mec en Harley, je te proposerais même d'entrer à nos côtés, t'as une âme de biker, ma belle.

— Je sais, me contentai-je de répondre en soufflant.

Et ça me collerait toujours à la peau. Après tout, j'avais passé quinze ans à vivre parmi eux.

— Au fait, tu fais quoi, ici ? lui demandai-je, suspicieuse. T'es pas venu faire réparer ta moto à cette heure ?

Jayden rigola en secouant la tête.

— Luis s'en est trop bien occupé. Vous avez des doigts en or. Même si on ne peut pas conclure de marché avec toi, je reviendrai quand même faire réparer ma bécane chez vous. Si je suis là, c'est parce que je suis en mission.

— En mission ? répétai-je, le sourcil relevé.

Il attendit un petit moment avant de me répondre, se demandant s'il pouvait me parler ou pas.

— Ce soir, t'as insinué qu'on te menaçait quand tu t'es pris la tête avec Paula. Miles l'a remarqué et, suspicieux, il m'a chargé de te suivre et de surveiller tes arrières... au cas où. Et il a bien fait, vu le nombre de Souls que Darius a envoyés pour t'avoir à l'œil. Je t'ai suivie, mais, forcément, je t'ai perdue quand tu t'es amusée à faire du rodéo sur la highway. Mais si moi, je t'ai vue, eux aussi.

— Je me doute. Tant pis, j'assumerai les coups. J'avais besoin de rouler ce soir.

— Miles ne te laissera pas prendre de coups... et nous non plus. Comment on ferait après pour faire réparer nos bécanes ? lâcha-t-il en douceur.

Ce petit mec avait au moins le mérite de me faire sourire, et puis, même si c'était un biker, je commençais à l'apprécier ce Jayden.

— Espèce d'enfoiré, répliquai-je en rigolant.

— Tu veux que je te raccompagne ?

— Je veux bien, mais te fais pas des idées, mon pote, raillai-je.

— J'aime pas les vieilles. Et puis, pour que Miles m'arrache la tête ? Certainement pas.

Je me raidis.

— Comment ça ? Il vous a interdit de m'approcher ? ripostai-je en fronçant les sourcils.

— C'est un peu ça. On n'a pas le droit de toucher aux filles qui bossent pour nous.

— Je ne bosse pas pour vous, et je sors avec qui je veux, affirmai-je, offusquée.

— C'est presque pareil, et je ne pense pas que Miles apprécierait que l'un de nous touche à sa Petite Furie.

— Qu... quoi ? Petite Furie ? C'est comme ça qu'il m'appelle ? bredouillai-je.

— On t'appelle tous comme ça, beauté.

— Qu'il s'occupe de sa cinglée de latino et de sa petite blondinette. Je n'ai pas besoin qu'il surveille les mecs avec qui je sors. Non, mais !

— Sa blondinette ? répéta Jayden, désarçonné.

Je ne répondis rien.

— T'es en train de parler de Cassidy ? T'es jalouse de Cass ? s'écria-t-il en rigolant.

— N'importe quoi ! T'hallucines, je suis jalouse de personne.

— Cassidy, je n'en reviens pas. Quand je vais lui dire ça.

— Tu ne vas rien dire du tout, sinon je te casse les bras, mon gars.

Il repartit de plus belle dans un éclat de rire.

— Mais bien sûr. Tu sais que tu ferais une femme de biker du tonnerre ? balança-t-il pour me convaincre.

— Ouais, j'y réfléchirai le jour de mon soixante-dixième anniversaire, répliquai-je.

Je verrouillai les portes de ma voiture et éteignis les lumières. Je serais obligée de prendre le bus le lendemain matin pour venir travailler. Pas grave. Je suivis un Jayden toujours hilare, lorsque ce dernier s'immobilisa soudain. Il plaqua un bras devant moi qui faillit me faire tomber à la renverse. J'allais protester, lorsque j'aperçus par-dessus ce barrage de muscles d'autres mecs, sur leurs motos. Mais ceux-ci me faisaient beaucoup moins marrer. *Les Souls*.

— Qu'est-ce que tu fous là, Darius ? C'est pas ton territoire, tire-toi de là ! gronda Jayden.

J'avais toujours pris Jay pour le rigolo du groupe. Il était le plus jeune, du moins je l'imaginais, et je le voyais tout le temps avec un sourire aux lèvres, à plaisanter. J'avais tendance à oublier que c'était tout de même un biker faisant partie des 1 % que tout le monde redoutait aux États-Unis. Tout comme Miles l'avait fait, un peu plus tôt dans la soirée, Jayden m'impressionna à son tour par son ton et son air menaçants.

— Il me semble que ce n'est pas non plus celui des Bloods, fit remarquer Darius. Alors, Indiana, on fréquente la racaille ?

— Je t'emmerde ! répondis-je.

— Quelle vilaine fille ! Ton frère était beaucoup plus sage et complaisant que toi. Ne me dis pas que tu frayes avec les Bloods, ce serait une mauvaise option ! m'avertit-il.

— Dégage, Darius ! Si Miles sait que tu t'intéresses à Indy, il va te péter les dents et réduire ton petit MC à l'état de cendres, riposta Jayden, menaçant.

— Indy est à moi. Elle a un contrat qui la relie à mon club. C'est toi qui n'as rien à faire là ! Prends ta moto et rentre chez ton boss, si tu ne veux pas d'emmerdes.

Jay me lança une œillade inquisitrice. Il devait se demander ce que voulait dire ce gros naze, avec son contrat.

— T'as passé un marché avec ces connards, Indy ? murmura-t-il, incrédule.

— Bien sûr que non ! Il est venu me trouver en m'affirmant que mon frère, lui, l'avait fait. Matt courait pour les Souls. Mais il n'a aucune preuve. Il veut me forcer à reprendre le soi-disant contrat qu'il a passé avec lui.

— Tu l'as entendue ? Elle ne veut pas bosser pour toi, vu qu'elle marche avec les Bloods. Reprends ta bleusaille et rentre chez toi. Trouve-toi un autre pilote, reprit Jay.

Darius se mit à rire, mais pas un rire sympa, de ceux qui sont synonymes de bons moments. Non, c'était plutôt sarcastique et de mauvais augure. Il était agacé et, clairement, toute cette histoire allait mal finir.

Le prés' donna le signal, d'un hochement de tête, à ses gars. Trois ou quatre motards descendirent de leur engin pour s'avancer vers nous, d'un air menaçant.

— Indy, tu sais piloter une moto ? murmura rapidement Jay.

— Bien sûr, mon père m'a appris dès mon plus jeune âge, lâchai-je.

— C'était un sage, ton père ! Prends la mienne, et va chercher Miles et les autres. Je vais les retenir.

— Certainement pas. Jay, ils vont te tuer ! Toi, sauve-toi et préviens la police. Pas Miles, hein ? Mais la police. C'est moi qu'ils veulent.

— Indy, fais pas ta chieuse pour une fois, et fais ce qu'on te dit ! tonna Jay.

— Non, Jay. On ne laisse pas un biker seul dans les emmerdes ! Je reste avec toi, affirmai-je.

Il m'adressa un coup d'œil circonspect, puis le premier motard s'approcha de nous. Jay lui balança direct une bonne droite dans la tête qui le fit se rétamer. J'étais totalement impressionnée. Le Blood avança pour commencer à distribuer des coups et en recevoir, aussi. Je me retournai rapidement pour chercher quelque chose afin de l'aider. J'attrapai une grosse clé à molette, puis me lançai à sa suite.

Ils étaient deux sur lui. Je me dirigeai vers celui qui me tournait le dos et lui claquai mon outil derrière la tête ; il chuta durement au sol en se tenant l'arrière du crâne. Les regards masculins, incrédules, me dévisageaient, moi, la petite furie, avec ma clé à molette. *Hé ouais, je sais me défendre.*

Deux autres types s'avancèrent vers nous, Jayden balança un coup de tête au premier, tandis que je me servais de mon pied pour viser l'entrejambe du second. On allait finalement pouvoir s'en sortir.

Cet espoir fut mis à mal quand, irrité, Darius se mêla à la rixe avec les trois autres gars qui l'accompagnaient. Neuf contre deux, ce n'était carrément pas du jeu. Deux des bikers m'attrapèrent pour m'immobiliser et me faire lâcher mon arme de fortune, alors que les autres s'employaient à coincer le pauvre Jay. Darius s'avança avec un regard mauvais vers lui, en faisant craquer les doigts de sa main. Il se mit à le cogner durement, pendant que les autres le tenaient fermement pour qu'il ne se révolte pas.

Je fermai les yeux, me mordant les lèvres devant les coups qui pleuvaient sur le membre des Bloods.

— Arrêtez, bande de salauds ! Vous êtes des lâches ! T'es qu'une larve, Darius, de t'acharner sur un type seul. Bats-toi à la loyale, m'écriai-je.

Darius lui balança un dernier coup. Jay était dans les vapes, le visage en sang. Ils le laissèrent chuter au sol. Puis le prés' des Souls se tourna vers moi et m'envoya une claque magistrale qui fit voler ma tête de côté. Je sentis le feu sur ma joue et le sang dans ma bouche.

— On va t'apprendre à fermer ta gueule ! Chez nous, les filles se tiennent dociles et soumises. On n'aime pas les sauvageonnes. S'il le faut, je vais m'occuper personnellement de ton cas, me menaça-t-il.

J'avais l'impression d'entendre mon oncle quand il essayait de me dresser, à l'époque. Darius hocha la tête en direction d'un gars, et l'un des Souls sortit un bout de corde de sa sacoche. Ils avaient tout prévu. Il me lia les mains dans le dos, puis me fit avancer jusqu'à la moto de son boss. Sans ménagement, il me fit asseoir derrière. Je jetai un dernier coup d'œil vers Jayden. J'avais envie de pleurer, mais par respect pour lui, je ne leur donnerais pas ce plaisir. « Les Bloods ne pleurent pas, ils encaissent les coups et les rendent au triple ! » *Merci pour ça aussi... papa.*

Darius se plaça devant moi, avant de démarrer sa moto, laissant Jayden en sang, à demi conscient sur le trottoir. Je priai intérieurement pour que Luis ou Aden arrive de bonne heure afin de l'aider et de prévenir les Bloods.

CHAPITRE 12
MILES
RÈGLEMENT DE COMPTES

Le regard toujours rivé sur elle, je la suivis des yeux alors qu'elle sortait du bar, accompagnée de son amie. Cassidy me lançait des coups d'œil perplexes. Elle avait suivi toute la scène, et n'avait pourtant pas compris ce qui venait de se dérouler ici. Ni même pourquoi Charly lui avait demandé son âge. Il n'y avait qu'elle et moi qui pouvions comprendre le sens de cette question. J'avais perçu la déception derrière sa fureur, lorsqu'elle avait cru que je me tapais ma petite sœur de vingt-deux ans.

Est-ce que cette déception voilée signifiait quelque chose d'autre ? Du genre « pourquoi elle et pas moi » ?

Cette fille allait me rendre fou, les gars avaient raison, elle devenait petit à petit une obsession. Charly m'interpellait par son comportement frondeur, mais j'avais tellement envie d'en apprendre plus. Que cachait-elle ? Ses connaissances à propos de notre hiérarchie, du code, comme le parler et l'attitude d'un biker, mais aussi sa maîtrise des attributions du président d'un club me laissaient confus. Elle avait un passé commun ou une expérience avec l'un d'entre nous, impossible autrement. Mais qu'avait dû lui faire cet enfoiré pour la transformer en petit animal sauvage et agressif dès que l'un de nous l'approchait ? Elle associait directement le mot « biker » à celui de « démon ».

Son petit jeu de provocation était le même que le nôtre. Elle avait affronté Paula sur son propre terrain en jouant les nanas de biker, chose que cette dernière n'était plus depuis six mois. Charly avait sans aucun doute été trop loin... Pourtant, j'avais adoré l'entendre me revendiquer inconsciemment devant mon ex, sans le réaliser. Elle n'aurait pas pu m'offrir plus belle revanche.

— Oh, oh, Miles ?

Je sortis de ma bulle lorsque j'aperçus la main de ma sœur s'agiter devant mes yeux.

— Quoi ? répondis-je en fronçant les sourcils.

— C'était qui, cette fille ? reprit doucement Cassidy.

Les gars étaient toujours présents autour de la table. Le calme était revenu dans le bar, tous les autres étaient repartis vaquer à leurs occupations, près de leur verre.

— Elle s'appelle Charly Witt. Elle tient un garage à Indianapolis et, à côté de ça, elle participe à des courses de voitures... courses illégales. Elle a réparé nos motos récemment, et elle est venue pour obtenir le paiement de ses factures, lui expliquai-je en omettant les paris et tout le reste.

Je n'avais aucune envie de mêler ma petite sœur aux affaires du club. Un Rivera trempait dans les sales histoires... pas deux !

Personne ne parlait autour de la table. Cass lança un regard amusé autour d'elle pour nous observer.

— OK, mais sinon, elle est quoi, pour toi ? Non, parce que, dès que cette fille déboule, vous êtes tous en mode surexcité, et dès qu'elle s'en va, vous faites des têtes de dépressifs, railla-t-elle.

— Les gars l'aiment bien, hormis Slash qui ne tolère pas qu'elle lui tienne tête. Elle a un sacré don pour piloter les voitures, alors forcément, quand elle est là, ils sont tous en mode adoration, ajoutai-je en jouant avec ma bouteille de bière.

— Hum, se contenta-t-elle de répondre en m'observant toujours d'un œil amusé.

— Parce que toi, t'étais pas en mode adoration, peut-être ? intervint ce petit con de Jayden.

— Ta gueule, Jay, rétorquai-je.

— Ouais, Jay, arrête. Il s'en tape de cette fille. Il avait juste les yeux qui lui sortaient de la tête, surtout quand elle a suggéré qu'ils baiseraient comme des fous, surenchérit Angel.

Sul' et Scott éclatèrent de rire, même Cassidy participa à l'amusement collectif.

— C'est n'importe quoi ! Je vous ai déjà dit qu'elle n'était pas mon genre ! lâchai-je avec humeur.

— Ben, préviens ta tête que tes yeux et l'intérieur de ton jean doivent pas être bien au courant, s'en mêla mon *Road Captain* dans un sourire.

Ils m'agaçaient avec leurs conneries. Mon cerveau, lui, était obnubilé par ce qu'elle avait insinué. Paula n'était pas la seule à la menacer ! Et ça, ça me rendait suspicieux à souhait. Sullivan finit par se rendre compte de mon air sévère et inquiet.

— Miles, y'a un problème ? releva-t-il au bout d'un moment.

— Je ne sais pas, soufflai-je, toujours en carburant du ciboulot, mais... Jayden ?

— Ouais, boss ?

— Je voudrais que tu prennes ta moto et que tu la retrouves... Assure-toi qu'elle rentre bien, ce soir !

Les rires stoppèrent immédiatement devant mon air sérieux.

— T'as des doutes sur quelque chose ? reprit Scott.

— J'en sais rien, mais vous m'avez raconté qu'elle était bizarre ces temps-ci, et avec ce qu'elle a lâché ce soir, je préfère m'assurer que ce ne sont que des paroles en l'air.

— Et si elle rentre chez elle avec un gars qu'elle a levé dans un bar ? On te le dit quand même ? plaisanta Angel.

Je relevai la tête pour rencontrer son regard. Il se redressa subitement et ravala son petit air moqueur illico.

— Jay ? repris-je.

— Ouais ?

— T'es pas encore parti ? assénai-je d'un air sévère.

— J'suis plus là, boss ! affirma-t-il en se levant et en attrapant son cuir au passage. Salut Cass, à bientôt.

— Salut Jayden.

— Miles ? On pourrait se parler ? s'enquit ma petite sœur.

Je savais très bien de quoi elle voulait discuter, comme à chaque fois qu'elle venait me rendre visite.

— On va passer dans le bureau. Les gars, je vous laisse le bar, lançai-je à mes frères.

Je traversai la pièce pour rejoindre le fond de l'établissement, je tapai le code d'accès et laissai entrer Cassidy. Elle pénétra dans l'espace familier puis s'installa, comme à son habitude, dans le canapé en cuir contre le mur de briques, en face du bureau. Je rangeai un peu la paperasse et quelques dossiers sensibles au coffre, puis déambulai durant quelques minutes.

— Miles ?

— Ouais ?

— Viens t'asseoir, déclara-t-elle en m'indiquant la place à côté d'elle.

Je soufflai puis m'installai à ses côtés.

— Je suis contente de te voir. Je n'aime pas être séparée de toi aussi longtemps. Et puis... tu ne viens plus jamais à la maison, souffla-t-elle.

— Quand tu auras ton propre appart ou ta propre maison, je viendrai te rendre visite, promis, lui répondis-je en observant le bout de mes chaussures.

— Miles... Quand est-ce que tu vas tourner la page et reprendre la place qui t'est due ?

— Cass, ne recommence pas avec ça ! répliquai-je en me relevant.

— Tu risques ta vie en continuant à jouer les gros durs. J'ai peur pour toi... peur qu'un jour, on apporte le corps de mon frère à l'hôpital où je bosse... un corps criblé de balles ! m'avoua-t-elle, la voix tremblotante.

— Ça n'arrivera pas ! Je suis un gros dur, mais un de ceux qui savent ce qu'ils font ! Je ne peux pas reprendre ma vie d'avant. Ce Miles-là est mort avec elle !

— Arrête avec ça ! Tu sais très bien que maman n'aurait pas voulu que tu agisses comme ça. Elle lui aurait pardonné, et toi aussi, tu devrais le faire ! C'est notre père !

— Tu parles de ce mec qui s'est mis à tromper maman lorsqu'il n'assumait plus sa maladie ? Ce connard-là n'est pas mon père !

— Si, il sera toujours ton père ! Et il s'inquiète pour toi ! Lui et moi, on aimerait que tu quittes tout ça pour reprendre ta vie là où tu l'as laissée. Passe ton diplôme, comme tu devais le faire, et reprends le cabinet d'architecte de papa. Un jour ou l'autre, tu voudras passer à autre chose, avoir une famille, des enfants, une maison....

— J'ai déjà tout ça ! Je n'ai pas besoin de son fric ni de sa notoriété !

Elle se leva subitement, les larmes aux yeux.

— Maman l'a épousé pour quitter cette vie minable. Elle voulait offrir le meilleur à ses enfants. Et toi, qu'est-ce que tu fais ? Tu suis Jimmy et Mike dans leurs délires, et maintenant, c'est toi le boss ?

— Jimmy, Mike et l'oncle Pitt ont été là pour m'accueillir, pour m'aider, quand elle est morte. Je ne cracherai pas sur cette partie-là de notre famille. Ce sont les plus sincères ! Ne me demande plus de redevenir ce Miles-là... Il n'existe plus ! Je ne suis plus ce gosse de vingt ans, ce fils à papa. J'ai fait mes choix, comme tu fais les tiens !

— Miles, j'ai déjà trop pleuré maman. Je ne veux pas te perdre, toi... Que ferais-je sans mon grand frère ?

Elle se jeta dans mes bras en sanglotant, je la consolai et posai le menton sur le haut de son crâne.

— Ça n'arrivera pas ! Je te le promets... Récemment, j'ai rencontré quelqu'un qui a perdu son frère quand elle était jeune, et apparemment, elle n'a plus personne qui puisse la soutenir, alors je ne te laisserai pas sombrer comme elle l'a probablement fait, confiai-je à ma sœur.

Elle releva la tête vers moi, toujours blottie dans mes bras.

— Tu parles de cette fille ? Charly ? C'est ça ?

— C'est ça, oui. Son frère s'est tué dans un accident lors d'une course... Elle n'avait que dix-huit ans et devait entrer à l'université de Chicago pour faire du droit. Finalement, elle a payé ses obsèques et a fini mécano puis pilote, à son tour. Elle risque sa vie presque tous les soirs, à rouler comme une démente dans les rues d'Indianapolis pour l'amour de la vitesse, mais je suis sûr, aussi, en mémoire de son frère.

— Tu l'aimes bien ?

— Je la respecte !

— Ça fait bien longtemps que tu n'as plus... respecté une fille de cette manière ! Toi, le caïd, et le président des Bloods d'Indianapolis. Même Paula n'a jamais été traitée avec autant de considération.

— Charly n'est pas Paula. Elle n'est pas comme toutes ces petites nanas qui déboulent ici juste pour s'envoyer en l'air avec un biker. Charly n'aime pas les mecs comme nous... Et j'aimerais bien savoir pourquoi d'ailleurs, avouai-je finalement, les yeux dans le néant.

— Savoir pourquoi elle n'arrive pas à voir, derrière ton cuir de biker et de président de MC, le mec bien que tu peux être ?

— Je ne suis pas un mec bien ! J'essaye de le paraître quand ma petite sœur vient me rendre visite, mais tu vois, cette fille, elle, elle a pigé quel genre de connard j'étais. À la différence de toutes les autres, elle essaye de me fuir.

— Pourtant, je suis sûre que si tu laissais la porte entrouverte, quelqu'un découvrirait un jour que tu n'es pas le salaud que tu prétends être, murmura-t-elle en déposant un baiser sur ma joue.

— La porte n'est entrouverte que pour toi... Et c'est déjà assez ! Allez, sèche tes larmes, ton vaurien de grand frère t'emmène dîner, et après, tu pourras emprunter une de mes chambres d'ami.

Je séchai ses larmes du pouce puis lui adressai un clin d'œil.

— En réalité, je sais pourquoi tu persistes à vouloir être un biker... avec ton physique de beau gosse, ça te confère une allure de *bad boy* trop séduisant, et ça te permet de tomber les filles, ricana-t-elle en allant récupérer sa veste sur le fauteuil.

— Si tu savais ! Je suis obligé de chasser les gonzesses, le soir, à ma porte. Elles n'entrent plus dans mon lit... pas assez de place.

Elle me donna un coup dans l'épaule, et nous sortîmes ensemble en riant, comme au bon vieux temps.

Allongé dans mon canapé, je zappais, peu intéressé par les conneries à la télé. Cassidy était partie se coucher depuis un bon moment, mais je n'arrivais pas à dormir. Quelque chose me tapait sur les nerfs et, au bout de la trentième fois à me retourner dans mon lit, j'avais décidé de redescendre pour m'installer dans le salon. La soirée avait été agitée, entre l'intervention de Charly et les remontrances de Cass... C'était le grand chantier dans ma tête. Je levai les yeux vers l'horloge, quatre heures du mat' ! Autant dire que la journée n'allait pas tarder à démarrer.

Le bip de l'interphone résonna dans le loft. Je fronçai les sourcils et me relevai, torse nu, pour aller vérifier qui venait me déranger à cette heure-ci. J'appuyai sur le bouton, les tronches de Scott, Angel et Sullivan apparurent sur l'écran de contrôle.

— Miles ? Faut qu'on te parle, déclara Sullivan.

— OK, mais faites pas de bruit, Cassidy dort, répondis-je en leur ouvrant l'accès au garage du loft.

Je me dirigeai vers la cuisine et allumai les néons au-dessus du comptoir. Les connaissant, il faudrait que je prépare des bières ou du café. Ils pénétrèrent chez moi. Assis sur un tabouret, les bras croisés sur la poitrine, je les observai me rejoindre dans l'espace cuisine.

— Il se passe quoi, les gars ? Y'a un problème au bar ? m'enquis-je, sans détour.

— On te réveille pas ? me demanda Scott.

— Non, j'arrivais pas à dormir de toute façon, répliquai-je en sortant quatre mugs de l'armoire.

J'aurais carrément préféré qu'une petite nana sexy les prenne pour moi et m'offre la vue de ses petites fesses rebondies dans son shorty de dentelle noire. Je secouai la tête. Et après, je m'étonnais de ne pas réussir à dormir…

— Luis est passé boire un verre au bar, après ton départ avec Cass, m'apprit Sullivan.

— OK. Ne me dites pas que vous déboulez à quatre heures du matin, chez moi, pour m'annoncer ça ! Ça pouvait attendre demain.

— On l'a fait picoler... du coup, il s'est lâché et a parlé..., intervint Angel.

— Et ? Vous avez appris qui est réellement Charly ? rétorquai-je, tout à coup, intéressé.

Ils se regardèrent.

— Non, m'informa Scott. En revanche, on a su qu'il y a plus d'une semaine, les Souls ont débarqué un soir au garage. Indy était seule avec Josh. Heureusement qu'il était là d'ailleurs. Ils l'ont carrément menacée, un truc avec son frère, mais on n'en sait pas plus, car Luis le tient de son pote Josh qui n'a pas voulu tout lui dire. Il a promis à Indy de ne rien répéter à personne, elle voulait régler ça toute seule.

Je serrai l'anse de mon mug au point de faire blanchir les jointures de mes doigts.

— On pense que tout est lié. C'est sûrement pour ça qu'elle ne court plus en ce moment. Il doit y avoir un truc avec les Souls. Et puis, son exigence que chacun d'entre eux reparte en binôme. Y'a du Darius là-dessous.

— Pourquoi elle ne nous a rien dit ? s'enquit Angelo, perplexe.

— Parce qu'on est des bikers ! Elle nous place dans la même catégorie que les Souls... Elle ne veut pas qu'on l'aide ! lâchai-je, déçu.

C'était pire que ce que je pensais. J'imaginais, pourtant, qu'elle serait venue nous trouver, si Darius l'avait... L'étincelle se fit dans ma tête.

— Vous avez des nouvelles de Jay ? m'enquis-je précipitamment.

Sul' et Scott secouèrent la tête.

— T'inquiète, boss, intervint Angelo. On sait tous que tu la kiffes, cette nénette. Jay n'ira pas empiéter sur tes plates-bandes.

— Angel, est-ce que tu as eu des nouvelles de Jay depuis qu'il a quitté le bar dans la soirée ? insistai-je, passablement irrité.

Le portable de Scott bipa avant qu'Angel puisse me répondre. Il le sortit de la poche de son cuir, lut le message et releva prestement la tête vers moi.

— C'est Aden. Comme il n'avait pas de nouvelles d'Indy, ce soir, il s'est mis à sa recherche... Il a trouvé Jay dans les pommes, et salement amoché derrière le garage. Elle n'était pas avec lui ! lâcha-t-il, comme un couperet.

Ni une ni deux, j'abandonnai les gars déjà debout dans la cuisine, montai quatre à quatre les marches pour rejoindre ma chambre. J'enfilai un t-shirt, sortis mon Glock du tiroir, vérifiai qu'il était chargé et le passai dans ma ceinture, au dos de mon jean. Au même moment, la porte de la chambre de Cass s'ouvrit, elle passa sa petite tête endormie.

— Qu'est-ce qui se passe ? Il est quelle heure ? demanda-t-elle d'une voix ensommeillée.

— Rien, un problème avec Jay et Charly. Rendors-toi, ma belle.

— Un problème ? Tu sors ? s'alarma-t-elle, subitement réveillée.

— Ne t'inquiète pas. Je rentre vite, murmurai-je en lui embrassant la joue.

— OK, je t'attends alors... Miles, fais attention, s'il te plaît ! me supplia-t-elle.

Je lui adressai un clin d'œil et pivotai pour prendre l'escalier. En redescendant, je trouvai les gars à la porte. Ils m'attendaient. J'attrapai mon cuir sur le dossier d'une chaise, mes clés puis filai derrière eux. On n'avait rien eu à se dire, on s'était compris.

Une fois dans le garage, j'enfourchai ma Harley et la démarrai aussitôt. Angel se retourna alors que la porte automatique se relevait.

— Je viens d'avoir Slash, il nous rejoint avec Brad, Luke, Sloane, Nick et trois prospects au garage des Angels.

Scott raccrochait son téléphone à l'instant.

— Aden nous attend ! Il est avec Jay, il a repris connaissance.

— On y va, déclarai-je seulement.

Je pris la direction des opérations, la tête froide, mais le cœur battant la chamade. Pour l'instant, je ne voulais pas imaginer ce qui pouvait être arrivé à Jay et Charly. J'attendais de voir mon pote pour en savoir plus.

Quelques minutes plus tard, nous arrivâmes dans la rue qui menait au garage des Angels, puis empruntâmes la petite ruelle qui donnait sur l'arrière du bâtiment.

La Corvette d'Aden était stationnée en travers du trottoir, ainsi que la moto de Luis. La porte du garage était grande ouverte sur le petit bolide de Charly.

Le blondinet avait fait asseoir Jay contre le mur de tôle, ils étaient tous deux agenouillés à ses côtés. Luis lui apportait les premiers soins, alors qu'Aden tenait une poche de glace contre sa mâchoire. Nous nous arrêtâmes un peu plus loin et les rejoignîmes rapidement. Jay avait carrément une sale tronche, ils n'y étaient pas allés de main morte. Je n'osais même pas imaginer le sort de Charly. Une fureur froide commença à me gagner. Le cœur cognant contre mes côtes, je pliai et dépliai les doigts avec une envie sauvage de frapper quelqu'un.

— T'as vu la tête de Jay ? murmura Sullivan à mes côtés, avant d'arriver près de lui.

— Ouais... je vais les éclater ! lâchai-je dans un souffle.

— Et pas de traces d'Indy, ajouta-t-il en inspectant rapidement les lieux.

— Après l'avoir éclaté... je le tuerai pour avoir osé s'en prendre à elle ! grondai-je avec haine.

Angelo était accouru aux côtés de son pote, lui aussi était énervé.

— 'tain, Jay ! Qu'est-ce qui s'est passé ? Qui t'a fait ça, mec ?

— Alors, mon pote, comment tu vas ? embrayai-je.

L'œil poché, le nez et la lèvre éclatés, il était enflé et marqué de partout. Des hématomes apparaissaient déjà, çà et là, sur sa joue, son œil et sa mâchoire. Ses jointures étaient salement amochées, prouvant qu'il avait pris des coups, mais qu'il en avait distribué tout autant. Son t-shirt était parsemé de taches de sang.

— Miles... C'étaient les Souls !... Darius... il l'a… emmenée, tenta-t-il d'expliquer alors qu'on voyait qu'il souffrait.

— C'est quoi encore ce bordel ? s'écria Aden, passablement inquiet et énervé.

— C'est le mec contre lequel je vous avais mis en garde. Darius, des Savage Souls, lui appris-je.

— C'est lui qui est déjà venu voir Indy, il y a un peu plus d'une semaine. Elle était seule au garage avec Josh, intervint Luis.

— Pourquoi je ne suis pas au courant ? gronda Aden.

— Désolé, Aden, elle ne voulait pas que Josh t'en parle. Mais il me l'a quand même raconté, car il s'inquiétait, reprit le latino.

— Et toi ? T'étais au courant ? m'agressa direct le blondinet.

Je le toisai d'un air froid et mauvais.

— Mon pote, si j'avais été au courant, Charly serait ici avec nous, en ce moment, pas entre les pattes de ce psychopathe ! rétorquai-je avec hargne.

Je me détournai de ce connard qui m'agaçait au plus haut point.

— Jay, tu as entendu où ils allaient ? Pourquoi ils l'ont emmenée ? questionnai-je mon jeune frère au plus mal.

Il secoua la tête.

— Je lui avais... demandé de... se sauver avec ma... bécane, mais elle a voulu... rester avec moi parce que... on ne laisse pas un biker seul... dans les emmerdes. Une vraie... comme nous ! Il l'a frappée... et l'a emmenée derrière... lui, après… le trou noir. C'est un... truc avec... son frère, m'expliqua-t-il comme il le pouvait.

Jay, et maintenant, elle. Il avait osé porter la main sur elle. Darius était un homme mort ! Des bruits de motos résonnèrent dans la ruelle. Ce devait être Slash avec les autres Bloods.

— Je vais leur expliquer ce qui se passe, intervint Scott, à nos côtés.

Je m'agenouillai pour prendre la tête de Jay entre mes mains, afin qu'il comprenne bien ce que j'allais lui dire.

— Jay, écoute-moi. Tu repars avec Angelo. Il va t'emmener chez moi. Cassidy est là-bas, elle va te soigner et te prendre en charge. OK, mon gars ? T'as bien compris ?

Il hocha la tête, comme le bon p'tit mec qu'il était. Je me tournai vers Angelo. Celui-ci acquiesça à son tour, avant de passer un bras derrière son pote pour le relever, aidé par Luis.

— Ce qu'il faut, c'est l'emmener à l'hôpital, intervint Blondinet de son ton moralisateur.

Je remerciai d'une poignée de main le latino, ignorant pour l'instant son collègue, et m'avançai vers le bolide de ma P'tite Furie pour poser la main sur le capot. Le moteur était froid. Si elle était venue là pour faire rouler sa voiture, ça devait faire un bon moment que tout ça s'était passé. On n'avait pas de temps à perdre.

Slash, Sul', Scott et les autres étaient déjà autour de moi, attendant les ordres. Je sortis mon flingue de derrière mon cuir. Mes frères m'imitèrent dans un même geste collectif, le visage fermé. Eux avaient compris. Puis je me tournai vers Blondinet qui ne la ramenait pas trop devant nos têtes de tueurs et nos flingues chargés. On jouait plus, là.

— L'urgence, c'est d'aller récupérer Charly entre les mains de ces connards, et de leur faire payer ce qu'ils ont fait à Jay ! répondis-je avec arrogance.

— Je connais Charly. Ton bordel, ça ne lui plaira pas ! Ce n'est pas ce qu'elle recherche dans la vie, m'avertit-il d'un air frondeur.

— Sans doute que ça ne lui plaira pas, mais en tout cas, c'est ce qui lui sauvera la vie. Charly ne veut pas de contact avec les bikers... pourtant, elle a besoin d'être protégée, et ça, vois-tu, il n'y a que moi et les miens qui puissions nous en charger ! affirmai-je froidement en le dévisageant. Tu ferais bien de rentrer auprès de ta copine, mon pote.

Mes gars hochèrent la tête – même ce gros naze de Slash – et s'empressèrent de me suivre pour rejoindre nos bécanes. Je voyais bien que mon discours ne lui plaisait pas, mais je n'en avais rien à foutre. Il le prenait comme il le voulait. Moi, j'avais une vengeance à accomplir et une P'tite Furie à aller récupérer.

CHAPITRE 13
CHARLY
TORTURE

Il m'avait conduite dans les bas-fonds d'Indianapolis. Accrochée comme je le pouvais à l'arrière de la selle de sa moto, j'avais été méchamment ballottée. Darius n'avait pas eu pitié de moi, roulant comme un fou furieux jusqu'à une vieille bâtisse entourée d'un terrain vague. Traînée avec violence dans cette triste masure, je m'étais rapidement retrouvée dans l'immense cave. L'un de ses hommes m'avait attachée à une corde qui pendait au plafond, les bras au-dessus de la tête, seuls mes orteils touchaient le sol. Cette position était fort inconfortable pour mes bras et l'ensemble de mon corps.

Une fois qu'il eut vérifié que je n'allais pas m'enfuir, il claqua la porte derrière lui.

Seule dans cette pièce sombre et froide, j'étais véritablement apeurée. Mon cœur battait la chamade, les frissons flirtaient avec ma colonne vertébrale, et je me demandais comment j'allais sortir de là... en un seul morceau et vivante.

Une odeur de moisi et d'humidité m'agressa les narines. J'orientai la tête vers le soupirail. Le soleil n'était pas encore levé, l'obscurité était ma seule compagne... Quoiqu'en y réfléchissant, je ne devais pas être toute seule dans cette pièce. Mes pensées dérivèrent vers les araignées, les souris, voire les rats qui pouvaient peupler ce sous-sol... Puis, en définitive, ce fut le visage en sang de Jay qui me revint en mémoire dans un éclair.

Est-ce que quelqu'un l'avait retrouvé ? J'espérais que son état n'était pas aussi déplorable que dans mes souvenirs. Inconscient sur le bitume, il n'avait pas relevé une seule fois la tête, et je l'avais surveillé aussi longtemps que la direction prise par Darius me l'avait permis.

Un long soupir s'échappa de mes lèvres. Qu'allait-il m'arriver maintenant ? La rebelle en moi ne se rendrait pas sans se battre, mais une autre partie me sermonnait. *Pour une fois, Charly, ferme-la, fais profil bas* ! Plus facile à dire qu'à faire, en ce qui me concernait.

Est-ce qu'Aden ou la *team* préviendrait la police ? Est-ce que Jay préviendrait Miles ? Ma bêtise était bien plus grande que je ne me l'imaginais. Qu'en avait-il à faire ? Il m'avait prévenue, les Souls seraient bien moins diplomates que lui. Maintenant, j'avais joué... j'avais perdu ! En attendant, je me retrouvais seule ici, sans possibilité de prévenir les miens... Les miens ? Un poids immense chuta sur mes épaules à la pensée que je n'avais plus personne dans ma vie : ni parents, ni frère, ni personne partageant mon foyer et s'inquiétant de ne pas me voir rentrer. *Maudit soit mon orgueil !*

La corde m'entaillait la peau des poignets, ma position ne me permettait pas de me stabiliser. J'étais donc obligée de jouer des pieds et des jambes pour cesser mon balancement. Les efforts que je fournissais renforçaient la prise du lien sur mon épiderme. Qu'attendait cet enfoiré pour débouler et me torturer en bonne et due forme ? Je n'avais jamais assisté aux interrogatoires musclés menés par mon père et mon oncle, mais, en général, c'était souvent dans un sac ou une couverture que ressortaient les pauvres diables qui complotaient contre les Bloods de Chicago.

Personne ne vengerait ma mort parce que, d'une, Aden ne mêlerait pas la *team* à tout ça (je ne l'aurais pas voulu, de toute façon) ; de deux, que ce soient les Bloods de mon père ou de Miles... ils s'en foutaient royalement !

Je demeurais ainsi pendue comme un vulgaire morceau de viande durant un bon moment. Je n'aurais pu déterminer combien de temps s'était écoulé depuis mon arrivée. L'adrénaline retombait au fur et à mesure, remplacée par la fatigue et la sensation de ne plus sentir mes bras. Ma tête dodelinait d'avant en arrière alors que je m'efforçais de ne pas sombrer dans le sommeil. Il ne le fallait pas, Dieu seul sait ce que ces types auraient pu me faire durant mon inconscience.

Concentrée sur les petits couinements provenant du fond de la pièce, je m'imaginais que ce n'étaient que des souris, pas de gros rats noirs aux yeux rouges. Finalement, la poignée tourna et le grincement de la porte me réveilla complètement. Sur le qui-vive, je me dressai sur le bout de mes orteils afin de ne pas montrer ma position de faiblesse.

Darius fit son entrée, escorté par deux de ses gars. L'un d'eux joua à ouvrir et fermer son Opinel, dans un geste rapide et précis, tandis que le second fit craquer ses articulations en me toisant d'un œil moqueur. J'avais peur ? Le mot était faible, pourtant je ne le leur montrai pas. Leur cinéma m'était familier : impressionner le prisonnier pour le faire craquer plus vite. J'étais allée à bonne école. Combien de fois mon oncle m'avait-il enfermée dans la cave du club ? Il aimait le côté psychologique de la torture, laisser imaginer les pires trucs, avant même d'avoir tenté quelque chose. Bien sûr, en ce qui me concernait, le prés' de Chicago ne se contentait pas de si peu. Ça finissait par des coups pour « apprivoiser l'animal sauvage » que j'étais, dixit ce pauvre con !

J'avoue que si j'avais été en présence de Miles ou de l'un de ses gars, j'aurais facilement répondu un truc du genre : « C'est censé m'impressionner ? » Mais là, tout de suite, je me mordis la langue presque au sang pour me retenir de balancer une réplique qui m'apporterait à coup sûr une gifle... voire pire.

Darius s'avança vers moi, il avait ôté son cuir et arborait un t-shirt noir moulant son torse et ses biceps. D'énormes chevalières ornaient ses phalanges, et je sus, à l'instant où mes yeux se posèrent sur elles, que je n'aimerais pas les coups qui allaient pleuvoir d'ici quelques minutes.

Le président des Souls adressa un signe de tête à l'un de ses acolytes qui se mit en mouvement. Le néon au-dessus de ma tête clignota avant d'éclairer nettement de sa lueur blanche la pièce. Je cillai et me rendis compte que je n'étais clairement pas dans un quatre étoiles. Des caisses en bois, des bouteilles et de vieilles couvertures jonchaient le sol crasseux ; des traces suspectes coloraient les murs et quelques endroits du revêtement en béton. Comment avais-je pu encore une fois me retrouver dans une telle situation, alors que j'avais fui cette vie longtemps auparavant ? Les bikers me rattraperaient-ils toujours ?

— Alors, beauté ? T'es plus disposée à discuter maintenant ? commença Darius d'une voix traînante.

— Discuter de quoi ? répondis-je, sur la défensive.

Surtout, Charly, retiens-toi de lui balancer une vanne tout de suite.

— De quoi ? Mais du contrat qui va te lier aux Souls, bien sûr, affirma-t-il avec conviction.

— Je ne signerai rien du tout avec toi. Je ne l'ai pas fait avec les Bloods, ce n'est pas pour m'engager avec les tiens.

Il grimaça, ma réponse ne devait pas être la bonne, apparemment.

— Pourtant, mes frères m'ont rapporté que tu traînais beaucoup avec ces chacals ! Ils viennent faire réviser leurs bécanes chez toi, tu te rends directement dans leur bar et on te retrouve en charmante compagnie, ce soir. Tu te contentes d'un mec de basse classe, alors que tu pourrais tenter l'aventure avec un mec mieux placé dans la hiérarchie.

— Déjà, je fais ce que je veux avec qui je veux ! déclamai-je avec autorité. Et puis, si tu apportes ta moto dans mon garage, et que tu me paies, je ferai le même boulot. Je ne suis allée au bar que pour récupérer mon fric.

— C'est pas ce qu'on m'a dit !

— Et qu'est-ce qu'on t'a dit ? répétai-je d'un ton moqueur.

— Que tu frayes avec les Bloods... Alors tu te tapes Jayden ? Ou peut-être même que tu tournes ? T'es une brebis ? J'ai pas mal de gars ici qui seraient partants pour une petite partie avec toi. Soyons francs, t'es plutôt une jolie poupée !

— Soyons francs, rétorquai-je, j'suis pas intéressée !

— De toute façon, tu ne repartiras pas d'ici sans avoir signé avec nous. Miles peut aller se faire foutre. Indiana et sa bagnole sont à moi ! Ou alors, tu ne seras à personne..., lâcha-t-il en laissant planer sa menace.

— Ma bagnole et moi n'appartenons à personne ! tranchai-je durement.

— Les Bloods sont une mauvaise option !

— Mais qu'est-ce que tu me prends la tête avec les Bloods ? Tu m'as vue porter un de leurs cuirs ? T'as vu leur emblème quelque part sur moi ?

Je sus au moment où ces paroles sortirent de ma bouche que je faisais une énorme connerie. Mon arrêt de mort était signé d'avance si l'envie lui prenait d'aller vérifier par lui-même. Je tentai de rester impassible alors que je savais pertinemment que j'avais mal joué.

— Alors, rien ne t'empêche de devenir une associée des Souls... voire plus ? lança-t-il avec amusement.

— Tu peux toujours rêver ! tonnai-je.

— Attention ! Tu n'aimerais pas que je perde patience. On ne voudrait pas abîmer un si joli minois... Ton frère était peut-être un demeuré profond, mais il avait compris qu'il ne fallait pas jouer avec nous !

Mon sang ne fit qu'un tour. Pour qui il se prenait à insulter mon frère, ce sale con ? Je respirai par la bouche pour me calmer. *Ne pas le provoquer, ne pas le provoquer, Charly, ferme-la !*

— Ouais, alors que toi, t'es un premier prix de littérature ? Tout dans les biceps et rien dans la cervelle !

Purée... Je l'avais fait ! *Que quelqu'un m'empêche de l'ouvrir !*

La gifle magistrale suivit dans la seconde. Ma tête vola sur le côté, je plissai les yeux sous la violence du coup et de la douleur qui s'ensuivit. Le sang coula le long de ma joue. Ça me lançait. Les chevalières avaient dû bien entamer ma peau.

— Je n'aime pas qu'on se foute de ma gueule, et encore moins une pisseuse dans ton genre ! tonna-t-il.

La lumière se reflétait sur son crâne qui brillait par endroits. Est-ce qu'il l'astiquait, pour le faire luire à ce point ? Je secouai la tête, ce n'était vraiment pas le moment !

— Va falloir t'y habituer... La pisseuse que je suis ne signera jamais ce foutu contrat avec toi !

— OK, on va voir si, au bout de dix minutes de traitement spécial, tu ouvriras encore ta grande gueule.

D'un mouvement de tête, il ordonna à l'un de ses molosses d'avancer.

Pendant dix bonnes minutes qui m'en parurent au moins quarante, ce fut un festival de coups en tout genre. Le biker s'en donnait à cœur joie. Il me matraquait le visage de coups de poing et de gifles. Ma tête voltigeait dans tous les sens, j'avais du mal à reprendre ma respiration. Je me forçai à contracter tous les muscles de mon corps pour atténuer la portée des coups qui pleuvaient sur moi. Je n'avais pas besoin de chirurgie pour changer de visage, ils étaient en train de s'en occuper.

Au bout d'un temps, trop long, le massacre cessa, et le gros bras qui aimait frapper les filles recula pour laisser la place à son prés'. Ce dernier eut le geste déplacé d'essuyer le sang qui coulait abondamment de mon nez. Ma poitrine se soulevait avec difficulté, j'avais l'impression de manquer d'air, comme si je venais de courir un marathon à une allure effrénée.

— Un si joli visage, c'est du gâchis ! Après ça, même tes Bloods ne voudront plus te baiser ! Signe ! conclut-il en grondant.

— Jamais ! réussis-je à rétorquer avec hargne.

Nouveau coup. Ma tête commençait à m'élancer, et la pièce prenait des airs de cale de bateau en pleine tempête.

— Signe ! vociféra-t-il.

La respiration saccadée, je ne pus répondre... Mais je tâchai de lui faire comprendre mon refus en lui crachant au visage. Je repassai dix nouvelles longues minutes à me faire passer à tabac. Cette fois-ci, mon bourreau avait changé. C'était chacun son tour, et ils n'hésitèrent pas à me labourer le ventre de coups de poing. J'avais contracté mes abdos de toutes mes forces, comme mon père me l'avait conseillé la première fois où j'avais reçu ma première correction par son frère. Néanmoins, rien n'y faisait. J'avais le souffle coupé. Je ne tenais plus sur mes jambes. Seule la corde m'empêchait de m'étaler lamentablement sur le sol. La tête baissée, je laissai les larmes couler en silence... J'allais mourir avant le petit matin, car il était certain que je ne signerais pas ce foutu contrat. Il n'avait fallu que vingt minutes de torture pour m'achever... Je n'aurais pas fait une bonne espionne.

Mes pensées dérivèrent vers mon frère. La seule bonne nouvelle, c'était que j'allais enfin pouvoir le revoir et en finir avec cette vie merdique. Au moins, je n'entraînerais pas ma *team* dans ma chute. Indy éliminée, ni les Souls, ni les Bloods ne parviendraient à obtenir ce qu'ils voudraient. Je me permis, durant quelques secondes, de penser à Miles... J'allais mourir, de toute façon, je pouvais m'autoriser ce petit caprice ! Aux portes de l'évanouissement, je m'imaginais encore rencontrer son regard bleu acier et m'amuser à l'agacer avec mes répliques mesquines... Je devais me l'avouer avant de mourir, j'adorais ça ! Une nouvelle claque m'empêcha de sombrer.

— Hé ! réveille-toi ! On n'en a pas terminé, s'esclaffa Darius.

— Moi... si, bredouillai-je.

Je n'arrivais même pas à relever le visage vers lui. Il m'attrapa le menton avec violence pour me toiser avec haine.

— T'es vraiment une dure à cuire ! Tu ne cries même pas. Certaines gémiraient ou hurleraient à la mort.

— Désolée de te décevoir... sale con !

Nouvelle riposte. J'avais l'impression d'être complètement ivre... L'euphorie en moins, la douleur en plus.

— Signe ! Les coups cesseront, et je ferai soigner tes blessures. Je t'inviterai même à goûter mes draps.

Un rire nerveux sortit tant bien que mal de ma bouche, faisant tressauter mes épaules, ce qui m'arracha une grimace de douleur.

— J'en ai... rien à foutre... de ta proposition. Je ne signerai... jamais ! Et t'as raison... je préférerais me taper tous... les Bloods que de baiser... avec toi, balbutiai-je avec difficulté, mais conviction.

Cette fois, ce fut la tournée du prés'. Il n'avait pas dû apprécier ma façon de décliner son invitation. Je n'eus pas le temps de jauger sa force, car, à un moment donné, je dus tomber dans les pommes.

Un seau d'eau en pleine figure me réveilla durement, mon corps n'était que douleur. J'avais beaucoup de mal à garder les yeux ouverts, mais je distinguais tout de même le lever du soleil par le soupirail. J'avais réussi, j'avais tenu jusque-là... Je pouvais lâcher prise maintenant.

— T'as bien dormi ? T'es prête pour un second round ? me lança une voix dans la pièce.

Je n'étais prête pour rien du tout, et j'en avais bien conscience. En tout cas, toutes les parties de mon corps, elles, étaient au courant. Je relevai avec peine le visage, l'une de mes paupières ne s'ouvrait plus. Je tentai d'observer celui qui était en face de moi. Ce n'était pas Darius.

— Va te faire foutre ! soufflai-je.

— T'es une vraie furie, toi !

Ce surnom me tira un petit sourire qui me fit atrocement mal. *Petite Furie...* Il n'y avait qu'un mec que j'autorisais à m'appeler comme ça ! La porte s'ouvrit dans un courant d'air qui me fit dresser les cheveux sur la nuque.

— Elle est réveillée ? Elle va signer ?

Je n'entendis pas la réponse. J'imaginai donc que le type avait secoué la tête pour lui apprendre la mauvaise nouvelle.

— Elle a son compte, près' ! Si tu continues, elle va nous lâcher... et on aura perdu un pilote, constata le mec.

— On va arrêter les coups... On va passer à autre chose, déclara Darius avec une voix mielleuse.

Je n'aimais pas du tout ce qu'il suggérait, parce que je n'étais pas capable de me débattre ou de me défendre.

— Je vais commencer. Si tu veux, je te la laisse après. Tu peux aussi aller chercher deux ou trois gars... Elle finira bien par craquer ! reprit le président des Souls.

J'avalai difficilement ma salive, et mon cœur repartit dans une folle chevauchée.

— Elle est plus capable de rien... Ça ne m'intéresse pas ! Mais je vais aller prévenir les autres. On te laisse seul ?

— Ouais, donne-moi dix minutes, et après, je vous la passe.

— J'suis pas sûr qu'elle veuille courir pour nous après ça..., rétorqua le gars.

— Elle n'aura pas le choix ! Appelle Jack, on va la marquer aux couleurs des Souls. Après tout ça, même les Bloods n'en voudront plus.

De nouveau, les larmes coulèrent et me piquèrent aux différentes entailles que j'avais sur les joues. Pas ça, je ne voulais pas ça. Je préférais mourir plutôt que la honte d'un viol en réunion.

La porte se referma, et je sus que j'étais seule avec le boss des Souls. Il s'approcha de moi, releva mon visage en douceur.

— J'suis sûr que tu vas aimer ça, poupée, et que tu m'en redemanderas.

Il tira mes cheveux en arrière pour abattre ses lèvres sur les miennes. Darius en força le passage tandis que je les gardais obstinément, et de toutes mes forces, closes. Il colla tout son corps contre moi, se frottant avec avidité contre mon intimité. Son érection se pressait contre moi. Le biker glissa les mains sur mes seins, les empoignant fermement. Je retins un gémissement de douleur. D'un geste brusque, il déchira mon t-shirt en deux, le courant d'air caressa la peau de ma poitrine dissimulée derrière mon soutien-gorge. Il attrapa la pointe rose entre ses dents. Je retins ma respiration et serrai les mâchoires de toutes mes forces.

— T'aimes ça, hein ? murmura-t-il à mon oreille.

— Va te faire foutre ! lâchai-je.

— Moi non, mais toi...

La bile commençait à remonter le long de mon tube digestif. Je ne voulais pas crier. Ne pas lui donner ce plaisir.

— Tu me le paieras ! Tu ne sais pas qui je suis, connard ! Crois-moi, t'es en train de signer ton arrêt de mort ! le menaçai-je.

Un sourire malsain étira le coin de sa bouche. Il descendit la fermeture de sa braguette pour sortir sa queue, fit de même avec mon jean et positionna mes jambes autour de ses hanches. J'avais envie de pleurer, de crier, de griffer, de lui tirer une balle en pleine tête !

— Tu vas aimer ça, poupée. Crois-moi ! susurra-t-il à mon oreille.

Il avança la main vers l'élastique de ma culotte pour y glisser les doigts à l'intérieur. Des coups de feu l'interrompirent, accompagnés de cris et de bruits de lutte. La porte s'ouvrit en claquant contre le mur...

— Darius... on est encerclés. Ils sont nombreux, et ont réussi à nous prendre par surprise ! s'époumona l'un des Souls.

— Putain, c'est qui ? Les flics ? demanda Darius en me relâchant subitement et en se rhabillant.

Mes jambes retombèrent lourdement, entraînant une brusque tension de la corde qui me retenait encore par les bras. Je gémis de douleur, mais aussi de soulagement en entendant que quelqu'un était en train de mettre une raclée aux Souls. D'autres bruits de détonation et d'objets cassés parvinrent jusqu'à nous.

— Ce sont les Bloods ! Miles est là en personne... Ils sont venus la chercher ! déclara le type en me lançant un regard.

— Quoi ? Miles ? Pour elle ? lança Darius, stupéfait.

Au même moment, la porte éclata sous la rage et la force de l'assaillant qui se trouvait derrière. Des bruits de lutte et des jurons fleurirent à mes oreilles. Je relevai doucement la tête pour voir qui était présent. J'aperçus Sullivan et Slash, aux mains avec deux gars des Souls, alors que Miles avançait avec férocité vers leur prés'. Il posa fermement son arme contre son front, puis, tournant la tête de mon côté, m'inspecta rapidement. Je l'entendis gronder avec force.

— Putain, Darius, je vais te crever, ici et maintenant ! tonna-t-il.

— Son frère a passé un contrat avec moi. Elle est à moi, Indiana fait partie des Souls !

— J'en ai rien à foutre du contrat que t'as passé avec son frère ! T'aurais jamais dû porter les yeux et la main sur elle !

— T'arrives trop tard ! On allait se faire une petite fête, tous les deux, mais si tu veux, je peux partager avec toi.

Miles envoya une manchette dans le visage de son rival. Ce dernier porta automatiquement les mains à son nez qui pissait le sang.

— La fille est à moi ! Je ne comprends même pas pourquoi tu t'es déplacé toi-même jusqu'ici ! Dépose ton Glock, Miles ! On va régler ça, toi et moi. Affronte-moi à mains nues.

— Miles, l'écoute pas, lui conseillèrent Sullivan et Slash, empoignant les deux mecs à genoux.

Le président des Bloods n'hésita pas une seconde. Il ôta son arme du crâne de son adversaire puis leva les bras tout en la faisant tomber au sol. Il toisa avec une rage froide son ennemi, sa poitrine se soulevait avec rapidité. Miles avait l'air fou furieux, et tellement... intouchable !

— Vas-y, mec ! Mais me rate pas, parce qu'après, j'te démonte la tête !

Darius s'en donna à cœur joie. Il lui balança une droite et tenta de le faire chuter d'une balayette, mais c'était compter sans la haine qui animait le chef des Bloods.

Celui-ci encaissa le premier coup et para le second. Il attrapa le bras de Darius pour le tourner avec violence. On entendit nettement un craquement suspect. Miles lui envoya un puissant coup de tête qui le fit basculer en arrière, puis lui asséna plusieurs coups de poing au visage et dans les côtes, le président adverse chuta au sol. Le Blood s'acharna sur l'homme, lui flanquant de nombreux coups de pied pour le finir. Il fallut l'intervention de Slash pour l'empêcher de le tuer.

— Arrête, mec, laisse-le, il a son compte ! Occupe-toi de la Petite Furie, intervint son second, la main sur son épaule.

Miles se pencha une dernière fois sur son adversaire, le tirant par le t-shirt pour s'adresser à lui. Ses yeux n'étaient que métal en fusion.

— Charly appartient... aux Bloods ! La prochaine fois que tu t'approches d'elle, c'est une balle dans la tête que tu te prendras ! C'est pas une menace, mec, c'est une promesse !... Et Indianapolis restera aux mains de mon club, donc t'as plutôt intérêt à te faire discret et à quitter les alentours du garage des Angels. C'est dorénavant notre territoire.

Il lui flanqua un dernier coup de pied dans la tête.

— Et ça, c'est pour Jay, enfoiré !

Slash et Sullivan finirent d'assommer les deux autres membres puis allèrent surveiller la porte. Miles se dirigea finalement vers moi.

La tête baissée vers le sol, je ne voyais que ses boots. D'un geste plein de délicatesse, il releva mon visage pour rencontrer mon regard. Je ne devais sûrement pas être belle à voir, car ses yeux lancèrent des éclairs en examinant mes blessures. Miles soupira et sortit une lame de sous son blouson. Puis, enroulant un bras autour de mes reins, il coupa la corde qui me retenait prisonnière. Je m'effondrai dans ses bras, il me retint de justesse, m'accompagnant doucement jusqu'au sol en me maintenant contre lui. L'odeur de tabac, de cuir et de son parfum remplaça les effluves de moisi qui m'avaient accompagnée tout au long de la nuit. Une longue plainte s'échappa de mes lèvres. Je ne sentais plus mes bras, et j'avais l'impression d'être courbaturée de partout. Le biker trancha les liens qui entravaient mes poignets avant de tourner mon visage des deux côtés en l'examinant minutieusement.

— Comment tu vas, P'tite Furie ? murmura-t-il d'une voix rendue rauque.

Je tentai de sourire à l'évocation du sobriquet, mais j'avais trop mal à la mâchoire. Cela dut ressembler plus à une grimace.

— J'aimerais... bien trouver une bonne... répartie, mais... là, tout de suite... j'ai plus l'air d'une loque que d'une guerrière.

Un sourire étira ses lèvres. C'était une première... Et j'aimais ça.

— Tu plaisantes ? T'es une vraie tueuse ! T'as rien lâché, et s'ils t'ont arrangée comme ça, c'est vraiment que t'as dû les énerver !

— J'ai... rien signé ! déclarai-je avec fierté.

— J'avais aucun doute là-dessus !

Son regard glissa vers mon cou, mon t-shirt déchiré, mon jean déboutonné.

— Est-ce qu'ils t'ont... ? s'inquiéta-t-il, la voix tendue.

Je le coupai.

— Vous êtes arrivés juste à temps.

Il lâcha un soupir de soulagement, puis retira son cuir et m'aida à l'enfiler.

— Allez, ma belle, je te ramène.

J'étais bien incapable de marcher, aussi, Miles se redressa puis me cala contre son torse pour me porter. Il se retourna pour sortir, mais je le retins quelques secondes en m'accrochant à son t-shirt.

— T'es... venu me chercher ? l'interrogeai-je, abasourdie par cette éventualité.

— On dirait que t'en doutais, répondit-il en souriant de nouveau.

Je levai un sourcil dans sa direction, puis laissai retomber ma tête contre son torse. C'était bien la première fois que j'étais aussi heureuse de voir les Bloods. Il s'avança vers Sullivan et Slash, qui attendaient toujours dans l'encadrement de la porte.

— Personne ne touche à P'tite Furie, affirma-t-il dans un souffle.

Ses compagnons l'observèrent. Aucun des deux ne releva. Leur regard obliqua vers moi.

— Alors, Indy ? Je suis sûr que t'aurais préféré courir contre cet abruti de Wayne, ce soir, plaisanta Sullivan.

— C'est sûr ! rétorquai-je en grimaçant.

— Alors, P'tite Furie ? Contente que les bikers soient venus sauver tes fesses ? railla Slash.

— Merci, déclarai-je finalement en l'observant.

Il m'adressa un clin d'œil et se retourna pour ouvrir le chemin à son président, alors que Sullivan surveillait nos arrières.

Nous traversâmes un long couloir sombre avant que Miles ne remonte un escalier en bois qui menait à l'intérieur de la bâtisse. Des gars se tenaient contre les murs, ou jonchaient le sol, alors que plusieurs bikers aux couleurs des Bloods occupaient les pièces et tenaient les Souls en respect.

Miles nous fit sortir. Le soleil levant me fit plisser les yeux. Une multitude de motos étaient garées, éparses autour de la maison. Les Bloods étaient venus en force.

— Tu veux que j'appelle Aden pour qu'il vienne la chercher en voiture ? s'enquit Scott, les yeux verrouillés sur moi.

— Tu peux l'appeler pour lui dire que je l'ai récupérée, mais elle repart avec nous ! trancha-t-il.

Il traversa la marée de motards qui nous encerclait, et je me rendis compte que j'avais complètement sous-estimé l'importance de ce club. Tous les yeux étaient fixés sur nous, observant le cuir du prés' sur mes épaules, décryptant tous les gestes de leur boss. Je n'osais imaginer ce qu'ils devaient penser en cet instant. J'avais l'impression que Miles avait ameuté plusieurs de ses frères pour régler le problème Souls.

Ma haine pour les bikers était tenace. Ma vie n'avait été que violence, douleur et tristesse avec eux, même si, à un moment donné, enfant, j'avais été fière de me promener accrochée derrière mon père, sur sa moto.

Cette nuit avait prouvé, encore une fois, que j'avais raison de les mépriser. Pourtant, les gars qui étaient devant moi n'avaient pas hésité à venir me chercher et à venger leur frère. Même si je savais que c'était sous l'impulsion de leur président. Cette idée m'arracha un frisson.

Est-ce que Miles avait organisé cette descente pour venger Jay ? Pour sauver sa mainmise sur les paris, en récupérant le pilote qui rapportait le plus ? Ou était-il venu me chercher, moi ? Mais pourquoi aurait-il fait ça ?

Il s'approcha d'une moto où il me fit asseoir, puis m'aida à m'installer.

— Tu la fais monter sur ta moto ? intervint Slash, étonné.

— Ouais, se contenta-t-il de répondre.

Le prés' grimpa devant moi et, cette fois, je ne fis pas ma fière. Je m'agrippai directement à lui, passant mes bras endoloris autour de son bassin. Il se raidit un instant, et je me demandai si ce geste le dérangeait. De toute façon, j'aurais été incapable de tenir sur la moto sans son aide.

— T'es bien installée ? s'enquit-il.

Je hochai la tête dans son dos.

— Accroche-toi bien, on y va.

Il démarra sa Harley, puis adressa un signe à la horde. Il était temps de quitter cet endroit avant que les flics ne rappliquent. Les Souls ne tarderaient pas non plus à se tirer d'ici. Ils avaient pris une raclée, mais ne se serviraient pas de la police pour se venger. Les affaires qui opposaient les MC se réglaient entre eux. Accrochée au président des Bloods, je serrai, avec le peu de forces qu'il me restait, celui qui était, semble-t-il, venu me sauver, aujourd'hui.

CHAPITRE 14
CHARLY
DÉCEPTION

Le retour en ville fut un long chemin de croix. Le moindre défaut dans l'asphalte m'arrachait grimaces ou gémissements. Les sinuosités de la route provoquaient des ondes de douleur dans tout mon corps ; plus d'une fois, je crus bien lâcher le président des Bloods et m'étaler au sol. Je savais bien que ce dernier prenait beaucoup de précautions dans sa manière de conduire, tandis que les regards scrutateurs de Sullivan, Scott et Slash ne me quittaient pas, dans l'optique où j'aurais basculé brutalement de la Harley.

J'avais quasiment fermé les yeux tout le long du trajet, je n'ouvris les paupières que quelques secondes pour voir la devanture du bar, alors que nous ralentissions.

— Qu'est-ce qu'on fait, boss ? demanda Slash.

— Tu rassembles les gars, et tu leur offres à boire. Je vais déposer Charly puis je reviens faire le point avec vous, déclara Miles.

— Et pour Jay ? s'enquit le *Road Captain*.

— Je fonce chez moi pour voir ce qu'il en est avec Cassidy. Je vous tiens au courant.

— Tu vas en faire quoi ? l'interrogea à son tour Scott.

Je supposais que cette question faisait référence à moi, affalée contre le dos de leur président.

— Je la ramène chez moi.

— Tu devrais peut-être appeler Hope ou Aden et la déposer chez elle ? Elle a sûrement besoin de soins spéciaux, reprit Scott.

Le silence s'étendit durant quelques instants, je n'avais pas le courage d'assister aux conversations muettes et aux regards qu'échangeaient sûrement les bikers autour de moi.

— Parce que tu crois sincèrement qu'elle est plus en sécurité avec sa copine et son minet ? On parle des Souls, là ! T'as vu comment ils l'ont déjà arrangée ? Et puis, je vais déjà voir avec Cassie ce qu'on peut faire. S'il faut appeler un toubib, on le fera, rétorqua le président des Bloods.

— Comme tu veux, boss, lâcha Scott.

— Il a raison. Darius n'en restera pas là, intervint Slash. C'est un connard vindicatif !

— Écoutez, les gars, pour l'instant, on la planque chez moi. Après, on avisera, d'accord ?

— Ça marche pour moi, déclara Sullivan. Et tiens-nous au courant de l'état de Jay.

Miles redémarra sa moto et nous reprîmes la route en direction de son loft, si j'avais bien saisi son plan malgré mon état.

Bercée par les ondulations de l'engin, j'étais à moitié consciente lorsque je me rendis compte que nous étions à l'arrêt. Il pivota pour me soulever délicatement. Je me laissai faire, l'adrénaline redescendue, j'avais l'impression que mon corps était passé sous un rouleau compresseur. Un gémissement aigu brisa le silence lorsqu'il serra ses bras autour de moi, je fus étonnée de reconnaître ma propre voix.

— Allez, courage, on est presque arrivés, murmura-t-il, le menton posé sur le sommet de mon crâne.

— Miles ? intervint une voix féminine. Oh, mon Dieu ! Mais que s'est-il passé ? Qu'est-ce qu'elle a ?

— Cassidy, tu peux l'ausculter rapidement pour savoir si on doit appeler un toubib ou l'emmener aux urgences ? Elle a eu des... problèmes avec d'autres bikers.

— Non..., réussis-je à souffler, pas d'hôpital.

— Je te dirais bien de la conduire tout de suite là-bas, justement, rétorqua la jeune femme, inquiète.

Mon sauveur me déposa sur le canapé. S'assurant que j'étais bien installée, il me quitta durant quelques secondes qui me parurent une éternité. J'avais de nouveau froid. Péniblement, j'ouvris les paupières pour identifier la pièce autour de moi. Je reconnus l'immense salon aux couleurs grises.

Cassidy s'assit à mes côtés et commença à manipuler mes membres. Elle toucha différentes parties de mon visage et de mon corps. Soyons clairs, je n'avais pas vraiment envie que la petite copine du président m'examine... Et puis quoi ? Elle n'était pas médecin !

Je retenais ma respiration à chaque fois qu'elle appuyait là où ça faisait mal, pinçant les lèvres pour m'empêcher de crier. Miles revint auprès de moi, un linge humide à la main. Il commença à nettoyer délicatement le sang sur mon visage.

— Alors ? s'informa-t-il au bout d'un moment.

— Plusieurs contusions et hématomes, des coupures... et je dirais deux, voire trois côtes cassées ou fêlées. Il faut l'emmener à l'hôpital pour s'assurer qu'elle ne fait pas d'hémorragie interne, déclara d'un ton professionnel la jeune femme.

Tout en me relevant avec peine, je me tins les côtes, percluse de douleurs, puis tournai le regard vers elle.

— Pas d'hôpital ! tentai-je d'articuler avec assurance.

Cassidy haussa les sourcils pour marquer sa surprise.

— Pourquoi « pas d'hôpital » ? Vous êtes quand même impossibles, vous, les bikers ! souffla-t-elle en secouant la tête.

J'étais prête à lui rétorquer qu'elle ne valait pas mieux puisqu'elle sortait avec l'un d'entre eux, mais je préférai garder mes répliques cinglantes pour moi... pour une fois. Après tout, les dernières en date m'avaient valu un traitement de faveur radical.

— Je ne suis pas un biker ! répliquai-je en soufflant. S'il le faut, je repars chez moi prendre deux aspirines et dormir un peu.

— Mais bien sûr ! bredouilla-t-elle en levant les yeux au ciel.

— Je l'attendais, cette réponse-là ! Même complètement amochée, elle jurera toujours bien haut et fort que les bikers sont des abrutis ! s'emporta le président à mes côtés. Comment va Jay ? reprit-il pour couper court à notre différend.

— J'ai réussi à le faire aller à l'hôpital, lui !

— Il est si mal en point ? intervins-je, inquiète.

— Pas plus que toi, mais je craignais que lui aussi souffre de douleurs internes. Ils vont le garder quelques jours et il reviendra en meilleure forme... que toi !

— OK. Je voudrais que tu me ramènes chez moi ! affirmai-je en me levant.

Je titubai et Miles me rattrapa au dernier moment.

— Tu ne vas nulle part pour l'instant ! m'ordonna-t-il. Ma sœur va veiller sur toi le temps que je fasse l'aller-retour au club.

— Ta sœur ? relevai-je avec incrédulité.

Il se fendit d'un grand sourire en voyant mon air, ma méprise l'amusait.

— Ouais, ma petite sœur ! Je ne couche pas avec les gamines, déclara-t-il avec un regard entendu.

— C'est quoi ces histoires ? demanda la sœur en question en fronçant les sourcils.

— C'est rien. Cassidy, tu peux t'occuper d'elle ? Tu lui fais faire un brin de toilette et tu la mets au lit.

— Très bien, je veillerai sur elle, ne t'inquiète pas. Je la mets dans quel lit ? releva-t-elle avec un petit sourire en coin.

— Celui de la chambre d'ami, répliquâmes-nous de concert.

Les yeux de la demoiselle pétillèrent de malice. Miles se leva du canapé et lui tendit le linge humide. C'était sa sœur. Mince alors, je n'en revenais pas ! Quoiqu'en y regardant de plus près, elle avait la même couleur d'yeux aussi incroyable que lui.

— Ça va aller, Charly ? s'enquit-il.

Je hochai la tête avec un semblant d'assurance.

— T'as rien à craindre, tu es en sécurité ici, affirma-t-il avec conviction avant de quitter le salon pour récupérer son cuir et ses clés.

— Miles ? l'appelai-je avant qu'il ne sorte du loft.

Il se retourna en haussant les sourcils.

— Euh... merci, lâchai-je, confuse.

— Il vient de loin, celui-là... Non ? railla-t-il avant de quitter l'appartement.

Je braquai mon regard sur Cassidy Rivera et, au bout du compte, je la trouvai plutôt jolie et agréable. OK, j'étais de mauvaise foi, elle l'était depuis le début, en réalité.

— On va essayer de te faire prendre une douche. Tu en penses quoi ?

— J'aimerais beaucoup, avouai-je.

— Si ça ne t'embête pas, je resterai dans la pièce... au cas où, m'expliqua-t-elle.

— Pas de soucis. En revanche, tu vas devoir m'aider à atteindre l'étage.

Je n'avais pas pour habitude de demander de l'aide, mon truc à moi, c'était : « Débrouille-toi toute seule ! » Ma ligne de conduite depuis plusieurs années, mais il fallait bien avouer que là, les événements m'imposaient une surveillance de chaque seconde.

Parvenue tant bien que mal jusqu'à la salle de bains, je tentai de me déshabiller, mais je dus reconnaître que j'y arrivais sans trop de succès à cause de mes flancs endoloris. La jeune femme s'avança vers moi et, avec un petit sourire contrit, me proposa son aide que je dus accepter. Ôtant avec peine mon t-shirt, je la sentis brusquement se raidir dans mon dos. Je devais certainement être couverte d'hématomes pas très beaux à voir.

Mine de rien, elle continua, jusqu'à ce que je puisse me glisser sous le jet d'eau chaude. Poussant un long gémissement, je laissai couler les larmes que j'avais si longtemps retenues. Mêlées à l'eau, je pouvais espérer qu'on ne discernerait pas la différence.

Du coin de l'œil, je remarquai que la jeune femme s'était installée un peu plus loin, me laissant l'intimité nécessaire à mon savonnage. La bouteille de gel douche en main, j'essayai de me frotter comme je le pouvais, sans m'arracher un cri. L'eau prit rapidement une teinte noir et rouge tandis que je tentais de faire partir le sang sur ma peau... ainsi que l'impression des mains de Darius sur moi.

Le silence dans la pièce m'angoissa, alors je pris la parole pour lancer la conversation.

— Je pensais que tu étais la nouvelle copine du président des Bloods, avouai-je à la jeune femme.

Cette dernière éclata d'un rire franc et cristallin.

— Je comprends mieux votre petit jeu au club, alors, rétorqua-t-elle, amusée.

— Quel jeu ? Je ne joue pas avec ton frère ! Ni avec les bikers, en général, répliquai-je, offusquée qu'elle puisse imaginer quoi que ce soit.

— C'était Paula, la dernière en date... Celle que tu as remise à sa place, m'informa-t-elle sans relever mes paroles.

— Je m'en contrefiche. Ton frère fait ce qu'il veut, avec qui il veut ! Ce n'est pas mon problème. C'est juste que je pensais que tu étais plus convenable que cette pétasse latino.

— J'ai remarqué à quel point tu t'en fichais... Mon frère aussi, je pense, railla-t-elle.

— Tu te trompes, Cassidy. Ton frère et moi, nous sommes des relations de... travail, me défendis-je. Il essaye de me piquer mon business en me faisant croire qu'il va nous protéger, ma *team* et moi. Je ne fréquente pas les clubs de bikers ; d'ailleurs, en règle générale, je m'en tiens éloignée.

— Je ne sais pas ce que trafique mon frère, il me garde éloignée de ses problèmes. Néanmoins, je remarque qu'il est quand même allé te récupérer ce soir et a veillé à ce que tu restes en vie... Il ne fait pas ça avec toutes ses relations de travail, insinua-t-elle.

Je ne répondis pas tout de suite, consciente que les Bloods – et Miles, en premier lieu – n'étaient pas intervenus juste pour réaffirmer leur supériorité face aux Souls ou pour venger Jay. Cela dit, je ne voulais pas y penser maintenant. J'avais encore du mal à envisager que Miles Rivera était différent de ceux de son espèce, et à lui faire confiance.

— Comment arrives-tu à gérer ta vie... en faisant partie d'un MC ? demandai-je, curieuse d'en apprendre plus sur elle.

Après tout, moi, je n'y étais jamais parvenue.

— Ce n'est pas le cas ! Je vis loin de mon frère et de son club. Il ne désire d'ailleurs pas que je m'implique ou que je sois au courant de quoi que ce soit. C'est un grand frère, il cherche continuellement à me protéger. Il n'y a que Miles, mon oncle et nos cousins qui trempent là-dedans..., m'avoua-t-elle avec dépit.

— Je comprends.

Cassidy ne savait pas à quel point je concevais tout ça. En revanche, mon cerveau réagit aux informations qu'elle venait de m'apporter. Ainsi, leurs parents n'étaient pas directement liés au club.

— Et toi ?

Je me raidis sous le jet d'eau. *Comment ça, moi ?*

— Miles m'a expliqué que ton frère est décédé dans un accident de voiture, reprit-elle avec douceur.

Je baissai les yeux vers mes pieds. C'était encore bien difficile d'en parler, même après toutes ces années.

— C'était il y a six ans... Sa voiture a explosé dans un accident, lors d'une course, relatai-je, la gorge serrée, comme si ça s'était passé hier.

— Il te reste de la famille ? Quelqu'un qui pourrait prendre soin de toi ?

— Non. Je n'avais que Matt... Désormais, j'ai ma *team.*

— Ta *team* ? répéta-t-elle en fronçant les sourcils.

— Je possède un garage à Indianapolis, et les quelques personnes qui travaillent avec moi sont un peu devenues ma famille avec le temps. Ils veillent sur moi et je prends soin d'eux.

— Comme un club de bikers.

— Non, pas comme eux. Moi, je n'impose rien à mes amis, nous ne trempons pas dans l'illégalité et dans la violence, réfutai-je.

— Pourtant, les gars m'ont expliqué que tu participais à des courses illégales... Ce n'est pas vraiment honnête.

— Ce n'est pas pareil ! répliquai-je, soucieuse de me démarquer d'eux le plus possible. Ne te méprends pas, je leur suis reconnaissante de ce qu'ils ont fait pour moi ce soir... Mais, quelque part, ils ne valent pas mieux que les Souls.

Ses lèvres se pincèrent sous le coup de la critique et elle tourna la tête. J'imaginais qu'il ne devait pas être facile d'entendre que son propre frère était un enfoiré, membre d'une organisation de criminels.

L'eau chaude avait réussi à délasser un peu mes muscles contractés par les coups reçus. J'attrapai le drap de bain qu'elle me tendait pour m'enrouler dedans. Cassidy ne disait plus rien, j'avais été trop véhémente dans mes dernières paroles, sans doute. Miles Rivera était un biker, mais il restait son frère. Je n'aurais pas apprécié qu'on dénigre Matt non plus.

— Quel genre de grand frère est-il ? demandai-je pour relancer la conversation.

Elle se racla la gorge en se rasseyant pendant que je m'essuyais les cheveux.

— Il a toujours été un rebelle, un révolté, surtout par rapport à moi, la petite fille sage. Son parcours scolaire a été brillant, malgré les bagarres et son côté insoumis. Miles aurait pu avoir une belle carrière. Seulement, après la mort de notre mère, il s'en est pris à notre père, et s'est volontairement opposé à lui. Fan de motos et de belles voitures, il s'est donc rapproché de mon oncle, le frère de notre mère, et de nos cousins bikers. Jimmy l'a fait entrer au sein des Bloods... et quand ce dernier a été assassiné, Miles a repris le flambeau, porté par les anciens du club. Au grand dam de notre père. Pourtant, lorsqu'il est avec moi, je retrouve le Miles que j'ai connu, enfant. Protecteur, moqueur, généreux et gentil. Je sais qu'il trempe dans de sales histoires, il n'en demeure pas moins mon frère et je l'aime.

Mon regard obliqua vers elle, quittant mon reflet dans le miroir. Je lui adressai un sourire. Après tout, Matt aurait pu prendre la place de notre père ou de notre oncle. C'était ce qu'ils avaient toujours espéré. Malgré tout ça, il serait resté mon frère, président d'un MC... mais frère avant tout.

— Il aurait pu faire carrière dans quoi ? poursuivis-je, curieuse.

— Miles a fait des études pour devenir architecte, comme notre père. Il a tout plaqué quelques mois avant de valider son diplôme. Il aurait pu reprendre le cabinet familial.

Malgré mon mal de crâne, je fis le lien avec les livres d'architecture dans sa bibliothèque et le fameux cabinet Rivera dont nous avait parlé Hope. Derrière son autorité et son charisme de président de chapitre, Miles gardait certaines manières, et son parler recherché n'avait rien à voir avec ce que j'avais pu entendre à Chicago durant mon enfance.

— Ce n'est pas facile d'être la petite sœur, énonçai-je, pour elle autant que pour moi.

— Non. J'ai très peur pour lui. Je n'ai pas envie d'être appelée à l'hôpital pour une urgence et de constater que c'est le corps de mon frère qui se trouve devant moi.

Ma gorge se serra, je comprenais ses peurs et son angoisse. Moi, je l'avais vécu. J'avais vu ce corps. Je me rapprochai timidement d'elle pour saisir sa main.

— Je ne connais pas très bien ton frère, mais il me semble tout de même qu'il a la tête sur les épaules et qu'il gère son club avec sérieux. Ce n'est pas le genre de président à sortir son flingue pour un oui ou pour un non, il n'a pas la gâchette facile ! Il prendra donc toutes les précautions pour ne pas te faire souffrir inutilement.

Elle serra ma main à son tour.

— Je suis désolée de te parler de ça alors que toi, tu as eu moins de chance que moi.

Je récupérai rapidement ma main, un peu gênée.

— Ne t'en fais pas pour moi ! J'ai appris à m'endurcir.

Je rejoignis le miroir pour observer mon visage. Un énorme coquard s'étendait autour de mon œil droit. Plusieurs griffures et coupures déchiraient ma peau, ma lèvre était entaillée et j'étais gonflée par endroits. J'étais prête pour Halloween. Le bleu des hématomes faisait encore plus ressortir le turquoise de mes yeux, maintenant que j'étais débarrassée du sang séché.

— Je t'ai apporté quelques vêtements à moi, que j'ai déposés sur la panière, et un tube de pommade à étaler sur tes blessures les plus importantes. Je vais aller te préparer quelque chose à manger avant de te mettre au lit, comme me l'a ordonné mon gentil grand frère, railla-t-elle.

— Je te remercie pour ce que tu fais pour moi.

Elle m'adressa un clin d'œil avant de pivoter pour sortir de la pièce, puis, finalement, s'immobilisa, une main sur la poignée.

— Au fait, lança-t-elle en se retournant, tu en connais beaucoup, des présidents de MC ?

Je m'immobilisai devant le miroir, sans pouvoir lui répondre tout de suite.

— Je te demande ça, parce que tu as comparé mon frère à des présidents moins sages, plus brutaux et francs-tireurs... donc je suppose que tu en connais d'autres pour pouvoir aussi bien en parler ? reprit-elle avec ruse.

— J'ai dit ça comme ça. Une histoire avec un club de bikers me suffit amplement, réussis-je finalement à répondre.

Elle haussa les épaules et sortit de la pièce, me laissant enfin seule. Mon cœur battait à tout rompre dans ma poitrine. Cassidy était maligne. Et moi, je devais vraiment faire attention à mes paroles. Elle avait réussi à m'émouvoir, et je m'étais laissée aller à la confidence. J'avais grand besoin de sommeil, afin d'éviter de révéler certaines choses compromettantes. Après avoir enfilé les vêtements de Cassidy, je descendis pour la rejoindre à la cuisine, bien décidée à ne plus me laisser avoir aussi facilement. Je devais protéger mon secret.

Quelques bruits de conversation me tirèrent du sommeil. Les paupières papillotantes, je grimaçai lorsque les douleurs dans certaines parties de mon corps se rappelèrent à mon bon souvenir. Ma lèvre m'élançait. Pourtant, je me sentais mieux. Mon mal de crâne s'était dissipé et, le ventre plein, je m'étais laissé engourdir par la fatigue dans les draps qui m'avaient déjà bercée, quelques nuits auparavant.

En me redressant, je jetai un coup d'œil par l'immense fenêtre sur ma droite. La nuit était de nouveau tombée. J'avais vraisemblablement beaucoup de sommeil à rattraper. Seuls les lampadaires dans la rue apportaient un semblant de luminosité dans la chambre. Repoussant la couette, j'essayai de me mettre debout sans vaciller, ce qui ne fut pas chose aisée.

Le long gilet de laine que m'avait prêté Cassidy trônait sur la chaise en osier, dans le coin de la pièce. Je le saisis pour m'en couvrir les épaules, car les frissons me parcouraient encore le corps. J'avançai prudemment vers la porte, dressant l'oreille. C'était bien une voix masculine qui m'avait tirée de mon repos. J'ouvris la porte pour emprunter la passerelle, avant de descendre l'escalier. Un coup d'œil me permit d'entrevoir Miles et Cassidy en pleine discussion. Ils se chamaillaient, comme le font un frère et une sœur. Tout cela me rappelait trop les moments passés avec Matt... Il me manquait. Le président des Bloods fut le premier à me remarquer, il leva la tête dans ma direction.

— T'es réveillée, Belle au bois dormant ? se moqua-t-il.

— On dirait bien, répondis-je, un peu sur la défensive.

— T'as meilleure mine... Enfin, si on peut dire ça, malgré ton maquillage de boxeur ! répliqua-t-il.

— C'est bon, Miles ! Tu vas mieux, Charly ? s'enquit sa sœur.

Encore une personne qui m'appelait par mon vrai nom. J'avais vraiment du mal à m'y faire.

— Je n'ai plus mal à la tête, même si j'ai toujours l'impression d'être passée sous un rouleau compresseur, avouai-je dans un sourire. Ce sont surtout mes côtes qui me font souffrir, mais je tiens de nouveau sur mes jambes, c'est déjà mieux.

— Je vais aller te chercher des calmants pour la douleur, mais il faudra quand même montrer ça à ton médecin et éviter le sport ou les mouvements brusques.

— La bagarre et les joutes verbales, ça compte comme du sport ? lança de manière sarcastique le prés' des Bloods.

Cassidy se leva pour se rendre à la cuisine, en n'omettant pas de balancer un coup dans l'épaule de son frère au passage – coup qui ne le fit même pas ciller –, tandis que je me dirigeais vers le salon pour m'asseoir à l'opposé de lui. Les bras croisés derrière la tête, il m'étudiait en silence.

— T'es quand même une sacrée dure à cuire pour avoir résisté aussi longtemps à Darius. J'en connais plus d'un qui aurait signé ou imploré sa pitié. Je ne sais pas qui t'a appris à être aussi endurante aux coups, mais il a bien fait son boulot, déclara-t-il avec plein de sous-entendus.

Je n'aimais pas ces insinuations car, moi, je savais à qui je devais ce caractère et cette aptitude à encaisser. Peu importe ce qu'il cherchait sur mon compte, cela ne me plaisait pas.

Toute cette histoire m'avait fait entrevoir Miles et ses gars autrement, et je ne voulais pas qu'ils découvrent qui j'étais. Dieu seul savait comment ils réagiraient. Est-ce qu'ils m'accepteraient comme une Blood à part entière ou me vendraient-ils à bon prix à mon oncle ? Je frissonnai à l'idée que, peut-être, je me plantais encore sur toute la ligne, spécialement depuis mon « sauvetage » improvisé.

Je savais notre confrontation inévitable après ce qu'il s'était passé, mais je devais avouer que je ne savais pas trop comment me comporter, comme déstabilisée par mon propre ressenti. Il était toujours un sale con de biker... mais un biker qui n'avait pas hésité à venir me sauver alors que je ne représentais rien pour le club ou pour lui.

Une chose était sûre, je lui étais reconnaissante. Cela dit, le soulagement profond et la satisfaction que j'avais éprouvés dès lors que je l'avais vu pénétrer dans cette cave, tel un fauve, pour m'arracher aux mains de Darius, me troublaient indubitablement, aujourd'hui.

Cassidy revint, un verre à la main. Elle me le tendit avec quelques cachets que j'attrapai et avalai sans hésitation.

— Comme ça, tu fais des études de médecine ? l'interrogeai-je pour chasser toutes ces pensées qui se heurtaient dans mon esprit.

— Non, d'infirmière, à l'université de Chicago, me répondit-elle.

— Vous êtes faites pour vous entendre. Tu ne devais pas aller à l'université de Chicago ? me lança-t-il.

Je cillai. Est-ce que je lui en avais parlé ? Mince, je ne me souvenais plus. Avait-il entrepris des recherches sur moi ? J'étais de plus en plus troublée.

— En section droit de l'université privée de Chicago, mais c'est du passé tout ça.

— Tu devais faire ton droit là-bas ? Waouh ! Ce n'est pas donné à tout le monde de pouvoir y entrer, s'exclama Cassidy.

Le regard du chef des Bloods était rivé sur moi. Je n'avais pas besoin de me tourner vers lui pour percevoir le poids de ses yeux inquisiteurs.

— J'avais bossé pour décrocher une bourse, lâchai-je en haussant les épaules.

— T'es une bosseuse comme Miles, finalement !

Je l'observai furtivement et le vis se raidir. Il tourna brusquement le visage vers sa sœur.

— Cass ! gronda-t-il.

— Elle est au courant ! Je lui ai dit, avoua cette dernière en haussant les épaules.

— Quoi ? s'écria-t-il.

Visiblement, lui non plus n'avait pas envie de dévoiler des bribes de son passé.

— Je ne vois pas ce qu'il y a de mal à expliquer que tu es un architecte de génie !

— Bon sang, Cassie ! râla-t-il.

Ses biceps roulaient sous les manches de son t-shirt, alors qu'il se tendait sous le coup de la contrariété.

— Je ne dirai rien... si c'est ça qui t'inquiète, répliquai-je, un brin moqueuse.

— Je m'en fous pas mal ! tonna-t-il.

Il se leva soudain, passant la main dans ses cheveux blond foncé. Ses tatouages s'étirèrent sur ses bras tendus. Je ne remarquai que maintenant ses traits tirés et les légers cernes sous ses yeux. Avait-il dormi depuis... tout ça ?

— Arrête de râler, Miles ! Vous êtes vraiment tous les mêmes dans ce milieu. Aucun ne veut se dévoiler ou parler de soi... comme si votre vie relevait d'un film d'espionnage. Y'a aucun mal à avoir eu une vie avant de devenir biker. Toi, dans l'architecture, et toi, dans le droit. Décoincez-vous ! se moqua Cassidy.

Je me raidis et écarquillai les yeux. Pourquoi parlait-elle de moi en ces termes ?

— Qu'est-ce que tu racontes ? Elle n'est même pas biker ni femme de biker, d'ailleurs. Elle nous exècre ! Tu ne l'as pas encore vue montrer les dents quand elle est en notre compagnie, riposta son frère, agacé.

Cassidy fronça les sourcils, soucieuse. Son cerveau tournait à cent à l'heure, quelque chose la dérangeait dans tout ça.

— Ah bon ? Mais pourquoi tu portes le même tatouage que mon frère sur ton omoplate, alors ? me demanda-t-elle, perplexe.

Ce fut comme si l'on m'avait donné un nouveau coup dans l'estomac. Le souffle coupé, les lèvres pincées, je déglutis avec peine. Mon cœur s'emballa carrément dans ma poitrine... Vite, une réaction, un mensonge, une échappatoire. *Quelle conne je fais !* La salle de bains, le t-shirt qu'elle m'avait aidée à enlever. Avec toute cette histoire, j'avais complètement omis de laisser mon pansement sur mon tatouage. C'est pour ça qu'elle s'était raidie, et non à cause de mes blessures. Le mur se rapprochait inévitablement de moi... Chicago aussi.

— Quoi ?! s'exclama le chef des Bloods en se tournant brusquement vers sa sœur, puis vers moi.

Dire que je n'en menais pas large était un euphémisme. Tout ce travail, ces secrets, pour en finir là... être démasquée par une jeune femme innocente qui n'avait même pas conscience qu'elle venait de faire basculer ma vie... Le précipice n'était pas loin.

— C'est quoi ces conneries ? reprit-il en fronçant les sourcils et en me scrutant intensément, comme s'il pouvait voir le fameux tatouage à travers mon t-shirt.

Muette, je baissai les yeux vers le sol. Que pouvais-je bien faire ? Miles n'était pas un abruti, il avait déjà des doutes à mon encontre, je l'avais bien perçu dans son discours. J'étais coincée. Le crâne tatoué sur ma peau était la preuve qui me reliait à mon passé. J'aurais dû le faire enlever au moment où nous nous étions installés à Indianapolis... Le temps des révélations était venu. L'effroi et l'angoisse m'étreignirent, la douleur dans mes côtes se fit plus lancinante. Cependant, et à mon grand étonnement, c'était plutôt sa réaction à lui qui m'importait en cet instant. Comment allait-il se comporter face à la vérité ?

Devant mon silence absolu, il reporta de nouveau son attention sur sa sœur. En découvrant mon visage livide, cette dernière comprit qu'elle avait gaffé.

— Euh... je ne sais plus. Je me suis peut-être trompée. Il ressemble au tien, mais ce n'est sûrement pas le même, tenta-t-elle de se rattraper, confuse.

Un rictus prit naissance sur mes lèvres. Ne connaissait-elle pas son frère ? Il était ferré. Tel un squale flairant le sang, il ne me lâcherait plus, maintenant, jusqu'à ce que je lui livre la vérité.

— Charly ? s'énerva-t-il.

Je déglutis, puis soufflai, lasse, pour me laisser le temps de rassembler mon courage, mais avant tout, de trouver les mots.

— Elle a raison, avouai-je dans un murmure.

Je me levai lentement, pivotai pour leur offrir mon dos, et dénudai mon épaule et mon omoplate afin de leur dévoiler le dessin d'un crâne avec un impact de balle... Le symbole des Blood Skulls.

— Putain, c'est quoi ce bordel ! T'es... t'es une Blood ? s'écria-t-il, stupéfait.

Je me retournai pour affronter son regard gris-bleu qui étincelait sous le coup du choc. J'avais peur... peur de Chicago, de mon oncle, mais surtout, peur de sa réaction... à lui.

— Je m'appelle Charly Wittman, fille de James Wittman, second et frère de Wesley Wittman... président des Blood Skulls de Chicago, révélai-je dans un souffle.

Le silence s'abattit sur la pièce. La tension grimpa d'un cran. Cassidy, effarée, avait la main sur la bouche. Miles, lui, horrifié, m'observait comme s'il me voyait pour la première fois.

— Mon frère et moi, nous avons fui le club et notre famille, il y a plusieurs années de cela. Matt a plaqué le club, a lâché son cuir, car il ne supportait plus de voir mon oncle me mettre la raclée parce que je ne voulais pas rentrer dans le rang. Ce n'était pas une vie pour une jeune fille : la drogue, les armes, la brutalité, les prostituées et les filles qui se donnaient aux gars à la vue de tous. Et puis, le jour où Wesley a parlé de me « donner » à un autre président de MC pour s'assurer une alliance solide, Matt a pété un plomb et a décidé qu'il était temps pour nous de partir, d'échapper à cette vie de violence et de criminalité. J'avais quinze ans. Mon frère nous a baladés dans deux ou trois villes avant que l'on s'installe ici. Il a modifié nos noms et a payé un type pour qu'il efface nos traces... Il m'a ensuite inscrite au lycée et m'a toujours conseillé de ne jamais parler de notre passé et de notre famille. Il fallait être discrets, ne plus parler en « code biker », éviter ce monde-là afin de ne pas être reconnus. Il a veillé à me protéger et à m'éduquer loin de cet univers. Quand il est... mort, je me suis retrouvée seule, mais j'ai toujours suivi ses conseils : m'éloigner d'eux et les éviter au maximum pour qu'ils ne me retrouvent pas, racontai-je, la voix rendue rauque par l'émotion.

— Merde alors, lâcha Cassidy.

Miles plissa les yeux, me toisant avec... Je n'arrivais pas à déceler l'émotion dans son regard, mais je n'aimais pas ça. Visiblement, sa réaction n'était pas celle que j'espérais.

— C'est pour ça qu'on ne trouvait rien sur toi ! Ni nom, ni école, ni famille. Ton parler, tes manières, ton côté indocile... T'es une fille de biker, et pas n'importe lequel ! Moi qui pensais que t'avais eu un mec un peu trop brutal qui t'en avait fait voir de toutes les couleurs. Je comprends mieux tes réactions et ton caractère, remarqua-t-il avec amertume.

Je ne comprenais pas pourquoi il prenait ce ton. Ne saisissait-il pas ce que j'avais enduré, pourquoi je cherchais à dissimuler mon passé ?

— C'était juste mon oncle qui s'amusait à me dresser, lâchai-je, sardonique. Mais… Qui ne trouvait rien ? T'as fait des recherches sur moi ? m'exclamai-je, soudain choquée.

— Bien sûr ! Tes réactions étaient bizarres, tu connaissais trop de choses sur notre monde. Je savais que tu cachais quelque chose. Je me devais de protéger mes frères, mon club, mon business...

J'hallucinais complètement. Mes côtes me faisaient souffrir le martyre, pourtant, ce furent sa réaction et ses paroles qui me donnèrent le coup fatal. J'étais vraiment une abrutie totale !

— Ton business ? Tes putains de magouilles pour me faire tomber et récupérer l'argent de mon travail, tu veux dire ! Tu ramasses le pactole avec les paris, vu que je ne serai plus là pour te barrer la route, et en plus, tu te fais bien voir par ce connard de Wesley ! Toi qui voulais grimper les échelons jusqu'à Chicago, tu vas pouvoir ramener la fille désobéissante et rebelle du second des Bloods.

Mon corps tendu se dressait face à celui qui, en l'espace de quelques minutes, était devenu mon ennemi. Chacun crachait son fiel au visage de l'autre. Le souffle court, les mains tremblantes, j'étais prête à me jeter à la gorge de Miles malgré mes côtes cassées. Et dire que j'avais failli croire aux belles histoires de sa sœur. Lui qui était différent, avec son passé, sa famille, ses études. Un mec bien, un biker qui aurait possédé une conscience et... un cœur. Je pouvais entendre les ricanements de mon oncle se foutant allègrement de moi, les remontrances de mon frère. Je m'étais fait avoir par un des leurs !

— Calme-toi, Charly, intervint avec douceur Cassidy pour désamorcer la situation plus que tendue. Tu ne crains rien. Mon frère n'est pas comme ça. On ne te dénoncera pas, tu es en sécurité. Comme si on allait te ramener à une famille qui voulait te vendre comme un vulgaire morceau de viande ou un objet. N'est-ce pas, Miles ? l'apostropha-t-elle.

Ce dernier ne desserra pas les dents. Il était déjà en train de compter le fric qu'il pouvait se faire, dans sa putain de tête de prés' de MC.

— Miles ! s'écria Cassidy, en colère, alors qu'il ne confirmait aucunement ses dires.

— Te mêle pas de ça, Cassie. Ce sont les affaires du club, lâcha-t-il froidement.

— Finalement, j'avais raison. Tu ne vaux pas mieux que ceux à qui tu m'as enlevée hier soir... T'es qu'un connard de biker, un de la pire espèce... Un putain de chef sans cœur. T'as raison d'aller trouver mon oncle, il saura te récompenser à ta juste valeur, comme le sale con à sa botte que tu es ! crachai-je avec fureur.

— La ferme ! tonna-t-il en abattant un poing rageur sur l'un des poteaux qui soutenaient la passerelle.

La violence... Typique de ce genre de mec. Je le toisai avec tout le dégoût qu'il m'inspirait. Puis, rageuse, je courus pour atteindre l'escalier et me réfugier dans la chambre qui me servait d'abri. Claquant la porte derrière moi, je la verrouillai et me laissai glisser contre elle, jusqu'au sol. Cette nuit-là, ce ne fut pas la douleur des coups donnés par Darius qui m'acheva, mais le goût amer de la trahison. Une meurtrissure profonde que je n'avais pas ressentie depuis longtemps. Tout cela parce que j'avais eu tort de me laisser aller à espérer... pensant avoir trouvé quelqu'un de différent.

Les larmes glissaient sur mes joues, ma cage thoracique était secouée par mes sanglots silencieux. J'entendis des éclats de voix alors que Cassidy se disputait avec son frère. Pauvre petite sœur qui se rendait compte que son héros de frère n'était qu'un sale con.

Après un moment, je serrai les poings sur mes cuisses, comme lorsque je me trouvais seule, dans cette cave, après le passage de mon oncle. Indy reprit le contrôle de la situation... Je ne me laisserais pas faire. Après tout, j'étais une Wittman. La première étape était de m'enfuir d'ici, et de mettre de la distance entre le président des Bloods et moi.

[illegible]

CHAPITRE 15
MILES
MISE AU CLAIR

Je me tournai et me retournai dans le lit, tapant du poing dans l'oreiller. Je pestai, râlai, insultai le monde entier. J'avais fini la nuit à l'appart, au-dessus du club, après m'être méchamment pris la tête avec Cassie. Jamais ma petite sœur ne m'avait parlé de cette manière, elle découvrait ma vraie nature et j'en étais malade. C'est pour ça que je lui avais toujours tout caché. La vie d'un président de MC, ce n'était pas comme dans les romans ou les téléfilms à l'eau de rose. Il y avait des décisions à prendre, des choses à faire... Même si ce n'était pas facile à avaler.

Je me positionnai sur le dos, les yeux fixés au plafond. J'en avais marre de voir les yeux turquoise emplis de désillusion de Charly. Elle aussi était déçue. Mais merde, elle croyait quoi ? C'était une fille de biker, elle savait mieux que Cassidy comment ça se passait : la loyauté va au club et aux frères !

Je soufflai comme un taureau. Comment elle pouvait être la fille de James ? J'avais entendu parler de cette histoire, comme tout membre du club qui se respecte. Les enfants du second de Chicago avaient foutu le camp, et Wesley était à leur recherche, ivre de rage. C'était un salopard. Un tueur né. La criminalité coulait dans ses veines... *On ne quitte pas les Bloods.*

Je ne m'étonnais plus que ce petit brin de fille soit aussi forte, surtout après être passée entre les mains de ce dégénéré.

Pourtant, il m'avait semblé que James n'était pas comme son frère. Il était plus tolérant, moins cinglé. C'était toujours à lui que j'avais eu affaire. Droit, réglo, il m'avait donné pas mal de conseils au début de ma présidence. Rares avaient été les fois où j'avais dû m'entretenir avec le président lui-même. Je n'arrivais pas à croire qu'elle était une Blood de Chicago, sa fille. Quel abruti j'étais ! Pourtant, à bien y réfléchir, ils avaient les mêmes yeux. Ceux qui valaient à James un nombre incalculable de filles sur ses genoux... Ceux dans lesquels j'aurais volontiers plongé... quitte à y perdre pied. Je secouai la tête pour me reprendre aussitôt.

Comment je pouvais passer pour un héros et un salopard en l'espace de quelques heures ? Je n'osais imaginer ce qui pouvait se dérouler dans sa petite tête. Elle qui était rebutée par tous les mecs dans mon genre, je venais de lui prouver qu'elle avait raison depuis le début.

Mon cerveau tournait à cent à l'heure. Que devais-je faire ? Appeler James dès le lendemain ? La ramener moi-même à son bourreau ?... Laisser couler ?

Il lui fracasserait le crâne, pire que la manière dont s'y était pris Darius, et je ne voulais pas envisager qu'il la prostituerait à l'un de ces barjots des clans rivaux juste pour obtenir leur obéissance. Non ! Ça, c'était impossible, inconcevable ! Je ne m'étais pas démerdé pour la sauver d'un président aliéné pour la laisser aux mains d'un autre qui s'amuserait à faire pire.

Son visage tuméfié et son corps suspendu à la corde dans cette cave pourrie se dessinèrent dans mon esprit. La rage enfla en moi comme une rivière qui sort de son lit. Purée, j'aurais pu le tuer de mes mains pour avoir osé faire ça. Cette Petite Furie, c'était... Je n'arrivais même pas à trouver les mots ! Je savais qu'elle allait être une source d'ennuis à l'instant où j'avais croisé son regard de démon. J'étais vraiment dans la merde, cette fois-ci !

J'entendis distinctement les bips du Digicode alors que je me trouvais assis sur le siège du bureau. Vers quatre heures et demie, à bout, je m'étais installé devant l'ordi. Fouinant sur le Web, à la recherche d'infos sur les Wittman, je n'avais pas trouvé grand-chose. C'était une des premières choses qu'on apprenait en incorporant le club : ne pas laisser de traces.

Je relevai la tête au moment où j'entendis des pas dans l'escalier. Sullivan. Ce dernier s'immobilisa quelques secondes en constatant ma présence. Il se figea encore plus en voyant ma tête.

— Salut boss ! T'étais pas rentré chez toi, hier ? me demanda-t-il, intrigué.

— Si, répondis-je laconiquement.

— OK. Y'a un problème.

Ce n'était pas une question. Sullivan me connaissait bien. Lui et moi avions la même tendance à tout dissimuler : les soucis, les sentiments... On se blindait derrière une carapace de froideur.

— Ce n'est pas Jay ? reprit-il, soucieux.

— Non. Notre p'tit gars se remet bien, il est chouchouté par les infirmières.

— Donc c'est Indy ! déclara-t-il, comme une évidence.

Je relevai subitement le visage vers lui. *Pourquoi ce serait forcément elle ?*

— Pourquoi elle ? m'enquis-je.

Il passa la main sur son menton en rigolant.

— Comment te dire sans que tu le prennes mal ?

— Essaye toujours. Je verrai bien si je te mets une raclée ou pas ! tranchai-je avec humeur.

— Miles, mec ! Cette fille... c'est comme un putain d'interdit que tu meurs d'envie de braver. Tu l'as dans la peau et tu ne t'en rends même pas compte, ricana-t-il.

Je me renfrognai. Si c'était ça, c'était vraiment la merde.

— N'importe quoi ! Je t'ai déjà dit que c'était qu'une sale gamine qui se croit intéressante et...

— Arrête, même toi, tu n'y crois pas vraiment à ces conneries. Elle te défie, te cherche tout le temps... Elle est aussi accro que toi. Putain, on l'a tous vu ! Et encore plus quand on est allés la chercher. Toi, t'avais qu'un objectif : elle. Et nous, limite, on n'existait plus à partir du moment où t'es entré dans la pièce. Ses yeux étaient fixés sur toi. J'étais là, je te rappelle. Elle n'a lâché prise que lorsque tu l'as enfin prise dans tes bras... Elle était en confiance.

Je carrai les épaules. Ego du mâle dominant, sans doute.

— Ben, si c'est ça, il va falloir que ça me passe, et fissa ! déclarai-je, indifférent.

— Quoi ? Allez, mec, tes réactions et tes gestes sont sans équivoque. Comment veux-tu que ce ne soit pas clair, après avoir alerté tous les frères pour aller botter les fesses de Darius, et l'avoir ramenée derrière ta Harley, ton cuir sur le dos ? Tu rêves ! railla-t-il. Les gars sont déjà en train de parier sur le jour où ils la verront sortir décoiffée de ta chambre. Il se dit que celle qui deviendra la régulière du président est un joli brin de fille qui pilote des voitures de course.

Je laissai échapper un soupir devant l'afflux d'images mentales très significatives.

— C'est quoi le problème ? C'est encore Aden qui fait des siennes ? reprit-il.

— Non, c'est pire.

— Pire ? répéta-t-il en haussant les sourcils.

Cette fois, j'avais su attirer son attention. Son sourire s'effaça.

— Je sais finalement qui est cette fille. Je l'ai appris par hasard, hier... quand j'ai vu son tatouage.

— Ouais ? lâcha-t-il pour m'inciter à continuer.

Purée, même moi, j'avais du mal à l'avouer tout haut, comme si le fait de le taire pouvait changer les choses.

— C'est une Blood... de Chicago !

— Quoi ? C'est la meuf d'un de nos frères ? s'insurgea-t-il.

— Non, rétorquai-je avec amertume, c'est la fille de l'un d'eux, et pas n'importe lequel. Elle s'appelle Charly Wittman.

Je vis l'horreur dans les yeux de mon frère, ses mâchoires contractées à l'excès.

— Lequel ? demanda-t-il avec prudence.

— Pourquoi ? Ça change quelque chose ?

— Ouais, quand même !

— D'un côté, c'est la fille de l'un ; c'est donc la nièce de l'autre ! Alors je vois pas trop ce qui change.

— Je ne connais que la réputation de Wesley, mais, à mon avis, pour toi comme pour elle, vaut mieux que ce ne soit pas lui, le père. Il aurait tous les droits sur sa fille.

— C'est celle de James !

Il soupira de soulagement, et je ne comprenais vraiment pas pourquoi.

— Tu te sens soulagé ? Vraiment ? T'es con ou quoi, Sul' ? Va falloir les avertir ou la ramener là-bas. Tu sais comme moi qu'elle s'est barrée, et qu'ils sont à sa recherche depuis... Je ne sais même plus depuis quand, d'ailleurs.

— Premièrement, oui, je suis soulagé que ce soit James, car on peut discuter plus facilement avec lui qu'avec son frère. Et deuxièmement, t'es sérieux là ? Tu veux ramener la fille que t'as dans la peau ?

Je me pris un coup dans l'estomac. Le souffle me manqua. Bousculant le siège, je me levai avec colère.

— Cette fille n'est rien pour moi, bordel ! Arrête tes conneries ! Faut pas confondre convoitise avec business et profit. Si vous n'avez toujours pas compris que c'est ce qu'elle représente qui m'intéresse, ben faut changer de boulot, les gars, déclamai-je avec fureur. Elle est bien roulée, je l'ai forcément remarqué, comme vous tous d'ailleurs, mais c'est pas pour ça que je vous casse les pieds avec des conneries d'attirance ou autre chose dans le genre. J'suis le prés' des Bloods, désolé, mais il me faut autre chose !

— OK, OK, déclara-t-il en levant les mains pour me calmer. J'pourrai annoncer la bonne nouvelle à Scott et Jay, alors, poursuivit-il comme si de rien n'était.

— Quelle nouvelle ? grondai-je encore.

— Ben qu'on s'est plantés, et que la voie est libre auprès d'Indy. Ils n'osaient pas tenter leur chance de peur d'empiéter sur tes plates-bandes, m'expliqua-t-il, placide.

— Ouais, c'est ça, et oublie pas de leur dire d'aller demander l'autorisation à son papa.

Je passai la main dans mes cheveux. Il fallait que je recouvre mon sang-froid.

— Miles ? Sans déc', on ne va quand même pas faire ça ? On vient de la sauver des mains de Darius, on ne va pas la renvoyer à ce dégénéré de Wesley ?

Je haussai les épaules.

— D'après ses dires, son frère et elle se sont barrés parce qu'il voulait l'offrir au président d'un club rival en signe de bonne foi, pour une alliance... Elle avait quinze ans.

— Tu plaisantes ? Sa propre nièce ? Enfoiré ! Et James ?

— J'en sais rien.

— On comprend mieux son attitude face à nous et aux bikers en général. Tout s'explique. Purée, c'est une vraie Blood de sang, j'en reviens pas.

— Ouais.

— Tu vas faire quoi ? Elle est où, là ?

— Je ne sais pas. En tant que prés' des Bloods, je me dois d'obéir aux règles, encore plus quand il s'agit de celles du chapitre mère. Pour l'instant, elle est chez moi, mais elle s'est enfermée dans la chambre d'ami quand elle a compris que j'avais l'intention de la ramener.

— Pourquoi tu lui as laissé entendre que t'allais faire ça ? releva-t-il, incrédule.

— Je te signale que c'est mon job, notre job ! le recadrai-je avec fermeté.

— C'est un animal sauvage que t'as presque réussi à apprivoiser en la sauvant des mains d'un braconnier... et maintenant, tu lui fais croire que tu vas la confier à un cinglé qui va la mettre en cage. À sa place, je pense que je t'en aurais collé une, et je me serais barré ailleurs que dans ta chambre d'ami.

Je basculai la tête en arrière, fermant succinctement les paupières.

— Tu sais déjà comment vont réagir les autres, reprit-il, blasé face à mon air résolu.

— Ben non. Figure-toi que je suis déjà perplexe en voyant ta propre réaction.

— S'il le faut, on t'obéira, comme toujours, mais...

— Mais ? l'interrogeai-je en rebasculant la tête pour lui décocher un regard mauvais.

— Scott, Angel et même ce gros naze de Slash ne seront pas d'accord avec toi et ta décision. Et je ne parle même pas de Jay. Il la kiffe trop, cette petite nénette. Il a pris une raclée pour ses beaux yeux, je te rappelle.

— Slash ? répétai-je en ricanant, sceptique.

— Qu'est-ce que tu veux ? Même lui s'est laissé avoir par son côté insoumis et ses grands yeux turquoise. On a quasiment tous succombé... Tu imagines bien que j'ai du mal à croire que toi, tu te dises insensible à son charme.

Je laissai le silence s'installer durant un petit moment. Des images de Charly, de James, de mes frères tournaient dans mon esprit. Cette situation m'insupportait. Je frappai du poing sur le plateau du bureau.

— Ben tu devrais, parce que je n'en ai réellement rien à foutre de cette fille ! affirmai-je avec assurance. Tout ce qui m'intéressait, c'était le business autour d'elle et des courses... Et le fric qu'elle aurait pu me rapporter.

Il secoua la tête d'un air dépité, mais ne riposta pas pour m'opposer d'autres arguments. Sullivan n'était pas Slash, il utilisait souvent sa tête pour me parler, avec sang-froid. S'il avait quelque chose à me dire, il le ferait très probablement en me démontrant que j'avais tort... Plus tard. C'était pire.

— Parfait, maintenant que les choses sont claires, je vais en parler à nos frères et leur expliquer la situation : si j'ai fait appel à eux, c'était dans l'objectif de la ramener à son chapitre afin que l'honneur et la récompense reviennent à notre club, exposai-je d'une voix ferme.

— Bien. Je vais les réunir le plus rapidement possible... Sauf Jay, pour l'instant. Je suppose que le projet de paris sur les courses de voitures n'est plus d'actualité ? s'enquit-il avec détachement.

— Pourquoi ça ?

Il me toisa comme si j'étais un débile profond.

— Parce qu'on compte livrer la star du circuit à Chicago, me semble-t-il.

— Il n'y avait pas qu'Indiana sur ce fameux circuit, répondis-je du tac au tac.

— C'est sûr, mais c'était sa présence et sa participation qui faisaient sortir les gros parieurs. C'est elle qui nous a permis d'avoir nos entrées dans ce monde clos. Je ne pense pas que les Angels voudront encore nous aider, après avoir neutralisé leur patron et pilote. D'ailleurs, je ne suis même pas sûr que le garage continuera d'exister, après ça. Sans sa figure de proue, le navire va sombrer.

Je n'aimais pas que Sullivan fasse son oiseau de mauvais augure en m'expliquant les conséquences néfastes de mes décisions. Slash aurait juste répondu : « Bien, boss, c'est comme si c'était fait ! »

Appuyé contre le bureau, je croisai les bras en soupirant... Est-ce que le monde entier s'était ligué contre moi ou quoi ?

La sonnerie de mon portable me sortit de mes réflexions. Je contournai le meuble pour récupérer mon smartphone.

— Allô ? Cassie ? Écoute, je ne peux pas te parler, maintenant. Je rentrerai tout à l'heure, on finira notre discussion et je... Quoi ? Quand et où ? Bordel ! Non, pas maintenant. À plus tard !

Sullivan, les bras croisés, la mine sombre, me dévisagea, attendant les infos qui avaient de nouveau fait grimper ma tension en quelques secondes. Je me renfrognai.

— C'était Cassidy.

— J'avais compris.

— Elle a voulu aller voir Charly pour vérifier que tout allait bien... Bon sang, cette furie a pris ses affaires et s'est barrée, lâchai-je avec hargne.

Sul' gratta sa barbe naissante pour s'empêcher de ricaner à mon nez.

— Fait chier ! m'écriai-je.

— On vient de perdre le peu d'avance qu'on avait sur les Souls par rapport à Indy et aux paris... Et je pense que tu viens de te rendre compte que t'as gâché le peu de confiance que Charly avait en toi, lâcha-t-il avec impertinence.

Je relevai les yeux vers lui, d'un air mauvais. Je n'aimais pas vraiment qu'on me fasse la morale. Il baissa directement la tête.

— Si tu as raison, alors il devrait être plus facile pour moi de contacter Chicago et de la ramener ! ripostai-je avec suffisance.

J'insistai sur mes inflexions, les rendant sévères et fermes, dans le but de lui montrer qui était le chef ici. Il souffla, blasé.

— Oui, *normalement,* ça devrait t'être plus facile, conclut-il avec ses saloperies de sous-entendus à la con.

Je rageai encore une fois en prenant mon cuir sur le divan et en claquant la porte du bureau.

CHAPITRE 16
CHARLY
STUPEUR ET TREMBLEMENTS

Installée dans mon canapé depuis cinq longs jours, je zappai pour la centième fois et tombai sur une émission débile à la télé. Vêtue d'un bas de survêtement et d'un t-shirt à l'effigie d'un groupe de rock, je ne quittais que rarement mon radeau de coussins trônant au centre de la pièce.

J'avais baissé les persiennes de toutes les fenêtres, et je vivais dans la pénombre, angoissée, tremblant au moindre bruit dans la cage d'escalier. Tous les verrous de ma porte d'entrée étaient tirés. Je mettais le son de ma télévision au minimum, ne descendais pas chercher mon courrier, et je ne m'étais pas rendue au garage depuis les derniers événements.

Mon frigo et mes placards se vidaient inéluctablement, et je me demandais si j'allais devoir apprendre à tirer sur les pigeons au bord de ma fenêtre pour les faire rôtir dans ma cuisine. J'évitais de répondre au téléphone ou à l'interphone. J'allais sûrement mourir seule dans mon appartement, et on retrouverait mon corps en décomposition au bout de plusieurs mois à cause de l'odeur.

Voilà dans quel état je me trouvais après m'être enfuie de chez Miles. J'attendais ce jour atroce où ma porte éclaterait, où je découvrirais le visage victorieux de mon oncle sur le seuil. Mais le pire de tout, c'était le goût amer de la déception qui ne me quittait plus, malgré les nombreux verres de rhum descendus.

Je n'étais qu'une idiote ! Si je devais repartir avec mon père ou mon oncle, je leur demanderais de faire un détour par le siège des Bloods d'Indianapolis, afin de mettre mon poing dans la figure de ce connard de Miles. C'était la moindre des choses qu'ils pouvaient m'accorder, avant de finir ma vie dans la cave ou accrochée au lit d'un de ces enfoirés de prés' à la botte de Wesley. Je pris mon shot sur la table basse et avalai cul sec le rhum blanc. Le liquide me brûla l'œsophage.

Comment en étais-je arrivée là ? Tout était pourtant sous contrôle : le garage, les amis, les courses... un *sexfriend.* Et j'avais tout perdu en l'espace de quelques semaines, à partir du moment où j'avais porté mon regard sur ce connard arrogant.

La sonnerie stridente de l'interphone me fit sursauter, j'en perdis mon verre. Comme à mon habitude, je ne me levai pas pour aller vérifier. Les mains tremblantes, j'attendais que les inconnus se lassent et repartent vers d'autres horizons. Au bout de plusieurs tentatives, le silence revint dans la pièce. Je soupirai, mon cœur battant la chamade comme si j'avais couru un cent mètres. Il fallait que je réagisse, je ne pouvais pas rester ainsi. Ce n'était pas dans mes habitudes ni dans mon caractère. Mais le problème c'était qu'à l'idée de retrouver mon taré d'oncle, mes jambes ne me portaient plus.

Des coups furent frappés précipitamment contre ma porte. Je poussai un petit cri de terreur et de surprise. Mon Dieu, il m'avait retrouvée ! C'était lui.

Mon regard virevolta partout dans la pièce. Où aller ? Où me cacher ? Je vivais au troisième étage, impossible de me faire pousser des ailes.

— Indy ! On sait que tu es là ! Ouvre-nous ! tonna une voix que je reconnus.

— Aden ? m'écriai-je.

— Je suis là aussi, roucoula Hope. Viens nous ouvrir.

Je repoussai le plaid et entrepris de me mettre debout. Chose très difficile quand on a descendu un nombre incalculable de shots de rhum. Je vacillai, titubai, mais réussis tout de même à me rendre jusqu'à l'entrée. Je jetai un œil par le judas, histoire d'être sûre que Wesley n'avait pas imité la voix de ma meilleure amie. L'alcool n'aidait pas vraiment à réfléchir.

J'ouvris un à un les cent mille verrous de ma porte pour faire pivoter le battant, et découvris mes deux amis sur le palier, les yeux ébahis par mon état. Un rapide coup d'œil derrière eux m'apprit qu'ils étaient seuls. Je les invitai à entrer et retournai rapidement sur mon canapé, les genoux repliés contre moi, prostrée.

— Dis donc, Indy, ça fait combien de temps que tu n'es pas allée prendre des nouvelles de ta douche ? lança Hope, toujours aussi directe et en faisant la grimace.

— Je ne sais pas, quatre ou cinq jours, répondis-je laconiquement.

Elle s'aventura dans l'appart et commença à relever les persiennes et à ouvrir les fenêtres pour aérer la pièce.

Aden s'approcha du canapé et avisa les paquets de chips vides, ainsi que la bouteille de rhum quasiment à sec au sol.

— OK, je descends lui acheter quelque chose à manger. Toi, tu lui prépares du café, et tu la mets sous la douche... sous la contrainte, s'il le faut, intervint mon mécano.

Les larmes aux yeux, j'observai en silence mes deux amis s'activer autour de moi. J'avais pensé, de manière complètement fausse, qu'il me fallait rester seule pour assumer tout ça, mais les voir ici avec moi m'apporta un petit soulagement. Finalement, je ne l'avais jamais été.

— Tu te sens mieux ? s'inquiéta Aden, assis dans l'un des fauteuils en face de moi.

— Ça va. Merci pour les viennoiseries, répondis-je en croquant dans un énième croissant.

— Une douche et un café, rien de tel pour réveiller une morte-vivante complètement ivre, railla Hope à mes côtés. Maintenant, tu vas peut-être nous raconter ce qui s'est passé ces derniers jours, parce qu'entre Aden complètement barge, les Bloods aux abonnés absents, et toi qui fais la morte... Aux dernières nouvelles, tu étais entre les mains des méchants Souls.

Aden se leva soudain de son siège et s'approcha de moi. Il saisit délicatement mon menton puis fit basculer mon visage d'un côté et de l'autre pour se rendre compte de l'état de mes blessures.

— Purée, ils ne t'ont pas loupée, souffla-t-il.

Un éclair de colère froide passa dans ses prunelles, ses doigts se serrèrent pour former un poing rageur.

Je me dégageai en haussant les épaules.

— Ça va mieux. Les hématomes commencent à jaunir et à s'estomper. Ma lèvre est quasiment guérie, les coupures se referment. Ce sont mes côtes qui me font toujours souffrir, mais je suppose qu'il faudra encore un petit moment avant que je ne sois complètement remise.

Ils ne parlaient pas, encaissaient le compte rendu de mes blessures. Leur visage était fermé, Hope plissait légèrement les yeux en imaginant certainement ma tête, une semaine plus tôt.

— Et tu trouves ça normal ? s'énerva Aden. Il me semblait pourtant que ton objectif, c'était : plus jamais ça ! Et ce connard est allé te chercher et t'a déposée devant ta porte dans cet état-là ? Il ne lui serait pas venu à l'idée de nous prévenir ou de t'emmener à l'hôpital ?

— Comment ça s'est passé ? reprit plus calmement Hope.

Je leur fis un rapide résumé des événements qui s'étaient déroulés dans la cave des Souls. Hope ferma plusieurs fois les yeux, Aden continua de faire les cent pas dans le salon, ivre de rage.

— Une fois qu'ils m'ont libérée, Miles m'a ramenée chez lui, et sa sœur, qui est infirmière, m'a apporté les premiers soins. C'est après que ça a dégénéré, soufflai-je.

— C'est-à-dire ? s'inquiéta Hope en fronçant les sourcils.

Je levai la tête vers Aden pour croiser son regard.

— Il sait.

— Quoi ? s'écria ce dernier, horrifié.

— Sa sœur a vu mon tatouage. Elle n'a pas fait exprès de le dire devant lui. J'ai été obligée de tout lui raconter.

Aden passa la main dans ses cheveux. Il ne dit rien, mais je sentais la tension qui émanait de lui.

— Comment se présentent les choses ? me questionna-t-il.

— Mal. Pas comme je l'espérais, en tout cas.

— Et tu espérais quoi ? lâcha-t-il brutalement.

— J'imaginais de grandes retrouvailles entre Bloods, à coups de shots de tequila, déclarai-je d'un ton léger pour détendre l'atmosphère.

Vu le regard noir qu'il m'adressa, je compris que ce n'était pas le bon moment. Je me sentais assez mal comme ça, et en reparler n'arrangeait en rien la raideur dans mes muscles.

— Miles l'a mal pris. Sa réponse est claire : il veut me ramener. Ou, du moins, apprendre à mon oncle que je suis vivante et que je me trouve ici. Je me suis violemment disputée avec lui, puis je suis partie de son loft dès que j'ai pu pour me réfugier ici, où je tremble à l'idée de me retrouver nez à nez avec mon psychopathe d'oncle.

— Je vais vendre les droits de cette histoire et me faire un max de fric, commenta Hope.

— Et tu fais quoi, maintenant ? poursuivit Aden.

— Ma première idée a été de me planquer ici, de faire la morte jusqu'à ce qu'on m'oublie, ou jusqu'à ce que je meure, parce que je n'avais plus de chips, ni de rhum dans mes placards.

— Bonne stratégie, le rhum ! railla Hope.

— Mais avec du recul et du café, je me dis que je devrais certainement prendre mes affaires et partir loin d'ici.

— Quoi ? s'écria la petite blonde.

— Je pourrais toujours te revendre mes parts du garage, Aden. Et, avec l'argent, m'installer ailleurs, le plus loin possible de Chicago et d'Indianapolis. Changer de nom, tenter de refaire ma vie.

— C'est une possibilité. Il me semble que c'est ce que Matt t'a toujours conseillé de faire en cas de situation extrême, répondit-il.

— Il faut que je prépare un sac, que je m'occupe des papiers…, commençai-je à énoncer en me levant.

— Oh là ! Tu t'emballes, chérie ! Et toi, monsieur Tout-en-noir, calme-toi, arrête de lui fourrer le crâne avec tes conneries, intervint Hope. Reprenons. Donc tu voudrais tout plaquer, le boulot, les courses, ta bagnole, nous, parce que tu crains que Miles t'ait dénoncée ou qu'il te ramène là-bas de force ? C'est ça ?

Je hochai la tête.

— Et tout ce bordel, ça s'est passé quand ? enchaîna-t-elle.

— Je ne sais plus exactement, cinq ou six jours. J'ai un peu décroché ces derniers temps, expliquai-je.

— Tu ne trouves pas ça curieux que, depuis tout ce temps, aucun Blood de Chicago ou d'Indianapolis ne soit venu jusque chez toi pour te ramener ? Tu angoisses alors que, s'il devait te vendre ou te reconduire là-bas, il l'aurait déjà fait !

Je fronçai les sourcils, essayant de compter le nombre de jours qui s'étaient écoulés depuis.

— Ce mec tellement pressé de t'apporter à ton oncle n'a toujours pas levé le petit doigt pour te récupérer ou les appeler ? Il ne faut pas six jours pour composer un numéro de téléphone.

— Tu veux dire que...

— Je veux dire qu'il en est bien incapable ! Tout président de club qu'il est... il ne peut tout simplement pas concevoir de te rendre à ton cinglé de tonton. Je te l'ai déjà dit, j'ai vu la manière dont il te regarde.

— Hope, c'est à toi d'arrêter de lui farcir la tête avec des idées romantiques à la con, rugit mon ami.

— Qui a parlé de romantisme, Aden ? Releva-t-elle malicieusement. C'est toi qui analyses les choses de cette façon, pas moi.

Il lui lança un regard peu amène. Elle l'avait emmené tout droit où elle le désirait.

— Ne l'écoute pas ! Tu ne peux pas rester ici, avec la double menace des Bloods et des Souls qui pèse sur toi, reprit-il.

— Mais bien sûr que si, elle peut. Elle n'est pas seule. Nous sommes ses amis. On se relayera, on l'aidera à chercher un autre appart ou Dieu sait quoi, mais ne la force pas à abandonner tout ce pour quoi elle s'est tant battue ces dernières années.

— Hope, tu racontes n'importe quoi ! Tu ne connais pas le milieu des bikers, ce n'est pas tout beau comme dans les films.

— Pourquoi ? Toi, tu le connais, ce monde ? l'accusa-t-elle.

Il y eut un blanc. Elle l'avait mouché. Aden passa la main sur sa joue pour gratter sa barbe naissante.

— Parfait. J'aime avoir raison, déclara-t-elle avec un petit sourire. Et puis, à mon humble avis, le danger ne viendra pas des Bloods. Maintenant, tu te lèves, tu vas passer ton bleu de travail et tu viens bosser au garage pour rassurer tout le monde, y compris les clients et les cinglés de parieurs qui font le pied de grue devant le bâtiment pour savoir si tu es vivante ou pas. T'as cinq minutes. Ne traîne pas.

Je soupirai puis me levai pour me diriger vers ma chambre. Elle avait raison. Ce n'était pas mon genre d'abandonner sans me battre, même si, cette fois, il n'était pas question de simples clients mécontents ou d'emmerdeurs dans les boîtes de nuit. J'étais aux prises avec deux clubs de bikers, et ces mecs-là ne plaisantaient pas, ils discutaient avec leurs poings ou leurs armes.

Néanmoins, avant d'atteindre la porte de ma chambre, l'idée saugrenue de Hope tourna de nouveau dans mon esprit. *Pourquoi Miles n'est-il toujours pas venu me chercher ?*

Une semaine s'était écoulée depuis la venue de Hope et Aden dans mon appartement. J'avais petit à petit repris mes habitudes au travail, si ce n'est que mes amis se relayaient le matin et le soir pour me ramener chez moi, et ce, jusqu'à ma porte. Rosie et Hope épluchaient les petites annonces pour me trouver un nouveau logement, même si je restais persuadée que cela ne changerait rien à mes problèmes. Les Souls m'avaient déjà trouvée une fois, ils n'auraient aucun mal à recommencer. Miles avait ses propres sources d'infos.

Aucun des Bloods n'était revenu au garage et, bien que cela ne me déplaise pas, j'étais inquiète concernant l'état de santé de Jayden. Il avait pris ma défense, s'était battu pour me protéger, je désirais donc vraiment obtenir de ses nouvelles. J'hésitais entre chasser tous ces mecs de ma vie une bonne fois pour toutes ou tenter le diable et demander à Luis de me donner son numéro de portable. Était-il toujours à l'hôpital ? D'autre part, dans mon empressement à fuir Miles, j'avais complètement omis de remercier sa sœur de m'avoir soignée... Et puis, elle avait été de mon côté, elle.

Entre deux coups de clé à molette, j'imaginais Miles en pleine discussion avec mon père ou avec Wesley, riant à ses blagues graveleuses, attrapant une Paula ravie sur ses genoux. Je secouai la tête. Qu'est-ce que j'en avais à faire de ce connard et de sa pétasse latino ? Pourtant, je devais être complètement idiote, car, à l'idée de la savoir de retour là-bas, je ratai mon écrou et m'écorchai violemment la main. Je pestai comme un chat qui vient de se faire arroser. D'un coup de pied, je sortis de dessous la voiture sur laquelle je travaillais.

— Quelle conne ! grognai-je.

— Eh bien, *bella* ! On dirait qu'elle te donne du fil à retordre cette caisse.

Je relevai la tête pour apercevoir Luis, un sourire s'étirant jusqu'à ses oreilles, les bras croisés sur son t-shirt gris qui faisait ressortir ses biceps.

— Ce n'est rien, m'empressai-je de répondre, je suis un peu distraite en ce moment.

— Et personne ne peut t'en vouloir, avec tout ce qui s'est produit dernièrement. Comment tu te sens ? Je suis ébahi de voir que tu te faufiles toujours sous les bagnoles, alors que tes côtes ne sont pas totalement remises.

— J'ai encore un peu mal, mais ça va beaucoup mieux. La position allongée me convient mieux que si je devais m'arc-bouter dans tous les sens au-dessus du compartiment moteur.

— Le principal, c'est que tu te sentes un peu mieux. Rosie et moi, on est là si tu as besoin, tu le sais ? D'ailleurs, ce soir, c'est moi qui te ramène, *chica*, lança-t-il avec bonne humeur en pivotant pour repartir à son poste de travail.

— Luis ? le hélai-je avant qu'il ne sorte de l'atelier.

— *Sí, bella.*

J'ajustai ma position pour coller mon dos contre la voiture, les jambes allongées devant moi. Il en profita pour me balancer un chiffon propre depuis la console, un peu plus loin, histoire que je puisse nettoyer ma main ensanglantée. Mon mécano haussa les sourcils pour me pousser à parler.

— Je me demandais... As-tu eu des nouvelles de... Jayden ? Ou des autres ? m'enquis-je en continuant d'essuyer ma main, mine de rien.

— Je sais que tu ne veux plus avoir affaire à eux, alors...

— C'est certain ! Mais tout de même, je me disais que peut-être... toi, tu avais pu parler avec lui ? Savoir s'il s'était remis.

Il jeta un bref coup d'œil vers la porte.

— Je ne voudrais pas qu'Aden nous entende. Il va piquer sa crise, si je te mets en contact avec eux, murmura-t-il. J'ai su que Jayden était sorti hier de l'hôpital. Apparemment, il s'en est bien sorti. Il n'a pas l'air d'être au courant... pour tu sais quoi.

Mes amis, surtout Luis et Josh, marchaient un peu sur des œufs avec cette histoire de « fille de biker ». J'avais demandé aux autres de ne pas les mettre au courant, mais Luis était présent lorsque Miles et tous les Bloods étaient partis à ma recherche, et il avait bien fallu leur expliquer pourquoi ils étaient devenus ma garde rapprochée.

— Je suis contente de savoir qu'il va mieux, et qu'il est sorti de l'hôpital, déclarai-je laconiquement.

— Il passera peut-être te voir.

— Ça m'étonnerait. Aucun n'est revenu. Ils doivent m'avoir à l'œil, surveiller mes allées et venues, dans l'attente que Miles se décide à me ramener ou à me vendre, lâchai-je avec amertume.

Luis arbora un sourire contrit et posa une main sur mon épaule pour me consoler.

— Allez, *chica*, ne t'inquiète pas. Nous sommes là pour toi et les choses finiront par s'arranger. D'ailleurs, quand est-ce que tu remontes dans ton petit bolide ? Ça te ferait sûrement du bien. En plus, les parieurs sont nerveux en ce moment. Ils attendent de voir si tu te ranges ou si tu reviendras bientôt mettre la piquette à Wyatt.

Je ne répondis pas tout de suite. Mon esprit divagua un moment tandis que mes yeux se posaient sur les taches d'huile, au sol. Est-ce que si je sortais pour faire une course, je me retrouverais encore aux prises avec les Souls ? Je soupirai.

— C'est vrai que ça me manque, et que j'en aurais bien besoin en ce moment, déclarai-je, dépitée.

— Alors, j'organise le retour d'Indy ? me demanda-t-il en cachant très mal son excitation.

— OK. Dans deux ou trois jours, le temps de me concentrer et de faire une petite révision de ma voiture.

Il poussa un cri de victoire en serrant le poing.

— C'est parti, Indy est de retour !

Sa réaction eut au moins le mérite de m'arracher un sourire.

CHAPITRE 17
MILES
COUP BAS

Jay était sorti de l'hôpital la veille, et j'avais demandé aux gars de lui organiser une fête au bar pour marquer son retour parmi nous. Ce petit gars avait mérité sa place au sein du club. Loyal et brave, il n'avait pas hésité à prendre des coups pour sauver Charly.

Cette réflexion m'emmena directement là où je m'empêchais d'aller depuis quinze jours... Auprès de ses yeux turquoise.

J'avais jusqu'à présent repoussé l'appel que je devais passer à James, trop lâche pour annoncer à Charly qu'il fallait que je l'emmène à Chicago.

C'est comme ça que ça devait finir. Je m'étais répété cette phrase au moins dix mille fois depuis sa révélation, histoire de bien me l'ancrer dans la tête. Le club, les affaires, et les bikers, d'abord... Le reste, ensuite. Mais, bien sûr, je n'étais pas parvenu à passer ce putain de coup de téléphone. Et pourtant, une partie de moi-même savait que c'était ce que je devais faire. Lorsqu'elle s'était enfuie, j'avais tourné dans Indianapolis, refaisant le trajet du loft jusqu'à chez elle. Mais je ne l'avais pas trouvée. Par couardise, j'avais évité de lui rendre visite à son appart. Je supposais que c'était là-bas qu'elle s'était réfugiée... pas entre les bras et les draps de son minet. J'étais pitoyable !

Depuis, je vivais dans un entre-deux minable et éreintant. Partagé entre : « je ne fais rien » ou « je ramène Charly à Chicago ».

Mes frères n'avaient pas trop relevé lorsque Sullivan avait fait taire les rumeurs concernant la potentielle future régulière du prés'. J'avais précisé que la vraie identité de P'tite Furie devait être gardée secrète au sein de notre groupe.

Désormais, je travaillais avec Slash et Sullivan sur un possible nouveau business de trafic de drogue qui nous rapporterait un max. Ça nous occupait l'esprit et nous tenait à distance des courses automobiles... pour l'instant. De toute façon, d'après mes sources, elle n'avait pas repris le volant. À qui la faute ?

J'avais demandé aux gars de rester éloignés du garage, même si Sullivan gardait tout de même un œil sur les alentours, juste au cas où. J'avais conscience que cette décision était un non-sens, alors que mon but était de la rendre à son taré d'oncle, mais c'était plus fort que moi... Il était hors de question que qui que ce soit porte la main sur elle. Autant dire que cette histoire allait m'attirer des ennuis, car ce serait la première chose que Wesley ferait, lui mettre une raclée pour lui montrer qui était le boss. Serais-je capable de l'observer faire sans réagir ? Je n'étais déjà pas en mesure d'appeler le chapitre de Chicago…

L'écran de vidéosurveillance des parkings m'indiqua que Jay était arrivé avec Angelo. Je me levai du bureau, attrapai mon cuir et me rendis à notre table habituelle.

Lorsque Jay fit son entrée dans le club, il fut accueilli par des cris de joie et des sifflements flatteurs. Les anciens, comme les plus jeunes, se pressaient devant lui pour lui serrer la main, lui donner une accolade ou juste avoir le plaisir de lui parler. De loin, j'en avais reconnu certains, comme Sloane et Brad, des piliers de notre communauté. Jay avait nettement fait ses preuves et gagné l'estime de tous.

Assis sur un des sièges autour de notre table, je m'allumai une sèche, le sourire aux lèvres devant ce spectacle. Notre petit gars avait presque retrouvé son minois de jeune premier, seules quelques cicatrices ornaient encore sa joue ou son menton, mais je ne doutais pas que celles-ci lui apporteraient encore plus de succès auprès des filles. Ça lui conférait enfin ce côté sauvage et plus âgé qui lui manquait avant. Blessures de guerre égalent nanas dans son lit.

Sullivan, Scott et Slash étaient à mes côtés et eux aussi profitaient de la scène.

— Il va prendre la grosse tête, ce petit con, tu vas voir, commenta Slash.

— Ça m'étonnerait, Jay est beaucoup plus mûr qu'Angelo. On n'a rien à craindre de ce côté-là, affirmai-je.

— Tu comptes lui dire ce soir ? intervint Sullivan.

Je me rembrunis soudain.

— Putain, Sul', commence pas à gâcher la soirée, souffla Slash.

— Non, lâchai-je d'un ton sans réplique.

— Tu sais très bien que le sujet va se présenter à un moment ou un autre, reprit mon *Road Captain*.

— On lui dira le strict minimum, répliquai-je.

— Ça promet ! lâcha Scott.

Jay réussit finalement à se faufiler entre nos hommes. Deux nénettes étaient déjà accrochées à ses basques et l'une d'entre elles se frottait de manière très subjective à lui. Tant mieux, elle lui ferait peut-être oublier Charly. En ce qui me concernait, c'était un combat perdu d'avance.

— Oh, les mecs, j'suis trop content d'être là avec vous ce soir, déclara le p'tit mec en parvenant jusqu'à nous.

Nous lui fîmes tous une accolade ou échangeâmes une poignée de main, puis il s'assit sur la banquette avec Scott et Angelo.

J'adressai un signe à Bonie, elle hocha la tête et ne tarda pas à nous rejoindre avec un plateau rempli de boissons en tout genre.

— Alors, tu t'es fait beaucoup d'infirmières ? s'enquit Slash.

Tout le monde éclata de rire.

— Moi, non, mais Angelo est reparti avec plein de numéros de téléphone, ce salaud, railla-t-il en frappant dans l'épaule de son compère de toujours.

— Tu nous as fait une sacrée peur, mais on est tous contents que tu sois de retour parmi nous. Bravo, mon gars, t'es un Blood à cent pour cent, déclarai-je pour le féliciter.

Jay attrapa une bière sur le plateau et en avala une longue gorgée.

— Ça m'avait trop manqué, tout ça ! Mais si c'était à refaire, je n'hésiterais pas une seule seconde, affirma-t-il.

Il fit un rapide tour d'horizon de la salle et observa l'horloge au mur.

— Elles arrivent quand, les filles ? demanda-t-il au bout d'un moment.

— Eh, mon gars, ouvre tes yeux ! C'est rempli de gonzesses, ce soir. T'as plus qu'à choisir, se moqua Slash.

— J'parle pas de celles-là. Où sont Cassidy et Indy ? J'étais un peu dég qu'elles ne soient pas venues me voir à l'hosto.

Le silence s'installa autour de la table. Sullivan, les bras croisés, me jeta un coup d'œil entendu. Voilà, c'était tout lui, me mettre le nez dedans au moment où ça arrivait.

— Cass est repartie pour Chicago. Il me semble qu'elle devait reprendre les cours, non ? intervint Angelo pour sauver les apparences.

Je tirai sur ma clope et ne répondis rien.

— Elle est repartie, il y a quelques jours, mais elle nous a dit de t'embrasser... Où tu veux que je te le fasse, ce bisou ? plaisanta Slash.

— Tu peux te le garder, s'écria Jay en rigolant.

Mon second faisait des efforts surhumains pour détendre l'atmosphère ce soir.

— Pas trop de séquelles, mon pote ? intervint à son tour Scott pour dévier la conversation.

— Aucune, sincèrement. Ils se sont bien occupés de moi. J'étais comme un coq en pâte, me manquait plus qu'une maman et j'étais au paradis.

Jayden était orphelin. Il avait passé nombre d'années dans ces taudis pour enfants abandonnés. Il avait pris des coups et des corrections... Beaucoup trop, et au bout d'un moment, il s'était endurci et avait appris à les rendre. Finalement, il s'était retrouvé dans la rue comme pas mal de gosses avant lui et on l'avait récupéré avant qu'il ne tourne carrément mal ou qu'il se fasse égorger par une bande de loosers des quartiers malfamés. Je ne regrettais pas ce jour où je l'avais trouvé et lui avais proposé d'intégrer les prospects.

— Bon, alors, tu la planques où ? me demanda-t-il en rigolant. J'ai bien compris que c'est toi qui t'attirerais toutes les louanges et les... remerciements, mais quand même, j'ai envie de la voir. Ça fait plus de quinze jours que je n'ai pas de nouvelles.

Cette fois-ci, les mines se firent basses et les regards fuyants.

— Charly ne viendra pas, tu devrais profiter de ta soirée, lâchai-je.

Jayden observa les visages tirés, et comprit à mon ton qu'il y avait certainement un problème. Son sourire s'effaça puis quelque chose de violent passa dans ses prunelles.

— Où est-elle ? Qu'est-ce qui se passe ? demanda-t-il abruptement.

Aucun de mes frères ne répondit, ils avaient des ordres.

— Jay, tu ne veux pas une tequila ? On ne se ferait pas un concours, ce soir ? proposa Slash.

— Fais pas chier avec ta tequila ! Putain, l'un d'entre vous va me dire ce qu'il se passe avant que je pète un câble ?

— Calme-toi, Jay ! intervins-je d'un ton ferme. C'est une histoire compliquée, mais Charly est sûrement chez elle. On ne peut pas la voir pour l'instant. Je t'expliquerai toute l'histoire, demain. En attendant, bois un coup et profite.

Il se leva brusquement, les poings serrés, prêt à en découdre avec n'importe qui.

— Miles, tu vas me dire tout de suite de quoi il retourne ! Indy et moi, on s'est fait lyncher par ces connards de Souls et je veux la voir !

— Ça va aller, mon pote, assieds-toi, dit calmement Scott.

— Non, je ne vais pas me calmer, et vous allez m'expliquer maintenant toute cette putain d'histoire ! tonna-t-il.

— Jay ! déclarai-je en le fixant dans les yeux, assieds-toi.

Il me rendit mon regard, patienta quelques secondes, et finalement, se rassit. Il n'était pas bête au point de provoquer le prés'.

— Indy est une Blood ! lâcha Sullivan.

— Sullivan ! grondai-je.

— Quoi ? Miles, t'as vu dans quel état il se met ? Il a le droit de savoir pour qui il s'est fait tabasser.

— Hein ? Une Blood ? C'est quoi ces conneries ? reprit-il en fronçant les sourcils.

— Indy est la fille de James Wittman. C'est une Blood à part entière, une fille de biker, expliqua mon *Road Captain*.

Personne ne pipait mot autour de la table. Jay passa la main sur son visage pour accuser la nouvelle et but une nouvelle gorgée de bière.

— OK. Tout s'explique. Tu l'as confinée chez elle pour la protéger, si j'ai bien compris. Mais on peut quand même aller la voir, nous ?

— Elle n'est pas sous la protection des Bloods, déclara Scott.

— Quoi ? Je suppose que c'est cette fille recherchée par le chapitre de Chicago ? Et en plus, elle s'est attiré les foudres de Darius. Donc pourquoi elle n'est pas sous notre protection ? Elle a refusé ? demanda-t-il, incrédule.

— Non, Miles a décidé de la ramener là-bas... à Chicago, lui révéla Slash, un ton plus bas que d'habitude.

Je pris toute l'ampleur de la tension et des mauvaises ondes à mon égard. Les gars n'avaient pas l'air d'accord ni pressés de défendre ma décision. Jay se leva une nouvelle fois, ivre de rage.

— T'es con ou tu le fais exprès ?

Cette fois, je ne laisserais pas passer l'insulte, Jay ou pas. Je me dressai à mon tour pour le toiser.

— Fais gaffe, Jay. Je t'aime bien, mais prends garde à ce que tu dis ! le menaçai-je.

Mes frères nous imitèrent. Angelo et Scott se rapprochèrent de Jay pour l'empêcher de faire une connerie, Slash et Sul' se placèrent à mes côtés, au cas où ils devraient intervenir.

— Allez, les mecs, calmez-vous. On ne va pas se prendre la tête pour une nénette, tenta de nous apaiser mon second.

— Une nénette ? Mais c'est même plus une histoire de fille. C'est une Blood de sang ! On lui doit protection. Elle s'est battue à mes côtés alors que je lui avais dit de partir, de foutre le camp pour sauver sa peau. Elle a dû encaisser autant que moi, voire des saloperies encore pires. Putain, Miles, je pensais qu'elle t'intéressait ? Sul' et Scott m'ont expliqué que t'avais rameuté quasiment tous les gars pour aller là-bas... T'es allé la chercher entre les pattes de Darius ; lui, tu l'as défoncé, et elle, tu l'as installée sur ta bécane avec ton cuir sur le dos. C'était quoi le message, prés' ?

Mes mâchoires craquèrent, contractées à l'extrême.

— Jay..., tentai-je de répliquer calmement.

— Réponds-moi ! C'était quoi ce message ? tonna-t-il.

Toute la haine et la colère que j'avais engrangées au cours des dernières semaines se déversèrent en moi d'un seul coup alors qu'il m'accusait ouvertement. Il croyait quoi ? Que cette révélation merdique ne m'avait pas pourri la vie ? Que je n'avais pas carrément d'autres envies que de la ramener à son putain de chapitre ?

— C'était ça, le message ! T'as bien compris, vous l'aviez tous compris ! Cette fille a déboulé dans ma vie et y a foutu un grand bordel, à coups de répliques insolentes et de regards de défi. Mais ouais, carrément, elle me plaisait, et je foutrai allègrement une raclée ou une putain de balle entre les deux yeux de celui qui osera la toucher ! Pourtant, c'est la fille de James, le chapitre de Chicago la recherche. Tu connais les règles comme moi : le chapitre et les frères avant tout ! Même avant nos femmes ! crachai-je dans une colère froide.

On n'entendait plus que la musique de fond, tout le monde avait le regard rivé sur nous. Que se passait-il à la table du prés' ? Pourquoi avait-il élevé la voix ?

Aucun des gars n'osait prendre la parole.

— J'emmerde tes règles ! conclut Jay, et il partit en direction de la sortie.

— J'ai toujours dit qu'elle allait nous attirer des emmerdes, cette petite nana, intervint Slash au bout d'un moment.

— Ta gueule, Slash ! tonnai-je en bousculant ma chaise pour regagner le bureau.

La bouteille de whisky comme seule compagnie, j'étais assis dans le canapé du bureau, les yeux rivés sur un vieux polar des années 1950. Je n'avais pas envie de rentrer au loft ce soir, comme les précédents, d'ailleurs. L'idée de me retrouver là-bas, sans Cassidy... sans elle, à l'imaginer en train de me fustiger de ses yeux incroyables me mettait la tête sens dessus dessous.

J'attrapai une nouvelle fois mon pote *Johnnie*[10] et bus mon verre d'une traite. J'avais besoin de m'engourdir l'esprit, de ne plus penser à cette

[10] Johnnie Walker, marque de whisky.

histoire. Comment j'avais pu laisser cette petite nénette pénétrer aussi loin sous ma cuirasse ? Je connaissais les règles pourtant... *Ne laisse pas une fille t'égarer*.

Je devais vraiment être dans un piteux état, car je fus surpris en apercevant la silhouette de Sullivan, debout à mes côtés. Il m'observait en silence.

— Pas ce soir, Sul', grognai-je.

— Je suis juste passé te dire qu'on avait tout rangé, avec Bonie et les autres. Les gars sont rentrés. Ils se demandent ce qui s'est passé... Je leur ai juste raconté que c'était une histoire de blague à la con.

— OK. Merci.

— Tu ne rentres pas chez toi ce soir non plus ?

— Non, je préfère rester ici, au cas où.

— Au cas où quoi ?

— J'sais pas. Mais je veux rester ici, c'est tout. De toute façon, je ne suis pas capable de grimper sur ma bécane.

— Je vois ça.

Je ne répondis rien, les yeux fixés sur l'écran... que je ne voyais plus très bien, à vrai dire.

— Miles.

— Quoi ? soufflai-je.

— Il fallait lui dire.

— Ouais. J'ai vu que t'as pas hésité à braver mes ordres, ce soir. Tu brigues peut-être ma place de prés' ? Tu veux devenir l'alpha de la meute ?

— J'en ai rien à foutre. Miles, t'es mon pote, mon frère... Jay aussi. Et en plus, vous vous êtes amourachés de la même nana. Je ne pouvais pas le laisser dans l'ignorance. Je vous respecte trop pour vous raconter des salades.

— On n'a pas déjà eu cette conversation à propos d'elle ? répliquai-je avec beaucoup de mal, vu que ma langue avait du mal à tourner dans ma bouche.

— Arrête de dire qu'elle ne représente rien... Va la voir !

— Si t'as fini, tu peux y aller, lâchai-je finalement.

Je sentis son regard me fixer encore un moment, puis il tourna les talons.

— Au fait, Slash m'a dit de t'informer que Mike est toujours en ville.

Le claquement de la porte résonna dans ma boîte crânienne ainsi que la dernière phrase de Sullivan concernant Mike. Mon cerveau tentait de surnager dans la mer de whisky qui le submergeait. Que foutait mon cousin encore à Indianapolis, alors qu'il n'y avait plus rien ici pour lui ? Les poings serrés, j'arrêtai de lutter et me laissai sombrer dans les brumes de l'alcool.

CHAPITRE 18
CHARLY
GROSSE SURPRISE

Il était tard. Je vérifiai une dernière fois tous les verrous de la porte, la boule au ventre, et éteignis la lampe du salon pour gagner ma chambre. À côté de l'angoisse toujours présente de voir débarquer mon père ou mon oncle s'épanouissait l'excitation de retrouver bientôt le cuir de mon volant et la sensation de l'asphalte sous mes pneus. Je me contentais de petits bonheurs en ce moment, mais c'était ça ou finir carrément démente à force de paniquer. Peut-être que j'aurais dû prendre un chien de garde ? Un de ces molosses avec une gueule énorme. Oui, mais encore aurait-il fallu que je n'en aie pas peur moi-même. J'étais plutôt câlins et ronrons de petit chat.

Un bruit de moteur typique me fit me redresser, mon pouls s'accéléra. Puis, au bout de quelques minutes, je me réprimandai. *Bon sang, Charly ! Réveille-toi, tu n'es pas une petite chose.*

Je repris le chemin de mon lit, quand la sonnerie de l'interphone me fit sursauter. Je tournai la tête vers l'horloge : vingt-trois heures quarante-cinq.

C'était peut-être Hope qui venait réclamer une soirée rhum ? Qui sait ? Je me retournai pour aller répondre à cette alcoolique notoire.

— Oui ? couinai-je presque, sous l'émotion.

— Indy... C'est Jayden.

Mon cœur fit un bond, mais pas à cause de la peur, cette fois.

— Jay ? Tout va bien ? m'inquiétai-je.

— Tu peux me laisser entrer ?

— Bien sûr, vas-y, c'est ouvert. Deuxième porte sur ta gauche au troisième étage.

J'entendis le clic du portail qui se refermait derrière lui. Mince, et s'il était accompagné de tous les Bloods venus me tirer de mon appart pour me raccompagner... chez moi ? Quelle cruche ! Je n'avais même pas pensé à lui demander s'il était seul. Je tentai de me rassurer en faisant des va-et-vient dans le salon. C'était Jay, il ne m'aurait pas fait ça, n'est-ce pas ? Mais qui j'essayais de convaincre, là ?

Il frappa deux coups contre la porte, et j'hésitai une demi-seconde, puis finalement, allai lui ouvrir. Il se tenait là, seul.

— Jay, tu...

Je n'eus pas le temps de finir qu'il franchit le pas qui nous séparait pour me prendre dans ses bras. Je cillai de surprise, mais lui rendis son étreinte.

— Ça va ? Tu ne te sens pas bien ? Il y a un problème ? m'enquis-je, en alerte.

— Putain, Indy, tu m'as trop manqué ! J'avais les boules de te savoir seule ici, à la merci de tous ces cons, débita-t-il rapidement.

Je sentis toute la tension dans ses épaules alors qu'il me gardait collée contre lui. D'un coup de pied, je claquai le battant et tentai de me soustraire à son emprise.

— Ça n'a pas l'air d'être la grande forme. Viens, allons nous asseoir sur le canapé, lui proposai-je.

Il se décolla de moi puis me suivit dans le salon. Ses traits étaient tirés, je remarquai ses cicatrices, stigmates récents de ce qui nous était arrivé à tous les deux.

À son tour, il prit quelques secondes pour inspecter mon visage. Il ne me restait que quelques hématomes jaunis par le temps et des coupures en train de cicatriser.

— Je vais le fracasser, ce Darius ! grogna-t-il.

Ma bouche s'étira en une petite moue contrite.

— Ça va aller, Jay. Calme-toi... Miles et les autres s'en sont chargés.

Un éclair de folie passa dans ses prunelles. Quelque chose devait être arrivé.

— Comment tu te sens ? me demanda-t-il.

— Ça va mieux, rassure-toi. Cassidy s'est bien occupée de moi.

— C’est une fille géniale... pas comme son frère ! affirma-t-il d’un ton froid.

Je fronçai les sourcils.

— Comment tu vas ? Tu as l’air passablement sous tension.

— J’ai claqué la porte du bar et du club, m’avoua-t-il avec assurance.

— Quoi ? hoquetai-je.

— T’as pas un truc à boire, genre tequila, whisky ou vodka ?

— J’avais du rhum... mais la bouteille s’est malencontreusement renversée, dis-je, désolée.

— Sur ton tapis ? demanda-t-il en fixant ce dernier.

— Non, dans mon estomac, avouai-je en pinçant les lèvres.

Il haussa les sourcils et se mit à rire. Ses épaules se relâchèrent. Au moins, ma cuite avait permis de faire disparaître la tension qui l’habitait.

— Jay, qu’est-ce qui se passe ?

Il baissa la tête.

— T’es pas venue me voir à l’hosto ?

— Non, c’était... compliqué, soufflai-je. Mais j’ai demandé de tes nouvelles à Cassidy, le soir même, et à Luis. C’est lui qui m’a dit que tu étais sorti hier. Tu vas mieux ?

Il releva rapidement son visage et ses yeux étincelèrent.

— Tu t’es inquiétée pour moi ?

— Évidemment. C’est quoi cette question à la con, Jay ? On a combattu tous les deux, côte à côte, si on était dans un roman de chevalerie, tu serais mon champion, raillai-je.

— Moi, j’ai pas arrêté de penser à toi... Je sais qui tu es.

— Oh ! Je vois. Tu sais donc aussi pourquoi mes relations sont compliquées avec les Bloods de Chicago et d’Indianapolis, d’ailleurs.

— T’es une Blood, une vraie de vraie, une pur-sang ! déclara-t-il avec fierté.

— Appartenir au club n’a pas la même signification pour toi que pour moi. Dans mon cas, c’était être une fille. Un objet sexuel qu’on pouvait frapper ou insulter quand je ne voulais pas me plier aux règles. J’appartenais à mon père, mais surtout à mon oncle, donc les grosses cylindrées, la satisfaction de porter le cuir et de rouler avec les frères, ce n'était pas ce qui m'était dévolu.

— Ce n'est pas comme ça chez nous... enfin, pas avec toutes les filles. Certaines n'ont aucun amour-propre et...

— Je sais. Miles... n'est pas ce genre de président. Je l'ai remarqué la première fois que je suis venue chez vous et qu'il s'est adressé à votre barmaid. Je n'ai pas vu non plus de filles nues dansant autour de barres de pole dance.

— On n'en a pas au bar. Les filles qui bossent... comme ça, pour nous, travaillent dans un endroit spécifique, contrôlé et en toute sécurité. Si elles sont là-bas, c'est de leur plein gré. Miles ne voulait pas mettre de filles sur le trottoir.

— Je m'en suis doutée.

— Mais ça reste un connard parce qu'il veut te ramener à Chicago.

L'entendre dire par un tiers me perça un nouvel orifice au niveau du cœur. C'était donc toujours d'actualité, juste une question de temps. Il était assez salaud pour me faire attendre, angoisser dans mon coin.

— Je l'ai envoyé chier, lui et ses règles à la con, reprit Jayden.

— Tu plaisantes ? Tu es un vrai Blood, tu as mérité ta place.

— À quoi ça me servirait ? En plus, tu ne les aimes pas, les bikers !

Cette conversation prenait une tournure bizarre.

— Tu as raison. Cependant, tu m'as prouvé dernièrement que tout le monde n'est pas à mettre dans le même sac. Il existe, apparemment, des gars bien.

— Je vais rester ici, affirma-t-il.

— Pardon ? dis-je en haussant les sourcils.

— T'es une Blood ! C'est mon boulot d'assurer ta protection.

— Miles est au courant ?

— Rien à foutre !

— Allez, Jay. Le club, c'est tout pour les gars comme toi. Et puis, « on ne quitte pas les Bloods » !

— Purée, tu connais tout !

J'esquissai un haussement d'épaules. Forcément, à l'instar des prospects, j'avais été avertie des règles dès mon plus jeune âge.

— Mes amis veillent sur moi, je ne me laisserai pas aussi facilement prendre. Je suis une furie, tu te souviens ?

— C'est Miles qui t'appelle comme ça, dit-il en me fixant.

Je baissai la tête à mon tour pour admirer les magnifiques motifs de mon tapis.

— Il te plaît ?

Je faillis m'étrangler avec ma salive. Ça aurait été carrément con, quand même, de survivre aux Souls, aux Bloods, et de mourir bêtement étouffée par mes propres fluides corporels.

— Je vois qu'ils ont cogné fort sur ta tête. Je te rappelle que Miles Rivera est un connard froid qui veut me ramener à mon père et à mon oncle.

— Moi, je suis prêt à tout plaquer pour toi... Si tu me le demandes. On fait nos valises et on les laisse tous derrière nous.

Cette fois, j'entrevoyais où cette discussion nous menait. J'aimais bien Jayden. C'est vrai, c'était le premier biker que j'avais laissé entrer de nouveau dans ma vie et que je ne prenais pas pour une sale brute sans foi ni loi. Mais je ne le voyais pas avec ces yeux-là... pas comme il l'aurait voulu. J'aurais pu en faire un nouveau *sexfriend*, mais, soyons honnêtes, ça aurait été lâche et irrespectueux. Il était devenu mon ami... *Un biker est devenu mon ami, aïe !* Et puis, aucun d'entre eux n'aurait accepté de jouer le rôle du gentil copain avec qui on s'envoie en l'air, mine de rien. C'étaient des durs à cuire, des possessifs, des passionnés aussi. C'était tout ou rien, avec ce genre de mecs.

— Jay, je t'aime beaucoup et, crois-moi, j'ai été super inquiète à ton sujet. Je ne voulais pas qu'il t'arrive quoi que ce soit à cause de moi, mais...

— Mais tu ne m'aimes pas comme ça, comme...

— Je ne sais pas à qui tu allais faire allusion, mais je préfère ne rien entendre, sous peine de te mettre un coup, répliquai-je en levant les yeux au ciel. Je ne veux pas te faire souffrir et je ne veux pas te perdre non plus. C'est égoïste, je sais. Mais, dans ma vie, je n'ai pas vraiment eu l'occasion de me faire des amis, alors quand j'en trouve des vrais et des sincères, je m'accroche à eux.

— Je comprends. Je ne t'en veux pas. T'es la première fille pour qui j'ai vraiment un coup de cœur, mais je m'en remettrai.

Je soupirai, soulagée.

— Tu peux dire ce que tu veux, pourtant, tu lui ressembles. C'est un alpha, et toi aussi, t'en es une. Les leaders dans votre genre s'attirent et se défient tout le temps... jusqu'à ce qu'ils se rendent compte que l'autre lui convient parfaitement. Je suis certain qu'il est déjà en train de le réaliser, mais que sa fierté de mâle lui fait faire et dire n'importe quoi.

— Je me trompe ou tu es en train de me comparer à un animal sauvage ? tentai-je de le réprimander sans y parvenir vraiment. Ouais, c'est sûrement ça, l'explication. C'est un animal sans aucune cervelle qui pense avec ses muscles et ses pulsions. En ce qui me concerne, je vais me tenir éloignée de lui le plus possible.

Jayden ne répondit rien, il se contenta de me fixer.

— Tu veux un bon jus d'orange ou un verre de lait ? chantonnai-je.

Il ricana.

— Un jus d'orange ? Non, mais vraiment. Bon allez, vas-y, envoie-moi ton jus de fruits, lança-t-il en souriant.

Je me levai pour aller à la cuisine.

— Il est vraiment cool, ton appart. Je me verrais bien vivre ici.

— Jayden ! grognai-je.

— OK, tu ne peux pas m'en vouloir d'essayer. Sinon, je peux quand même dormir ici, ce soir ?

— D'accord, mais je te prête mon super canapé cinq étoiles et c'est tout ce que t'auras, mon gars !

— Tout sauf dormir sur ton horrible tapis.

— Hé ! Laisse mon tapis en dehors de ça. Il ne peut pas se défendre, lui.

Je ramenai un plateau avec deux verres, une brique de jus d'orange et des cookies.

— Ils passent un vieux polar des années 1950 à la télé. Ça te dit ? J'avoue, j'adore ça.

— J'aurais préféré un Marvel, mais bon.

Je me calai contre lui et entamai mon premier cookie.

Le jour J était arrivé. Luis avait contacté le cercle et je devais faire mon grand retour sur cette course. La fièvre d'avant-course me gagnait, je trépignais comme un enfant qui s'apprête à monter sur un manège. Toutefois, j'étais également angoissée à l'idée de voir débarquer les Souls ou les Bloods. Ça faisait plus de trois semaines que je n'avais pas eu de nouvelles ni des uns ni des autres. Après tout, peut-être m'avaient-ils tous oubliée ? Ma vie pourrait reprendre son cours normal. J'aurais dû être ravie de cette possibilité, pourtant...

Jayden passait tous les jours au garage, comme si de rien n'était. Il portait toujours son cuir du club et je me demandais s'il en faisait toujours partie... Ça m'aurait étonnée qu'il puisse partir du MC sans aucune répercussion. On ne quittait ses anciens frères que banni ou... mort. Et, dans le cas où il était toujours un membre à part entière, je me torturais l'esprit en me demandant pourquoi Miles le laissait venir ici, à sa guise... avec moi. Sans doute pour me surveiller, s'assurer que je ne quittais pas la ville sans lui, mais je n'imaginais pas Jayden participer à tout ça.

C'était un état d'esprit tout à fait reposant et optimum pour mener une course… Assise au volant de mon petit bolide, seule dans l'espace qui lui était dédié dans le QG des Angels, je tentais de mettre toutes ces histoires de côté. J'avais besoin de prouver que j'étais toujours présente, et je comptais bien botter les fesses de Wyatt.

— Tu dors ?

Je sursautai puis tournai vivement le visage vers l'intrus. *Jayden.*

— Salut Jay, soupirai-je.

— T'avais l'air vachement concentrée, dis donc.

— Pas autant que je le voudrais. J'ai encore trop de trucs qui virevoltent dans ma tête.

— T'as peur ?

— De piloter ? Jamais.

— Non, je voulais parler des Souls.

— Des Souls... et des Bloods.

— Je suis là, tu risques rien. Darius va devoir remonter la pente après la déculottée que lui a mise Miles. Pour ce qui est des Bloods, je n'ai rien entendu qui te concernait, ces derniers jours.

La curiosité me piqua de sa fourche pointue.

— T'es retourné au club ? m'enquis-je innocemment.

— Mes potes me manquaient, ricana-t-il.

— Même Miles ? le provoquai-je.

— Je ne l'ai pas croisé. Il passe tout son temps enfermé dans le bureau ou à m'éviter. J'ai sans doute été trop loin, ce soir-là, lâcha-t-il en pinçant les lèvres.

Je voyais bien à sa moue contrite qu'il regrettait ce qui était advenu... Mais la question à quarante mille dollars était : que s'était-il passé et dit ? Je ne voulais pas passer pour une personne intéressée alors, même si je mourais d'envie de l'interroger, je me retins.

— Donc Miles ne va pas venir me chercher tout de suite ? repris-je avec un petit sourire.

— Si c'est dans son intention, il ne m'en parle pas, en tout cas.

Je soupirai. Qu'attendait-il ?

— Il va bientôt être l'heure ? me demanda-t-il pour changer de sujet.

— Oui. Je me rends sur le lieu de rendez-vous, là. Il faut que je voie qui reprend la voiture et dans quel véhicule je dois repartir.

— Je te ramène, si tu veux ?

— On verra sur place. Avec un peu de chance, je n'aurai besoin de personne, répondis-je en lui adressant un clin d'œil.

— OK. Vas-y, démarre ton bolide, je te suis.

Je tournai la clé et appréciai immédiatement le ronronnement typique des six cylindres. C'était encore mieux que de posséder un chat, au bout du compte. Je sortis de l'entrepôt et aperçus une Harley rutilante me suivre dans le rétro. Le sourire aux lèvres, je me rendis sur place avec ma propre escorte.

Le point de ralliement se situait sur un parking, derrière un vieil entrepôt désaffecté, du côté nord de la highway. Je débarquai tranquillement pour me garer aux côtés des autres véhicules. Quelques rares lampadaires illuminaient les zones d'ombre autour de nous. On ne pouvait pas dire que l'endroit était plaisant : les tôles rouillées, les fenêtres cassées par des jets de cailloux et les graffitis qui ornaient les longues façades ondulées laissaient penser que les lieux étaient souvent squattés. Et Dieu sait par qui.

Je sortis de ma voiture, des clameurs et des sifflements de joie m'accompagnèrent. J'étais attendue. Luis, Josh et Hope me rejoignirent. Jayden s'était garé un peu plus loin, il fumait sa clope en observant la foule qui se pressait déjà sur les lieux. Je n'osais jeter un œil aux alentours, de peur d'apercevoir le logo des Souls ou le regard bleu acier d'un Blood en particulier.

— Ça va, championne ? me demanda Josh.

— Ça va.

— Hope et moi, on a étudié le parcours. Tu prends la highway et tu reviens ici. C'est à peu près le même tracé que la dernière fois que tu as couru, mais en sens inverse, et l'arrivée se fait sur le parking. Les veilleurs sont prêts, Luis a branché ta caméra.

Je hochai la tête pour acquiescer.

— Aden n'est pas là ? m'enquis-je soudain.

C'était toujours lui qui me briefait, comme il le faisait pour Matt, à l'époque.

— Il va nous rejoindre, *chica*. Il avait un truc urgent à faire.

Ce n'était pas son genre. Mon pouls battit dans mes tempes, l'adrénaline pulsait dans mes veines.

— OK. Combien de concurrents ?

— Sept, intervint une voix crâneuse derrière moi.

Wyatt.

— T'es revenue sur le circuit, ma belle ? Je pensais pourtant que t'avais tiré ta révérence.

— On t'a mal renseigné, Wyatt, répondis-je, laconique.

— Tu sais, en m'entraînant avec les pros, j'ai fait de gros progrès...

— Tu veux dire, quand ton papa t'a payé un tour sur le circuit professionnel ? se moqua Hope.

Il lui renvoya un regard de tueur.

— Qu'est-ce que t'en sais, toi ? Depuis quand les filles s'y connaissent en voitures et en circuit automobile ?

— Depuis qu'Indy te met la raclée à chaque fois qu'elle court contre toi, connard ! répliqua la petite blonde.

— Qu'est-ce que tu veux, Wyatt ? demandai-je froidement.

— Tu sais que beaucoup de clients viennent dans ton garage parce que moi-même, je le fréquente ? J'imagine que si j'arrêtais mes visites ou que je te faisais de la mauvaise pub, ça impliquerait bien des choses pour ton affaire, déclara-t-il, vipérin.

— C'est une menace ? cracha Hope.

— C'est la renommée d'Indy et sa réputation de faire du bon travail qui ramène les clients, pas toi, looser, enchaîna Josh.

— C'est ce qu'on verra…

— Donc tu me menaces ? m'enquis-je.

— Disons que, pour le bien de tes affaires, il vaudrait mieux que tu prennes une bonne fois pour toutes ta retraite... en me laissant gagner.

— Dans tes rêves, connard ! répliqua Hope.

— Je te laisse y réfléchir... Bonne chance pour la course, lança-t-il d'une voix mielleuse.

Mon équipe continua de le menacer du regard et resserra les rangs autour de moi.

— Il a de la chance qu'Aden ne soit pas là, il lui aurait flanqué un coup de poing dans sa petite gueule de fils à papa, intervint Josh.

— T'occupe pas de lui, *chica*. Il fait ça pour t'intimider, pour que tu te plantes. Reste concentrée, m'encouragea Luis.

— Ça ne fait qu'une menace de plus sur mes épaules et les vôtres, soufflai-je.

— Ouais, mais lui, il ne nous fait pas peur, rétorqua Hope. Et apparemment, t'es venue avec ton garde du corps personnel. Je pensais que c'était le chef, le dominant, qui te plaisait, mais Jayden est plutôt pas mal dans le genre *bodyguard*.

— Jayden est mon ami et c'est tout.

— Toi, t'as des amis parmi les bikers ? se moqua Josh.

— Je te rassure, je m'étonne moi-même.

Luis déplia le plan de ce côté-ci de la ville sur le capot de ma Toyota. Il m'indiqua le tracé du doigt et m'expliqua le positionnement des veilleurs.

— Qui reprend la voiture, si ça tourne mal ?

— Josh récupère ton bébé, et tu repars avec Luis, ce soir, m'expliqua Hope.

— Derrière ta moto ? m'étonnai-je.

— Il paraît que t'aimes grimper derrière les bikers dorénavant et que t'as changé d'avis sur eux, se moqua le latino.

— Moi, j'ai changé d'avis sur les bikers ? répliquai-je, les sourcils relevés.

D'un signe de tête, il m'indiqua Jay. Je soufflai et secouai la tête. J'allais en entendre parler, de ma baby-sitter en Harley.

Un des veilleurs s'approcha de Josh pour lui murmurer quelque chose à l'oreille.

— C'est l'heure, m'indiqua-t-il.

Je lui adressai un bref signe de tête et montai à bord de ma Toyota. Les équipes techniques des pilotes s'effacèrent en moins de deux. Les moteurs rugissaient déjà à côté de moi. À mon tour, je mis en route le mien. Les projecteurs des énormes 4 × 4 s'éteignirent un à un, seuls les néons colorés en dessous de nos bolides projetaient une étrange lueur.

Je posai les mains sur le volant, enclenchai ma vitesse et fis vrombir mon moteur, à mon tour. La foule poussa des cris de joie et d'excitation, la tension était palpable. Mais, comme à mon habitude j'étais dans ma bulle. Je n'entendais plus rien, hormis le bruit des chevaux qui s'impatientaient sous mon capot. C'était l'appel de l'asphalte et de la vitesse. J'opérai quelques mouvements de cou pour détendre ma nuque.

La greluche en minijupe de Wyatt se faufila entre les bagnoles en dandinant du cul, elle allait donner le départ, ce soir. Elle n'avait pas froid aux yeux, car on était sept à vouloir gagner, et on allait sûrement la frôler, quitte à raccourcir encore sa jupe. Elle fit grimper un peu plus la tension en se faisant désirer... Quelle pétasse ! Elle complétait bien son mec, celle-là.

Puis, après avoir terminé son cinéma, elle donna enfin le départ. Je ne cherchai pas, j'appuyai sur l'accélérateur, la main sur le levier de vitesse, tant pis si elle volait sur mon capot.

Au lieu de rester immobile, comme toutes les autres avant elle, elle se dandina, et Marcus, l'un des concurrents, et moi-même fûmes contraints de ralentir et de dévier pour ne pas l'envoyer valser dans le décor. J'enrageai. Cette pouf l'avait fait exprès pour faciliter le départ de son abruti de copain. Je soufflai comme un taureau, rétrogradai et partis finalement en troisième position. C'était Jamie, devant moi. Je reconnaissais sa Nissan Skyline bleu canard. Il était bon... mais j'étais meilleure !

La route était dégagée. Les veilleurs avaient fait leur boulot. Je collai mon concurrent et tentai de le dépasser, mais celui-ci fermait la porte. C'était de bonne guerre. Il n'allait pas me laisser le doubler aussi facilement, même si j'étais une fille. Je donnai un bref coup de volant à droite, il se déporta ; aussi rapidement, je contre-braquai et appuyai sur l'accélérateur. Jamie fut pris par surprise, j'en profitai pour m'insérer dans la voie ouverte pour moi.

Je lui jetai un coup d'œil en le dépassant, il leva son pouce pour saluer ma performance. Je hochai la tête pour le remercier puis partis à la poursuite de Wyatt. Ce prétentieux allait se rengorger d'avoir pris la tête de la course... grâce à sa copine.

Il roulait à tombeau ouvert dans les rues d'Indianapolis, et même si ce quartier était plutôt tranquille et sécurisé par nos veilleurs, le moindre enfant ou animal qui aurait traversé maintenant aurait été condamné... Il lui aurait été impossible de freiner à temps. Wyatt n'était pas si mauvais que ça, mais il misait tout sur la vitesse, alors qu'un bon pilote devait contrôler sa rapidité et maîtriser son véhicule... ce qu'il ne parvenait pas à faire, puisque ses émotions prenaient le pas sur sa raison et sa technique. C'est pour ça qu'il n'intégrerait jamais une équipe de pros. Ils le verraient tout de suite, il n'arrivait pas à gérer son stress. Les écuries professionnelles avaient besoin de pilotes ayant la tête froide.

Je le suivais toujours lorsqu'on emprunta la voie d'insertion en direction de la huit-voies. Le moment que je préférais. Je fus rapidement à côté de lui, je sentais parfois son regard sur moi lorsqu'on doublait des véhicules et qu'on se retrouvait au coude à coude juste après. Il poussait ses rapports, déboîtait n'importe quand, n'importe comment... Un de ces quatre, il le ferait une seconde trop tard et embarquerait une voiture familiale avec lui dans le décor. C'était ce côté-là qui me déplaisait le plus dans ces courses. Sur un vrai circuit, je n'engageais que ma voiture et ma vie. Ici, je pouvais me planter et emmener toute une famille avec moi au cimetière. J'avalai ma salive. Ce n'était pas le moment d'avoir des états d'âme.

Nous étions à la même hauteur, moi sur la deuxième voie, l'autre véhicule sur la troisième, et lui sur la quatrième. Il fallait qu'on double la voiture devant nous et, encore une fois, Wayne se rabattrait en me fermant la porte. Je devais tenter autre chose... le surprendre. Je décidai de rétrograder et traversai les deux voies à côté alors que lui s'était engagé pour dépasser le monospace noir devant lui. Je passai ma vitesse, appuyai sur l'accélérateur et me retrouvai sur la cinquième voie, à côté de lui. Nous étions sur un pied d'égalité, la victoire se dressait droit devant moi. Je tournai légèrement le visage pour le voir, surpris. J'en profitai et fonçai. Une fois en tête, je ne le laisserais plus passer... C'était ma spécialité. Le goût de la victoire était déjà sur ma langue. J'imaginais la tête de Wyatt derrière moi, je l'avais eu.

Soudain, une bombe noire me doubla par la droite. Putain, c'était quoi ce bordel ? Une Chevrolet Camaro, aux lignes sportives mais épurées, m'avait dépassée et je n'avais rien vu arriver. J'observai la cylindrée, ce n'était aucun des concurrents qui avaient rejoint la course ce soir. Qui était ce petit malin qui se frottait à nous et s'imposait dans la partie ?

Ses trajectoires étaient clean, il prenait l'aspiration au bon moment, gagnant de la vitesse. Cet enfoiré était bon.

Je le pris en chasse, nous laissâmes Wyatt et les autres loin derrière. Arrivée à sa hauteur, je jetai un coup d'œil pour voir le visage de ce mec – ou de cette fille, qui sait ? Les fenêtres étaient teintées. Impossible de discerner quoi que ce soit dans l'habitacle. La prochaine sortie n'était pas loin, on était au coude à coude. Ça faisait longtemps que je n'avais pas couru contre un tel adversaire… C'était le pied total. Nous quittâmes la highway. Ce mec connaissait le point de ralliement. Qui était-ce ? Durant un kilomètre, on joua à se doubler l'un l'autre, sans se gêner. C'était un vrai pilote. Pas un Wyatt qui voulait absolument gagner, quitte à vous éjecter de la route. Lorsque le virage se présenta, il bloqua ses roues dans un nuage de fumée pour le serrer au maximum et gagner du temps. Je ne connaissais qu'une personne capable de faire ça... Aden, qui le tenait de mon frère. Mais que faisait-il au volant de cet engin ? À quoi jouait-il ? Je pensais qu'il avait juré de ne plus courir ? Tout se tenait, lui seul pouvait connaître le tracé de la course. Un sourire fendit mon visage. *Tu veux jouer, on va jouer.*

Je le collai au maximum. Nous étions quasiment en vue du parking. La portion de route se rétrécissait, c'était maintenant ou jamais. Je pris son aspiration, feignis de le doubler par la gauche pour finalement me rabattre à droite, puis j'accélérai dans la ligne droite. Je connaissais ma voiture, je savais ce qu'elle valait. Je dépassai mon concurrent *in extremis* pour entrer en tête d'une petite longueur dans le parking, sous les hourras de la foule éclairée par les lumières bleutées des écrans. Je brandis le poing en signe de victoire, mais déchantai vite en apercevant Aden aux côtés de mes amis.

Je me garai dans un dérapage, puis sortis comme une furie de ma voiture, laissant la portière grande ouverte. Heureusement qu'il n'y avait pas de flics, ce soir-là.

— Indy ! cria Aden en courant déjà vers moi.

Je fonçai vers la Camaro noire. Qui était ce connard qui se prenait pour un pilote ? Les poings serrés, j'étais prête à en débattre avec lui. Après tout, je n'étais plus à un ennemi près. La portière s'ouvrit, le conducteur sortit de l'habitacle pour se dresser devant moi. Je freinai des quatre fers en apercevant le visage de l'individu. J'avais l'impression que mon cœur s'arrêtait de battre, que mes jambes n'allaient plus pouvoir me porter. Le souffle coupé, je demeurai immobile en reconnaissant le sourire arrogant de mon frère.

— Matt ? murmurai-je à peine, abasourdie, sur le point de défaillir.

— Salut p'tite sœur ! déclara-t-il, comme si de rien n'était.

Après une seconde d'hésitation, mon cerveau se remit en marche, et je m'élançai pour sauter comme une désespérée dans les bras de mon frère, qui était censé être mort.

CHAPITRE 19
MILES
TRAFIC

J'avais demandé aux gars de me rejoindre au loft, nous devions parler affaires et je n'avais pas envie de rester au bar, ce soir. Je me demandais si Jayden allait se joindre à nous. Depuis quelques jours, nous jouions au jeu du chat et de la souris, mais en réalité, chacun de nous essayait d'éviter l'autre.

Lui avait sûrement conscience qu'il avait été trop loin, et moi, je savais que j'aurais dû tout lui dire pour Charly. Sullivan avait raison. Je me doutais que son rapprochement avec les *Angels*, et elle en particulier, entraînerait des complications, dès lors que j'avais pris la décision de la ramener à Chicago. Jayden s'était épris d'elle et je n'avais rien vu venir. Je ne voulais pas perdre mon frère à cause d'une fille, même si celle-ci était Charly.

J'en avais plus que marre de me torturer l'esprit avec cette histoire. Il fallait que je parle à Jayden et que j'assume mes décisions, quitte à passer pour le dernier des salauds. Tout le monde s'installa dans le salon, j'avais commandé des pizzas et sorti les bières. En déposant le carton sur la table basse, j'esquissai un sourire. Je me souvenais de ce petit bout de femme qui s'était étonnée de me voir cuisiner alors que j'aurais pu me contenter de plats à emporter. Je devais l'avouer, c'était rare que je me mette aux fourneaux pour une fille, hormis quand Cassie venait me voir.

— Ça va, boss ? s'enquit Slash.

— Impec.

— Tu t'es fait une petite nana, hier soir ?

— Pourquoi tu me demandes ça ? répliquai-je en fronçant les sourcils.

— Sûrement parce que t'affiches le petit sourire de satisfaction du gars qui en a bien profité, insinua ce gros bêta.

Je secouai la tête sans relever, alors que tous se mettaient à ricaner, sauf Sullivan. Bien sûr, lui savait que je n'avais pas fait entrer de fille dans mon lit depuis un petit moment.

— Vous avez des nouvelles de Jay ? demandai-je en ramenant des serviettes.

Silence total.

— T'inquiète, il va venir, intervint mon *Road Captain*.

— Il devait assister à un truc, il arrivera sans doute après, ajouta Scott.

— Les gars, c'est bon, j'suis au courant. Je sais qu'il continue d'aller au garage. En revanche, je ne savais pas qu'elle avait repris le volant.

— C'est un sacré chaud lapin, notre Jayden, ricana mon second.

— La ferme, Slash ! intervint subitement Sullivan.

Je haussai les sourcils. C'était quoi, ça ?

— Euh, je peux savoir ce qui se passe ?

Scott baissa la tête, Angelo regarda le bout de ses bottes et Sullivan aurait volontiers étripé Slash, comme d'habitude.

— C'est quoi le problème ? insistai-je.

— Ben, le petit gars a passé la nuit chez notre pilote, il y a quelques jours, m'apprit Slash avec un sourire en coin.

— T'es vraiment qu'un gros connard ! grogna Sullivan.

J'attrapai ma bouteille de bière sur la table et avalai une longue gorgée.

— Et alors ? Qu'est-ce que vous voulez que ça me foute ? Jayden fait ce qu'il veut avec sa queue.

Je retournai à la cuisine pour aller chercher... aucune idée ! J'avais besoin d'un truc plus fort qu'une bière. Je sortis un verre à shot et la bouteille de tequila, versai le liquide blanc et le descendis d'une traite.

— Je n'ai pas encore pu parler à Jay, mais ne te fais pas de fausses idées, Miles. N'écoute pas les conneries de Slash, me suggéra Sullivan, qui s'était levé pour me rejoindre, de l'autre côté du comptoir.

— Qu'est-ce qui te dit que ça m'intéresse ? Je m'en cogne !

— Hum. En tout cas, vaut mieux que t'attendes qu'on ait parlé boulot avant de t'enfiler la bouteille, me recommanda-t-il avant de retourner avec les autres.

Je rangeai le verre et regagnai le salon. J'avais d'autres chats à fouetter.

— Au fait, Slash, t'as des nouvelles de Mike ? me renseignai-je.

— Il traîne dans le coin, observe, fait du shopping, mais pour l'instant, rien d'autre à signaler. Il fait du tourisme, se moqua mon second.

— Tourisme, mes fesses ! s'emporta Scott.

— Qu'est-ce qu'il fout à Indianapolis ? intervint Angel.

— On ne sait pas trop, répondit Sullivan. C'est pour ça que Miles voudrait qu'on le garde à l'œil. Vu comment il a quitté la ville, à l'époque, ça m'étonnerait qu'il vienne juste faire un pèlerinage.

— Il l'a eue mauvaise après le vote et son bannissement, et ça m'étonne qu'il se ramène après tout ce temps. Donc on garde tous les yeux ouverts, juste au cas où ce ne serait, justement, pas que du tourisme, déclarai-je en insistant bien sur les derniers mots.

Tout le monde se servit dans les cartons à pizza, j'avais bien fait d'en commander quatre.

— T'as pas peur de faire manger Slash dans ton salon, Miles ? se moqua Angelo en l'observant.

— T'insinues quoi, p'tit con ? se défendit mon second.

Tout le monde éclata de rire, sauf le concerné, bien sûr.

— Slash, si tu fais des taches sur mon canapé, tu vas me le nettoyer avec une brosse à dents, je te préviens, ricanai-je.

— Bande de bouffons ! Je mange proprement, c'est bon, j'suis pas un animal.

— C'est si facile de réussir à te faire enrager, répliqua Angelo.

— Sinon, Slash, c'est quoi ta bonne nouvelle ? m'enquis-je en reposant ma part.

— Mon pote, j'ai bien bossé, tu vas être content.

— C'est-à-dire ? le pressai-je.

— Je nous ai dégoté un nouveau fournisseur de blanche.

— J'me souviens pas avoir dit que j'en cherchais un. Ricoh fait parfaitement l'affaire.

— Celle que j'ai trouvée est moins chère. On va pouvoir se faire une sacrée marge et empocher un beau pactole, s'excita le chevelu de service.

— C'est qui, ces mecs ? Tu t'es renseigné ? Pourquoi ils vendent moins cher que Ricoh ?

— Je ne sais pas. C'est Brad qui m'a rencardé. Apparemment, il m'a dit qu'on pouvait y aller les yeux fermés.

— Brad t'a dit ça ? m'étonnai-je.

Il était l'un de nos anciens, avec Sloane. J'avais entièrement confiance en eux. Ils étaient là avant moi et avaient trop à perdre pour faire des conneries. Malgré tout, je n'aimais pas changer de fournisseur en cours de route, surtout si je n'avais pas mené d'enquête avant. En général, je mettais deux ou trois gars en filature, et P'tit Génie faisait des recherches de son côté.

— Écoute, on va demander à Antony de se pencher sur leur cas, et si ça vaut le coup, on verra si Ricoh s'aligne sur les prix. Dans le cas contraire, on bossera avec tes gars, décidai-je.

— Quoi ? Miles, il faut en profiter maintenant, d'autres vont nous doubler et ce sera trop tard.

— Et la qualité ? Parce que celle de Ricoh, elle provient directement du sud. T'as goûté celle de ton pote ?

— J'te dis que c'est bon. Même qualité avec un prix qui défie toute concurrence.

— Si Brad les connaît, y'a sans doute pas de soucis ? intervint Scott.

J'échangeai un regard avec Sullivan.

— J'ai pas d'infos. Je viens de l'apprendre, comme toi, répondit-il à ma question muette.

— J'aime pas trop bosser avec des gens que je ne connais pas. Il suffirait d'un engrenage qui ne tourne pas correctement pour causer notre perte à tous, annonçai-je, solennel.

Personne ne répondit. Ils avaient tous conscience qu'on jouait nos peaux sur un nouveau contrat ou un nouveau partenaire. Beaucoup souhaitaient notre chute, la mienne en premier.

— Je me porte garant avec Brad, déclara finalement Slash.

Je soufflai et passai la main sur mon menton.

— Très bien, on fait un essai avec eux. À la moindre couille, Slash, tu joues ton poste de second, l'avertis-je.

Ses mâchoires se contractèrent.

— Y'aura pas de problème ! fanfaronna ce dernier. Et si je te fais gagner un max, je deviens le nouveau prés' ?

Je m'immobilisai et l'observai en plissant les yeux.

— Tu veux vraiment ma place, Slash ? Ben vas-y, fais-toi plaiz.

— Tu ne tiendras pas deux jours, persifla Angelo.

— J'rigole, c'est bon, les gars. Je vais encore profiter un peu avant de prendre la place du prés'.

Ses sous-entendus ne me faisaient pas rire, ils me posaient même problème. Jusqu'à présent, Slash n'avait jamais parlé de cette éventualité. Peut-être que c'était de l'humour, mais j'avais appris à surveiller mes arrières. Dorénavant, je ferais attention.

— Tu vas les trouver quand, tes nouveaux fournisseurs ? lui demandai-je.

— Demain matin, je reprends contact avec eux pour leur dire qu'on est intéressés. Je te donnerai les infos comme d'habitude : le prix, la quantité et le lieu de rendez-vous. J'enverrai ensuite des prospects pour récupérer la marchandise.

— Non, assénai-je.

Slash se raidit, les gars s'immobilisèrent, Angelo avec son morceau de pizza en suspension devant sa bouche. Mon ton était autoritaire et sans réplique.

— Quoi, non ? s'inquiéta-t-il.

— Tu vas y aller. Si ça tourne mal, c'est toi qui prends, pas les prospects ! T'as dit que t'assumais, donc tu t'y rendras toi-même, l'informai-je.

— OK, si tu veux. Façon, y'a rien à craindre.

— Donc pas de soucis, répliquai-je avec fermeté.

La sonnerie de l'interphone résonna dans le loft, la pression retomba aussitôt. Angel se leva pour aller voir.

— C'est Jay. J'lui ouvre ?

— Pourquoi, tu préfères le laisser dehors ? railla Scott.

— Étant donné que l'ambiance est déjà chaleureuse, j'me disais que ce n'était peut-être pas la peine d'en rajouter.

— Ouvre-lui, lâchai-je en secouant la tête.

Jayden gara sa bécane dans le garage avec les autres et fit son entrée. Il avait l'air surexcité.

— Salut les gars, lança-t-il.

Tout le monde le salua, moi y compris.

— Alors, c'était bien, ce soir ? se renseigna Scott, le fan de voitures de course.

— Génial ! Comme d'habitude.

— Pas de Souls ? intervins-je.

— Aucun. Pas de problème.

— Alors, elle pilote aussi bien dans un pieu que derrière un volant ? ricana Slash.

Je lui aurais volontiers démonté la tête. Je me levai pour aller jeter l'emballage vide et prendre une autre pizza pour Jay.

— Quoi ? releva-t-il, les sourcils froncés. Tu sais que parfois, on n'arrive pas à te suivre, Slash.

— Allez, fais pas ton puceau. On sait que t'as passé la nuit chez Indy.

— Ben déjà, j'aimerais bien savoir comment tu le sais, puis ce que je fais avec elle ou pas, ça ne te regarde pas, mon pote.

Mon second éclata de rire, il fut le seul. Je tendis une bière à Jayden en passant à côté de lui et déposai le nouveau carton de pizza. Je sentis son regard posé sur moi. Je me servis une part en faisant bien attention à ne pas participer à leur discussion.

Scott et Angelo firent un rapide résumé de ce qu'on venait de décider, à propos de Mike, mais aussi en ce qui concernait le nouveau fournisseur.

— Tu t'es mis dans de beaux draps, Slash, ricana Jay. S'il se loupe, je peux prendre la place de Sul' ?

— Pourquoi ma place ? intervint ce dernier.

— Ben on sait tous que si Slash saute, c'est toi qui montes ! répondit Angelo.

— Et qui te dit que je veux monter ?

— Déjà, je ne vais pas me louper, alors fermez-la, bande de chacals ! grogna Slash.

— Miles, j'pourrai te parler après ? demanda Jayden en me regardant.

— Pas de problème.

J'attrapai ma bouteille sur la table et m'installai confortablement dans le fauteuil.

— Allez, Jay, ne nous fais pas languir ! Elle est comment, la Petite Furie, au lit ? Elle grimpe ou elle se laisse grimper ? reprit mon second.

— Que quelqu'un lui fourre une part de pizza dans la bouche, qu'il se taise ! intervint Sullivan.

— T'es vraiment un sale con ! lâcha Jay en secouant la tête.

— Tu peux juste nous dire si elle vaut le coup ? Avant qu'on la ramène chez elle, insista Angelo.

Jayden releva les yeux en même temps que moi, nos regards se croisèrent. De nouveau, la tension monta.

— Y'a rien eu avec Indy. Je suis allé là-bas pour vérifier qu'elle allait bien. Elle m'a prêté son canapé, mais on n'a rien fait, point barre, expliqua-t-il en me jetant des coups d'œil de temps en temps.

— Tu rigoles ? T'as dormi sur le canapé ? Garçon, va falloir qu'on t'explique des trucs, poursuivit Slash de son air goguenard.

— La ferme, Slash, dirent-ils en chœur.

— En revanche, je peux vous dire qu'à la course de ce soir, elle a gagné *in extremis*, nous apprit Jayden.

— Face à Wyatt ? demanda Scott.

— Impossible, elle lui a mis la pâtée, comme d'habitude. Non, un nouveau gars qui s'est incrusté dans la course avec une Camaro.

Je dressai l'oreille, intéressé. Si un nouveau pilote était arrivé sur le circuit, je pouvais peut-être encore rattraper le coup des paris.

— C'est qui ? Indy l'a bien pris ? s'intéressa Sullivan.

— Je ne l'avais jamais vu. Un latino, vu son physique... Mais Indy devait le connaître. Après la course, folle de rage, elle s'est élancée vers le bolide du mec en question. Et quand il est sorti de sa caisse, elle a hésité quelques secondes et, finalement, lui a littéralement sauté dessus. Un truc de dingue... À mon avis, s'il y en a un qui va goûter à ses draps, c'est lui. Surtout avec sa petite gueule et ses cheveux bouclés.

Je demeurai stoïque. Personne ne pouvait voir que j'enserrai ma bouteille de bière et que je l'aurais volontiers écrasée contre le mur. C'était quoi cette histoire, encore ? Moi qui pensais qu'elle allait angoisser, en attendant que je lâche sa famille à ses trousses. La Petite Furie avait déjà repris du poil de la bête. C'était une véritable Blood, y'avait pas de doute, et elle jouait bien la comédie. Tout ce cinéma quand elle m'avait révélé ses origines, son air meurtri... Putain, j'y avais cru. Quel con !

Est-ce que ça m'agaçait qu'un nouveau s'incruste et coure contre elle ? Non. Est-ce que ça me foutait les nerfs qu'elle se jette dans ses bras devant la foule entière ? Ben, ça n'aurait pas dû !

Des regards curieux et prudents se posaient sur moi de temps à autre, aussi je restai de marbre.

— T'as pas demandé à la *team* qui c'était ? intervint Scott.

— Non, j'étais sur le cul en voyant ça, et comme j'étais déjà en retard pour venir ici, j'ai pas cherché à comprendre, j'me suis barré, expliqua Jay.

— Demain, on appellera Luis, il va nous rencarder, affirma Scott.

— T'en penses quoi, boss ? m'interrogea Slash.

Je ne répondis pas tout de suite.

— Scott, demande à Luis si ce nouveau pilote est bon, et, surtout, s'il serait partant pour bosser avec nous, déclarai-je avec nonchalance.

Ce dernier acquiesça d'un hochement de tête, puis tout le monde changea de sujet.

CHAPITRE 20
CHARLY
SACRIFICE

— Parce que t'étais au courant ? vociférai-je.

J'étais sûre et certaine que mes pupilles étaient dilatées par la rage. J'avais été trahie et trompée par mon frère et son meilleur ami.

— Indy, calme-toi, je vais t'expliquer, intervint calmement Aden.

Mon frère, adossé au mur de tôle de l'atelier où je rangeais ma Toyota, se marrait carrément.

— Et tu trouves ça drôle, toi ? J'te croyais mort. Tu imagines dans quel état j'étais ? J'ai dépensé tout ce que j'avais mis de côté pour ton faux enterrement. T'es qu'un connard, comme papa et Wesley.

— Calme-toi, Charly. Si tu arrêtais de hurler, on pourrait sans doute t'expliquer un peu les choses. Et puis, c'est quoi ce surnom, « Indiana » ? se moqua-t-il.

— C'est mon nom quand je cours. J'ai suivi tes conseils, je brouillais les pistes. Tu m'as laissée toute seule. Comment as-tu pu ? Et toi, Aden ?

Hope entra pour récupérer un outil. Automatiquement, les yeux de mon frère la suivirent et s'immobilisèrent sur ses fesses. Et en plus, il n'avait pas changé !

— Matthew Wittman ! N'y pense même pas, grondai-je.

Mon amie se retourna en haussant un sourcil.

— Hope, tu ne voudrais pas sortir, s'il te plaît ? Parce que mon frère ne peut pas se concentrer dès lors qu'il se trouve en présence de seins ou de fesses qu'il n'a pas déjà tripotées.

Celle-ci esquissa un sourire, et repartit en sens inverse.

— Ils sont trop chouettes, tes employés ! Et ce garage… Félicitations, p'tite sœur.

— Tout ça, c'est pas grâce à toi, crachai-je. Tu vas m'expliquer maintenant ?

Mon frère souffla puis se décolla du mur. Il fit le tour de ma voiture, glissa la main sur la carrosserie, vérifia les roues, ouvrit le capot pour inspecter le moteur. *Vas-y, prends ton temps, en plus.*

— C'est un beau p'tit bolide que tu t'es payé là ! déclara-t-il, des étoiles dans les yeux.

— Matt ! m'écriai-je, exaspérée.

— OK, soupira-t-il. J'avais des ennuis avec les Souls. On manquait d'argent. J'ai signé avec eux. Je devenais leur pilote, mais à force de demander des avances pour payer telle ou telle facture, je leur devais un max de pognon. Et ils ont commencé à me menacer. Alors, avec Aden, on a monté ce plan. Il m'a aidé à disparaître avant qu'ils ne s'en prennent à moi.

Je restai coite. Avant qu'ils ne s'en prennent à lui ? Et moi, dans l'histoire ? Avait-il réfléchi un seul instant au risque qu'ils me tombent dessus ?

— Et c'est tout ? demandai-je, incrédule.

— J'avais pas d'autre solution, Charly. C'était eux ou moi.

— Ben eux, ils en ont trouvé une autre… moi, ta sœur !

— Ouais, je sais, Aden m'a expliqué. En même temps, t'as pas été très maligne. Qui t'a dit de te mettre à la conduite ? Et puis, fréquenter les Bloods d'Indianapolis, t'es cinglée ou quoi ? On dirait que je ne t'ai rien appris. Le but était que tu ailles à la fac pour te sortir de ce merdier, et toi, tu y plonges la tête la première.

J'hallucinais.

— Primo, tu m'expliqueras comment j'aurais pu m'offrir la fac, vu que je t'ai payé un joli cercueil et une belle pierre tombale. Secundo, les voitures, c'est la seule chose que tu m'aies apprise, idiot ! Et tertio, je ne suis pas allée chercher les Bloods, ce sont eux qui m'ont trouvée.

— Mais, Aden m'a raconté que tu fricotais avec le prés'... Le leader, en plus ! Non, mais franchement, t'es complètement idiote ou quoi ?

Je me tournai vers Aden, il leva les mains devant lui en signe de défense.

— J'l'ai pas dit comme ça, je suis sûr. C'est Matt qui arrange les choses à sa sauce.

— Je ne fréquente personne... À part ton meilleur pote, si tu veux vraiment tout savoir.

Matt se redressa et lança un regard noir à son ami.

— T'as fait quoi ? le menaça-t-il en s'avançant vers lui.

On pouvait dire ce qu'on voulait, lui et moi, on avait du sang de Blood dans les veines. On partait toujours au quart de tour.

— T'as baisé avec ma sœur, Aden ? gronda-t-il.

— Matt, t'arrêtes deux minutes ton numéro. C'est bon, j'ai plus seize ans, et j'ai pas de morale à recevoir d'un frère qui s'est barré sans m'avertir.

— Hier, à la course, y'avait un Blood, je l'ai repéré, reprit-il.

— C'était Jayden, il était là pour me protéger.

— Pour te protéger de qui ? Des Bloods ? C'est quoi cette blague ? se marra-t-il. Aden m'a expliqué que tu t'étais fait repérer par le prés' et que t'étais dans la merde parce qu'il veut te ramener à papa et Wesley.

— C'est compliqué.

— J'vois ça. Tu te tapes lequel ? s'enquit-il avec véhémence.

— C'est n'importe quoi. Je ne couche et ne sors avec aucun Blood. Et même si c'était le cas, t'as rien à me dire. Tu t'es barré, tu te rappelles ? Et eux, ils se sont bougés et sont venus me chercher chez les Souls, ripostai-je avec force.

C'était nouveau, ça. Depuis quand je défendais les Bloods.

— C'est qui, le prés' ? Toujours Jimmy ?

— Non, c'est Miles Rivera. Son cousin. Jimmy a été abattu, répliquai-je.

— Je ne le connais pas.

— Tant mieux. Fous-lui la paix, grognai-je.

Aden haussa les sourcils et mon frère croisa les bras. Et voilà que je prenais le parti de Miles, maintenant.

— Charly, t'arrêtes tes conneries, ouais ? gronda-t-il. Je suis venu pour t'aider, pour te sortir de cette merde.

— Ben t'aurais pu rester là où t'étais. Jusqu'à présent, je me suis débrouillée toute seule, et je compte bien continuer.

— Je comprends pourquoi Wesley te mettait des claques parfois, t'es trop chiante.

J'écarquillai les yeux.

— T'as dit quoi, là ? Toi, le fils merveilleux, l'héritier qui était censé reprendre les rênes du chapitre de Chicago ? Choyé, noyé sous le fric, l'alcool et les filles ? Tu ne sais pas ce que c'était, ce que j'ai subi quand j'étais enfermée avec lui dans la cave. Crois-moi, s'il n'y avait eu que des « claques », comme tu le dis si bien, je m'en serais bien sortie.

Ils baissèrent la tête, tous les deux.

— Pardonne-moi, Charly. C'était nul de dire ça.

Il s'avança vers moi et me prit dans ses bras malgré mes réticences.

— Je suis ici parce que je m'inquiète pour toi. C'était sans doute égoïste de ma part, mais si je suis parti, c'était avant tout pour te laisser une chance.

— Dans ce cas-là, il fallait me l'expliquer, pas me laisser croire que tu étais mort.

— Je sais.

Le silence s'installa et la tension commença à retomber.

— Tu vis où ? me renseignai-je.

— Miami. Le soleil, les voitures, les gonzesses.

Je me décollai de lui subitement.

— Qui était dans la voiture ? demandai-je.

— C'est moi qui ai réglé ça, intervint Aden. J'avais un ami qui me devait un service.

— Oh, mon Dieu ! T'as mis ton pote dans cette voiture ? T'es malade ! m'écriai-je.

— Mais non ! Il bossait à la morgue. Il m'a filé un cadavre de SDF.

Je tentai de calmer les battements erratiques de mon cœur.

— Bon, vous allez vous marier ? Aden, dis-moi que tu vas épouser ma sœur, sinon j'te défonce.

— Euh, en fait...

— Laisse tomber, Matt. Aden et moi, c'est fini, il fréquente quelqu'un d'autre.

— Quoi ? Mais t'es qu'un salopard, tu vas voir...

Notre ami recula de quelques pas.

— Arrête ça ! Parce que toi, tu fais quoi avec les filles ? protestai-je.

— C'est différent.

— Non, c'est pareil. Mais comme t'as été élevé par des connards sauvages qui n'en ont rien à foutre des femmes, ben t'agis comme un porc.

— T'as vraiment une grande gueule, Charly. Continue comme ça et personne ne voudra de toi.

— Je ferai avec, soufflai-je. Aden, t'as appelé Matt, si j'ai bien compris. C'est ça ?

— Il m'avait donné son adresse et son numéro. On restait en contact, au cas où ça tournait mal pour toi. Après être passé à ton appart avec Hope, je l'ai appelé. Je lui ai dit qu'il était temps qu'il refasse surface.

— Et ça ne t'est jamais venu à l'idée de tout me dire ? Tu as vu mon état après sa... soi-disant mort, comment j'ai galéré toutes ces années.

— Je lui ai promis de veiller sur toi. Et c'est ce que j'ai fait, affirma-t-il, sans aucune trace de regret.

— Ouais, j'ai vu comment tu t'es occupé d'elle, faux frère, commenta Matt. Maintenant, tu peux être rassurée, ton grand frère est là... Tu pourras me filer le numéro de ta copine, la blonde ?

Je levai les yeux au ciel. *Minable.*

— Ne rêve pas.

— C'est vrai que ton pote prés' a flanqué une correction à Darius ? reprit-il d'un ton plus sérieux.

— C'est vrai. Il lui a dit que s'il tentait encore une seule fois de s'approcher de moi ou de poser la main sur moi... il le tuerait.

Matt ne répondit rien. Ses traits se durcirent, ses prunelles sombres étincelèrent. Il me fixa un moment.

— T'es montée derrière sa bécane ? me demanda-t-il très calmement.

— J'étais mal en point, je ne tenais pas debout et..., tentai-je de me justifier.

— Donc ? reprit-il en haussant un sourcil pour m'inviter à répondre.

Je pinçai les lèvres.

— Il m'a filé son cuir et je suis montée derrière lui, avouai-je en baissant la tête, car je savais ce que ça voulait dire pour les bikers.

Ses yeux se firent encore plus noirs, si c'était possible.

— Putain, tu t'es vraiment mise dans la merde ! J'te conseille de rester à l'écart de ce mec.

Quelques minutes plus tard, je retournais dans l'atelier avec mes deux acolytes pour reprendre le boulot. Matt accompagna Aden qui bossait toujours sur une vieille Corvette.

Je soufflai en attrapant mes outils. Je n'en revenais pas, Matt était toujours vivant. Mon frère était là avec moi. Ce petit con arrogant bossait à quelques mètres de moi. Mes yeux me piquèrent, j'avais une folle envie de pleurer et de relâcher toute cette tension qui m'habitait depuis la veille au soir. Néanmoins, je m'inquiétais encore plus. Si les Souls venaient à savoir qu'il était toujours vivant et qu'il se trouvait à Indianapolis... je n'osais imaginer ce qui allait se passer. Et puis, si Miles appelait Papa ou Wesley, ils allaient pouvoir récupérer le duo d'enfer.

Un mouvement dans mon champ de vision attira mon attention, Rosie me faisait signe. Je reposai ma clé et me dirigeai vers le bureau, sans omettre de jeter un dernier regard aux deux ados qui se marraient comme des baleines.

Je poussai la porte et trouvai notre petite latino en mode angoissée.

— Hey, Rosita ! *Qué pasa* ? demandai-je, un peu inquiète de voir ses traits tirés.

Hope nous rejoignit entre-temps.

— Ça va, les *girls* ? Indy, ton frère est mignon, mais dis-lui qu'il ne m'intéresse pas, lâcha-t-elle avant de s'effondrer sur le canapé.

— Je lui ai dit de se tenir éloigné de toi.

— Tu as bien fait.

— Faudrait pas qu'il empiète sur les plates-bandes de Sullivan, insinuai-je.

— C'est sûr. Attends, quoi ? s'écria-t-elle finalement.

Je lui adressai un sourire en coin. Chacune son tour.

— N'importe quoi ! Tu rêves. Je ne l'ai pas revu et ne compte pas le revoir de sitôt en plus, vu le bordel dans ta vie.

— Ben justement..., intervint Rosie.

Nous nous retournâmes.

— Je ne savais pas comment te dire ça, Indy, mais... je pense qu'il va falloir que tu les revoies.

Je fronçai les sourcils, ce n'était carrément pas dans mes projets actuels.

— Pourquoi ? Il se passe quoi ? s'informa Hope.

— Tu te souviens, ces dix jours où ils sont venus faire réparer leurs bécanes ?

Je sentis un poids tomber sur mes épaules.

— Ils n'ont pas payé. C'était juste avant que je sois enlevée par les Souls. Miles devait passer au garage pour régler les factures, mais avec les événements..., soufflai-je, dépitée.

— On a un gros trou dans la compta, Indy. Il nous faut cet argent, ou alors, commence à jouer et à gagner dès ce soir à la loterie.

— On dirait bien que, de nous deux, celle qui va revoir son biker préféré, c'est toi, chantonna Hope dans mon dos.

— Son biker préféré ? T'as des choses à me dire, toi ? m'enquis-je avec un sourire en coin.

Hope demeura muette et préféra rester impavide.

— Il faut en parler à Aden et à ton frère, reprit Rosie. Ils t'accompagneront, et peut-être que les Bloods n'oseront pas t'enlever pour te ramener là-bas.

— Il ne lui fera rien. T'as vu comment il la regarde ? Moi, j'y étais. Elle le pousse à bout... Miles adore ça. Il ne la renverra pas, analysa Hope, nouvellement diplômée en psychologie.

— Personne n'en parle à Matt ni à Aden. Je connais mon frère, c'est un ancien biker. S'il entre là-bas, ça va finir en bagarre générale, et on ne veut pas attirer l'attention sur nous. Je vais prendre ma bagnole et aller trouver Miles. Il va me donner l'argent, j'en suis sûre. Il était décidé à le faire, la dernière fois.

— Tu vas prendre ton p'tit bolide ? s'étonna Hope.

— Au cas où je dois m'enfuir... Je pourrai plus facilement les semer qu'avec mon vélo.

— T'es une marrante, toi, répliqua-t-elle.

— Et s'ils ne veulent pas payer ? s'inquiéta Rosie.

— Je réfléchirai quand j'y serai.

— Tu pars maintenant ? Tu veux que je vienne ? demanda ma blonde préférée.

— Il y aura moins de monde en journée, et puis, j'ai besoin de toi pour surveiller les ados prépubères, là-bas, dans le fond.

Elle ricana.

Je descendis mon bleu sur mes hanches et attachai les manches devant moi. J'attrapai les clés de la Toyota ainsi que ma besace avec mes papiers. J'adressai un clin d'œil aux filles.

— Souhaitez-moi bonne chance !

Je décidai de me garer sur le parking de derrière, histoire qu'on ne m'entende pas arriver. Je verrouillai les portières de ma Toyota. D'ici, on ne la remarquait pas trop. Il était hors de question de susciter la convoitise des voleurs du quartier ou d'éveiller la curiosité des flics. Quoiqu'en me garant sur le parking des Bloods, je ne rencontrerais sûrement pas de problèmes de ce côté-là. Mon estomac faisait des cabrioles, la bile me remontait dans la gorge, mes mains étaient humides. Super, j'étais terrifiée à l'idée d'entrer dans l'antre du loup. *Allez, Charly, ne montre pas ta peur, ne montre pas ta peur... Même si t'as qu'une envie, te barrer de là.*

Je poussai les portes du bar, un fond musical m'accueillit. Je plissai les yeux pour m'habituer à la faible luminosité ambiante.

Quelques motards étaient déjà affairés aux tables de billard, je tentai d'inspirer calmement et de maîtriser le tremblement de mes doigts. Elle était où, la Indy qui était entrée, un mois et demi plus tôt, comme un cador ?

Je me tournai vers la table du fond, je savais que c'était celle de Miles. Il n'était pas là. Il n'y avait personne, à vrai dire. Merde, et si je m'étais déplacée pour rien ?

— Indy ?

Je sursautai.

— Ça va ?

Je reconnus cette voix et la silhouette à qui elle appartenait. *Sullivan.* Hormis Jay, je ne les avais pas revus depuis au moins trois semaines, et je ne savais pas trop à quelle sauce j'allais être mangée.

— Salut, Sullivan. Ça va.

— T'es sûre ? T'as l'air un peu...

— J'ai eu une nuit mouvementée, répliquai-je en haussant les épaules.

— Ouais... Jay nous a expliqué. J'ai été étonné, d'ailleurs.

— Jay t'a expliqué quoi ? lui demandai-je, perdue.

Nous fûmes interrompus par la sonnerie de son portable.

— Excuse-moi.

Il décrocha.

— OK. Je te l'envoie, répondit-il avant de raccrocher.

— T'es venue voir Miles ?

— Euh, oui. Il est là ?

— Il t'a vue arriver. Tu peux entrer.

— Merci.

— À plus, Indy.

— À plus, Sullivan.

Je le dépassai pour me diriger vers la porte du fond, celle avec une caméra juste au-dessus.

— Indy, attends.

Je me retournai et Sullivan me rejoignit.

— C'est pas mes oignons, mais... joue pas avec lui. Il est plutôt à cran, en ce moment.

Ah oui ? Et pas moi ?

— Euh, OK. Merci.

J'ouvris la porte blindée et m'engouffrai dans le long couloir sombre qui menait à une dizaine de marches. Là-haut devait se trouver le bureau du prés'. J'entendis le clac de fermeture automatique de la porte. *Pauvre idiote ! Je suis coincée.*

Je grimpai les marches et atteignis enfin l'étage. Il s'agissait d'une grande pièce de forme rectangulaire, tout en profondeur. Les murs étaient parés de briques rouges, de vieilles photos et du symbole des Bloods. Un énorme bureau trônait à l'entrée, c'était ce qu'on apercevait en premier. Puis, un peu plus loin, on trouvait un vieux canapé en cuir vert et, en face, un écran plat. Deux autres portes donnaient sur d'autres espaces : une cache d'armes ou une cave... je déglutis. Mon père m'avait toujours dit de repérer les sorties. Je la cherchai avidement. Il y avait bien une porte en bois, dans le fond. OK, au cas où, il fallait que je sprinte avant de finir à la cave.

— Tiens donc, mademoiselle P'tite Furie en personne ! Que me vaut cet honneur ?

Il était assis derrière son bureau. Sa voix fit naître un frisson au creux de mes reins. Mon regard se riva directement à ses prunelles acier... J'étais perdue, j'allais finir dans la cave.

— Miles... euh, président, je veux dire, monsieur Rivera…

— Tu peux m'appeler Miles. Il n'y a que les Bloods qui m'appellent « prés' ».

Je haussai un sourcil, il avait déjà oublié qui j'étais ? Cool.

— Je veux dire, les Bloods d'Indianapolis, se reprit-il.

J'inspirai profondément.

— Miles, je suis venue récupérer le règlement des factures pour les réparations sur les motos des Bloods. Avec… tout ça, tu n'es pas venu et...

— Tu aurais voulu que je vienne ? s'amusa-t-il à mes dépens.

Cette voix ! Il le faisait exprès ou il avait toujours eu cette tonalité chaude et sensuelle ?

— Il aurait fallu, pour...

— Juste pour régler les factures ? Tu m'as fait comprendre la dernière fois qu'on s'est vus que tu ne voulais plus me voir. Tu as dit que j'étais « un putain de connard de biker » et que je m'entendrais à merveille avec ton oncle.

J'essayais d'être gentille et lui, il jouait la provoc ! Il voulait quoi ?

— Tu t'attendais à quoi ? Que je te remercie de vouloir me ramener chez mon cinglé d'oncle ?

Et voilà, j'étais repartie en mode morveuse. Il sourit.

— Donc t'es pas venue te livrer de toi-même ? insista-t-il.

— OK, c'était une erreur de venir ici. Écoute, envoie Jay au garage pour apporter l'argent et on sera quittes.

— Je paie mes factures moi-même, répliqua-t-il avec fermeté.

— Alors, donne-moi mon fric et j'me tire.

Il recula au fond de son siège, comme s'il s'installait pour assister à un spectacle. Ça l'amusait, tout ça ?

— On m'a dit que tu étais enfin sortie de chez toi, que tu avais repris le boulot, les courses et que tu t'étais trouvé un pilote latino pour t'envoyer en l'air. Je vois que tout va bien pour toi. T'es pas trop stressée, pour une fille qui a peur de se retrouver nez à nez avec son père et son oncle.

— J'ai d'abord pensé me barrer à l'autre bout du pays, puis finalement, je suis restée, car je suis une Blood et qu'un Blood « n'abandonne pas, ne s'enfuit pas, il encaisse les coups ».

Il plissa les yeux. Et ouais, je connaissais la devise.

— Donc j'ai repris le boulot, car je dois vivre. J'ai repris les courses, car c'est mon seul plaisir, et si je devais m'envoyer un pilote, ça ne te regarderait pas.

— Si tu devais ? C'est pas le cas ?

— À quoi tu joues ? Qu'est-ce que ça peut bien te faire, qui je me tape ou pas ? Ton objectif, c'est de me ramener et de jouer dans la cour des grands, de toute façon.

Il se leva vivement, repoussa sa chaise contre le mur... mais fut interrompu par des coups contre la porte du fond. On s'immobilisa tous les deux. Il fronça les sourcils et m'observa. Ben quoi ? On n'était pas chez moi. Ici, je n'attendais personne. Le biker contourna le bureau, j'en profitai pour relâcher la pression et reprendre un peu d'air. Il ouvrit la porte, un gars lui présenta un sac de plastique bleu, épais et gondolé.

— C'est la livraison, comme convenu !

Le type lui fourgua le sac entre les mains.

— Quoi ? C'est quoi cette embrouille ?

Le mec repartit illico presto en refermant la porte. Miles resta quelques secondes à observer le sac, puis finalement, se retourna. On aurait dit que de l'argent en fusion avait empli ses prunelles. Il avait l'air hors de lui, mais pour une fois, ce n'était pas ma faute. Une ride entre ses sourcils lui donnait un air soucieux.

— Je sais que ça ne me regarde pas, mais... tu ne devrais pas te faire livrer ta marchandise ici. C'est hyper dangereux, si...

— C'était pas ce qui était prévu ! me coupa-t-il. Je te remercie, je débute pas dans le métier.

Le ton de sa voix avait changé. Il avait l'air de se contenir, mais une rage sous-jacente ne demandait qu'à se libérer.

— Quel con ! Quand je vais le choper, celui-là..., rugit-il.

Il s'approcha de son bureau pour mettre la main sur son téléphone, et certainement appeler l'abruti en question qui allait se faire lyncher. Sauf que... Je posai une main sur la sienne. Il releva aussitôt le visage vers moi. D'un signe de la tête, je lui indiquai l'écran de contrôle, sur lequel on voyait le parking et l'intérieur du club.

— C'est trop tard... On t'a balancé ! lâchai-je.

Des bagnoles de flics commençaient à arriver, une vraie descente des stups.

Un lion en cage prêt à bondir sur n'importe qui, voilà à quoi ressemblait le prés' des Bloods, à cet instant. Son téléphone sonna, il décrocha.

— J'ai vu. Laisse-les entrer, mais retiens-les un peu. On a une merde, ici.

Et il raccrocha. Son regard fila dans tous les sens pour trouver une cachette, une solution. Je soupirai. Je pouvais rester là et l'aider, ou bien me barrer et, une fois qu'il serait en tôle, je serais libérée de la menace qu'il faisait peser sur moi. *Yes !* Ça, c'était le raisonnement d'une fille intelligente et maligne... Pas le mien, visiblement.

— Les toilettes ? demandai-je abruptement.

Il releva la tête, m'étudia durant quelques secondes avant de répondre :

— J'y ai pensé. Ça serait trop long, il y en a pour un sacré paquet, là-dedans.

À mon tour, je fis le tour de la pièce, ouvris les portes sans qu'on m'ait invitée à le faire. Première porte, une chambre, seconde porte, une salle de bains. OK, pas d'armes, pas de cave. Juste un studio.

— Les armoires, les tiroirs, les sacs, les valises, les matelas, les vases, les boîtes, les dessus d'étagère, la cuisinière, la réserve des W.C... c'est là qu'ils vont regarder en premier.

Miles haussa les sourcils, étonné que je sache tout ça.

— On en a eu, des descentes, à Chicago, me contentai-je d'expliquer en haussant les épaules, pour répondre à sa question muette.

Je vérifiai l'écran de contrôle. Ils étaient entrés et les bikers avaient déclenché une bagarre pour les ralentir.

— Prends la porte du fond, c'est le parking de derrière, avec les bennes. Tu pourras te tirer sans être vue, m'informa-t-il.

Je l'observai à mon tour. Il était prêt, résigné, et allait assumer les conséquences à la place de celui qui avait salement merdé. Je soupirai, lui pris le sac des mains et le fourrai dans ma besace.

— Mais qu'est-ce que tu fous ? s'écria-t-il.

— Je te sauve les fesses ! répliquai-je.

— Quoi ?

— T'as une meilleure idée, là, tout de suite ? Parce qu'ils vont retourner ton bureau et t'envoyer en prison pendant de longues années.

— J'en ai pas, mais imagine qu'ils te choppent en sortant ?

Je me dirigeais déjà vers la porte du fond, alors que les bruits de bagarre s'intensifiaient. Il me suivit, je me retournai.

— C'est un risque à prendre ! lui répondis-je.

— Que tu vas prendre pour les Bloods... Et pour moi ? s'étonna-t-il.

— De toute façon, entre la tôle ou la cave de mon oncle...

Il m'attrapa le bras sans aucune brutalité, plutôt dans un geste désespéré.

— Fais attention à toi, dit-il plus doucement.

Nos yeux s'arrimèrent, un pas nous séparait... que j'avais vraiment envie de franchir. Quelque chose brilla dans ses prunelles, je supposai que le même émoi devait étinceler dans les miennes. Au bout d'un moment qui me sembla une éternité, mais qui ne dura que quelques secondes, il me lâcha puis ouvrit la porte pour que je me sauve. Je franchis le seuil et me retrouvai à l'arrière du bar, le laissant là, seul. Miles referma la porte immédiatement derrière moi, j'entendis un bruit de serrure. Il voulait que j'aie le temps de filer.

Je me dirigeai calmement vers ma voiture. Si les flics me voyaient courir, ils me suspecteraient tout de suite. J'actionnai l'ouverture centralisée des portes et m'engouffrai dans l'habitacle. Je mis le contact, le moteur ronronna.

Mon cœur battait dans mes tempes. Je tentai de calmer le tremblement de mes mains et enclenchai la première. Du coin de l'œil, j'avisai les forces de l'ordre qui se ruaient dans le bar. J'avais du mal à respirer. *Pourvu que tout se passe bien pour lui.* Je sortis du parking et m'engageai sur l'avenue.

C'était la fin d'après-midi, les derniers clients venaient récupérer leurs véhicules, l'équipe finissait ses travaux en cours. C'était au moins la sixième pause que je prenais. Je buvais café sur café, et étais prête à balancer mon portable contre le mur, vu qu'il s'évertuait à demeurer silencieux. Je n'avais pas avancé sur la voiture que j'étais en train de retaper. Les mains qui tremblaient, la tête ailleurs, c'était juste intenable.

Je passai dans le vestiaire, jetai un œil vers mon casier, bien fermé. Ouf ! C'était là que j'avais caché mon sac. L'impression que le mot « coupable » était inscrit sur mon front ne me quittait pas depuis que j'étais rentrée, le matin même. J'avais dû mettre au courant Rosie et Hope, vu qu'elles savaient où je me rendais. Je m'étais pris des réflexions du genre : « Tu sais que t'attires que les merdes ? Tu devrais t'acheter un gri-gri. »

Je retournai dans l'espace détente, me resservis une énième tasse, et regardai pour la millionième fois l'écran de mon portable.

— Alors, des nouvelles ?

Je sursautai, comme prise en flagrant délit de bêtise.

— Putain, Hope, préviens quand tu entres dans une pièce.

— Je compte bientôt m'acheter une clochette, comme les chats.

Elle avait l'air sur les nerfs. Je ne comprenais pas pourquoi.

— Pourquoi t'es en mode ronchon, toi ? m'enquis-je, complètement larguée.

Elle n'eut pas le temps de me répondre, un bruit de motos me fit sauter comme une puce. Je quittai la pièce à grandes enjambées, traversai les différents ateliers sous les yeux ébahis de tout le monde. Ils ne comprenaient pas pourquoi je courais vers les motos, alors que j'aurais dû faire l'inverse.

Je déboulai sur le parking de devant, deux Harley étaient déjà en train de se garer : Jayden et Angelo. Je m'approchai en vitesse des deux garçons. Ils n'eurent pas vraiment le temps de descendre de leurs bécanes, je les agressai directement.

— Où est Miles ? Comment va-t-il ?

J'eus le droit d'abord à de l'étonnement, de la surprise, puis, au bout d'un moment, ils se regardèrent et le même sourire se dessina sur leurs lèvres.

— Il va bien. Ils ont été embarqués pour être interrogés, Sullivan, lui et d'autres gars qui ont démonté la gueule des flics, railla Jayden, mais ils n'ont rien contre eux, donc ils devraient sortir. Ils le sont peut-être même déjà, à l'heure qu'il est. Notre avocat est déjà sur le coup.

Angelo me fixa pendant un petit moment.

— Et dire que t'es une Blood, une vraie de vraie ! lâcha-t-il, limite fan.

Je passai les mains sur mon visage, la tension redescendit d'un cran.

— Ça va, Indy ? s'inquiéta Jay.

— Pour quelqu'un qui ne peut pas nous sentir, je te trouve bien inquiète, railla Angel.

— Il va bien, rassure-toi, ajouta Jayden.

— Je m'en fous pas mal, lâchai-je d'une voix blanche.

Purée, même moi, j'y croyais pas. Angelo éclata de rire.

— Vous êtes impayables, tous les deux, à jouer les ados, commenta-t-il en rigolant. Lui, il tire une tronche pas possible quand on lui dit que tu te tapes un autre mec, et toi, tu jures que tu le détestes et tu lui sauves la mise en cachant notre marchandise. C'est bon, aucun de nous ne marche dans votre combine. Arrêtez vos conneries.

— Je ne me tape personne ! éructai-je.

— Non, mais t'aimerais bien t'envoyer en l'air avec mon prés', hein ? railla Angelo.

— Putain, Angel, ferme-la, gronda Jayden.

— On est venus récupérer le sac. Histoire que tu n'aies pas d'emmerdes. On te remercie d'avoir fait... ce que tu as fait pour nous, pour lui. Les Bloods t'en doivent une.

— Je ne l'ai pas fait pour ça, répondis-je.

— Tu l'as fait pour quoi, alors ? reprit Angelo.

— Indy ? insista Jayden.

Je ne pouvais pas le dire. Je n'étais déjà pas prête moi-même à l'admettre, alors l'avouer tout haut, devant eux. Impossible. Ils attendirent un moment, puis finalement, Jay prit la parole :

— Je suppose que tu veux toujours récupérer ton argent et en finir avec nous ?

Je hochai la tête lentement. Angelo soupira exagérément.

— Paula va aller les récupérer, lâcha Jay.

Je levai instinctivement la tête. Angel eut un léger mouvement d'épaules, puis finit par se gratter le bout du nez.

— Quoi ?

— On ne pouvait pas aller les chercher. Donc, quand c'est comme ça, c'est notre avocat ou une de nos régulières qui vient nous chercher au poste.

— Pourquoi Paula ? Je pensais qu'elle ne faisait plus partie...

Ils baissèrent la tête tous les deux, comme deux gamins pris en faute. Je pinçai les lèvres. *Cherchez la dinde de cette farce... Moi.*

— OK, me contentai-je de répondre.

— Tu nous files le paquet ? me demanda Angel.

— Vous êtes venus juste pour ça ?

Ils hochèrent la tête.

— Je vais le chercher, j'arrive.

Je pivotai sur moi-même pour entrer dans l'atelier, quand un sentiment doux-amer m'envahit. Je fis volte-face.

— Finalement, je vais le ramener moi-même. Merci, les gars. Je vous laisse, j'ai encore un peu de boulot.

Les deux se jetèrent un regard en coin.

— Comme tu veux, Indy. À plus.

CHAPITRE 21
MILES
P'TITE FURIE

Assis dans la salle d'interrogatoire aux côtés de notre avocat, maître Johnson, j'arborais un air ennuyé et nonchalant. Je fixai la vitre teintée devant moi en m'imaginant ces sales cons de flics en train d'essayer de trouver la meilleure stratégie pour nous faire tomber. Mais tout ça, c'était du flan. Ils n'avaient rien...

Un des inspecteurs qui avaient participé à la descente au club fit son entrée dans la pièce. Mes yeux se rivèrent sur lui. Il tenait un dossier entre les mains. Grand, larges épaules, cheveux blonds coupés avec soin, il portait une veste en jean sur une chemisette grise. Il ne chercha pas à rencontrer mon regard. Première erreur. Moi, je ne le quittais pas des yeux. C'était qui le dominant, ici ?

L'homme s'installa derrière la petite table qui nous séparait et ouvrit son dossier pour y lire je ne sais quelle connerie... parce que lui et moi, on savait qu'il n'y avait rien à l'intérieur. Un petit sourire à la con étira mes lèvres. Dans une heure, je serais dehors.

— Monsieur Rivera, Miles Rivera pour être exact.

Je hochai la tête et continuai de sourire.

— Vous n'avez rien contre mon client... contre tous mes clients, rectifia maître Johnson. Veuillez les relâcher, c'est de l'abus de pouvoir.

— Ils ont quand même amoché cinq de nos collègues, rétorqua le flic.

Je ricanai doucement.

— Ils se sont défendus alors que les services de police faisaient une descente, tout à fait arbitraire, dans leurs locaux, répliqua l'avocat.

Finalement, on avait bien fait de prendre des photos de ses petites parties de jambes en l'air avec sa secrétaire. Je le trouvais tout à fait compétent maintenant, et loyal.

— Nous avons été prévenus par un coup de téléphone anonyme que vous disposiez d'une importante quantité de drogue dans votre bar.

Tout à fait impassible, je me calai contre le dossier de la chaise et plaçai les mains derrière ma nuque pour prendre mes aises.

— Et ? Où est-elle cette drogue ? reprit mon avocat.

Le flic me contempla, pinça les lèvres et serra les mâchoires. La frustration.

— Nous n'en avons pas trouvé, se contenta-t-il de répondre en serrant les poings sur la table.

Pourtant, ils avaient cherché partout, ces enfoirés... Dans tous les endroits que Charly avait énumérés avant de partir. On avait bien rigolé, avec Sullivan. Alignés, mains sur la tête, contre le mur, on les avait regardés chercher en se marrant et en débitant des conneries du genre : « chaud », « froid », pour se foutre de leur gueule. C'était grâce à mon petit démon que je pouvais encore jouer les connards arrogants.

Mais intérieurement, je ne la ramenais pas. Qui était ce fils de chacal qui avait voulu nous faire plonger en nous dénonçant aux flics ? Quand je mettrais la main sur lui, sa mère devrait utiliser ses radios dentaires pour qu'on puisse identifier son corps.

— Donc, nous n'allons pas perdre plus de temps... Quelles sont les charges retenues contre eux et, en particulier, contre M. Rivera ?

— Coups et blessures contre un agent de police en fonction.

— Moi, je dirais légitime défense.

— N'abusez pas, maître. Votre client n'est pas un enfant de chœur. On parle quand même de Miles Rivera, président du MC des Blood Skulls d'Indianapolis.

— Et quelle loi stipule qu'il est interdit de monter un club de motards ?

Le flic lui adressa un regard noir puis daigna enfin me regarder.

— T'es le fils de Joe Rivera, le grand architecte ? Quand est-ce que ça a merdé pour toi ? me provoqua le flic avec arrogance.

Mon petit sourire s'effaça, je le toisai avec colère. Il se prenait pour qui ce sale con ?

— C'est pas tes affaires, connard ! lâchai-je.

— Miles, me prévint mon avocat, laissez-moi parler.

Il valait mieux, parce que d'ici quelques minutes, j'allais sauter au-dessus de cette foutue table et arranger le portrait d'un sixième flic. Tout ça m'énervait. J'avais autre chose à foutre... notamment retrouver ma P'tite Furie et faire en sorte qu'ils ne remontent pas jusqu'à elle. C'était pas le moment, elle avait assez d'emmerdes comme ça.

C'était une vraie Blood... Elle avait tout risqué pour nous sauver la mise, alors qu'elle aurait pu profiter de cette merde pour nous mettre définitivement au placard et être enfin tranquille. *La tôle plutôt que la cave de mon oncle...* J'osais à peine imaginer ce qui devait s'y être passé. Comment James avait-il pu laisser son frère porter la main et faire Dieu sait quoi à sa gamine ?

— Très bien, donc ils vont écoper d'une amende ? Fixez-en le montant et laissez-les rentrer chez eux, reprit maître Johnson.

Le flic se contenta de me fixer, les prunelles emplies de haine et de dégoût. *Va te faire foutre, mec !*

Il referma son dossier. De toute façon, il n'avait rien contre nous. Il se leva puis se pencha vers moi pour croiser mon regard.

— On se retrouvera... monsieur Rivera, me menaça-t-il.

— C'est ça, mon pote, quand tu veux ! Passe le bonjour à ta femme, répondis-je en ricanant.

Il sortit de la pièce, je serrai la main de mon avocat. Il était temps de partir d'ici.

Devant le commissariat, maître Johnson nous proposa de nous raccompagner, Sullivan, Sloane et moi. Les autres gars attendaient des potes ou leur femme. On se donna tous rendez-vous au bar puis je remerciai notre avocat.

— On a eu chaud au cul, murmura Sullivan à mes côtés.

— Je sais, me contentai-je de répondre.

Mon sourire arrogant spécial flic s'était fait la malle. Mille et une réflexions jouaient au billard dans ma tête. Qui nous avait vendus ? Qui était ce sale con ?

Je passai en revue la rue devant nous, scannai les différents visages qui s'y trouvaient, à la recherche d'un visage familier qui aurait attendu de nous voir tomber.

Un Soul ? Un futur rival ? Un envieux, un frustré ? Qui que soit cette personne, elle avait signé son arrêt de mort. On ne s'attaquait pas impunément aux Bloods.

— C'est P'tite Furie qui a la blanche ? reprit très bas Sul' pour ne pas être entendu et ne pas griller Charly en prononçant son nom, au cas où.

— C'est ça.

— Putain, c'est une sacrée nénette.

— Je sais.

Oh que oui, je le savais. Et j'avais qu'une envie, c'était de la voir. Il fallait que je lui parle. Pourquoi avait-elle fait ça ? Je n'étais pas idiot, ce qu'elle avait fait pour nous... pour moi, ça voulait dire quelque chose. Elle avait les épaules pour être une sacrée régulière, voire une vraie biker de MC. En réalité, j'étais con... À sa manière, elle en était une.

Angel, Jayden, Scott, Slash et d'autres gars à nous avaient mis la main à la pâte pour ranger le bordel causé par ces salopards des stups. Nous fûmes accueillis comme des stars par nos frères qui nous félicitaient d'avoir enflé les forces de l'ordre. Je serrai les mains, acceptai les accolades et les tapes tout en lançant un regard meurtrier à Slash, debout, un peu plus loin. Les épaules basses, la mine contrite, il tentait de se faire petit dans la masse de bikers. Bonie s'avança vers nous, au nom des filles ; elle était heureuse que les choses se soient finalement arrangées. Je la remerciai et lui demandai de servir les gars. Je traversai la foule pour aller rejoindre la plate-forme où se trouvait notre table. J'avais des choses à régler avec mon second. Je découvris alors Paula, assise avec lui, les yeux rougis. Manquait plus qu'elle !

Jay et Angel s'approchèrent de moi pour me saluer d'une poignée de main chaleureuse.

— Salut les gars. Qu'est-ce qu'elle fout là, elle ? lançai-je en la désignant d'un mouvement de tête.

— Elle a entendu parler de la descente de flics. Alors elle est venue vérifier, et quand on lui a dit que t'avais été embarqué au poste, elle s'est écroulée, en pleurs. Tu lui manques, elle ne peut pas vivre sans toi... bla-bla-bla, m'expliqua Jayden, la mine blasée. Faudrait qu'elle se barre fissa.

Je soufflai, j'avais pas besoin du cinéma de Paula, ce soir. Quand elle m'aperçut, celle-ci se leva rapidement pour me rejoindre et s'accrocha à mes épaules.

— Miles, oh, bébé, j'ai eu si peur qu'il t'arrive quelque chose, qu'ils t'enferment. Je n'aurais pas pu continuer sans toi. Nous deux, c'est évident. Il faut qu'on arrête nos conneries. J'ai mûri et j'ai compris que c'était toi que j'aimais.

Je haussai un sourcil. Pour moi, ce n'était plus une évidence.

— Paula, c'est gentil de t'être déplacée pour t'assurer que ça allait pour nous et je t'en remercie. Mais ça ne change rien. C'est terminé, j'ai été clair avec toi. Il faut que tu le comprennes.

Ses traits se durcirent, visiblement, ça ne lui plaisait pas.

— Ne me dis pas que t'as choisi ta petite pouffe à moitié blonde, avec une grande gueule, cracha-t-elle.

— Ce que je fais et avec qui je le fais ne te regarde plus. C'est fini entre nous ! Arrête de la ramener, sinon je vais être beaucoup moins sympa et respectueux, la menaçai-je.

— Surtout que la pouffe, comme tu l'appelles, c'est elle qui a sauvé nos fesses, alors ferme-la… bébé, et tire-toi d'ici, ajouta un Jayden passablement sur les nerfs.

Mais qu'est-ce qui se passait encore, ici ?

— Miles, tu ne vas pas les laisser lui parler comme ça. Elle a quand même été la copine du prés' pendant presque un an, intervint Slash.

Je lui adressai un regard noir, je n'avais vraiment pas besoin qu'il me fasse la morale en ce moment.

— Mon gars, si j'étais toi, je me ferais tout petit, histoire qu'on m'oublie. D'ailleurs, tu vas te rendre utile, tu vas raccompagner Paula, puisque son bien-être te tient à cœur, et tu vas aller prévenir Brad. Je vous veux dans mon bureau demain matin, déclarai-je d'une voix ferme et menaçante.

Il baissa les yeux, les épaules encore plus basses que quand j'étais entré dans le club. Je me tournai vers les trois comparses. Sullivan s'assit sur la banquette, lui aussi avait été cuisiné toute la sainte journée.

— Il se passe quoi, vous trois ? On peut savoir pourquoi vous êtes à cran, genre on craque une allumette et tout pète ici ? Y'a encore eu une merde en mon absence ? demandai-je

Scott baissa les yeux et les deux petits branleurs s'échangèrent un regard de connivence. Qu'est-ce qu'ils avaient fait ?

— On est allés voir Indy, avoua comme un gosse Jay.

— Putain ! Qu'est-ce que j'avais dit ? Personne ne la contacte tant qu'on n'est pas sortis. On n'a pas besoin, et elle non plus, qu'ils remontent jusqu'à elle. Jay, tu peux pas te retenir deux secondes de la voir. T'es accro à ce point-là ?

— Elle a mis les choses au point entre nous. On est juste copains, répondit-il.

Je ne le montrai pas, mais ça me plaisait carrément qu'elle ait éclairci les choses entre eux... Restait plus que ce pilote latino à la con.

— On voulait juste la rassurer. Elle nous a sauté dessus quand elle a entendu nos bécanes, en mode dix mille volts. Elle voulait savoir si on avait de tes nouvelles et si tu allais bien, enchaîna Angelo.

Un sourire à la con naquit au coin de mes lèvres, ce genre de petit signe de satisfaction purement masculin.

— On a essayé de lui faire avouer qu'elle t'avait dans la peau, parce que votre cinéma, c'est soûlant ! Mais elle est aussi obstinée que toi, alors on a lancé un appât pour qu'elle vienne te voir...

— Les gars, les coupai-je, j'ai pas quinze ans et j'ai pas besoin qu'on joue les entremetteurs dans mes relations. Surtout qu'il n'y a rien entre elle et moi, alors arrêtez vos jeux de gamins.

Les épaules de Sullivan tressaillirent, il s'empêchait de se marrer, ce connard.

— Putain, t'es aussi chiant qu'elle ! râla Angel.

— Façon, elle va arriver, lâcha Jay en se laissant tomber sur la banquette.

— Quoi ? relevai-je en fronçant les sourcils.

— On a fait exprès de lui dire que Paula était allée te chercher au poste, et on lui a laissé entendre que vous aviez remis ça. Du coup, elle a dit qu'elle allait te ramener en mains propres le sac de blanche, conclut Jay.

Ladite Paula s'était rassise en entendant son prénom et se faisait un plaisir d'écouter des histoires qui ne la concernaient plus.

— Putain, mais c'est pas possible d'être con à ce point ! tonnai-je. Slash, tu te magnes de la ramener avant que je ne m'énerve pour de bon. Et vous, je me demande si vous avez un cerveau. Si les flics nous ont mis sous surveillance, ils vont faire la liaison entre elle et nous, vous la mettez en péril. Et puis, quelle idée à la con d'aller lui raconter ça, elle va se transformer en...

Un bruit de moteur qui gronde, une accélération exagérée et un coup de frein brusque retentirent à l'extérieur du bar. C'était le rugissement d'une bagnole de course qui venait de se garer devant l'établissement ou... d'une lionne enragée. Les portes s'ouvrirent en grand sous la violence d'une entrée remarquée.

— Furie ? C'est ça que tu voulais dire, Miles ? se marra Sullivan derrière moi.

— Troisième round ! s'amusa Scott.

Les enfoirés, ils me l'avaient énervée et ils étaient contents. Charly chercha directement mon regard, je fis de même. Ses yeux turquoise étincelaient. Elle portait encore son bleu de travail ainsi qu'un débardeur noir qui laissait entrevoir la courbure de ses seins et qui affichait son tatouage de Blood aux yeux de tous.

OK, elle était en mode biker. Elle se déplaça rapidement, de son allure souple, mais pourtant très assurée, pour venir me trouver. P'tite Furie tenait sa besace serrée contre elle. Non, elle n'avait pas fait ça ?

Elle se planta devant moi. Son visage m'arrivait aux épaules, pourtant elle me défiait de ses yeux de démon. *Même pas peur*. Charly se pencha légèrement sur le côté et aperçut Paula. OK, ça allait être carnaval.

Elle ouvrit son sac puis balança le plastique sur la table basse avec violence. Les gars durent se reculer pour ne pas être arrosés par les bouteilles qui chutèrent, sous le choc.

— Je t'ai ramené ton bien ! cracha-t-elle, vipérine. Maintenant, tu me donnes mon fric, et toi et tes potes, vous m'oubliez ! Vous nous foutez la paix, à ma *team* et moi, une bonne fois pour toutes.

— T'oublier ? Ça va être compliqué, vu que tu viens ici en arborant avec fierté le signe des Bloods ! rétorquai-je avec nonchalance en lui indiquant son épaule.

Elle pinça les lèvres puis passa une main sur son omoplate. Charly avait merdé. Elle avait contenu sa fureur et son angoisse toute la journée et, au moment de venir régler ses comptes, elle avait négligé de passer un truc sur le dos. Elle se retourna et croisa les regards surpris des gars présents. Elle était l'une des nôtres !

— Mon fric ! gronda-t-elle froidement.

— Désolé, je viens de rentrer, j'ai pas d'argent sous la main, répondis-je très calmement en prenant l'une des bouteilles de bière sur la table, comme si de rien n'était.

Elle n'avait pas encore compris que plus elle me provoquait et s'énervait, plus je lui rendais la monnaie de sa pièce en me la jouant flegmatique.

Aucun des gars autour de la table n'osa intervenir, scotché devant la scène qui se déroulait sous leurs yeux, comme devant un bon film à la télé. Même Paula se tenait tranquille.

— Donne-moi mon fric !

— Non.

— Miles...

— J'ai dit non ! la coupai-je brutalement et avec fermeté.

Il fallait qu'elle arrête de me défier devant mes hommes. Jusqu'à présent, je l'avais laissée jouer, mais à un moment, je devais lui montrer qui était le prés', ici.

Quelque chose passa sur son visage. Apparemment, elle ne s'attendait pas à cette réaction. Elle serra les poings, continua de me toiser, comme un vrai prés' de club qui aurait cherché à prendre le dessus sur l'autre, puis, en définitive, baissa les yeux, résignée. J'avais gagné ! Depuis le temps, j'avais enfin réussi à lui faire baisser son regard de rebelle. Quelle satisfaction !

Mon intention était de lui demander de me suivre dans le bureau et de finir cette discussion entre nous, au calme. J'avais besoin de lui parler en privé, de la remercier, mais elle releva la tête et ce que j'y lus ne me plut pas vraiment.

— Très bien. Garde-le, ton pognon. Mais ne t'avise plus jamais de venir tourner autour de mon garage. Je t'ai sauvé la mise aujourd'hui, à toi et à ton club. Les Bloods me doivent une faveur, c'est une dette d'honneur, déclara-t-elle froidement.

Charly invoquait la dette d'honneur, me prenant au dépourvu. Je ne pouvais pas la lui refuser, c'était une règle d'or, et elle s'en servait contre nous, contre moi. Je demeurai impassible, pourtant, mon sang s'échauffait dans mes veines.

— Laquelle ? demandai-je, suspicieux.

— Tes gars m'oublient, ils ne m'ont pas vue entrer ce soir, avec mon tatouage. Vous ne m'avez jamais rencontrée. Vous ne savez même pas que j'existe. Et plus aucun d'eux ne prend contact avec ma *team* ou moi. C'est terminé. C'est la seule contrepartie que je demande au club, en échange de ce que j'ai fait ce matin, lâcha-t-elle, plus calmement et avec amertume.

Je fronçai les sourcils et pinçai les lèvres fermement.

— Indy, non ! intervint Jay en se levant.

Son regard se porta derrière mon épaule.

— Je suis désolée, Jay.

Ma mâchoire devint aussi lourde que du béton, mes muscles se contractèrent. Maintenant, c'était moi qui serrais les poings. Elle posa les yeux une dernière fois sur moi, mais ils n'étincelaient plus, non, ils me renvoyaient sa résignation, me transmettaient ses adieux. J'attendais de voir si elle détaillerait plus sa demande... Une dette d'honneur était un putain de joker, genre le dernier artefact à utiliser pour une quête dans un jeu vidéo. Donc quand on s'en servait, on faisait super gaffe à énoncer clairement ce qu'on souhaitait... Fallait lire les petites lignes, tout en bas.

— Est-ce que c'est bon pour vous ? demanda-t-elle en baladant ses prunelles turquoise sur chacun des gars.

— Les Bloods accèdent à ta requête et te remercient pour ce matin, rétorquai-je calmement.

Elle hocha la tête, inspira profondément et pivota sur ses talons pour sortir du club... définitivement. Les portes claquèrent derrière elle.

Derrière moi, ce fut la cohue. La colère pulsait dans toutes les paroles et tous les gestes.

— Putain, mais t'es con ! On voulait pas ça, nous ! C'est une des nôtres, c'est une Blood, intervint Jay, en rage.

— Miles, les Souls sont toujours après elle, ajouta Sullivan, pas rassuré.

— Tu vas vraiment la laisser partir... comme ça ? s'étonna Slash.

Scott et Angelo s'y mirent aussi. Elle était partie... elle l'avait fait, elle s'était servie de ce putain code d'honneur pour couper les ponts avec nous. En plus, je supposais que ce fric, elle en avait besoin, pour avoir ravalé sa fierté et être venue me le réclamer elle-même. Je n'entendais même plus les plaintes et doléances de mes frères. J'avais envie de massacrer tout ce qui se trouvait ici. Putain, j'pouvais pas la perdre ! Cette fille... je la voulais, je l'avais dans la peau. C'était une dure à cuire comme moi, une écorchée, une sauvageonne, une insoumise... mais c'était la mienne ! Une femme à la hauteur du mec que j'étais. C'était elle. Ma P'tite Furie… Il fallait que je le lui fasse comprendre.

Un éclair illumina mon esprit alors que je ressassais ses dernières paroles. Voilà pourquoi j'étais le prés' ! J'attrapai mon cuir sur le dossier de la banquette et mes clés dans ma poche, puis descendis les quelques marches pour fendre la foule.

— Hé, Miles, qu'est-ce que tu fous ?

Jay, Angelo et Scott m'observaient, inquiets.

— J'ai promis que les Bloods ne tourneraient plus autour de son garage et de sa *team*, mais elle n'a jamais parlé de moi personnellement... Et moi, je n'ai rien promis du tout.

Des cris de joie fusèrent derrière moi.

— Il était temps, intervint Sullivan.

— Vas-y, boss ! s'écria Angelo.

Il ne me fallut pas longtemps pour la rattraper. Son moteur rugissant la rendait encore plus repérable qu'un tracker collé à ses basques. Charly n'avait pas pris la direction de chez elle, elle avait dû ressentir le besoin de rouler, de se calmer, de faire le point. Cette décision ne devait pas la soulager autant que ça. Elle ne se rendit pas compte tout de suite que je la suivais. Au moment où ce fut fait, elle accéléra et s'engagea sur la highway, histoire de me semer sur une ligne droite, comme lors de ses courses, sauf qu'il n'y avait pas de veilleurs et qu'on n'était pas en pleine nuit. Il y avait de la circulation et je savais qu'elle ne mettrait pas en péril tous ces gens qui rentraient chez eux.

Le soleil entamait sa descente à l'horizon, le ciel était zébré de mille nuances orangées et roses. Charly tenta d'accélérer pour me perdre dans la file de voitures, slalomant, se faufilant çà et là, mais moi, je m'en sortais beaucoup mieux sur ma Harley pour faire ce genre de chose. Au bout de quelques kilomètres, elle sortit de l'USS Indianapolis. On était dans un coin paumé éloigné du centre, au milieu des entrepôts désaffectés. On ne devait pas être loin de chez moi.

Elle appuya sur le champignon pour me semer, je fis de même pour la suivre. Son humeur influait sur le compteur de vitesse. Je ne perdrais pas, ce soir. Elle ne me rendait pas les choses faciles, forcément, rien ne le serait jamais avec elle. Mais je m'en foutais.

Un chien jaillit brusquement d'une ruelle et traversa la route, à quelques mètres devant elle. *Aïe.* Elle freina, ses pneus laissèrent sûrement de la gomme sur l'asphalte. P'tite Furie n'arriverait pas à s'arrêter à temps, je sentais poindre la catastrophe si elle renversait ce pauvre chien. Elle entreprit alors une manœuvre de tête-à-queue contrôlé avec le frein à main. L'arrière de la voiture bascula vers l'avant et s'immobilisa dans un crissement digne des films d'action, la fumée en plus. La pauvre bête rejoignit l'autre trottoir sans demander son reste. Je garai ma Harley et descendis pour aller à la rencontre de Charly. Celle-ci sortit comme un diable de sa voiture, les mains tremblantes, les yeux rougis.

— Putain, tu comprends quand on te parle, Rivera ? Fous-moi la paix, Miles ! cria-t-elle.

Je m'immobilisai à quelques centimètres d'elle pour la toiser, comme elle savait si bien le faire pour me défier.

— T'as parlé de mes gars, pas de moi personnellement, répondis-je calmement.

— Parce que tu ne fais pas partie des Bloods ?

— Je suis le prés'. Si tu dois me demander quelque chose, il faut t'adresser directement à moi. J'ai donc respecté la promesse que j'ai faite. Regarde, il n'y a pas d'autres Bloods avec moi. Je suis là en tant que Miles Rivera.

— T'es qu'un...

— Sale connard arrogant ? Ouais, je sais, tu me l'as déjà dit plein de fois. T'as pas autre chose ?

— Va-t'en. Tu m'as humiliée devant les gars, ce soir. Je veux que tu me laisses tranquille, t'as eu ce que tu voulais.

— Les gars ? répétai-je. Ce ne sont plus des sales bikers ? Et moi, je t'ai humiliée ? Non, je t'ai juste remise à ta place. T'es une Blood, tu sais ce que tout ça représente. La preuve, tu t'es servie du code, ce soir. Tu connais notre devise, tu ne peux pas continuer à me défier comme ça devant mes frères. Je t'ai laissée t'amuser avec moi, avec eux, mais on ne peut pas continuer comme ça. Je suis le boss, le patron et y'a des règles.

— J'en ai rien à foutre de tes règles, de vos lois à la con. Tu sais pendant combien d'années mon oncle m'a mis la raclée, m'a battue pour me briser, pour m'inculquer le code ? Et regarde-moi, je ne lui ai jamais fait ce plaisir, cracha-t-elle, blessée, au bord des larmes.

Le jour où j'aurais ce taré devant moi, je lui ferais payer cher ce qu'il lui avait fait subir.

— Je sais bien et je le vois, je commence à te connaître. Mais... moi, je ne suis pas Wesley Wittman, je suis Miles Rivera, un connard de biker arrogant. Je ne frappe pas et ne violente pas les femmes. Il faut toutefois que t'apprennes à me respecter devant mes hommes.

— Et pourquoi j'apprendrais à faire ça ?

— Parce que je ne compte pas te laisser sortir de ma vie !

Charly cilla, ses yeux s'écarquillèrent. Elle glissa ses bras autour d'elle, comme une barrière pour se protéger. Est-ce qu'elle savait ce que c'était, d'aimer ou d'être aimé ? Finalement, hormis l'amour fraternel, qu'avait-elle connu dans sa vie ?

— Laisse-moi partir, lâcha-t-elle plus calmement.

— Non.

— Miles...

— Pourquoi tu m'as sauvé la mise ce matin ?

— J'en sais rien, je dois être cinglée, comme mon oncle ou mon père.

— Toi et moi, on sait pourquoi.

— Arrête de te faire des films ! Tu ne m'intéresses pas, gronda-t-elle.

— J'me fais des films ? ricanai-je en sourcillant.

— Ouais, parce que...

Je ne la laissai pas finir, je franchis les quelques centimètres qui nous séparaient pour attraper son visage et l'embrasser. Dieu que c'était bon. J'en rêvais depuis la première fois où j'avais croisé ses yeux couleur océan. Elle se débattit un quart de seconde... même pas, puis enroula les bras autour de ma nuque pour nous rapprocher encore plus. Ses lèvres étaient douces et chaudes.

Charly se hissa sur les pieds pour profiter encore plus de notre étreinte. Je léchai sa lèvre inférieure et pénétrai sa bouche pour la goûter enfin. Sa langue s'enroula autour de la mienne, avec sensualité. Un flot de désir se déversa en moi, la chaleur ceintura mes reins. Mes mains glissèrent sur ses épaules, caressèrent son dos et attrapèrent ses hanches. Mes lèvres explorèrent sa mâchoire, le dessous de son oreille, son cou. Un petit gémissement lui échappa.

Et après, elle me ferait croire qu'il n'y avait rien entre nous. Essoufflé par ce long baiser et tout ce qu'il représentait, je me détachai doucement d'elle, je voulais la voir, l'acculer, lire dans ses yeux la vérité.

Elle les avait fermés. Je glissai les mains de chaque côté de son visage.

— Charly, murmurai-je.

Elle les rouvrit pour me regarder, la fièvre était là, un feu ardent qui répondait en tout point au mien.

— Dis-moi encore une fois que je me fais des films, chuchotai-je.

Elle passa la langue sur ses lèvres de manière ostensible, pour savourer ce qu'on venait de partager.

— Tu te fais des films... et moi aussi. On s'en fait tous les deux, si on pense une seule minute que ça pourra marcher entre nous.

Je la serrai dans mes bras en rigolant.

— Oh que si, ça va marcher ! Je vais devoir faire des concessions, et toi aussi... Mais je peux te promettre qu'entre nous, chérie, ça va faire des étincelles !

CHAPITRE 22
CHARLY
FIÈVRE

Je suivis Miles jusqu'à son loft. Durant le trajet, mille et une pensées me grillèrent le cerveau. Est-ce que je n'étais pas en train de faire une connerie ? C'était un Blood, pire, le président. Et mon passé m'avait appris que fréquenter les Bloods ne me réussissait pas. Oui, mais lui... ce n'était pas pareil. J'avais tenté de le défier, de le chasser et il était toujours là.

Une partie de moi avait envie de nous donner une chance, d'essayer, une autre me retenait, m'empêchait de me laisser aller à cent pour cent. Le leader des Bloods était un piège à filles, son charisme était du miel, sa belle gueule et ses épaules d'acier, une promesse de plaisir infini.

Néanmoins, je gardais à l'esprit son ambition de monter à Chicago, et sa Paula, toujours dans les parages, qui me faisait dresser les cheveux sur la tête. Mon esprit n'était pas tout à fait tranquille. Est-ce que tout ça pouvait n'être qu'un plan ? Quand il m'avait embrassée, ce soir, mes pieds avaient quitté le sol pendant un instant. Il s'était infiltré sous ma cuirasse avec force et volonté, et je devais avouer que j'avais bien envie de me laisser faire. Il m'aurait été tellement facile de devenir accro à ce mec, de plonger dans le précipice, tête la première.

Je reconnus la rue et les bâtiments. Miles tourna au coin, la silhouette de l'immense entrepôt qui lui servait de loft apparut devant nous. La porte de son garage s'ouvrit automatiquement. Il y pénétra et avança jusqu'au fond pour se garer, certainement pour me laisser la place de faire entrer mon bolide. J'hésitai quelques secondes. En plein milieu de la chaussée, mon cœur s'emballa, mon souffle devint saccadé. J'avais peur. Il descendit de sa

Harley, se retourna pour m'observer et s'approcha lentement de moi. Je descendis la vitre électrique.

— Charly, murmura-t-il doucement, comme si j'étais un animal sauvage apeuré, je ne te ferai pas de mal, ni aujourd'hui ni un autre jour. Je te le promets.

Je déglutis et tentai d'inspirer doucement.

— Tu veux que je rentre ton p'tit bolide ? reprit-il.

Je hochai la tête lentement puis sortis de l'habitacle. Miles prit ma place et je restai sur le trottoir. Il manœuvra parfaitement pour rentrer ma voiture. Une fois que ce fut chose faite, il revint en trottinant vers moi. La nuit était tombée et une brise légère me fit frissonner. J'étais toujours en débardeur et en bleu de travail. Il m'attrapa prudemment la main.

— Tu as froid ?

— Un peu.

— Allez, viens, rentrons.

Je le suivis. J'avais l'impression d'avoir dix-sept ans et de découcher pour la première fois. Quelle idiote !

Nous pénétrâmes dans le loft, la porte automatique se referma derrière nous. Miles appuya sur les interrupteurs et l'énorme espace s'illumina. Je souris en reconnaissant le canapé dans les tons gris, en apercevant le comptoir de la cuisine et en me remémorant cette fameuse nuit où il m'avait amenée ici.

— Pourquoi ce sourire ?

— Je me souvenais simplement de la première fois où j'étais venue.

— Déjà, à l'époque, tu restais immobile, à cette place, railla-t-il.

— C'est vrai. Et tu étais beaucoup moins gentil que maintenant.

— Moi, gentil ? Tu rigoles, je suis un connard de biker, se moqua-t-il.

Cette fois, ce fut un rire franc qui sortit de ma bouche.

— Tu veux boire quelque chose ? Un café ?

— J'en ai bu carrément trop, aujourd'hui, répondis-je en roulant des yeux.

— Pourquoi ? se renseigna-t-il avec malice.

— Tu le sais très bien.

— Oui. Mais j'aimerais te l'entendre dire, déclara-t-il en me fixant intensément.

Mon cœur recommença à battre la chamade et la tension entre nous se raviva indubitablement. Je n'avais pas l'habitude de me mettre à découvert. Je pinçai les lèvres, hésitante. Si je ne le faisais pas, est-ce que ça changerait quelque chose ? Serais-je faible ? Renoncerait-il ? Je ne voulais pas qu'il s'éloigne parce que j'étais trop sauvage. Il avait parlé de concessions.

— Parce que je m'inquiétais pour toi, lâchai-je, finalement en le fixant à mon tour.

La température venait de grimper d'un degré alors que nos regards se soudèrent l'un à l'autre.

Ce n'était pas aussi difficile que ça tout compte fait, et le résultat valut tous les efforts. Un sourire sincère et heureux s'afficha sur ses lèvres, il irradia jusqu'à ses magnifiques yeux bleu acier.

Il se détacha de l'ilot de la cuisine, s'approcha de moi d'une démarche prédatrice pour m'entourer de ses bras. La proximité de sa peau chaude contre la mienne provoqua un frisson le long de ma colonne vertébrale et la chair de poule recouvrit tout mon corps.

— Tu sais enfin ce que je ressens depuis un petit moment, à l'idée que tu te mettes dans la situation la plus catastrophique, la plus dangereuse possible. Et le summum a été atteint lorsque Darius t'a enlevée. Je n'ai même pas cherché, ni réfléchi. Je n'avais qu'une idée en tête : te retrouver, avoua-t-il.

Son étreinte se raffermit, ses mains devenues possessives empoignèrent subitement mes hanches. Une langueur révélatrice se forma dans mon ventre, mes dents agrippèrent sauvagement ma lèvre inférieure. Son regard descendit jusqu'à elle et l'ombre d'un désir vorace étincela dans ses prunelles métalliques. Je ne répondis rien. Mon sourire en coin et mon œillade provocatrice le firent à ma place pour l'éprouver encore plus.

— Tu n'es qu'un démon, murmura-t-il, son souffle chaud frôlant le bout de mon nez.

— Te laisseras-tu tenter par les feux de l'enfer ? le provoquai-je, avec impertinence.

— Je suis l'enfer, rétorqua-t-il avec assurance.

Son corps se colla brusquement à moi et je reculai en hoquetant jusqu'à sentir l'épaisseur du mur derrière moi. Ses mains se déplacèrent de chaque côté de mon visage et sa bouche s'empara impérieusement de la mienne.

Mon cerveau disjoncta et laissa les commandes aux sensations extrêmes qui le traversèrent. Mes mains crochetèrent sa nuque, mon corps s'aplatit langoureusement contre lui et je subis avec délice la domination de sa langue : exigeante et insatiable. Elle m'imposait un rythme endiablé que je m'empressais de suivre.

Le souffle court, je me raccrochai à ses épaules musclées et fis glisser mes paumes sur ses pectoraux sculptés à travers son t-shirt tendu. Ses lèvres étaient un délice, sa langue, un appel à la luxure et son corps, la tentation du diable.

Il caressa mes seins à travers mon débardeur, étendit mes bras au-dessus de ma tête puis souleva avec une lenteur étudiée mon vêtement pour m'en débarrasser.

C'était comme si chaque millimètre carré de ma peau s'enflammait à son toucher et se languissait d'être caressée. Une chaleur reconnaissable envahit mon intimité et mon bas-ventre qui se contracta. Il agrippa mes fesses et me souleva sans effort, mes jambes s'enroulèrent instinctivement autour de lui. Même à travers nos vêtements, il m'était impossible de ne pas sentir son érection pressée contre moi. Mon bassin se frottait avec vigueur contre le sien. Nos respirations saccadées et nos soupirs de plaisir se répondirent, s'entremêlant dans la même étreinte langoureuse.

— C'est le moment critique, parvint-il à murmurer à mon oreille, soit on continue là-haut... soit on s'arrête tout de suite et je fonce prendre une douche froide parce que tu m'excites comme c'est pas possible.

Les bras enroulés autour de sa nuque, la tête dans son cou, j'étais occupée à déposer un chapelet de baisers sur sa mâchoire, à lécher l'endroit entre son oreille et sa gorge. Je relevai le visage pour le regarder dans les yeux. La fièvre incendiait ses prunelles, le feu était sur sa langue et dans chaque mot qu'il prononçait.

— Allons vérifier jusqu'à quel point je peux t'inspirer, soufflai-je avant de titiller son lobe d'oreille.

Un grognement purement masculin me répondit tandis qu'il m'enserra avec force pour nous faire grimper l'escalier. Je n'entendis que le bruit d'une porte qui coulisse le long du mur et qu'on referme avec rapidité.

La pièce était plongée dans la pénombre, je fus de nouveau plaquée contre la surface dure derrière moi, et l'obscurité régnante amplifia mes sensations lorsque je sentis ses mains glisser sur la dentelle étoilée de mon soutien-gorge. Sa bouche titilla mon téton dressé au travers de la fine étoffe, j'étouffai un soupir de satisfaction tandis qu'il inclina très doucement les bretelles de mon balconnet sur mes épaules. Sa langue s'enroula autour de mon mamelon, tantôt sensuelle et caressante tantôt conquérante. Celle-ci imprima de longues et sinueuses caresses sur ma peau, comme pour la marquer.

Mon souffle devint saccadé. Je m'accrochai comme une affamée à ses biceps, puis ses reins s'animèrent pour amorcer un mouvement lascif et sensuel contre mon bas-ventre. Ma tête bascula en arrière, la fièvre habitait tout mon être, et ses mains continuèrent d'effleurer ma peau jusqu'à trouver la lisière de mon bleu de travail.

D'un geste rapide et expert, il dénoua les manches ceinturant ma taille et je retins mon souffle. Avec la volonté de me torturer, il s'amusa à faire glisser très doucement ses doigts sous l'élastique de mon tanga. Ses lèvres se posèrent sur mon oreille, et je perçus distinctement son sourire contre celle-ci.

— Charly..., tu me rends fou, souffla-t-il, si tu savais tout ce que j'ai envie de te faire, ici et maintenant. Je me retiens de ne pas déchirer tes vêtements et te jeter sauvagement sur mon lit.

— Miles, suppliai-je dans un murmure.

— Qu'est-ce que tu veux ? Dis-moi ce que tu désires ?

Il mit fin à mon supplice en frôlant mon bouton rose, je gémis sans retenue, et il ricana contre ma gorge.

— C'est ça que tu veux ? me provoqua-t-il.

Il glissa l'un de ses doigts dans mon intimité et je fondis littéralement. Il grogna en saisissant l'ampleur de ma propre excitation, conséquence de l'effet qu'il me faisait. Un second s'invita alors qu'il imprimait des mouvements lascifs qui me tirèrent halètements et gémissements.

— Miles, c'est toi que je veux... réussis-je à formuler.

Sa bouche retrouva rapidement l'espace de la mienne, il m'empoigna les fesses pour s'avancer à l'aveugle et nous faire chuter sur le lit.

L'ardeur de ses baisers et de ses coups de reins m'indiqua à quelle extrémité nous étions parvenus. Il dirigea son bras vers la table de chevet pour se saisir d'une télécommande. Une rangée de spots s'alluma au-dessus du lit, il en régla l'intensité. Je clignai des yeux pour m'habituer à la luminosité et à l'endroit.

Penché au-dessus de moi, le regard lié au mien, il retira son t-shirt et l'envoya un peu plus loin.

Son torse s'offrait à mes yeux, et je découvris avec convoitise la ligne épurée et sculptée de ses pectoraux puis de ses abdos. Je reconnus l'énorme tigre noir et blanc sur le haut de son corps, et cette fois, je distinguai les mots inscrits dans les rayures de l'animal : « *Force et honneur* », la devise des légionnaires romains. Il transpirait la virilité et l'autorité.

Je me mordis durement la lèvre, tout son corps était une œuvre mise au service de la séduction et du plaisir. Quelle fille ne l'aurait pas voulu dans son lit ? C'était bien ça le problème, aucune.

Sa bouche fondit sur moi, sur ma gorge, sur mes seins. Elle glissa de plus en plus bas, traçant un long chemin voluptueux jusqu'à mon nombril. Miles inclina mon bleu plus bas sur mes jambes pour me l'enlever complétement et se déplaça entre mes cuisses. Fébrile mais décidée, j'attrapai la ceinture de son jean pour le déboutonner. Son membre excité était durement comprimé dans son boxer et n'attendait que d'être libéré. Je le saisis et imprimai un lent va et vient qui lui tira un râle de plaisir.

D'un geste vif, il me repoussa sur le lit, le regard impérieux, et ôta mon sous-vêtement. Puis il plongea la tête la première vers mon intimité. Je poussai un léger cri de surprise alors que sa langue effleurait la partie la plus sensible de mon anatomie. Mes doigts s'agrippèrent à ses cheveux tandis qu'il goûtait plus profondément aux tréfonds de mon être, j'ondulai carrément sous sa bouche exercée et lâchai des gémissements d'extase.

Le mot expert s'imprima dans mon esprit quant à la manière dont il l'utilisait. Ses mains agrippèrent mes cuisses pour se donner un meilleur angle d'action et mes halètements redoublèrent alors que j'étais totalement soumise à sa domination.

Ma poitrine se soulevait en rythme aves les vagues de plaisir qui déferlaient en moi. Sous mes paupières closes se dessinaient les prémices d'un ciel doré. Le déchaînement du puissant orgasme m'apporta une félicité que je ne pus m'empêcher de laisser échapper par un cri. Il embrassa l'intérieur sensible de ma cuisse et remonta jusqu'à venir posséder mes lèvres. Un goût salé envahit ma bouche. Il ne me laissa pas de répit et je n'en désirais aucun.

Je passai mes mains sur son torse, caressai son tigre du bout des ongles, remontai vers ses épaules tatouées pour redescendre dans son dos. Ses muscles roulaient sous mes doigts à chaque mouvement. Je le voulais, lui.

— Miles... soupirai-je.

Mes yeux ne le quittèrent pas lorsque je baissai son jean et son boxer, avec son aide. Puis j'empoignai sa hampe tendue à l'excès dans un lent va-et-vient. Ses yeux roulèrent dans leur orbite et un grondement sauvage m'apprit qu'il appréciait. Il échappa à ma prise afin d'ouvrir le tiroir de la table de chevet et en sortir un préservatif, qu'il déposa sous l'oreiller.

Le truc bête qui me percuta l'esprit... les capotes à portée de main, rapide, pratique – habituel, sûrement. Déjà mon ciel semblait moins doré. J'étais en train de redescendre du paradis... *Zut, pas tout de suite.*

Je n'avais pas envie d'être rattrapée, maintenant, par les problèmes qui m'attendaient derrière la porte. *Réveille-toi, Charly, tu t'attendais à quoi ?*

Miles roula sur le lit pour revenir près de moi, le sourire aux lèvres. J'essayai de plaquer le même sur mon visage. Je ne devais pas être bonne comédienne, car il fronça les sourcils, mais je tâchai de préserver le reste de notre temps ensemble en lui caressant les épaules et en l'attirant vers moi. Ce qui le rassura.

Il m'embrassa avec douceur, cette fois. Avait-il cru que son empressement m'avait foutu la trouille ? Aucune idée, mais il freina des quatre fers, prit son temps pour me cajoler, me caresser.

Il n'était pas dit que je laisserais Paula et toutes ces pétasses me voler mon moment, même s'il ne devait durer que quelques heures.

À mon tour, je le fis basculer sur le dos et décidai de prendre les choses en main. Surpris d'abord, il se laissa pourtant aller à un sourire en coin lorsqu'il me vit approcher comme un félin, la moue provocatrice. Je griffai avec sensualité l'intérieur de ses cuisses et lapai le bout de son gland. Un grognement rauque s'échappa de sa poitrine.

— Putain oui, Charly, souffla-t-il, en basculant la tête en arrière.

Je léchai son membre érigé avant de le prendre complétement dans ma bouche. Ce fut un réel plaisir de voir le président des Bloods à ma merci : il grondait et haletait à chaque mouvement de ma langue autour de lui. Il agrippa mes cheveux pour imposer un rythme qui propulsa sa verge au fond de ma gorge. Ses hanches se soulevaient du matelas pour suivre les mouvements que je lui imposai.

C'était intense et sauvage, même s'il demeurait en alerte en scrutant mon visage pour savoir jusqu'où iraient mes limites... Avec lui, je ne le savais pas moi-même. Ça n'avait rien à voir avec mes parties de jambe en l'air avec

Aden. J'étais bien décidée à le faire plier et gémir sous mes coups de langue, mais il me repoussa doucement cette fois-ci et se glissa entre mes cuisses. Son gland se frotta à mon clitoris.

— Je veux t'entendre crier mon nom..., ordonna-t-il avec autorité.

Il se saisit vivement du préservatif pour s'en parer, puis son corps musclé épousa toutes mes formes même s'il se maintenait sur ses coudes pour ne pas m'imposer son poids, ses yeux magnifiques étaient ancrés aux miens. D'un puissant coup de reins, il me pénétra et je poussai un cri, entre surprise et délice. Miles était vraiment viril de partout.

Il ne me lâchait pas du regard, tandis qu'il entreprenait de lents va-et-vient qui me firent rouler les yeux dans leur orbite. Mon bassin épousa sa mesure, mes jambes s'enroulèrent beaucoup plus haut sur ses hanches, je désirai une cadence un peu plus soutenue. Miles ne se fit pas prier, il agrippa ma cuisse et imposa un rythme assidu au matelas. J'en marquai la peau de ses épaules.

Tant pis, même si j'étais la cent cinquante et unième fille qui s'allongeait dans son lit, même si c'était le président des Bloods, même si j'allais sûrement en souffrir dans pas longtemps. J'avais juste envie de profiter du moment présent et du mec qui avait beaucoup de talent pour me faire oublier tout, jusqu'à mon nom s'il continuait comme ça. Mes mains glissèrent sur ses reins et descendirent jusqu'à son fessier rebondi et actif, sa respiration rauque était significative, il prenait autant son pied que moi.

— Oh Charly... bon sang. C'est si bon, murmura-t-il à mon oreille.

J'étais bien d'accord avec lui. Une pression et une langueur bien connue surgirent dans mon abdomen puis descendirent plus bas, atteignant la zone la plus érogène de mon intimité. Je ne retins pas mon cri de jouissance. Un grognement sauvage me répondit alors qu'il se mettait à trembler dans son dernier assaut. Son corps se tendit, tous ses muscles se contractèrent sous le coup de l'effort et du plaisir. Mes doigts se promenèrent sur les tatouages trempés de transpiration qui ornaient ses omoplates jusqu'à ses biceps, tandis que je reprenais mon souffle. Son visage était dissimulé dans mon cou, sa cage thoracique se soulevait et s'abaissait pour récupérer.

Je profitais de cet instant apaisant, tranquille, merveilleux. J'aurais bien arraché quelques plumes aux angelots pour pouvoir continuer de voler à côté d'eux. Miles imprima quelques baisers sur ma gorge puis roula sur le côté pour se débarrasser du préservatif.

Voilà, cela sonnait le glas. Je connaissais la musique. Il se leva, déambula dans la chambre, à la recherche de je ne sais quoi. Je m'assis au bord du matelas, me frottant les bras encore humides de transpiration. Je me redressai, allai récupérer mes affaires sur le sol. J'enfilai ma culotte, dos à lui.

— Tu fais quoi, là ? m'interrompit brutalement une voix rendue rauque par la jouissance.

Je me retournai pour le dévisager comme si c'était le dernier des crétins.

— Ben, je me rhabille.

— Pourquoi ? Tu dors avec ton bleu ?

— Je dors avec... quoi ? répétai-je comme une idiote.

— Charly, pourquoi tu te rhabilles ? articula-t-il comme si je ne comprenais rien.

— Pour m'en aller, répondis-je, comme si c'était une évidence.

Ses mâchoires se contractèrent, il haussa si fort les sourcils qu'ils formèrent une ligne droite.

— Je sais comment ça marche, Miles. On baise, je me rhabille et je n'oublie pas de claquer la porte en sortant.

— C'est quoi ces conneries encore ? Déjà on n'a pas juste baisé, il me semblait qu'on avait fait l'amour. Et moi, j'ai... putain, Charly, c'était génial ! Tu joues à quoi ? Il est hors de question que tu te barres maintenant. À quel moment je t'ai laissé croire que je t'emmenais ici pour te sauter comme un coup d'un soir ?

— Non, tu ne l'as pas dit, mais c'est comme ça que ça se passe chez les bikers. Les filles ne dorment pas avec les mecs.

— J'ose même pas imaginer à quoi t'as dû assister quand t'étais gosse ! Bien sûr que je veux dormir avec toi. Je veux que tu restes ici avec moi, toute la nuit et dans mon lit, s'il faut que je te le précise. Mais avec tes anciens mecs…

— J'ai eu qu'Aden et quelques aventures sans lendemain en boîte...

— Et ce minet d'Aden, il ne restait pas avec toi ? me demanda-t-il, abasourdi.

— C'était mon sexfriend... donc, hormis le sexe et la bouffe, après, il s'en allait, expliquai-je, le plus normalement du monde.

— Ouais, ben on va changer les règles ! Nous, on mange ensemble, on parle ensemble, on partage des choses ensemble, on fait l'amour et il nous arrivera même de baiser comme des sauvages, mais il est hors de question que tu te barres comme ça, juste après.

Il traversa la pièce pour venir m'attraper par les hanches.

— Reviens te coucher avec moi.

Je déglutis, je ne savais plus quoi dire après ce qu'il venait de m'expliquer. Je n'avais encore jamais fait ça, moi. Miles s'installa dans le lit et rejeta la couette pour m'accueillir auprès de lui. J'hésitai à enlever ma culotte, mais je supposai qu'il l'enlèverait lui-même si ça le dérangeait, vu qu'il avait l'air de se remettre rapidement de sa dernière performance. Je le rejoignis rapidement en frissonnant et il m'attrapa doucement pour me caler entre ses bras puissants. Il était chaud, doux et dur, tout à la fois, mais j'étais bien, je me sentais en sécurité. C'était une sensation nouvelle et apaisante. J'adorais ça. Je n'avais pas besoin de jouer les dures à cuir ici.

— Qu'est-ce qui t'est passé par la tête à un moment ? me demanda-t-il tout à coup, brisant le silence.

— Rien. Des conneries.

— Charly !

— Je pensais à toutes les filles qui t'avaient vu enfiler ton préservatif, et à celles qui ont dû dormir à ma place. Même si c'est ton droit, ça m'a un peu... refroidie. Mais t'as vite su me redonner le goût au paradis et aux anges.

Il éclata de rire et je sentis ses épaules trembler.

— C'est quoi ces anges ? se marra-t-il.

— C'est rien, c'est mon trip.

— Mes... coups d'un soir, reprit-il au bout d'un moment pour éclaircir la situation, je ne les emmène pas chez moi, il y a une chambre dans le bureau, au bar. Tu l'as sûrement vue, ce matin ?

Je m'en souvenais, effectivement.

— Seule Paula est venue ici, et encore je l'ai amenée au bout de six mois. Depuis, je me suis fait mettre en boîte par les gars parce que je ne tirais pas assez mon coup, comme ils disent. Donc sois rassurée, ça fait bien sept mois que mes draps n'ont pas vu le corps d'une fille.

— Tu l'as fait venir au bout de six mois ? Mais moi, je...

— Je sais... Seulement, ça fait presque deux mois et demi que je te connais, et on ne peut pas dire que tu t'es précipitée dans mon lit. Même si, à partir du moment où j'avais vu ton petit shorty dans ma cuisine, j'ai eu bien du mal à rester calme.

— Cette fois-là, tu m'as dit que les gamines ne t'intéressaient pas, je te signale.

— Parce que je lisais sur ton visage que tu pensais que je t'avais emmenée chez moi pour... comment tu dis déjà ? Ah oui : baiser, railla-t-il.

— Donc t'as pas fait exprès de te pavaner devant moi, torse nu, en exhibant tes tatouages ?

— Pourquoi ça t'a plu ? Remarque, vu comment tu t'y es agrippée ce soir, j'en ai la confirmation, lâcha-t-il avec arrogance.

— Tu sais que t'es un...

— Connard arrogant. Ouais, c'est ce qui fait mon charme, se moqua-t-il.

Je rigolai franchement alors qu'il resserrait son étreinte autour de moi. Je me tournai et posai la tête contre son torse. C'était quoi cette impression de bien-être sans passer par la case sexe ? Miles attrapa la télécommande puis éteignit les spots. Bien au chaud, en sécurité, je me laissai aller paisiblement.

— Charly ?

— Hum ?

— Tu sais que tu ne vas pas la garder toute la nuit... ta culotte ?

Je réprimai un petit rire avant de sombrer dans le sommeil.

CHAPITRE 23
MILES
EXPLICATION

Je m'étais réveillé par deux fois en sentant son petit corps bouger contre le mien, c'était un pied d'enfer ! Je l'avais bien sûr aidée à enlever sa culotte et avais vérifié une autre fois qu'elle ne l'avait pas remise. J'en avais vu passer des filles, dans ma vie, des coups rapides, d'un soir, sans compter Paula, mais Charly... ce n'était pas pareil.

Rien que de la savoir ici avec moi m'excitait et me donnait envie de ne plus sortir ni de cette chambre ni du loft. Je m'étais transformé en mâle dominant et j'aurais volontiers arraché la tête du premier qui aurait porté un regard sur elle. Si je persistais dans ce délire, bientôt, je pisserais partout autour d'elle et lui ferais porter un t-shirt : « propriété de Miles Rivera, président des Bloods d'Indianapolis - si tu t'approches d'elle, j'te défonce ».

Je n'étais pas ce genre de connard, mais avec elle, j'avais l'impression que tous mes sens étaient exacerbés. J'adorais tout chez elle, même son caractère merdique et, surtout, ses yeux de petite fille quand elle découvrait ce qu'était une vraie relation. Parce que, ouais, nous deux, on en avait une.

Dire que j'avais imaginé un quart de seconde la ramener chez son pourri d'oncle. L'angoisse me serra la gorge. Il fallait que je la cache, que je la protège. Hors de question qu'elle reparte entre les mains de ce taré.

J'étais en train d'échafauder mille et un plans quand je la sentis bouger. Ce fut timide au début, puis elle se colla à moi, à la recherche de ma chaleur, de ma présence. Pour une fille qui n'avait pas l'habitude de dormir avec un mec, elle prenait vite de bonnes habitudes. Je bloquai sur son visage, ses paupières papillotèrent avant de s'ouvrir sur ses deux merveilleuses prunelles turquoise. J'y plongeai sans retenue.

Un grand sourire illumina son visage quand elle me vit, et ça, c'était un sacré cadeau de l'univers.

— Bonjour toi !

— Salut, chantonna-t-elle.

— Bien dormi ?

— T'as un bon matelas.

J'éclatai de rire.

— C'est pas le matelas qui fait tout le boulot ! déclarai-je.

— Je ne vais pas te dire que t'es un beau gosse doublé d'un bon coup, sinon tu seras obligé d'élargir tes portes, railla-t-elle.

Je roulai sur elle et observai ses cheveux camel s'éparpiller comme une cascade sur l'oreiller, il était plutôt rare de les voir déliés, alors j'en profitai... Je profitai de cette Charly féminine, sensuelle et détendue.

— Moi, j'ai bien dormi, car ta peau est douce, sucrée, parfumée et que... tu es un bon coup au lit. Dois-je faire élargir mes portes ? demandai-je en arquant un sourcil.

— Pas la peine, je ne suis pas arrogante, moi, répondit-elle avec un clin d'œil.

— Bien que je n'en aie pas envie, il faut que j'aille bosser, soupirai-je finalement.

— Ah OK, déclara-t-elle en essayant de se relever.

Je l'immobilisai, toujours sur elle.

— Toi, tu peux rester ici. C'est dimanche, ne me dis pas que tu ouvres ton garage aussi, ce jour-là.

— Je ne vais pas rester ici toute seule ?

— Pourquoi pas ?

— Parce que ce n'est pas chez moi !

— Ce sont des excuses, ça !

Elle soupira.

— Tu vas où ?

— J'dois passer au bar régler son compte à Slash et un autre membre.

— C’est lui qui est à l’origine du problème avec ta marchandise ? demanda-t-elle, surprise.

— Ouais. Je ne sais pas ce qu’il a foutu. En plus, j’avais pas besoin de changer de fournisseur, donc je vais remonter la piste et faire passer l’envie à ce connard de me doubler.

Elle se raidit.

— Ça va aller. Pour l’instant, je vais juste passer un savon à Slash et Brad, et je reviens te retrouver ici.

— Je vais en profiter pour ramener la voiture au garage. Je vais devoir répondre à une tonne de questions de la part de Hope. Et puis je devrai certainement m’expliquer.

Je fronçais les sourcils. *S’expliquer ? Avec qui ?*

— Au fait, Hope, c’est ta copine blonde ? rebondis-je.

Elle se redressa, un éclair déchira ses prunelles exotiques. *Jalousie.* J’esquissai un sourire.

— C’est celle que Sul’ a repérée ? ajoutai-je.

— Je le savais, dit-elle avec un sourire en coin.

— Quoi ? Non, il n’y a rien, enfin, je ne pense pas. Sullivan est plutôt discret concernant ses conquêtes, il est le contraire de Slash.

— Hope est un électron libre. Elle aime sa liberté, boire et baiser comme un mec. Les coups d’un soir ne lui font pas peur, elle assume. Et je suis sûre que Sullivan lui plaît.

— Mais Sul’ n’est pas comme ça, lui. Les coups d’un soir, ce n’est pas son truc. C’est un amoureux presque romantique, mon pote.

— C’est une blague ? releva-t-elle en haussant les sourcils.

— Non. Tes préjugés sur les bikers sont mis à mal avec nous ?

— Complétement.

— Charly ?

— Hum ? répondit-elle en se prélassant entre mes bras.

— Jay m’a parlé de ce pilote, ce latino que tu as rencontré. Tu lui as carrément sauté dans les bras devant tout le monde. C’est sérieux entre vous ?

Elle écarquilla les yeux et faillit s’étrangler avec sa salive. *Putain... c’était qui ce mec* ? Je me redressai, un peu refroidi par sa réaction.

— Tu n'as pas à t'inquiéter, il n'y a rien entre lui et moi, déclara-t-elle pour me rassurer.

Je me détachai légèrement d'elle en haussant les sourcils. Elle ne s'en sortirait pas par une de ces énièmes pirouettes pour éviter de me dire la vérité.

— Charly, grognai-je.

— Promets-moi que tu ne lui feras pas de mal ! s'inquiéta-t-elle.

Je me raidis et vis rouge. La piqûre de la jalousie fut cinglante.

— C'est qui ? intimai-je.

— Promets-le.

Je grondai comme un fauve, prêt à aller refaire le portrait de ce connard de latino.

— C'est qui ? exigeai-je avec autorité.

— C'est mon frère, lâcha-t-elle.

— Quoi ? Mais tu m'as dit que ton frère était mort, m'exclamai-je, perplexe.

— C'est ce que je pensais aussi. En fait ce gros naze, pour fuir la menace des Souls, a orchestré sa mort avec l'aide d'Aden. Et il s'est barré sous le soleil de Miami.

— En te laissant toute seule pour affronter toute cette merde et ses propres conneries ?

— Oui, soupira-t-elle. Mais Aden l'a fait revenir pour m'aider.

— Tu ne lui en veux pas ? Parce que moi, j'aurais bien envie de lui coller...

— Tu m'as promis.

— Ok, soufflai-je.

— Si, je lui en veux un max. J'ai foiré mon avenir et ma vie avec ses conneries. Mais c'est mon frère, je suis heureuse qu'il soit vivant, c'est la seule vraie famille qu'il me reste, dit-elle en souriant.

— Je comprends. Mais à sa place, je n'aurais jamais pu laisser ma petite sœur se démerder seule.

— Je n'en doute pas, mais toi, tu n'as pas été élevé par les Bloods.

— C'est vrai. Mon père est ce qu'il est, toutefois il ne m'a pas éduqué comme ça.

— Ton père ne doit pas être un enfoiré comme le mien.

Je ne répondis pas tout de suite. Sujet épineux.

— Jayden m'a dit que c'était un latino. Quand on te regarde, t'as pas vraiment le physique de Paula.

Ses prunelles exotiques étincelèrent et se rivèrent aux miennes dans une menace sourde. La flèche de la jalousie l'avait également atteinte et j'en fus pleinement satisfait.

— Ma mère est mexicaine. Matt tient d'elle, moi, je tiens de mon père.

— T'as les mêmes yeux que lui, reconnus-je.

— J'en conclus que tu l'as déjà rencontré.

— James m'a beaucoup aidé quand j'ai pris la tête du club. En revanche, je n'ai jamais vu ton oncle, et j'espère ne jamais le rencontrer... sinon je finirai en tôle ou sur la chaise électrique pour ça.

— Ne dis pas ça ! éructa-t-elle, paniquée.

J'écarquillai les yeux et souris. Finalement, ma sécurité lui importait vraiment... même si je demeurais un biker, un démon à ses yeux.

— En parlant de Paula..., reprit-elle.

— Je t'arrête tout de suite, il n'y a plus rien depuis longtemps entre elle et moi. Paula m'a laissé tomber il y a plusieurs mois pour un autre mec. Elle est revenue, il y a quelques temps, pour me dire qu'elle s'était trompée, qu'elle m'aimait toujours. En gros, elle était prête pour être la régulière du prés'.

— Trop facile. Si elle avait été celle de mon oncle, et encore, ce mot n'existe pas dans son vocabulaire, il ne l'aurait pas laissée partir, crois-moi. Elle s'en sort bien. Alors, pourquoi elle est allée te chercher au poste ?

Je soufflai en secouant la tête.

— C'est notre avocat qui nous a ramenés. Cette histoire à la con, c'est la faute de Jayden et Angelo. Apparemment ces deux nazes en ont marre d'attendre qu'on se décide. Ils ont voulu précipiter les choses en titillant ta jalousie. Et ils t'ont parlé de Paula, sauf qu'elle a eu l'info et a rappliqué au bar, pour tenter une dernière fois sa chance. Pure coïncidence ! De toute façon, c'était trop tard, j'avais déjà une P'tite Furie en vue, déclarai-je en arborant un sourire coquin.

— Jay est venu..., avoua-t-elle.

— Je sais. Il m'a dit. Copains ?

— Oui. Je l'aime bien.

— Pourtant, c'est un biker ! raillai-je.

Elle me frappa à l'épaule, j'éclatai de rire en apercevant sa grimace.

— Je préfère te prévenir, que je ne tolérerai pas d'autres *sexfriends* durant le temps où on sera ensemble, l'avertis-je, plus sérieusement.

— Ça marche, mais dans ces cas-là, pas de coups d'un soir ou de coups vite fait, pas même de Paula, me prévint-elle à son tour.

— Possessive ? m'étonnai-je, en plissant malicieusement les yeux.

— Ça dépend... avec qui.

Nos yeux se fixèrent dans le silence du loft, virevoltant sur les moindres détails de nos visages.

— Au fait, pourquoi tu devrais t'expliquer avec Hope ? Si ce que tu me dis est vrai, elle va plutôt te féliciter que te rembarrer.

Elle souffla à son tour.

— Je faisais référence à mon frère, parce qu'il ne va pas voir d'un bon œil... le « *nous-deux* ». Il va me dire que tu profites de moi, que tu vas me sauter et ensuite me ramener chez mon père.

Je grondai. Décidément, on n'allait pas être potes tous les deux.

— Je ne compte pas te ramener là-bas. Je n'allais déjà pas le faire avant, encore moins maintenant...

— Pourquoi tu m'as laissée angoisser alors ?

— J'avais besoin de réfléchir, et puis après je voulais qu'on se voie pour en parler, mais tu es restée terrée là-bas dans ton garage.

— C'était logique de ma part, quand même !

— De toute façon, tu es venue. D'ailleurs, il faut que je te paye pour les réparations.

— Laisse tomber, soupira-t-elle.

— Quoi ? Non. Vous avez bossé, c'est normal que vous soyez payés.

— Je ferai plus de courses pour renflouer nos caisses, c'est tout.

— Hors de question. Je te dois ce fric, je vais te le donner... Pas envie de voir resurgir la petite furie en toi, raillai-je.

— P'tite Furie ? s'enquit-elle, finalement en plissant les yeux.

— MA P'tite Furie, soufflai-je en fondant sur sa bouche.

Je l'embrassai avec passion, mes mains glissèrent sur sa peau douce. Déjà, je me sentais partant pour un quatrième round, mais si je m'aventurais sur cette voie, nous ne sortirions pas de la chambre, aujourd'hui. À contre cœur, je roulai sur le côté et me levai. Charly s'appuya sur un coude pour m'observer, détaillant tout ce qu'elle avait le loisir d'apercevoir.

— Ce que tu vois, te plaît, j'espère, me moquai-je.

— Ça se pourrait bien, ronronna-t-elle.

J'enfilai mon jean, allai jusqu'à l'armoire et attrapai un t-shirt à moi que je lui balançai.

— Hé ! râla-t-elle.

— Si tu veux, tu peux rester nue à m'attendre dans les draps. Je me ferai un plaisir de revenir vite pour t'honorer de ma présence, et pas que..., déclarai-je avec un sourire arrogant.

— Non, je dois vraiment ramener la voiture. Je ne voudrais pas attirer l'attention des flics en plein jour.

— Et comment tu vas faire pour revenir ?

— Il y a des bus ou des taxis, tu sais. Après, si je suis motivée, je peux pédaler jusqu'ici.

— Alors, c'est vrai, cette histoire de vélo ?

— C'est ma bécane à moi, dit-elle en enfilant mon t-shirt.

— Je vais te filer mon numéro et tu m'appelles quand tu es prête. Je viendrai te chercher. Ou alors, c'est moi qui te contacte quand j'aurai terminé. Je ne traînerai pas.

— T'es pas obligé. Demain, je dois bosser et il faudra que j'aille au garage, donc...

— On s'arrangera, répliquai-je d'un ton qui excluait toute opposition.

Elle pinça les lèvres. Je revins m'asseoir sur le lit, à côté d'elle, et attrapai son visage à deux mains.

— Reste avec moi, ce soir.

Si on m'avait dit que je me transformerais en guimauve au bout de quelques heures... *Connerie* ! Elle m'embrassa tendrement.

— D'accord. Mon frère et Aden ne vont pas aimer ça.

— On s'en fout ! T'es majeure et vaccinée ! Et puis Aden, il a eu sa chance ; dorénavant, il n'a plus son mot à dire.

Je me levai pour me diriger vers la porte.

— Je prépare le café. Je t'attends en bas.

— Ok... Miles ? m'appela-t-elle.

Je me retournai pour la regarder.

— Oui ?

Elle secoua la tête.

— Non, rien.

Le ciel était un peu voilé, mais je m'en fichais pas mal. J'avais mon propre soleil dans la tête et il rayonnait. J'étais de si bonne humeur qu'il allait falloir que je me reprenne rapidement afin de recevoir Slash et Brad. Histoire que je ne leur offre pas un petit café et des croissants à la place de l'engueulade qu'ils méritaient.

Je garai ma Harley derrière le bar et entrai par le bureau. Il n'y avait encore personne, je soufflai. J'avais encore le temps de me préparer mentalement à cette entrevue, et ce n'était pas gagné, vu le tas d'images mentales de Charly, cette nuit, qui me vrillaient la tête. Je devais avoir un sourire à la con sur les lèvres... *Revoilà la guimauve !*

Les touches du Digicode émirent un bruit bien distinct.

— Boss, t'es là ?

C'était Sullivan, sa voix résonna dans le couloir.

— Ouais, tu peux venir.

J'avais posé mon cuir sur le fauteuil et m'étais installé derrière le bureau. Je classais différents papiers qui traînaient devant moi, en évitant le regard de mon *Road Captain*.

— T'as rangé la marchandise, hier ? lui demandai-je, sans lever les yeux.

— Ouais, j'y ai même goûté. La qualité est là, si on met de côté le fait qu'on a voulu nous faire tomber.

— C'est bien pour ça que je veux m'entretenir avec Slash et Brad.

— Miles ?

— Ouais ? dis-je en relevant finalement la tête vers lui.

— J'veux pas le poste de second... pas comme ça.

— Je sais bien. Je ne compte pas le rétrograder. Slash est ce qu'il est, mais il a toujours été loyal et m'a bien secondé. Néanmoins, il fallait que je lui fasse peur, il avait l'air trop sûr de lui, et t'as vu où ça nous a menés. Malgré tout, je veux comprendre ce qui s'est passé. Y'a quelqu'un qui nous en veut et je dois vraiment connaître son identité pour empêcher que ce ou ces connards nous atteignent. Surtout...

— Surtout que, maintenant, y'a Indy, enfin, Charly, si j'ai bien compris, conclut-il à ma place.

— Ouais. Dorénavant, je dois faire encore plus attention à tout ça. Déjà que son histoire n'est pas simple, alors si les emmerdes du club viennent s'y ajouter.

— C'est officiel ? Parce que, si c'est le cas, tu sais très bien qu'elle passe sous la protection du MC au grand complet, en tant que femme... ou régulière du président. Même si je dois t'avouer que, pour Scott, Angel, Jay, Slash et moi, t'as pas besoin de confirmer. On a tous bien compris qu'elle est importante pour toi.

— Merci, les gars, je sais que je peux compter sur vous.

— Vous avez fini... ensemble, hier ? hésita-t-il.

J'attendis un moment avant de répondre, mais ce foutu sourire me trahit bien avant que je n'ouvre la bouche.

— Je vois, railla-t-il. Je ne te demande pas de me raconter, mais... ça en valait la peine ?

— Carrément, soufflai-je en passant la main dans mes cheveux.

Sullivan se mit à rire franchement.

— Ce n'est pas ce que tu crois. Charly, elle n'est pas qu'une simple histoire de...

— J'avais bien compris, et puis ça se lit dans tes yeux. Je savais que tu l'avais dans la peau, cette petite nénette, se marra-t-il.

Je me calai au fond du fauteuil en rigolant avec lui.

— Tu la retrouves quand ?

— Juste après. Je peux vous laisser le bar ?

— Bien sûr.

— Slash et Brad sont là ?

— Slash n'est pas rentré chez lui, il a dormi sur les banquettes, en bas. Il a une sale tête et cogite dur. En revanche, je n'ai pas encore vu Brad.

— C'est étonnant de sa part. Fais entrer Slash et rejoins-nous. Scott, Jay ou Angel sont là ?

— On est tous là. Tout le monde veut comprendre ce qui s'est passé, et puis, malgré tout on ne pouvait pas laisser notre second tout seul, c'est notre frère.

— OK. Fais-le venir et préviens les autres de m'amener Brad quand il se pointera.

— Ça marche, boss.

Sullivan sortit rejoindre les autres. Je me passai la main sur le menton, toute cette histoire était bizarre, et ça m'étonnait beaucoup que Brad ne soit pas déjà présent. En temps normal, il aurait été le premier sur le pied de guerre pour éclaircir les choses. Je n'aimais pas ça. Pour le coup, je laissai de côté ma P'tite Furie afin de me concentrer sur cette affaire.

La porte s'ouvrit, j'entendis des bruits de pas dans l'escalier. Slash pénétra dans la pièce, suivi de Sul'. Ce dernier s'installa dans le fauteuil, tandis que mon second vint se poster debout devant le bureau.

— Salut boss, commença-t-il d'un air dépité.

— Salut Slash. J'imagine que tu sais très bien pourquoi je voulais te voir. À cause de ton super nouveau fournisseur, on a tous failli finir en taule. J'espère que t'as au moins réussi à remonter la filière et que t'es prêt à me donner des noms, déclarai-je avec autorité.

— Je sais. Malheureusement, je n'arrive pas à contacter Brad depuis hier soir. Et il n'est pas encore arrivé. C'est lui qui m'a mis en contact avec le fournisseur. Celui-là, je peux te le donner, il s'appelle Diego. Je suis allé au lieu de rendez-vous pour récupérer la marchandise, j'ai poireauté une heure, en rage parce que je pensais qu'on s'était fait enfler. Je suis rentré directement ici, quand les gars m'ont envoyé un texto pour m'annoncer qu'il y avait une descente des stups. Et depuis, c'est silence radio du côté de Brad.

Je fronçai les sourcils, je n'aimais pas du tout ça. C'était quoi cette sale affaire, avec un de nos anciens au milieu ? Ce n'était pas son genre, il avait une famille à protéger, il ne se serait pas mis délibérément dans la merde.

— T'es passé chez lui ? T'as eu Sally au téléphone ?

— Non, je suis resté dormir ici, au cas où t'arriverais tôt. Quand t'es parti hier soir, tu ne m'as pas précisé d'heure, alors dans le doute... Mais si tu m'en donnes l'occasion, je vais aller chez lui pour voir ce qui se passe.

— Ouais, fais ça. Ramène-le-moi, il faut que je discute avec lui. Je veux savoir quel est le mec qui l'a rencardé sur ce plan foireux. Les Bloods ne vont pas se laisser avoir par un connard, on va lui apprendre qui on est.

— Tu penses que c'est un coup des Souls ? intervint Sullivan, jusque-là silencieux.

— Je ne pense pas. Ça ferait vraiment court pour se retourner de leur déculottée, répliquai-je, pensif. Néanmoins, tenons-nous sur nos gardes. Darius est un enfoiré, mais un enfoiré pervers et intelligent.

— Miles..., commença Slash, d'un air contrit.

Il se tenait devant moi, le teint blafard, des cernes sous les yeux et l'air défraîchi. Son allure débraillée le faisait paraître affaibli. Ce qui détonnait avec son assurance habituelle.

— Écoute, mon pote, t'as vraiment merdé sur ce coup-là. Il faut que je réfléchisse à ton statut et à ton devenir au sein du club. J'ai besoin d'un second qui tienne la route, pas d'un mec qui agit sur un coup de tête sans prendre en compte les dangers et les conséquences qu'on encourt derrière chaque nouvelle transaction. On n'est pas seuls ! Si je tombe, vous tombez tous avec moi, et il y a des familles en jeu, déclamai-je.

— Je comprends. Je n'ai vraiment pas assuré... Je vais retrouver Brad et tenter de mettre la main sur ceux qui ont essayé de nous baiser. Et j'attendrai que tu prennes ta décision, dit-il simplement, sans chercher à me contredire.

— Bien.

Slash posa ses doigts ornés de chevalières sur son menton, blasé et déconfit par la tournure des événements, puis, tout en pinçant les lèvres, il tourna les talons pour repartir vers le bar. À mon avis, s'il retrouvait le mec avant nous, il allait passer son humeur sur lui... Ce type était un mort en sursis !

Quand j'entendis le déclic de fermeture automatique de la porte, je m'enfonçai dans mon fauteuil en passant la main dans mes cheveux.

— Tu n'y es pas allé de main morte ! déclara Sul'.

— Il faut qu'il comprenne !

— Tu ne vas pas..., commença-t-il.

— J'en sais rien. J'ai besoin d'y réfléchir.

— Tu m'autorises à l'assister ?

Je laissai le silence s'étendre quelques secondes dans la pièce avant de répondre.

— Vas-y, accompagne-le ! Mais Scott, Jay et Angel restent ici, au cas où. Je rentre chez moi retrouver Charly. À la moindre merde, ou si vous retrouvez Brad, tu me préviens. Je garderai mon portable pas loin.

Il hocha la tête avant de se lever et de se diriger à son tour vers la porte.

— Passe le bonjour à Charly, lança-t-il avant de sortir.

— Ça marche. Sul' ?

— Ouais ? dit-il en se retournant une dernière fois.

— Veille sur ce couillon de Slash !

— Ça marche, boss.

Je soupirai en jetant un œil au moniteur de surveillance. J'y voyais l'intérieur du bar. Slash semblait abattu, les gars se tenaient autour de lui pour le soutenir. Sullivan les rejoignit et posa la main sur l'épaule de mon second. Ces deux-là se prenaient souvent la tête. Là où mon acolyte était nerveux et téméraire, mon *Road Captain*, lui, était réfléchi et posé. Ils n'avaient pas du tout la même vision des choses, du boulot ou des filles, pourtant, ils se complétaient à merveille. Slash n'était pas un mauvais gars, il fallait apprendre à le connaître. Il avait été le premier à me soutenir et à partager les raclées avec moi quand on était encore de jeunes recrues. Ça me faisait mal d'agir de la sorte, mais j'étais le prés', et je me devais de montrer l'exemple, sinon je perdrais rapidement la confiance et le respect de mes frères. Tout en observant mes deux amis sortir du bar, mes pensées s'envolèrent vers Charly.

En tant que président de ce MC, j'aurais dû la ramener à Chicago ou, du moins, prévenir James... Ce fut vraiment à ce moment précis que je compris que je l'avais dans la peau, car elle était bien la première règle que j'enfreignais depuis que j'étais à la tête des Bloods. Comment livrer la femme dont j'étais tombé amoureux à ce pervers ? Alors que je savais pertinemment ce qu'il lui ferait en représailles.

Jimmy n'aurait sans doute pas apprécié. Les femmes passaient après les frères, après le club, après le boulot. Elles n'étaient qu'un divertissement. Oui, mais Charly n'était pas comme les autres, elle ne cherchait pas le pouvoir à travers moi. C'était une vraie Blood, elle connaissait les règles aussi bien que moi.

Maintenant, le vrai problème était de savoir si elle serait prête à me suivre dans tout ce bordel qu'elle avait fui désespérément. J'avais dans l'idée qu'elle ne serait pas enchantée de devenir la femme du prés' d'un MC de bikers.

CHAPITRE 24
CHARLY
COMBAT DE COQS

Les mains pressées contre le volant de ma voiture, je ressassais les derniers événements : j'avais passé la nuit avec Miles, le président des Bloods d'Indianapolis. Je soupirai. Quelle prodigieuse idée ! Néanmoins, je ne le regrettais pas. Il était indéniable que ce type me plaisait et me faisait de l'effet, la preuve en était la nuit que nous avions passée ensemble. Et puis, lui et moi étions faits du même bois, nous étions des écorchés, des survivants. Finalement, Jayden avait peut-être raison, chacun de nous recherchait un alpha qui lui convienne... Mais qu'est-ce que je racontais ? Ce n'était rien que de l'attirance et du sexe. D'ailleurs, sur ce point, ça marchait plutôt bien entre nous.

Je ne devais pas penser à un éventuel avenir avec lui, ni ne le voulais. Il était président d'un club de bikers, et moi, je fuyais ce milieu depuis mon adolescence.

Ma vie était déjà assez complexe comme ça, sans qu'en plus, je m'embarque dans d'autres rocambolesques aventures avec un énième MC. Les Bloods de Chicago, les Souls d'Indianapolis... c'était suffisant pour une seule et même personne. Je me sentais déjà nauséeuse à l'idée que Miles vienne me chercher après. J'imaginais déjà ces retrouvailles, les regards gênés, les discussions futiles parce qu'on ne trouvait finalement plus rien à se dire. Le moment de béatitude passé, on se rendrait compte qu'il valait mieux oublier cette histoire et aller de l'avant.

De plus, avec le retour de Matt, les choses allaient se compliquer. J'adorais mon frère, mais je le connaissais parfaitement. Il avait été élevé par mon père et mon oncle et, même s'il n'avait pas digéré ce qu'on me faisait subir à l'époque, il demeurait un biker dans l'âme. Il ne valait mieux pas que ces deux-là se rencontrent...

Je tournai dans la petite rue derrière le garage et fis entrer mon petit bolide par l'arrière du bâtiment pour le garer à sa place habituelle. Je passai les mains sur mon visage pour tenter de chasser toutes ces idées noires, puis éteignis le moteur. En sortant, je frôlai la carrosserie de la main, rêveuse. Mon attention fut détournée par des éclats de rire tonitruants. Je fronçai les sourcils en me demandant qui pouvait bien être venu travailler un dimanche. Je rejoignis la petite porte qui me séparait des ateliers mécanique et carrosserie. J'ouvris doucement le battant, une conversation aux accents légers et gais m'interpella. Je passai la tête par l'entrebâillement pour apercevoir Matt, penché sur le moteur de la Chevrolet Impala que j'avais commencé à retaper avec Aden, avant que celui-ci ne préfère s'en occuper seul. Leurs enfantillages me replongèrent quelques années en arrière, bien avant la soi-disant mort de Matt, bien avant les Angels et Miles.

— T'as vérifié l'allumage ?

— Tu me prends pour un apprenti ou quoi ? Qui est-ce qui bosse comme mécano, c'est toi ou moi ?

— Ouais, mais j'ai toujours été meilleur que toi, lança la voix de mon frère, et dans tous les domaines... Tu te souviens ? On devrait reprendre les comptes, mon gars.

— Je ne joue plus à ça maintenant, Matt. On a grandi, on est plus des sales gosses.

— Surtout que tu vas devoir épouser ma sœur, maintenant que tu l'as déshonorée, espèce de chacal !

— Arrête avec tes conneries ! On ne vit pas au Moyen-Âge, et Charly m'a clairement fait comprendre qu'il valait mieux qu'on espace nos entrevues. Et puis, j'ai quelqu'un d'autre dans ma vie.

— Enfoiré ! gronda Matt.

— Arrête, mec. C'est ta sœur qui l'a décidé, et c'est plus une petite fille.

— Elle a un régulier ?

— Aucune idée, répliqua Aden en haussant les épaules puis en retournant sous la voiture.

— Elle a bien quelqu'un en vue ?

— J'en sais rien, et ce ne sont plus mes affaires. Je l'ai bien compris.

— C'est pas ce biker ? Ce Blood ?

— J'espère pas, souffla mon mécano.

La conversation ne tournait pas en ma faveur. Je décidai donc d'opérer un demi-tour pour aller attendre Miles dehors, mais c'était compter sans ma maladresse légendaire et les outils en désordre de Luis. Une clé à molette alla bruyamment se fracasser sur le sol de l'atelier. Je maudis intérieurement mon employé et me promis de lui faire ranger tout le matériel du garage. La discussion cessa immédiatement.

— Qui est là ? lança Matt d'une voix menaçante.

Je sortis de l'ombre et marchai doucement dans leur direction, avec un air dégagé, mais néanmoins remonté.

— C'est moi ! Mais qu'est-ce que vous faites ici ? grommelai-je. Aden, si tu crois que je vais te payer des heures sup, tu te mets le doigt dans l'œil.

— C'est bon, Indy, calme-toi, soupira mon associé. J'ai parlé de la Chevrolet à ton frère, et il a voulu la voir de ses yeux. On en a profité pour avancer un peu dessus.

Aden était assis dos contre la portière, tandis que mon frère, debout, les bras croisés sur la poitrine, m'inspectait en silence.

— Et toi ? T'étais où ? répliqua-t-il d'un air suspicieux. On voulait passer la soirée avec toi, mais impossible de te joindre.

Je contemplai rapidement l'écran de mon portable, et constatai les nombreux messages et appels en absence. Ma soirée de la veille m'avait complètement fait occulter le reste.

— J'ai pris la voiture, j'ai roulé, me contentai-je de répondre de manière évasive.

— Toute la nuit ? releva Matt insidieusement.

— Une bonne partie, en effet.

— Et après ?

J'avais la nette impression d'être passée au crible. Mon frère m'acculait avec ses questions et je n'aimais pas ça. Je l'adorais, et le savoir finalement en vie me comblait de joie. Néanmoins, son côté protecteur pouvait vite tourner à l'excès. Je décelais toujours chez lui les manières du biker qu'il serait toujours... l'ombre de mon père ou de mon oncle.

— Je suis allée rejoindre Hope, et j'ai passé la soirée chez elle, mentis-je.

Pourquoi me sentais-je sur la défensive à ce point ? J'avais remonté la pente, reconstruit ma vie grâce à un vrai travail et des amis sur qui je pouvais compter. Je ne devais plus rien à Matt, pourtant ses questions et la colère froide que je sentais poindre dans son regard sombre de prédateur me rendaient nerveuse. Je me réprimandai intérieurement. Jusqu'à présent, j'avais tenu tête à nombre d'hommes, notamment des prés' de MC, il était inconcevable que je craque et me laisse faire par mon frère. Ma vie privée ne regardait que moi.

Du coin de l'œil, je vis Aden se redresser et secouer la tête d'un air contrit. Mais il était déjà trop tard pour moi.

— Hope ? C'est la petite blonde ?

Mon frère se tourna vers notre ami commun.

— C'est celle qui t'a appelé hier pour te demander des nouvelles de Charly ?

Aden hocha lentement la tête sans jamais ouvrir la bouche. J'esquissai une grimace fugace. *Mince, piégée !*

— T'étais où, Charly ? gronda-t-il plus fort. Je te rappelle que tu es encore sous la menace de deux clubs : les Souls et les Bloods. T'es inconsciente ou quoi ?

— Je sais très bien ce que je risque. C'est moi qui étais attachée dans cette cave sordide, pas toi, m'énervai-je pour ne pas perdre la face.

— Ben justement, arrête de merder ! *Madre de dios*, tant qu'on ne sait pas comment régler ces putains de problèmes, tu restes à proximité de l'un d'entre nous !

Quand Matt employait notre langue maternelle dans une dispute, ce n'était pas bon signe.

— Tu plaisantes ? hoquetai-je.

— J'en ai l'air ?

— Ce n'est pas moi qui t'ai demandé de revenir. Je te rappelle qu'il y a encore deux jours, je te croyais mort !

— Désormais, je suis là ! Je vais m'occuper de toi, avant que tu ne plonges encore une fois tête la première dans les emmerdes. Il va falloir agir finement.

— Tu penses à quoi ? s'intéressa soudain Aden.

— Je vais emmener Charly en Floride et effacer toutes traces d'elle ici. Il faudra revendre le garage, mais tu peux t'en charger, vu que tu es son associé. Et puis, nous allons utiliser tous ces blaireaux pour qu'ils s'entre-tuent. Les Souls pour couler les Bloods ou les Bloods pour éliminer le problème Soul.

— Quoi ? m'écriai-je, incrédule.

— T'es pas sérieux, mec ? surenchérit Aden. T'as oublié ce qu'était le milieu des bikers ? Impossible pour toi d'approcher les Souls, tu serais vite un homme véritablement mort, cette fois. Et les Bloods sont carrément les boss d'Indianapolis, n'y pense même pas. Je suis d'avis que tu emmènes ta sœur avec toi et que vous vous sauviez le plus loin possible.

— Mais non ! m'écriai-je. Arrêtez de décider à ma place ! Ma vie est ici. Je l'ai construite, je me suis battue pour parvenir là où j'en suis. Je ne suivrai personne nulle part !

— Il ne me semble pas t'avoir demandé ton avis, Charly ! répliqua durement Matt.

— Tu rêves si tu crois que je vais te suivre docilement comme...

Je fus interrompue par la sonnerie de mon téléphone. Plus personne ne parla. Un coup d'œil me confirma que c'était bien Miles qui m'appelait. Il ne fallait pas que le boss des Bloods rencontre Matt, surtout pas alors que ce dernier était bien échauffé. S'il comprenait que j'avais une aventure avec le président du club... ce serait sûrement un combat de coqs.

— Allô ?

— C'est moi. J'ai terminé au bar, je peux être là d'ici dix minutes. Tu es encore au garage ?

— Euh, non ! Enfin, si, mais j'ai terminé, je vais t'attendre dehors. Ou alors, on se donne rendez-vous un peu plus bas dans la rue, il y a un petit bar sympa et...

— Un petit bar sympa ? J'en sors justement d'un. Qu'est-ce qui se passe, Charly ? Il y a un problème ?

— Non, non. Tout va bien. Attends-moi dehors, je te rejoindrai, d'accord ?

— Très bien. J'arrive tout de suite.

Il raccrocha. Je croisai le regard inquisiteur de mon frère. *Deuxième round.*

— C'était qui ? aboya-t-il.

— Personne. Un ami que tu ne connais pas, rétorquai-je d'un air résolu.

— Un ami ? Il me semblait que tes amis bossaient ici, avec toi.

— C'est un autre ami. Il ne travaille pas au garage.

— C'est Jay ? s'en mêla Aden.

— C'est qui Jay ? grommela mon frère en fronçant carrément les sourcils.

Je lançai un regard peu amène à mon associé, histoire de lui faire comprendre qu'il devait se mêler de ses affaires. Ce qui ne lui plut pas, évidemment.

— C'est un Blood ! Il était présent à la dernière course, expliqua à ma place mon ami.

— La ferme, Aden ! m'emportai-je.

— Quoi ? Tu te fous de moi, Charly ? T'as rien retenu du passé, ou quoi ? On a fui cette vie, tout ce bordel, Wesley, les trafics, la drogue, la violence. Et toi, tu plonges la tête la première dedans, en fricotant avec des bikers ? Les Bloods, en plus !

— C'est pas ce que tu crois, Matt. Franchement, merci, Aden, soufflai-je dans la direction du mécano blond.

— Je te l'avais dit que ce n'était pas une bonne idée de les côtoyer, répliqua celui-ci.

— T'aurais dû l'en empêcher, mec ! l'apostropha Matt.

— Hé ! se défendit-il en levant les bras devant lui. Indy n'est plus une petite fille !

— Ben justement. Mêle-toi de tes affaires ! le rabrouai-je.

— Tu vas arrêter tout de suite de fréquenter ces mecs, et ce Jay en particulier, sinon...

— Sinon quoi ? intervint une voix grave et menaçante derrière moi.

Je fermai les yeux en soupirant. Il était entré. Bon sang, ce n'était vraiment pas mon jour. Je n'avais même pas entendu le ronronnement de sa Harley. Il avait dû se garer plus loin et, méfiant, était venu se rendre compte de ce qui se passait ici.

Miles s'avança calmement, tel un prédateur prêt à bondir sur sa proie. Il se plaça devant moi, dans une attitude protectrice, en toisant mon frère de son regard acier. Matt, lui, se redressa automatiquement, un feu brûlant au fond de ses iris.

— C'est toi Jay ? Ça tombe bien. Tu vas laisser ma sœur tranquille et te barrer gentiment, le menaça-t-il.

Miles ne réagit même pas. Il jaugea Matt, un sourire narquois fleurit sur ses lèvres.

— Alors, c'est toi Matt. Le frère latino.

— Ouais, c'est moi. Et tâche de ne pas l'oublier, mon pote. Tu ne touches pas à ma sœur ! C'est clair ?

— Je ne suis pas Jay, lâcha le Blood d'un air amusé.

Matt fronça les sourcils, perplexe. Il passa de Miles à moi, cherchant vainement une réponse sur nos visages. Le biker à mes côtés s'amusait à le faire tourner en bourrique, et il prenait un grand plaisir à lui montrer que ses menaces ne le touchaient pas.

— Mais t'es qui, toi ? explosa mon frère en faisant un pas vers nous.

Il fallait calmer le jeu ou tout ça allait mal finir.

— Ce n'est personne. Viens, Miles, partons, murmurai-je.

— C'est Miles Rivera, le président des Bloods d'Indianapolis, répondit Aden.

Mon associé s'était relevé pour se placer derrière son ami de toujours.

— Bordel ! Le prés' ? Mais, Charly, qu'est-ce que tu fous avec ce mec ? Il va te ramener chez Wesley !

Miles se raidit à l'évocation du prénom de mon oncle et en perdit même son air supérieur.

— Je ne vais ramener personne à Chicago, surtout pas Charly. Et ce que fait ta sœur ou pas avec moi et les miens ne te regarde pas, l'avertit-il froidement.

Matt opéra un nouveau pas dans la direction de Miles, toujours dans le but de l'impressionner. Bien évidemment, le président des Bloods ne bougea pas d'un iota. Mon frère devait se rendre compte qu'il n'était pas tombé sur n'importe qui.

— Qu'est-ce que tu viens de dire ? répliqua Matt très calmement, mais avec une pointe de férocité dans la voix. Tu te prends pour qui ? T'as rien à dire, rien à vouloir, et rien à prendre ! Charly est ma petite sœur, et c'est moi qui décide.

J'esquissai un mouvement, mais une poigne de fer s'enroula autour de mon poignet. Miles avait dû cerner le personnage en face de lui. Pour la première fois de ma vie, quelqu'un se tenait entre moi et la fureur d'un biker. Il connaissait ma propension à me révolter, à provoquer les plus durs. Néanmoins, je compris qu'il tentait, par son geste, de m'empêcher d'envenimer la situation déjà bien explosive.

— Je suis celui qui, dernièrement, a sauvé les fesses de ta petite sœur, et a pris soin d'elle, quand toi, tu t'es égoïstement tiré en Floride, en la laissant dans la merde.

Aïe ! Ça ne plairait pas à Matt.

Celui-ci se rua en avant, poings levés, pour atteindre le biker au visage. Miles fit la même chose, mais c'était compter sans Aden, qui retint son ami, tant bien que mal, et moi, qui tirais de toutes mes forces sur le bras du Blood.

— Tu parles ! Tu l'as menacée de la ramener à notre oncle. Charly ne sera jamais une pute à biker ! Elle n'a pas besoin d'un énième Blood qui va la baiser, faire d'elle sa chienne et l'enfoncer dans les emmerdes et les trafics. J'étais là, à l'époque, pour la sortir des mains sordides de Wesley, et je serai là pour la ramener avec moi en Floride.

Les deux dominants se toisèrent avec animosité : Matt empli d'une fureur brûlante, et Miles, arborant un air froid, implacable et quasi meurtrier.

— C'est ce qu'on verra... mon pote, conclut-il avec force.

Il attrapa ma main et m'entraîna avec détermination vers la sortie.

— Charly ! Reviens ! m'ordonna mon frère.

Je me retournai pour le voir se débattre entre les bras d'Aden. Ce dernier lui intima de se calmer et de me laisser partir pour l'instant.

Arrivés dehors, Miles ne dit rien, il nous emmena jusqu'à sa moto, s'installa sur le cuir de la Harley et démarra le moteur, la mine sombre. Je restai debout, à ses côtés, encore un peu déboussolée par la scène à laquelle je venais d'assister. C'était bien la première fois que je me sentais inutile et insignifiante. Mes yeux se rivèrent sur le visage fermé du Blood, son regard gris métallique, porté loin devant lui, semblait en fusion. Il était contrarié et j'avais l'impression que son esprit tournait à cent à l'heure. Au bout d'un petit moment, il releva la tête vers moi et me tendit la main, dans une invitation silencieuse à grimper... à le suivre. Quelques secondes s'écoulèrent sans que j'ose bouger, puis finalement, j'attrapai sa main et m'installai derrière lui.

CHAPITRE 25
MILES
PRISE DE CONSCIENCE

Mon pouls battait contre mes tempes. Ce connard m'avait bien mis les nerfs. J'avais pris sur moi de ne pas refaire le portrait du frère de Charly. Elle venait à peine de le retrouver, ce n'était vraiment pas le moment de lui mettre une raclée. Pourtant, ce n'était pas l'envie qui m'avait manqué. Je ne laissais personne me parler de cette façon. Cependant, c'était moins la manière dont il s'était adressé à moi que ce qu'il avait dit qui m'avait foutu en rogne car, à l'évidence, tout n'était pas faux. Pour être franc, j'avais pensé à la ramener à Chicago. Cette idée m'était vite passée quand Cass m'avait appelé pour m'annoncer que Charly s'était enfuie du loft. Après ça, impossible de la ramener à ce pourri, de l'éloigner de moi. Les rumeurs allaient bon train. Je savais de quoi était capable Wesley Wittman... Avait-il exercé ses dérives malsaines sur sa nièce ? Des envies de meurtre, de lui coller une balle entre les deux yeux s'emparèrent de moi.

Après tout, ce Matt avait raison, j'étais un prés' de plus dans la vie de Charly. Un biker aux mœurs dépravées qui trafiquait à tout va. Ces choses qu'elle s'était promis de ne plus revivre, voilà tout ce que moi, je pouvais lui apporter. Mon esprit bugga sur des images d'elle en favorite bien sage et séductrice, assise sur mes genoux ou derrière ma bécane. Ce n'était pas elle. Charly était tellement plus qu'une une chienne de biker, elle était digne de devenir une régulière, une première dame. Un frisson s'invita le long de ma colonne vertébrale, j'assurai ma poigne sur mon guidon. Je crevais d'envie de la garder à mes côtés... Ce petit démon aux yeux de paradis était à moi.

Ses bras serrés autour de mes reins, sa tête blottie contre mon épaule, j'avais envie de rouler jusqu'au bout de la nuit et de nous emmener ailleurs, loin de ce monde, de tout ce bordel. Pourtant, je ralentis devant le loft et actionnai la porte du garage pour nous faire entrer.

Je tentai de repousser ces idées moroses, de profiter du moment présent. Dans l'immédiat, elle était avec moi. Il fallait que j'arrête de m'imaginer des scénarios catastrophes et maudits qui nous amèneraient forcément à la fin d'une histoire qui avait à peine commencé.

— Est-ce que tout va bien ? s'enquit-elle.

Je jetai nonchalamment mon cuir sur une des chaises hautes de la cuisine et attrapai une cigarette dans mon paquet. Charly était debout dans l'entrée, comme à son habitude. Elle n'osait faire un pas de plus dans le loft. Qu'attendait-elle ? Sûrement que mon attitude évolue. Je devais avoir l'air d'un ours tout droit sorti de son hibernation.

— Tu veux boire quelque chose ? lui proposai-je en éludant sa question.

— On y est arrivés plus rapidement que ce que j'avais imaginé, lâcha-t-elle dans un soupir.

Je tirai sur mon mégot et soufflai la fumée en l'observant, les sourcils froncés.

— On est arrivés où ?

Elle soupira exagérément, fit volte-face pour se diriger vers la porte qui menait au garage. J'écrasai ma sèche, bondis pour la rattraper et m'emparai de son poignet, avant de la ceinturer. Je la tenais fermement afin qu'elle ne s'échappe pas. Elle se débattit, ce qui ne m'étonna guère.

— Hey ! Calme-toi, OK ? Je suis désolé, parvins-je à lui dire doucement.

— T'es désolé de quoi, au juste ? De réagir comme un sale con ? rétorqua-t-elle, vipérine.

— L'entrevue avec ton frère...

— Tu t'attendais à quoi ? C'est un fils de biker, c'est le fils de James que tu estimes tant. Il est allé à bonne école, même s'il ne m'a jamais fait aucun mal.

— Non, j'ai bien compris qu'il était là pour te protéger, même si ça arrive un peu trop tard à mon goût.

— Je t'avais prévenu. Il était impensable qu'il nous donne sa bénédiction. Tu es le président des Bloods et moi, je suis recherchée par le grand boss. Nous deux, c'est juste... impossible et trop compliqué.

— Impossible ? ricanai-je. J'aime les défis et tu en es clairement un ! J'en ai rien à foutre de ton frère, de ton père ou de Wesley. C'est juste qu'il a raison sur un point, je ne suis pas mieux que les autres : j'ai effectivement menacé de te ramener à Chicago, je l'ai envisagé sérieusement quand tu m'as appris que tu étais la nièce de Wesley Wittman. J'étais furieux contre toi de m'avoir trompé aussi facilement et contre moi de n'avoir rien vu. Pourtant...

— Pourtant ? répéta-t-elle accrochant mon regard.

— Tu es là avec moi et je ne veux pas que tu sortes de ma vie, même s'il y règne également un sacré bordel. Peu importe la fille, la nièce ou la sœur de qui tu es, si tu es prête à rester à mes côtés, alors personne ne posera un doigt sur toi.

Elle m'étudia longuement, plongeant les yeux au plus profond de mon âme, à la recherche de réponses à ses questions.

— Tu me proposes de devenir ta régulière ? releva-t-elle en plissant les paupières.

— Je ne t'offre rien de tout ça : pas de titre, pas de nom, pas de contrat. Juste d'être ensemble et de profiter de chaque moment, même si je ne peux pas te promettre que ça sera toujours calme.

L'attente contracta l'ensemble de mes muscles, jusqu'à ce qu'un petit sourire malicieux se dessine sur le velours de ses lèvres. Ses prunelles turquoise étincelèrent comme un millier d'étoiles et me délivrèrent instantanément de mes angoisses. Charly enveloppa ma nuque de ses bras et s'approcha lentement, jusqu'à effleurer mes lèvres... la tentation du diable.

Je raffermis ma prise autour de ses hanches puis m'emparai de sa bouche provocatrice, avec passion. Mes reins étaient déjà en feu à l'idée de la posséder, là, maintenant. Je la soulevai, elle enroula automatiquement ses jambes autour de moi. Pas besoin de plus d'explications. Je la désirais et elle aussi. Je me contentai de l'emmener sur le canapé, au salon. À califourchon sur mes cuisses, elle fourragea dans mes cheveux tandis que je glissai les mains sous son t-shirt pour caresser les pointes durcies de ses seins sous la dentelle de son soutien-gorge. Je la débarrassai rapidement de ses vêtements pour envelopper ses deux globes lourds et les façonner de mes doigts. Charly se trémoussa un peu plus voluptueusement sur mon érection pressée contre mon jean et gémit alors que j'agaçais de ma langue ses tétons rosés. La tête renversée en arrière, je perçus ses halètements significatifs.

— Miles..., susurra-t-elle, comme une invitation.

— Charly ? lui répondis-je dans un soupir.

— J'ai envie de toi...

Je la soulevai rapidement, fis descendre son pantalon et son shorty, puis attrapai un préservatif dans ma poche. Elle retint ma main, déboutonna très lentement mon jean. Mon boxer était bien trop juste pour contenir ma queue gonflée par l'excitation. Elle la saisit délicatement et la caressa dans un lent va-et-vient qui me fit partir en vrille, puis s'agenouilla entre mes cuisses et posa les lèvres sur mon gland lubrifié. Je poussai un long râle d'extase lorsque sa langue serpenta le long de ma peau tendue et sensible, mes mains se cramponnèrent au tissu du canapé, puis à son visage pour l'accompagner dans son mouvement. Le dos calé contre le fauteuil, je l'observai me procurer du plaisir. Par moments, elle s'amusait à me provoquer de ses œillades explicites tout en suçant le bout de ma queue. Ses seins rebondissaient en cadence avec ses coups de langue et je n'avais qu'une envie, la pénétrer entièrement et sauvagement.

— Charly, putain, c'est bon, grognai-je alors qu'elle enveloppait entièrement mon pénis de sa bouche.

Après un petit moment, elle se releva, les lèvres roses et gonflées, les yeux étincelants, puis ôta mon t-shirt pour suivre les contours du tigre tatoué sur mon torse. J'avais envie d'être en elle, de la faire jouir. Je déroulai la capote le long de ma verge durcie à l'excès, et l'attrapai par les hanches pour la conduire là où je le désirais. Elle s'installa au-dessus de moi puis descendit avec sensualité pour me prendre entièrement en elle. P'tite Furie se raidit un instant, expulsa un soupir d'aise, avant de débuter sa danse lascive et contrôlée. Les doigts agrippés à ses fesses, je l'encourageai à se mouvoir, à se balancer de plus en plus vite. Elle se soulevait en haletant et m'engloutissait de nouveau avec force, à l'image d'une amazone qui chevauche sans pitié, dans le but ultime de se donner du plaisir... et elle y parvenait avec succès et grâce. Ses doigts étaient agrippés à mes épaules et, parfois, je sentais la douleur exquise de ses ongles dans ma peau. Tandis que je léchais et mordillais les pointes roses de ses tétons durcis, je savourais la contraction qu'elle opérait autour de ma queue. L'impression de m'envoler à chaque mouvement chaloupé de son bassin m'étreignit avec force.

— Oui, vas-y, ma belle, plus vite, plus fort. Fais-toi plaisir ! lui intimai-je dans un grognement.

L'excitation à son paroxysme, ses cris commençaient à être plus expressifs, elle remuait avec plus d'énergie. Ma verge était raide et se gonflait à mesure de ses oscillations, le feu de mes reins incendiait tout mon être, se propageait dans la moindre de mes terminaisons nerveuses. Faire l'amour, ou même juste baiser, avec Charly était un avant-goût du paradis ou alors le côté agréable des flammes de l'enfer. Je tirai sur ses cheveux pour les laisser cascader librement dans son dos, et accueillis avec fierté et bonheur ses cris d'extase qui résonnèrent dans le loft lorsqu'elle atteignit son nirvana. D'un mouvement vif, je l'aidai à se relever et la retournai rapidement, à genoux devant moi, sur le canapé. Le désir incontrôlé de la prendre maintenant, de la faire mienne de toutes les manières imaginables me brûlait de l'intérieur. Je saisis vivement ses hanches et me frottai contre ses fesses, tandis qu'elle se cambrait déjà, prête pour un round plus sauvage.

D'un violent coup de reins, je la pénétrai entièrement. Elle poussa un cri et s'accrocha au dossier du fauteuil, la tête en arrière, ses longs cheveux cascadant comme de l'or sur ses épaules et dans son dos. Je les enroulai autour de mon poing et débutai mon pilonnage impérieux. Le plaisir de la voir se contorsionner sous mes assauts, de l'entendre gémir et haleter alors que je la baisais violemment m'excita au plus haut point. Dire que je prenais un pied d'enfer à faire crier ma rebelle était un euphémisme. Je ne lui laissai aucun répit et fus heureux de constater qu'elle appréciait également cette façon de faire. Charly se cambra et gémit si fort sous l'orgasme qui l'irradia que je me laissai aller à mon tour à la jouissance dans un râle puissant et libérateur.

Je l'attirai à moi pour la prendre dans mes bras. La poitrine secouée par son souffle saccadé, sa tête reposait dans mon cou. Je venais de baiser Charly comme un barbare et j'avais adoré ça... Nous deux, ce n'était que le début d'une longue série de moments exaltés, mais aussi d'instants plus sensuels et doux. Il me serait impossible de vivre ça avec une autre fille. Elle était un petit démon à la langue acérée et aux yeux extraordinaires qui ne rechignait pas à chevaucher comme une amazone, mais aussi à se laisser dominer pour parvenir à l'extase.

Mes mains caressèrent la soie de ses épaules, de son dos. Je ne serais jamais rassasié de ses lèvres, de sa peau, de son corps. J'en avais vu passer des filles, mais ce n'était rien en comparaison de ce que je ressentais désormais avec elle.

Charly releva la tête et plongea son regard étincelant dans le mien, je pris alors son visage entre mes mains et l'embrassai avec douceur. Je nous fis basculer en position couchée, attrapai un plaid que je déposai sur nos corps enlacés, et profitai de ce moment pour la garder dans mes bras. Là où résidait sa place, dorénavant.

— Je savais que ce n'était pas pour rien que tu avais un fessier pareil, déclara-t-elle avec malice.

J'éclatais de rire en resserrant mon étreinte autour d'elle.

— T'es en train de nourrir mon ego... Rappelle-toi que je ne vais plus passer les portes, ricanai-je.

— C'est vrai. En tout cas, c'était... à ton image : fougueux, autoritaire et tellement bon.

— Je te retourne le compliment. Tu es une P'tite Furie qui maîtrise parfaitement les chevauchées, raillai-je.

Un silence apaisant, heureux s'installa entre nous alors que je continuais de lui caresser l'épaule où était tatoué le crâne des Bloods.

— Je suis désolé de t'avoir inquiétée, tout à l'heure. Mais ce qu'a envisagé ton frère m'a vraiment chamboulé. Il n'est pas question que tu partes en Floride avec lui. Je veux que tu restes ici, à mes côtés. Je saurai te protéger, lui murmurai-je à l'oreille.

— Rien ne sera jamais facile avec moi... et ma famille.

— Tant mieux. J'aime quand c'est compliqué et épicé. La victoire est d'autant plus savoureuse, raillai-je.

— Comment s'est passée ton entrevue avec Slash ? demanda-t-elle soudain.

— Justement, c'était compliqué, soufflai-je. Il n'a pas d'informations sur celui qui a cherché à nous faire plonger avec cette affaire de drogue. Et pour corser le tout, on n'a plus de nouvelles de Brad.

— Qui est Brad ? s'informa-t-elle en se relevant sur un bras.

— C'est l'un de nos anciens. Il m'a mis le pied à l'étrier quand je n'étais qu'un novice. Selon les dires de Slash, c'est lui qui l'a mis en contact avec ce nouveau revendeur. Malheureusement, personne ne l'a revu depuis hier. J'ai envoyé les gars chez lui pour se renseigner auprès de sa famille.

— Il a une famille ?

— Ouais. Une femme et deux enfants. Son aînée est en dernière année au lycée, je sais qu'il a besoin de pognon pour lui payer ses études, mais de là à trafiquer et à nous mettre dans la merde, j'ai des doutes.

— C'est bizarre.

— Qu'est-ce qui est bizarre ? Les bikers sont ce qu'ils sont, mais en général, ils ne jouent pas avec la sécurité de leur famille. Pourquoi cet ancien chercherait-il à comploter avec des inconnus, mettant ainsi en péril les siens ?

Je me retournai pour l'étudier avec attention. J'avais tendance à oublier qu'elle connaissait nos méthodes et notre mode de vie. En plus, elle raisonnait fort bien.

— Je pense aussi que cette histoire a une odeur de pourri, poursuivis-je. C'est pour ça que je voudrais m'entretenir avec Brad.

— Et pour Slash ?

— J'en sais trop rien. C'est sa première vraie connerie. Jusqu'à présent, je n'ai jamais eu à me plaindre de lui. Mais dernièrement, il a pris la grosse tête et s'est révélé un peu trop sûr de lui. Voilà ce qui arrive quand on ne prend plus garde, on se fait baiser. Et si tu n'avais pas été là... tout ça aurait pu tourner beaucoup plus mal pour nous tous ! ajoutai-je en plaçant mon bras sous ma tête.

— Finalement, c'est toi qui as besoin de moi, se moqua-t-elle.

— Tu prêches un converti ! Et tu ne sais pas à quel point… sur plusieurs plans, même, susurrai-je avec malice.

Je retrouvai rapidement le chemin de ses lèvres puis l'attirai vers moi afin de caresser ses courbes tentatrices. De nouveau en pleine forme, je fis comprendre à mon petit démon que j'avais encore une fois envie et besoin d'elle.

J'étais affairé dans la cuisine, tandis que Charly finissait de prendre sa douche. Tout avait un goût de normalité qui me ravissait. Et autant dire que, si ça continuait, j'allais rapidement prendre l'habitude de ce petit rien du tout qui m'apportait un bonheur jouissif... loin des fêtes, de la violence, des filles légères, du bar et des lendemains sans suite. Cuisiner était un passe-temps que j'appréciais grandement, mais en général, comme je rentrais seul ou alors pas du tout, je n'avais pas souvent l'occasion de préparer des petits plats. Je me doutais bien qu'à l'instant, je donnais une image peu glorieuse des bikers, toutefois, là, tout de suite, je m'en foutais complètement. Tout le monde a droit au bonheur, et le mien se trouvait dans la salle de bains.

— Charly ? Si tu traînes, tu mangeras froid ! l'appelai-je.

— Oui, oui, j'arrive.

Un sourire à la con incurva mes lèvres. J'étais en train de remplir le lave-vaisselle quand la sonnerie de l'interphone retentit dans le loft. Je fronçai les sourcils et me dirigeai vers l'écran de contrôle. Un coup d'œil m'apprit que les gars étaient devant.

— J'espère que c'est urgent. Vous avez tendance à vous pointer à chaque fois que je vais passer à table.

— Oh, l'autre ! Vas-y, insinue tout de suite qu'on est des pique-assiette, s'insurgea Angel.

— Je n'insinue rien, je l'affirme. Surtout toi, mon pote.

J'appuyai sur le bouton pour les laisser entrer par le garage. Quelques secondes plus tard, Sul', Slash, Jay et Angel pénétraient dans le loft.

— Bon sang ! Quelle odeur ! T'as cuisiné, mon chou ? railla Angel.

— Ta gueule, Angel. T'auras que dalle ! répliquai-je en sortant des bières du frigo pour les distribuer aux gars, accoudés au comptoir de la cuisine.

— Charly est là ? s'enquit Jay d'un air détaché.

— Elle va descendre, lui appris-je. Écoute, Jay...

— Pas de soucis. Elle a été claire. Et puis, j'ai toujours su qu'il y avait un truc entre vous.

— Un putain de truc, ouais ! Alors, comment elle est notre petite Indy ? reprit Angel, amusé.

Je m'attendais à ce genre de remarque de la part de Slash, mais un coup d'œil dans sa direction m'apprit que mon second n'était toujours pas dans son assiette. La mine sombre, il porta la bouteille à ses lèvres, sans rien ajouter.

— Si tu veux avoir toutes tes dents pour ta prochaine conquête, tu ferais mieux de garder tes remarques et tes questions à la con pour toi, le prévins-je. Je pense que vous n'êtes pas là pour taper la discussion, repris-je en observant Slash et Sullivan.

— Slash et moi, on est allés chez Brad pour voir Sally, comme tu nous l'as demandé…, commença Sullivan.

— Et ? répondis-je en m'allumant une clope.

Charly descendit l'escalier au même moment, les cheveux mouillés. Les regards se tournèrent vers elle.

— Salut les gars, lança-t-elle avant de me rejoindre derrière le comptoir.

Je glissai un bras possessif autour de sa taille, et me retournai vers mes compagnons comme si de rien n'était.

— Salut Indy, roucoula Angel.

Slash hocha la tête pour la saluer, Jay lui claqua un baiser sur la joue qui m'électrisa de haut en bas.

— Salut Indy, intervint à son tour Sul' avec un petit sourire. Comme je le disais, on est allés chez Brad...

Il n'osait poursuivre, passant de Charly à moi, d'un air gêné. Ma P'tite Furie sentit le malaise et fit mine de nous laisser, mais je la rattrapai par le bras.

— Tu peux parler devant Charly, elle est au courant.

Slash releva la tête, un peu décontenancé, tandis que Jay et Angel se regardaient sans rien dire. Elle n'était pas officiellement ma régulière, même si, à mes yeux, elle était plus que ça, et les gars n'osaient parler business et affaires du club devant elle.

— Les gars, je vous rappelle que c'est une Blood. Elle ne nous trahira pas, elle connaît très bien notre fonctionnement.

— Brad n'était pas chez lui, comme on l'avait deviné, continua mon *Road Captain*, sans relever. On a donc questionné Sally, qui était morte d'inquiétude. Elle n'a pas de nouvelles de son mari et quand elle nous a vus arriver, elle pensait qu'on était venus lui annoncer une mauvaise nouvelle. Il est parti de chez eux comme tous les matins, il y a trois jours.

— C'est le jour où tu lui as parlé pour la dernière fois ? demandai-je à Slash calmement.

— C'est ça. C'est lui qui m'a dit qu'il connaissait le mec et qu'on pouvait y aller les yeux fermés.

— Il ne t'a pas expliqué d'où il le connaissait ? Ou donné un nom ? repris-je, décontenancé.

— Non, et j'avoue que je fais entièrement confiance à Brad. C'est lui qui m'a soutenu quand j'ai eu mon cuir.

— Pareil pour moi, intervint Sullivan.

— Et pour moi. Néanmoins, on ne peut repousser l'idée que quelque chose cloche dans cette affaire. Soit il a décidé de nous trahir et de comploter contre nous, soit..., déclarai-je en laissant planer le doute.

— Soit ? demanda Charly.

— Il est dans une sacrée merde ! conclus-je.

— Et nous aussi ? intervint Angel.

— Peut-être bien. Êtes-vous allés dans les endroits où il se rend habituellement ? poursuivis-je.

— Ouais, Angel et moi, on s'en est chargés, m'informa Jayden. On a même demandé à Bo, le vieux qui tient la pompe, c'est là qu'il a l'habitude d'acheter ses clopes. Il ne l'a pas vu depuis un petit moment.

— Qu'est-ce que tu veux qu'on fasse, maintenant ? s'informa Sul'.

— On va mettre l'affaire entre les mains de P'tit Génie. Dis-lui qu'il doit remonter les traces de Brad jusqu'à trois jours : ses appels téléphoniques, ses transactions bancaires. Personne ne disparaît comme ça.

— C'est qui « P'tit Génie » ? me questionna Charly.

— Je t'expliquerai, lui répondis-je.

— Tu penses que c'est un coup des Souls ? intervint pour la première fois Slash, la mine basse.

— Les Souls ? s'inquiéta Charly, ils se seraient déjà relevés de leur dernière déculottée ?

Je souris. La déculottée, c'était moi et les miens qui la leur avions infligée. Mais si, vraiment, Darius était assez idiot pour s'en prendre à mes gars, à moi ou à Charly... cette fois, je le tuerais !

— Ne t'inquiète pas, Indy, maintenant tu es sous la protection des Bloods d'Indianapolis. Tu es la... copine de notre président, hésita Sullivan en me jetant un coup d'œil.

Je n'avais rien annoncé officiellement, et je comprenais bien que mon *Captain* était dubitatif quant au mot à utiliser pour définir notre relation. Je ne savais pas non plus et laissai planer le doute.

— Sullivan, tu t'occupes de contacter Antony. Slash, tu continues de zoner près de chez Brad pour assurer la protection de Sally et de ses enfants. Il faut aussi mettre deux gars sur le coup pour continuer à chercher dans les lieux où notre ancien avait l'habitude de se rendre. Et trois autres pour surveiller les Souls, édictai-je avec sang-froid.

— Et nous ? On fait quoi ? s'inquiéta Angelo.

— Vous ? Vous collez au train de Charly et de ses Angels. Cependant, méfiez-vous de son frère. Il a le sang chaud et n'apprécie pas trop notre présence auprès de sa sœur.

— Quoi ? mais..., s'offusqua l'intéressée.

— Tu sais ce qu'il s'est passé la dernière fois ? Jay et toi en avez fait les frais, donc, pour une fois dans ta vie, tu ne discutes pas et tu acceptes notre protection, déclarai-je d'un ton résolu.

Elle souffla en regardant les bikers devant elle, mais se résigna.

— OK. On se voit demain au garage, les gars.

— Non. Ils viennent te chercher et te ramènent ici, ou au bar si je ne suis pas présent.

— Mon frère ne va pas apprécier, me prévint-elle.

— Tu sais très bien ce que j'en pense, et lui aussi. Si c'est bon pour tout le monde, je vous laisse aller mener à bien vos tâches.

— On a de la chance de surveiller Charly, on va pouvoir rester manger ici, lança Angel, goguenard.

Jayden éclata de rire.

— Ça m'étonnerait, mon pote.

— Tu gardes un œil sur Charly quand je ne suis pas là. Et, en l'occurrence, là, j'ai mes deux yeux sur elle, le rabrouai-je.

— Et pas que tes yeux...

— Dehors, Angel ! rugis-je.

Charly esquissa un sourire en les observant sortir du loft.

— On aurait pu les garder à manger.

— On voit que tu ne les connais pas encore assez, ironisai-je. Et puis, de toute façon, j'ai du travail ce soir.

— Du travail ?

— Je sois surveiller la compagne du prés' des Bloods, insinuai-je en l'embrassant.

CHAPITRE 26
CHARLY
CONFIDENCES

Le début de soirée avait été remarquable. Miles nous avait préparé un bon repas que nous avions partagé ensemble, sans aucune gêne, dans une ambiance agréable et légère. Je m'étais encore une fois moquée de ses talents culinaires et il avait joué le jeu en paraissant offusqué par ma remarque. Cela avait été un moment inscrit dans une normalité qui m'était étrangère. Néanmoins, le plaisir de l'instant présent avait été réel. Je ne m'imaginais pas faire l'expérience un jour de ce genre de tête-à-tête avec lui. Pour être honnête, je m'attendais au même genre de soirées folles que j'avais vécues avec Aden : bouffe rapide et baise endiablée. Rares avaient été les fois où l'un de nous était resté dormir toute la nuit.

À mon grand étonnement, et pour tordre le cou à mes préjugés tenaces sur les bikers, Miles ne m'avait pas sauté sauvagement dessus. Quoique, le côté sauvage, nous l'avions expérimenté avant le dîner.

Une fois le repas terminé, je l'avais aidé à nettoyer et à ranger la vaisselle, puis il m'avait invitée à prendre place dans l'énorme canapé. Un peu nerveuse, j'attendais qu'il me rejoigne.

— Dis-moi, je suppose qu'en tant que pilote, ton genre de films, c'est plutôt les *Fast and Furious* et autres films d'action et de vitesse ? se renseigna-t-il, toujours affairé dans la cuisine.

— Je les ai vus, c'est vrai, mais ce n'est pas spécialement ce que je préfère.

— Tiens donc ! Alors moi aussi, j'ai des préjugés à la con, railla-t-il. Et qu'est-ce que tu préfères ?

— Ça ne va sûrement pas te plaire.

— Comment tu peux le savoir ?

— Parce que ce n'est pas ton genre, conclus-je.

— Jusqu'à présent, tu t'es plutôt bien plantée me concernant. Allez, avoue.

— Très bien. J'aime m'installer dans mon fauteuil avec une couverture et un bon vieux film en noir et blanc... Voilà, t'es content ? répliquai-je.

Il n'ajouta rien et je me demandai ce qu'il fabriquait. Puis, je le vis surgir avec deux sodas et un saladier entier de pop-corn. Mes lèvres s'incurvèrent, je pense que mes yeux devaient s'être illuminés de milliers d'étoiles, à la vue de l'énorme plat.

— Du pop-corn ? J'adore ! m'écriai-je en lui attrapant le récipient des mains.

Il s'installa à mes côtés, attrapa un plaid et le déplia sur nous, avant de prendre la télécommande et de lancer le film.

— Un bon vieux polar, ça te dit ?

— Mais ouiii, répondis-je en enfournant une grosse poignée.

Je me calai contre lui avec bonheur, heureuse d'être là, sans arrière-pensée. Et c'était bien la première fois de ma vie que je profitais d'un moment sans craindre quelque chose ou quelqu'un.

Un bras autour de moi, l'autre plongé dans le maïs soufflé, Miles était absorbé par l'écran.

— Je ne pensais pas que tu aimais ce genre de film, commentai-je au bout d'un moment.

— Et tu t'imaginais quoi ?

— Je ne sais pas. *Easy Rider*[11], *L'Équipée sauvage*[12] ou, plus récemment, *Sons of Anarchy*[13], plaisantai-je.

— Cliché ! Même si j'aime beaucoup le Marlon Brando de l'époque. Et toi, d'où t'est venu cet amour des vieux films ?

---

[11] Film réalisé par Dennis Hopper, sorti en 1969 aux États-Unis.

[12] Film réalisé par László Benedek, sorti en 1953 aux États-Unis.

[13] Série télévisée américaine, créée par Kurt Sutter, diffusée pour la première fois aux États-Unis en 2018.

— C'était la seule chose que je pouvais piquer à mon oncle dans sa collection qui comptait, essentiellement des vidéos pornographiques. Au fur et à mesure, j'y ai pris goût et j'avoue que ça me plaisait vraiment. C'est une habitude que j'ai ramenée de Chicago. Durant mes longues soirées de solitude, je m'installe devant un vieux film en noir et blanc avec des cookies ou du pop-corn. Mais qui te l'a dit ?

— Personne. Je ne le savais pas. En ce qui me concerne, c'est ma mère qui m'a donné goût à ces polars... C'est étrange.

— Qu'est-ce qui est étrange ?

— Qu'on continue à les regarder alors qu'ils nous rappellent des souvenirs douloureux.

— Je ne pense pas à mon oncle quand je les visionne... fort heureusement. Mais pourquoi ça te rend malheureux de penser à ta mère ? Contrairement à moi, ils symbolisent quelqu'un que tu aimais et avec qui tu passais des moments agréables.

— C'est vrai. Pourtant, repenser à elle m'est difficile.

Je posai la main sur sa joue, il tourna son visage vers moi.

— Ta sœur m'a expliqué rapidement pour ta mère. Je sais que c'est ce qui a fait pencher la balance du côté des bikers.

— Après sa mort, je me suis violemment disputé avec mon père, je lui ai dit des choses horribles. J'en pensais certaines, d'autres pas. Je ne l'ai plus jamais revu après ça. Cassidy est la seule famille qui me reste, avec les Bloods, déclara-t-il sans entrer dans les détails.

— Il te reste tout de même les bons moments et les souvenirs, et puis ta mère sera toujours quelque part avec toi, tentai-je de le consoler.

Miles soupira, les yeux dans le vide, puis se reprit rapidement en raffermissant sa prise autour de mon épaule.

— En attendant, à partir d'aujourd'hui, je me crée des souvenirs et des moments agréables avec toi... C'est assez nouveau pour moi, mais tellement savoureux.

Après cet intermède sous le signe des confidences, nous poursuivîmes notre séance cinéma. Le temps fila tandis que nous commentions des passages en riant et en les comparant à certains moments de nos vies respectives. Les scènes de voyous pour lui et de poursuite en voiture pour moi. Sa conversation tendait toujours à en apprendre un peu plus sur moi ou sur mes goûts. Je n'avais pas pour habitude de me dévoiler, qu'il s'agisse de mon passé ou de moi-même. Mes réticences étaient nombreuses et mes cicatrices profondes.

— Comment était ta mère ? me demanda-t-il soudain, devant un moment plus attendrissant.

— Latino et junkie. Elle s'est tirée avec son dernier dealer quand j'avais sept ou huit ans.

— Je vois. Pas vraiment un modèle et un soutien pour une petite fille.

— Elle n'a pas reçu l'écharpe de mère de l'année, ça, c'est sûr. Et encore, je me dis que je n'ai pas trop mal tourné, surtout après avoir eu sous les yeux les danseuses de pole dance, les prostituées et les serveuses dénudées.

— Rebelle et suicidaire, mais certainement pas inconvenante. Quoiqu'en te connaissant intimement..., se moqua-t-il.

Je le frappai dans le bras, et retins un cri de douleur lorsque mon poing heurta son biceps de fer.

— Et la tienne ? demandai-je avec beaucoup de précautions, sachant que le sujet était délicat.

Il se raidit contre moi. Le silence perdura durant de longues secondes. Je venais sûrement de briser ce moment de complicité. *Quelle conne !*

— Elle était douce, bienveillante, amusante et rien n'était trop beau pour ses enfants. Je pense même qu'elle se serait volontiers sacrifiée pour Cassidy ou moi. Elle prenait toujours ma défense et me trouvait des excuses, même quand j'étais un petit branleur arrogant. Pour moi, elle représente l'image même de la loyauté, de la compassion, de l'amour sans mesure qu'on peut porter à ses enfants... ou à son époux, m'expliqua-t-il avec une certaine douleur dans la voix.

— Tu avais quel âge quand...

— J'allais avoir quinze ans. Mon monde s'est écroulé ce jour-là. Et quand j'ai découvert que mon père avait une maîtresse parce qu'il ne supportait pas de l'accompagner dans la maladie, je me suis dit qu'on vivait dans un monde merdique, fait de mensonges et de faux-semblants à la con. Je ne voulais plus le voir, lui, sa belle maison, sa voiture neuve, sa réussite professionnelle... Je ne désirais pas devenir comme lui. Je ne suis sûrement pas un modèle de vertu ni de réussite, Charly, mais je me suis fait la promesse de protéger et de faire de la femme de ma vie mon univers.

L'histoire avec son père devait sûrement être plus complexe qu'il n'y paraissait, mais ce soir, il avait fait l'effort de me livrer une partie de son passé et je n’avais pas envie de lui faire la leçon en l’incitant à laisser une chance à son père. Après tout, qui étais-je pour le pousser à le revoir ? Ma famille et moi n’étions pas vraiment un modèle d’amour et d’entraide. Et puis, je venais d’entrer dans sa vie, je ne savais pas trop ce qu’il adviendrait demain de notre... histoire.

— Je suis sûre que ta mère est fière de toi, qu’importe que tu sois un brillant architecte ou un président de MC. Je sais que tu as des principes et une ligne de conduite qui n’est pas celle de mon oncle. Je l’ai remarqué la première fois que je suis entrée dans le bar, quand je t’ai entendu t’adresser à tes serveuses. Ta mère t’a inculqué le respect des femmes et de la famille, et tu en fais preuve à chaque fois que tu t’adresses à l’une d’entre nous.

Une étincelle brilla au fond de ses yeux, puis quelque chose de plus sombre éteignit le tout. Il m’étudia un long moment, comme s’il cherchait ses mots.

— Charly, je dois te demander quelque chose à propos de ton oncle. Tu n’es pas obligée de me répondre. Je sais que tu as vécu des moments terribles quand tu étais à Chicago, mais je n’ose envisager qu’il ait pu...

Je serrai les poings, la bile remonta dans ma gorge et une douleur indicible enfla dans mon ventre au moment où les souvenirs revinrent avec fracas dans mon esprit. La cave, les murs sales, l’odeur de sa transpiration, son souffle heurté... Je préférais ses coups de poing, finalement.

— Deux fois. Ensuite, mon frère l’a appris et nous nous sommes sauvés, réussis-je à avouer d’une voix feutrée. Il fallait qu’il essaye la marchandise avant de la fourguer aux clans rivaux.

— Enfoiré de pervers ! gronda-t-il en se redressant.

J’inspirai profondément pour calmer mes tremblements et me reprendre.

— C’est du passé ! Et je ne veux pas que ce connard puisse encore avoir un impact sur ma vie, aujourd’hui. Je me suis relevée, j’ai soigné mes plaies, serré les poings comme une Blood. Laissons tout ça derrière nous... et profitons de cette soirée. S’il te plaît.

Il m’attira à lui puis m’embrassa les cheveux.

— Je regrette d’avoir été un connard de biker et d’avoir eu l’idée complètement absurde de te ramener là-bas. Pardonne-moi. Tu es la femme la plus courageuse que je connaisse, et je comprends mieux pourquoi tu mords avant de faire confiance.

— Crois-moi, je ne suis pas si forte que ça. Je me suis terrée chez moi lorsque j'ai cru que tu allais appeler mon oncle. Tout ça, c'est du flan ! Du faux-semblant. Mon père m'a appris à mordre pour ne pas montrer ma peur.

— J'ai toujours su que c'était qu'une carapace, que quelqu'un t'avait appris à encaisser et à dissimuler ta crainte.

Je souris. Finalement, il avait su déchiffrer tous les signes, comme un bon prés'.

— Déçu ? m'enquis-je.

— Tu plaisantes ? Depuis la première minute où tu m'as défié à travers cette caméra, j'ai su que t'étais faite pour moi.

Je me calai entre ses bras et nous reprîmes plus sereinement notre séance vidéo. Décidément, cette soirée n'avait rien à voir avec ce que je m'étais imaginé faire avec Miles. Sans doute n'étais-je pas aussi sauvage que je me l'étais toujours imaginé. Quant à Miles Rivera, il n'avait rien à voir avec l'idée que je m'étais faite d'un président de MC.

Ce soir-là, je m'endormis dans le canapé. Je sentis à peine le moment où il me transporta à l'étage. L'instant le plus agréable fut certainement lorsqu'il m'entoura de ses bras et que je sombrai dans un sommeil apaisant et sans cauchemar.

Le lendemain, mes nouveaux gardes du corps étaient là, à l'heure, une tasse de café dans la main, quand je descendis. Ils avaient apporté des beignets.

— Salut Charly, m'accueillit Jayden en me déposant un baiser sur la joue.

Du coin de l'œil, je vis distinctement les lèvres de Miles s'étirer en une grimace de réprobation. Ce qui m'amusa. Je le rejoignis et lui offris un baiser furtif pour le rassurer.

— Salut, Jay, salut Angel, lançai-je en attrapant une pâtisserie.

— Bonjour Indy. T'as l'air bien gaie, aujourd'hui. Tu as passé une bonne nuit ? roucoula ce dernier.

— Angel, pas de bon matin, s'te plaît, grogna Miles en m'embrassant la tempe.

— J'ai très bien dormi, merci de t'en préoccuper, répondis-je avec malice.

— Dormir ? Quel gâchis ! Si tu étais ma...

— Ne finis même pas cette phrase ! le menaça Miles.

— OK, OK, céda-t-il en levant les mains devant lui.

— On y va dès que tu es prête, intervint Jay.

— Je finis mon beignet et on peut y aller.

— Tu grimpes derrière moi, Indy ? s'amusa Angel.

— Même pas en rêve ! Elle monte derrière Jay. J'ai plus confiance en lui qu'en toi, espèce de chacal ! répliqua Miles.

Il m'attrapa par la taille et me rapprocha de lui tandis que les deux bikers récupéraient leur cuir dans le salon en rigolant. Miles déposa un baiser sur mon front, puis mon nez et ses lèvres se perdirent sur les miennes dans un baiser langoureux et porteur d'émotions intenses qui me firent frissonner. Jamais on ne m'avait embrassée de cette façon, auparavant. Je n'avais pas envie de le quitter... Voilà ce que tout mon être criait, et ça me foutait une trouille de tous les diables.

— Bonne journée, murmura-t-il à mon oreille.

— Merci, répondis-je en rougissant comme une écolière. Que me vaut un tel baiser ?

— C'est pour te donner envie de revenir, ce soir.

— Ce soir ? Mais il va falloir que je repasse chez moi, j'ai besoin d'affaires, et puis je dois relever mon courrier.

— Pas de soucis. Je t'accompagnerai, s'il le faut. Je veux juste t'avoir encore ici avec moi, te voir déambuler chez moi, manger avec toi et pouvoir m'endormir à tes côtés.

Je restai coite quelques secondes. C'était rapide, non ? Une partie de moi était ravie et subjuguée par ce qu'il venait d'avouer, l'autre tétanisée.

— Très bien. On se retrouve ce soir, alors, m'entendis-je répondre.

Tétanisée ? Complètement sotte aussi. Pourtant, mon besoin d'être avec lui avait eu raison de mon angoisse. Cette histoire avec Miles me dépassait.

Il m'enlaça une dernière fois, un franc sourire égaya son visage et fit pétiller ses magnifiques yeux acier.

— À ce soir, susurra-t-il, comme une promesse.

— Hé ! C'était hier soir qu'il fallait profiter ! s'écria Angel.

— Ferme-la, mec, le rabroua Jayden.

— Les gars, je vous confie mon bien le plus précieux. Charly doit revenir en un seul morceau, leur intima Miles d'un ton beaucoup plus sérieux.

— Ça marche, boss, répondirent-ils en chœur.

Quelques minutes plus tard, j'étais accrochée à Jay, en chemin pour rejoindre ma *team*.

Après une petite chevauchée qui nous fit rapidement traverser la ville, nous arrivâmes au garage. Moi qui m'étais promis de ne plus remonter derrière une moto, j'étais en train de rattraper tout le retard accumulé depuis mon départ de Chicago. L'immense logo ailé s'étala bientôt sous nos yeux, je descendis de derrière Jay pour les remercier et leur donner rendez-vous après le boulot. À ma grande surprise, ils éteignirent le moteur de leurs engins.

— Vous n'allez quand même pas passer la journée à me surveiller ? m'enquis-je, incrédule.

— T'as entendu le boss ? répondit Angel.

— Miles nous a spécifiquement missionnés pour une tâche bien spéciale. Et on ne va certainement pas te lâcher d'une semelle, ajouta Jayden.

— Il n'a jamais dit de rester toute la journée avec moi. Je ne suis pas toute seule ici, les gars.

— Ma belle, si tu ne l'as pas encore compris toi-même, laisse-moi t'expliquer une chose, déclara Angel. Tu es devenue la... petite amie du prés' des Bloods d'Indianapolis, s'il t'arrive un truc sous notre surveillance, on est morts. On a bien saisi que t'étais devenue la prunelle de ses yeux, alors on ne plaisante pas avec la sécurité de la femme du boss.

— Je n'ai rien accepté et je...

— Si ce statut ne te plaisait pas, Charly, t'aurais juste passé une bonne nuit à batifoler et vous vous seriez quittés le matin, répliqua-t-il avec sérieux. Mais tu vois bien que ça va plus loin. En tout cas, nous, on l'a bien vu. Alors, officielle ou pas, tu es la compagne de mon prés' et personne ne posera la main sur toi.

— Charly, t'es une Blood. On ne va quand même pas t'apprendre comment ça fonctionne, renchérit Jay.

— T'as une mère ! ricana Angel.

— C'est sûr. Mais les Bloods de Chicago n'ont pas tout à fait le même rapport avec les femmes. Quant à ma mère et mon père... ils n'étaient pas vraiment le couple le plus heureux du monde.

— Bienvenue chez les Bloods d'Indianapolis. On n'est peut-être pas des anges, c'est clair, ni des gens recommandables, mais on ne touche pas à nos femmes ou à nos enfants, rétorqua Angel.

— D'accord, néanmoins, laissez-moi vous prévenir que mon frère risque de ne pas vous faire bon accueil.

— T'inquiète pas, Miles nous a fait un topo, m'informa Jay.

Je n'ajoutai rien et me dirigeai vers la petite porte, à l'arrière du garage. Je ne doutais pas que Miles avait prévenu ses frères, mais personne n'avait préparé le mien à me voir arriver encadrée de deux nouveaux Bloods.

Je poussai le battant et m'engouffrai dans l'atmosphère joyeuse qui régnait ce matin-là. L'air empli d'odeurs d'huile de vidange, de décapant et de peinture chatouilla mes narines, comme à l'accoutumée. Je dépassai le bureau de Rosie en lui adressant un signe de la main à travers la vitre qui séparait son espace de travail des différents ateliers.

Luis était en grande conversation avec Aden et Matt. Celui-ci avait troqué son jean pour un bleu « team Angel ». Lorsque mon mécano spécialiste des motos nous aperçut, il délaissa poliment ses deux interlocuteurs pour venir saluer Jayden et Angel. Rosie nous rejoignit, et bientôt Hope. Je n'avais pas encore pris conscience que mes amis et collègues avaient finalement sympathisé avec certains membres du club, comme si ces derniers étaient des connaissances que nous avions l'habitude de fréquenter. Un coup d'œil dans le dos de Luis m'apprit qu'à l'inverse, Matt nous toisait d'un œil noir.

— Qu'est-ce que mon frère fait ici de bon matin et en bleu de travail ? demandai-je à Hope.

Elle soupira et leva les yeux au ciel.

— D'après ses dires, il faut quelqu'un pour nous chapeauter quand tu n'es pas là. C'est aussi un bon moyen de protéger sa petite sœur. Si tu veux mon avis, c'est juste un prétexte pour pouvoir mettre les mains dans le cambouis, comme au bon vieux temps, avec son pote, et une manière de me faire tourner chèvre, m'apprit-elle.

— Quand je suis absente ? Il me semble que c'est Aden qui gère.

— C'est ce que j'ai répondu.

— Et pourquoi te fait-il tourner en bourrique ?

— Je n'ai pas dit bourrique, j'ai dit chèvre. Ses essais pitoyables pour me séduire et ses allusions très lourdes n'ont aucun effet sur moi, elles m'agacent, même. Il n'a toujours pas compris que son côté dominant ne m'intéressait pas.

Je souris. Hope n'avait, à la base, aucun genre bien défini. Au bout du compte, Sullivan avait peut-être réussi la prouesse d'accrocher notre artiste sans avoir à tenter quelque chose.

— Charly ?

Je me retournai pour contempler l'air furibond de mon frère.

— On peut se parler ? reprit-il en essayant d'être le plus courtois et doux possible.

Je hochai la tête, adressai un dernier regard de connivence à mon amie et suivis Matt dans le vestiaire. Il connaissait le garage aussi bien que moi, désormais. Son attitude était étrange, comme s'il se contenait pour s'empêcher de me crier dessus ou de s'énerver. Nous pénétrâmes dans la pièce, petite et sans fenêtre, puis il referma la porte derrière moi et se retourna pour m'observer. Apparemment, la petite scène d'hier avec Miles l'avait fait réfléchir.

— Ça y est ? T'as fini tes conneries ?

Ou pas.

— De quelles conneries tu parles ? demandai-je en feignant l'innocence.

— J'espère que tu as bien... profité de ta soirée, mais maintenant, il faut revenir à la réalité.

— Matt..., commençai-je, en soufflant.

— Non. Attends, laisse-moi finir. J'ai promis à Aden que je ne péterais pas un câble, cette fois-ci.

Je posai les doigts sur mon front et ravalai la diatribe que j'avais sur le bout de la langue.

— C'est un Blood. Le président des Bloods. Charly, au fond de toi, tu sais que ce n'est pas possible. Même si ce mec te semble sérieux et entiché, réfléchis deux secondes. Tu vas devenir la régulière d'un biker ? Tout ce que tu as cherché à fuir, tout ce que tu détestes.

— Il n'est pas comme les autres, lâchai-je.

Matt haussa les sourcils ; même moi, je fus chamboulée d'entendre ces mots-là.

— T'es amoureuse de ce mec ? me demanda-t-il avec une grimace de dépit.

— Je... je ne sais pas. Mais Miles est différent, ce n'est pas papa, ou Wesley, ni même toi. Il respecte les femmes, il a des principes, tentai-je désespérément de convaincre mon frère.

— Alors qu'est-ce qu'il fout dans le milieu ?

Je ne répondis rien.

— Il ne trafique pas ? Pas de came ? Pas d'extorsion de fonds ? Pas de prostituées ? Pas d'armes ?

Je soupirai. Bien sûr qu'il y avait tout ça. Il avait même essayé de me soutirer l'argent des paris sur les courses de voiture. Ce n'était pas un ange, il n'était pas le prés' des Bloods parce qu'il avait la plus grosse moto ou qu'il savait gérer les affaires. Miles Rivera était un biker dangereux.

— Pourquoi tu ne reprendrais pas tes études ? J'ai un peu de fric de côté, je pourrais t'aider. Après tout, c'est à cause de moi que tu as abandonné tes rêves de fac. Oublie tout ça et pars avec moi en Floride. Je vais t'aider à prendre un nouveau départ. T'es ma petite sœur, je ne te laisserai pas tomber, quoi qu'en pense ton Miles.

Je n'eus pas l'occasion de lui répondre. La porte s'entrouvrit rapidement sur Luis.

— Hé, *chica* ! Tu ne devineras jamais ce qu'un des clients vient de nous rapporter à l'instant en récupérant sa voiture.

Je haussai les sourcils d'un air de dire « crache le morceau, Luis ! ».

— Wayne a carrément foiré ses essais chez les pros, se marra-t-il avec enthousiasme.

— Je ne suis qu'à moitié étonnée, répondis-je.

— Apparemment, ça ne se serait pas bien passé du tout. Et les gars lui auraient même dit d'arrêter de rouler chez les amateurs, car il est un danger public.

— C'est qui ce Wayne ? intervint mon frère en fronçant les sourcils.

— Wyatt Wayne. Tu ne te souviens pas ? Un fils à papa qui roule sur le circuit des amateurs. Il a de superbes voitures entre les mains, mais il veut tellement gagner qu'il ne réfléchit pas. Ce cinglé met sa vie et celle des concurrents contre qui il court en danger, expliquai-je rapidement. Il était déjà là, au commencement, quand tu courais.

Matt plissa les yeux et afficha une grimace.

— Tu lui as donné une leçon, j'espère ?

— Elle lui met la raclée à chaque fois, s'écria Luis avec fierté.

Un sourire en coin égaya le visage de mon frère, la fierté illumina son regard. Il m'attrapa par le cou pour me coller un baiser sur le haut du crâne.

— Elle est tellement douée que c'est elle qui aurait dû faire les essais, ajouta mon mécano.

— C'est ce qu'on lui a toujours conseillé de faire, d'ailleurs, intervint Hope, postée derrière Luis.

Je ne l'avais pas entendue arriver.

— N'importe quoi ! Arrêtez vos bêtises. En plus, je n'ai pas l'argent pour participer à ces essais.

— Pas besoin de fric quand on connaît des gens, insinua Hope.

— Je t'ai déjà dit que je ne voulais être redevable à personne, surtout pas aux gens que tu connais.

— C'est moi qui leur serai redevable, pas toi. Allez, tu devrais essayer au moins une fois. Tu vas le regretter toute ta vie, en te demandant ce que tu vaux en tant que pilote.

— Non, fausse bonne idée ! intervint Matt.

— C'est toi qui dis ça alors que tu courais avant elle et que tu lui as filé le virus de la vitesse et des courses, s'indigna mon amie.

— Matt, laisse-la essayer, surenchérit Luis.

— Imaginez deux secondes qu'elle soit sélectionnée... Les courses, les journaux, peut-être même la télé. Je te rappelle que tu dois te cacher des Bloods de Chicago, des nôtres, pas afficher ton nom et ta tête partout dans le pays.

— Rabat-joie, pesta mon amie.

Matt lui lança un regard peu amène.

— Je suis trop âgée pour intégrer une écurie. Et puis, on parle de vrais pilotes, des pros. Il n'est pas question de petites courses de rue, déclarai-je, peu sûre de moi.

— C'est clair ! m'appuya mon frère.

— Ne l'écoute pas ! Essaye, au moins, reprit Hope.

— Charly, non. Il faut arrêter les conneries et les risques ! gronda mon frère.

Hope sortait déjà son téléphone de la poche de son bleu, en ignorant superbement le mâle alpha à mes côtés. Elle m'observait avec un petit sourire de défi.

— Allez, *chica* ! m'encouragea Luis.

Je me mordis la lèvre en jetant un dernier regard à Matt. Hope pianota sur son smartphone, au grand désarroi de celui-ci.

CHAPITRE 27
MILES
UN PETIT COIN DE BONHEUR

Les yeux fermés, l'eau ruisselait sur moi et j'appréciais ce moment à sa juste valeur. Détendu, le sourire aux lèvres, je repensais au bonheur de la voir assise dans le fauteuil ou en train de cuisiner derrière le comptoir quand je rentrais le soir. Si on m'avait dit, six mois auparavant, que j'allais envisager de vivre avec une fille, j'aurais ri au nez du mec et lui aurais recommandé de changer de came. *Putain, vivre avec une fille !* Rien que de penser ces mots, ça me donnait des frissons.

J'attrapai la bouteille de gel douche puis entrepris de me savonner. Qu'est-ce qu'elle avait bien pu me faire ? Charly monopolisait mes pensées la journée et enchantait mes nuits. J'avais un petit démon à domicile, et je n'avais vraiment pas envie qu'elle sorte de ma vie, maintenant qu'elle y avait trouvé sa place. Le pied total.

Ça faisait plus d'une semaine qu'on jouait à ce jeu. Tous les matins, elle m'annonçait qu'elle devait repartir chez elle, et à chaque fois, je réussissais à la faire changer d'avis. Impossible de passer une nuit sans qu'elle soit blottie dans mes bras, je n'y arriverais pas. J'avais ce besoin, désormais, de la sentir en sécurité contre moi. Elle était mienne.

En général, c'était à ce moment-là, dans les films, que la catastrophe vous tombait dessus. Un bonheur trop puissant devait certainement emmerder l'univers. Je ne savais pas ce qu'il adviendrait de notre relation, je ne savais toujours pas vraiment la définir, même si j'en avais une idée de plus en plus précise, mais je ne voulais pas l'effrayer. Je n'avais pas envie que mon petit oiseau s'envole au moment où je mettrais un mot sur le « nous ». Je désirais plus que tout qu'elle devienne *ma femme*, pourtant, j'avais longtemps mis de côté cet engagement. Du temps s'était écoulé avant même que je n'envisage Paula de cette façon. Mais il m'avait suffi de quelques semaines et d'une petite série de nuits torrides pour savoir que Charly deviendrait *ma* régulière. Il n'y aurait personne d'autre qu'elle dans mon lit et dans ma vie. Les autres filles ? Quelles autres filles ? Je ne voyais qu'elle.

Tout à ma rêverie de romantique à la con, je ne l'avais pas entendue entrer dans la salle de bains. Mais j'appréciai avec un plaisir non voilé sentir son corps nu se coller contre mon dos.

— Je me suis réveillée et tu n'étais plus là, constata-t-elle avec dépit.

J'aimais ce ton désappointé dans sa voix quant à mon absence à ses côtés.

— Tu dormais si bien, je ne voulais pas perturber ton sommeil. Je te manquais déjà ? ajoutai-je avec malice alors qu'elle dessinait des vagues imaginaires avec ses mains sur mon torse et mes côtes.

— Question stupide. Si ça n'était pas le cas, je serais déjà repartie dormir dans mon lit, chez moi.

Je l'attrapai par le bras pour l'amener face à moi.

— Tu vas te lasser, à force.

— Ça m'étonnerait beaucoup, soufflai-je, le désir au creux des reins.

— Il va falloir que je rentre à mon appart, commença-t-elle.

— On n'a pas déjà eu cette conversation, hier ? Et avant-hier ? Et le jour d'avant ? m'amusai-je en commençant à l'embrasser le long de sa mâchoire.

— Je ne me laisserai plus avoir par tes mains, ta bouche et tout ce qui avec, déclara-t-elle dans un souffle et en fermant les yeux.

— T'essayes de convaincre qui, là ? raillai-je.

Elle ouvrit ses prunelles turquoise, je plongeai tout entier dans l'océan de son regard. C'était foutu pour moi. J'étais à sa merci. Ses longs cheveux mouillés cascadaient jusqu'à ses reins, mes mains glissèrent de son épaule à ses fesses rebondies pour la serrer un peu plus étroitement contre moi. Charly se mit sur la pointe des pieds pour me dérober un baiser. Le plaisir explosa en un millier de fines particules dans toutes les parties de mon corps. Je goûtai à sa langue dans un ballet exquis de sensualité, mordis sa lèvre, embrassai sa mâchoire et son cou, caressai la pulpe de sa peau avec adoration.

— C'est pas à ce moment-là que t'essayes de résister à mes mains, à ma bouche et tout ce qui va avec ? lui susurrai-je à l'oreille, d'un air de défi.

— Tu es le diable ! parvint-elle à gémir.

— Ça veut dire non ? raillai-je.

— Je réessayerai demain.

— C'est ça. En attendant...

Je la retournai lestement pour la plaquer contre la paroi de la douche. Elle émit un petit son étranglé qui m'excita encore plus alors que je me frottais vigoureusement contre son petit cul. J'attrapai ses seins afin de titiller ses tétons puis descendis plus bas pour exciter son bouton rose et y glisser mes doigts. Son bassin se mit à osciller au rythme de mes caresses. Ma P'tite Furie se cambra tout naturellement pour se positionner au plus près de mon membre, tandis que je continuais de l'embrasser sous l'oreille en la mordillant de temps à autre. Elle se trémoussa davantage en gémissant. Bon sang, j'étais excité. La queue au garde-à-vous, je n'avais qu'une envie, être en elle et l'entendre jouir.

— Dis-moi, Charly, qu'est-ce que tu aimerais que je te fasse ? la défiai-je.

— Miles, feula-t-elle.

— Quoi ? répondis-je impérieusement.

Elle continua d'onduler contre moi. J'avais bien compris ce qu'elle désirait, je le voulais encore plus qu'elle, mais le fait de l'entendre de sa bouche serait encore plus jouissif.

— Ne me laisse pas comme ça, râla-t-elle.

Je souris.

— Qu'est-ce que tu veux, ma belle ?

— Toi ! Maintenant, ici. Je veux que tu me prennes dans cette douche.

Quel pied ! Sans me faire prier davantage, j'attrapai ses hanches et la pénétrai d'un seul et puissant coup de reins. Elle cria et se raidit en faisant glisser ses doigts contre le verre. Le ballet commença et je m'évertuai à entrer et sortir avec lenteur d'abord pour la mettre au supplice. Ses halètements étaient sans équivoque, elle appréciait autant que moi.

— Plus fort, Miles, souffla-t-elle.

Je la saisis plus fermement, mes assauts se firent vigoureux, sauvages. Le claquement de nos peaux résonnait dans le silence de la salle de bains, j'accélérai mes coups de reins au fur et à mesure de l'accroissement de mon désir et de ses cris. Je la sentis naître au plus profond de mes tripes, cette jouissance, elle éclata dans un son rauque au moment où j'entendis Charly crier de plaisir, plaquée contre la paroi de verre.

Je demeurai quelques instants contre elle, l'enserrant entre mes bras alors que sa poitrine se soulevait en rythme avec la mienne. *Bordel, quel pied* !

Ma P'tite Furie trembla sur ses jambes et je la rattrapai de justesse. Ce n'était pas bon pour mon ego qui était, selon elle, déjà démesuré.

— Tu m'as ruiné pour toutes les autres, mon cœur, déclarai-je dans un soupir d'extase.

Elle se raidit imperceptiblement. Certainement parce que c'était la première fois que je l'affublais d'un petit nom. Je l'entraînai doucement sous le jet d'eau et déposai un peu de gel douche dans ma paume pour la savonner délicatement. Elle se laissa faire, j'adorais ce moment. J'étais angoissé à l'idée de l'avoir effrayée avec ce mot qui était sorti sans que je puisse le contrôler. Ça m'était venu comme ça, naturellement. *Je t'en supplie, Charly, ne gâche pas ce moment.*

Je n'osais rencontrer son regard alors que je sentais le sien peser sur moi.

— C'est une façon intéressante de prendre une douche, déclara-t-elle au bout d'un moment.

Je relâchai la pression.

— Je trouve aussi. Personnellement, je risque d'y prendre goût, avouai-je d'un ton léger.

— Moi aussi, répliqua-t-elle.

On venait de passer un cap, j'en étais persuadé. Charly finissait de se shampouiner les cheveux et je sortis pour lui laisser un moment d'intimité. Mon cœur battait la chamade contre mes côtes. J'avais eu peur de la perdre... juste à cause de ce petit mot. Mon cerveau bugga puis redémarra en mode sans échec. Je ne voulais pas la perdre, je l'avais dans la peau. Bon sang, Charly était la femme de ma vie, celle qu'on ne s'attend pas vraiment à rencontrer quand on est un salaud de biker. Merci, l'univers.

J'étais descendu à la cuisine et nous avais versé deux mugs de café lorsqu'elle me rejoignit. Elle déposa un baiser sur ma joue et saisit la tasse au passage.

— Il y a un hic, lâcha-t-elle au bout d'un moment.

Je fronçai les sourcils.

— Quel hic ?

— J'ai adoré ce moment dans la douche... mais on n'a pas mis de préservatif, dit-elle en relevant les yeux vers moi.

Oups. Dans le feu de l'action...

— Pas d'inquiétude, je prendrai mes responsabilités si...

Elle sourit.

— Je suis sous pilule.

— Je vois. Je n'ai pas eu de rapports depuis un peu plus de six mois et le dernier était protégé, mais je peux aller faire un test pour te prouver...

— On le fera ensemble. Ça nous permettra justement de ne plus être obligés d'y penser à chaque fois, déclara-t-elle sur le ton de la conversation, comme si on parlait de tout et de rien.

Immobile, les yeux fixés sur elle, j'avais envie de contourner le comptoir, de la prendre dans mes bras et de l'embrasser... de l'embrasser et de lui refaire l'amour, ici et maintenant. Ce n'était plus un cap, là, on avait carrément passé plusieurs niveaux. Elle envisageait un futur stable... avec moi. Un sourire débile fleurit sur mes lèvres.

— Attention, tu risques d'y prendre goût, et de ne plus vouloir partir d'ici, la prévins-je en riant.

— C'est trop tard, avoua-t-elle en croisant mes yeux.

Nous restâmes quelques secondes à nous observer, comme si nous étions seuls au monde.

— Mes gardes du corps ne sont pas encore arrivés ? s'enquit-elle finalement.

— Tu as droit au chef pour toi toute seule, ce matin.

— C'est vrai ? Tu n'as rien de prévu ?

— À part toi ? Non.

— Alors on peut passer chez moi ? Il faut vraiment que je relève le courrier et que je prenne des affaires, sinon je vais finir avec tes t-shirts et ton cuir.

Je lui adressai un sourire mutin.

— Je te vois bien avec un cuir des Bloods... mentionnant que tu m'appartiens, glissai-je en la fixant intensément.

Elle essaya de lire dans mon regard si j’étais sérieux ou si c’était juste une façon de parler... *Charly, laisse-moi devenir le seul mâle dans ta vie et dans ton lit !*

— On verra..., se contenta-t-elle de répondre.

Ce n’était pas un non franc et résolu. Mes lèvres s’ourlèrent d’un sourire en coin.

— Très bien, on va passer par ton appart. Prends un gros sac... parce que tu risques encore de perdre dans les prochains jours, l’avertis-je.

Elle leva les yeux au ciel et alla chercher sa veste.

Le ciel était nuancé de rose, d’orangé et de bleu clair. C’était un magnifique lever de soleil sur Indianapolis. Je zigzaguai entre les bagnoles des citoyens lambda qui allaient bien sagement au boulot, Charly accrochée à mon bassin. Nous attirions les regards des curieux, mais je n’en avais rien à foutre, et elle non plus. Au bout d’un petit moment, je remontai l’avenue qui menait à son appart. Je n’avais pas encore eu l’occasion de le visiter, et l’idée d’une prochaine virée nocturne entre ses draps me fit sourire.

Elle m’indiqua son immeuble, un bâtiment en briques rouges aux larges fenêtres, haut de quatre étages. Je garai ma Harley sur le trottoir. Plutôt chic comme endroit, bien éloigné du bar et des gens peu fréquentables, comme moi. Charly descendit de la moto.

— Tu grimpes ? me demanda-t-elle.

— C’est une proposition indécente pour baptiser ton appart ? lançai-je avec avidité.

— J’aimerais bien, mais je serais en retard au boulot, et je le suis déjà assez depuis un moment.

— Vas-y, prépare ton sac, je t’attends ici en fumant une clope.

Elle déposa un léger baiser sur mes lèvres puis s'engouffra dans le hall. Je m'appuyai contre ma bécane et allumai ma cigarette. À travers mes lunettes de soleil, je contemplai le ciel et la lente ascension du soleil derrière les hauts buildings.

Du coin de l'œil, je vis arriver un type, propre sur lui, mais pas habillé à la dernière mode, plutôt avec des fringues de l'Armée du Salut. Plutôt grand, je lui donnais la cinquantaine.

— Indy est revenue ? m'interpella-t-il.

— Pt'être bien, répondis-je sans tourner la tête.

— C'est avec toi qu'elle traîne ?

Je me redressai.

— T'es qui, toi ? m'enquis-je d'un air méfiant.

— Je suis Jack.

Elle m'avait parlé de ce mec, un SDF à qui elle prêtait son local pour dormir et entreposer ses affaires. Il lui renvoyait l'ascenseur en jouant les veilleurs sur les courses illégales. Son histoire n'était pas jolie. Pauvre gars.

— Elle est passée chercher des affaires.

— Elle ne reste pas, alors ?

— Non.

— C'est toi qui veilles sur elle, dorénavant ?

— On peut dire ça comme ça.

— Tant mieux. Elle est plus en sécurité ailleurs, surtout avec ce mec qui rôde.

Je me raidis et me tournai vers lui.

— Quel mec ?

Il haussa les épaules.

— Tu le connais ?

— Non.

— Il est déjà venu chez elle ? poursuivis-je pour en apprendre plus.

— Pas que je sache. Je l'ai vu traîner trois fois par ici. Il se renseigne discrètement.

— C'est un biker ?

— Pas cette fois.

— Comment ça, pas cette fois ?

J'enlevai mes lunettes et observai le fameux Jack dans les yeux.

— Il y a quelque temps, des bikers dans ton genre sont venus rôder dans le coin et poser des questions. J'avais prévenu la petite. Malheureusement, elle n'a plus personne en ce monde pour veiller sur elle. Je pensais que le petit blondinet qui lui tournait autour prendrait soin d'elle, mais on ne le voit plus depuis un moment.

Et ça me rassurait d'ailleurs.

— C'est moi qui veille sur elle, dorénavant, affirmai-je d'un ton résolu. Tu l'as vu quand pour la dernière fois, ce mec ? À quoi il ressemble ?

— Taille moyenne, cheveux mi-longs, châtain clair. L'air pas commode, il portait un cuir, mais il n'y avait pas de logo dessus. Pas un biker dans ton genre, je veux dire de ceux qui trempent dans les sales affaires.

— Dis donc, t'as l'œil, toi ! C'est la moto qui t'a mis sur la voie ? lâchai-je avec sarcasme.

— Arrête ton char ! Je vois bien que tu es inquiet. Je n'aime pas les gars comme toi, mais si tu as pour but de la protéger, alors je suis prêt à oublier que tu fais partie de ces sales morveux, répliqua-t-il avec une pointe de mépris.

— C'est parce que toi et moi, on a le même objectif que je vais oublier ce que tu viens de dire, l'ancien.

Je sortis une carte de la poche de ma veste, celle du club.

— Si tu revois ce mec traîner ici, ne tente rien, appelle le club. Demande Miles, Slash ou Sullivan.

Il attrapa la carte et hocha la tête.

— Prends soin d'elle, me recommanda-t-il.

— Comme à la prunelle de mes yeux, conclus-je en remettant mes lunettes de soleil.

Charly redescendit quelques minutes plus tard avec son sac. Elle aperçut son protégé qui s'était éloigné et s'avança vers lui pour le saluer. Ils discutèrent un petit moment, puis elle revint s'installer derrière moi.

— C'est Jack, dont je t'ai déjà parlé.

— Faudra que tu me le présentes, un de ces quatre.

Pas question de l'inquiéter pour rien, tant que je n'aurais pas plus d'infos sur ce mec qui rôdait autour de son appart. En revanche, il était encore moins question qu'elle revienne dormir ici, toute seule. Il allait falloir que je me mette des gars sur le coup.

— Tu verras, il est très sympa. Je l'aime bien, il se balade avec les photos de ses filles. Il aimerait bien pouvoir les revoir un jour.

— J'imagine que ce ne doit pas être facile pour lui d'être séparé d'elles.

— Non. J'espère qu'il aura l'occasion de les revoir, c'est pour ça qu'il met l'argent des courses de côté.

— T'es un petit démon protecteur, finalement ? remarquai-je avec désinvolture.

— Je n'ai pas fait grand-chose de bien dans ma vie, mais si je peux aider ce père à retrouver ses enfants, alors j'en serai heureuse.

Je jetai mon mégot dans le caniveau, et lui embrassai le front avant de pivoter sur ma selle pour mettre le contact. Il était temps de ramener P'tite Furie à sa *team*.

Une fois devant le garage, je l'avais déposée après l'avoir embrassée. Elle m'avait fait promettre de ne pas venir saluer l'équipe Angel afin de ne pas donner l'occasion à son frère de me chercher. D'après ce que j'avais pu comprendre, il ne tolérait toujours pas notre « relation » et s'évertuait à la convaincre de retourner en Floride avec lui. Je supposais que c'était pour cette raison qu'il n'était pas encore reparti. Son côté surprotecteur commençait sérieusement à m'échauffer, surtout qu'il s'était tout de même barré en laissant sa petite sœur de dix-huit ans se démerder toute seule. Je n'arrivais pas à digérer ça.

En me rendant au bar, la conversation avec ce Jack me revint à l'esprit. Qui pouvait bien être ce type qui rôdait autour de son appart ? S'il portait un cuir, ça pouvait être un motard, l'un de ceux qui ne faisaient partie d'aucun club ou qui cherchaient à n'importe quel prix à y entrer. Si c'était le cas, j'allais apprendre à ce petit mec à ne pas jouer dans la cour des grands et à ne pas s'approcher de la femme d'un prés' de MC.

Arrivé à destination, je garai ma moto à côté de celles de mes acolytes. Le soleil était complètement levé désormais et la journée s'annonçait belle et chaude. L'envie d'emmener ma P'tite Furie en balade pour nous changer les idées me tira un sourire en coin. J'imaginais déjà la longue chevauchée sur les routes, le vent dans le dos, les paysages sauvages, la liberté... Tout un programme s'établissait dans ma tête, avec une escale finale où je pourrais encore lui soutirer des gémissements de plaisir.

J'entrai par l'entrée principale du bar, certains habitués étaient déjà là. Je saluai mes frères au fur et à mesure de ma progression dans la pièce, avisai Scott près du jeu de fléchettes. À la manière dont son bras se contractait, je remarquai qu'il était sur les nerfs. Il râlait sur le pauvre moniteur qui indiquait le score, mais c'était surtout son agacement qui faussait ses tirs. Je m'approchai de lui, attrapai une fléchette au sol, visai, ajustai mon tir et percutai le cercle rouge au centre. Il m'adressa un regard noir.

— Salut mon pote ! commençai-je. T'as l'air... contrarié.

— Ça va, grogna-t-il.

Je haussai un sourcil dans sa direction.

— Quoi ? grogna-t-il encore.

— Ta mauvaise humeur n'aurait rien à voir avec le fait que tu tiens le bar depuis une semaine ?

Il ne répondit pas, son silence était éloquent.

— Désolé. J'ai envoyé chacun d'entre nous sur une mission bien précise et j'avais besoin de quelqu'un de sérieux pour tenir les murs, lui révélai-je.

Il souffla, lança nonchalamment son dernier projectile et me rejoignit sur la banquette en soufflant.

— C'est à ce point-là ?

— Je te remercie de me faire confiance, mais sincèrement, je suis un homme de terrain. Ma moto me manque, zoner avec mes potes me manque, l'action en général me manque, m'avoua-t-il en lorgnant la porte du bar avec envie.

— Est-ce que tu as eu des nouvelles des gars ou de Brad ? m'enquis-je.

— Non. Du moins, pas depuis hier soir.

Je baissai la tête et fronçai les sourcils, ennuyé.

— Comment va Indy ? reprit-il.

Je tiquais toujours lorsque les autres la désignaient par ce surnom. Pour moi, elle était Charly. Néanmoins, le fait que je sois l'un des seuls à utiliser son prénom me donnait l'impression d'être un privilégié, d'être le seul impliqué réellement dans sa vie.

— Ça va. Elle est toujours sous notre surveillance, même si je pense que les Souls ne retenteront pas de sitôt de tourner autour d'elle.

— Darius a sûrement compris qu'elle était plus qu'une simple relation commerciale et qu'il ne fallait pas empiéter sur tes plates-bandes. Nous aussi, par la même occasion.

Je relevai brusquement la tête dans sa direction, l'interrogeant du regard. Depuis quand Scott avait-il des vues « sérieuses » sur Charly ?

— Pourquoi, tu avais des plans pour elle ? m'informai-je.

Je savais que Jay avait craqué, mais Scott n'avait fait que des allusions, sans jamais tenter sa chance.

Il haussa les épaules.

— Je la trouve pas mal. Dès le début, son côté sauvage et son profil de pilote et de mécano m'ont bien accroché.

Je restai dubitatif en l'observant. Fallait-il que je la revendique publiquement devant tous les Bloods ?

— Ne t'inquiète pas, Miles, se marra-t-il devant mon air renfrogné, j'ai vite réalisé que cette fille te faisait de l'effet. Et puis, quand on t'a vu rameuter tous les frères et retourner la tanière de Darius pour la récupérer, on a tout de suite compris qu'elle deviendrait sûrement la régulière du prés'. C'est la seule fille que tu laisses te défier aussi impunément.

— Donc... sans rancune ? demandai-je en lui tendant mon poing.

Il le frappa du sien dans un geste amical.

— C'est bon mais, pitié, ne me laisse plus ici tout seul avec les anciens et les filles.

— Ça marche. De toute façon, j'ai un truc au chaud pour toi.

Ses yeux étincelèrent, un sourire releva les coins de sa bouche.

— Là, tu m'intéresses, boss !

— En accompagnant Charly au boulot ce matin, nous sommes passés par son appart. Le SDF qui traîne là-bas, et qu'elle connaît, m'a dit qu'un gars bizarre tournait autour de son immeuble et posait des questions à son sujet.

— C'est qui ce mec ? demanda Scott en fronçant les sourcils.

— Aucune idée, taille moyenne, cheveux mi-longs, châtain clair. Il portait un cuir.

— Un cuir ? Quel club ?

— Justement, aucun.

— Tu veux que j'aille sur place ? Histoire de surveiller et de me renseigner ?

— C'est l'idée.

— Ça marche. Je décolle, on se tient au courant.

Scott se leva, attrapa son cuir sur le dossier du fauteuil et n'attendit pas pour jouer les filles de l'air. Je secouai la tête en me marrant, puis hélai Bonie afin qu'elle m'apporte un café.

— Salut boss.

— Salut Bonie. Tout va bien avec les filles ? Pas de soucis spécifiques ?

— Non, ça roule. T'as pas à t'inquiéter pour nous. Comment se porte ta P'tite Furie ?

— Ma P'tite Furie ? relevai-je en souriant.

— J'ai entendu les gars en parler, et puis j'ai assisté à vos joutes verbales. Une sacrée petite nénette qui n'a pas froid aux yeux, et pas peur de toi, d'ailleurs, railla-t-elle.

— C'est sûr que c'est un sacré numéro.

— En tout cas, t'as l'air heureux, Miles, et ça fait plaisir à voir, déclara-t-elle avec un clin d'œil en repartant vers le bar.

Heureux ? C'était carrément ça, et même plus. Les emmerdes n'allaient sûrement plus tarder à me tomber dessus. Je saisis la tasse sur la petite table. Au même moment, mon portable se mit à vibrer. Je jetai un œil sur l'écran : *P'tit Génie*. Je décrochai rapidement.

— Salut mon pote, t'as des nouvelles pour moi ?

— Salut boss, j'ai une bonne et une mauvaise nouvelle. Mais il vaudrait mieux que tu rappliques ici.

— OK, j'appelle Sullivan et Slash. On sera là d'ici vingt minutes.

Je raccrochai et composai le numéro de mon second.

— Yep, boss ?

— Slash, ramène-toi chez Antony avec Sul'. Y'a du nouveau... mais ne dis rien à Sally tant qu'on ne sait pas ce qui se passe réellement.

Je raccrochai, finis mon café et me levai pour attraper ma veste.

— Bonie ! Tu tiens la maison pendant mon absence. Au moindre couac, tu m'appelles.

Elle hocha la tête et leva le pouce pour m'assurer qu'elle avait bien compris. Je fonçai vers les portes en saluant les gars, me demandant si la mauvaise nouvelle avait quelque chose à voir avec Brad.

CHAPITRE 28
MILES
CONSPIRATION

Je traversai la ville et les quartiers chauds d'Indianapolis, ceux qui étaient sous notre sphère d'influence. Je roulais pleins gaz, flirtant dangereusement avec les limitations de vitesse. Toute cette histoire tournait dans ma tête. Où était Brad ? Pourquoi en arriver à de telles extrémités pour une connerie de fournisseur ?

Je déboulai devant l'immeuble d'Antony. Les motos de Slash et Sullivan étaient déjà là, eux également avaient dû faire fi du Code de la route. Je garai ma Harley, saluai les gamins du coin et m'engouffrai dans l'immeuble. Je grimpai quatre à quatre les étages. La porte était entrouverte, j'étais attendu. Je refermai derrière moi puis m'avançai dans le long couloir qui menait à la chambre et au bureau d'Antony. Slash était debout contre le chambranle de la porte, les bras croisés, arborant une tête de tueur ; Sul' était assis sur le bord du bureau et discutait avec notre geek. Eux aussi affichaient des têtes d'enterrement. Slash m'aperçut, il donna un coup dans le bras de mon *Road Captain*, les deux gars se tournèrent dans ma direction. Je n'aimais pas du tout ça. Sul' se redressa immédiatement.

— Qu'est-ce qui se passe ?

— J'ai retrouvé la trace de Brad. Il se planque dans un petit motel à la périphérie de la ville, déclara Antony.

Je fronçai les sourcils.

— Dans un motel ? C'est quoi cette histoire ?

— Aucune idée. Ses dernières transactions bancaires révèlent qu'il est là-bas depuis plus d'une semaine. Il n'a pas appelé Sally, ni ses enfants, ni personne d'ailleurs, et ses achats ne concernent que le motel et le fast-food d'à côté.

J'échangeai un regard avec Slash et Sul'.

— Il se planque ? suggéra mon second.

— Ça en a bien l'air, répondis-je. Mais la question est : pourquoi ? Qu'est-ce qu'il a foutu pour devoir se tirer et abandonner sa famille comme ça ?

— Il a peur de qui ? intervint Sullivan.

— Bonne question. Je suppose que c'était la bonne nouvelle ?

P'tit Génie acquiesça.

— La mauvaise, c'est que quelqu'un est parvenu à griller mes pare-feu. Je m'en suis rendu compte ce matin, quand j'ai vu l'alerte sur mes écrans. Je m'y suis mis tout de suite pour limiter les dégâts et reprogrammer le réseau et sa sécurité. Mais le type avait déjà trouvé certaines infos... On a eu un problème sur le compte B.

B comme blanchiment : celui de la drogue, des trafics en tout genre et des filles. Le fric qu'on réinjectait dans des affaires plus légales pour ne pas trop attirer l'attention sur nous. C'était vraiment fâcheux, voire merdique.

— Combien ? lâchai-je.

— Trente-cinq mille. J'ai pu intervenir avant qu'il ou elle ne vide le compte, lâcha Antony d'une petite voix.

Slash jura derrière nous, Sul' passa la main dans ses cheveux. C'était une putain de mauvaise nouvelle.

— On peut les récupérer ?

— Peut-être, mais je ne peux rien assurer. C'est pas n'importe qui, Miles. Celui qui a fait ça touche sa bille en informatique. Mes clés et codes de contrôle sont quasiment inviolables. Ce n'est certainement pas le geek boutonneux du coin qui s'éclate devant son ordi le samedi soir parce qu'il s'ennuie. Et puis, il savait qu'on avait un compte B...

— Un Blood ? s'indigna Sul'.

— Pas à ma connaissance. Aucun de nos frères ne possède les compétences suffisantes pour monter une telle cyber-attaque.

Le silence s'abattit sur la pièce. Je pris quelques secondes pour digérer la nouvelle et faire le point. Y'avait-il un lien entre Brad, l'histoire de la descente, et maintenant cette attaque sur nos comptes ?

— Brad n'est jamais venu te voir ? Du genre pour te demander comment tout ça fonctionne ? me renseignai-je.

— Tu veux dire pour lui soutirer des infos à revendre à quelqu'un ? s'enquit Slash.

Je hochai la tête tout en continuant de fixer Antony.

— Non, il n'est jamais venu ici, et ne s'est même jamais intéressé à ce que je faisais, m'informa P'tit Génie.

— Tu crois que c'est lié à Brad ? me demanda Sullivan.

— Je ne sais pas. Justement, je me posais la question. Est-ce qu'il y a un lien entre ces deux histoires ou est-ce juste un concours de circonstances qui fait que tout ça nous tombe dessus au même moment ?

— Tu penses à quoi ? s'inquiéta encore mon *Road Captain.*

— Je pense qu'Antony va tenter de rétablir la situation et nous récupérer ce pognon. Il n'y a que toi qui puisses nous sortir de cette merde, P'tit Génie. Consolide aussi les accès à tous les comptes, efface les dossiers compromettants ou envoie-les au fin fond du dark Web.

Il hocha la tête et se concentra sur ses écrans en tapant à toute vitesse sur son clavier.

— Nous, on file au motel pour éclaircir les choses avec Brad et lui demander ce qu'il fabrique.

Sullivan et Slash se redressèrent, prêts à partir.

— On a l'adresse ? lançai-je à Antony.

Il me tendit un Post-it.

— OK. Surtout, si ça bouge ou que tu trouves la moindre info sur ce fils de pute de hacker, tu nous tiens au courant, lui intimai-je.

— Sans faute, boss.

— C'est bon, les gars, allons retrouver Brad.

Une demi-heure plus tard, nous avions pris le périphérique, traversé les quartiers du sud-est de la ville, pour se retrouver à Arlington Road. Le motel était situé dans les quartiers pauvres, assez éloigné du centre, mais aussi du bar. Le bâtiment gris et hideux, construit en forme de U, ne payait pas de mine et s'élevait sur deux étages. Un escalier extérieur desservait toutes les chambres, la piscine au centre n'avait pas l'air d'avoir connu un bon nettoyage depuis longtemps. Un petit parking était accolé à la longue bâtisse, seules deux voitures et une moto y étaient garées.

J'avais fait signe aux gars de couper les gaz avant de l'atteindre, car Brad aurait tôt fait de reconnaître le bruit de plusieurs Harley et je n'avais pas envie qu'il fiche le camp ou fasse n'importe quoi qui aurait causé du souci à sa femme.

Le soleil était haut dans le ciel, pas un nuage ne venait obscurcir ce ciel azuré. C'était une belle journée pour aller faire une balade, en aucun cas pour coincer l'un des nôtres dans ce taudis. Je relevai mes lunettes de soleil, Slash et Sullivan m'imitèrent.

— Slash, fonce à l'accueil pour te renseigner sur son numéro de chambre. Utilise le pognon, pas la force. Inutile de faire du grabuge et de faire peur à l'ancien.

Il hocha la tête, descendit de sa moto et fonça vers l'accueil. Sullivan se redressa puis s'approcha de moi, tout en observant les différentes fenêtres qui s'alignaient le long de la construction.

— Je ne suis pas sûr qu'il y ait une femme de ménage dans ce taudis. T'as vu les fenêtres ? Elles sont grises. Je n'ose même pas imaginer l'état des draps, constata-t-il.

— C'est clair que je n'y passerais pas mes vacances, mais si Brad est venu se terrer ici, c'est qu'il a vraiment un problème.

— Il est juste à côté de l'autoroute du Sud.

— C'est ce que j'ai remarqué. Donc il est prêt à se barrer dans un autre État à la moindre anicroche.

— En laissant Sally et les gosses ? s'indigna Sul'.

— Apparemment. Il est vraiment dans une sacrée merde, commentai-je en m'avançant vers Slash qui revenait en trottinant.

— Deuxième étage, bâtiment C, chambre 234, annonça-t-il.

— Pas de problème ? m'enquis-je en suivant les panneaux indicateurs sur les façades.

— Aucun. Un rouleau de billets verts et le mec a tout déballé. Il a bien compris que, dans son intérêt, il valait mieux qu'il oublie notre rencontre.

— Impeccable. On monte tranquillement jusqu'à sa chambre. Est-ce qu'il y a une autre issue derrière le bâtiment ?

— Non, j'ai déjà regardé. Il est obligé de sortir de ce côté-ci et d'emprunter l'escalier, m'informa Slash.

— On sort l'artillerie lourde ? me demanda Sullivan.

— C'est de Brad qu'on parle, les gars, s'insurgea mon second.

— Parce que tu crois que ça me fait plaisir de partir à la recherche d'un de mes frères ? D'autant plus qu'il s'agit de lui, le rabrouai-je.

— C'est un biker, et un Blood. Mais c'est surtout un mec acculé, ajouta Sullivan.

— OK. Vous sortez vos flingues et assurez mes arrières. Je vais y aller franco pour obtenir sa confiance. Si ça tourne mal, c'est à vous de jouer.

Ils hochèrent la tête et dégainèrent leur arme. Dans un geste synchrone, ils ôtèrent la sécurité. D'un signe de tête, je donnai le signal et grimpai avec Slash l'escalier de gauche, Sul' prit celui de droite. Nous nous rejoignîmes devant la chambre 234. Tout ça ressemblait à un mauvais film policier. Les gars se positionnèrent de chaque côté de la porte, l'arme au poing. Je me plaçai devant et leur adressai un dernier regard. Ils acquiescèrent.

— Brad ? T'es là, mon vieux ? lançai-je en donnant quelques coups contre le battant.

Je m'attendais à entendre un branle-bas de combat de l'autre côté, à le voir débouler comme un éperdu pour prendre la fuite. Étonnamment, rien de tout ça ne se passa. Une sombre image surgit dans mon esprit, celle d'un corps se balançant au bout d'une corde. Finalement, je préférais qu'il cherche à se débiner plutôt que de devoir annoncer à sa femme qu'il s'était pendu, ou pire.

— Brad ? Mon pote, on ne te veut pas de mal, on veut juste parler, d'accord ?

J'entendis des pas sur le plancher, ce qui m'apporta un bref répit. Il n'était pas mort. Le déclic d'un verrou et le tintement d'une chaîne qu'on retire nous indiquèrent qu'il était prêt à discuter.

La porte s'ouvrit lentement. La pénombre qui régnait dans la pièce me laissa à peine entrevoir la silhouette et le visage de notre ancien.

— Miles, mon gars, je suis heureux et soulagé de te voir, lâcha-t-il dans un soupir.

— Tu nous laisses entrer ? m'enquis-je.

Il acquiesça. J'adressai un signe de tête à mes frères afin qu'ils rangent leurs armes. Je poussai doucement le battant, laissant pénétrer la lumière éclatante du soleil dans la chambre. Brad plissa les yeux. Nous entrâmes chacun notre tour. Notre hôte alla s'asseoir sur le bord du lit défait. Je fis un rapide état des lieux : volets fermés, sac de voyage ouvert dans un coin, canettes de bière vides au sol, cartons de pizza et papiers de fast-food en tout genre s'amoncelaient sur la table. Son Glock était chargé et posé sur la table de chevet. Il était sur le qui-vive et prêt à partir à la moindre alerte.

— Slash, dis-je en indiquant la porte.

Ce dernier se plaça devant et leva d'un tiers les persiennes afin de surveiller ce qui se passait au-dehors.

— Ben alors, mon vieux, qu'est-ce qui se passe ? On t'a cherché partout. Sally est morte d'inquiétude et tes gosses aussi, l'informai-je.

Il portait un vieux t-shirt, sa barbe dévorait tout le bas de son visage et il arborait des cernes violets. Brad était dans un triste état. On voyait bien qu'il n'avait pas dormi correctement depuis un moment.

— J'ai fait le con, Miles. Si t'es venu pour en finir, fais-le vite.

— Qu'est-ce que tu racontes ? On n'est pas là en expédition punitive, on est venus te chercher parce qu'on s'inquiétait. Il se passe quoi ? C'est le nouveau fournisseur qui te cherche des noises ?

Il se ramassa sur lui-même comme une bête craintive. Je fronçai les sourcils. Je n'aimais pas ce que je voyais.

— Je ne peux pas retourner chez moi. Ils vont les tuer, s'agita-t-il soudain.

J'échangeai un regard avec Sullivan.

— Qui ? De qui tu parles ? lui demanda-t-il.

— Je ne sais pas.

— Comment ça, tu ne sais pas ? Tu ne les as pas reconnus ? Ils étaient combien ? enchaîna Sul'.

— Ils étaient deux. Le premier portait un capuchon, il est resté dans l'ombre, tout en me menaçant de son arme. L'autre avait des cheveux courts, blonds, était plutôt grand... Je ne les avais jamais vus avant.

Je plissai les yeux et tentai de passer en revue dans ma tête tous les types blonds, plutôt grands qui nous en voulaient ou nous cherchaient des ennuis. Mais je n'aurais pas assez de ma journée.

— C'est des bikers ? Des membres de MC ? intervint Slash, derrière moi.

— Ils n'en avaient pas l'air, en tout cas.

— C'est quoi ce bordel ! jura mon second.

— Comment sont-ils entrés en contact avec toi ? poursuivis-je.

— On avait des soucis d'argent, Sally et moi. On pouvait plus financer les études de Sarah. Un gars m'a contacté en me disant qu'il avait une affaire à me proposer. C'était tout bénéf pour moi et le club, et y'avait rien à craindre, mais tu me connais, je suis plutôt méfiant de nature. Alors, quand j'ai rencontré ce mec, j'y suis allé avec beaucoup de prudence. Le type m'a montré la marchandise, la came était de bonne qualité, bien coupée et le prix qu'il en demandait était carrément attractif. Ça nous aurait permis d'économiser un max, en plus j'avais droit à un pourcentage pour avoir mis le club en relation avec lui. J'en ai donc parlé à Slash et j'ai organisé un rendez-vous.

Je tournai la tête vers ce dernier, il opina pour confirmer.

— Mais au second rendez-vous, avant la transaction finale, ce n'était plus Diego que j'avais en face de moi... c'étaient ces deux-là. Ils m'ont menacé de s'en prendre à Sally et aux gosses. Ils connaissaient tout de nous, les écoles des gamins, mon adresse, le lieu où bosse ma femme, même nos numéros de compte. Si je ne jouais pas le jeu jusqu'au bout... ils s'en prenaient à ma famille.

— C'est eux, la descente de flics ? voulus-je m'assurer.

— Oui.

— T'aurais dû venir nous en parler, mon gars, intervint Slash.

— Surtout que Miles t'aurait aidé pour le fric, renchérit Sul'.

— Quand j'ai su qu'il y avait eu une perquisition des stups au bar, je me suis senti mal. J'ai pris mes affaires et je suis venu me planquer. Je me suis dit que si j'étais loin du club et de Sally, ils n'auraient plus aucun moyen de se servir de moi contre vous.

— Des vrais fils de..., s'énerva Slash dans mon dos.

— Comment ces mecs peuvent-ils être aussi bien renseignés ? réfléchis-je tout haut. À moins d'être eux-mêmes des bikers, ou de faire partie des Bloods. Je ne comprends pas comment ils peuvent être aussi bien informés... C'est ça qui me fait chier !

— Finalement, les flics n'ont rien trouvé ? s'inquiéta Brad.

— Non. Grâce à un élément de surprise dont ils n'ont pas tenu compte, lui expliqua Sullivan.

— Ils n'ont pas connaissance de *son* existence et de *son* rapport avec nous... puisqu'ils ne l'ont pas prise en considération. Donc ce ne sont pas des Bloods, énonçai-je.

— Comment ont-ils su que tu avais des problèmes de fric ? Même nous, on n'en savait rien. Et je suppose que tu n'as pas crié ça sur tous les toits, reprit Sul'.

— J'en sais trop rien. Il n'y a que Sloane qui était au courant de mes dettes. En tout cas, ils connaissaient tout l'historique de mes dépenses et savaient ce qu'il me restait à la fin du mois. Ils avaient aussi connaissance du montant des échéances de mes prêts et du coût des études de Sarah.

— Pour savoir ça, ils ont dû avoir besoin d'..., commença Sul'

— Un ordi et une connexion internet, terminai-je en pinçant les lèvres.

— Ce sont eux, les bâtards de hackers ? s'écria tout à coup Slash.

— Ça serait trop gros pour être une coïncidence... Quelqu'un cherche à nous faire plonger ! assénai-je.

Sullivan tourna soudain la tête vers moi, Slash riva son regard au mien.

— Putain, mais c'est qui ? s'insurgea mon second.

— C'est ce que j'aimerais bien savoir... Slash, tu pars avec des gars et tu mets Brad et sa famille dans le QG sécurité.

— Lequel ?

— Celui connu de nous six, répondis-je.

— Ça marche.

— Merci, Miles, intervint Brad.

— Tu me remercieras quand cette merde sera derrière nous. Sul', on repart au bar. Il faut réunir tout le monde, les prévenir de rester sur leurs gardes et de mettre leurs familles à l'abri. Pareil pour Scott, Jay, Angel... On ne sait pas qui sont ces types et jusqu'où ils sont prêts à aller.

Sullivan sortit son portable de sa poche et commença à pianoter sur l'écran.

— Et pour... ? demanda-t-il avant de lancer son appel.

Nous faisions bien attention de ne pas prononcer son prénom... Ne sachant pas à quel point Brad avait été menacé, il nous était impossible de lui faire confiance à cent pour cent. Dans ma tête, ceux sur qui j'aurais pu parier mon titre et ma tête étaient au nombre de cinq... comme les cinq doigts de ma main.

— À partir de maintenant, je m'en occupe personnellement, affirmai-je d'un air résolu.

Brad ramassa ses affaires rapidement puis suivit Slash. Sullivan était déjà au téléphone pour faire passer le message. Il me fallait placer tout le monde en état d'alerte, mais avant, je devais récupérer ma P'tite Furie.

J'effectuai le chemin jusqu'au garage des Angels en une quarantaine de minutes. Le motel de Brad n'était pas du même côté de la ville et j'en étais soulagé. Avant de parler à mes frères, je voulais la savoir en sécurité. Ces mecs, qui qu'ils soient, n'avaient pas encore fait la relation entre elle et moi, mais au rythme où allaient les choses, ce n'était qu'une question de temps. La plupart des gars avaient compris qu'il y avait un truc entre nous, même si je n'avais encore rien officialisé. N'importe qui aurait pu, sans le vouloir, cracher le morceau ou faire une allusion à la P'tite Furie qui mettait le prés' dans tous ses états. Désormais, elle était la cible numéro 1 à abattre ou à enlever pour m'atteindre. Je n'aurais pas l'esprit tranquille si je la savais en péril...

Je garai la Harley devant l'immense bâtiment en tôle. Une dizaine de bagnoles étaient stationnées sur le petit parking jouxtant le garage. On comprenait vite que les affaires marchaient bien pour eux. Je jetai un coup d'œil autour de moi, j'avais conscience que, peut-être, j'étais suivi ou surveillé. Paranoïa ? Sans doute, mais je ne fréquentais pas des enfants de chœur, et j'avais tellement bien développé mon chapitre que les Bloods d'Indianapolis étaient devenus un adversaire à éliminer. J'approchai de l'entrée qui donnait sur les ateliers, ôtai mes lunettes de soleil pour chercher une silhouette bien familière que j'aimais caresser et tenir dans mes bras. Je m'attendais à ce que son frère me tombe illico dessus. J'allais le remettre tout de suite à sa place, ce n'était pas le jour. Luis, le latino, s'approcha de moi, perplexe, un chiffon dans les mains.

— Monsieur Rivera ? s'enquit-il.

— Salut Luis. Tu sais que tu peux m'appeler Miles.

Il parut gêné, alors qu'il m'avait fait un brin de causette il y a plus d'un mois de ça, pour la première fois.

— Je ne sais jamais comment t'aborder, m'avoua-t-il.

— Le plus normalement du monde, me contentai-je de répondre.

— OK. Je peux faire quelque chose pour toi ?

J'avisai le regard curieux de sa petite sœur à travers l'immense fenêtre de son bureau.

— Charly est dans le coin ?

— Indy ? Elle est dans l'atelier, derrière.

— Ça t'embête pas si je la rejoins ? J'ai besoin de lui parler, lui expliquai-je le plus calmement possible.

Il n'était pas question de mettre tout le monde en alerte.

— Non, non. C'est bon. Elle doit être sous la voiture qu'elle est en train de réviser.

Je hochai la tête et traversai l'un des ateliers.

— Au fait ? le hélai-je en me retournant.

— Ouais ?

— Blondinet et son frère ne sont pas dans les parages ?

Il se mit à rire.

— Non. Ils ont pris leur après-midi.

— En voilà une bonne nouvelle, répondis-je en ricanant.

Je déambulai entre les espaces de travail : à gauche se trouvait celui du Mexicain, il était en train de retaper un vieux chopper. À côté, un pont élévateur accueillait une Impala. Un peu plus loin, je repérai une porte close d'où s'échappaient des bruits sourds et une odeur singulière de décapant. On pouvait y lire, en lettres noires, « Carrosserie/Peinture ». C'était sûrement celui de Hope, sa copine blonde, et de l'autre gars que je ne connaissais pas bien. Les armoires étaient grandes ouvertes, emplies d'outils en tout genre. Sur le mur du fond se détachaient deux ailes noir et or, le logo des Angel's Road.

Je marchai dans cette direction, aperçus un couloir sur ma droite avec d'autres portes... Sûrement les commodités et un espace détente pour leurs pauses. Deux accès fermés se présentèrent à moi : « Atelier 1 » et « Atelier 2 ». Derrière l'un d'eux devait dormir le p'tit bolide de Charly. Je tentai le numéro 2 et entrai en refermant derrière moi.

Une énorme stéréo diffusait de la musique qui passait sur les ondes. Des néons illuminaient l'endroit, tout semblait calme. À première vue, on n'aurait jamais imaginé que quelqu'un se trouvait là. Je me déplaçai en silence dans la pièce et me rendis près de ce qui ressemblait à une Dodge Challenger des années 1970. Bon sang, elle avait la chance de bosser sur de sacrées belles bagnoles... Des mecs n'hésitaient pas à lui mettre leur petit bijou de collection entre les mains. Mon ego tout masculin se gonfla : ma femme était une mécano de talent et un pilote de génie. *Ne pas la prendre ici sur le capot, Miles, c'est pas le moment.*

Je m'adossai nonchalamment à la voiture et attendis quelques secondes. *1... 2... 3... 4...* Elle fit rouler sa planche de sous le moteur, histoire de vérifier à qui appartenaient ces boots. Charly se releva en vitesse, plutôt inquiète, puis ses épaules s'affaissèrent lorsqu'elle me reconnut. La vision du prés' des Bloods dans son atelier lui tira un soupir de soulagement... le monde à l'envers.

— Miles ? s'enquit-elle, avec un putain de sourire qui monta jusqu'à ses yeux.

Le pied total. Je décroisai les bras et la rejoignis. Je la saisis doucement par les hanches, elle enroula ses bras autour de ma nuque. J'avais besoin de la sentir contre moi. Je penchai la tête pour aller à la conquête de ses lèvres. Après un long baiser, qui fut comme une dose de came pour un junkie en manque, elle recula pour m'observer.

— Tout va bien ? s'inquiéta-t-elle.

— On peut parler ici ? T'es toute seule ?

— Bien sûr, répondit-elle en fronçant les sourcils.

— On a retrouvé Brad, commençai-je.

— Oh ! Et vu ta tête... je suppose que...

— Non, il va bien. Slash les a emmenés, lui et sa famille, dans une de nos planques.

— Une planque ? Pourquoi ? Qu'est-ce qui se passe ?

— Il n'a rien, en revanche, il avait les nerfs à fleur de peau.

— C'est à cause de la drogue ? s'informa-t-elle, les yeux ancrés aux miens.

— Ce matin, chez P'tit Génie, on a appris que les comptes du club avaient été piratés et qu'on nous avait fauché environ trente-cinq mille dollars. P'tit Génie, c'est notre informaticien, un geek, un virtuose qui surfe plus vite que son ombre sur le Net. Je t'en ai déjà parlé.

Elle écarquilla les yeux.

— Un piratage ? Je n'y connais pas grand-chose en informatique, hormis la base, comme beaucoup de monde, d'ailleurs. Mais il peut faire quelque chose ? Vous allez récupérer votre argent ?

— Il est en train de s'en occuper. J'ai entièrement confiance en lui.

Charly souffla sur une de ses mèches qui avait glissé devant ses yeux.

— Mais c'est quoi le rapport avec Brad ?

— Ben justement, ce n'est pas une coïncidence ! L'affaire du fournisseur, la descente des stups, la cyberattaque et Brad qui se planque dans un motel... tout est lié.

— Quoi ? s'inquiéta-t-elle carrément, Miles ? Il se passe quoi exactement ?

— Visiblement, quelqu'un cherche à faire tomber les Bloods d'Indianapolis, déclarai-je avec sérieux.

— Qui ? Tu penses que ce serait mon oncle ? Il a su que j'étais ici, que tu me protégeais et, pour se venger, il veut te faire tomber ? lança-t-elle à toute vitesse, prise de panique.

Je la repris dans mes bras pour la rassurer.

— Je ne pense pas. Il n'est pas au courant. Seuls Sul', Slash, Jay, Angel et Scott savent qui tu es, et j'ai confiance en eux. Toi aussi, tu peux. Mais il faut rester méfiants. Brad n'a vu que deux mecs, dont un blond, seulement, il n'a pas pu les identifier. C'est ce qui m'embête le plus, car il est plus facile d'abattre son ennemi quand on sait de qui il s'agit. Pour l'instant, j'ai fait mettre Brad et les siens en sécurité, puisqu'ils ont été menacés directement. Je dois me rendre au bar pour discuter avec les gars et mettre au point un plan de protection des familles avant de lancer l'offensive.

P'tite Furie releva la tête vers moi. Elle avait compris. C'était une Blood.

— T'es venu me chercher, n'est-ce pas ? lâcha-t-elle.

— Charly, commençai-je avec douceur, bien que ce ne soit pas officiel, tu es ce qui ressemble le plus...

— À ta régulière, dit-elle en hochant la tête.

— À ma femme, répliquai-je. Avec Cassidy, vous êtes les deux seules personnes que je veux mettre en sécurité. Je vais d'ailleurs envoyer Angel et Jayden à Chicago pour veiller sur ma p'tite sœur, le temps que je sache qui sont ces enfoirés ou que je règle cette histoire.

— Le temps que tu règles cette histoire ? Mais je ne peux pas rester planquée chez toi éternellement. Le garage ne peut pas tourner tout seul. Et je vais péter un plomb, moi !

— Blondinet n'est pas ton associé ? Il ne peut pas gérer, en attendant ?

— Miles ! C'est mon affaire ! C'est moi qui l'ai montée toute seule. Je suis partie de rien, je ne peux pas laisser mes amis, mes collègues et mes clients.

— Moi, je te parle de ta sécurité, rétorquai-je avec fermeté.

— Et Cassidy ? Elle va arrêter d'aller à la fac ? s'empressa-t-elle de m'opposer.

— Non. Mais connaissant Angel, il ne la lâchera pas d'une semelle.

— Elle va être aux anges, soupira-t-elle.

— Je vais l'appeler pour lui expliquer, et puis, elle vit encore chez mon père... dans une baraque ultra-protégée.

— Très bien, alors donne-moi une ou deux nounous qui me surveilleront ici et me ramèneront au loft quand j'aurai terminé.

— Charly, c'est moi qui gère ta sécurité, dorénavant ! Tu es ma...

Des bruits sourds résonnèrent contre la porte. Charly souffla et se retourna.

— Oui ! cria-t-elle pour se faire entendre. J'hallucine, il suffit que le président des Bloods entre dans mon garage et mes employés se mettent à frapper aux portes des ateliers, reprit-elle plus bas.

— C'est le charisme ! déclarai-je avec arrogance.

Elle leva les yeux au ciel. Luis passa la tête par l'entrebâillement.

— Hé, Indy, Miles. Désolé de vous déranger, mais... il y a un appel pour toi, annonça-t-il, un peu gêné.

— Prends le nom et le numéro, je rappellerai plus tard, lui indiqua-t-elle en se tournant de nouveau vers moi.

— Euh... c'est urgent ! C'est...

— Luis, je suis occupé là et...

J'assistais à cet échange bizarre. Finalement, être patron d'un garage, c'était un peu comme être le prés' d'un club.

— C'est pour les essais...

Charly se raidit dans mes bras, une étincelle brilla dans ses yeux. Qu'est-ce que c'était que cette histoire ?

— Tu prends le message, Luis, je rappellerai, lui intima-t-elle.

Le Mexicain ne se fit pas prier pour refermer la porte et repartir par où il était venu. Je la fixai intensément, dans l'attente qu'elle m'en apprenne plus.

— Tu vas rester ici toute la journée avec moi pour me surveiller, alors ? reprit-elle, comme si de rien n'était.

Je ne répondis pas tout de suite, l'observant en silence.

— Non. Je ne peux pas gérer mes frères, cette histoire et ta sécurité, ici. Au bar ou au loft, tu ne craindras rien.

— Miles, je ne vais pas rester enfermée toute ma vie.

— Qui a parlé de toute la vie ?

— À la moindre menace contre toi ou les Bloods, tu vas me mettre en sécurité et m'assigner à résidence ?

— Je ne t'ai jamais caché qui j'étais et ce que mon statut impliquait. Mon terrain de jeu, c'est la rue, mes copains de classe, des connards dans mon genre.

Elle recula et souffla.

— À quoi tu penses ?

— À rien.

— Charly, grondai-je.

— J'ai fui tout ça, je voulais une vie normale... Je savais que nous deux, ça serait compliqué et...

Je cillai. Je n'aimais pas la tournure que prenait cette conversation.

— Et quoi ? Je pensais que toi et moi, ça roulait plutôt bien, dernièrement ? Tu croyais qu'être avec moi, c'était habiter une petite maison de banlieue avec une clôture blanche, et le bus qui passe prendre les gamins le matin ?

— Arrête, je n'ai jamais dit que c'était ce que je voulais...

— Alors tu veux quoi ? répliquai-je avec humeur.

Elle ne répondit rien, les yeux baissés sur ses tennis. La tension commençait à m'envahir... Moi, je l'avais dans la peau, je n'avais pas envie qu'elle sorte de ma vie et j'étais même prêt à l'envisager, cette putain de baraque en banlieue. Je soupirai puis passai la main dans mes cheveux.

— C'est quoi cette histoire d'essai ?

Charly grimaça. J'espérais vraiment qu'elle me dirait la vérité... Je ne supportais pas le mensonge. Elle hésita deux secondes, puis se lança.

— Grâce à des connaissances de Hope, j'ai peut-être l'opportunité de faire un essai chez les pros, sur circuit, m'apprit-elle.

Je respirai. Elle m'avait dit la vérité. J'en étais sûr.

— Pourquoi ne pas m'en avoir parlé ?

— Parce que ce n'était pas sûr qu'elle obtienne cet essai, et puis, je craignais que tu réagisses comme mon frère.

— C'est-à-dire ?

— Matt m'a fait une scène, en me traitant d'idiote. Il m'a reproché mon inconscience, m'a assuré que si j'étais prise, on verrait mon visage, mon nom dans les journaux ou à la télé et que c'était offrir l'opportunité à mon père ou à son frère de me retrouver.

— Pour une fois, il n'a pas complètement tort.

— Ah, tu vois ! s'exclama-t-elle en levant les bras au ciel.

— Charly, je t'ai déjà traitée d'idiote ? Est-ce que je t'ai une seule fois ordonné ou interdit de faire quelque chose contre ta volonté ?

Elle se calma et m'observa.

— Non.

— Tu es un pilote de talent, je peux comprendre que ce soit une chance pour toi... même si, effectivement, la gloire et la réalisation de ton rêve peuvent avoir un lourd tribut : ta liberté et ta vie. La seule chose que j'aurais aimée, moi, c'est que tu m'en parles ! Je ne sais pas comment tu nous envisages, à vrai dire, je pense même que tu devais imaginer qu'on allait juste baiser ensemble, c'est tout. Mais je vais t'apprendre une chose. Ouais, je suis prés' d'un MC, ouais, je suis un biker, mais comme pas mal de mecs, moi aussi, j'aspire à trouver quelqu'un avec qui partager ma vie. Je ne te demande pas de m'épouser, mais j'avais bon espoir de construire un truc avec toi.

Quelque chose passa dans ses prunelles aux couleurs des mers du Sud.

— Miles…, commença-t-elle doucement.

— Charly, s'il te plaît, est-ce que tu peux prévenir ta *team* que tu seras absente, au moins cet aprèm, et prendre tes affaires ? Je vais m'arranger de mon côté pour ne pas envahir ta vie et ton emploi du temps, tout en assurant ta sécurité. Je t'attends dehors.

Je la laissai en plan. Hope et son pote étaient sortis de leur atelier, ils tapaient discut' avec Luis. Je levai la main pour leur adresser un signe puis rejoignis ma moto dehors. J'avais un goût amer dans la bouche.

Quinze minutes plus tard, elle me retrouva et grimpa derrière moi.

— Miles...

— Pas maintenant, Charly. Je vais te déposer au loft, je repars au bar gérer cette histoire. Est-ce qu'il te faut quelque chose ?

— Je dois repasser à mon appart, j'ai oublié un truc chez moi.

— C'est urgent ? demandai-je.

— Ma nouvelle plaquette de pilules..., se contenta-t-elle de répondre.

— OK.

CHAPITRE 29
MILES
TENSION

On ne s'était pas adressé la parole depuis notre départ du garage. Je ne savais pas trop ce qu'elle avait dit à ses potes et, à vrai dire, en roulant, c'était compliqué de discuter. Mon but était de la déposer chez moi, de repartir au bar et d'essayer de gérer cette merde avec ce mal-être qui me collait à la peau. Quelle histoire débile ! Le président du club, amoureux de la fille rebelle du chapitre mère... Et elle ? Ben, apparemment, elle aimait s'envoyer en l'air avec moi, et je devais sûrement m'estimer heureux. J'aurais sans doute dû la traiter comme les autres filles avant elle... Ouais, mais celle-ci, elle était entrée comme une tornade dans ma vie puis m'avait arraché le cœur, et depuis, elle jouait avec.

Je serrai les poignées de mon guidon jusqu'à ce que mes jointures blanchissent. La Harley entama la remontée de l'avenue qui menait à son immeuble. De loin, j'avisai un attroupement dans la rue. Je ralentis. Charly pencha la tête pour mieux voir.

— C'est devant mon appart ! déclara-t-elle.

J'observai les alentours : deux bagnoles de police, des badauds en veux-tu en voilà, et une ambulance. Pas de traces de Scott. C'était quoi encore ce bordel ?

Je garai la Harley un peu plus loin... histoire de ne pas nous faire remarquer. Charly descendit, prête à courir vers l'immeuble. Je la rattrapai par le bras.

— Attends un peu. On ne sait pas ce qui est arrivé, et il y a les flics, lui appris-je en lui désignant les deux voitures, plus loin.

Elle acquiesça puis glissa sa main dans la mienne. On s'approcha doucement, se frayant un chemin parmi la foule qui se tenait devant le bâtiment. J'observai la façade et passai en revue les fenêtres, attentif à tout et n'importe quoi. Certaines personnes pleuraient, d'autres avaient une main devant la bouche ou les yeux, dans un geste d'effarement. Je serrai la main de Charly et apostrophai quelqu'un au hasard.

— Qu'est-ce qui se passe ? demandai-je calmement.

— C'est horrible ! Vous imaginez qu'un truc pareil puisse se produire dans notre quartier pourtant si calme ?

— Il s'est passé quoi ? repris-je, méfiant.

— On a retrouvé ce pauvre homme lardé de coups de couteau. Il gisait dans son propre sang. C'est inimaginable, on n'est plus en sécurité nulle part, me répondit la personne, sans vraiment prêter attention à moi.

Je fronçai les sourcils et tentai de m'approcher un peu plus. Je n'avais toujours pas repéré Scott dans la foule ni sa moto. J'avais un mauvais pressentiment...

Je me penchai par-dessus une épaule, Charly à mes côtés, perdue. L'horreur dut se peindre sur mon visage lorsque je reconnus non pas le visage de mon frère, mais celui, meurtri et sans vie, de Jack, le SDF. Il était étendu au sol, transpercé de tous les côtés. Un hoquet de stupeur et un gémissement percèrent mes oreilles. J'eus juste le temps de l'attraper et de la coller contre moi. Elle hurla dans mon t-shirt, ses épaules tressautèrent et elle fondit en larmes dans mon cou.

— Jack, gémit-elle, c'est Jack. Il faut le dire à la police, il faut...

— Charly, Charly, non, chut ! Reprends-toi.

Je l'écartai rapidement de l'attroupement pour ne pas attirer l'attention sur nous. Je l'aidai à s'asseoir sur la bordure afin qu'elle se calme et se reprenne. Je balayai rapidement la foule autour de nous et de l'autre côté de la rue, à la recherche d'un grand blond ou d'un mec dissimulé sous une capuche. Mais je ne vis rien, hormis des gens qui couraient dans tous les sens et des flics qui tentaient d'assurer la circulation.

— C'est Jack, hoqueta Charly, c'est Jack.

— Je sais, répondis-je en lui caressant les cheveux.

— Mais qui lui voulait du mal ? Il était gentil, ne dérangeait personne... Il souhaitait juste avoir la chance de retrouver un jour ses filles, m'expliqua-t-elle.

— Chut, calme-toi. Charly... tout ça n'est pas anodin. Ce matin, Jack est venu me parler pour me dire qu'un mec rôdait autour de ton immeuble, et qu'il cherchait des infos sur toi.

Elle releva la tête, ses yeux s'écarquillèrent d'horreur.

— Pourquoi tu ne me l'as pas dit ? Quelqu'un a tué Jack, à cause de moi ?

— Je n'avais pas plus d'infos que ça, ce matin. Je n'ai pas voulu t'inquiéter pour rien.

— C'est qui, ce type ?

— Je ne sais pas, justement, mais ça fait beaucoup trop d'événements et de coïncidences en peu de temps. Ils ont dû faire le lien entre toi et moi. Ils nous ont même peut-être vus ce matin, ici. Jack est mort en défendant ton secret, ma belle. Il m'avait fait promettre de m'occuper de toi, et je ne reviendrai pas sur cette promesse. C'est la dernière chose que je peux faire pour lui.

— Pauvre Jack, on ne peut pas le laisser comme ça... Il n'a plus personne, sanglota-t-elle.

— Écoute, Charly, pour l'instant, je voudrais te ramener au loft... en sécurité. Je te promets de me charger de lui, OK ? Il ne partira pas tout seul. Mais là, tout de suite, il faut qu'on se bouge !

Elle hocha la tête, les yeux rougis et les joues trempées. Je l'aidai à se relever et à grimper sur la Harley. Nous jetâmes un dernier regard vers Jack et vers l'immeuble de briques rouges. Cette fois, elle n'était plus en sécurité, ici.

J'avais roulé plus rapidement que d'habitude. Il me fallait mettre de la distance entre son appart et nous. J'aurais pu l'emmener au bar avec moi, sous la protection des Bloods, mais Charly était encore en état de choc, et j'imaginais qu'elle ne serait pas rassurée en voyant la marée de têtes de tueurs, prêts à en découdre, devant elle. Et puis, j'avais dessiné et conçu le loft, personne ne pouvait y pénétrer sans connaître les codes d'accès. J'actionnai la télécommande de la porte du garage, m'y engouffrai et refermai derrière nous. J'éteignis le moteur puis me retournai pour la voir, le regard perdu.

Nous pénétrâmes chez moi, elle alla s'asseoir sur le canapé. Je déposai ses affaires sur une des chaises du comptoir de la cuisine.

— Charly, tu veux que je te prépare un truc vite fait ? Ou un café ?

Elle secoua la tête. J'attrapai mon téléphone dans ma poche arrière et pianotai sur l'écran. Charly était en sécurité, il fallait que je m'occupe de Cassidy.

— Allô, boss, me répondit Angel.

— Angelo, Jay est avec toi ?

— Ouaip, comme d'hab.

— OK, j'ai besoin que vous prépariez vos affaires. On se retrouve dans trente minutes au bar. Soyez prêts à partir sur-le-champ.

— Qu'est-ce qui se passe ?

— Je t'expliquerai. Est-ce que t'as vu Sullivan ou Slash ?

— Sul' nous a appelés pour nous dire qu'on devait tous se retrouver au club. T'as eu des nouvelles de Brad ? Y'a un problème ?

— Pas le temps de t'expliquer maintenant. Scott est avec vous ? m'enquis-je, sur le qui-vive.

— Ouais, il vient d'arriver.

J'en fus soulagé.

— Et Indy ? cria Jay, derrière.

— Elle est en sécurité, avec moi. On se retrouve là-bas, conclus-je, finalement.

— OK. À toute, boss.

Je reposai mon portable sur le comptoir et me dirigeai vers le salon. Charly était toujours prostrée sur le bord du canapé. Je m'agenouillai devant elle.

— Ça va aller ? demandai-je doucement en lui prenant la main.

Elle se laissa faire puis se pencha pour glisser la tête sur mon épaule.

— C'est horrible...

— Oui. Je te promets que je leur ferai payer la mort de Jack, dis-je en lui caressant le dos.

— Tu t'en vas ?

— Je suis obligé. Il faut que je m'occupe du club, tu comprends ?

— Oui. Je sais ce que c'est... J'ai déjà vécu ça, à Chicago.

— Ne m'en veux pas. Je suis conscient que ce n'est pas la vie que tu espérais et je suis vraiment...

Elle se redressa puis posa un doigt sur mes lèvres.

— Je t'en prie... Fais attention à toi, déclara-t-elle en plongeant son regard dans le mien.

J'attrapai son visage pour l'embrasser.

— Je reviens au plus vite. Tu peux m'appeler, s'il y a le moindre problème. Personne ne peut s'introduire ici si tu n'actives pas la commande d'ouverture. Et tu ne le fais que si tu reconnais celui ou celle qui apparaît à l'écran, d'accord ?

Elle acquiesça. Je lui donnai un rapide baiser sur le front avant de me lever pour prendre mon cuir, mes clés et mon smartphone.

— Charly ? Tu devrais peut-être dire à ta *team* de ne pas traîner, aujourd'hui, au garage.

— Je vais les appeler et veiller à ce qu'ils repartent ensemble.

— À tout à l'heure.

Elle me répondit par un petit sourire. Je quittai les lieux rapidement en me persuadant qu'elle était en sécurité chez moi... et que je n'avais plus qu'à retrouver ces enfoirés.

Le Blood était noir de monde, mais uniquement des bikers. Ce soir, Sloane gardait la porte. Soirée privée. Aucun étranger au club n'était autorisé à entrer, aucune fille non plus. De toute façon, les femmes et les régulières étaient bien au chaud, planquées, et celles qui se bousculaient aux portes, ce soir, ne désiraient que le frisson, que l'on n'était pas en mesure de leur donner.

Assis sur mon fauteuil, je fignolais les derniers détails avec Slash et Sullivan. Mon second avait emmené Brad et sa famille dans l'une de nos planques, on était en contact téléphonique avec lui. Il avait ses ordres. Ne pas ouvrir la porte, n'appeler personne, à part nous. Sullivan avait prévenu tous les frères et géré les premières questions. Je jetai à nouveau un coup d'œil à l'écran de vidéosurveillance pour observer la salle, le parking de derrière et l'entrée principale.

— Comment elle a pris les choses ? me demanda Sullivan, assis sur le bord du bureau.

— Elle a craqué sur le coup, mais s'est vite reprise. Pas de crise de larmes ou d'hystérie, ni de malaise, si c'est ce que tu demandes.

— Putain, mais qui sont ces mecs ? intervint Slash.

— J'aimerais bien le savoir.

— Ils sont montés d'un cran en assassinant ce pauvre gars, reprit mon *Road Captain*.

— Carrément. Mais il tenait absolument à protéger Charly... Il en est mort. Ces salopards nous ont envoyé un message, et maintenant, ils ont fait le lien entre elle et nous.

— Elle est chez toi ?

Je hochai la tête en observant discrètement l'écran de mon téléphone... Juste au cas où.

— T'inquiète, elle est en sécurité, me rassura Sul'.

— Je sais, me contentai-je de répondre.

— Purée, mais t'es accro, mon vieux. Fais gaffe, tu vas finir par tomber amoureux, et après..., déclara Slash.

— Après quoi ? releva Sullivan avec humeur. Parce qu'on est biker et Blood, on n'a pas le droit d'être heureux et aimé ?

J'observai Sullivan du coin de l'œil. Je n'étais pas sûr qu'il soit en train de parler de moi, finalement.

— Jay, Angelo, Scott et Antony viennent d'arriver. On va aller rejoindre tout le monde, annonçai-je en me levant.

Mes deux acolytes me suivirent jusqu'au bar. Le silence se fit tandis que Slash et Sullivan expliquaient chacun leur tour ce qui était arrivé depuis la descente des flics, à savoir l'histoire avec Brad et le piratage de nos comptes. La tension grimpa dans la salle. Ils savaient bien que je ne leur demandais pas de planquer leurs familles pour une broutille.

— Boss, on sait qui ils sont ? Les Souls ? C'est une vengeance ? Sinon on y va et on règle définitivement leur compte, intervint un des gars.

Plusieurs de nos frères saluèrent cette intervention, prêts à en découdre avec ceux qui menaçaient les leurs.

— Ce ne sont pas des bikers, intervins-je, ils n'appartiennent à aucun chapitre. Brad n'a pas reconnu les deux gars à qui il a eu affaire.

— Ils ne sont que deux ? m'interpella un autre gars, au fond de la salle.

— D'après nos informations, oui. Dont un qui touche sa bille en ordis, leur appris-je.

— Et pour les comptes ? Et pour l'argent ?

J'adressai un signe de tête à Antony, qui se tenait avec Scott, Jay et Angelo. Le gamin se racla la gorge et réajusta ses lunettes sur son nez.

— C'est en cours. J'ai pu récupérer la moitié de la somme et je continue mes recherches, nous informa-t-il.

Beaucoup de gars hochèrent la tête dans sa direction.

— Hey, P'tit Génie, t'as pas réussi à trouver qui c'était, ces fils de putes ? lança Sloane, à côté de la porte.

— Non. Les mecs sont doués. Pour l'instant, je n'arrive à rien.

— On va tourner en équipe de trois ou quatre, repris-je alors. Vous donnerez vos noms à Slash ou Sullivan, pour qu'on sache qui fait équipe avec qui. En attendant, Antony poursuit ses investigations, il faut deux gars avec lui, vous vous relayez. Je veux toujours au moins une dizaine de frères dans le bar. Au moindre doute, vous nous contactez, Slash, Sul' ou moi. Jay et Angel partent pour Chicago, ils vont accompagner Cassidy.

Cass était aussi connue que moi, ici. C'était la petite sœur du prés', la cousine de Jimmy.

— Miles ? Et pour la petite poulette qui te défie toujours et qu'on est allés chercher chez les Souls ? C'est pas nos affaires, mais beaucoup disent que c'est une Blood parce qu'ils ont vu son tatouage.

Je pinçai les lèvres. De toute façon, elle aurait besoin de notre protection.

— Elle s'appelle Charly. Vous savez déjà qu'elle est mécano et pilote amateur. Effectivement, c'est la fille d'un Blood... Elle est avec moi.

Il y eut un blanc. Ces derniers mots suffisaient à légitimer sa place et sa protection.

— Il faut l'envisager comme ta... régulière, près' ? demanda Sloane, l'autre plus ancien du club.

— Ce n'est pas officiel... mais je tue le premier qui respire trop près ou qui pose un doigt sur elle, affirmai-je avec aplomb. Donc, oui, vous pouvez l'envisager comme ça.

Les gars m'observèrent et acquiescèrent. Ils avaient compris. Charly passait officiellement sous la protection du club. Elle était la *femme* du prés'.

— Tout le monde se tient aux aguets, les flingues chargés et prêts à être utilisés. Ces mecs-là ne rigolent pas. Ils ont poignardé un SDF qui se trouvait entre eux et Charly, ce matin. On est donc en alerte maximale. OK, les gars ?

— Ça marche, boss, dirent-ils en chœur avant de se disperser.

— Hey, Julian, lançai-je.

Un gars d'une trentaine d'années se retourna et grimpa jusqu'à notre table.

— Salut Miles.

— Dis-moi, ton cousin travaille toujours à la morgue ?

— Ouaip. Pourquoi ?

— Tout à l'heure, le gars dont j'ai parlé, le SDF, il s'appelait Jack. Il été tué de multiples coups de couteau. J'aimerais que tu voies avec ton cousin, le club va payer ses funérailles.

— Pas de problème. Je vais voir ce que je peux faire.

— Tiens-moi au courant.

— Pas de problèmes, boss.

— P'tit Génie ? Je sais que t'es occupé avec cette histoire de cyberattaque, mais si t'as deux minutes, je voudrais que tu retrouves les filles de ce Jack. Je vais te mettre en contact avec Charly, elle te donnera plus d'infos sur lui.

— Charly, c'est la fille qui te rendait dingue, et dont tu voulais à tout prix obtenir des infos ? me demanda-t-il avec un sourire.

— Il *est* dingue d'elle, s'amusa Angelo, derrière nous, et il lui est d'ailleurs difficile de s'en décoller.

— La ferme, Angel, ricana Jayden.

— J'ai réussi à avoir les infos, c'est bon, repris-je. C'est une Blood. Et dans notre intérêt, et surtout le sien, personne ne doit remonter jusqu'à elle ni jusqu'à son affiliation. OK ?

— Pas de problème. C'est la femme du prés', se contenta-t-il de répondre.

— Je lui dirai de te contacter. Scott ?

— Ouais ?

— Tu m'expliques pour ce matin ? Tu devais pas être en train de tourner et de te renseigner autour de l'immeuble de Charly ?

— J'y étais. J'ai même discuté un peu avec le fameux Jack, sûrement avant qu'il se fasse assassiner. Mais j'ai reçu un coup de fil de Sul' m'indiquant qu'on devait tous se réunir au bar, parce que vous aviez des infos sur Brad et qu'il y avait une couille avec les comptes. Du coup, j'ai laissé le mec et je suis revenu ici.

— Sullivan t'a sans doute évité de te retrouver étendu, mort, aux côtés de ce pauvre gars, lui annonçai-je.

Scott échangea un regard avec son pote de toujours, ils se firent un check de connivence.

— Tu veux qu'on tourne dès ce soir ou on reste ici pour surveiller l'endroit ? s'informa mon *Road Captain*.

Je n'eus pas le temps de répondre, l'écran de mon portable s'alluma et attira mon attention. *Charly.*

En moins de deux, je décrochai.

— Charly ?

— Miles, commença-t-elle d'une petite voix.

— Qu'est-ce qui se passe ? Y'a un problème à la maison ?

Je tiquai sur le mot « maison »... et les mecs autour de moi, aussi. Ils avaient entendu son prénom, tous s'étaient figés autour de la table, dans l'expectative.

— Matt... Matt a disparu, se contenta-t-elle de dire.

— N'ouvre à personne. J'arrive.

— Boss ? s'inquiéta Sullivan.

— Jay et Angel, vous foncez à Chicago rejoindre Cassidy. Vous restez là-bas jusqu'à ce que je vous dise de revenir. D'accord ?

Les deux gars opinèrent du chef et se levèrent immédiatement.

— Charly ? me lança Jay en passant son cuir.

— Elle va bien, file.

Ils attrapèrent leur sac et foncèrent vers la porte.

— Slash, préviens Sloane, il garde le bar. Nous, on file au loft... Le frère de Charly a disparu.

— Et merde, souffla-t-il en se levant.

— Et moi, boss ? demanda Antony.

— Tu viens avec nous. J'aurai peut-être besoin de tes services.

Mon second était parti prévenir Sloane, Julian et les autres. Je leur adressai un signe de tête, attrapai mes clés et rejoignis la porte, suivi par mes frères.

J'actionnai la télécommande depuis le coin de la rue, accélérai pour m'introduire dans le garage. Les autres me suivirent. La porte se referma derrière nous et je fonçai dans le loft. Je la trouvai debout, en train de faire les cent pas, dans l'un de mes t-shirts, au beau milieu du salon. Lorsqu'elle m'aperçut, elle me rejoignit et se jeta dans mes bras. Elle ne pleura pas, mais se serra tellement fort contre moi que je sentis toute la tension et l'angoisse qui l'habitaient.

— Hey, lui murmurai-je à l'oreille, est-ce que ça va ?

Elle releva la tête pour la secouer doucement.

— Je suis contente que tu sois là.

Elle se pencha pour voir les gars derrière nous.

— Je fonce mettre un jean, me dit-elle en se dirigeant vers l'escalier.

J'adressai un signe à mes frères, ils vinrent s'installer au comptoir.

— Oh là, là, boss... Excuse-moi, mais elle est tellement mieux que Paula, s'extasia Antony. Et ses yeux ! Je n'avais jamais vu une telle couleur.

— Calme-toi, P'tit Génie, railla Scott, on est tous passés par là, quasiment. Mais crois-moi, il n'y a que Miles qui parvienne à gérer son caractère de rebelle.

Elle redescendit, toujours vêtue de mon t-shirt et d'un jean.

— Désolée. Salut les gars.

— Salut P'tite Furie, répondirent-ils, sauf Antony qui ne comprenait rien à ce surnom.

— Charly, je te présente Antony, dit P'tit Génie.

— Bonjour Antony.

— Salut Charly.

— Tu as des nouvelles ? intervint Sullivan, pragmatique.

— Matt est sorti en boîte avec Aden, d'après Luis. C'est là-bas que ça a eu lieu. Je ne sais rien de plus. Mais Hope et lui arrivent, ils sont passés prendre Aden.

Sullivan se raidit imperceptiblement. Je levai les yeux vers l'horloge, il était près de trois heures du matin.

— Il est un peu tard, ou tôt, mais est-ce que quelqu'un veut un café ou autre chose ? proposa-t-elle.

— Je veux bien du café, répondit Antony.

— Ouais, nous aussi, ajouta Slash.

Elle se faufila derrière le comptoir et sortit des mugs. Au même moment, le bip de l'interphone retentit. Je me dirigeai vers l'écran de contrôle pour apercevoir les visages de Hope, Luis et Blondinet.

— C'est OK, vous pouvez entrer. C'est la première porte à gauche.

Je retournai dans la cuisine auprès de Charly. Hope ouvrit la porte, Luis la suivit en tenant Blondinet par l'épaule. Il était salement amoché. Charly écarquilla les yeux et porta la main à sa bouche. Slash se leva pour lui laisser la place.

— Dis donc, mon gars, t'as dû passer un sale quart d'heure. Ils ne t'ont pas loupé, déclara mon second en le contemplant.

Hope sortit une trousse à pharmacie de son sac.

— On est en retard, désolée. Mais j'ai voulu passer à mon appart pour prendre des trucs afin de le soigner.

Debout, les bras croisés sur la poitrine, je l'observais sans sourciller. Je ne le sentais pas, ce mec.

— Aden, qu'est-ce qui s'est passé ? Où est Matt ? s'inquiéta ma P'tite Furie.

Il tiqua alors que Hope commençait à désinfecter les coupures qu'il avait au visage.

— On avait passé l'aprèm ensemble, à zoner. Et puis, Matt a proposé d'aller s'amuser en boîte, parce qu'il était en manque, et que Hope l'envoyait chier à chaque fois.

Cette dernière ne trembla même pas, sûre d'elle. En revanche, Sullivan releva les yeux vers Aden, un truc passa dans son regard.

— On a commencé à boire un peu, pour se mettre dans l'ambiance, à danser aussi. Et puis, une petite nénette est venue le brancher. Elle était chaude comme la braise, elle se trémoussait contre lui, tout à fait le style de Matt. Elle lui a susurré un truc à l'oreille, et il m'a fait signe qu'il revenait après. À son sourire, j'ai compris qu'elle lui avait promis une gâterie ou un coup vite fait. Je les ai suivis des yeux, alors qu'ils prenaient la sortie de secours qui donne sur la petite ruelle, à côté de la boîte. Au bout d'un moment, je me suis dit que c'était long pour un coup rapide, et j'ai voulu aller voir si tout allait bien pour lui.

— Ouais, et pour te rincer l'œil, mon salaud, ricana Slash.

Blondinet jeta un regard mauvais souligné de coquards à mon second.

— Slash ! grognai-je.

— Quand je suis sorti dans la ruelle, Matt était à genoux, en train de se faire défoncer par les Souls.

— Les Souls ? répétai-je en haussant les sourcils.

Je m'attendais à tout sauf à eux.

— Ils ont dû apprendre qu'il n'était pas mort, tout compte fait. Ils l'ont sûrement vu au garage, avec nous, intervint Charly d'une petite voix.

Je glissai un regard vers mon second et mon *Road Captain*. Depuis cette histoire, nos gars tournaient sans cesse autour du garage et à la limite du territoire des Souls. S'ils étaient sortis et avaient entrepris de zoner près des Angels, on l'aurait su. Les deux secouèrent la tête.

— Impossible, expliquai-je, les nôtres surveillent le garage et les Souls. On aurait été au courant s'ils étaient venus fouiner dans le coin. Donc ils n'ont pas pu le savoir comme ça.

— Comment ils ont eu l'info, alors ? demanda Charly.

— Aucune idée. Mais quelqu'un a vendu ton frère.

— Ça n'a rien à voir avec les gars qui ont assassiné Jack, n'est-ce pas ? s'enquit-elle pour se rassurer.

— Je ne sais pas. Y avait-il des gars qui ne portaient pas de cuir ? Genre un grand blond et un mec avec une capuche ? interrogeai-je Blondinet.

— Je n'ai pas vraiment eu l'occasion de tous les dévisager, répliqua-t-il d'un ton amer. Ils me sont tombés dessus, ils étaient une dizaine. J'ai reçu un coup derrière la tête et je me suis effondré, la tronche en sang sur le bitume. Je sais qu'ils ont emmené Matt. J'ai juste eu assez de force pour appeler Luis et lui dire où je me trouvais.

— T'as pas essayé d'en cogner quelques-uns ? l'apostrophai-je.

— Non.

Menteur. Je voyais bien que ses poings étaient blessés et souillés de sang. Pas le sien. Pourquoi se faisait-il passer pour un petit blaireau sans couilles ?

— Donc tu ne sais pas où ils l'ont emmené ? enchaînai-je.

— Non.

— Qu'est-ce qu'ils lui voulaient exactement ? Ils ont parlé, l'ont menacé de quelque chose ?

— Non plus.

— Tu sers pas à grand-chose, mec ! le rabrouai-je.

Il releva rapidement la tête vers moi et me lança un regard de tueur. Personne n'osa intervenir.

— Je ne sers peut-être à rien, mais moi, au moins, je n'apporte pas d'emmerdes avec moi. D'abord Charly, maintenant Matt. Tous ceux qui tournent autour de toi finissent par prendre des coups, cracha Blondinet à mon encontre.

Adossé sur le comptoir, je me redressai pour aller terminer le boulot des Souls en défonçant la tronche de ce connard. Charly m'attrapa par le bras, Sullivan et Slash se placèrent entre lui et moi. Luis plaça sa main sur l'épaule d'Aden pour le forcer à rester assis.

Hope soupira.

— Au lieu de vous chercher des poux dans la tête, vous feriez bien de mettre le peu de neurones que vous avez en commun pour chercher le frère de Charly, intervint la petite blonde d'un air agacé.

— Quel est le rapport entre les Souls et ces deux mecs ? réagit Slash.

— Peut-être qu'il n'y en a même pas, répliqua Scott.

— Ce mec à capuche, on le connaît sûrement, sinon il ne prendrait pas soin de se dissimuler, analysa très finement P'tit Génie.

Je m'étais replacé contre le comptoir, non sans avoir toisé Blondinet d'un air sauvage. Charly était venue à mes côtés, elle avait les yeux dans le vide. Antony avait raison, ce type, on savait probablement qui il était. Il avait caché son visage à Brad, donc même l'ancien devait avoir une idée de son identité.

— T'as sûrement raison, Antony... mais pour l'instant, il ne laisse rien au hasard, donc rien ne nous permet de deviner à qui on a affaire, ni quel genre de relation il a entretenue avec nous. Je voudrais savoir si les Souls ont un rapport avec ces deux mecs ou si ces deux histoires sont totalement indépendantes. En gros, si on a un seul ennemi ou plusieurs à gérer, expliquai-je.

— C'est qui, ce mec à capuche ? s'informa Luis.

Sullivan leur fit un rapide résumé de ce qui était arrivé, récemment.

— Est-ce que nous aussi, on risque d'être pris pour cible ? s'inquiéta le Mexicain.

— Je ne pense pas, répondit Sul'. Vous êtes les employés de Charly. Dernièrement, vous n'avez pas traîné ensemble et on ne vous a pas vus au bar avec nous. Aucun de vous ne fréquente les Bloods.

Je surpris le regard furtif de la petite blonde sur mon *Road Captain*. *Y'avait un truc !*

— Tu veux qu'on aille fouiller du côté de leur vieille baraque ? Celle où on a récupéré P'tite Furie ? lança Slash.

Je secouai la tête.

— Ça m'étonnerait qu'ils refassent deux fois la même connerie. Ce sont des débiles, mais pas à ce point-là, intervint Scott.

J'étais d'accord avec lui. Après leur dernière raclée, ils avaient dû bouger de leur trou et s'installer ailleurs. Je tournai la tête vers Charly. Elle était toujours à mes côtés, perdue, livide. Des cernes commençaient à apparaître sur son visage.

— Charly ?

Elle releva son regard vers moi, déboussolée.

— Je... J'ai l'impression de revivre ce cauchemar. Celui où je l'ai vu mourir, impuissante. Matt est ce qu'il est, mais c'est mon frère. Je ne veux pas le perdre à nouveau. C'est la seule famille qui me reste.

Ses grands yeux turquoise étincelaient des larmes qu'elle tentait de retenir. Elle me sembla toute petite et, pour la première fois depuis que je la connaissais, fragile. Je l'attirai dans mes bras puis la berçai doucement, devant tous : les Angels et les Bloods.

— Je ne laisserai pas une telle chose arriver, ma belle. On va le retrouver, je te le promets.

Elle se pressa contre moi, et je l'emprisonnai dans mes bras. J'avais conscience que plus personne ne parlait, tout le monde nous fixait. Pourtant, dans ma bulle, je n'étais qu'avec elle. Si l'un d'eux avait encore eu des doutes sur notre relation, je pense qu'on venait d'éclaircir la situation pour tous.

Antony se racla la gorge.

— On n'y a pas encore fait allusion, mais est-ce que ton frère a un smartphone ? demanda-t-il à Charly.

Elle se redressa pour le regarder.

— Oui.

— OK, il me faudrait son numéro et quelques petites infos. Je vais rentrer chez moi pour essayer de le localiser. Je ne peux pas te promettre que ça va fonctionner. D'ailleurs, une fois sur deux, ça ne mène à rien, et puis, tout dépend de l'état dans lequel se trouve son téléphone, mais on peut tenter.

— Tu penses qu'on a une chance ? s'enquit-elle, l'espoir faisant vibrer sa voix.

— Si quelqu'un peut y arriver, c'est P'tit Génie, lui assura Slash.

— Et personne n'a imaginé demander de l'aide aux flics ? lança tout à coup Blondinet, d'un air stupéfait.

— Tu vis où, toi ? Dans le monde des Bisounours ? railla Slash.

— Tu penses sérieusement que les flics vont venir aider les Bloods ? renchérit Sullivan. Ou les enfants des Wittman de Chicago ? T'as pris un sérieux coup sur la tête.

— On va se débrouiller, comme on a l'habitude de le faire, affirmai-je sans relever les dires de cet abruti.

— Nous, on va ramener Aden chez lui. On va rester un peu avec lui, histoire d'être sûrs qu'il n'a rien de grave, intervint Luis.

— OK, faites attention à vous. Si on a du nouveau, on vous tient au courant, leur annonçai-je.

Sullivan tirait une tronche de six pieds de long.

— On raccompagne Antony à sa tanière, et on retourne au bar, m'informa Slash.

— Je vous y rejoins, répliquai-je.

— Non, reste avec P'tite Furie, pour cette nuit. De toute façon, les gars t'ont vu, ils sont au courant. Et puis, si on a du nouveau, on t'appelle immédiatement.

— Très bien. Charly, tu devrais monter te reposer un peu. Tout ça peut prendre un moment, lui murmurai-je à l'oreille.

Elle hocha la tête, épuisée, salua tout le monde et grimpa les marches de l'escalier pour rejoindre la chambre.

La *team* Angel s'apprêtait à sortir, mes frères sur les talons. Antony avait récupéré toutes les infos dont il avait besoin.

— Hope ?

Elle se retourna pour me regarder, comme stupéfaite que je connaisse son prénom.

— Si t'as pas trop de boulot dans les jours à venir, ce serait cool que tu passes un peu de temps, ici, avec Charly. Moi, je vais être pris au bar, avec mes frères, pour chercher ces mecs. Ce serait bien qu'elle ne reste pas toute seule à ruminer.

— Euh... oui, bien sûr. Si tu veux, répondit-elle.

— J'ai du rhum, ricanai-je.

Elle leva le pouce, avec un sourire complice, et sortit. Je jetai un œil à Sullivan... Il hocha brièvement la tête pour me remercier. Je ne savais pas s'il existait un truc entre eux, peut-être que ce n'était rien, mais j'avais tout même compris qu'il voulait mettre cette petite blonde en sécurité. Et comme elle n'était rien officiellement pour lui, ou pour nous... il fallait ruser autrement.

— À demain, les gars.

— À demain, boss, et bonne nuit à Charly.

Je refermai la porte derrière eux, les observai sortir dans la rue puis verrouillai les issues. Je débarrassai le comptoir de la cuisine en me torturant encore l'esprit à propos de cette histoire. Qui pouvaient bien être ces deux mecs ? Est-ce que l'enlèvement de Matt n'avait vraiment rien à voir avec toutes ces emmerdes ? Les Souls ne me faisaient pas peur, il me suffisait de trouver leur nouvelle planque et j'irais chercher le frère de Charly... C'était plutôt l'histoire avec ces types qui me faisait chier. Il fallait que je sache qui ils étaient et ce qu'ils nous voulaient vraiment. Je soufflai, éteignis les lumières et allai rejoindre ma P'tite Furie.

CHAPITRE 30
CHARLY
LA DÉCLARATION

Ça faisait déjà quatre jours que Matt avait été enlevé par les Souls. Miles et ses gars avaient passé au peigne fin tous les endroits susceptibles d'être leur nouveau QG, mais cette fois-ci, leurs rivaux étaient bien préparés. J'avais beaucoup de mal à dormir et à me concentrer. Les images de mon frère, mort dans un fossé ou un terrain vague, la tête défoncée ou le corps criblé de balles, me réveillaient systématiquement en sursaut.

J'avais passé la première journée avec Hope, dans le loft, à scruter l'écran de mon téléphone, dans l'attente de voir s'afficher le nom de mon frère, de Miles ou d'Antony. La folie m'avait guettée à chaque instant. Puis, le lendemain, j'avais annoncé à Miles que je désirais retourner travailler. Le besoin de me changer les idées était plus prégnant que la peur. Je m'étais attendue à devoir batailler contre tous ses arguments, mais il ne m'avait rien opposé. Aucune nounou Blood attitrée ne m'avait escortée ni surveillée à l'atelier, néanmoins, je ne doutais pas que des gars tournaient régulièrement autour du garage. Sullivan ou Scott passait de temps en temps. En cela, ils remplaçaient Jayden et Angelo, qui étaient encore à Chicago.

Miles m'appelait deux fois par jour, pour s'assurer que tout allait bien pour nous. J'avais conscience qu'il faisait de gros efforts afin que je ne me sente pas étouffée par toute cette affaire et cette sécurité. Et je lui en étais reconnaissante. À ma grande surprise, j'étais particulièrement heureuse et soulagée de le retrouver tous les soirs dans son loft. Il était membre d'un MC, pourtant, je ne me sentais en sécurité qu'avec lui. Je voulais qu'il retrouve Matt, mais j'étais terrifiée à l'idée de les perdre tous les deux...

Malgré tous mes préjugés et mon passé, je ne pouvais me leurrer plus longtemps, j'éprouvais des sentiments pour lui, et il m'aurait été bien difficile de le quitter maintenant. Il était devenu mon roc, mon rempart. Avec lui, je n'étais plus obligée de mettre mon masque de morveuse et de mordre à tout va. Cependant, l'inconnu me terrifiait, je ne savais pas vraiment ce qu'était une relation normale, je n'en avais jamais eu. Mes parents n'avaient pas non plus été un exemple de couple épanoui. Cela dit, Hope m'avait fait remarquer une chose : quand Miles et moi étions ensemble, nous avions la capacité d'oublier tous ceux qui étaient autour de nous... comme les gens heureux.

Est-ce qu'on était officiellement un couple ? En tout cas, pour moi, notre relation était ce qui s'en rapprochait le plus. Pour les Angels, il était mon mec, il me couvait du regard et assurait ma protection. Pour les Bloods, je devais être ce qui ressemblait le plus à la régulière du prés', même si rien n'avait été officialisé en ces termes et qu'il m'était difficile d'envisager ce statut avec sérénité, en raison de mon passé. Pour d'autres, je devais sans doute passer pour une pute à bikers. Tant pis, rien à foutre. Lui et moi, on savait... le reste n'avait pas d'importance.

Assises dans la petite cour à l'arrière du garage, Hope, Rosie et moi, nous déjeunions... enfin, moi, je picorais en prenant le soleil.

— Toujours pas de nouvelles ? s'inquiéta Rosie.

— Non, soufflai-je, alors qu'une nouvelle crampe venait me tordre l'estomac.

— Ils vont le retrouver, assura Hope en finissant sa salade.

— Ouais, sûrement, répondis-je en observant le ciel bleu, vierge de tous nuages.

— Au fait, tu vas laisser tomber ton appart ? reprit Hope, dans un effort pour me changer les idées.

— Je ne sais pas. Je t'avoue que, pour l'instant, c'est le cadet de mes soucis. Même si, avec la mort de Jack, ce ne sera plus pareil.

— C'est sympa ce qu'a fait Miles pour lui, les funérailles et tout ça, déclara Rosie.

— Oui, même si je suis sûre qu'il aurait préféré revoir ses filles dans d'autres conditions.

— Tu les as croisées ?

— Oui, Miles m'y a accompagnée. Je ne voulais pas que Jack parte tout seul... Il a essayé de me protéger jusqu'au bout et je me sens coupable de ce qui lui est arrivé. J'ai discuté un peu avec ses filles. La plus jeune, qui n'a que dix-sept ans, était effondrée. Elle était encore une enfant quand sa mère les a emmenées après le licenciement de son père et elle gardait espoir de le revoir un jour... C'est triste et cruel. Il ne vivait que pour revoir un jour ses filles.

Mon cœur se serra dans ma poitrine.

— Elles savent où le trouver maintenant, déclara Hope.

— Oui, mais rien ne remplace l'amour et la présence d'un père et d'une mère.

— Pour en revenir à ton appart... Pas besoin d'en chercher un nouveau, tu économiseras le loyer, insinua ma petite artiste.

Je tournai la tête vers elle en haussant un sourcil. Je sentais arriver la mauvaise blague.

— Attends, ça fait plus de quinze jours que tu vis chez Miles... Je te rappelle que j'ai vu son loft. Moi, je n'hésiterais pas à ranger mes culottes à côté de ses boxers.

— C'est sans doute la différence entre toi et moi, soupirai-je.

— Parce que tu crois qu'il va te laisser repartir à ton appart ? T'es stupide !

— On n'est pas mariés, Hope. En plus, nous deux... c'est vraiment que le début.

— Ouais, et ça marche du feu de Dieu cette histoire. Vous deux, c'est quand même carrément une évidence, ricana-t-elle.

J'essayai de secouer la tête et de lever les yeux au ciel pour qu'elle réalise la bêtise de ses dires, mais je ne pus empêcher un sourire débile et niais de fleurir sur mes lèvres, à l'instant où je pensai à lui.

Les deux filles à mes côtés éclatèrent de rire. J'étais découverte.

— Allez, *bella*, tu peux nous le dire, à nous... Il te plaît, le prés' des Bloods ? demanda Rosie.

— Oui, me contentai-je de répondre sans les regarder.

— Comment il est, au lit ? se renseigna Hope.

— Quoi ? Non, mais t'es malade, râlai-je.

— Allez, fais pas ta prude, avec toute cette testostérone qui émane de lui... Vas-y, fais-nous rêver.

— Oui, ben, voilà... la testostérone n'est pas un leurre, bafouillai-je.

— C'est un bon coup ? persista-t-elle.

— Allez, *chica*, surenchérit Rosie.

Je me levai, époussetai mon bleu en prenant tout mon temps, alors que je savais qu'elles étaient accrochées à mes lèvres, puis me retournai avec un air malicieux.

— C'est carrément un bon coup ! Des fois, j'arrive en retard, le matin ? Ou les yeux cernés ?

— Oui, on se moque souvent de ta tête, d'ailleurs.

Je n'ajoutai rien, mais haussai un sourcil dans leur direction, comme une évidence. Elles se pâmèrent toutes les deux, et j'éclatai de rire.

C'était complètement débile, insouciant, mais ça faisait du bien de rire et de me sortir, pendant un court instant, toutes ces histoires terribles de la tête. Alors que je me dirigeais vers l'intérieur pour retourner au travail, Hope me héla une dernière fois.

— Et ces essais ? T'as rappelé le gars ?

— Non, répondis-je en baissant les yeux au sol.

— T'attends quoi ?

— Rien.

— Je pensais que c'était ton rêve.

— Je le pensais aussi.

Elle sourcilla, stupéfaite.

— J'adore conduire, et, dans une autre vie, j'aurais adoré entrer dans une écurie, courir sur les circuits, mais il faut que je me fasse une raison. Ma famille ne me laissera pas profiter de cette liberté, Matt n'avait pas tort. Même si j'ai la chance d'être remarquée, je n'aurai pas l'occasion de faire plus d'une course. Ils me retrouveront aussitôt et me feront payer ma fuite. Je dois m'estimer heureuse d'avoir une vie, des amis, un boulot, de pouvoir de temps en temps courir avec les amateurs, de goûter à la liberté, sans contrainte. La célébrité engendrée par les courses m'apportera inévitablement la fin de tout ça.

Un silence pesant s'installa.

— Il te ferait quoi, ton oncle, s'il te retrouvait ? s'enquit ma meilleure amie, d'une voix inquiète.

Je grimaçai en imaginant toutes les choses horribles que j'aurais à subir.

— Je me ferais sûrement battre devant les bikers du club, peut-être même tuer, pour montrer l'exemple aux autres... *On ne quitte pas les Bloods.* Ou alors je serais menottée aux barreaux d'un lit, et offerte comme esclave sexuelle à un connard associé avec mon oncle.

Rosie était livide, Hope fronça les sourcils.

— *Madre de dios* ! C'est monstrueux, commenta la sœur de Luis.

— Je comprends tes angoisses, maintenant. Mais rien que pour le fun, juste pour savoir ce que ça fait... Rappelle-les, et fais cet essai. Au moins, t'auras eu ton moment de gloire, celui que tu pourras raconter à tes gosses.

Je souris.

— Tu sais ? Les nombreux bambins que t'auras avec le beau gosse qui te sert de mec.

Je levai les yeux au ciel et pénétrai dans l'atelier, alors que toutes les deux riaient de nouveau aux éclats.

Ce soir-là, Hope me déposa devant le loft. Je sonnai à la porte, Miles était rentré avant moi. C'était la première fois depuis quatre jours. Il ne comptait pas ses heures et n'hésitait pas à retourner lui-même Indianapolis pour retrouver mon frère et les deux mecs qui cherchaient à couler les Bloods.

Après avoir traversé le garage, je pénétrai dans la douce chaleur du loft. Miles était accoudé au comptoir devant une bière, ses traits étaient tirés, ses épaules tendues sous son t-shirt, comme si une charge l'accablait.

— Hey, dis-je doucement en accrochant mon sac et ma veste à la patère.

Il releva la tête et se tourna vers moi.

— Hey, répondit-il.

Je m'approchai doucement de lui, Miles attrapa ma taille et colla son visage contre ma poitrine.

— Tu m'as manqué, murmura-t-il.

— Toi aussi. Tu veux que je prépare quelque chose à manger ?

— Non. On va commander, pour une fois.

— J'ai une mauvaise influence sur toi, ricanai-je.

— Tu penses que je vais devenir un mauvais garçon ?

— Plus que tu ne l'es déjà ? insinuai-je en haussant un sourcil.

Il me saisit plus sauvagement par les hanches.

— Viens ici, je vais te montrer à quel point je suis un vilain garçon, grogna-t-il.

Je tentai de m'échapper en riant, puis me penchai pour lui voler un baiser. Il me libéra de son étreinte et passa une main sur son menton, d'un air las. Je pris une chaise à côté de lui pour m'y installer.

— Toujours pas de nouvelles ? m'enquis-je avec espoir.

— Non, souffla-t-il.

Je pinçai les lèvres et me redressai. Miles m'attrapa la main.

— Je te promets que je vais le retrouver.

— Je n'en doute pas.

— J'ai un cadeau pour toi.

Je fronçai les yeux alors qu'il sortait une petite boîte de la poche de son blouson, posé à côté de lui. Je me raidis. Il la déposa devant moi. J'étais paralysée... je n'osais pas l'ouvrir.

— Ça ne va pas te manger, ricana-t-il.

Je la saisis finalement, puis, le souffle court, le cœur battant à tout rompre, je me décidai à regarder ce qu'il y avait à l'intérieur. Et si c'était une bague ? Je ne pensais pas être prête.

J'écarquillai les yeux en apercevant des clés, posées délicatement sur un petit coussin mauve. Il éclata de rire en voyant mon air.

— Des clés ? m'exclamai-je avec surprise.

— Ce sera plus facile pour toi de rentrer au loft quand je ne suis pas là.

— C'est vrai, me contentai-je de répondre.

— Ça t'effraie ?

— Je ne sais pas.

Il haussa un sourcil pour m'encourager à poursuivre.

— Aujourd'hui, avec Hope et Rosie, on parlait d'appart.

— Et ?

— Hope m'a demandé si, avec la mort de Jack, j'allais déménager ou..., hésitai-je, embarrassée.

— Écoute, Charly, ces clés, c'est juste pour que ce soit plus facile, niveau organisation. Maintenant, je ne vais pas te cacher que j'aimerais beaucoup que tu restes, même après... tout ça. Mais je ne te forcerai pas. On n'a jamais vraiment parlé de nous et de ce qu'on envisageait après...

Nous fûmes interrompus par la sonnerie de son téléphone. Miles se leva et le sortit de sa poche arrière.

— Ouais... ? J'arrive tout de suite. Rejoins-nous au bar.

Je fronçai les sourcils. Je n'aimais pas son ton ni l'éclat froid qui était apparu dans ses prunelles acier. Il attrapa son arme sur l'étagère du dessus, la glissa derrière son jean, puis se vêtit de son cuir. J'étais paralysée... complètement angoissée par son silence et ses gestes sûrs et précis.

— Miles ? dis-je doucement.

Il se retourna. Son regard meurtrier était celui du prés' de MC.

— Antony a réussi à localiser le portable de ton frère, lâcha-t-il.

Je me redressai immédiatement.

— Je viens avec toi ! affirmai-je.

— Non ! répliqua-t-il avec autorité.

— Miles...

— Charly, t'es dingue ou quoi ? Tu sais ce que c'est, t'es passée entre leurs mains, j'te signale.

— Ne me laisse pas ici, toute seule... Je suis tellement inquiète, je vais devenir folle !

— Je vais te le ramener, je te le promets.

— Je sais, ce n'est pas ça...

— C'est quoi, alors ?

J'hésitai quelques secondes.

— J'ai peur pour toi ! Peur que tu ne reviennes pas..., m'exclamai-je avec angoisse.

Il cilla, resta figé durant un court instant, les yeux fixés sur moi, certainement à cause de tout ce que cela signifiait réellement.

— Charly...

— Miles, je sais ce que j'ai dit. Les bikers, les MC et tout ce qui va avec... Et crois-moi, je le pensais, mais...

— Mais ? releva-t-il avec intérêt.

— Mais je tiens trop à toi pour te perdre, affirmai-je.

Il me fixa avec une telle intensité, une telle fièvre, que des frissons parcoururent ma colonne vertébrale. Puis il fondit sur moi, saisit mon visage entre ses mains et m'embrassa avec passion, sensualité. Comme si... c'était la première, mais aussi la dernière fois. J'enroulai les bras autour de lui, le besoin de le sentir contre moi était plus fort que tout.

— Charly... je t'aime, murmura-t-il en posant son front contre le mien, comme si c'était une évidence pour lui.

Mon cœur loupa un battement, mon estomac opéra un salto arrière. C'était bien la première fois qu'on prononçait ces mots-là à mon intention. C'était flippant... mais tellement bon, aussi.

— Moi aussi... je t'aime, Miles, murmurai-je d'une petite voix.

J'avais l'impression que j'allais m'embraser sur place, punie par je ne sais quelle puissance surnaturelle pour avoir osé dire tout haut que j'aimais... un biker.

Un sourire éclatant s'épanouit sur ses lèvres, ses prunelles magnifiques étincelèrent, comme sous le coup d'un feu d'artifice. Il me parut heureux et... soulagé. La furie que j'étais ne devait pas être tous les jours facile à vivre et, quelque part, je me sentais apaisée de pouvoir enfin ouvrir mon cœur à quelqu'un.

— Ne me laisse pas ici... s'il te plaît, repris-je avec force.

Il soupira.

— Très bien. Mais tu restes au bar, dans le bureau, et sous la protection des Bloods, m'imposa-t-il.

J'étais prête à me contenter de ça.

— D'accord.

— Allez, prends ta veste. On y va.

Nous arrivâmes à vive allure, main dans la main. C'était la première fois que je pénétrais dans les lieux en tant que petite amie du prés'. L'endroit était noir de Bloods, comme l'indiquait déjà le nombre de motos garées sur le parking. Miles dégageait cette aura de puissance et d'autorité qui m'avait déjà coupé le souffle, la première fois qu'il était sorti de ce bureau. Tous s'écartèrent pour nous laisser passer, les yeux fixés sur nous, mais personne n'émit de remarque. Ils savaient. On rejoignit sa garde personnelle sur la plate-forme : Slash, Sullivan, Scott et Antony. Seuls Jayden et Angelo, restés à Chicago, manquaient à l'appel.

Ils hochèrent la tête dans ma direction. C'était mon baptême officiel parmi les membres du chapitre. Je restai en retrait, entre le second et le *Road Captain*, pour observer la marée de regards meurtriers et résolus fixés sur Miles.

— Ce soir, on résout une bonne fois pour toutes le problème Soul, clama avec force celui-ci.

Une huée virile lui répondit, le poing levé.

— Indianapolis n'est pas assez grande pour nos deux clubs, et Darius a signé son arrêt de mort le jour où il a posé la main sur ce qui m'appartient... sur Charly.

Je me raidis. Les deux hommes qui m'encadraient me lancèrent une œillade amusée. J'étais plus qu'une petite amie... Il venait de faire de moi la régulière du prés', ne me manquait plus que le cuir officiel. Je respirais par à-coups... *Ne panique pas, Charly !*

— Antony a localisé le téléphone portable de son frère, Matt. Elle et lui sont des Bloods de sang. C'est donc une histoire d'honneur ! On le ramène avec nous et on éradique ces fils de putes.

Deuxième clameur. Tous se préparèrent au départ. De nouveau, l'angoisse me vrilla le ventre. J'observai, perdue, la machine Blood se mettre en route. Les mêmes gestes avaient dû être accomplis, à l'époque, pour venir me chercher. Miles discuta avec des types en me jetant quelques coups d'œil. Puis il fendit la foule jusqu'à moi, suivi d'un grand roux.

— Charly, voici Julian.

Le type me décocha un petit sourire.

— Il est en charge, avec six de ses gars, de la sécurité du club et, par conséquent, de toi, reprit Miles.

— C'est un honneur d'assurer la protection de la régulière du prés', intervint l'homme avec une voix grave.

— Euh... merci, Julian, répondis-je.

Le type hocha la tête puis repartit dans la salle. Miles m'attrapa la main et me conduisit jusqu'à la porte du bureau. Il tapa le code avant de nous faire entrer. Je l'observai effectuer le tour de la pièce, vérifier les issues, les fenêtres, puis il se tourna vers moi.

— Julian sera dans le bar avec les gars. Toi, tu restes ici, en sécurité. Personne ne connaît le code, hormis Sullivan, Slash, moi et toi, dorénavant. Je cillai. Si ça tourne mal pour nous et que tu vois les Souls rappliquer, tu ne cherches pas à comprendre, tu prends la fuite par la porte de derrière et tu te prépares à quitter l'État le plus rapidement possible. Tu contacteras Antony, qui te fera un virement et te fournira une porte de sortie avec une nouvelle identité, des nouveaux papiers... ailleurs. Il a ses instructions, m'informa-t-il, le plus sérieusement du monde.

Mon Dieu, il a tout planifié. J'avais la nausée, les mains qui tremblaient. Ses paroles m'atteignirent directement au ventre. Miles s'était imaginé ne pas revenir. Ni lui, ni Matt, ni les autres...

— Charly ? Tu as compris ? reprit-il en prenant mes mains dans les siennes.

Je hochai la tête. Mon visage devait afficher un air déconfit, car il serra mes doigts un peu plus fort avant de m'attirer dans ses bras.

— Ça va aller, murmura-t-il.

— Ne joue pas les héros, s'il te plaît, prononçai-je d'une voix tremblante.

— Je suis le *bad boy* de l'histoire, tu te rappelles ? Je ne peux pas devenir le héros, railla-t-il pour détendre l'atmosphère.

Un piteux sourire ourla mes lèvres. Miles m'embrassa puis me laissa au beau milieu de la pièce, avant de descendre les marches. Je me dirigeai vers le bureau, les observai sur les écrans vider les lieux, grimper sur leurs motos et partir vers l'inconnu. Je me redressai, tout à coup, et me précipitai aux toilettes pour vomir.

CHAPITRE 31
MILES
OPÉRATION SOULS

Slash et Sullivan étaient partis en éclaireurs, avec quelques-uns de leurs gars. La majorité des autres Bloods et moi étions planqués derrière les hauts murs, et les barbelés qui les ceinturaient, d'un vieil entrepôt désaffecté, à la limite de la ville. On en avait visité, des vieux hangars et des bâtiments à l'abandon, dans ce genre, au cours des dernières semaines, mais pas ici. Tout simplement parce que nous étions loin de la zone d'influence des Souls. Qu'est-ce qu'ils foutaient par ici ?

Les feux et les moteurs éteints, nous patientions dans le silence et le calme complet, comme des ombres prêtes à surgir sur leur proie. Une silhouette se faufila, rapide et silencieuse, jusqu'à nous. *Sullivan.*

— Alors ? murmurai-je.

— Entre vingt-cinq et trente. Le frère de Charly est là... en mauvais état. Ils se sont déchaînés sur lui... Je ne suis même pas sûr qu'il soit en vie, m'informa-t-il.

— Il l'est, affirmai-je. Sinon pourquoi rester ici, avec lui ? Il aurait été plus facile de nous balancer le corps devant le bar.

— Y'a une pancarte sur l'une des entrées, qui porte cadenas et grosses chaînes.

— Et ?

— *P.O.I.C*, lâcha-t-il.

— Propriété de la ville d'Indianapolis, répliqua aussi vite P'tit Génie, derrière moi.

— Propriété de la ville ? demandai-je, perplexe.

— Bâtiment réquisitionné par la police, m'apprit-il.

— Les flics ? Avec les Souls ? intervint Sloane, à mes côtés. C'est quoi l'embrouille ?

— Tu penses que c'est un piège et que les flics nous attendent en embuscade ? s'inquiéta Scott.

— Pour ça, il aurait fallu qu'ils sachent qu'on venait ce soir, rétorquai-je.

— J'aime pas ça, Miles, reprit Sloane.

— Moi non plus. Mais, de toute façon, on est là... Alors, autant en finir, déclarai-je, résolu.

Je sortis mon arme, ôtai la sécurité, imité en cela par la quarantaine de motards planqués derrière moi.

— Très bien, on se répartit en trois équipes : une avec Sullivan, une autre avec Slash, la dernière avec moi. P'tit Génie, tu rentres.

— Mais, boss..., tenta-t-il de répliquer.

— Antony, je te rappelle qu'au cas où ça se termine mal, tu as encore une mission à mener à bien.

— OK, boss, se contenta-t-il de répondre.

Les gars se séparèrent comme convenu et partirent dans des directions opposées. Notre but était d'entourer le bâtiment puis de surprendre les bikers à l'intérieur. Je me déplaçai en silence puis me collai à la paroi tôlée et rouillée. L'endroit était désert. Je préférais ça, parce que d'ici quelques secondes, ça allait pétarader dans tous les coins. Je détectai un trou dans la ferraille en mauvais état, je me penchai pour visualiser au mieux l'intérieur : un énorme espace avec de nombreux pylônes assez larges pour nous permettre d'éviter les balles. Des spots éclairaient l'endroit, mais certaines zones demeuraient dans la pénombre. Au centre se tenait un type sur une chaise, la tête inclinée sur son torse ; de grosses chaînes le maintenaient assis et solidement attaché au siège. Ses pieds semblaient placés dans une cuvette. Je battis des yeux pour mieux voir : un gros câble électrique était relié à la bassine et traversait la pièce jusqu'à un boîtier électrique sur le mur. *Les enfoirés !*

C'était Matt, le frère de Charly, qui était retenu sur ce siège. Ces fils de putes l'avaient battu, torturé et électrocuté. Je pris encore quelques secondes pour l'observer. Il ne bougeait pas. Est-ce qu'il respirait encore ? Ces fumiers allaient me le payer ! Je contemplai rapidement les Souls présents : quelques gars étaient assis autour d'une table, en train de picoler et de jouer aux cartes, d'autres étaient installés sur un vieux canapé troué et mangeaient comme si de rien n'était. Je ne voyais pas Darius. Où était ce putain d'enfoiré ? Je levai le poing pour donner le signal.

En une demi-seconde, la lourde tension maintenue dans sa bulle de silence éclata comme un coup de tonnerre et l'enfer se déchaîna.

Les Bloods pénétrèrent avec facilité et agilité dans le bâtiment. Les Souls assis autour de la table furent les premiers à tomber sous les balles. Aucun de mes gars n'eut de pitié, eux n'en avaient pas eu envers Matt. Les chaises se renversèrent sous le choc des corps qui basculaient en arrière. Les détonations se répercutèrent avec force dans l'espace presque vide. Je me précipitai vers le centre de la pièce pour aller secourir Matt, histoire qu'il ne prenne pas une balle perdue, en plus. Mais je fus rapidement pris pour cible. Je m'adossai à l'un des piliers d'acier de l'entrepôt puis penchai la tête pour calculer la distance entre le frère de Charly et moi. Une dizaine de mètres, ça allait le faire. Je repérai Slash, un peu plus loin, également à couvert derrière un poteau. J'allais lui faire signe de me couvrir, mais mon regard fut attiré par un mouvement sur ma droite. Un des Souls avait contourné le pilier pour me prendre à revers. Je levai mon arme puis tirai, sans sommation, et sans réfléchir. De toute façon, c'était lui ou moi. Le mec s'écroula, une balle dans la poitrine. Je me retournai à toute vitesse, pour vérifier qu'il n'y avait personne derrière moi. Rien. Je cherchai Slash des yeux puis attirai son attention. Je lui fis comprendre ce que j'allais faire par des gestes. Il hocha la tête et commença à tirer dans le tas pour me libérer un passage. Je sortis de derrière ma cachette et me précipitai vers Matt. Je m'accroupis à ses côtés pour tenter de lui ôter ses chaînes et les pieds de la bassine d'eau.

— Hé, mec ! T'es encore là ? Matt ? Réponds-moi, ta sœur m'envoie te chercher, lançai-je pour le faire réagir.

Il ne bougea pas d'un iota, mais je perçus un très faible gémissement. OK, il était en vie. Il fallait faire vite. Je tirai sur ces putains de chaînes, sans résultat. Je jetai un œil à l'énorme cadenas qui verrouillait le tout dans son dos, poussai Matt vers l'avant, levai mon arme, ajustai mon tir pour ne pas le blesser et dégommai la serrure. Il tomba en avant, mais au moins, il était à couvert, au sol. Au moment où je me relevais, je fus percuté par une douleur violente dans l'épaule. Je roulai au sol et comprimai ma blessure qui commençait à saigner. On m'avait tiré dessus. Je me redressai sur les coudes et attrapai mon Glock à deux mains pour viser la tête du mec qui sortirait de la pénombre, en face de moi. Je m'attendais à voir ce traître de Darius, mais ce fut un type encapuchonné qui apparut. Je fronçai les sourcils, c'était ce fameux mec à la capuche. Il s'avança, son arme pointée sur moi, tandis que je le tenais en joue, toujours au sol.

— Miles, comme on se retrouve... vieux frère, lança le gars.

Je me raidis et fronçai les sourcils. Je savais qui il était, je l'avais côtoyé assez longtemps pour le reconnaître partout.

— Mike, soufflai-je.

Il baissa son capuchon, je reconnus les traits de mon cousin. Les mêmes que Jimmy.

— Ça faisait longtemps.

— Pas assez à mon goût, rétorquai-je. T'aurais dû rester là où t'étais.

Un éclair de folie passa dans ses prunelles bleues.

— T'as pris ma place, Miles. On ne pouvait pas en rester là, ricana-t-il.

— Toi et moi, on sait très bien que tu étais un second pitoyable, déjà à l'époque, et que tu nous aurais tous coulés avec toi.

— Cette place me revenait de droit. Jimmy était *mon* frère ! ragea-t-il.

— Sans doute, pourtant c'est moi que les Bloods et lui ont choisi pour lui succéder.

Un sourire étira ses lèvres, une étincelle de pure démence illumina son regard. Putain, il n'allait pas mieux... C'était même pire.

— T'as aimé mes cadeaux, Miles ?

— Quels cadeaux ? De quoi tu parles ? T'es complètement atteint, mec !

— Brad, la came, la descente des stups... le fric sur tes comptes. Et puis, mon but était d'atteindre ta nouvelle copine. Tu sais, la petite blonde bien roulée. Je voulais la faire crier et t'envoyer la vidéo, mais elle n'est jamais revenue à son appart, et puis ce clodo qui me surveillait tout le temps... Il a fallu que je l'élimine.

— T'as vraiment fondu un plomb !

Du coin de l'œil, j'aperçus Sullivan qui s'approchait doucement sur la droite.

— Mike ! Il faut partir d'ici, les flics vont rappliquer, le héla quelqu'un sur le côté.

Je tournai deux secondes la tête pour voir débouler cet enfoiré de Darius.

— J'en ai rien à foutre des flics..., répondit avec joie mon cousin.

— T'es tombé tellement bas que tu frayes avec les Souls ? T'as de la chance que Jimmy ne soit plus là, il te défoncerait à coup de batte de baseball, lui crachai-je au visage.

Continuer d'attirer l'attention sur moi pour que Sullivan puisse le faucher.

— Je suis le seul Blood qui vaille le coup. Toi et tous ces connards qui se prétendent des nôtres vont crever ce soir. Et je remonterai le chapitre avec un nouveau sang... Celui pur de ta copine, par exemple, chantonna-t-il d'un air narquois.

Je me raidis. Comment l'avait-il su ? Il savourait pleinement l'effet que produisit sur moi sa petite révélation.

— Tu pensais peut-être que je n'aurais pas découvert qui ils étaient, elle et son frère ? Un sacré petit lot, la nièce de Wesley. Je prendrai mon pied à la baiser, attachée à mon lit. Elle te maudira, et moi, je la ferai hurler, cette chienne.

Mon doigt s'ajusta sur la gâchette, j'allais le buter ! De toute façon, il était bon pour aller séjourner chez les aliénés. Au moment où Sullivan surgit de l'ombre pour lui arracher son arme, une voix interpella mon cousin, derrière lui :

— Mike, sur ta droite !

Je connaissais ce timbre, je l'avais déjà entendu quelque part. Tout alla très vite, Sullivan et Mike chutèrent lourdement sur le sol, l'arme échappa des mains du frère de Jimmy. Je me relevai en quatrième vitesse, grimaçant sous la douleur de ma blessure par balle, et me jetai sur lui pour lui asséner des coups dans la tête.

— Espèce de connard ! Je vais te tuer ! Jimmy ne m'en voudra pas d'éliminer un taré comme toi.

— Miles ! intervint Sullivan derrière moi.

— Non, on le bute, et Darius aussi. Occupe-toi du mec qui se planque dans l'ombre, par-là, lui ordonnai-je.

— Il s'est barré ! Y'a plus personne... Il ne reste que Darius et une poignée de Souls. C'est un carnage, ici. Il faut se tirer !

Je m'acharnais sur mon cousin et ce dingue rigolait sous mes beignes.

— Tue-moi, Miles, de toute façon, il est trop tard ! Tu ne peux plus la protéger... Ils sont en chemin, lâcha-t-il dans un éclat de rire.

Je me figeai, les poings ensanglantés, au-dessus de lui.

— Miles, il faut se tirer, cria Slash en se précipitant vers nous. Les sirènes de flics se font déjà entendre, au loin. On a attaché Darius et ceux qui restent aux pylônes.

Je relevai une demi-seconde la tête vers mon second, mais c'était déjà de trop. Mon cousin m'asséna un violent coup de tête. Je basculai en arrière, tandis que Mike se carapatait déjà. Sullivan lui courut après.

— Putain de taré ! jurai-je.

— Allez, Miles. Partons. On a récupéré le frère de P'tite Furie. Il faut l'emmener à l'hôpital, m'informa mon second.

Sullivan revint en courant, je l'interrogeai du regard, il secoua la tête. Je criai de frustration et me redressai, la lèvre éclatée, en sang.

— On lève le camp, ordonnai-je, à bout de nerfs.

Je jetai un dernier regard autour de moi et me rendis compte du massacre. On allait certainement devoir répondre à certaines questions, mais on aurait mille et un témoins qui se porteraient caution pour nous, en expliquant qu'on était tous quelque part ailleurs ce soir. Je courus aux côtés de mes deux acolytes pour aller récupérer ma Harley. Mon épaule me lançait, ma lèvre aussi, mais c'était la frustration qui me causait le plus de tourments. Cette soirée marquait sûrement la fin des Souls, les flics les embarqueraient illico. Et même s'ils s'en sortaient, Darius ne se relèverait pas de sitôt. Malgré tout, Mike s'était enfui. J'en étais malade, ce connard s'en était tiré... alors qu'il nous avait menacés, nous et Charly.

Mon pouls pulsait contre mes tempes, un feu me consumait, mais aussi une angoisse sourde... Ses dernières paroles se répétaient en boucle dans ma tête... Je n'osais comprendre. Quant à ce mec qui se tenait dans l'ombre... j'avais déjà entendu sa voix. Pourquoi ne s'était-il pas montré ? Avec qui Mike et Darius s'étaient-ils associés ?

Les lumières bleutées des gyrophares des flics éclairèrent la nuit sombre. Je démarrai ma bécane, crachai le filet de sang qui stagnait dans ma bouche et fonçai en direction du club.

Les bécanes s'alignaient bien sagement devant la façade illuminée du logo des Bloods. Je descendis de ma moto, rejoint rapidement par Slash, Scott et Sullivan. Le premier avait l'arcade sourcilière en sang, Scott boitait, et Sul' arborait deux méchants hématomes sur la joue.

— On a des pertes ? demandai-je en m'immobilisant devant les portes du bar.

— Non. Pas mal de petits et gros bobos, m'apprit Slash. Allen, Hike et toi êtes blessés par balle, mais ça n'a pas l'air grave. En revanche, P'tite Furie va être morte d'inquiétude en voyant ta petite gueule amochée et ton épaule trouée.

— Ouais, mais pense aux câlins et aux p'tits soins dont il va écoper, cet enfoiré, railla Scott.

Je lâchai un rictus fugace qui me tira finalement une grimace. C'était pas une bonne idée de sourire, ce soir.

— Et Matt ?

— On l'a emmené aux urgences..., répondit Sullivan.

— C'est qui, *on* ?

— Hope et Luis... Ils ont tout mis sur le dos des Souls. Darius n'est pas près de sortir.

— Mais comment va-t-il ?

— Pas bien. Il n'a pas repris connaissance sur le chemin de l'hôpital.

Il m'observa d'un air contrarié.

— Charly le sait ?

— Non, on a pensé que c'était mieux que tu le lui annonces... De toute façon, elle doit savoir qu'on est là, dit-il en levant la tête vers la caméra.

Je soupirai, puis entrai dans le bar. L'endroit était déjà plein de Bloods. Ceux qui n'étaient pas en trop mauvais état buvaient une bière, les autres devaient être derrière, en train de se faire soigner ou recoudre par nos infirmières personnelles. Les gars et moi fûmes accueillis par des cris de victoire. Mais mes yeux cherchaient désespérément une petite tête blonde aux grands yeux turquoise. Elle n'était pas à notre table, je me tournai vers la porte du bureau, au fond. Je la vis s'ouvrir doucement puis une P'tite Furie en surgit, comme si elle avait le feu aux fesses, pour se jeter dans mes bras. Je reculai d'un pas sous l'élan et grimaçai quand je la rattrapai.

— Miles...

— Ça va. Je n'ai rien, la rassurai-je.

Des sifflements fusèrent dans la salle. Elle se recula et m'observa pour vérifier mes dires.

— Menteur ! s'écria-t-elle en voyant ma tête et mon épaule.

— C'est moins grave que ça en a l'air, lui expliquai-je.

— Tu es sûr ? Parce que ça, c'est une blessure par balle, rétorqua-t-elle.

— C'est vrai qu'on ne peut pas te tromper, toi, la Blood, ricanai-je.

— Et mon frère ? s'inquiéta-t-elle en scrutant l'espace derrière moi.

— Hope et Luis l'ont emmené à l'hôpital. Il n'est pas en grande forme. Tu devrais peut-être t'y rendre, Sullivan ou Scott peuvent t'y emmener, l'informai-je.

— Il n'est pas..., hésita-t-elle, les larmes aux yeux.

— Non. Mais il sera heureux de te voir à son réveil.

— Je ne veux pas te laisser...

— Hey, t'inquiète pas pour moi, murmurai-je, ça va aller. Je vais demander à une des filles de s'occuper de moi et...

Je vis le feu dans ses prunelles... *Mauvaise idée, Miles*. Charly était devenue en moins de deux une vraie possessive. Je m'attendais à ce qu'elle sorte les griffes si une petite nénette s'approchait trop près de son biker... Bon sang, j'adorais ça !

— Je vais m'occuper moi-même de lui, P'tite Furie. T'as pas à te faire de bile. Aucune fille ne posera la main sur Miles, je te le promets, la rassura Slash en croisant les bras sur son torse.

Je lui retournai un regard perplexe.

— Va voir ton frère. On se voit demain, repris-je avec assurance.

Charly se blottit dans mes bras puis m'embrassa avec délicatesse sur le bout des lèvres.

— Merci... Merci à tous, déclara-t-elle avec émotion.

— Je l'emmène, me prévint Sullivan. Je suppose que je garde les yeux rivés sur elle ?

— T'as tout compris, répliquai-je.

Elle tourna les talons, se retourna une dernière fois pour me chercher du regard, et sortit à la suite de Sul'.

— On dirait bien que t'en as trouvé une qui est vraiment accrochée, s'esclaffa Sloane, à la table d'à côté.

— On le dirait, soufflai-je pour moi-même.

— La laisse pas partir, celle-là.

— Je vais m'y efforcer, crois-moi.

Même si je sentais que le plus dur restait à venir.

— Allez, viens par ici, mon biquet. Je vais te soigner, railla Slash en posant une main sur mon épaule.

— Depuis quand t'es mon ange gardien, toi ? ironisai-je.

Je le suivis jusqu'au bureau, tout en saluant chacun de mes frères au passage.

Assis sur une chaise, dans le bureau, je laissais Slash soigner ma blessure, en grimaçant de temps en temps. D'après ses dires, la balle était ressortie. Une chance ! Ce qui m'éviterait sûrement un petit passage à l'hôpital. Il faudrait que je dissimule ce détail à Cassie, sinon je me prendrais une leçon de morale en bonne et due forme. Mon second finit de bander au mieux mon épaule. Il n'avait pas le doigté ni la délicatesse d'une infirmière ou de Charly mais, en mon for intérieur, je savais qu'il était temps que j'aie une discussion avec lui. Toute cette histoire avait révélé qu'il n'avait été qu'un pion, même si son arrogance et son côté bravache avaient, sans aucun doute, servi mon cousin.

— Voilà, princesse, t'es toute recousue. Bon, après, pour ta tête de boxer, j'peux rien faire, mais je suis sûr que P'tite Furie appréciera ton côté *bad boy*, me taquina-t-il.

— Ouais, sans doute. Je te remercie.

— Pas de quoi, boss. Je ne voulais pas qu'il y ait un malaise entre elle et toi. J'ai bien remarqué que t'étais accro. À un moment, j'ai pensé que c'était une fille comme Paula qu'il te fallait, et je suis désolé de l'avoir fait revenir dans ta vie. Finalement, je me rends bien compte que c'est cette petite rebelle qui te rend heureux... Et moi, ça me va.

— Slash, je suis désolé pour toute cette histoire. Même si ton côté sûr de toi et fonceur m'ont fait douter, j'ai bien vu que tu n'avais rien à voir dans cette sale affaire.

Il m'observa d'un air contrarié.

— Boss... Miles, tu penses que j'aurais pu participer à cette magouille et vous faire tomber, toi et le club ?

— À un moment donné, je me suis demandé si tu ne préférais pas être à ma place, avouai-je,

— Bon sang, mec ! On se connaît… quoi ? Depuis qu'on a quinze ans ? Toi et moi, on a été prospects ensemble sous la présidence de ton cousin, on a fait les conneries ensemble, on s'est pris des raclées ensemble, et même des sacrées bitures. Mais crois-moi, je n'ai jamais imaginé prendre ta place. T'es un bon prés', et j'étais super heureux quand tu m'as proposé le poste de second, mais parce que t'es mon pote et que je voulais assurer tes arrières. Sullivan et moi, on n'a jamais eu aucune prétention à ce titre. On sait très bien ce que représentent la charge de travail, le poids des responsabilités, et je ne m'en sens pas capable.

— Je m'en rends compte, maintenant. J'ai été con... Excuse-moi, mec.

— Allez, n'en parlons plus ! J'ai merdé, t'as fait ton boulot de prés' en essayant de protéger les frères et le club. Mais je peux te rassurer, je ne suis pas celui qui veut te poignarder dans le dos. J'ai une grande gueule et j'agis toujours de manière directe, tu sais bien que c'est ma spécialité... J'ai pas de filtres ! railla-t-il.

Il me tendit son poing que je cognai du mien dans un check amical.

CHAPITRE 32
MILES
SUPPLICE

La nuit n'avait pas été reposante ni paisible. Mes mains n'avaient cessé de chercher après elle... Les draps froids avaient témoigné de son absence et de ma solitude. Charly était entrée dans ma vie, et je n'avais aucune envie qu'elle en sorte. Elle m'aimait... Elle me l'avait dit. Pourtant, les images de Mike, un sourire dément aux lèvres, me revenaient sans cesse. Impossible de dormir. *Ils sont en chemin*... Je savais ce que ça voulait dire. Mais était-ce la dernière machination d'un cinglé pour nous atteindre ou la prédiction maudite d'un enfoiré prêt à tout pour nous détruire ?

Vers cinq heures du matin, lassé de tourner dans le lit et tiraillé par la douleur dans mon épaule, je m'étais levé. Déambulant comme un somnambule dans le loft qui semblait devenu trop grand pour moi, je me préparai un café et m'allumai une clope. Je ne pouvais pas la perdre, voilà ce que mon cerveau ne cessait de me répéter, depuis cette phrase prononcée par ce connard de Mike. Charly m'était destinée, elle était mienne. Je le sentais dans toutes les fibres de mon corps. J'attrapai le plaid à côté de moi, il portait son odeur. Je ne laisserais pas ce salopard de Wesley me la reprendre... Je le tuerais, s'il le fallait vraiment, et on fuirait... au Canada ou au Mexique.

Mais avant ça, je devais discuter avec Matt Wittman. Il fallait que je sois sûr. D'un pas décidé, je me dirigeai vers la cuisine, me versai un café noir avant de grimper à l'étage et de prendre une douche.

Le soleil se levait à peine lorsque je me garai sur l'immense parking du Indianapolis Hospital Center. Je n'étais même pas sûr que les visites soient autorisées à cette heure-ci. Je traversai les allées bondées de voitures en tout genre pour rejoindre l'accueil. L'agent derrière le comptoir me fixa, perplexe, et ce, dès que j'eus posé un pied dans l'endroit. Qu'est-ce qu'un biker pouvait venir faire ici ?

— Bonjour, je suis venu rendre visite à Matthew...

J'hésitai... Quel nom avait-il pu donner aux infirmières ?

— Witt, bredouillai-je, Matthew Witt. Il a été amené hier soir.

— Suite à une bagarre avec des bikers ? releva le petit homme chauve.

— C'est ça, me contentai-je de répondre.

Il scruta mon cuir comme si j'étais assez crétin pour en finir avec ma victime à l'hôpital.

— Je fais partie de ceux qui l'ont sauvé..., tentai-je de le rassurer.

Il n'avait pas l'air de savoir comment réagir.

— C'est quoi dans la boîte ? me demanda-t-il avec suspicion.

J'ouvris le couvercle pour lui montrer les beignets au sucre et au chocolat.

— Vous en voulez un ? proposai-je avec mon beau sourire de fils à papa et ma lèvre éclatée.

— Non, merci. Ça va aller. Matthew Witt, chambre 24, second étage. Ne le fatiguez pas trop, m'indiqua-t-il.

— Promis, dis-je en me dirigeant vers le couloir et l'ascenseur.

Je savais que Charly avait passé une bonne partie de la nuit avec lui, et que Hope et Sullivan l'avaient forcée à rentrer se reposer chez son amie. Était-elle déjà là ? Je préférais avoir cette discussion seul à seul avec son frère, avant de lui faire part des nouvelles.

Je déambulai dans le couloir, vérifiant les numéros des chambres, à côté des portes. Arrivé devant le 24, je me figeai un instant.

Matthew Wittman et moi n'étions pas vraiment potes, bien au contraire. Ce mec, c'était un fils de biker et, d'après ce que j'avais pu déceler chez lui, un futur second, voire un futur prés'. Encore fallait-il qu'il rentre au bercail. Même s'il se prenait une raclée, les conséquences pour lui seraient beaucoup moins impitoyables que pour sa sœur. Lui avait été élevé pour succéder, elle pour être vendue ou offerte comme monnaie d'échange. Je frappai et décidai d'entrer.

La chambre, dans les tons jaunes, était de taille moyenne. Une énorme fenêtre occupait la majeure partie du mur en face de moi. Le soleil commençait son ascension, une douce lueur baignait la pièce. Matthew était endormi dans son lit. Des tuyaux reliés à des perfusions pendaient de chaque côté du lit, mais heureusement, il n'était pas assez mal en point pour qu'on le place sous oxygène. Malgré son teint bis qu'il tenait de sa mère, il était plutôt pâle. Des hématomes et des cicatrices se disputaient la place sur son visage. Ses yeux étaient gonflés, sa lèvre aussi éclatée que la mienne, et il avait un pansement sur le nez. Certainement cassé. Sa belle petite gueule de latino en avait pris un coup. Je restai là, à l'observer en silence, quand, au bout d'un moment, il ouvrit les yeux.

— On t'a jamais dit que c'était malpoli de regarder les gens dormir ? prononça-t-il d'une voix rauque.

— J'suis un Blood, j'emmerde les gens, répliquai-je doucement.

On s'observa durant quelques secondes, puis finalement, il m'indiqua une chaise dans un coin de la chambre.

— Il paraît que, sous ton cuir, t'as une cape de super-héros ? Et que je te dois mon sauvetage et le fait de pouvoir encore respirer... Miles, déclara-t-il avec calme.

— Tu devrais pas écouter les rumeurs, répondis-je en m'asseyant, après avoir déposé le carton de beignets sur le lit. Où est Charly ?

— Hope l'a jetée dehors pour qu'elle aille dormir un peu. J'aurais bien aimé que sa copine reste pour me soigner, mais je dois vraiment pas la brancher, m'expliqua-t-il en grimaçant.

— Les latinos, c'est pas son type, rétorquai-je en pensant à Sul'.

— Nous deux... On n'est pas potes, mais je te dois une fière chandelle, à toi et à tes gars. Si t'étais pas venu me chercher, Charly serait toute seule, aujourd'hui.

— Charly ne serait pas toute seule, le corrigeai-je.

Il esquissa un sourire en coin, qui vira en grimace illico, genre Joker, dans *Batman*. Je savais ce que c'était, moi aussi, j'avais la lèvre défoncée.

— Tu l'aimes vraiment ? me demanda-t-il.

— Ouais. Elle est devenue toute ma vie, et personne ne lui fera de mal tant que je respirerai, affirmai-je.

— Tu sais ce que ça veut dire de rester avec elle ?

— Je le sais parfaitement.

Il tourna les yeux vers la fenêtre, le regard perdu sur l'horizon.

— Ils arrivent..., lâchai-je, comme une certitude.

— Ouais, soupira-t-il.

— Pour elle ?

— Pour nous. Mais toi et moi, on sait très bien comment ça va se passer. Wesley ne lui pardonnera pas de s'être enfuie. Il va lui donner une leçon.

— À toi aussi.

— Moi, j'en ai rien à foutre. J'encaisse.

— Elle aussi.

— Mon père lui a appris à supporter les coups en silence, depuis la première fois où mon oncle a passé sa colère sur elle. Il l'a élevée comme un vrai biker, pour qu'elle puisse se faire une place parmi nous, à Chicago. C'est après que ça a dérapé...

— Il l'a violée..., affirmai-je.

Il revint brusquement à moi, stupéfait.

— Elle te l'a dit ?

Je hochai la tête.

— C'est arrivé deux fois... Elle en avait une peur bleue de cette putain de cave. Je n'ai pas su pour la première, mais, après la seconde, je l'ai trouvée prostrée dans sa chambre. J'ai vite compris... Elle venait d'avoir quinze ans. Ce jour-là, je me suis promis qu'il n'y aurait pas de troisième fois. En plus, j'avais entendu mon oncle se disputer avec mon père. Cet enfoiré voulait la donner comme esclave sexuelle à un de ses nouveaux associés. Un connard qui ne se pliait pas toujours aux règles. J'ai abandonné toute idée d'avenir chez les Bloods... Je devais sauver ma p'tite sœur. Tu peux penser ce que tu veux de moi, mec, mais Charly est ma seule famille, et je ferai tout pour qu'elle soit en sécurité.

— Elle a le statut de régulière de prés', les Bloods vont la protéger.

Il se marra, puis se tint les côtes en serrant les dents.

— T'as beau avoir fait du bon boulot à Indianapolis, et je sais que t'es même meilleur président que ton cousin Jimmy, ça n'empêchera pas Wesley de vous anéantir, ton MC et toi. Surtout si tu te mets en travers de son chemin. C'est un cinglé ! Pire que ton cousin Mike. Il ne faut pas que Charly retombe entre ses mains.

— Ça, je le sais. Ce n'est même pas envisageable ! Mais toi, tu proposes quoi ? m'énervai-je en me levant de la chaise.

— Laisse-la repartir avec moi.

— Non. Je ne peux pas faire ça. Je suis en mesure de la protéger. J'aime Charly et personne ne me la prendra, crachai-je avec fureur.

— Tu te leurres, mon gars. Il va défoncer ton chapitre et tes frères, vous faire regretter d'être en vie, et finalement, il la prendra directement entre tes bras. Peut-être même qu'il lui collera sa raclée devant toi... En t'expliquant qu'elle ne t'appartient pas et que tu te dois d'obéir aux règles. Si tu veux la protéger, laisse-la partir.

Je m'approchai de la fenêtre et observai, à mon tour, l'horizon, les poings serrés par la frustration. Impossible... Ça ne pouvait pas se terminer comme ça. Je n'imaginais même pas ma vie sans elle ; même le club me paraissait dépourvu d'intérêt, si elle n'était pas à mes côtés. Elle était celle que j'attendais. Ce putain d'univers ne pouvait pas me la donner pour me la reprendre aussi vite !

Mon regard fut attiré du côté du parking, et je la vis arriver. Cheveux au vent, le sourire aux lèvres, en compagnie de Hope et Sullivan. J'aurais tout donné pour qu'elle puisse continuer de sourire en liberté.

— Tu peux être sur pied dans combien de temps ? demandai-je d'un ton monotone et froid en reportant mon attention sur Matt.

— Deux ou trois jours, déclara-t-il en me fixant avec intensité.

— Ils ne te laisseront pas sortir, lui fis-je remarquer.

— J'suis un Blood ! Rien à foutre.

J'esquissai un sourire en coin. Lui et moi, on était pareils.

— Je te donne deux jours. Un de mes frères lui a préparé des nouveaux papiers. Tu diras à ton copain le blondinet de gérer la paperasse au niveau du garage. On vous fera un virement là-bas, en Floride. Assure-toi qu'elle reprenne ses études et qu'elle évite les emmerdes, exigeai-je.

— Les emmerdes... comme toi ? rétorqua-t-il pour détendre l'atmosphère.

— On va dire ça.

— Deux jours... Pas un de plus. Démerde-toi comme tu veux. Et soyez prêts à déguerpir de l'autre côté de la frontière, si ça tourne mal. Ne la laisse pas tomber en te barrant, cette fois-ci, sinon je te retrouverai et je te ferai la peau.

— Tu vas faire quoi, quand ils seront devant ta porte ?

— Je vais gérer ! J'suis un Blood !

On frappa à la porte. Une petite tête blond camel surgit dans l'entrebâillement. Elle sourit à son frère, et ses yeux étincelèrent quand elle m'aperçut.

— Miles ? Je ne savais pas que tu étais là. Tout va bien ? s'enquit-elle en nous observant, son frère et moi.

Elle déposa un baiser sur le front de Matt, puis vint se réfugier entre mes bras.

— Tu m'as manqué cette nuit, murmura-t-elle à mon oreille.

— Toi aussi.

— Ce soir, je rentre dormir à la maison, m'annonça-t-elle avec un clin d'œil complice.

Mon estomac se tordit. Je me forçai à arborer un sourire plaisant, alors que je n'avais qu'une envie : frapper dans le mur ou sur quelqu'un.

— Je vous laisse, je dois retourner au bar.

J'embrassai Charly avec la force du désespoir, lançai un coup d'œil à Sullivan, et me dirigeai vers la porte en saluant Matt d'un hochement de tête.

— Miles ? me héla-t-il une dernière fois.

Je me retournai vers lui.

— Merci.

Je ne répondis rien et sortis dans le couloir. Sullivan me rattrapa avant que je n'atteigne les portes de l'ascenseur.

— Miles ? Tout va bien ? s'inquiéta mon *Road Captain* en voyant ma tête.

— Mike a prévenu Chicago. Ils sont en route pour récupérer Charly et Matt.

— Merde ! s'exclama-t-il en passant la main dans ses cheveux dans un geste nerveux.

— Tu nous retrouves au bar d'ici deux heures. En attendant, tu restes ici pour surveiller tout ce beau monde.

— Tu vas envoyer quelqu'un pour me relever ? Je réunis les gars pour organiser la protection de Charly et Matt ?

— Non.

Il écarquilla les yeux.

— Non ?

— Dans deux jours, elle sera en Floride avec son frère et une nouvelle identité.

— Quoi ? C'est une blague ? Tu ne vas pas la laisser partir ! On est capables de se défendre. Les gars sauront les protéger.

— C'est comme ça, Sul' ! Et, pour une fois, ne discute pas mes ordres !

Je tournai les talons, le laissant en plan au beau milieu du couloir. J'avais épuisé mon quota de gentillesse et de bonnes actions pour la journée... peut-être même pour une vie entière. Je rejoignis le parking puis grimpai sur ma Harley. J'avais juste besoin de rouler… et de tout oublier.

J'avais avalé les kilomètres au moins pendant deux heures, pour finalement atteindre la frontière de l'État. Immobile devant le panneau « Illinois », l'envie de hurler à la lune comme un loup m'avait vrillé les tripes. J'aurais pu me rendre là-bas, entrer dans le club, me faire un passage jusqu'au bureau du prés' et le descendre froidement. Bien sûr, je n'aurais pas survécu cinq minutes à cet assassinat, mais Charly, elle, aurait été libre. Enfin.

En définitive, j'étais resté là comme un con, à écumer de rage et de douleur devant ce putain de panneau. Si j'avais pu dresser un mur, une frontière infranchissable entre nos deux États, je l'aurais fait sur-le-champ. Mais mon pote l'univers en avait décidé autrement et se foutait allègrement de ma gueule.

Après mon *road trip* en solo, je rentrai au Blood. Sullivan était déjà là. Scott, Slash, Antony et les autres également. Jayden et Angel étaient sur la route du retour et devaient nous rejoindre, un peu plus tard.

Ma tête de tueur et moi traversâmes le bar pour aller retrouver les gars à notre table. Déjà, quelques-uns des plus anciens, comme Sloane, ou Brad, qui était revenu de la planque, me suivaient pour venir aux nouvelles.

— Ça va, mon gars ? Tu fais une drôle de tête. Les flics te font des misères ? m'interrogea Brad.

— Non, c'est pas les flics, répondit à ma place Sullivan, assis à mes côtés.

Je le regardai de biais. C'était pas le moment.

— C'est Mike ? renchérit Sloane.

Je ne lui répondis pas. Brad posa la main sur mon épaule dans un geste amical et s'en retourna auprès des autres. J'étais pas d'humeur et ça se voyait clairement.

— Hé, Miles ! Regarde la télé ! Ils parlent de l'arrestation des Souls, me héla Julian, de l'autre côté de la salle.

Scott adressa un signe à Bonie, derrière le comptoir, pour qu'elle augmente le volume.

Des bandeaux de police jaunes barraient l'entrée de l'entrepôt ; les gyrophares éclairaient l'endroit plongé dans l'obscurité. Des flics allaient et venaient aux côtés de pompiers qui transportaient des civières avec des corps planqués sous des draps.

— C'est les images d'hier, ça, intervint Slash.

— Ouais. On est partis juste à temps, si tu veux mon avis, releva Sloane. C'était du bon boulot, prés'.

J'observais l'écran sans vraiment le voir. Le journaliste expliquait qu'il devait s'agir d'un règlement de comptes entre clubs rivaux ou d'une affaire de drogue qui aurait mal tourné. Je me demandais s'ils allaient parler de Matt aux informations, mais, de toute façon, le mal était fait. Les Wittman étaient sûrement déjà au courant. Pourquoi James n'essayait-il pas de m'appeler ? Certainement parce que moi, je ne l'avais pas fait pour l'avertir que j'avais retrouvé sa fille.

Le journaliste se déplaça à travers la foule amassée pour aller trouver un flic.

« Inspecteur, avez-vous plus d'informations sur ce qui s'est déroulé, cette nuit, dans ce quartier abandonné de la ville ? Pensez-vous que nous avons à craindre une recrudescence de la violence de la part des clubs de bikers de la ville ? »

Le type en question, de dos, plutôt grand, veste en jean et chevelure blonde, se retourna pour répondre à ses questions. Je fronçai les sourcils, je l'avais déjà vu, ce mec.

« C'est sans aucun doute une rixe entre clubs rivaux qui a mal tourné. Ces délinquants et meurtriers en puissance sont la lie de notre société, nous devons tout mettre en œuvre pour les stopper. Notre ville ne leur appartient pas, et mon travail consiste à le leur faire comprendre. »

Je me raidis, puis me redressai sur la banquette où j'étais assis pour mieux observer ce flic.

— Boss ? Ça va ? intervint Scott.

Je pivotai sur mon siège pour chercher quelqu'un dans la pièce.

— Brad ?

Celui-ci releva la tête vers moi puis quitta les frères avec qui il était en train de discuter. Il s'approcha de la plate-forme et nous rejoignit.

— Ouais ? Y'a un souci ? demanda-t-il en voyant ma tête.

— Regarde un peu ce type, à la télé. Il ne te dit rien ?

Il se tourna vers l'écran et plissa les yeux pour mieux voir.

— Hey ! Mais c'est ce mec qui était avec Mike... Tu sais, pour l'affaire de drogue. C'est lui, s'exclama-t-il avec colère.

Toute l'attention se polarisa sur l'ancien.

— Quoi ? Mais c'est pas un flic, ce mec ? intervint Slash.

— T'es sûr que c'est lui ? insistai-je, très sérieusement.

— J'suis sûr. C'est ce connard qui nous a menacés, ma famille et moi. C'est lui qui avait toutes les infos.

— C'est quoi cette histoire ? s'enquit Sullivan en me fixant.

— C'est l'officier qui a mené la descente ici, Sul', rappelle-toi. C'est également lui qui nous a interrogés, et encore lui qui assurait les arrières de mon cousin, hier soir.

— Qu'est-ce qu'il foutait avec Mike ? s'enquit Sloane.

— J'aimerais bien le savoir, répondis-je en poursuivant mon observation.

Que m'avait-il dit, déjà, en sortant ? *On se retrouvera, monsieur Rivera.*

— Si ce mec est un flic, ça peut expliquer beaucoup de choses. Il a accès à beaucoup d'informations, sur Brad et sa famille, sur le club, les comptes. Et puis, ça concorde avec le bâtiment « propriété de la ville », analysa P'tit Génie.

— Il joue à quoi ? Au flic ou au ripou ? reprit Scott.

— Je ne sais pas, mais une chose est sûre, il va falloir se renseigner sur lui, déclarai-je. P'tit Génie, une nouvelle mission pour toi.

Antony hocha la tête. Nous venions enfin d'identifier le type qui bossait avec Mike et, indirectement, avec Darius. Alors, les conneries qu'il débitait à la télé sur les MC, ça me laissait froid. Néanmoins, je voulais savoir qui il était et quel était son but. Cette journée était vraiment merdique !

Plus personne ne parlait, les regards étaient focalisés sur lui. Ce n'était pas malin de sa part de répondre aux questions devant la caméra... Il venait de griller sa couverture et de se mettre tous les Bloods à dos. Autant se peindre une cible en rouge et blanc dans le dos.

— On va faire quoi ? se renseigna Sloane.

— D'abord, on va gérer les Bloods de Chicago, c'est la priorité ! lâchai-je dans un soupir.

— Quoi ? croassa-t-il.

Je leur parlai rapidement de la menace qu'avait proférée Mike, de la décision commune que nous avions prise, Matt et moi, et des conséquences pour nous lorsque Wesley se présenterait à nos portes pour les récupérer, lui et Charly. Je vivais certainement mes dernières heures de présidence de ce chapitre, mais je ne tomberais pas sans me battre, et j'invitai les gars à garder la tête froide. Garder le secret afin de protéger P'tite Furie, ça avait été ma décision, et je ne voulais pas que les gars chutent avec moi. Slash ou Sullivan pourrait assurer la relève et la pérennité du club.

Bien sûr, de nombreuses protestations éclatèrent parmi les gars, encore plus parmi mes frères les plus proches. Comme Sullivan avant eux, Scott, Slash et Antony étaient persuadés de pouvoir se battre pour Charly, ou, à défaut, pour leur prés'. Ni mon second ni mon *Road Captain* ne voulaient prendre ma suite.

J'étais touché, néanmoins je leur expliquai que les Bloods d'Indianapolis ne devaient pas tomber avec moi. Un silence de mort s'ensuivit, pire que dans un cimetière, un soir de pleine lune. Je remerciai mes gars pour leur loyauté et l'efficacité dont ils faisaient preuve à chaque fois.

Puis je jetai un œil à l'horloge, me levai et traversai le bar. Les yeux étaient rivés sur moi. La pilule devait être difficile à avaler. Je me dirigeai, comme un condamné, l'âme en peine, vers la sortie. Il était temps d'apprendre la nouvelle à la femme que j'aimais.

CHAPITRE 33
CHARLY
DOULEUR

Quel malade pénible ! J'avais passé la journée avec Matt à l'hôpital et je me demandais si je ne préférais pas quand il était endormi ou abruti par les calmants. Il n'arrêtait pas de draguer les infirmières, de jouer les caïds devant elles, mais me râlait dessus quand j'insistais pour qu'il prenne ses antidouleurs. Les Angels étaient venus nous rendre visite chacun leur tour. De Hope, vite repartie car agacée par Matt, en passant par Luis et Rosie, à Josh et Aden.

Les deux adolescents attardés arboraient la même tête de boxeur et se complaisaient à comparer leurs coups. Matt rugissait qu'il était sans doute le plus courageux des deux et le plus amoché... le plus abruti aussi, mais ça, je l'avais gardé pour moi. Je m'étais échappée quelques instants de l'enfer afin d'appeler Miles. Je n'avais pas eu de nouvelles de sa part depuis sa visite au petit matin et je ne parvenais pas à le joindre sur son portable. J'avais ressenti bien plus que de la surprise quand je les avais vus ensemble, seuls, dans la chambre. Deux fauves dans une même cage... le danger à l'état pur.

Même si mon frère était un connard de biker en puissance, arrogant et sûr de lui, je lui étais reconnaissante d'avoir remercié Miles. Il avait fait abstraction de son animosité et, rien que pour ça, je m'empêchais de lui coller une baffe.

Il l'avait échappé belle. Les médecins avaient diagnostiqué des hématomes sous-cutanés, des contusions, des côtes cassées, des brûlures dues à l'électrocution ; le radius droit était brisé et ils soupçonnaient même un trauma crânien. Ce qui avait été l'explication première quand il était arrivé inconscient. Pourtant, comme l'avait stipulé l'infirmière, il avait la tête dure. Même avec son visage amoché et ses coquards, son charme opérait toujours. Le beau gosse transformé en *bad boy*... Un tombeur d'infirmières ! Et puis, il avait le verbe facile. Hormis Hope, elles tombaient toutes dans le panneau.

Il ne me parlait pas des tortures qu'il avait subies. J'avais surpris une conversation entre Sullivan et Hope sur cette histoire de bassine d'eau et d'électricité, mais lui n'y faisait aucune allusion. Tout comme j'avais gardé pour moi toutes les saloperies que j'avais endurées, commises par mon oncle et Darius. Ce dernier, en l'occurrence, avait plutôt du souci à se faire... Car, dans l'onyx des yeux de mon frère, je voyais poindre quelque chose de sauvage et de meurtrier quand il entendait prononcer son nom. Matt en faisait une affaire personnelle, et même s'il ne portait plus officiellement le cuir, il avait comme moi le crâne sanglant tatoué sur la peau. J'en frissonnais d'avance.

— Matt, je vais te laisser. Je voudrais rentrer au loft pour retrouver Miles, lui annonçai-je alors qu'il continuait de se marrer avec Aden.

Je m'attendais à un regard déplaisant ou à une diatribe sur le prés' des Bloods, mais il n'y eut rien de cela. Au contraire, son sourire s'effaça, il baissa les yeux au sol.

— OK. Profite bien de ta soirée. On se voit demain, on aura des choses à se dire.

Je levai les yeux au ciel.

— Écoute Matt, tu es mon frère et je t'aime, mais ta morale, tu peux te la garder. Je n'ai plus quinze ans. J'ai choisi Miles et tu pourras faire ou dire ce que tu veux, ça ne changera rien, lui rétorquai-je d'un ton ferme.

Il me contempla un petit moment, j'étais prête à l'affronter. Tant pis, c'était ma vie, et j'avais choisi Miles. Les conséquences ? Je les assumerais toute seule.

— On se voit demain, Charly.

Je haussai un sourcil, perplexe. Finalement, peut-être qu'un bon coup sur la tête lui avait remis les idées en place. Je m'approchai de lui en prenant ma veste sur le lit et l'embrassai sur le front.

— Qui te ramène ? s'inquiéta-t-il.

— Hope m'attend sur le parking. Elle va me déposer au loft.

— Fais attention à toi.

— Oui, papa, raillai-je. À demain, Aden.

— À demain, Indy.

Je retrouvai Hope en bas. Les remarques cinglantes sur mon idiot de frère nous accompagnèrent tout le long du chemin. Elle me demanda si je pensais qu'il allait accepter ma relation avec Miles. Je lui répondis que je n'en avais rien à faire de sa bénédiction. J'étais grande, il fallait qu'il s'y fasse. Mon amie me déposa devant le loft. Je m'approchai de l'énorme porte du garage. J'aurais pu sonner pour savoir s'il était là, mais je préférai sortir mon trousseau de clés afin de rentrer par moi-même. Un sourire niais devait avoir pris naissance sur mes lèvres au moment où j'ouvris la porte. Peut-être que cette idée d'appart n'était pas si mauvaise... C'est vrai que Miles et moi, on en était au début de notre relation, mais je me sentais bien. Il fournissait des efforts, moi aussi, et je n'avais vraiment pas envie d'aller vivre ailleurs. Une journée et une nuit passées sans lui et j'étais une petite chose en manque. C'était nouveau pour moi, aussi, je ne voulais pas lui avouer tout de suite à quel point j'étais accro. Il s'en rendrait forcément compte rapidement.

Sa moto était garée dans le garage. Je jetai un œil sur la housse qui recouvrait la Shelby, j'allais lui demander de me laisser l'essayer. Il ne pouvait plus me refuser ça, maintenant.

J'entrai dans le loft. La télé était allumée. Automatiquement, mes yeux le cherchèrent... Il était dans la cuisine, une bonne odeur s'échappait du four. Son regard acier s'aimanta naturellement au mien. C'était comme une attraction. Je déposai mes affaires et filai vers lui. Ses bras s'ouvrirent, je me jetai avec bonheur contre lui. J'avais enfin l'impression de respirer... comme si, depuis la veille au soir, j'avais été en apnée. Il me serra si fort qu'il aurait pu me briser une côte. Apparemment, lui aussi avait pâti de cette petite séparation.

— Tu m'as manqué, lui murmurai-je.

— Toi aussi.

Miles m'embrassa. Sa langue glissa sur ma lèvre avec sensualité, s'enroula avec langueur autour de la mienne. Cet échange était tendre et tellement charnel. Ses mains se déplacèrent rapidement sur mes reins puis remontèrent dans mon dos, jusqu'à mes épaules. Ses caresses étaient voluptueuses, son érection impressionnante contre moi.

— Je pense qu'on mangera plus tard, haletai-je presque.

Il ne répondit rien. Son regard impérieux ordonnait plus qu'il ne proposait. Un frisson remonta le long de ma colonne vertébrale. Miles me souleva dans un mouvement souple, je m'accrochai comme une désespérée à lui. Installée sur le comptoir de la cuisine, j'attendais avec convoitise tout ce qu'il s'apprêtait à me faire. Il envoya balader mon t-shirt et mon soutien-gorge dans un geste rapide, enfouit son visage dans mon cou pour le lécher, le mordiller. Ses mains se refermèrent sur mes seins, leur imposant leur présence conquérante, puis sa bouche fondit sur mes mamelons et sa langue les titilla, les suçota. Je me cambrai avec délice et mon gémissement l'informa de l'état fiévreux dans lequel je me trouvais.

— Miles, susurrai-je.

Encore une fois, il ne dit rien. Il se contenta de faire glisser mon jean et mon shorty le long de mes jambes. Entièrement nue, offerte à lui, je l'observai se diriger avec une lenteur étudiée vers mon intimité humide de désir. Il agrippa mes cuisses avec fermeté et, en me jetant une œillade appuyée, frôla de sa langue le pli humide de mon bourgeon bouillonnant. Je passai la jambe sur son épaule pour lui offrir un meilleur accès et profiter un maximum de l'extase et du plaisir qu'il me procurait. J'accueillis avec un gémissement voluptueux ses doigts dans mes chairs tandis qu'il approfondissait ses caresses par des mouvements de langue de plus en plus lascifs. Je remuai des hanches contre sa bouche en percevant l'orgasme brûlant monter en moi. La tête renversée en arrière, je poussai un cri lorsque l'euphorie et les sensations intenses qui l'accompagnaient explosèrent en moi.

Miles se releva puis m'arracha de mon promontoire en me saisissant par les hanches. Il m'entraîna sur le canapé et m'y allongea en s'appropriant de nouveau ma bouche avec passion. Son regard s'ancra au mien, j'y devinai une multitude d'émotions... dont certaines me perturbèrent. D'un mouvement vif, il se débarrassa de son t-shirt, déboutonna son jean et baissa sa fermeture Éclair. Mes yeux redessinèrent lentement le contour de ses épaules tatouées, de son buste sculpté et de ses abdos fermes. Je me redressai puis empoignai son membre dressé. Les yeux fermés, il poussa un grognement sauvage tandis que j'entamai un lent va-et-vient qui le mit au supplice. Il descendit pantalon et boxer avec une lenteur étudiée en me fixant intensément de ses yeux bleus mâtinés d'argent pur. Miles posa la main sur ma cheville et entreprit de caresser lentement chaque millimètre de ma peau. Il frôla le nœud palpitant de mon intimité, puis agrippa mes cuisses et s'enfonça d'une poussée vigoureuse en moi. Le souffle coupé, arc-boutée, j'agrippai le tissu du fauteuil avec force. Il débuta alors de lents va-et-vient langoureux qui me poussèrent à me mordre la lèvre : faire l'amour avec Miles était une expérience érotique extraordinaire qui m'offrait torture, plaisir et plénitude. Il demandait beaucoup, se montrait exigeant et je lui donnais tout, sans compromis.

— Charly, je t'aime comme un fou, murmura-t-il, les traits tirés par le plaisir et la retenue qu'il s'imposait.

— Moi aussi, je t'aime, soufflai-je en haletant sous ses mouvements.

— Je ne veux pas te perdre...

Je me raidis et plongeai mon regard dans le sien.

— Tu ne me perdras pas. Je t'aime, Miles, comme je n'ai jamais aimé auparavant, lui avouai-je.

Quelque chose passa dans l'acier de ses yeux, il se pencha pour cueillir mes lèvres et m'embrassa comme si c'était essentiel, indispensable... comme si c'était la dernière fois. Puis, possédé par le démon de la luxure, il débuta ses assauts impérieux et sauvages. Les mains agrippées à mes cuisses, il imprima un rythme infernal à nos corps emmêlés. Je suffoquai, bafouillai et gémis de plus en plus fort. Une tempête de sensations s'empara de mon être, l'extase avait remplacé le sang dans mes veines, un feu brûlait dans mon bas-ventre. C'était impitoyable, mais tellement bon.

L'explosion de plaisir se répercuta en millions d'étincelles dans tout mon corps. Miles se tendit et son cri rauque répondit au mien, tandis qu'il se répandait en moi avec force et puissance. Les yeux fermés, le souffle court, il demeura un moment dans cet état second. Je l'attirai doucement contre moi, et il posa son visage contre mes seins tandis que je caressais ses cheveux avec tendresse.

— Je t'ai manqué à ce point ? murmurai-je lorsque je réussis à reprendre mon souffle.

— Si tu savais..., se contenta-t-il de répondre.

— Pas besoin de savoir, j'étais aux premières loges, j'ai bien vu, raillai-je. Avec une telle performance, attends-toi à ce que je devienne exigeante.

Il se redressa sur ses coudes et m'embrassa tendrement avant de pousser un soupir à fendre l'âme.

— Allez, viens, allons manger, me dit-il en se levant.

Je fronçai les sourcils. Il était bizarre, ce soir, peu loquace. Il me semblait tellement... loin. Je me demandais si toute cette histoire avec son cousin ne le perturbait pas plus qu'il ne le laissait paraître.

Le dîner était délicieux, comme toujours avec Miles. Il n'avait presque pas touché à son assiette et sa conversation consistait à répondre à mes questions. Une angoisse prit naissance dans mon ventre. Je n'aimais pas le Miles qui se tenait devant moi. Quelque chose se préparait et je voulais qu'il m'en parle, afin que nous puissions régler le problème ensemble.

— Tu sais ce que j'ai fait, aujourd'hui ?

— Non.

— J'ai expliqué à mon frère ma façon de penser. Je lui ai dit que je t'aimais et qu'il pourrait faire ce qu'il voudrait, ça ne changerait rien. Je compte bien rester... ici, avec toi. Peu m'importe ce que penseront les autres.

J'espérais qu'il comprendrait mon sous-entendu. Après tout, je n'avais pas beaucoup de meubles dans mon appart, deux voyages seraient suffisants pour que j'emménage définitivement dans le loft.

Silence.

— Miles ? Tu as entendu ? Si tu veux toujours de moi, j'accepte de vivre ici, avec toi, repris-je plus doucement.

Ses yeux étaient rivés sur son assiette et je remarquai son poing serré sur la table.

— Qu'est-ce qui se passe ?

— Que t'a répondu ton frère ?

— Rien. Il m'a dit de profiter de ma soirée. De toute façon, devant mon air résolu, il n'avait rien à m'opposer.

— Charly, il faut qu'on parle.

Je n'aimais pas ça. Mon estomac se vrilla, la boule d'angoisse se logea dans ma gorge.

— Tu ne veux plus de moi, c'est ça ? lâchai-je avec douleur.

— Ça n'a rien à voir ! Je t'aime plus que tout. Et je t'aimerai toute ma vie, répliqua-t-il avec force.

— Tu me fais peur... Dis-moi...

— Mon cousin Mike a appelé Chicago. Ton oncle et ton père sont au courant que ton frère et toi êtes ici, à Indianapolis, planqués par les Bloods.

Ce fut comme recevoir un coup de poing dans le ventre, sauf que je ne m'étais pas préparée à encaisser ce coup-là. La panique me gagna.

— Ils t'ont appelé ? Ils sont en route ?

— Nous sommes à trois heures et demie de Chicago. Ils sont peut-être en train de préparer leur départ ou attendent de vérifier l'information... De toute façon, ils ne tarderont plus.

Je me levai brusquement.

— Je vais faire mon sac. Prépare tes affaires, j'appelle Matt.

La tornade Charly était en route. Je balayai la pièce des yeux. Que fallait-il emporter dans l'urgence ? De toute manière, rien n'était précieux. On repartirait de zéro.

— Charly...

— Quoi ?

— Ton frère est déjà au courant. Vous partez demain... pour la Floride. Antony va te procurer de nouveaux papiers, Aden va racheter tes parts du garage.

J'avalai difficilement ma salive et restai figée sur place.

— Comment ça ? Et toi ?

— Quoi, moi ?

— Je ne vais nulle part sans toi, affirmai-je.

— Arrête tes conneries ! clama-t-il en se levant. Tu pars avec ton frère demain, un point c'est tout. Moi, je reste pour gérer ton père et ton oncle et vous laisser le temps de filer. Ton frère a ses ordres : il doit rester avec toi, cette fois. Et si vous avez le moindre doute, vous filez au Mexique ou au Brésil.

J'avais la nausée.

— Mais je ne suis pas d'accord ! Miles, je veux être avec toi. S'il te plaît, viens avec nous.

— Charly, tu ne comprends pas. C'est un supplice pour moi de te laisser partir, je t'aime, et je ne pensais pas, dans ma chienne de vie, aimer autant quelqu'un. Mais ton existence sera meilleure loin des MC et des bikers. Tu mérites tellement mieux que ce que je pourrais t'apporter, tu mérites un avenir... Et moi, je ne peux pas t'offrir cela. Il faut que tu partes !

J'avais du mal à respirer, les larmes roulaient le long de mes joues, sans que je puisse rien y faire. J'avais l'impression que mon être se déchirait de part en part, que mon ciel s'obscurcissait, et que le sol sous mes pieds s'ouvrait pour me balancer directement dans la case enfer. J'avais enfin trouvé quelqu'un que j'aimais et qui m'aimait vraiment... Ce n'était pas juste.

Je me laissai tomber au sol, prostrée, choquée. Ma poitrine se secouait au rythme de mes sanglots étouffés. Il me rejoignit à genoux et me serra contre lui.

— Ce n'est pas juste... Ce n'est pas juste, répétai-je comme une démente.

— Je t'aime, Charly. Je n'aimerai jamais que toi ! murmura-t-il alors qu'il me berçait dans ses bras.

— C'est une vengeance du ciel parce que j'ai dit que je ne voulais plus jamais côtoyer les bikers... Finalement, je suis tombée amoureuse du président d'un de leurs clubs, et voici ma punition, sanglotai-je de plus belle.

— Chut ! Ne dis pas n'importe quoi ! Derrière ta cuirasse de rebelle, tu n'es qu'un petit agneau, un ange qui n'avait rien à faire dans ce milieu et tout ce bordel. Tu es le petit bonheur qu'on m'a accordé durant ces quelques mois. Promets-moi de vivre, Charly, promets-le-moi.

— Je ne peux pas !

— Si, tu le peux, ma P'tite Furie. Tu es assez forte pour surmonter tout ça. Tu vas survivre d'abord, et ensuite, tu réapprendras à vivre.

Je ne sais combien de temps nous demeurâmes ainsi, l'un contre l'autre, sur le sol de la cuisine. Ce dont je suis sûre, c'est qu'une partie de moi mourut, ce soir-là.

Je n'avais que peu dormi, cette nuit-là, blottie dans les bras de Miles. J'avais d'abord pleuré, puis vomi, aussi. Et comme dans toutes les fins malheureuses, l'aube était apparue bien trop tôt, le soleil avait baigné la chambre de ses rayons joyeux. Moi, j'avais envie qu'il pleuve. Je voulais le vent et la tempête, pour être en totale harmonie avec mon mal-être.

Mon sac était prêt sur le canapé. Miles s'était levé un peu avant moi et le café embaumait le loft... Cet endroit où j'avais adoré vivre. Une fois douchée, je descendis doucement l'escalier, portai mon regard un peu partout pour enregistrer le moindre détail autour de moi.

Miles m'avança un mug de café et un beignet que je refusai. J'avais encore la nausée.

— Hier... nous deux... Tu me disais au revoir, n'est-ce pas ? m'enquis-je, la voix éraillée d'avoir trop crié et pleuré.

— Je voulais que ce dernier instant soit inoubliable, pour toi, comme pour moi.

Je me levai, enfilai ma veste, attrapai mon sac et me tins immobile devant la porte.

— Dépose-moi au garage. Je voudrais dire adieu à mes amis, murmurai-je.

Son visage était ravagé par la douleur. Il ne dit rien, attrapa ses affaires et nous sortîmes.

Miles me déposa devant l'immense bâtisse des Angels puis repartit. Je savais que le moment de lui faire mes adieux viendrait bien assez tôt. Je restai figée devant le logo ailé. Ce garage représentait toute une partie de ma vie. Les personnes qui y travaillaient étaient ma famille, celle qui m'avait recueillie, qui avait partagé mes joies et mes peines. Je me dirigeai vers la porte fermée de l'atelier. Il n'y avait aucune voiture sur le parking. Je la fis glisser de toutes mes forces sur le rail et pénétrai à l'intérieur. Ils étaient là... Alignés les uns à côté des autres : Rosie sanglotait, les yeux de Hope brillaient, Josh et Luis avaient les traits tirés et Aden se mordait la lèvre.

— Ben alors, je ne suis pas là pendant deux jours et, déjà, le garage ne tourne plus ? déclarai-je en tentant un trait d'humour.

Bien entendu, il tomba à l'eau. Rosie, ma petite Rosita, fondit en larmes dans mes bras. Il m'était bien impossible après ça de ne pas retenir les miennes. Hope suivit, ainsi que Josh, Luis et Aden. On avait l'air de... je ne sais pas de quoi on avait l'air, mais sincèrement, je m'en foutais. C'était comme la fin de *Friends*[14], quand ils se font un câlin collectif. C'était la fin de l'histoire d'une bande de copains, sauf que la nôtre était moins heureuse, en tout cas, la mienne.

---

[14] Série télévisée américaine créée par Marta Kauffman et David Crane, diffusée pour la première fois en 1994.

Après ce long moment où l'on partagea notre chagrin, on se retrouva comme d'habitude dans le bureau de Rosie, affalés dans les canapés, autour de la cafetière et de la boîte de beignets. Mais, là encore, je n'arrivai pas à ingurgiter la moindre chose. Une pierre s'était installée dans mon estomac, pour un temps indéterminé.

— Finalement, tu n'auras même pas pu faire ton essai chez les pros, déclara avec amertume Hope.

— Non. C'est que ça ne devait pas se faire..., répondis-je tout bas.

— Il y a aussi des courses de voitures à Miami, intervint alors Luis.

— De toute façon, il faut prendre ton petit bolide avec toi, ajouta Josh.

— Non. Il vaut mieux la revendre. On va partir avec la voiture de Matt.

— Tu ne vas pas te séparer de ton p'tit bolide ? s'exclama Luis.

— Je n'ai plus trop envie de courir.

— Tu dis ça maintenant, mais les *races* et la vitesse courent dans tes veines, réagit Aden de manière laconique.

— Gardez-la. On verra bien par la suite. De toute façon, Matt restera en contact avec Aden... Je vous informerai alors s'il faut la vendre ou pas.

— On pourra venir te voir ? me demanda Hope.

— Je ne sais pas. En tout cas, pas tout de suite. Vous allez sans doute être surveillés un petit moment. Il faudra leur donner le change, dire que vous n'étiez que des employés, que vous n'avez jamais eu connaissance de ma vraie identité.

Ils hochèrent la tête.

— On ne peut vraiment rien faire pour toi, *chica* ? s'enquit Luis.

— Non. Il est trop tard. On part tout à l'heure. Le plus tôt sera le mieux. Chicago n'est qu'à trois heures et demie d'ici... Je suis même étonnée que mon oncle n'est pas déjà là, devant moi, un sourire vainqueur sur les lèvres.

De nouveau, le silence s'installa. C'étaient les derniers instants que je passais avec ma *team*... un peu comme mon propre MC, finalement.

— Et Miles ? lâcha finalement Hope.

Josh lui donna un coup dans l'épaule en sourcillant. Je soupirai, la douleur et le mal-être rivés à mon corps et à mon âme.

— C'est fini...

Ces mots m'arrachèrent encore une partie de mon cœur.

— Impossible, répondit Hope, c'est trop évident et fusionnel entre vous.

Aden se renfrogna.

— Facile... Le danger arrive, il coupe les ponts, cracha-t-il.

Je me redressai et lui lançai un regard des plus meurtriers.

— Miles reste ici pour affronter mon père et mon oncle. Et pour nous permettre de gagner un peu de temps ! répliquai-je avec froideur.

Il n'ajouta rien, mais son regard s'assombrit.

— C'est bon, les papiers sont en règle ? Le garage t'appartient ? demandai-je avec raideur.

— Pas tout à fait. Je t'enverrai les derniers avenants par mail... Tu les signeras et ce sera OK. Je te virerai l'argent de tes parts.

Je haussai les épaules. Et dire que j'avais couru après l'argent pendant plusieurs années, pour m'en sortir, pour faire vivre le garage et l'agrandir, et maintenant je m'en fichais.

— En parlant d'argent, je suis désolée de parler de ça maintenant, Indy... mais on ne peut pas clôturer les comptes pour la passation, car il manque toujours le paiement des Bloods..., m'annonça Rosie, gênée.

C'est vrai qu'à chaque fois que j'étais allée récupérer le montant des factures, il y avait eu un problème. Je soupirai. Là encore, la destinée s'acharnait. Apparemment, il était écrit quelque part que je ne devais pas toucher cet argent. Je me levai et attrapai ma veste.

— Je vais y aller.

— Quoi ? s'exclamèrent-ils tous.

— Je vais me rendre au bar, et demander à Miles de me donner l'argent.

— Euh... n'avez-vous pas une impression de déjà-vu ? intervint Hope en haussant un sourcil.

— Je t'accompagne, déclara Aden.

— Non, pas la peine. Matt devait venir me chercher. Je vais l'appeler pour qu'il me rejoigne directement là-bas.

— Je t'accompagne, répéta-t-il d'un ton ferme. On appellera Matt de la voiture. Je récupérerai l'argent et je l'apporterai à Rosie pour qu'elle puisse clôturer les comptes.

Tous les regards convergèrent vers lui. C'était quoi, cet empressement à vouloir empocher l'argent et à me conduire là-bas ?

— Quoi ? clama-t-il en nous regardant.

— Rien, conclus-je.

Je fis un ultime tour du garage, embrassai mes amis, et passai mes derniers instants enfermée dans mon atelier : celui de mon p'tit bolide.

Je décrochai les clés du tableau, fis glisser mes doigts sur la carrosserie et déverrouillai les portières. Je m'installai sur le siège conducteur. L'odeur du cuir était omniprésente... Mes mains tremblèrent au moment de les poser sur le volant et le levier de vitesse, une larme glissa sur ma joue.

— Ma belle..., dis-je, la voix tremblante, toi et moi, ça a été une sacrée histoire ! Merci d'avoir tenu le coup, merci de ne pas m'avoir lâchée, et de nous avoir menées toutes les deux presque à chaque fois à la victoire ! Je suis désolée de te faire prendre une retraite anticipée... car je sais que tu en as encore dans le ventre. Je ne t'oublierais pas !

Je demeurai là encore quelques secondes, me remémorant certains grands moments que j'avais vécus dans cet habitable. Une page de ma vie était en train de se tourner... Et je la regretterais amèrement.

Je sortis par l'atelier, qui donnait sur la rue derrière le garage, celle où Jayden et moi avions subi l'agression des Souls. Est-ce que j'aurais la possibilité de lui dire adieu ? La Corvette d'Aden m'attendait sur le trottoir... J'y montai pour me rendre chez les Bloods d'Indianapolis. Tout ça avait effectivement un air de déjà-vu. La boucle était bouclée !

CHAPITRE 34
CHARLY
LES BLOODS

L'angoisse, le cuir de la Corvette, le chemin, la menace, l'énorme logo sur le mur du Blood Skulls... Tout était pareil. J'aurais pu croire qu'on avait juste fait un bond dans le passé et qu'on nous redonnait une chance, celle de pouvoir changer les choses.

Aden gara la voiture devant le bar et resta quelques secondes immobile, ses mains enserrant avec force le volant, la tête baissée. Un coup d'œil dans sa direction m'apprit qu'il n'avait pas l'air de vouloir bouger.

— Qu'est-ce qui se passe ? demandai-je.

— Je suis désolé...

Je haussai un sourcil pour l'encourager à m'expliquer un peu mieux où il voulait en arriver.

— Je suis désolé de tout ce qui a pu t'arriver durant toutes ces années : ton oncle, ta fuite, la soi-disant mort de ton frère, les courses, les Souls... les Bloods. Tu ne méritais pas tout ça. Tu es une fille bien et j'aurais aimé t'épargner tout ça... J'aurais voulu que tout se termine... différemment !

— C'est gentil, mais je ne vois pas pourquoi tu te sens affligé de choses qui ne te concernent pas, Aden. Ce n'est pas toi qui as tissé mon destin. D'ailleurs, je ne te demande rien... Hormis de veiller sur les Angels.

— Je sais. Tu ne demandes jamais rien pour toi. Tu subis.

Sur ces mots, il sortit de la voiture et se dirigea vers le bar. Je n'avais pas tout compris. J'ouvris la portière et le rejoignis. Nous pénétrâmes dans l'enceinte du Blood, et j'eus l'impression de revivre cette même scène, quelques mois plus tôt. Mon regard le chercha automatiquement, mais il n'était pas là. En revanche, toute l'attention de la salle était focalisée sur moi... Même celle des gars que je connaissais bien, maintenant, et que je considérais comme des amis. De l'eau avait coulé sous les ponts depuis le « tous les bikers sont des connards ».

Angelo se redressa en premier, suivi par les autres. Mon cœur se serra dans ma poitrine. Je dus batailler avec moi-même pour ne pas pleurer dans ce lieu où j'avais appris à gagner leur respect. Jayden et Sullivan s'avancèrent. Le premier me prit dans ses bras en me serrant très fort ; le *Road Captain* hésita un moment puis fit de même.

Comme avec ma *team*, je passai dans les bras de chacun, même de cet abruti de Slash. J'étais contente qu'Angel et Jay soient rentrés, je n'aurais pas voulu partir sans leur dire adieu.

Leurs traits étaient fermés, à la manière de ces machos de bikers qui ne désirent rien laisser filtrer, mais leurs regards, eux, les trahissaient. Je fus soulagée de voir que je n'étais pas seule à lutter contre mes émotions.

— Salut les gars, prononçai-je d'une petite voix.

— Salut P'tite Furie, répondirent-ils en chœur.

Mon estomac se tordit, une autre partie de mon cœur partit en cendres.

— Où est Miles ?

— Dans le bureau... mais il ne sortira pas, répondit Scott.

Je fronçai les sourcils.

— Pourquoi ?

Silence.

— Pourquoi ? répétai-je avec force.

— Parce qu'il est dans un sale état, intervint Slash.

— Il faut que je le voie parce que les Bloods doivent...

Je m'arrêtai. Ils relevèrent la tête vers moi, sans doute pour voir pourquoi je m'étais interrompue. Un sourire en coin fleurit sur mes lèvres, et je me redressai pour fixer la caméra.

— J'veux voir le prés' ! Ne me faites pas perdre mon temps, déclarai-je avec défi.

— Indy, grogna Aden, adossé au mur à côté de nous, arrête ce cinéma.

— Tu joues à quoi ? me demanda Slash.

Sullivan et Scott m'adressèrent un clin d'œil.

— Vas-y, Charly, lança Jayden avec un sourire de connivence.

— Votre prés' me doit du fric ! Je n'ai jamais rien signé avec vous et je veux discuter directement avec lui ou...

Une main se posa sur mon épaule, je sursautai. Mon frère se tenait dans mon dos. J'avais complètement oublié qu'il devait me retrouver ici, pour qu'on s'en aille directement. Le visage encore tuméfié, un pansement sur le nez, on voyait clairement qu'il n'était pas remis.

— Charly ? Qu'est-ce qui se passe ?

— Rien. Les Bloods me doivent de l'argent et je ne partirai pas d'ici sans l'avoir récupéré... J'veux voir le prés' ! Pas ses larbins.

— Elle nous fait un remake de son arrivée dans le bar, se marra Scott.

— T'as fait ça ? hallucina mon frère.

— À une ou deux choses près, mais c'était ça, ouais, répondit Aden, les bras croisés.

— Mais t'es complètement cinglée !

— J'suis une Blood, j'emmerde les gens ! lâchai-je avec arrogance.

— Charly..., reprit mon frère.

— Tu voulais me voir, mademoiselle Wittman ?

Cette voix grave et sensuelle. Jamais je ne l'oublierais. Je crus bien que j'allais m'effondrer, ici et maintenant, devant tous les bikers réunis.

Je me retournai. Il se tenait là, immobile sur les marches, les bras croisés, comme la première fois où l'on s'était rencontrés. Ses prunelles argentées s'accrochèrent directement aux miennes. Comment allais-je faire pour apprendre à vivre sans lui ?

— Les Bloods me doivent de l'argent, et je ne partirai pas tant que toi, le prés', tu ne me l'auras pas donné, lui lançai-je avec un semblant de sourire qui dissimulait mon émoi.

J'avais les nerfs à fleur de peau, et toujours cette enclume au fond de mon estomac. Miles avança d'un pas dans ma direction, ses yeux brillaient d'une façon bizarre qui faisait ressortir l'acier de sa pupille.

— Viens le chercher, si tu l'oses, me défia-t-il.

Je n'hésitai qu'une demi-seconde et me jetai dans ses bras. Il me rattrapa puis me serra fort contre lui. On demeura un instant comme ça, seuls au monde, en plein milieu du bar.

Le silence régnait, pas un des Bloods n'osa interrompre ce moment.

— Tu ne voulais pas me dire au revoir ? murmurai-je.

— Je ne sais pas... C'est plus difficile que je me l'étais imaginé, souffla-t-il à mon oreille, et je ne suis pas si fort que ça, finalement.

— Tu es le plus fort... Je t'aime, Miles Rivera. Président des Bloods d'Indianapolis, répondis-je au creux de son oreille.

— Hey, Indy, c'est quoi cette histoire de pognon ? intervint Angel.

J'essuyai rapidement les larmes qui perlaient au bord de mes cils. *Les Bloods ne pleurent pas, n'abandonnent pas...*

— La clôture des comptes ne peut se faire tant que vous n'aurez pas payé les factures que vous me devez.

— Jusqu'au bout, elle va nous tenir en respect ! railla Slash.

— Faudra passer dans le bureau... J'ai pas l'argent sur moi, m'informa Miles.

— Tu le donneras à Aden. Il s'en occupera avec Rosie.

— Alors, c'est toi, l'autre Blood de sang ? demanda Angel à mon frère.

Ce dernier croisa les bras sur sa poitrine et afficha un air arrogant. Il le faisait aussi bien que tous ces mecs qui étaient réunis ici.

— C'est possible !

— Un vrai morveux comme toi, P'tite Furie, reprit Slash.

— Ouais, ça doit être de famille, répliquai-je en lançant un coup d'œil complice à mon frère.

— Vous ne devriez pas traîner. On ne sait..., commença Miles.

Deux bikers entrèrent en courant dans le bar.

— Miles ! Chicago est là !

Je me raidis. Mon cœur venait de passer, en quelques secondes, de balade en forêt à « cours, putain, cours ! ». Miles réagit le premier.

— La porte de derrière, vite.

Il m'attrapa la main et m'entraîna vers les marches. Mais il était trop tard. Une quinzaine de bikers firent une entrée fracassante dans le club. La mine patibulaire, ils s'alignèrent devant l'entrée pour en barrer le passage.

Tous les Bloods d'Indianapolis se levèrent et se placèrent illico en ligne de défense devant la plate-forme. Miles, Matt, et les autres se positionnèrent devant moi, la main sur l'arme qu'ils tenaient, soit dans un holster d'épaule, soit à l'arrière de leur jean. La tension monta d'un cran, ça allait être un bain de sang... mais je préférais mourir ici, aux côtés de Miles, plutôt que dans la cave de mon oncle.

Par-dessus l'épaule de mon frère, j'avais le regard focalisé sur les portes... m'attendant à distinguer le visage de mon oncle, le diable en personne, à tout moment.

Au bout d'un certain temps, qui me parut durer des heures, les deux battants s'ouvrirent. Mon sang bouillonnait dans mes veines et martelait mes tempes. Je clignai des yeux pour mieux voir... Un homme grand, aux larges épaules, à la chevelure camel, fit son entrée. Sa mâchoire était carrée, rasée de près, son nez droit, ses pommettes hautes, ses sourcils fournis et ses yeux d'un bleu turquoise pareil aux miens. Il était très séduisant.

— Papa..., murmurai-je.

Il se tenait droit, devant nous. Mon père passa en revue tous les visages dans la salle, d'un air sauvage et à la fois amusé. Il portait toujours aussi bien le cuir, celui où était inscrit « VP Vice-président, Blood Skulls Chicago ». Son regard s'arrêta quelques secondes sur Matt, puis derrière lui, sur moi, et enfin sur tous les Bloods qui se trouvaient entre lui et nous. Un sourire suffisant s'afficha sur ses lèvres, puis il s'avança de quelques pas pour prendre une chaise et s'asseoir, comme si de rien n'était. Pourtant, je n'étais pas dupe. Ce regard et ce sourire pouvaient en tromper plus d'un, mais pas Matt et moi. C'était celui du prédateur qui avait enfin trouvé sa proie.

— Salut, bébé. Ton frère et toi m'avez causé beaucoup de soucis, tu sais. Ton oncle a retourné tout Chicago et l'Illinois pour vous retrouver.

— James..., intervint mon frère.

— Pas maintenant, Matthew ! le rabroua-t-il d'un air féroce. Tu es magnifique, ma beauté. Je comprends mieux pourquoi tu me l'as cachée, Miles, insinua-t-il avec un semblant de douceur.

— James, malgré tout le respect que je te dois... Je ne te laisserai pas emmener Charly. Tu peux me mettre une balle directement entre les deux yeux, car je ne bougerai pas. Elle reste avec nous, avec moi, affirma-t-il fermement, de son ton grave et autoritaire de président.

Mes jambes tremblaient et j'avais un peu de mal à respirer. Miles était fou de s'opposer comme ça à mon père, à James Wittman. J'observai encore à la dérobée les portes du bar, de peur de voir surgir mon oncle... Où était-il ?

Mon père se mit à rire. Il déplaça sa main sous son cuir. Je me raidis encore plus. Il en sortit son flingue. Automatiquement, un enchaînement de cliquetis se fit entendre lorsque les Bloods d'Indianapolis ôtèrent la sécurité des leurs. Mon père s'en amusa et posa la sienne sur la table devant lui.

— Non ! criai-je.

Mon père releva son regard sur moi.

— Papa, laisse-le. Je ne t'ai jamais rien demandé... même quand Wesley... Je t'en prie, épargne-le, épargne-les tous.

James haussa les sourcils et pencha la tête sur le côté.

— Épargne-le..., répéta-t-il d'un ton sardonique.

Il jaugea Miles. Il ne me sembla pas que celui-ci baissât les yeux devant lui.

— Ainsi, tu fuis les Bloods de Chicago pour t'installer avec ceux d'Indianapolis, conclut-il.

— Non. Tu sais ce que j'ai fui... Ce monde. Mais je n'avais pas prévu...

— De tomber amoureuse du prés' du chapitre d'Indianapolis ? s'amusa-t-il.

Je ne répondis rien et baissai la tête.

— Miles, je te connais depuis que tu es prospect. Je fréquentais ton oncle, et Jimmy, ton cousin. Tu es un bon prés', et si j'ai bien tout compris, mon fils et ma fille te doivent la vie.

Comment était-il au courant pour tout ça ? Mike n'avait pas pu lui raconter. Il ne devait même pas être au courant de toute l'histoire.

— Les paris, le pilote de course nommé Indy, les Souls..., énuméra-t-il encore.

— Mais ? Comment tu sais pour les Souls, et les courses, et Indy ? demandai-je, perplexe.

Il soupira.

— Aden, c'est ça ? demanda-t-il, un ton plus fort, en cherchant dans la salle.

L'attention se détourna vers mon ami. Toujours adossé au mur, celui-ci releva la tête, lui qui s'était montré discret et silencieux depuis le début.

— C'est ça... boss ! répondit-il.

— Boss ? Mais..., bafouillai-je.

— Espèce de sale de fils de pute ! s'exclama Matt, prêt à en découdre avec son meilleur ami.

Sullivan et Scott durent intervenir pour l'immobiliser.

— Vous pensiez quoi ? Que vous pouviez vous barrer et que je ne saurais pas où se trouvaient mes propres enfants ? enchaîna mon père avec humeur. Depuis le début, je savais où vous étiez. Aden a été placé là pour vous surveiller et vous protéger de vos nombreuses conneries. Il m'avertissait en temps et en heure de tout ce qui pouvait se passer ici. Quand tu m'as appelé, Miles, pour les paris sur les courses, je savais déjà que t'avais rencontré ma fille, c'est pour ça que je voulais que tu passes par moi, uniquement.

— Pourquoi ? demandai-je avec circonspection.

— Parce que ça l'amuse ! cracha mon frère.

— La ferme, Matthew. On parlera de ton cas après, répliqua mon père. Je dois donc te remercier, Miles, d'avoir évité la mort et les emmerdes à ma progéniture. Et pour cela, je vais t'enlever une sacrée épine du pied, déclama-t-il avec un air mystérieux.

Je n'aimais pas ça. James adressa un signe de tête au gars derrière lui, ce dernier ouvrit les portes. Deux Bloods traînèrent un type, poings liés dans le dos et cagoule noire opaque sur la tête. Ils l'agenouillèrent devant mon père. James se pencha et lui retira le morceau de tissu qui le dissimulait : Mike.

— C'est pour ça que j'étais en retard... Avant de venir vous chercher, je devais d'abord trouver la petite vermine qui semble être à l'origine de pas mal de tes ennuis, récemment. Je vais donc arranger ça, tout de suite.

Il attrapa son arme sur la table, y vissa méthodiquement un silencieux et, avec sang-froid, tira une balle dans la tête de Mike, juste devant lui. Sans aucune émotion. Le visage impavide. C'était *la* méthode de règlement de comptes des Bloods, ce fameux impact de balle qui ornait le tatouage que nous portions tous, ici, dans ce bar. Le sang s'écoulait déjà en petite flaque autour du cadavre de Mike qui gisait aux pieds de mon père, le regard vide. Je frissonnai devant cette scène d'épouvante.

Pas un Blood, qu'il soit de Chicago, ou d'Indianapolis, ne bougea. Même Matt ne réagit pas. Moi, j'avoue, je n'en menais pas large, même si j'avais déjà assisté à de tels événements à Chicago. Mon père venait de tuer un homme comme ça, avec détermination, sans état d'âme.

— On ne cherche pas des noises aux Bloods ! annonça durement mon père.

— Merci... James, intervint Miles. Et pour Charly et Matt ?

Mon père sourit.

— Tu veux ma fille ? s'étonna-t-il.

— Non. J'aime ta fille, rectifia-t-il avec fermeté.

— Tu sais ce que ça signifie ? Tu sais ce qu'elle représente ? Ce n'est pas pour rien que Wesley veut la récupérer...

Le président des Bloods d'Indianapolis hocha la tête, il me fit me placer à ses côtés. Et j'eus alors tout le loisir de rencontrer le regard de mon père... le même que le mien. Ce dernier prit son temps pour m'observer.

— Ça fera de toi mon allié... dans tous les domaines, Miles. Et puis, s'il devait arriver quelque chose à Charly, je viendrais m'occuper personnellement de toi.

Je n'aimais pas cette menace dissimulée.

— Je sais ! Je suis prêt à assumer, affirma Miles avec fermeté.

— Très bien. Je suppose que c'est ce que tu veux ? dit-il en s'adressant à moi. Tu peux encore prendre l'argent, les papiers et partir pour la Floride ou le Mexique.

J'en fus étonnée. Il ne comptait pas me ramener à Chicago ?

— Et pour Matt ? me contentai-je de répondre.

— Matthew va profiter de son séjour chez les Bloods d'Indianapolis pour se remettre et apprendre quelques ficelles du métier auprès de Miles et de ses gars. Fais-en un vrai Blood ! Ensuite, il devra se rappeler qu'il fait partie du chapitre de Chicago, et que sa place est à mes côtés.

Je respirai mieux, même si ce n'était que le purgatoire. Matt n'était pas obligé de repartir avec lui... pour l'instant.

— Et Wesley ? me renseignai-je avec hargne.

— J'aimerais bien boire quelque chose, déclara mon père d'un ton léger sans répondre à ma question.

Miles se tourna vers le comptoir, au fond. La barmaid arriva bientôt avec des bières et une bouteille de tequila. J'angoissais. Qu'allait-il m'apprendre ? Pourquoi me faisait-il mariner alors qu'il savait très bien ce que son frère m'avait fait subir. Il adressa un sourire éclatant à la serveuse, l'un de ceux qui lui valaient tant de succès auprès des filles, et avala une gorgée de sa bière. *Te presse pas, surtout !*

— Ton oncle ne sera bientôt plus un problème, bébé, lâcha-t-il soudain.

Je cillai. Ce sous-entendu voulait dire beaucoup de choses et annonçait aussi... de terribles événements à venir.

— Il ne sait pas que je suis ici, n'est-ce pas ?

— Non. Remercie Aden, mais aussi ton ange gardien, que ce soit moi qui ai répondu au coup de téléphone de cette vermine.

Et il allongea les jambes pour les placer, nonchalamment, sur le cadavre de Mike.

— J'aimerais quand même avoir l'opportunité de te serrer dans mes bras avant de repartir pour Chicago et d'annoncer à ton oncle que tout se passe bien, ici, à Indianapolis.

D'un signe de tête identique, il ordonna à ses gars de ramasser le corps à ses pieds. Quatre bikers déplièrent une grande couverture et enroulèrent la dépouille à l'intérieur. L'un d'eux demanda où était la porte de derrière, Miles intima à Sullivan et Scott de les accompagner jusqu'au bureau.

— Et Aden ?

— Quoi, Aden ? Lui aussi, tu le veux ? railla mon père.

— Ce n'est pas ça, répondis-je, agacée.

— Aden a fini son boulot, ici, il repart à Chicago avec nous. De toute façon, c'est Miles qui prend la relève et va veiller sur vous deux... Et ce ne sera pas une tâche des plus faciles. Vous êtes impossibles, indisciplinés et indomptés, tellement prompts à foncer tête la première dans les ennuis, soupira-t-il.

— Mais il a une vie, ici, protestai-je.

Je pensais à Georgia, au garage, à Luis... Ou tout ça n'était que du cinéma ? Et notre histoire ?

— Aden est un Blood de Chicago.... Il rentre donc à Chicago, affirma mon père d'un ton qui ne souffrait pas de protestations. N'est-ce pas, mon gars ?

— Sûr, boss.

Je l'observai du coin de l'œil, avec perplexité. Comment pouvais-je m'être trompée à ce point ? Aden m'avait toujours paru le contraire d'un biker... Le gendre idéal, comme disait Hope. Il avait été mon ami, celui sur qui j'avais pu compter quand Matt avait disparu. J'aurais pu finir par me marier avec lui. Un Blood de Chicago traversa la salle et apporta son cuir à Aden. Il l'enfila et s'avança pour aller se placer derrière mon père. Je le fixai... Il demeurait impassible, pourtant une ombre hantait ses prunelles saphir.

— Et si j'avais préféré Aden ? demandai-je à brûle-pourpoint.

Miles se raidit, mais ne dit rien.

— Alors, tu serais rentrée gentiment à Chicago sous la protection de ton mari, ou alors je vous aurais laissés mener votre vie tranquillement, ici. On ne le saura jamais, ricana-t-il.

C'était horrible. Je ne l'imaginais pas dans la violence de Chicago. Ce n'était pas le Aden que j'avais connu lorsque j'avais quinze ans. J'avais l'impression que c'était lui qui prenait pour nous deux. Et Matt, lui, ne bougeait pas le petit doigt pour le défendre.

— Il ne porte même pas le crâne sur sa peau, insistai-je.

— Tu as eu l'occasion de le remarquer... d'aussi près ? ironisa James en observant Miles.

— C'était avant Miles, sifflai-je avec fiel.

— Aden était encore prospect quand il a été missionné à Indianapolis, il peut rentrer avec fierté chez lui. Il a mérité son cuir et son tatouage, m'apprit-il.

Je croisai le regard bleu d'Aden. Je n'étais pas sûre que, dorénavant, c'était ce qu'il voulait... Il avait mûri depuis ses premières années de prospect. La vie à Chicago ne serait pas la même, et l'affrontement entre mon père et mon oncle allait engendrer beaucoup de victimes collatérales, ou pas. Aden devrait choisir son camp... et peut-être même mourir pour ça.

L'image de ses mains qui serraient le volant et ses derniers mots finirent de me convaincre qu'il ne repartait pas de son plein gré. J'allais de nouveau protester, demander qu'Aden soit épargné, rendu à sa vie et ses amis, ici. Mais ce dernier plongea son regard dans le mien et secoua légèrement la tête. Une larme coula le long de ma joue... La conclusion de cette histoire avait quand même un goût amer et un parfum de sacrifice.

— Charly ! Viens me voir, m'ordonna mon père.

Quelque chose en moi se rebella, comme un cheval qui se cabre et tire sur sa longe. J'avais de nouveau quinze ans. Les dents et les poings serrés, je lâchai la main de Miles. Je descendis les marches pour rejoindre mon géniteur et me dressai de toute ma hauteur devant lui, le toisant comme je l'avais toujours fait.

Je savais que, d'un côté, il venait de nous sauver la vie, à Matt et moi, mais mon père avait l'âme d'un chef, il était le vice-président du troisième plus gros MC de bikers des États-Unis. Ce n'était pas le papa charmant que toutes les petites filles ont la chance d'avoir. Il se leva, les traits de son visage étaient durs. Il m'attrapa puis me serra dans ses bras avec une certaine tendresse.

— Ne t'avise plus jamais de me défier devant mes hommes... bébé, murmura-t-il à mon oreille.

Je contractai les mâchoires à m'en briser les dents.

— Moi, James Wittman, vice-président des Bloods de Chicago, je donne ma fille Charly, Érica, Maria Wittman à Miles Rivera, président du MC d'Indianapolis. Ce qui marque officiellement l'alliance de nos deux chapitres... Charly, tu récupères officiellement ton statut de Blood en restant parmi les tiens, au sein du club d'Indianapolis, proclama-t-il dans une annonce officielle.

Je ne répondis rien, un goût amer dans la bouche. J'avais fui les Bloods une bonne partie de ma vie, me dissimulant et survivant loin de ce monde, pour finalement redevenir une des leurs. Offerte en cadeau, comme une jument, dans l'espoir d'une bonne saillie, mais surtout en échange d'un appui et d'une promesse d'alliance lorsque viendrait le face-à-face entre mon père et mon oncle. Je relevai la tête et rencontrai le regard bleu de mon géniteur, du vice-président des Bloods de Chicago. Une rage froide s'était emparée de moi et devait apparaître sur mon visage.

— Merci... papa, crachai-je du bout des lèvres.

Il m'adressa son fameux sourire en coin, celui qui laissait deviner la fossette sur sa joue. Lui non plus n'était pas dupe. J'étais, de tous ses hommes, celui qui ne le respecterait jamais, et dont il devrait toujours se méfier. Si ça n'avait pas été Miles, il m'aurait donnée à un autre... que ça me plaise ou non.

L'important était de me garder à l'œil et de me faire taire... La transaction d'aujourd'hui était un succès qui réglait enfin le problème épineux des enfants rebelles de James Wittman. Il me donna un baiser sur le front puis me laissa repartir vers Miles. Ce dernier me fixait, tendu. Il devait savoir les efforts que cela me coûtait. Lui non plus n'était pas né de la dernière pluie.

— Il est temps de partir. N'oubliez pas de m'inviter aux noces, plaisanta-t-il d'un air léger.

Encore une menace sous-jacente. Mon père tourna les talons, aucun Blood d'Indianapolis n'avait bougé. Ils étaient toujours placés en barrière défensive. Il n'aurait pas été bon que le chapitre de Miles devienne trop fort et réputé... Faire de l'ombre à Chicago aurait signé leur chute.

James se dirigea vers les portes avec son escorte et... Aden.

— Charly... N'oublie pas de faire ton essai. Mais je te déconseille quand même fortement d'entrer chez les pros... Si ton oncle l'apprend, je ne pourrai rien faire, cette fois.

Je hochai la tête. J'avais compris. *Tiens-toi à carreau, Charly.*

— Miles, j'ai deux mots à te dire, en tête à tête, avant de partir.

Tous les bikers de Chicago quittèrent l'endroit. J'observai Aden sortir du bar et de nos vies, la boule dans la gorge, les larmes aux yeux.

— Restez encore sur vos gardes, jusqu'à ce qu'ils aient quitté la ville, lança Miles à la cantonade.

Il se déplaça pour aller rejoindre mon père, dehors. Je le rattrapai par le bras.

— Tout va bien se passer, m'assura-t-il, profite de ta liberté et de ton frère.

Matt passa un bras autour de mes épaules et soupira. Lui aussi, un jour, devrait rejoindre cet enfer.

— Matt...

— Je sais, p'tite sœur... Nous trouverons une solution.

Et il m'embrassa sur la joue.

ÉPILOGUE
MILES
MENACE

Tous les muscles de mon dos étaient tendus à l'extrême, comme si j'avais fait une séance de musculation version Superman. Je rejoignis James à l'arrière du parking, nous étions hors de portée des caméras et assez éloignés de la route. Il avait tout planifié. Ce mec était dangereux. James, mon tuteur quand j'avais démarré, était cool ; le père de Charly, lui, était carrément flippant !

J'observai Aden grimper sur une bécane, en compagnie des autres Bloods. Je ne savais même pas que ce gars savait rouler à moto. C'était cher payé pour devenir membre à part entière du chapitre de Chicago. Je n'avais aucun doute sur le fait qu'il avait des sentiments pour Charly et n'avait jamais cessé de l'aimer. Si on lui en avait donné l'occasion, il serait resté ici, avec elle.

Si je n'avais pas été aussi égoïste, j'aurais même dit que cette option était la meilleure. Il aurait protégé P'tite Furie coûte que coûte. Il serait resté le Aden mécano, tranquille, et elle aurait eu une vie normale avec lui, loin des magouilles et de la violence des MC. Sans le savoir, j'avais joué le jeu de Chicago, en devenant un pion sur l'échiquier de James. Il avait réussi à récupérer sa fille, indirectement, mais j'étais sous sa coupe dorénavant, et elle aussi. J'avais fait plonger Charly. Je n'étais qu'un connard de biker. Amoureux, mais con quand même.

Et dire que, depuis le début, Aden nous avait prévenus... elle et moi. « Pas les Bloods, pas le prés', appelons la police », « tiens-toi loin d'elle », « tu n'es et ne seras jamais un type bien pour Charly, elle mérite mieux »... Putain, il avait raison, ce con de Blondinet.

James se retourna et posa la main sur mon épaule.

— Allons marcher, mon gars.

Nous nous éloignâmes de la horde de Bloods de Chicago. S'ils n'avaient été que quinze à l'intérieur, seize en comptant Aden, plus de trente bikers attendaient dehors et encerclaient le bar. Il avait réussi à rallier une bonne partie de ses membres pour venir ici, et je supposai qu'une autre demeurait à Chicago pour surveiller Wesley.

— Tu sais ce que j'attends de toi, Miles.

— J'en ai une bonne idée, répondis-je en lui emboîtant le pas.

— Tu vas devoir protéger ma fille, je ne voudrais pas qu'il lui arrive quoi que ce soit.

Première menace, pensai-je.

— Il faudra aussi envisager de lui mettre officiellement ton cuir sur le dos et de l'épouser. C'est comme une muselière, mais, avec un gros caillou sur la bague, ça passe mieux, railla-t-il.

Je n'allais sûrement pas museler Charly, et si j'avais la chance qu'elle accepte de m'épouser, je ferais d'elle ma priorité, le centre de mon univers... Pas ma chienne ni ma propriété. Ce n'était pas comme ça que je concevais la vie et l'amour.

— Un héritier serait le bienvenu aussi, et signerait le début de la dynastie Rivera. Faut penser à la succession, mon gars.

Je hochai la tête, sans lui répondre directement.

— Continue à faire fructifier ton club et à tenir les Souls à distance. Je ne voudrais pas que mon gendre passe pour un président faible.

Deuxième menace.

— Pas de problèmes, me contentai-je de rétorquer.

James s'immobilisa, tout à coup, et cette fois, toute impression de bienveillance et d'amabilité disparut de son visage. Il m'observa.

— Je veux que tu surveilles Charly et que tu la tiennes sous ton autorité... Crois-moi, ça va être compliqué. Wesley et moi avons passé du temps à essayer de la dresser, et on a eu du mal. C'est ma fille et, quoi que tu puisses en penser, je l'aime... Mais si elle tente encore une fois de fuir le club, je la tuerai moi-même ! On ne quitte pas les Bloods ! Et ça vaut aussi pour elle, me prévint-il froidement.

Troisième et dernière menace. Et pas des moindres. Celle-ci concernait Charly. Je n'aimais pas ça. Je pouvais encaisser, mais P'tite Furie était mienne. Personne ne poserait un seul doigt sur ma femme.

— J'espère que c'est entendu. Ça m'embêterait de vous tuer tous les deux. Je t'aime bien, Miles. J'attends, d'ailleurs, ton soutien quand je prendrai la tête de Chicago. Je saurai te récompenser... Quoique je t'aie déjà donné ma fille, ajouta-t-il en éclatant de rire. Il est temps de partir. Prends soin de toi, gamin. À bientôt.

James rejoignit ses hommes, grimpa sur sa Harley, m'adressa un dernier signe puis ils quittèrent le parking.

Je les observai s'en aller, pour être sûr qu'ils n'opéreraient pas de demi-tour.

Des bras encerclèrent ma taille. *Charly.* C'était ma seule victoire de la journée. Même si elle ne pouvait pas en dire autant de moi.

— Ils sont partis ? demanda-t-elle.

— Oui.

— Je pensais sincèrement que mon oncle allait débarquer...

— Moi aussi. Je l'aurais tué, si ça avait été nécessaire.

— Je sais. Tu vas devoir me supporter encore un moment... et mon frère aussi.

— Le boulot va être compliqué, plaisantai-je.

— Je ne veux pas que Matt retourne là-bas... comme Aden.

Sa voix dérailla et mon cœur se fissura. Bien sûr qu'elle avait des sentiments pour lui, mais c'est moi qu'elle avait choisi... moi et ma vie de merde.

— Tu n'es pas obligé d'obéir à tout ce qu'il t'a demandé, ajouta-t-elle.

Je tournai la tête vers elle en haussant un sourcil.

— T'as écouté aux portes ? raillai-je.

— Non. Mais je sais comment il fonctionne... Maintenant, il te tient en laisse. Tu devras l'assister dans chacune de ses prises de décision et quand il s'opposera à mon oncle. Je suis un cadeau empoisonné, Miles.

— Rien à foutre. C'est un cadeau que je suis heureux d'accepter.

Charly secoua la tête.

— Connard de biker ? lançai-je avec un sourire.

— C'est ça, répliqua-t-elle. Je devrais m'estimer heureuse qu'il m'ait épargné la fureur de mon oncle, qu'il me laisse vivre avec toi... et donne du temps à Matt.

— C'est un présent qui va nous coûter cher... Une liberté qui s'apparente plus à une vie enchaînée aux Bloods, déclarai-je avec amertume.

— Je préfère vivre enchaînée auprès de celui que j'aime, que libre dans les jardins de mon ennemi[15].

Je souris et l'attirai vers moi pour l'embrasser. J'étais heureux de pouvoir encore la serrer dans mes bras, même si l'avenir qui se dessinait pour nous deux ou pour le club comportait de nombreuses zones d'ombre... Mais nous ferions face, comme toujours car, de toute façon...

Un Blood ne pleure pas, ne fuit pas, n'abandonne pas... On ne quitte pas les Bloods... Blood jusqu'à la mort !

FIN

---

[15] Proverbe persan : « Mieux vaut vivre enchaîné près de celui que l'on aime que libre au milieu des jardins près de celui que l'on hait. »

CHAPITRE BONUS
LA RÉGULIÈRE DU PRÉS'

Miles

Les lunettes de soleil sur le nez, le vent dans le dos, je quitte la highway pour me diriger vers le bar. La journée a été ensoleillée, productive et plutôt bonne dans l'ensemble... hormis ce petit enfoiré de Matthew Wittman qui emmerde déjà son monde et court après toutes les filles, même celles qui bossent pour nous. Comme si je n'en avais pas déjà assez avec Angelo. Je ferais bien une mise au point avec lui, façon président Miles Rivera, mais ce n'est pas le jour et je n'ai pas envie de contrarier ma P'tite Furie. En plus, je suis déjà à cran depuis plus d'une semaine avec cette soirée qui doit avoir lieu au bar. Je n'ai jamais été aussi inquiet de toute ma présidence. Pourtant, du business et des plans délicats, j'en ai déjà vu passer un paquet. Mais le contrat que je veux conclure ce soir est d'une autre nature, il m'engage personnellement, à long terme et, soyons clairs, j'en crève d'envie. C'est plutôt l'autre partie qui m'angoisse... Je ne suis toujours pas certain que mon « associé » acceptera le terme de cette alliance, ni même s'il en voudra.

Je gare ma Harley derrière le bâtiment, récupère mon *précieux* dans ma sacoche et jette un coup d'œil sur les bécanes présentes : les gars sont là. Je n'en doutais pas, ils attendent ce moment aussi impatiemment que moi. Je me dirige d'un bon pas vers la petite porte qui donne derrière le bar puis entre furtivement dans la bâtisse.

Je relève mes lunettes de soleil et me fige : Slash et Sullivan sont déjà là. Un grand sourire à la con sur les lèvres.

— Salut, ma p'tite poule, t'as fini tes emplettes ? se marre Slash comme un abruti.

Sullivan arbore un sourire en coin et, pour une fois, ne le rabroue pas.

— Qu'est-ce que vous foutez là ? grondé-je.

Je les foudroie du regard, pas besoin de leurs taquineries aujourd'hui, j'ai les nerfs à fleur de peau.

— Oh là, là, mais il est tout angoissé, renchérit mon second.

— Putain, Slash, ferme-la !

Sullivan se lève et lui donne un coup dans l'épaule en passant.

— Arrête de le faire chier ! Bon, alors, ça y est, tu l'as eu ?

— Ouais, maugréé-je.

Je serre le paquet sous mon bras, comme s'il pouvait se tirer tout seul. Je suis irrécupérable.

— Ben vas-y, montre ! réplique mon *Road Captain*.

Je les toise tous les deux, pas sûr de ce que je souhaite vraiment faire. Puis, dans un soupir, je m'approche du bureau pour y déposer le cadeau et commence à le déballer délicatement. Les dernières feuilles de papier de soie écartées, je libère ce qui s'y trouve et me retourne pour leur laisser découvrir le cuir tout neuf.

Slash siffle, Sullivan se fend d'un grand sourire.

— « Propriété de Miles Rivera, Président des Blood Skulls Indianapolis », lit à haute voix Sul'.

— Cette fois, on y est, mon pote ! Et il est carrément du tonnerre, ce cuir, approuve Slash.

Je souffle doucement, comme si une partie du poids qui me pesait sur les épaules s'échappait grâce à leur avis positif, et dépose la veste sur le bureau.

— Je sais.

— Je pensais pas que tu serais aussi nerveux... Après tout, P'tite Furie, tu l'as dans la peau, et puis ça roule du tonnerre entre vous, s'étonne mon bras droit.

Je passe une main nerveuse dans mes cheveux, en jetant encore un coup d'œil vers le blouson.

— C'est pas l'engagement et tout ce que ça représente qui me déstabilise, je suis prêt... J'ai jamais été aussi prêt de toute ma vie. Charly est celle qu'il me faut, je le sais et le sens dans chaque terminaison nerveuse de mon corps. Non, c'est sa réaction qui me fait flipper. On ne peut pas dire qu'elle a eu un bon contact avec les MC. Elle a cherché à les fuir toute sa vie... et lui demander de s'engager ce soir avec moi, c'est l'enchaîner de nouveau à la vie de biker. Je ne suis pas certain qu'elle prenne bien ce cuir et ce qui est écrit dessus comme un engagement sincère et à long terme. J'ai bien vu sa tête quand son père me l'a « offerte » officiellement.

— Ben justement, le cuir et la soirée qui va avec devant les frères, c'est le bon côté, parce qu'officiellement, aux yeux du chapitre de Chicago, elle est déjà à toi. Il te l'a donnée, constate Slash.

— Tu ne devrais pas t'inquiéter à ce point. Les préjugés de Charly ont bien évolué depuis ce jour où elle est entrée dans ce bar pour la première fois. Elle s'est rendu compte que nous n'étions pas tous comme son oncle ou son père, elle a appris à nous connaître, à nous faire confiance, elle a pris notre défense et puis, finalement, s'est même laissée aller à aimer l'un d'entre nous. Ce qui se passe entre vous est sincère, elle le sait bien. Bien sûr que ces mots peuvent faire peur et sont agressifs... mais elle sait réellement que derrière cette revendication possessive se cachent tes véritables sentiments et ton attachement à elle. Être la régulière et propriété de Miles Rivera n'a rien à voir avec celles qui le sont à Chicago, et Charly l'a bien compris. Je te rappelle qu'elle n'a pas hésité à emménager avec toi.

— Et puis, le fait de la présenter comme ta propriété, c'est pour faire peur aux autres et les éloigner, ajouta Slash. Ça va aller, boss. P'tite Furie et toi, vous êtes faits l'un pour l'autre.

Je reste dubitatif, le cul appuyé contre le bureau. En quelques mois, Charly et moi, on a déjà traversé tellement d'épreuves, surmonté tellement d'obstacles... Il est impensable qu'une autre prenne sa place. Ce sera elle ou personne !

— Est-ce que tout est prêt pour ce soir ? m'informé-je auprès de mes deux acolytes.

— Tu parles ! Ça fait un moment, se moque mon second. Bonie a fait le plein d'alcool, elle a même commandé un gâteau, t'imagines ? Elle m'a déclaré : « Le prés' ne prendra une régulière qu'une fois dans sa vie, faut fêter ça ».

— Le club sera fermé, l'écriteau « soirée privée » est déjà en place, et tous les frères sont au courant. C'est pas tous les soirs que notre boss choisit sa régulière et officielle, ajoute Sullivan.

— Ouais, merci, les gars.

Je ne peux empêcher mon esprit de cogiter. *Espérons qu'on n'aura pas préparé tout ça pour rien...*

Slash se lève, suivi de Sullivan. Ils m'adressent une dernière tape dans le dos avant de retourner dans la salle. Seules quelques heures me séparent de l'arrivée de ma P'tite Furie... Elle sait qu'elle doit me rejoindre ici, mais elle pense que c'est pour l'anniversaire de Jay. Bien sûr, la *team* Angel est au courant et sera des nôtres. Impossible de laisser de côté ses amis, surtout Hope... J'imagine que Sullivan le prendrait mal, même si rien ne me semble sérieux et abouti entre ces deux-là. C'est carrément le mariage du feu et de la glace. En attendant, je replie le blouson dans sa boîte et rejoins mes frères pour souffler un peu avant le grand saut.

Charly

Je jette un œil sur la pendule qui se trouve dans l'atelier principal : dix-huit heures cinquante. Chacun remballe et nettoie son espace de travail. Ils ont tous été invités à la fête organisée en l'honneur de Jay, pour son anniversaire. Ça me fait tout drôle de penser que les Angels seront les hôtes des Bloods, ce soir. Si on m'avait dit, il y a quelques mois, que je passerais une soirée dans un bar à bikers, j'aurais assommé l'individu en question et l'aurais torturé pour savoir s'il bossait pour mon oncle.

Je traverse l'atelier principal et aperçois mon frère penché sur un moteur. J'ai un pincement au cœur... Matt a repris le poste d'Aden parmi les Angels. Je ne perds pas au change puisque mon frère est un excellent mécano, mais depuis que mon père est reparti à Chicago en emmenant Aden, je me demande souvent si tout va bien pour lui. Est-ce qu'il aura le droit de nous contacter, Matt et moi ? En tout cas, pour l'instant, c'est silence radio.

— Matt ? le hélé-je.

— Ouais ? dit-il en se redressant.

— C'est bon, range ton matériel. On doit être à vingt heures pétantes au bar.

Mon frère souffle, essuie ses mains dans son chiffon et se retourne pour m'observer. Il a agrémenté ses boucles brunes d'un bandana pour ne pas qu'elles le gênent pendant le boulot. Son t-shirt noir est parfaitement ajusté sur les muscles tendus de ses biceps mats et de ses pectoraux. Il porte son bleu de travail bas sur les hanches, les manches liées autour de sa taille. Bref, un aimant à filles. Et ça marche carrément. Plusieurs petites nénettes viennent ici juste pour mater mon nouveau mécano. Et ses cicatrices et derniers hématomes lui confèrent un air de *bad boy* qui les fait toutes craquer.

— Je ne sais pas si je vais venir, ce soir, souffle-t-il.

Je hausse un sourcil.

— Miles..., commence-t-il.

— Va t'éclater la tête si tu cours encore après les filles du bar, conclus-je à sa place.

Il grimace. Matt est plus jeune que Miles de deux ans et demi. Ce n'est pas énorme, mais mon père a placé mon infernal de frère sous la tutelle et les ordres du prés' des Bloods d'Indianapolis... Matt est aussi rebelle que moi, en pire même. Et, soyons honnêtes, il pense avec son pénis, comme Angelo. La première règle a été enfreinte par Matt et je ne doute pas qu'il sera bientôt appelé dans le bureau de Miles pour se prendre une soufflante appropriée aux circonstances... Ce qui ne lui fera pas de mal. Si on était à Chicago... Je n'ose même pas imaginer la suite.

— Tiens-toi correctement et il n'y aura pas de problèmes.

— À t'écouter, on dirait la régulière du prés' ! grogne-t-il.

Je me raidis, mais ne réplique pas. Ça fait un petit moment que cette idée et ce statut tournent dans ma tête. Officiellement et aux yeux de mon père et des Bloods de Chicago, j'appartiens déjà à Miles Rivera. Mais ce dernier n'a encore rien officialisé au niveau du chapitre d'Indianapolis... parce qu'il sait très bien que j'ai eu beaucoup de mal à digérer le fait que mon géniteur m'offre comme une jument pour une saillie. Pourtant, je sais très bien ce que représente une régulière pour un biker, ce n'est pas un engagement à la légère, encore plus aux yeux de Miles, qui respecte trop les femmes pour se comporter comme un sale enfoiré.

— Fais pas ton malin et viens avec nous. C'est la première vraie soirée depuis le départ...

Matt referme bruyamment le capot de la voiture sur laquelle il est en train de bosser. Ça fait un mois qu'il évite le sujet, il ne veut pas que je parle d'Aden devant lui. Mon frère me passe devant et fonce dans les vestiaires. La discussion est terminée. Je soupire. Quelle tête de nœud ! Comment apprendre quoi que ce soit à ce révolté ?

J'adresse un petit signe à Rosie dans son bureau puis me dirige à mon tour vers les vestiaires. J'ai juste le temps de me rendre au loft, de prendre une douche et de me changer. Hope passera me prendre et nous irons tous ensemble au bar... enfin, si mon frère décide de bien se tenir.

Miles

— Quelle heure est-il ? demandé-je pour la cinquième fois.

— Cinq minutes de plus que la dernière fois, grogne Scott à côté de moi.

— Quand je vois l'état dans lequel ça te met, cette histoire de régulière... ça ne me donne carrément pas envie de sauter le pas, commente Angel en rigolant.

— T'excites pas, p'tit mec ! Aucune femme normalement constituée ne voudrait de toi comme biker et mari, se moque Slash pour le remettre à sa place.

Angel le fixe et le pointe du doigt.

— Hôpital... Charité ! clame-t-il en se désignant.

Des vrais gamins. Bonie nous rejoint en déposant un plateau de victuailles sur la table.

— Tout est prêt pour nous, boss ! Les filles ont été coachées.

Je hoche la tête pour la remercier et jette encore un dernier coup d'œil à l'horloge. Elle ne va plus tarder.

— Ça va aller, me souffle Jay en m'adressant un clin d'œil.

Je ne lui réponds pas, je ne le peux pas. Je suis enfermé dans ma bulle. Mon esprit et tout mon corps sont tournés vers elle... J'attends de la voir passer la porte d'un instant à l'autre. Les gars sont tous en cuir et prêts. Moi aussi. L'heure est arrivée...

Charly

Nous sommes venus à deux voitures. Luis, Rosie et Josh dans la première, Hope, Matt et moi dans la seconde. Mon frère râle, il aurait préféré monter devant. Bien sûr, c'était compter sans la grimace et les signaux de ma meilleure amie pour empêcher ce drame.

— Tu n'as qu'à t'acheter une moto ! rétorque Hope. Les bikers ne sont-ils pas censés se déplacer sur ces engins ? ironise-t-elle.

— *Bella*, je suis prêt à acheter toutes les motos du monde, si tu viens faire un tour sur mon châssis, réplique mon frère avec un sous-entendu pas subtil du tout.

Elle lève les yeux au ciel et s'engage sur le parking du club. Je me mords la lèvre pour ne pas exploser de rire. Matt rame complètement avec Hope. Pourtant, les coups d'un soir et les tours... de châssis ne lui font pas peur.

— Où as-tu mis le cadeau de Jay ? m'inquiété-je en observant mon amie.

Celle-ci blêmit.

— Euh... j'ai dit à Miles et Sullivan qu'on mettait avec eux. Ils devaient lui acheter une pièce ou un truc pour sa Harley, je crois, répond-elle évasivement.

— J'aurais préféré lui acheter un cadeau plus personnel. Jayden est mon ami.

Hope s'esclaffe.

— Demain, il risque de geler en enfer, se moque-t-elle.

Nous sortons de la voiture, rejoints par Luis, Rosie et Josh.

— Ça me change des clubs que je fréquente d'habitude, déclare mon carrossier, pas trop à son aise.

— Ça va aller ! Ne t'inquiète pas ! Tant que tu ne touches pas à une régulière..., le préviens-je.

— Regarde-moi, toi ! m'ordonne Hope.

Je la fixe, stupéfaite.

— Quoi ?

— Ça te coûterait de mettre des jupes ou des robes, parfois ? me gronde-t-elle.

— Dans un bar à bikers ? T'es malade ! Je ne suis pas une brebis, répliqué-je.

— C'est quoi une « brebis » ? s'inquiète Rosie.

— C'est le bonheur des motards, lui explique mon frère en se fendant d'un sourire coquin.

Je lui envoie un coup dans le bras.

— Une brebis, c'est une femme à bikers... avec un « s », insisté-je.

— C'est ce que j'imagine ? relève Hope.

— Les bikers se les prêtent... et elles ne sont pas contre, au contraire. Certaines espèrent monter en grade et devenir des régulières.

— T'es sérieuse ? s'indigne Hope en écarquillant les yeux. Après être passées dans les... bras de tout le monde ?

J'acquiesce.

— Très peu pour moi ! annonce-t-elle d'un ton ferme.

— Tous les bikers ne couchent pas avec les brebis.

Je sais que Sullivan n'est pas comme ça. Miles me l'a dit, mais je n'ose pas encore demander à Hope s'il existe quelque chose entre eux.

— Bon, allons-y, déclare-t-elle, comme la chef du groupe. Ton petit pantalon en cuir moulant et ton top en strass feront l'affaire, ce soir.

— Tu as bu avant de venir ?

— Non, je vais boire maintenant ! clame-t-elle en m'adressant un clin d'œil.

Nous nous dirigeons vers la petite allée couverte qui mène aux deux grandes portes du bar. Le logo des Bloods clignote dans la nuit. Un écriteau est installé sur l'une d'elles : soirée privée. Hope me passe devant, limite en me bousculant, pour être la première à entrer. Mais qu'est-ce qui lui prend, ce soir ? Je tourne la tête vers Rosie et Luis, qui haussent les épaules en souriant.

À mon tour, je pousse les deux battants, comme je l'ai si souvent fait ces derniers mois, sauf que, cette fois, ce n'est pas pour me prendre la tête avec le prés'. Bien au contraire. Il m'a trop manqué et je n'ai qu'une envie : retrouver ses bras et ses lèvres.

Je pénètre dans les lieux, la musique est mise en sourdine, Hope m'attend sur le côté, tout sourire. Et là, je me fige.

Tous les bloods sont en cuir ce soir et sont postés en deux lignes qui m'ouvrent la voie vers... Miles, sur la plate-forme où se trouve sa table habituelle. Mes amis restent derrière moi, Matt se place à mes côtés, observe la scène et soupire.

— Putain, ça devait arriver... L'engagement de la régulière du prés', souffle-t-il à côté de moi. Cette fois, t'es vraiment embarquée là-dedans jusqu'au cou, *hermanita*[16].

Mon cœur cogne dans ma poitrine et contre mes tempes. Mes mains sont moites, j'ai le souffle heurté. Je savais bien qu'un jour ou l'autre, ça arriverait... Si je marche jusqu'à Miles et que j'accepte ce qu'il s'apprête à me donner, je serai officiellement sa régulière. Pourquoi je tremble ? Pourquoi tout ceci m'effraie ? Quelque part, je suis déjà à lui ! Non, la vraie question est : suis-je prête à passer outre mon passé parmi les Bloods de Chicago et tous mes préjugés pour accepter d'être la femme d'un biker de MC ? Est-ce que je me sens capable d'opérer un demi-tour et d'infliger un tel affront à celui que j'aime ?

Les poings serrés, je ne bouge pas. Tous les regards sont fixés sur moi, surtout celui acier de celui que j'aime par-dessus tout. J'avale difficilement

---

[16] « Petite sœur », traduit de l'espagnol.

ma salive. Certaines tueraient pour être à ma place... Une bouffée de jalousie enfle en moi. Impossible ! Miles est à moi ! Je tue la première qui s'approche de lui ou essaye de lui adresser une œillade enflammée. Cette pensée finit de me convaincre.

OK. Je suis prête à devenir sa régulière. Lui et personne d'autre !

Je m'avance doucement, emprunte la haie d'honneur formée par les bikers. Je me détends un peu plus. Mes amis me suivent et la foule de Bloods se referme sur mes pas.

Le regard brûlant de Miles est focalisé sur moi. Il a les traits tirés. Je sais qu'il doit être en proie au doute, il commence à bien me connaître. Je grimpe les quelques marches dans le silence complet. Slash, Sullivan, Scott, Jayden, Angelo et Antony sont là. Ils entourent leur prés'. Mon cœur redouble d'intensité dans ma poitrine.

Miles s'approche, je sais ce qu'il tient entre ses mains... C'est un cuir. Le mien. Celui de la régulière du prés'. Je relève la tête et plonge dans ses prunelles d'acier, elles étincellent littéralement. Il serre le cuir contre lui et, à ma grande surprise, met un genou à terre. Je pique un fard. Miles à genoux devant moi... Mon biker autoritaire et conquérant... C'est juste... Si j'avais encore eu un doute sur mes sentiments, je sais désormais que je suis irrémédiablement amoureuse de lui.

— Charly, Érica, Maria Wittman, je suis prêt à te reconnaître devant mes frères comme ma régulière. L'acceptes-tu ? clame-t-il de sa voix de velours.

Mon cœur loupe un battement, tous les regards sont sur nous, chacun retient sa respiration, même Miles, j'en suis sûre. Il craint ma réponse, je le lis sur son visage, je le vois dans ses yeux.

Mes lèvres s'ourlent d'un grand sourire et je lui tends les mains.

— J'accepte de devenir ta régulière, Miles Rivera, déclaré-je.

Des acclamations fusent en tous sens. Miles se relève, arborant un sourire éclatant. J'ai l'impression que ses épaules s'affaissent un peu, sous l'effet de la pression relâchée.

Il se relève et s'applique à me mettre le cuir de régulière sur le dos, puis m'enlace pour m'embrasser avec passion, sous les sifflets des membres présents. Lorsque nous nous écartons, je contemple *mon biker* avec malice, de même que ses frères les plus proches. Ils ont tous le sourire, même Slash. Jayden et Sullivan m'adressent un clin d'œil complice. Mon frère me prend dans ses bras et m'embrasse les cheveux dans un geste tendre. Je me tourne enfin vers la foule amassée pour afficher devant tous mon cuir où est inscrit : « Propriété de Miles Rivera, Président des Blood Skulls d'Indianapolis ».

La boucle est bouclée. Je fais de nouveau partie intégrante des Bloods. J'appartiens officiellement à Miles, tout comme lui est à moi. Il est mien... pour le meilleur et pour le pire !

Miles

La fête bat son plein. L'alcool coule à flots, le gâteau est dévoré. Accoudé au bar, j'attends que Bonie me serve mes consommations. Je balaye l'endroit du regard, Charly est en pleine discussion avec Jay, Angelo, Antony, Hope et Sullivan. Elle porte fièrement son cuir. Je me redresse, ego masculin oblige. Je me demande même si je ne vais pas la prendre dès ce soir sur l'îlot de la cuisine, nue et juste vêtue de son cuir... Rien que d'y penser, je me sens serré dans mon jean.

Malgré tout, je respire mieux. La tension s'est échappée au moment même où elle a accepté. Elle est devenue *ma* P'tite Furie officielle et je l'aime comme un fou !

J'observe les prunelles enflammées de Sul' fixées sur la petite blonde en face de lui... On n'a pas fini d'en entendre parler de ces deux-là. Ça risque d'être mouvementé, connaissant un peu le caractère de la copine de Charly. De temps à autre, je surveille les boucles brunes de mon infernal beau-frère. Lui et Angelo, même combat. C'est un boulot à plein temps de lui apprendre les règles. Il est resté trop longtemps en dehors d'un MC. Tout est à revoir pour en faire un biker digne des Bloods, mais surtout, un prochain leader.

— Ça va, boss ? me demande ma barmaid en chef.

— Tout roule, Bonie.

— Ça se voit. Tu étincelles de bonheur. Dommage que Cassidy ne soit pas là ce soir.

— Non, elle avait des examens, mais elle viendra nous rendre visite dès qu'elle aura terminé. Charly et elle ont sympathisé et elle a décidé de passer quelques jours avec nous, bientôt.

— Profite bien de ta soirée et de ton nouveau bonheur, boss, me dit-elle avec un sourire.

— Merci. C'est ce que je vais faire.

Je prends mes bouteilles et me glisse dans la foule pour rejoindre ma régulière. Putain... rien que de le dire, je souris comme un con.

Bien décidé à en profiter, ce soir, je mets toutefois de côté les ombres qui planent sur nos têtes à tous : James et Wesley Wittman, les Bloods de Chicago, le retour des Souls, cet enfoiré de flic ripou qui cherche à nous faire tomber... Rien n'est encore gagné, tout peut basculer du jour au lendemain. Mais, dorénavant, je ne suis plus seul et je me battrai pour mon club, pour mes frères et pour ma P'tite Furie !

Le cuir de la régulière lui va comme un gant, mais j'ai l'espoir, d'ici quelque temps, de lui glisser au doigt l'anneau qui fera d'elle Charly Wittman Rivera. La légitime femme du prés' des Bloods d'Indianapolis.

Remerciements

On y est. Ma première vraie romance est terminée ! Et ce n'est pas la moindre, une avec mes Harley Davidson chéries.

Quand je me suis lancée dans cette aventure, je n'y croyais pas. Moi, l'auteure « connue » pour sa fantasy urbaine et sa fantasy tout court… Oui, mais j'adore mettre de la romance partout ! Alors mes lectrices m'y ont poussée (en tout cas, celles qui aiment ce genre-là). Et voilà, nous y sommes.

Je m'entends encore dire à ma p'tite Marie (mon alpha bêta, ah, ah !) : « Oh là, là, si j'arrive à écrire dix chapitres, ce sera prodigieux. »

Résultat : trente-six chapitres… et pratiquement 600 pages de bikers.

Finalement, j'ai pris énormément de plaisir à relater cette histoire, à vous faire découvrir ma P'tite Furie et son arrogant et connard de biker. Mais aussi à pousser mes limites…

Pour vous dire, ces bikers, je les kiffe tous ! De Jay, en passant par Scott et Angel, au ténébreux Sullivan, sans oublier P'tit Génie et ce misogyne de Slash.

Et puis, les motos, les arrogants, les possessifs, les histoires « *ennemies to lovers* »… c'est tout à fait ce que j'aime. Alors, sans aucune prétention de ma part, j'espère que si vous êtes parvenus à lire ces remerciements, c'est que vous avez réussi à la lire jusqu'à la fin et je souhaite réellement que vous ayez pris autant de plaisir à la lire que moi à l'écrire…

Un p'tit et un grand merci pour :

Merci à mes éditeurs, Laetitia et Didier, qui m'ont suivie dans ce délire et m'ont fait confiance jusqu'au bout (Merci pour cette couv' qui envoie du lourd).

Merci à Céline de Nord Correction, pour son travail et son investissement.

Spécial *thanks* à Sofia, ma bêta spécial « bikers et romance ». Merci, ma belle, pour ton soutien, tes conseils, mais surtout pour y croire encore plus que moi.

Merci, ma p'tite Marie… Toujours là… depuis quasiment le début.

Merci à toutes les lectrices Wattpad qui m'ont suivie et soutenue dès les débuts d'*Indiana's Rivals*. J'espère vraiment que la suite vous plaira autant.

Un merci spécial à ma petite communauté de lecteurs… Oseront-ils me suivre dans cette nouvelle aventure ? En tout cas, merci de répondre toujours présent et de me suivre.

Merci à ma p'tite famille… dissimulée dans l'ombre, elle me suit, me soutient, me supporte et accepte tous ces moments passés devant l'ordi plutôt qu'avec eux. Je vous aime, mes trésors.

Et enfin, merci les bikers, les amoureuses de bikers, de belles cylindrées, de *bad boys*. Celles qui découvriront la Lina Déranor, auteure de romance… Mince, rien que de l'écrire, ça me fait bizarre (ah, ah !).

Ce n'est peut-être qu'un au revoir… ou un… à très vite !

Lina Déranor

Lina est née le 1er juin 1980 à Béthune (entre Lille et Lens) dans le Pas de Calais. C'est lors de son passage sur les bancs de la fac qu'elle a découvert les écrits de Tolkien et Eddings, mais elle s'est passionnée dès le lycée pour Gautier, Baudelaire, Poe, Stoker et Austen. Bercée par toutes ces histoires de l'imaginaire, elle se lance très vite dans l'écriture de son premier univers fantasy. Plus tard, naîtra la saga des Maîtres du Crépuscule, un univers peuplé de maîtres vampires charismatiques sur fond de légende ancienne et de géopolitique vampirique.

Aujourd'hui, même si son cœur balance entre fantastique et fantasy, c'est dans une romance contemporaine qu'elle vous entraîne, un univers de courses et de bikers au cœur moyennement tendre.

Dans la collection
Elixir of Moonlight - Morsures

Saga Les maîtres du crépuscule
Du même auteur

LES MAÎTRES DU
CRÉPUSCULE

Mentions légales
Éditions Élixyria
Clamont
23430 Chatelus-le-Marcheix
ISBN : 978-2-37961-414-9
Collection Elixir of Love
ISSN 2607-575X
Dépôt légal Septembre 2022
Imprimé en U.E.